HEYNE BÜCHER

D1925414

SCIENCE FICTION

Herausgegeben
von Wolfgang Jeschke

SARAH ZETTEL

DAS GOTTESSPIEL

Roman

Aus dem Amerikanischen von
INGRID HERRMANN-NYTKO

Deutsche Erstausgabe

WILHELM HEYNE VERLAG
MÜNCHEN

HEYNE SCIENCE FICTION & FANTASY
Band 06/6363

Titel der amerikanischen Originalausgabe
PLAYING GOD
Deutsche Übersetzung von Ingrid Herrmann-Nytko
Das Umschlagbild ist von Steve Youll

Umwelthinweis:
Dieses Buch wurde auf chlor- und säurefreiem Papier gedruckt.

Redaktion: Wolfgang Jeschke

http://www.heyne.de
Deutsche Erstausgabe 8/2001
Printed in Germany 6/2001
Umschlaggestaltung: Nele Schütz Design, München
Technische Betreuung: M. Spinola
Satz: Schaber Satz- und Datentechnik, Wels
Druck und Bindung: Nørhaven, Dänemark

ISBN 3-453-17947-1

Dieses Buch widme ich meinem Mann,
Timothy B. Smith

Danksagungen

Die Autorin möchte sich bei Tim Smith, Laura Woody und Dee Kenealy für deren fachkundigen Anregungen bedanken. Die Untitled Writer's Group hat ihr mit ihrer Unterstützung, ihren Vorschlägen und ihrer Ehrlichkeit sehr geholfen. Besonderen Dank verdient, wie immer, Dawn Marie Sampson Beresford, eine ausdauernde Zuhörerin.

KAPITEL 1

»Was ist das?« Praeis Shin t'Theria richtete sich auf und zuckte mit einem ihrer segelähnlichen Ohren.

Lynn Nussbaumer blickte zu der groß gewachsenen Dedelphi auf, dabei den Hals reckend, so weit es der Helm auf ihrem Isolationsanzug erlaubte. Lynn, Praeis und Praeis' Töchter, Resaime und Theiareth, drängten sich um einen Arbeitstisch in Praeis' hellem, luftigen Büro in der Planungshalle von Crater Town. Nun richteten die drei Dedelphi ihre Ohren auf die Reihe der lichtundurchlässigen Fenster, die in die gekrümmte, weiß getünchte Wand eingelassen waren.

Auch Lynn horchte angestrengt. Dann vernahm sie das dumpfe Grollen, das trotz der Geräuschfilter die Fenster durchdrang.

»Ich habe nicht die geringste Ahnung, was das ist.« Lynn stand auf. »Computer, öffne die Fenster.«

»Fenster werden geöffnet«, antwortete die mechanische, geschlechtslose Stimme. Die silbern beschichteten Fenster wurden transparent und gaben den Blick frei auf eine Straße, die mit Marsgestein in sämtlichen Rottönen, die der Planet zu bieten hatte, gepflastert war. Das jäh hereinflutende Tageslicht spiegelte sich glitzernd auf Lynns Helm und dem aus einem organischen Material bestehenden diaphanen Film, der sie unter der schlichten Bluse und der langen Hose von den Füßen bis zum Hals bedeckte.

Normalerweise sah man auf der Straße vor der Planungshalle höchstens drei, vier Grüppchen von Dedelphi entlangspazieren und selten waren mehr als ein, zwei Fahrzeuge unterwegs. Jetzt wimmelte es draußen von Dedelphi aller Altersstufen und Schattierungen. Das Grummeln, das durch die Fensterscheiben dröhnte, war der Chor ihrer Stimmen; es wurde geschrien, gejubelt, gestritten und geweint.

»Bei meinen Ahninnen«, murmelte Praeis. »Was ist passiert?«

»Ich habe keinen blassen Schimmer.« Lynn runzelte die Stirn. »Computer ...«

»Schon eingeschaltet, Lynn«, sagte Resaime hinter ihr.

Lynn und Praeis drehten sich gleichzeitig um. Resaime hatte den Wandschirm aktiviert. Sie und Theia standen Hand in Hand davor und blickten gebannt auf das sich ihnen darbietende Bild. Lynn stellte sich vor Theia, um besser sehen zu können. Praeis peilte zwischen die Ohrspitzen ihrer Tochter hindurch.

Die Szene zeigte eine Art Amphitheater. Auf der Galerie drängten sich dicht an dicht Dedelphi; Ohren groß wie Segel, ledrige Haut, runde, von mehreren Lidern geschützte Augen, die allesamt auf eine Gruppe auf einer Proszeniumsbühne gerichtet waren. Dort scharten sich weitere Dedelphi um einen ovalen Tisch.

Lynn erkannte die *Io Elath*, die Über Alle Gebietenden Königinnen der t'Therianerinnen, in ihren steifen, schwarzen Roben. Ihnen gegenüber standen die *Tvkesh-I-Rchilthen,* die Durch Wahl Bestimmten Anführerinnen der Getesaph, gewandet in prächtigen, silbern und golden gemusterten Jacken.

Ein an der Wand hinter der Bühne angebrachter Bildschirm beherrschte das Forum. Drei unauffällig gekleidete Menschen – zwei Männer und eine Frau, alle dargestellt in mindestens dreifacher Vergrößerung – schauten auf die versammelten Dedelphi hinunter. Im

Hintergrund prangte das Emblem der Bioverse-Aktiengesellschaft-Enklave, ein grünes Dreieck.

»Beim wandelnden Buddha«, hauchte Lynn. »Sie haben es also wirklich getan?« Seit Monaten geisterten Gerüchte durch das Info-Web, dass die Bioverse AG mit der gesamten Heimatwelt der Dedelphi über einen Biosanierungsvertrag verhandelte. Etwas Ähnliches hatte es in der gesamten Geschichte dieses von Kriegswirren heimgesuchten Planeten noch nie gegeben.

Als wollte sie ihre Frage beantworten, hob die größte der Durch Wahl Bestimmten Anführerinnen ihren Stift von einer kleinen, weißen Tafel. »Es ist vollbracht«, verkündete sie in abgehacktem Getesaph. Eine Flut von Untertiteln in weißen Buchstaben wanderte über den unteren Rand des Bildschirms.

Auf dem Schirm hinter der Bühne strahlte das menschliche Trio wie stolze Eltern.

Jede der Durch Wahl Bestimmten Anführerinnen nahm eine Vertragstafel in die Hand. Ihre Jacken glänzten in dem grellen Licht, als sie um den Paraphierungstisch herumschritten. Lynn wusste, dass die Tafeln lediglich Symbolcharakter hatten. Die richtigen Verträge bestanden aus gebundenem Papier, und diese Werke befanden sich unter Verschluss in den Kurierkoffern der Adjutanten und Sekretäre, die sich diskret hinter den Kulissen aufhielten. Die Täfelchen sollten nur veranschaulichen, dass alle den Inhalt der Verträge billigten.

In einer ostentativen Geste boten die Durch Wahl Bestimmten Schwestern den Über Alle Gebietenden Königinnen die Tafeln dar. Mit eckigen, steifen Bewegungen nahm jede Königin eine Kopie des Vertrags, neigte sich tief darüber und küsste die noch kaum getrocknete Tinte.

Verstohlen warf Lynn einen Blick auf Praeis. Still hatte sie sich zu ihren Töchtern gesellt, und nun standen die drei mit ineinander verschränkten Armen da. Zu gern hätte Lynn gewusst, was sie in diesem Moment wohl fühlen mochten. Unter den Königinnen hatte Praeis als Generalin gedient; Oberste Befehlshaberin, lautete dieser Titel auf t'Therianisch, und nun musste sie mitansehen, wie die erhabenen Majestäten von ihren ärgsten Feindinnen Bündnisverträge entgegennahmen.

Die Schwestern präsentierten zwei weitere Kopien den Präsidentinnen der Chosa ty Porath, und drei erhielten die Sprecherinnen der Fil. Alle empfingen die Tafeln und starrten darauf, als könnten sie nicht fassen, was sie da in den Händen hielten.

Hinter den Abgesandten der Weltmächte standen die Delegierten der kleineren Nationalclans oder Großen Familien, wie die t'Therianerinnen diese Völkerschaften nannten. Das Bild erinnerte an einen in sich verschobenen Regenbogen. Sämtliche Hautfarben waren vertreten, vom blaugrauen Teint der t'Therianerinnen bis hin zu der rosagräulichen Nuance der Getesaph. Die Kleidung changierte von juwelenbesetztem Violett bis zu schmucklosem mitternächtlichen Schwarz. Diese Gesandtschaften bekamen keine Verträge ausgehändigt. Vermutlich hatten die stärkeren Nachbarn sie zum Gehorsam gezwungen, und die hier Anwesenden leisteten keinen Widerstand. Wahrscheinlich war man zu der Erkenntnis gelangt, dass die Pest schon genug Opfer gefordert hatte.

Nachdem die symbolischen Verträge verteilt waren, wandten sich die beiden Getesaph Schwestern an das unruhige Publikum.

»Das Bündnis tritt in Kraft und wird von sämtlichen Mitgliedern der Allianz vollzogen werden. Sämtliche Emissäre, die das Abkommen unterzeichnet und mit ihrem Siegel versehen haben, sind bevollmächtigt, mit den Menschen zu verhandeln. Alle der hier Anwesenden haben es sich zum Ziel gesetzt, die Länder und Inseln, die unsere Heimat darstellen, zu retten. Wir wollen unseren Planeten von der Pest befreien, ihn säubern, damit wir nicht an den Giften und an dem Schmutz ersticken.«

Auf den Galerien wurden zackige Hochrufe laut, übertönt von Anfeuerungen wie »Fangt endlich damit an!« »Rettet unsere Töchter!« »Entwickelt ein Medikament, das uns immun macht!« in verschiedenen Sprachen.

»So ist das also!« flüsterte Praeis und drückte ihre Töchter fester an sich. »Die Pest hat bewirkt, was früher durch nichts zu erreichen gewesen wäre.«

In diesem Augenblick flog die Tür auf. Vier Dedelphi, alle mit dem blaugrauen Teint der t'Therianerinnen, zwei mit Töchtern, die sich an ihren Rücken klammerten und vergnügt kreischten, platzten herein und umringten Praeis, Resaime und Theiareth. Die Dedelphi klopften sich gegenseitig auf die Schultern, schüttelten sich die Hände und schnatterten wild drauflos, bis Lynn der Unterhaltung nicht mehr zu folgen vermochte. Doch offensichtlich war man glücklich über die Verträge.

»Du musst eine Ansprache halten, Mutter Praeis.« Eine der t'Therianerinnen griff nach Praeis' Hand und zerrte sie zum Ausgang.

»Na schön, meine Schwestern! Wenn ihr es wollt!« erklärte Praeis lachend. Das Zaudern, das Lynn in der Haltung ihrer Ohren und Schultern erkannt hatte, schien verflogen. Wahrscheinlich waren ihre Zweifel tatsächlich ausgeräumt, mutmaßte Lynn. Der Enthusiasmus dieser Mitglieder ihrer Großen Familie hatte ihre letzten Bedenken zerstreut.

Praeis schaute Lynn an und wedelte mit den Ohren, eine Geste, die gespielte Verzweiflung und den ehrlich gemeinten Wunsch nach Vergebung ausdrückte.

»Geh schon, geh!« forderte Lynn sie lachend auf und winkte sie nach draußen. »Wer wäre besser geeignet als du, zu diesem Anlass zu sprechen?«

Die t'Therianerinnen spendeten ihr stürmischen Beifall. Halb zogen, halb schoben sie Praeis aus dem Büro, unterstützt von ihren beflissen lärmenden Töchtern.

Lynn lächelte stillvergnügt in sich hinein, kehrte zu den Fenstern zurück und blickte hinaus auf die überfüllte Straße.

Die Dedelphi waren eine hünenhafte, kräftig gebaute Spezies. Praeis Shin überragte einen groß gewachsenen Mann um glatt einen halben Meter, selbst wenn sie ihre unglaublich beweglichen, segelartigen Ohren flach an den Schädel presste. Ihre halbwüchsigen Töchter waren so groß wie Lynn. Ihre ledrige Haut hing in Falten herunter, und je nach Gemütsverfassung fingen diese Hautlappen schwach oder heftig an zu zittern.

Kreisrunde, viellidrige Augen saßen hoch über den langen, vertikalen Nasenschlitzen. Unter den milchigweißen Lippen verliefen dicke Muskelstränge. Ihre Bäuche wiesen sanfte Schwellungen auf, wo die in schützende Brutbeutel eingebetteten Milchdrüsen saßen. Dieser Effekt wurde noch verstärkt durch die starren Bauchgurte, die die Angehörigen einiger Völker unter der Kleidung trugen.

Und just in diesem Moment veranstalteten sie drunten auf der Straße einen Mordskrawall. Schwestern packten einander und wirbelten sich gegenseitig herum. Mütter warfen ihre Töchter in die Luft. Cousinen plapperten wie aufgedreht, während sie heftig mit den Armen und Ohren gestikulierten. Ein paar Schwestern hatten sich von der Menge abgesondert und standen sich in Boxerstellung gegenüber, ein Akt, der rasch in ungestüme Ehrenhändel ausufern konnte. Mehrere der in Isolationsanzügen steckenden menschlichen Sicherheitskräfte, die auf Balkonen und Hausdächern postiert waren, schienen die gleichen Befürchtungen zu hegen und rüsteten sich zum Einschreiten.

»Computer«, befahl Lynn. »Die Geräuschfilter deaktivieren.«

»Geräuschfilter werden deaktiviert.«

Ohne die Filter brandete das Lärmen der Menge über sie hinweg wie eine Meereswelle. An die zweihundert Stimmen erhoben sich da draußen, alle bis zur äußersten Lautstärke gesteigert, und das Tosen schraubte sich noch weiter in die Höhe, als Praeis' Begleiterinnen sie aus der Planungshalle zogen.

»Mutter Praeis!« schrie man. »Mutter Praeis! Erzähl uns die Neuigkeit! Mutter Praeis! Lass es uns aus deinem eigenen Mund hören! Mutter Praeis!«

Praeis wurde auf die Umfassungsmauer des Springbrunnens gehoben, desgleichen ihre Töchter. Lynn verschränkte die Arme und nickte beifällig. Die drei da unten gaben ein hübsches Bild ab; Praeis in ihrem sienabraunen Rock und der cremeweißen Tunika, die locker über ihren Beutelschurz fiel, flankiert von ihren Töchtern in blauen, golddurchwirkten Saris. Die Sonne stand noch über dem Kraterrand und tauchte die Szene in ein goldenes Licht.

Praeis dippte die Ohren, um die Menge ihres Respekts und ihrer Zustimmung zu versichern, und zum ersten Mal sank der Lärmpegel auf ein gedämpftes Gemurmel.

»Meine Schwestern«, hob Praeis an. »Schwestern meines Blutes, meiner nahen Familie, meiner Großen Familie und solche, die von Fremden geboren wurden!«

Diplomatisch, fand Lynn. Die t'Therianerinnen kannten viele Ausdrücke für Schwestern, die nicht der Großen Familie angehörten. Der Schmeichelhafteste davon war *die Anderen.*

»Heute haben wir eine großartige Nachricht erfahren; unsere Schwestern daheim haben einen Vertrag abgeschlossen, der die Pest ausrotten wird, die so viele unserer Mütter, Schwestern und Töchter getötet hat!« Ehrfürchtiges Schweigen. »Der heutige Tag markiert einen neuen Anfang! Von nun an dürfen wir hoffen – auf ein Leben ohne die entsetzliche Krankheit, auf eine sichere Zukunft und, was vielleicht das Wichtigste ist, auf eine Rückkehr in unsere angestammte Heimat.«

Jubelrufe, schlackernde Ohren, hochgerissene Arme. Lynn schüttelte den Kopf. Praeis wusste ganz genau, was sie *nicht* sagen durfte. Dass nämlich viele der Schwestern da draußen vor dem ständigen Krieg geflüchtet waren, und nicht nur deshalb, weil die bewaffneten Konflikte ursächlich die verheerenden Pestepidemien ausgelöst hatten. Sollte jede, die wollte, ruhig die Hoffnung nähren, der mit den Menschen ausgehandelte Vertrag würde beiden Geißeln ein Ende setzen – dem Krieg und der Pest.

Lynn sah zu, wie Praeis vom Brunnenrand herunterstieg und sich zwischen ihre Dedelphi Schwestern und die Anderen mischte. Mutter Praeis Shin, die Städtebauerin, hieß sie bei denen, die sie mochten. Praeis die Kaltblütige, wurde sie von den Schwestern genannt, die nicht verstanden, warum sie nicht bei jedem geringsten Anlass einen Wutanfall bekam, wie es bei den Angehörigen ihres Volkes normalerweise üblich war.

Im Gegensatz zu den anderen Bewohnerinnen von Crater Town galt Praeis nicht als Flüchtling. Sie lebte im Exil. Diejenigen, die das wussten, belegten sie mit den schlimmsten Ausdrücken, und nicht wenige lechzten nach ihrem Blut. Aber – wieder suchte Lynns Blick die menschlichen Sicherheitskräfte, die sich auf den Hausdächern und hoch gelegenen Balkonen verteilten – Praeis' umsichtige Planung hatte dafür gesorgt, dass die Vollstreckung der Gesetze in Crater Town nicht von den Dedelphi mit ihrem aufbrausenden, hitzköpfigen Temperament beeinflusst werden konnte. Diese Vorsichtsmaßnahme kam nicht nur ihrer eigenen Familie, sondern der gesamten Kolonie zugute, diente sie doch der Aufrechterhaltung des Friedens.

Lynn kehrte an den Arbeitstisch zurück. Heute konnte sie ohnehin nichts mehr bewerkstelligen. Die Menge auf der Straße würde noch stundenlang feiern und debattieren, Praeis mittendrin im dichtesten Getümmel. Lynn berührte die Tasten an der Tischkante, um die Straßenkarte abzulegen und zu sichern, mit der sie sich befasst hatten. Stimmlos wiederholte sie die Anweisung für ihr Kameraimplantat und speicherte eine zusätzliche Arbeitskopie, falls ihr auf dem Heimweg ein paar geniale Geistesblitze kämen.

Drei Epidemiewellen hatten Crater Town heimgesucht. Flüchtlingsschiffe schleppten die Seuche ein, die trotz ständig verbesserter Quarantänemaßnahmen auf die Familien übergriff. Derzeit standen dreißig bis vierzig Prozent der Häuser in der Kolonie leer. Das Komitee für Bauwesen hatte angeordnet, die Räumlichkeiten abzureißen, da sie eine potenzielle gesundheitliche Gefährdung darstellten. An diesem Morgen hatten sich Lynn und Praeis getroffen, um zu beratschlagen, wie sich die so entstehenden freien Flächen sinnvoll nutzen ließen.

Dreißig Prozent. Lynn schloss die Augen und verdrängte die Erinnerungen an die Massenbeisetzungen, die Toten und die Sterbenden in ihren Isolationsbetten, die weinenden Schwestern, die die Dahingeschiedenen betrauerten. Hunderte von menschlichen Ärzten, ausgerüstet mit den besten Methoden, die man nach jahrelangen Forschungen auf dem Gebiet der Biotechnik entwickelt hatte, meldeten sich freiwillig, um die Krankheit zu bekämpfen, doch die Todesrate verringerte sich kaum. Praeis verlor zwei Schwestern und vier Töchter, und Lynn hatte alles mitangesehen.

Lynns Finger schmerzten. Sie machte die Augen wieder auf und blickte nach unten. Ihre behandschuhten Hände umklammerten den Rand des Arbeitstisches, als wollten sie ein Stück davon herausbrechen. Sie kam sich ein wenig töricht vor, ließ die Kante los und fuhr fort, die Karten zu speichern.

Praeis betonte gern, dass der Erfolg von Crater Town auf Lynns Konto ging, doch jedes Mal schüttelte Lynn nur den Kopf. »Ich habe lediglich bei der Landschaftsgestaltung mitgewirkt«, korrigierte sie. »Du bist diejenige, die diesen Ort bewohnbar gemacht hat.«

Als die echten Dedelphi-Flüchtlinge eintrafen, flohen sie nicht vor der Pest, sondern vor dem Krieg. Sie kamen in Schiffen von menschlichen Charterpiloten. Schwankend zwischen Angst und Stolz standen sie vor dem Zollschaltern der Enklaven, der Raumstationen, der Kolonien und der City-Schiffe; sie wandten sich an jede nur erdenkliche Einrichtung, die ihnen Landeerlaubnis erteilte und ihnen eine wie auch immer geartete sichere Zuflucht bot. Die Asyl gewährenden Institutionen profitierten von der Arbeitskraft der Flüchtlinge und nicht zuletzt von einer guten Publicity.

Dann tauchten Praeis und ihre Schwestern, Jos und Shorie, auf. Als sie die im Solar System verstreute, bescheidene Dedelphi Population sahen, wurden sie aktiv. Sie entdeckten einen Krater, den zu begrünen sich die Mars-Enklaven nicht die Mühe gemacht hatten. Sie überzeugten zwölf voneinander unabhängige Behörden und Komitees, dass es ein Akt höchster Barmherzigkeit sei, den Krater den Dedelphi zu überlassen. An diesem Ort konnten sie dann eine Niederlassung gründen, ohne ständig der Gefahr ausgesetzt zu sein, die von den für sie toxischen menschlichen Körpern ausging.

Praeis und ihre Schwestern zogen durch das gesamte

Sol System und schnorrten Spenden, Ausrüstung und die Hilfe von Experten. Anfangs reagierten die Dedelphi-Flüchtlinge zurückhaltend, dann mit wachsendem Enthusiasmus, vor allem, weil viel von ihnen Töchter hatten, die noch nie aus ihren Isolationsanzügen herausgekommen waren.

Lynns Familie, die dafür berühmt war, dass sie die Florida-Halbinsel auf dem Planeten Erde renaturiert hatte, sollte den Krater in einer auf die Dedelphi abgestimmten Art und Weise mit Vegetation versehen. Die Arbeit dauerte Jahre. Lynn, die soeben erst ihren Doktor gemacht hatte, verliebte sich in ihren Job und freundete sich mit Praeis Shin an. Als ihre Familie den Mars verließ, blieb sie da. Die Begrünung sei noch nicht vollständig abgeschlossen, hatte sie seinerzeit argumentiert. Die Felder und Gärten wiesen noch keine ausreichend große Artenvielfalt auf. Außerdem gäbe es noch keine geschulte Gärtnertruppe, um die Hege und Pflege der Vegetation zu gewährleisten.

Ihre Angehörigen hatten einander weise zugenickt, sie umarmt und keine Einwände gegen ihr Bleiben erhoben. Alle kannten ihr wahres Motiv und billigten ihre Beweggründe. Daheim in Florida würde sich Lynn krampfhaft mit Bagatellarbeiten beschäftigen, an denen es seit fünfzig oder fünfundsiebzig Jahren nichts mehr zu verbessern gab. Hier hingegen kümmerte sie sich um ihre eigenen Projekte, die zudem noch den Aufwand lohnten. Keiner ihrer Verwandten verlor ein Wort darüber, dass sie offenbar auf einem fremden Planeten sesshaft werden wollte.

Ihr Entschluss brachte ihr die Dankbarkeit der Dedelphi ein, eine Anzahl von Auszeichnungen durch verschiedene Enklaven und quälende Albträume, die sich um die Pest drehten. Aber sie verrichtete eine wichtige, nützliche Arbeit, und sie war mit Leib und Seele bei der Sache.

Und jetzt ... Was kommt jetzt? fragte sich Lynn, während sie zum Fenster hin blickte. *Was wird, wenn sie alle in ihre Heimat zurückkehren? Was fange ich dann mit mir an?*

Sie schüttelte den Kopf und gluckste in sich hinein. *Nussbaumer, du bist ein maßloser Egoist.*

Es dauerte dann noch drei Stunden, bis sich die Menge auf der Straße so weit lichtete, dass Lynn sich einen Weg zum Monorail bahnen konnte, der sie aus dem Krater bringen und sie über die rostrot und grün gemusterte Landschaft zur menschlichen Kolonie Ares 12 befördern würde. Während der Fahrt in ihrer privaten Kabine mit den abgeblendeten Fenstern pellte sie sich aus ihrem Isolationsanzug. Zusammen mit dem Helm stopfte sie ihn in ihre Stofftasche.

Die Anzüge waren lästig, aber absolut notwendig. Bei den Dedelphi verursachte ein direkter Kontakt mit Menschen massive anaphylaktische Reaktionen. Die Berührung von einer menschlichen Hand konnte heftigen Ausschlag bewirken, und menschliche Haut- und Haarschüppchen lösten lebensbedrohliche Atembeschwerden aus. Die erste Begegnung zwischen Dedelphi und Menschen dauerte drei Tage, dann starben fünf Dedelphi an Herz- und Atemstillstand. Es hatte viel Verwirrung und Blutvergießen auf beiden Seiten gegeben, ehe man verstand, was passierte.

Lynn kämmte sich das schulterlange, kastanienbraune Haar. Da sie nicht mitten unter den Dedelphi lebte, brauchte sie sich keine Glatze rasieren zu lassen, um ihre Haarschuppen auf ein Minimum zu reduzieren.

Ares 12 war eine reine Wohngegend. Die Häuser und Geschäfte bestanden aus lokalem Naturstein und glitzerten im Schein der Spätnachmittagssonne in tausend verschiedenen Rottönen. Die Gründer der Siedlung hatten sich angestrengt, um dornenfreie Kletterrosen zu züchten, die in einem Boden gediehen, der auch nach drei Generationen Kultivierung sandig blieb. Der Erfolg der Bemühungen war spektakulär. Überall wucherten rote, weiße, gelbe, rosa und orangefarbene Rosen; in dichten Hecken schossen sie in die Höhe und überzogen in üppiger Fülle die Mauern und Hauswände, wie der Efeu auf der Erde die Gebäude umrankte. Lynn sog ihren lieblichen Duft ein, als sie von der Monorail Station zu dem Haus ging, das sie mit ihrem Lebensgefährten, David Zelotes, bewohnte.

Anders als in Crater Town, waren die Straßen von Ares 12 verlassen. Falls hier ein paar Leute die Nachricht über den Vertragsabschluss mit den Dedelphi mitbekommen hatten, so diskutierten sie im Info-Web darüber, falls er ihnen überhaupt eine Bemerkung wert war.

Das in Cremeweiß und Burgunderrot gehaltene vordere Zimmer war leer, als Lynn eintrat, doch aus Davids Arbeitszimmer hörte sie seine Stimme. Eine fremde Person antwortete.

Er hat einen Anrufer in der Leitung, dachte sie und zog sich in ihr eigenes, unaufgeräumtes Büro zurück. Auf dem antiken Mobiliar stapelten sich Disketten, Filme, gebundene Bücher, Karten, schmutziges Geschirr und halb leere Kaffeetassen. Der Putzjobber hockte in einer Ecke, abgeschaltet, wie üblich, und balancierte auf seiner Oberfläche einen Porzellanbecher und ein altes Sandwich.

»Claude«, rief sie den Computer, während sie ihre Tasche in eine Ecke pfefferte und sich auf ihren Schreibtischsessel pflanzte. »Irgendwelche Nachrichten für mich?«

»Eine wichtige Mitteilung von Emile Brador, Vizepräsident der Bioverse AG Enklave und zuständig für die Koordination von Ressourcen und Planung.«

»Was?« Lynn schoss mit einem Ruck in die Höhe. Die Bioverse Aktiengesellschaft hatte soeben den Vertrag mit den Dedelphi unterzeichnet.

»Eine wichtige Mitteilung ...«

»Stop, Claude! Verlies den Text der Botschaft.«

»Vizepräsident Brador bittet Lynn Nussbaumer, sich baldmöglichst mit ihm in Verbindung zu setzen. Eine Direktschaltung wurde bereits hergestellt, und seine Adresse ist dem Computer bekannt.«

Was will Bioverse von mir? wunderte sich Lynn. »Claude, verbinde mich mit Mr. Brador.«

»Vorgang läuft.« Pause. »Verbindung komplett.«

Lynn schwenkte ihren Drehstuhl herum, damit sie den Wandschirm im Auge hatte.

Emile Brador, Vizepräsident der Bioverse AG Enklave und zuständig für die Koordination von Ressourcen und Planung, erschien auf dem Schirm. Er war eine gepflegte Erscheinung, klein, aber nicht schmächtig. Seine runden, blassen Augen in dem bräunlichen, verkniffenen Gesicht verliehen ihm Ähnlichkeit mit einer aufgeschreckten Eule. Sein Büro, oder zumindest die Simulation seines Arbeitszimmers, verströmte eine Atmosphäre gediegener Behaglichkeit, dafür sorgten allein schon die hölzernen Wandpaneele und die altmodischen Ledersessel.

»Guten Abend, Dr. Nussbaumer«, grüßte Brador. »Ich danke Ihnen, dass Sie sich die Zeit nehmen, mit mir zu sprechen.«

»Keine Ursache, Mr. Brador«, erwiderte Lynn betont förmlich. »Ich gestehe, dass ich mir nicht vorstellen kann, worüber Sie sich mit mir unterhalten möchten. Vermutlich geht es um die Begrünung von Crater Town.« Bioverse war ein Unternehmen, das sich mit Biotechnik befasste. Dort hielt man ständig Ausschau nach neuen Verfahren oder verbesserten Genom-Analysen.

»Eigentlich wollten wir Ihnen ein Bürgerrecht anbieten.«

Lynn blinzelte verdutzt. »Das finde ich interessant, aber ich erbitte Bedenkzeit.«

Brador nickte. »Natürlich, Dr. Nussbaumer. Sie besitzen bereits die Staatsbürgerschaft der Provinz Miami und sind eine hoch angesehene Bürgerin der Enklave Groß-Florida. Sie stammen sozusagen aus gutem Hause. Wenn Sie nicht gerade auf dem Mars weilen, wohnen Sie in einem Gebiet, das Ihre Familie von Grund auf renaturiert hat. Nach alten Aufzeichnungen haben Sie und Ihre Angehörigen ein Stück Naturlandschaft neu erschaffen, wobei Ihnen kaum mehr als karger Sandboden zur Verfügung stand. Dort können Sie nach Herzenslust schalten und walten und sich für den Rest Ihres Lebens beruflich verwirklichen.« Er spreizte seine Stummelfinger. »Was habe ich dagegen zu setzen? Wenn Sie mein Angebot annehmen, bedeutet das, dass Sie den Kontakt mit Ihrer Familie abbrechen, alte Freundschaften auf Eis legen und Ihre Heimat für fünfzig Jahre oder noch länger verlassen.« Er beugte sich vor. »Aber dafür biete ich Ihnen die Chance, bei der Rettung eines gesamten Planeten mitzuwirken.«

Hübscher Einstieg, Vizepräsident Brador. Sie betrachtete den adretten Vize Brador, wie er in seinem adretten Büro saß. Unwillkürlich verkrampfte sie sich.

»Mr. Brador, was genau wollen Sie von mir?«

Anstatt auf ihre Direktheit verschnupft zu reagieren, hob er wie in einem Lächeln die Mundwinkel. Lynn fasste das als positives Zeichen auf.

»Seit gestern«, fuhr er fort, »existiert ein Vertrag zwischen der Bioverse AG und den Dedelphi …«

»Ja, ich weiß Bescheid«, fiel Lynn ihm ins Wort. »Sehr beeindruckend. Ich hätte nie geglaubt, dass sämtliche Großen Familien der Dedelphi auch nur ein einziges Mal einer Meinung sein könnten.«

»Ich hielt es auch für unmöglich.« Brador nickte, und einen Augenblick lang verzichtete der Vizepräsident auf seinen offiziösen Manierismus. »Die Getesaph und die Fil nahmen bereits vor einem Jahr mit uns Kontakt auf, aber ihr Anliegen … Wir einigten uns darauf, dass ein Vertrag nur mit weltweiter Zustimmung zustande kommen könnte.«

»Und mit welchem Ansinnen trat man an Ihre Firma heran?« Lynn stellte die Frage aus purer Neugier. Es kursierten jede Menge Gerüchte, und mit Praeis hatte sie das Thema bis jetzt nur flüchtig gestreift.

»Als Erstes verpflichten wir ein biomedizinisches Team und merzen diese Pest aus, die sie selbst über sich gebracht haben.« Eine Sekunde lang drang Bradors Lächeln bis in seine Augen vor. »Mein Kollege versucht gerade, Ihren Lebensgefährten, Dr. Zelotes, anzuwerben.«

»Das kommt also ›als Erstes‹.« Mit den Fingern malte sie Anführungszeichen in die Luft. »Und danach?«

»Außerdem bat man uns, eine gründliche Biosanierung des ganzen Planeten vorzunehmen, um die Schäden eines zweihundert Jahre dauernden, extrem schmutzigen Krieges zu beseitigen.«

Lynn lehnte sich zurück und legte die Ellbogen auf die Armstützen des Sessels. Sie wusste ziemlich viel über den Planeten, den die Menschen Dedelph nannten. Dort gab es weite Landstriche, die im Dunkeln glühten. Manche Orte lagen unter einem so dichten Industriesmog, dass sie vom Weltall aus nicht zu erkennen waren.

Die Dedelphi kannten keine Bio- und Ökotechnik, Wissenschaften, die es den Menschen ermöglichten, die Wunden der Erde zu heilen und sich auf anderen Welten neue Heimstätten zu schaffen. Einen ganzen Planeten zu säubern und in seinen ursprünglichen, gesunden Zustand zu versetzen, nachdem Jahrhunderte währende Kämpfe ökologische Desaster angerichtet hatten … Bei dem Gedanken wurde ihr warm ums Herz.

Lynn verdrängte die Anwandlung und blickte Brador an.

»Und was machen wir hinsichtlich der anaphylaktischen Reaktionen?« erkundigte sie sich. »Sie können nicht mehrere tausend Menschen auf den Planeten bringen, und so viele werden es doch sein, oder?« Brador nickte. »Tausende von Menschen, von denen jeder Einzelne eine Dedelphi durch bloßes Anhauchen umbringen kann.«

Jetzt kehrte Brador abermals den Vizepräsidenten heraus. »Das ist doch wohl übertrieben.«

Lynn schüttelte den Kopf. »Finde ich nicht.«

Brador berührte eine Schalttafel auf seinem Schreibtisch. In der rechten oberen Ecke des Büros erschien die Simulation eines Clusters von Raumstationen, die wie leuchtende Inseln in einem Meer aus Nacht und Sternen schwammen. »Unser Operationszentrum wird sich im All befinden, bis wir die Bevölkerung evakuiert haben …«

»Wie bitte?« Lynn umklammerte die Armstützen. Ein paar Implantate piepsten protestierend.

Brador faltete die Hände auf dem Schreibtisch. »Wir evakuieren die Bewohner auf City-Schiffe, und erst dann betreten wir die Planetenoberfläche, um das Projekt mit Hilfe von Nanotechnik und Bioforming in Angriff zu nehmen.«

Für den Bruchteil einer Sekunde vergegenwärtigte sich Lynn, dass sie mitten in einem ernsthaften Einstellungsgespräch steckte, das von dem Vertreter einer gigantischen Konzern-Enklave geführt wurde.

Dann schlug sie jede Vorsicht in den Wind. »Sind Sie von allen guten Firmengeistern verlassen?« legte sie los. »Wir sprechen hier von über einer Milliarde Dedelphi.«

»Die jüngsten Schätzungen ergaben eine Anzahl von eins Komma drei Milliarden Bewohnerinnen«, stellte

Brador richtig. Wieder tippte er auf die Schreibtischplatte. Die Simulation der im All schwebenden Raumstationen verschwand und wurde ersetzt durch eine Karte, die die Verteilung und Dichte der Bevölkerung veranschaulichte.

Leeren Blicks starrte Lynn darauf. »Eins Komma drei Milliarden Leute, die, ungeachtet ihrer unverhofft erzielten Einigkeit, seit Urzeiten miteinander im Krieg liegen. Die unterschiedlichen Gruppierungen sind quasi genetisch vorprogrammiert, einander zu hassen und sich bei dem geringsten Anlass an die Gurgel zu gehen.« Sie riss die Arme hoch. »Und Sie wollen dieses Volk in City-Schiffe einpferchen?« Im Geist überschlug sie ein paar Zahlen. »So viele City-Schiffe gibt es doch gar nicht!« Lynn drehte sich um und schaute aus dem Fenster. Die Abendsonne tauchte die Steinveranda in ein leuchtendes Scharlachrot. Dann wandte sie sich wieder ihrem Interviewer zu. Ein wenig gefasster beschied sie ihm: »Vizepräsident Brador, es geht nicht, dass Sie diese Leute in ein paar umfunktionierte, zweckentfremdete Frachter einsperren! Die Biosanierung von Dedelph dauert mindestens fünfzig Jahre!«

»Wir richten uns auf eine Zeitspanne von fünfundsiebzig Jahren ein.« Sein verkniffenes Gesicht und die runden Augen wirken absolut sachlich und ernst. »Und Sie irren sich, wenn Sie annehmen, wir würden die Dedelphi in umgebauten Frachtschiffen unterbringen. Sie werden in eigens für diese Zwecke konzipierten City-Schiffen wohnen, von denen die meisten nach unseren Plänen gebaut werden.« Jetzt zeigte das Display einen Bauplan. »Unsere Ingenieure arbeiten bereits in den Asteroidengürteln des Dedelph-Systems. Wir rechnen damit, dass innerhalb eines Jahres achtzig Prozent der benötigten Schiffe fertiggestellt sein werden.«

»Und wie wollen Sie eine Milliarde Leute evakuieren? Haben Sie überhaupt eine Vorstellung davon, wie viele das sind?«

»So ungefähr. Tausend Millionen.« Seine Miene blieb unbewegt.

»Und wie verfahren Sie mit den Pestkranken während der Evakuierung?«

Brador ließ sich nicht aus der Ruhe bringen. »Jedes City-Schiff enthält eine Krankenstation, die zehntausend Patienten versorgen kann. Wir hoffen, dass Ihr Partner, Dr. Zelotes, uns auch bei dem Transfer und der Behandlung der Kranken helfen kann.«

Lynn rieb sich die Stirn. »Über fünfundsiebzig Jahre lang müssen Sie mehr als eine Milliarde Dedelphi, gesunde wie kranke, unterbringen, ernähren und zufrieden stellen. Dazu benötigen Sie einen für alle Eventualitäten gerüsteten Krisenstab, eine ausgefeilte Choreographie, ein akribisch durchdachtes Konzept und eine hochkarätige Logistik …« Sie brach ab und fuhr sich mit den Fingern durchs Haar. »Wenn Sie nicht höllisch aufpassen, zieht die Kur schlimmere Konsequenzen nach sich als die Krankheit.«

»Stimmt genau. Und aus diesem Grund brauchen wir Sie.« Brador neigte sich nach vorn. Was Lynn für den Effekt von schlechter Beleuchtung gehalten hatte, entpuppte sich als Vierundzwanzig-Stunden-Bart. Womit auch immer er sich in jüngster Zeit beschäftigt hatte, ihm blieb nicht einmal mehr die Muße für eine Rasur. »Sind Sie sich eigentlich darüber im Klaren, welchen Ruf Sie genießen, Dr. Nussbaumer? Sie haben es nicht nur geschafft, mit den Dedelphi zu kooperieren, Sie leisten auch Großartiges, indem Sie ihre Kolonie in eine grüne, blühende Landschaft verwandeln und dafür sorgen, dass dies so bleibt.«

»Ich bekam von allen Seiten Unterstützung«, entgegnete Lynn, die sich von Schmeicheleien nicht einlullen lassen wollte. »Und Sie haben mir immer noch nicht verraten, was konkret bei diesem Projekt meine Aufgabe sein soll.«

Bradors Augen glitzerten. »Ich möchte, dass Sie die Umsiedlung organisieren und koordinieren. Aber das ist erst der Anfang.«

Lynn öffnete den Mund und klappte ihn wieder zu. »Und wie sieht der zweite Akt aus?«

»Sie sollen die Mikro-Sanierungsteams der südlichen Hemisphäre koordinieren und managen.«

Einen Moment lang verschlug es Lynn glatt den Atem. Die Zukunft eines ganzen Volkes zu retten, ihm eine neue, wiederhergestellte Welt zurückzugeben …

»Und Sie gewähren mir ausreichend Zeit für eine komplette Erfassung der Lebensformen? Mikroskopisch und makroskopisch?«

Brador nickte. »Ein paar unserer Teams sind bereits auf dem Planeten tätig, und noch diese Woche schicken wir Verstärkung. Wenn Sie eintreffen, sind die Schaltzentralen funktionsfähig und Sie können darauf zurückgreifen, falls Sie Informationen oder anderweitige Hilfe benötigen.«

Zwanzig Jahre Feldforschung vor Ort, um das Ökosystem eines Planeten systematisch zu erforschen und zu analysieren, damit sie es auseinandernehmen und wieder neu zusammensetzen konnten. »Gehe ich recht in der Annahme, dass wir die Biosanierungsinstrumente aus den vorhandenen örtlichen Ökostrukturen entwickeln?«

»Wenn es sein muss, konstruieren wir sie von Grund auf neu«, gestand Brador ihr zu. »Die Entscheidung darüber liegt bei Ihnen und Ihren Kollegen. Wir durchkämmen den Planeten Zoll für Zoll mit jedem Nano, das wir züchten können.«

»Warum lassen Sie nicht einfach ein paar Asteroiden auf die Oberfläche abstürzen und fangen noch einmal ganz von vorn an?« fragte sie halb zynisch. »Das wäre weniger zeitaufwendig und viel billiger.«

Brador zuckte nicht mit der Wimper. »Die Dedelphi hoffen, wir können ihren Planeten kurieren, ohne die Infrastrukturen ihrer Zivilisation zu zerstören. Wir haben zugesagt, dass wir uns um Schonung ihrer Kultur bemühen werden. Einige unserer Teams durchstöbern die Archive und Bibliotheken um zu erforschen, wie diese Welt vor ungefähr zweihundert Jahren ausgesehen hat.«

Auf ergiebige Resultate durfte man kaum hoffen. Keine der Großen Familien verfügte über ausreichend Zeit und Mittel für ernsthafte Forschungstätigkeit. Dies war einer der Gründe, weshalb die Dedelphi, die mindestens genauso lange existierten wie die Menschheit, technisch bestenfalls noch auf dem Niveau des späten zwanzigsten Jahrhunderts lebten.

Brador gab es nicht zu, doch ein Großteil der Biosanierung gründete auf Spekulation. Sie konnten die ältesten Dedelphi interviewen, die sie finden konnten, und sich von ihnen erzählen lassen, wie ihre Urgroßmütter den Planeten erlebten. Vielleicht fanden sich auch ein, zwei Berichte über irgendwelche ausgestorbenen Kreaturen, doch hinsichtlich eines genauen Verteilungsschemas natürlicher Gegebenheiten, zum Beispiel, wie viel Prozent der Planetenoberfläche früher einmal von Regenwäldern oder Steppen bedeckt waren, welche exakten Ausmaße ein Korallenriff hatte und welche Arten von Bakterien bestimmte Erdböden bevorzugten, mussten sie sich auf Computersimulationen und Extrapolationen stützen. Genau genommen, erschufen sie tatsächlich eine völlig neue Welt …

Ihr kam ein Gedanke. »Was geben die Dedelphi der Bioverse AG als Gegenleistung für diese Wunderkur?«

Brador setzte wieder sein unverbindliches Lächeln

auf. »Wir dürfen alles behalten, was wir an Nützlichem finden.«

Lynn sog zischend den Atem ein. Außer einer Handvoll isolationistischer Enklaven, basierten alle Welten der menschlichen Völker auf Nanotechnik. Nanotechnik wiederum basierte auf Proteinen und DNS.

Früher wurde stets davon geredet, Nanotechnologie bestünde im Wesentlichen aus mikroskopisch kleinen Maschinen und Getrieben, doch in Wirklichkeit war sie nichts anderes als sinnvoll eingesetzte, streng kontrollierte Biochemie.

Man hatte Bioverse die ungenützte Biochemie eines ganzen Planeten angeboten.

»Denken Sie darüber nach.« In Bradors runden Augen glänzte ein Funke. »Sie haben Atombomben auf Inseln abgeworfen, und trotzdem gibt es dort noch lebende Organismen. Bakterien, die strahlungsresistent sind. Die könnte man in Assembler verwandeln, welche sich nicht durch fluktuierende elektromagnetische Felder ablenken lassen. Auf dem Planeten befinden sich riesige Gruben mit unbehandelten anorganischen Abfällen, die von Mikroben besiedelt sind. Es bietet sich an, diese als Disassembler einzusetzen. Sie müssten von unglaublicher Effizienz sein. Dedelph ist überwuchert von Algen, die, wenn sie blühen, bunte Teppiche bilden, welche eine gesamte Meeresbucht verstopfen. Das Gewächs ist so robust, dass ihm nicht einmal die dort herrschende industrielle Verschmutzung etwas anhaben kann. Hier eröffnen sich völlig neue Wege, wenn es in Zukunft einmal darum geht, ätherische Toxine zu neutralisieren. Ich denke dabei an die Umwandlung von Gasriesen.« Er wedelte mit der Hand. »Seinerzeit hatten wir auf der Erde mit denselben Problemen zu kämpfen. Aber wir haben Tabula rasa gemacht und eine Säuberungsaktion größten Stils veranstaltet …« Er schien ihre säuerliche Miene bemerkt zu haben, denn er brach ab. »Ich weiß, ich weiß, aber gerechterweise muss man hinzufügen, dass wir es damals nicht besser wussten und keine Ahnung hatten, wie man solche Dinge anpackt. Uns blieb gar nichts anderes übrig, als so drastisch vorzugehen.« Der Glanz kehrte in seine Augen zurück. »Doch jetzt erhalten wir eine zweite Chance.

Vier Kollektive und sechs Enklaven stimmen ihre künftigen Haushaltspläne für die nächsten hundert Jahre auf dieses Projekt ab, Dr. Nussbaumer. Wir retten eine Welt. Sind Sie dabei?«

Eine Milliarde Leute. Es galt, eine Milliarde Leute zu transportieren, ihnen Schutz und Obdach zu gewähren und dabei die Bedürfnisse und Wünsche eines jeden Individuums zu berücksichtigen. Man musste verhandeln und Verträge schließen. Dafür sorgen, dass Abkommen auch eingehalten wurden. Streitigkeiten schlichten und im Keim ersticken, die seit Hunderten von Jahren schwelten. Ein ganzer Planet sollte gesäubert und restauriert werden.

»Ich werde darüber nachdenken«, versicherte sie mit einer, wie sie hoffte, gelungenen Mischung aus Zurückhaltung und gelindem Interesse.

Bradors Lächeln blieb nichtssagend höflich, doch Lynn hatte den entschiedenen Eindruck, dass er sich keine Sekunde lang von ihr hatte täuschen lassen. »Natürlich. Ihr Terminal kennt meine Direktadresse. Sie dürfen mich jederzeit kontaktieren.«

Sie verabschiedeten sich freundlich, und Lynn kappte die Verbindung. Wie betäubt von der Gewagtheit des Plans, den Brador ihr gerade unterbreitet hatte, saß sie da. Schließlich riss sie sich in die Gegenwart zurück und ging ins Wohnzimmer.

Dort wartete bereits David auf sie, hingeräkelt auf der Couch. Drei der Fenster waren nicht abgeblendet und ließen das Licht des Marsabends in den Raum hereinfluten. Das vierte Fenster zeigte die Paraphierung des Vertrags. Die Über Alle Gebietenden Königinnen erhielten soeben die Vertragstafeln von den Durch Wahl Bestimmten Anführerinnen.

Lynn ging über den dicken, burgunderroten Teppich, stellte sich hinter das Sofa und legte eine Hand auf Davids Schulter.

»Sieh dir das an«, sagte David mit leiser Stimme und deutete auf den Schirm. »Sie haben es tatsächlich getan.«

»Ich weiß. Ich hab die Unterzeichnung des Bündnisses schon gesehen.« Lynn fuhr fort, auf den Schirm zu starren. »In Crater Town haben sich unbeschreibliche Szenen abgespielt. Du hättest dabei sein müssen.« Lynn schüttelte den Kopf. »Im Grunde habe ich nie daran gezweifelt, dass ein derartiger Deal möglich sein könnte; ich hatte nur nicht daran geglaubt, dass ich es miterleben würde.«

Plötzlich fiel ihr Blick auf eine vertraute Gestalt; angestrengt spähte sie in die verschattete Zone am rechten Ende der Bühne.

Auf drei Stativbeinen stand ein Recorder und schwenkte seine beiden Objektive langsam herum, um die Zuschauer zu filmen, die sich in einer dichten Traube am Fuß der Bühne drängten. Ein Mensch bediente das Kontrollkabel. Lynn beugte sich vor. Es war ein Mann. Alte Erinnerungen wurden in ihr wach.

»Computer, den Mann auf der Bühne vergrößern.«

David hob fragend eine Braue, doch Lynn ging nicht darauf ein. Das Bild refigurierte sich, bis der hagere, dunkle, kahlköpfige Mann im Isolationsanzug den gesamten Bildschirm einnahm. Unwillkürlich grub Lynn ihre Finger in Davids Schulter.

»Arron«, flüsterte sie. Mit seinen Augen verfolgte Arron die Richtung, in die die Objektive des Recorders wiesen. Aus der Nähe sah es so aus, als peilte er suchend in ihr Wohnzimmer.

»Arron?« wiederholte David. »Doch nicht Arron Hagopian?«

Lynn nickte. Auf dem Schirm tippte Arron etwas in die Kontrollbox am Ende des Verbindungskabels ein. Das Zwillingsobjektiv fokussierte wieder die Delegierten auf der Bühne. Arron schaute gleichfalls dorthin. Er wirkte irgendwie angespannt und unglücklich und schien auf unerklärliche Weise gealtert zu sein.

Was ist los mit dir, Arron? Früher einmal hatte Arron ihr viel bedeutet, war aus ihrem Leben nicht wegzudenken gewesen. Sie hatte fest vorgehabt, ihn eines Tages, wenn sie die Zeit erübrigen konnte, zu suchen und ihre Freundschaft mit ihm zu erneuern. Mit David hatte sie ihn bekannt gemacht, und die beiden Männer hatten sich prächtig verstanden. Doch dann hatten sie sich endgültig aus den Augen und aus dem Sinn verloren.

Davids Blick wanderte zwischen Lynn und dem Bildschirm hin und her. »Möchtest du darüber reden, oder möchtest du weiter zuschauen?«

Lynn brachte ein Lächeln zuwege. »Eifersüchtig?« neckte sie ihn und zerstrubbelte sein kurz getrimmtes Haar.

Er hob die rechte Hand. »Ich war noch nie eifersüchtig auf Arron Hagopian, und das wird auch so bleiben«, stellte er richtig. »Obwohl ich ihn manchmal am liebsten grün und blau geprügelt hätte, weil er dich nicht zu schätzen wusste.« David legte die Hand auf ihre.

Dankbar drückte sie seine Finger. »Bildschirm abschalten«, befahl sie, und Arron Hagopian wurde durch eine schwarze Fläche ersetzt.

»Nun«, sagte David und drehte sich herum, damit er sie besser ansehen konnte. »Was hast du gehört?«

Lynn öffnete den Mund und schloss ihn wieder. *Was*

ich gehört habe? Kein Wort über Gehalt, Mitarbeiter oder die Bedingungen für eine Einbürgerung. Ich weiß nur, dass ich bei der Rettung einer ganzen Welt mithelfen soll, und mir kam gar nicht in den Sinn, irgendwelche anderen Fragen zu erörtern.

David beobachtete ihre Mimik, lauschte ihrem Schweigen und nickte. »Ja, mir ging es genauso.« In seinen Augen glänzte ein kaltes Licht. Mit den Fingerknöcheln streichelte Lynn seine Wange und senkte nickend das Kinn.

David war Epidemologe. Kurz nach dem Ausbruch der ersten Pestwelle kam er nach Crater Town, als es sich herausstellte, das nicht einmal zehn Prozent der Ärzte, die man gebraucht hätte, um die Epidemie zu bekämpfen, an Ort und Stelle sein würden. Seither hatte er Tausende von Patienten dahinscheiden sehen, wobei viele ihm buchstäblich unter den Händen wegstarben. Die Albträume, die Lynn regelmäßig heimsuchten, waren nichts verglichen mit den nächtlichen Panikattacken, mit denen David vermutlich für den Rest seines Lebens geschlagen war.

Bioverse hatte Lynn die Gelegenheit eröffnet, bei der Erschaffung einer neuen Welt mitzuwirken. David hingegen bekam die Chance, Leben zu retten.

»Okay.« Abermals drückte Lynn seine Hand. »Wir machen mit.«

David führte ihre Hand an die Lippen und drückte einen sanften Kuss darauf. »Wir machen mit.«

KAPITEL 2

Lynn starrte auf ihr frisch enthaartes Konterfei im Spiegel. Mit den Fingern strich sie sich über den kahlen, blassen, noch juckenden Schädel. Ihr naturbraunes Haar war gleich nach dem Herunterfallen vom Waschbecken und dem Teppichboden absorbiert worden. Vorsichtig zog sie mit den Fingerkuppen die Knochenbögen nach, an denen noch vor wenigen Minuten die Augenbrauen gesessen hatten.

Dann betastete sie den deutlich sichtbaren starren Punkt an ihrer Schläfe, der den Gedächtnisspeicher ihres Kameraauges enthielt. Sie dachte an David, der im Nebenzimmer schlief, und was er wohl empfinden mochte, wenn er sie so nackt und bloß direkt nach dem Aufwachen entdeckte. Ihre Kehle schnürte sich zusammen, und sie spielte ernsthaft mit dem Gedanken, sich ihre Kleider zu schnappen und sich im Wandschrank zu verstecken.

»Eitelkeit, dein Name ist Nussbaumer.« Sie legte den Mikrorasierer neben die Enthaarungscreme auf den Rand des Vakuumbeckens.

»Hey!«

Lynn schwenkte herum. In der Badezimmertür stand David, ebenso nackt wie sie, doch mit beträchtlich mehr Haaren ausgestattet. Während des dreiwöchigen Flugs vom Mars zum Dedelphi-System hatte er sich einen Bart wachsen lassen, und das sonst so kurz getrimmte Haar glich einem goldbraunen Gestrüpp.

Nach der Dusche würde er sich rasieren. Seit drei Wochen waren sie unterwegs zu ihrer neuen Wirkungsstätte. Heute war der Tag der Ankunft, ein Jahr und fünf Monate nachdem sie beide das Angebot einer Staatsbürgerschaft seitens der Bioverse AG angenommen hatten.

David blinzelte verschlafen und lehnte sich gegen den Türrahmen. Als sich ihre Blicke kreuzten, lächelte er. Er achtete bewusst darauf, weder ihren kahlen Schädel noch ihre anderen frisch enthaarten Körperpartien zu betrachten. Die einzigen Haare, die sie noch trug, waren die Augenwimpern, weil sich dort keine nennenswerten Allergie auslösenden Schüppchen bildeten. *Sehr taktvoll, Herr Doktor,* dachte sie halb liebevoll halb spöttisch. *Man muss den Leuten die Befangenheit nehmen.*

»Hey!« Sie nahm ihren Bademantel vom Handtuchhalter und schlüpfte hinein. Auf der nackten Haut fühlte sich die Seide ungemein glatt und kühl an. David nahm sie bei der Hand, als sie den Gürtel verknoten wollte, und zog sie zärtlich an seine Brust.

Sie blickte in seine sanften, braunen Augen. »David, wenn du jetzt sagst, die Glatze steht mir, dann schlage ich zu. Und zwar dorthin, wo's weh tut.«

David streichelte ihre Hand. »Das wollte ich nicht sagen.«

Mit den Fingern der anderen Hand zauste sie seinen Bart und suchte unter dem haarigen Pelz die vertraute Linie seines Kinns. Sie wusste, woran er dachte. Man hatte David an ein Hospital der t'Therianerinnen versetzt. Lynn hingegen würde von einer Insel zur nächsten hüpfen, wenn sie nicht gerade in ihrem Hauptquartier weilte, das einen ganzen Kontinent entfernt lag. Seit ihrer Heirat waren sie noch nie so lange voneinander getrennt gewesen.

David studierte angelegentlich ihre Fingernägel. »Mir ist da gerade etwas eingefallen ... Wie nennen die Einheimischen doch noch gleich ihre Welt?«

Lynn lächelte halbherzig. David beherrschte drei der auf Dedelphi geläufigen Sprachen. Sie selbst vermochte sich in fünf dieser Sprachen zu verständigen und konnte vier davon lesen. Bei einer Konferenz hatte sie damit angegeben, und das rieb er ihr ständig unter die Nase.

»Die t'Theria bezeichnen sie als Die Große Wiege. Die Getesaph nennen sie schlicht und ergreifend Ackerscholle oder Erde, wenn man so will, doch das könnte leicht zu Missverständnissen führen. Die Shi Ia haben ihr den Namen Unser Brutbeutel verpasst, die Fil sagen zu ihr So-weit-das-Auge reicht, und die Chosa Ty Poroth reden von ihrem Planeten als ...« Sie zögerte. Vor ihrem rechten Auge blitzte in gelber Schrift DIE FÜRSORGERIN auf. »Also, bei ihnen heißt er Die Fürsorgerin.«

»Ich werde mich nach den Gepflogenheiten an unserem Landeplatz richten.« Er räusperte sich. »Mir fiel gerade ein, dass wir uns in der Großen Wiege nur selten sehen werden, und du fehlst mir jetzt schon.«

»Es ist doch nur für ein paar Monate«, tröstete sie ihn. »Bis die Evakuierung abgeschlossen ist. Dann bewohnen wir sogar wieder unser eigenes Haus.«

»Ich weiß.« Unter dem Morgenmantel schlang er die Arme um ihre Taille und schmiegte sich eng an sie. »Halt mich trotzdem ganz fest, Lynn«, flüsterte er und rieb seine Wange an der ihren. »Die Zeit wird mir sehr lang vorkommen.«

Der Speisesaal in der Dedelphi Basis 1 war riesig. Er verfügte über eine umfangreiche Cafeteria, einen Garten und wabenförmig angeordnete separate Nischen mit Sitzecken. Ein an Außenkameras angeschlossener Bildschirm beherrschte die längste Wand. An diesem Morgen zeigte er die *Ur*, eines der zwei City-Schiffe, die bereits im Orbit kreisten und nur auf die Evakuierung des ersten Schwungs von über einer Milliarde Dedelphi warteten.

Jedes City-Schiff bestand aus zwei glitzernden Halbkugeln, die zu beiden Seiten einer kreisförmigen silbernen Scheibe saßen. Die Kontrollzentralen mit den Maschinenräumen und den Triebwerksphalangen waren in zwei kleineren Kuppeln untergebracht, die jeweils aus den Scheitelpunkten der gewaltigen Hauptglocken heraussprossen.

Im Vakuum schien es, als schwebe das Gewölbe auf einem tiefschwarzen See und würde von dessen glatter Oberfläche reflektiert. Die Projektion auf dem Schirm war so nahe herangezoomt, dass man im Innern der beiden spiegelbildlichen Dome die hell glänzenden Gebäude und grün belaubten Bäume ausmachen konnte.

Drei Dedelphi standen in enger Umarmung vor dem Wandschirm, offenbar fasziniert von dem spektakulären Anblick. Selbst von hinten erkannte Lynn Praeis Shin t'Theria und ihre Töchter. Sie schmunzelte und tippte kurz auf Davids Arm. David nickte und bedeutete ihr weiterzugehen, derweil er auf eine Essnische zusteuerte.

Lynn näherte sich bis auf eine höfliche Distanz und wartete darauf, dass Praeis von ihr Notiz nahm.

Alle drei Mitglieder der Familie Shin trugen leichte, klassisch-elegante Kleidung und waren für eine Begegnung mit Menschen gerüstet. Über ihre im Wesentlichen aus Bandagen bestehenden Isolationsanzüge hatten sie aufeinander abgestimmte, rosa marmorierte Roben gezogen. Die Köpfe schützten eiförmige Helme mit Luftfiltern, geräumig genug, um den ausladenden, beweglichen Ohren genügend Spielraum zu bieten.

In wenigen Stunden würden Lynn und David ihre für Menschen konzipierten Isolationsanzüge tragen und sich auf die Oberfläche des Planeten begeben.

Resaime, die kräftigere der beiden Töchter, richtete

ein Ohr auf Lynn. Ihr Blick folgte, und ihre Schwester Theiareth sowie ihre Mutter schlossen sich an.

»Lynn«, sagte Praeis und machte eine ganze Drehung. »Menschliche Umgangsformen im Dedelphi-System?«

»Noch befinden wir uns in einem Habitat der Menschen.« Lynn rückte näher an die drei heran, bis auf eine Entfernung, die sich für Dedelphi schickte. »Was haltet ihr davon?« Sie deutete auf die *Ur*.

»Aus dieser Perspektive wirkt sie wie ein Kunstwerk.« Praeis blickte auf die im kalten Glast der Sterne schimmernden Kuppeln und die Spielzeugstädte darin. »Ein Leben in diesem Schiff kann ich mir nur schwer vorstellen, aber der Anblick ist wunderschön.« Sie legte eine Pause ein. »Vielleicht ändert sich dadurch unsere Einstellung gegenüber dem Weltraum.«

»Haben die Großen Familien nichts für Raumfahrt übrig?« Lynn zog die Stirn kraus. »Ich weiß zwar, dass ihr nicht über Raumschiffe verfügt, aber ich dachte, das läge an ...«

Praeis wedelte sachte mit den Ohren. »An unserer rückständigen Technik? Nein.« Sie stieß einen Seufzer aus. »Es gab Zeiten, da betrieben ein paar der Großen Familien Raumfahrt. Leider benutzten sie ihre raumtüchtigen Flugmaschinen dazu, gigantische Felsbrocken auf ihre Nachbarn zu werfen.« Praeis ließ die Ohren schlaff herunterhängen. »Auf diese Weise wurden ganze Inseln vernichtet. Nach den ersten Vorfällen dieser Art schossen die Familien alles ab, das auch nur halbwegs aussah, als könne es den Orbit erreichen.« Sie richtete die Ohren wieder auf den Bildschirm. »Unsere Ingenieurinnen befassen sich eifrig mit dem theoretischen Grundlagenwissen, das Flüge ins All ermöglicht, und gelegentlich setzen wir Spionagesatelliten ein, wenn es unbedingt nötig ist ...«

»In den Schiffen leben wir weiterhin unter einem

Glassturz«, mischte sich Theiareth ein, das Thema wechselnd. Sie war schlanker als ihre Schwester und ungefähr einen Zentimeter kleiner. »Es wird uns seltsam vorkommen, wenn wir uns drunten in der Großen Wiege ohne Isolationsanzüge unter freiem Himmel bewegen.«

»Reisen dient dazu, seinen Horizont zu erweitern«, erklärte Lynn ernst. »Man macht neue Erfahrungen und gewinnt neue Freunde.«

»Apropos Freunde.« Resaime spitzte beide Ohren in Lynns Richtung. »Hast du schon mit deinem Freund gesprochen, Lynn?«

»Arron?« Lynn schüttelte den Kopf. »Vor dem Abflug habe ich ihm eine Nachricht via Hyperlink geschickt, bis jetzt aber noch keine Antwort bekommen.«

Nachdem Lynn Arron bei der zeremoniellen Vertragsunterzeichnung gesehen hatte, ließ sie nichts unversucht, um herauszufinden, was er so auf dem Heimatplaneten der Dedelphi trieb. Manche Antworten, die sie erhielt, klangen recht beunruhigend.

Res' Ohren wiesen immer noch erwartungsvoll auf Lynn. »Ich hatte ihn ziemlich lange aus den Augen verloren«, antwortete Lynn, bemüht, gleichgültig zu klingen. »Durch das Internet geistern ein paar seiner Veröffentlichungen, die den Schluss zulassen, dass er mit Bioverses Plan, Dede – Die Große Wiege – zu sanieren, nicht einverstanden ist. Vielleicht will er gar nicht mehr mit mir sprechen, weil ich für die Firma arbeite.«

»Nun ja«, meinte Praeis, ohne den Blick von der *Ur* abzuwenden, »er wird sich fügen müssen, wie wir alle.« Die Haut unter ihren Handschuhen wellte sich. »Entschuldige, wenn ich mich ein bisschen distanziert gebe, Lynn. Aber ich war geraume Zeit von zu Hause weg und …«

Lynn winkte ab. »Mach dir darüber keine Gedanken.«

Insgeheim fragte sie sich, ob Praeis immer noch den Brief ihrer Schwestern in der Tasche trug. Einen Monat vor Lynns und Davids Abreise nach Dedelph hatte Praeis Lynn zu Hause angerufen und gefragt, ob Bioverse ihr und ihren Töchtern Plätze auf dem Raumschiff zur Verfügung stellen könnte.

»Was ist passiert?« lautete Lynns erste Frage.

Praeis zeigte ihr ein paar Blätter des hauchdünnen Papiers, das die Dedelphi für ihre schriftlichen Notizen benutzten. »Meine Schwestern teilen mir mit, die Über Alle Gebietenden Königinnen hätten mich begnadigt und meine Rückkehr zur Großen Wiege befohlen.«

Sie hatte bestürzt geklungen, als wüsste sie nicht recht, was sie in diesem Moment empfinden sollte. Lynn konnte es ihr nicht verdenken. Praeis hatte ihr keine Einzelheiten erzählt, aber Lynn hatte sich zusammengereimt, dass Praeis für ein militärisches Desaster verantwortlich gemacht wurde. Bei irgendeiner von ihr befehligten Aktion waren eine große Anzahl von t'Therianerinnen gefallen. Gnädigerweise hatte man ihr danach erlaubt, durch eine Flucht ihr Leben zu retten.

Lynn riss sich aus ihren Erinnerungen. »Ich darf euch hier nicht länger aufhalten. Ich weiß, dass ihr euch für den Flug auf die Oberfläche rüsten müsst. Doch zuvor wollte ich euch noch eine gute Heimreise wünschen. Ihr habt meine Adresse auf dem Planeten?«

»Ja, wir wissen, wo wir dich erreichen können.« Praeis hob die Mundwinkel. »Vermutlich sehe ich dich demnächst, wie du uns da drunten mit einem Ochsenziemer antreibst, wenn die Umsiedlung beginnt.«

»Bis dahin vergeht noch eine volle Woche.« Lynn schmunzelte. »Gib gut auf dich Acht, Praeis. Und lass dich schnellstmöglich ans Netz anschließen. Wie soll ich ohne dich zurecht kommen? Ich brauche deinen guten Rat und deine Kritik.«

Praeis zwinkerte ihr mit glänzenden Augen zu. »Ich

hatte eher gedacht, du seist froh, für eine Weile deinen eigenen Kopf durchsetzen zu können.«

Lynn verneinte. »Ohne dich und David wäre ich hoffnungslos verloren.«

Praeis lachte. »Dir fällt doch immer etwas ein, dessen bin ich mir sicher.«

Lynn berührte Praeis an der Schulter. »Viel Glück, Praeis.«

»Sei bedankt.« Praeis nahm ihre Töchter bei den Händen. »Kommt, meine Töchter, es gibt noch viel zu tun.«

Lynn wünschte auch ihnen alles Gute; sie winkten mit den freien Händen und marschierten mit ihrer Mutter los.

Lynns Magen grollte überraschend laut. Eilig begab sie sich in den Garten der Cafeteria.

David mochte sich mit der synthetisierten, künstlich in Form gebrachten und durch Thermoschock gegarten Nahrung zufrieden geben, Lynn jedoch verfügte über funktionierende Geschmacksknospen, und ihr Magen war nicht mit Stahl verkleidet. Sie nahm sich einen Korb und schlängelte sich durch die Trauben miteinander schwatzender Menschen zu den verschiedenen Ständen.

Aus der Schublade unter der ›Batteriehenne‹ aus Keramik zog sie zwei Eier. Während sie an den Trögen voller Schwarzerde vorbeischlenderte, pflückte sie eine reife Tomate von einem Spalier und eine grüne Paprikaschote von einer Pflanze, die auf einem hüfthohen Kultivationstisch gedieh.

Die Äpfel leuchteten knallrot, doch die Orangenbäumchen standen erst in Blüte und parfümierten die Luft mit einem zarten, sommerlichen Aroma. Der Käse im Prozessor kam ihr nicht ausgereift genug vor, deshalb verzichtete sie darauf und bediente sich mit in Flaschen gefülltem Orangensaft, Kaffee und Milch. Zum

Schluss klaubte sie ein frisch gebackenes, noch warmes Brot aus dem Schlitz in der Backwaren-Box.

Sie freute sich schon darauf, wieder in ihrem eigenen Heim zu wohnen, einen Garten anzulegen und selbst zu kochen. Sowie die Evakuierung – Entschuldigung – die Umsiedlung abgeschlossen war, bekämen sie auf Dedelph ein Haus, in dem sie ganz nach Lust und Laune schalten und walten durften.

David hatte die Trennwände der Nische, in der er Platz genommen hatte, transparent gelassen, deshalb erspähte Lynn ihn im Nu. Wie eine Laborratte in einem übertrieben verschlungenen Labyrinth lavierte sie in seine Richtung.

Er warf einen Blick auf den Korb mit den rohen Nahrungsmitteln und schüttelte den Kopf. Sie ignorierte die Geste. »Computer, schick einen Kochjobber und blende die Wände ab.«

»Befehl wird ausgeführt.«

Die den Tisch umgebenden Wände nahmen einen blickdichten, neutralen Beigeton an.

Der Kochjobber kam hereingeflitzt und parkte sich gleich neben der Wand. Es handelte sich um eine simple Maschine, kaum mehr als ein mobiler Herd mit Stauraum für Töpfen, Küchenutensilien und Gewürzen. Während Lynn eine Melodie summte, hackte sie emsig Gemüse klein und schlug die Eier in einer Rührschüssel schaumig; sie war sich dessen bewusst, dass David hinter ihrem Rücken grinste. Als sie sich umdrehte, den Teller mit dem dampfend frischen Omelette in der Hand, gestand sie sich ein, dass das Produkt ihrer Kochkünste eine bemerkenswerte Ähnlichkeit mit Davids halb aufgegessenem Mischmasch aufwies, doch niemals hätte sie dies laut ausgesprochen.

»Demnächst werde ich dich einem Doppel-Blind-Versuch unterziehen«, sagte David, mit der Gabel auf sie zeigend, »und ich wette, dass du zwischen meiner schmackhaften Fertigmahlzeit und deiner Kost, die zu besorgen und zuzubereiten eine halbe Stunde gedauert hat, nicht unterscheiden kannst.«

»Es waren nur zwanzig Minuten, aber ich nehme die Wette an.« Lynn schaufelte sich eine Gabel voll in den Mund, kaute und schluckte. »Ahh, richtige Nahrung. Es geht doch nichts über diesen pikanten Beigeschmack von Blut und Dreck.«

»Die Einstellung von Primitiven.« David hatte die meiste Zeit seines Lebens in Weltraum-Enklaven verbracht, und die Konfrontation mit unverfälschter Natur erzeugte in ihm immer noch einen leisen Ekel.

»Lynn Nussbaumer«, meldete sich die neutrale Computer-Stimme aus der Tischplatte. »Iola Trace und Shane R.J. möchten Sie kontaktieren.«

Lynn fluchte und tauschte mit David einen Blick.

David hob die Schultern. »Ich wundere mich nur, dass man uns so lange in Ruhe gelassen hat.«

»Du hast Recht.« Sie trank einen Schluck Orangensaft. »Computer, ich nehme den Anruf entgegen.«

Die rechte Trennwand leuchtete auf und zeigte die dunkle, adrette Trace in ihrem spartanisch eingerichteten Büro mit den beruhigenden aquamarinblauen Wänden und den blitzblanken Arbeitsflächen. Vermutlich saß sie schon seit zwei Stunden im Arbeitsbereich der Station. Auf der hinteren Wand sah man R.J.'s schlaksige Gestalt. R.J., der ständig einen zerstreuten, gedankenverlorenen Eindruck machte, trödelte noch in seiner Kabine im Wohnmodul herum. Seine Wände boten den Anblick einer afrikanischen Savanne, durch deren hohes Gras Löwen pirschten. Lynn wusste immer noch nicht, wie sich R.J.'s Sinn für Ästhetik mit seinem Sinn für Humor vertrug, oder wie echt Traces Sinn für Schicklichkeit war.

Doch ihre Zusammenarbeit klappte vorzüglich, und geschickt hatten sie Lynn durch die Tücken und Klippen des Bioverse-Konzerns gelotst. Lynns verfügte über Dutzende von Mitarbeitern, denen wiederum Hunderte von Helfern unterstanden, aber Trace und J.R. fungierten als ihre persönlichen Assistenten. In jüngster Zeit schien ihre Hauptaufgabe darin zu bestehen, ihren Terminkalender einigermaßen übersichtlich zu halten, damit sie nicht von Konferenzen, Beratungsgesprächen und Kolloquien überrollt wurde. Brador hatte Lynn als Expertin für die Dedelphi eingeführt. Und das gesamte Personal von Bioverse schien sich verschworen zu haben, ihm nachzuweisen, dass er Recht hatte.

»Guten Morgen.« Grüßend hob Lynn die Gabel mit dem Omelettehappen.

»Guten Morgen, Lynn. Guten Morgen, David«, erwiderte Trace. David deutete mit seinem Kaffeebecher in die Richtung der Projektionen, um sich gleich darauf wieder seinem Omelette-Ersatz zu widmen und höfliches Desinteresse zu heucheln.

»Was liegt an?« erkundigte sich Lynn.

»Du meinst außer den drei geplanten Meetings, der Zusammenkunft des Beirats, dem du vorstehst, und der Vorlesung über die t'Therianische Kultur, die du hältst?« fragte R.J. nassforsch. Er warf Trace einen bedeutungsschwangeren Blick zu und lächelte überheblich. »Du hast verloren, Trace. Jetzt bist du dran.«

»Danke«, versetzte Trace mit einer Geziertheit, die Lynn für eine eingeübte Pose hielt. »Erstens: Die Lieferung der Hardware für die Personenregistrierung verzögert sich um mindestens eine Woche.«

Lynn ließ die Gabel fallen und stöhnte. David bedachte sie mit einem mitfühlenden Blick.

»Wie konnte das bloß passieren?« ächzte sie.

Trace konsultierte das Display auf ihrem Schreibtisch. »Offenbar hat sich jemand quer gestellt, nachdem die Projektbeschreibung und der Finanzierungsplan publik wurden.«

»Sie bestehen auf einem direkten Kredit, anstatt sich mit einer Anzahlung und Provision zufrieden zu geben«, mischte sich R.J. ein. »Anscheinend hat unsere PR-Abteilung doch nicht so gut gearbeitet, wie es wünschenswert wäre.«

»Was gibt es denn da abzuwiegeln?« Lynn reckte die Hände in die Höhe. »Es ist nun mal ein gigantisches Unterfangen. Wir evakuieren …«

»Aha!« R.J. drohte ihr mit dem Finger. »Es heißt ›Umsiedlung‹, schon vergessen?«

»Wir managen die Umsiedlung der Bevölkerung eines ganzen Planeten«, nahm Lynn leicht verschnupft einen neuerlichen Anlauf, »und säubern eine Welt, die um fünf Prozent größer ist als die Erde. Dass da Kontroversen auftauchen, war nur zu erwarten.« Firmenenklaven waren abhängig vom Wohlwollen ihrer Unternehmer und Subunternehmer; diese wiederum zehrten vom guten Ansehen ihrer Heimatenklaven, die sich auf der Erde selbst und verstreut über sämtliche von Menschen bewohnten Gegenden des Weltraums befanden.

Das Info-Web verband sämtliche dieser Enklaven zu einem engmaschigen Netz. Wenn man im Web eine schlechte Presse hatte, wurden die Enklaven nervös, die besten Unternehmer und Subunternehmer schmissen den Job hin und suchten sich eine krisenfestere Arbeit, oder sie trieben ihre Preise in astronomische Höhen. Bei einem Projekt wie dem bevorstehenden, das sich über viele Jahrzehnte hinweg erstreckte und stets neue Anforderungen an alle Beteiligten stellte, konnte ein Rückzieher bestimmter Kontraktoren katastrophale Konsequenzen haben.

»Nun, leider ist Haberbuild die wichtigste Stütze einer kleinen Enklave, und dort hat man nichts für Kontroversen übrig«, beschied sie Trace. »Deshalb verhandeln wir ja von neuem.«

»Kannst du die Vorgänge für mich herunterladen?«

Gedankenverloren stocherte Lynn in ihrem Essen herum. »Vielleicht kann ich helfen. Ich kenne ein paar Leute in der Enklave.« Sie legte eine Pause ein und stärkte sich mit einem Schluck Kaffee. »Und was kommt als Nächstes?«

»Zweitens« – Eine Zeit lang beobachtete R.J. seine durch die Savanne pirschenden Löwen – »wünscht Commander Keale dich dringend zu sehen, ehe die abschließenden Gesprächsrunden beginnen.«

Lynn verschluckte sich an ihrem Kaffee. Keale war der Leiter der Sicherheitsabteilung von Bioverse; er befehligte die Leute, die unter dem Spitznamen ›Marines‹ durchgingen. »Was will er von mir?«

R.J. zuckte die Achseln. »Hat er nicht gesagt. Aber wenn du ihn aufsuchst, dann vergiss bitte nicht, dass unser erstes offizielles Meeting für zehn Uhr anberaumt ist.«

Lynn erkundigte sich subliminal bei ihrem Implantat nach der Zeit, und vor ihrem rechten Auge blitzte die Anzeige 9:32 auf.

»Es gibt doch nichts Schöneres, als alles immer bis auf die letzte Minute aufzuschieben, nicht wahr?« erwiderte sie gelassen. »Also gut.« Sie warf David einen abbittenden Blick zu. »Gib Keale Bescheid, dass ich schon unterwegs bin.«

»Okay. Wir treffen uns hinterher in A 12.« R.J. kappte die Verbindung, und die Wand mit seiner Projektion war wieder leer.

»Ruf uns, falls du irgendetwas brauchst.« Traces Bild erlosch ebenfalls.

Lynn fasste David ins Auge. »Tut mir Leid.«

»Du kannst ja nichts dafür.« Er drückte ihre Hand. »Wenn wir uns nicht mehr im Zimmer sehen, begegnen wir uns spätestens im Shuttle wieder.«

Lynn stopfte sich den Rest des Omelettes in den Mund, spülte mit Orangensaft nach, schnappte sich den Kaffeebecher, küsste David hastig auf den Mund und begab sich in das Gewirr aus Korridoren.

Dedelphi-Basis 1 war für längere Aufenthalte konzipiert, deshalb führten die breiten Gänge häufig durch ein Arboretum oder Gärten mit Fischteichen und Rasenflächen. Als Baumaterial diente in erster Linie zu Platten geschnittener Stein oder künstlich in Bottichen gezüchtetes Holz. Das helle Licht wies das natürliche Spektrum einer durchschnittlichen Sonne auf.

Von ihrem Implantat ließ sich Lynn die Richtung anzeigen. Keales Büro lag unweit einer Nische, die man in einen Buddhistischen Felsengarten verwandelt hatte. Mittendurch verlief ein mit braunem Sandstein gepflasterter Pfad, sodass niemand die Sinuswellen im Sand zertrampeln musste.

Die Tür stand offen, und Lynn trat ein. Das Büro befand sich in einem der üblichen hexagonalen Räume; die Wände bestanden aus Metall, und der Fußboden war nackt. Mitten im Zimmer saß Keale an einer Multiterminal-Komm-Station. An der hinteren Wand verlief ein Konferenztisch, darüber hing ein Monitor mit zwei Darstellungen. Die Erste zeigte den Heimatplaneten der Dedelphi. Die zweite präsentierte den Konstruktionsplan eines der City-Schiffe, auf die man die Dedelphi umsiedeln wollte.

Lynn klopfte an den Türrahmen, und Keale blickte hoch. Über seinen breiten Schultern spannte sich die fesche grüne Uniform des Bioverse Security Teams. Bunte Streifen, vermutlich Orden und Auszeichnungen, dekorierten seine Brust, und am Stehkagen blitzten vier Sterne. Er war unrasiert. Das eisengraue, volle Haar umrahmte ein kupferbraunes, von tiefen Falten zerfurchtes Gesicht. Seinen kantigen Zügen sah man an, dass seine Vorfahren aus Europa sowie irgendwelchen äquatorialen Inseln stammten.

»Vorher und nachher?« Lynn deutete auf den Planeten und das City-Schiff an der Wand und setzte sich an den Konferenztisch.

»Ja, so ungefähr.« Keale verließ die Komm-Station und nahm Lynn gegenüber Platz. »Ich möchte Ihre Zeit nicht verschwenden, Dr. Nussbaumer. Mein Sicherheitskonzept wurde von den Projektleitern verworfen, und mit Ihrer Hilfe möchte ich es trotz der anfänglichen Ablehnung durchsetzen.« Er bedachte sie mit einem leicht spöttischen Lächeln. »Sowohl im HQ wie auf Dedelph lobt man Sie in den höchsten Tönen, und vielleicht hören die Vizepräsidenten auf Sie, wenn sie schon nicht auf mich hören wollen.«

»Dann erklären Sie mir bitte, worum es geht.« Lynn trank einen Schluck von ihrem Kaffee und bemühte sich, eine lockere Haltung einzunehmen.

Keale faltete die Hände auf der Tischplatte. »Meine Aufgabe besteht darin, die Sicherheit der Bioverse-Angestellten bei diesem Projekt zu gewährleisten. Ich muss mich darum kümmern, dass unsere Leute keinen exzessiven Gefahren ausgesetzt sind.«

Lynn lächelte mitfühlend. »Wir begeben uns mitten in ein Kriegsgebiet, Commander. Sie werden es nicht leicht haben.«

Er erwiderte das Lächeln. »Richtig. Und es ist ein Langzeit-Job.« Sein Blick wanderte zum Bauplan des Schiffs. »Allerdings spreche ich momentan nicht von den Risiken, die wir auf der Planetenoberfläche eingehen. Dort kämpft man gemeinsam gegen einen übermächtigen Feind, der vor niemandem Halt macht – die Pest, und findet kaum mehr die Zeit, sich gegenseitig zu bekriegen. In erster Linie mache ich mir Sorgen um unser Personal auf den City-Schiffen.«

Lynn runzelte die Stirn. »In den City-Schiffen leben die untereinander verfeindeten Großen Familien Hunderte von Meilen voneinander getrennt. Sie treffen gar nicht aufeinander.«

»Und genau das ist es, Dr. Nussbaumer« – Keale legte eine Hand flach auf den Tisch –, »was mir Kopfzerbrechen bereitet.«

Lynn hob die Brauen. »Wie bitte? Ich fürchte, ich komme da nicht ganz mit.«

»Die Dedelphi sind ein händelsüchtiges Volk. Sie kämpfen leidenschaftlich und ohne Skrupel, mit dem einzigen Ziel, den Gegner zu vernichten. Das war schon immer so.«

»Keiner streitet das ab, Commander«, beschied Lynn ihn geduldig. »Und die Dedelphi können Ihnen ausführlich erklären, warum dies so ist.«

»Ja, ein paar dieser Begründungen habe ich gehört.« Ein Ausdruck von Abscheu huschte über Keales Gesicht. Lynn nickte. Auch sie war mit diesen verworrenen Schwafeleien konfrontiert worden.

»Meine Teams haben die Grundmuster der Gewalttätigkeiten analysiert. Wie wohl zu erwarten war, attackiert ein Stamm oder ein Familienverband Angehörige jener Sippen am heftigsten, deren Verwandtschaft mit dem eigenen Clan am weitläufigsten ist.

Und an Bord der City-Schiffe trifft diese Definition auf uns zu.«

Langsam richtete Lynn sich auf. »Was genau wollen Sie damit sagen?«

Commander Keales Miene blieb unbewegt. »Die Dedelphi überfallen mit Vorliebe Gruppen, mit denen keine oder nur eine entfernte Blutsverwandtschaft besteht. Je größer der genetische Unterschied, umso eher ist ein aggressiver Akt fällig. Diese Handlungsweise beruht nicht auf einem Mangel an Ressourcen, es ist kein Aufstand von Sklaven gegen ihre Unterdrücker, oder weil sie ernsthaft bedroht werden. Sie bekämpfen sie, nur weil sie anders sind. Und die Menschen unterscheiden sich mehr von den Dedelphi, als die diversen Völkerschaften auf dem Planeten voneinander differieren.«

Lynn verlagerte ihr Gewicht. »Sie behaupten also, dass die Dedelphi uns zwangsläufig angreifen werden, obwohl es zwischen den Menschen und diesem Volk keine alten Fehden, keinen Grund für irgendwelche Zwietracht gibt?«

»Ich behaupte ...« – Keale sprach mit leiser, eindringlicher Stimme –, »dass sie essen, atmen, bumsen und kämpfen müssen. Sie brauchen Feinde. Wenn wir ihnen keine beschaffen, suchen sie sich welche, und wir, als die Personen, die in keine ihrer Familienstrukturen passen, sind die idealen Antagonisten.«

Lynn wartete, bis sie sicher war, dass ihre Stimme nicht überkippen würde. »Diesen genetischen Determinismus als schicksalhaftes Verhaltensmuster hat man schon vor vielen Jahren widerlegt.«

»Bei Menschen.«

Lynn holte tief Luft und blies bedächtig den Atem wieder aus. Dann lockerte sie ihren Griff um die Armstützen des Sessels. »Haben Sie jemals in den Dedelphi-Kolonien gearbeitet, Commander?«

»Nein.« Er schüttelte den Kopf. »Bioverse hatte dort keine Jobs für mich.«

»Na schön. Dann lassen Sie sich von mir über die so genannte Blutrünstigkeit der Dedelphi aufklären.« Sie blickte ihm fest in seine schwarzen Augen. »Im Gegensatz zu uns führen sie keine Kriege um Ideologien. Wenn sie ins Feld ziehen, dann gab es einen konkreten Auslöser. Und so lange es ihnen an Zündstoff für eine kriegerische Auseinandersetzung mangelt, verhalten sie sich ruhig.«

Keale öffnete den Mund, doch Lynn ließ ihn nicht zu Wort kommen. »In Crater Town leben Dedelphi aus sämtlichen Großen Familien Tür an Tür nebeneinander. Menschen bieten ihnen jede erdenkliche Unterstützung, als Ärzte, Berater, Handelspartner, *Nachbarn.* Ihre Sicherheitstruppe setzt sich aus Menschen zusammen.

Noch nie wurden diese Leute in irgendeiner Form attackiert, nicht einmal im Web. Die Dedelphi in Crater Town gehen sich weder gegenseitig auf die Gurgel noch fallen sie über die Menschen her, aus dem einfachen Grund, weil sie keinen Anlass für Konflikte haben.

Bis jetzt besteht die Allianz auf der Großen Wiege nur aus einer Formalie. Aber es wird daran gearbeitet, den Vertrag mit Leben zu erfüllen, freundschaftliche Beziehungen aufzubauen. Man sucht nach kulturell akzeptierten Ventilen, um etwaige aufgestaute Aggressionen zu sublimieren, sodass sie sich weder gegenseitig anfeinden noch mit uns einen Streit anzetteln. Wie Sie richtigerweise erkannt haben, ist der öffentliche Feind mittlerweile die Pest.«

»Ich bin vertraut mit dem formellen und dem auf privater Ebene angestrebten Frieden, Dr. Nussbaumer.« Offenkundig war Keale mit seiner Geduld am Ende. »Allerdings stößt der Vertrag nicht überall auf Wohlwollen, geschweige denn, dass er eingehalten wird. Bei den Dedelphi findet *nichts* allgemeine Zustimmung. Sie können sich nicht mal auf einen gemeinsamen Namen für ihr Volk einigen. Den mussten wir ihnen verpassen.« Er fasste sie lauernd ins Auge. »Sie sind mit den Gründerinnen von Crater Town befreundet, nicht wahr?«

Lynn nickte. »Meine Familie baute zusammen mit den Shin t'Theria die Kolonie auf. Ich wirkte als Managerin für Natur und Umwelt, bis ich mich von Bioverse anwerben ließ. Praeis Shin und ihre Töchter sind meine Freundinnen.« Sie verschwieg, wie sie Praeis' Hand gehalten hatte, als sie während der zweiten Pestwelle, die Crater Town heimsuchte, Totenwache am Sterbebett ihrer Schwestern Jos und Shorie hielten. Keale würde das nicht beeindrucken.

Er schien ihre Worte abzuwägen. »Freunde beurteilt

man nicht immer objektiv. Die Flüchtlinge, die im Solar System leben, sind unbewaffnet und auf das Wohlwollen der Menschen angewiesen. Viele von ihnen wurden von ihren Regierungen, wenn nicht gar ihren Familien, enteignet …«

»Viele von ihnen gelten als Heldinnen, weil sie ihren Familien gesunde Töchter gebaren, was ihre Schwestern daheim nicht konnten«, fiel Lynn ihm ins Wort.

Keale schüttelte den Kopf. »Trotzdem sind sie immer noch unbewaffnet und hilflos. Und sogar die Shin t'Theria waren klug genug, die Wahrung der öffentlichen Ordnung bewaffneten Menschen zu überlassen.« Er schaltete eine Kunstpause ein, um dem Gesagten den nötigen Nachdruck zu verleihen.

»Wie kommen Sie darauf, die Dedelphi könnten die Menschen in den City-Schiffen angreifen, wenn sie die menschlichen Sicherheitskräfte der Kolonie unbehelligt lassen?« fragte Lynn.

In Keales Augen glitzerte ein düsterer Funke. »Bilden Sie sich ein, in den Kolonien herrsche eitel Frieden? Wollen Sie abstreiten, dass die Getesaph, die Fil und die Chosa ty Porath in abgegrenzten, von Mauern geschützten Ghettos hausen?«

Lynn spürte, wie die Wut in ihr hochkochte. »Das Viertel der Getesaph ist ummauert, damit die dort heimischen Familien ihre Väter frei in den Straßen herumlaufen lassen können. Bei anderen Clans gilt dies nämlich als blasphemisch, zumindest als nachlässig, deshalb einigte man sich auf einen Kompromiss …«

»Aber es gibt Streitigkeiten«, beharrte Keale.

»Gelegentlich«, gestand Lynn ein. »Meistens zwischen Neuankömmlingen.«

Keale nickte. »Die Dedelphi, mit denen wir es demnächst zu tun haben, sind weder unbewaffnet noch hilflos. Noch nie zuvor war ihnen von außen so etwas wie Disziplin aufgezwungen worden. Man stopft sie für lange Zeit in ein Gefängnis, ein komfortables Gefängnis, zugegebenermaßen, doch es bleibt eine Form von Inhaftierung. Die kollektive Aggression, die sich notgedrungen aufstaut, findet kein Ventil. Also richten sie ihre destruktiven Triebe auf das nächstbeste Ziel, greifen sich gegenseitig an oder attackieren uns. Ihr Verhaltensmuster sagt mir, dass sie sich zuerst auf uns stürzen werden, da wir am wenigsten mit ihnen verwandt sind; es sei denn, wir bringen sie mit Clans zusammen, zu denen keine blutsmäßige Bindung besteht, und die sie seit eh und je als ihre Feinde betrachten. Selbstverständlich müssen wir daran arbeiten, dass die Bedingungen des offiziellen Friedensvertrags eingehalten werden, und dass sich so etwas wie freundschaftliche Bande entwickeln, doch für alle Fälle benötigen wir einen Prellbocke, einen Puffer, zwischen ihnen und uns.«

Lynn löste ihren Klammergriff um die Armstützen des Sessels und legte die Hände flach auf die Tischplatte. »Es tut mir leid, Commander, aber ich stimme nicht mit Ihnen überein und werde die Durchführung eines solchen Plans nicht unterstützen.«

In Keales Gesicht zuckte ein Muskel. »Ich verstehe. Na schön. Befürworten Sie denn, dass wir gut Acht geben müssen, welche Sippen wir zusammen einquartieren, und zu welchem Zeitpunkt die Umsiedlungen stattfinden?«

Lynn stand auf. »Ja. In diesem Punkt schließe ich mich vorbehaltlos Ihrer Meinung an. Der Zeitplan muss mit großer Umsicht bestimmt werden. Haben Sie meine Vorschläge zu diesem Thema gelesen?«

Keale nickte. »An Ihrem Konzept fand ich nichts auszusetzen.«

»Das freut mich.« Lynn rieb sich die Stirn. »Commander, ich möchte Sie etwas ganz Persönliches fragen.«

Er winkte mit seiner breiten Pranke. »Schießen Sie los!«

Lynn holte tief Luft. »Wissen Sie eigentlich, was für einen paranoischen, bigotten Eindruck Sie machen?«

Seine Lippen zuckten. Dann warf er zu Lynns Verblüffung den Kopf in den Nacken und lachte so schallend, dass das Echo von der hohen Zimmerdecke zurückgewofen wurde.

»Großer Gott!« Er wischte sich die Augen. »Endlich hat es mal jemand laut ausgesprochen.« Er schüttelte den Kopf. »Alle schleichen auf Zehenspitzen um mich herum und glotzen mich an, als wollten sie mir am liebsten den Marsch blasen, aber jeder hält den Mund, weil es nicht schicklich wäre, mich abzukanzeln. Es ist herzerfrischend, auf einen Menschen zu stoßen, der nicht mit seiner Meinung hinter dem Berg hält.« Er drückte die Schultern durch. »Um Ihre Frage zu beantworten, Dr. Nussbaumer – ja, ich bin mir vollkommen darüber im Klaren, dass man mich für einen verbohrten Fanatiker mit Wahnvorstellungen hält.«

Verwirrt über diesen emotionalen Ausbruch hakte Lynn nach: »Aber warum geben Sie sich dann so?«

»Weil ich besorgt bin«, entgegnete er, wieder vollkommen ernst. »Ich weiß, dass in der Mars-Kolonie alles wie am Schnürchen läuft. Das stimmt mich froh, doch die Personen, mit denen Sie und ich es jetzt zu tun haben, sind nicht dieselben, die vor dem Krieg und der Pest flüchteten. In diesem Fall handelt es sich um Individuen, die nach wie vor ihre Nachbarn mit Strahlenwaffen und Viren attackieren, und das aus Gründen, die ich nicht mal ansatzweise verstehe. Diese Leute bereiten mir Kopfzerbrechen.«

Lynn seufzte und betrachtete versonnen ihre Fingerspitzen. »Ich will Ihnen nicht widersprechen, Commander. Die Kriegstreiber, die Unbelehrbaren, machen auch mir schwer zu schaffen. Aber sie kämpfen nicht, weil sie nicht anders können. Sie kämpfen, weil sie Angst haben, und bei uns Menschen ist es nicht anders. Wenn wir ihnen keinen Grund geben, uns zu fürchten, haben sie auch kein Motiv, über uns herzufallen.« Sie wandte sich zum Gehen. »Haben Sie mir sonst noch etwas zu sagen?«

Auch Keale erhob sich von seinem Platz. »Nein, im Augenblick fällt mir nichts ein. Sollten weitere Fragen auftauchen, behandeln wir sie bei den offiziellen Meetings.«

»Okay. Wir sehen uns dann später.«

Keale berührte eine Taste auf dem Schreibtisch und die Tür glitt mit einem leisen Zischen auf. Lynn ertappte sich dabei, wie sie auf einen abschließenden Kommentar, irgendeine Bemerkung wartete, die ihr verraten hätte, dass das Projekt Keale wirklich am Herzen lag, dass es ihm darum ging, den Dedelphi zu helfen und ihre Welt zu retten. Doch er sah sie nur mit einem grüblerischen Ausdruck an.

Also drehte sie sich um und trat durch die Tür.

Während sie den Korridor entlangmarschierte, überlegte sie, ob sie Praeis von dem Gespräch erzählen sollte. Sie entschloss sich zu schweigen. Nichts wäre dabei gewonnen, wenn das Projekt von Anfang an mit Zweifeln und Bedenken belastet würde. Keale hatte ja selbst zugegeben, dass niemand seine Skepsis teilte. Warum sollte sie Praeis in seine pessimistischen Vorstellungen einweihen?

Lynn beschleunigte ihre Schritte. Sollte Keale getrost seine Paranoia hätscheln. Sie musste rechtzeitig bei einer Konferenz sein.

KAPITEL 3

Praeis Shin schaute zu, wie sich die in cremige, flockige Wolken eingehüllte Sphäre der Großen Wiege unter den Kameras des Shuttles drehte. Hin und wieder riss die Wolkendecke auf und gab den Blick frei auf die grauen Wogen eines Ozeans oder wie zufällig hingesprenkelte grüne und beigefarbene Inseln.

Ihre Töchter, die rechts und links von ihr standen, schmiegten sich eng an sie. Das Shuttle verfügte nicht über eine künstliche Schwerkraft, und steife, magnetische Schuhe hielten sie am metallenen Fußboden fest.

»Das ist also unsere Heimat?« Theiareth spähte angespannt auf den Schirm.

»Was für eine tiefschürfende Erkenntnis, Theia.« Resaime blähte die Nüstern. Der scheinbare Sarkasmus war nichts weiter als eine liebevolle Neckerei zwischen Beutelschwestern. »Geradezu genial.«

»Ja, das ist unser Zuhause.« Praeis tätschelte die Schultern ihrer Töchter, fühlte ihre kräftigen Muskeln und sonnte sich in der Aufwallung von Stolz, die sie überkam. Sie freute sich über ihre gesunden, hübschen, wohlgestalteten Kinder. Beide trugen rot und golden gemusterte Kilts und weiße Tuniken. Auf ihre Isolationsanzüge konnten sie verzichten, da man das Shuttle sterilisiert hatte, ehe sie an Bord gingen. Unter den Tuniken schützten bunt gemusterte Bauchgurte ihre sanft schwellenden Brutbeutel. Sie waren beinahe erwachsen, nicht mehr lange, und sie wären reif genug, um sie zur Mutter einer Mutter zu machen.

Theiareths Ohrspitzen richteten sich auf den Bildschirm. »Sieht der Erde aber ziemlich ähnlich, findet ihr nicht auch? Ich hatte mir unseren Heimatplaneten irgendwie ...« Sie wedelte mit der Hand. »Ich weiß nicht, ich hatte mir die Große Wiege anders vorgestellt.«

»Ohne die dichte Bewölkung würde man den Unterschied vermutlich auch erkennen.« Resaime streckte den Arm aus und zupfte leicht am Ohr ihrer Schwester. »Hier regnet es mehr als auf der Erde, nicht wahr?« Sie streifte die Mutter mit einem flüchtigen Blick.

Praeis nickte und bemühte sich, Theias Schulter nicht allzu fest zu umklammern. Vor zwanzig Jahren hatte sie ihre Heimat zum letzten Mal gesehen.

Ihre Zehen ballten sich in dem starren Schuhwerk zusammen, tasteten unwillkürlich nach etwas, das sie umkrallen konnten, um ihr inneres Gleichgewicht zu stärken. *Wieso möchte ich am liebsten auf der Stelle umkehren? Warum drängt es mich auf einmal, meine Töchter in meinen Brutbeutel zu stopfen und laut schreiend zum Mars zurück zu flüchten? Mein halbes Leben lang litt ich unter Heimweh; und jetzt, wo ich zu Hause bin, verlässt mich mein Mut.*

Als Reaktion auf ihr Schweigen rückten ihre Töchter noch dichter an sie heran. Durch ihren burgunderroten Sarong spürte Praeis ihre Körperwärme. Sie dufteten nach Sauberkeit, nach von Menschen hergestellter Seife und von Menschen gereinigtem Wasser. Ihnen haftete nicht der Ruch von Krieg, Blut, Intrigen und Lügen an, und in genau diesen Sumpf aus niedrigen Instinkten schleppte sie ihre beiden unerfahrenen Kinder.

Praeis zeigte dem Planeten ihre gebleckten Zähne. *Wenn du ihnen ein Leid zufügst, zahle ich es dir heim. O Welt meiner Ahninnen, ich schwöre dir bittere Rache, sollten meine Töchter durch dich zu Schaden kommen.*

»Achtung, eine Durchsage an alle Passagiere und Crewmitglieder.« Praeis spitzte die Ohren. Die Stimme aus der Bordsprechanlage klang unmelodisch und präzise. »In zwanzig Minuten tritt die *Margaret Teale* in die Atmosphäre ein. Bitte verstauen Sie Ihr Gepäck in die dafür vorgesehenen Fächer. Die Passagiere werden gebeten ...«

Praeis ließ die Ohrensegel erschlaffen. Ein letztes Mal drückte sie ihre Töchter fest an sich, ehe sie einen Schritt zurück trat. Die mechanische Stimme fuhr fort, die Liste von Geboten und Verboten herunterzuleiern.

»Wir müssen gehorchen, meine Kinder.« In den einzelnen Kabinen gab es nur Andruckliegen für die jeweiligen Bewohner, und das bedeutete, dass sie sich für den letzten Teil der Reise trennen mussten. Wenigstens hatte Praeis es geschafft, für Resaime und Theiareth eine Doppelkabine zu ergattern. Das Shuttle der Menschen war die einzige Transportmöglichkeit von der Raumstation zur Planetenoberfläche, und die Menschen legten großen Wert auf ihre Privatsphäre. Praeis konnte verstehen, dass man mit Feinden nicht gern auf Tuchfühlung ging, aber dass man sich von der eigenen Familie absonderte, vermochte sie nicht zu begreifen. Seit zwanzig Jahren lebte sie unter den Menschen, und dieser Aspekt erschien ihr immer noch äußerst rätselhaft und schier unglaublich.

»Gehorsam ist die erste Pflicht«, zitierte Resaime. »Komm, Beutelschwester.« Sie packe Theiareth beim Handgelenk und zog sie mit sich. Theiareth sah sich nach Praeis um, wackelte mit den Ohren und grinste. Praeis wusste genau, was sie jetzt dachte. *Resaime reißt gern das Kommando an sich.* Sie lächelte und merkte, wie sie sich entspannte. Die beiden Mädchen würden gut aufeinander aufpassen.

Der Landeanflug war eine unerquickliche, scheinbar nicht enden wollende Angelegenheit. Die Andruckliege war groß genug für einen hoch gewachsenen *Mann,* reichte für sie jedoch kaum aus. Nach einem Stunden dauernden freien Fall pressten die Beschleunigung und die Schwerkraft ihren Magen gegen das Rückgrat, und sie war froh, dass sie nicht gefrühstückt hatte.

Später quälte sich eine lange Schlange aus Menschen in Isolationsanzügen, t'Therianerinnen, nahen Anverwandten und Anderen durch die viel zu schmalen Gänge des Shuttles und versuchte, gleichzeitig die Töchter sowie das Gepäck einzusammeln.

Endlich erreichten sie die geöffnete Ausstiegsluke, atmeten die frische Luft der Halbinsel t'Aori ein und sahen, dass draußen ein dichter Vorhang aus Regen niederrauschte.

»'Esaph Pisse«, murmelte Praeis. Daran hätte sie denken müssen. Jetzt war es zu spät, um ihren Sarong auszuziehen. Sie hasste das schleimige Gefühl von nasser Kleidung auf der Haut.

Beim Verlassen des Shuttles prasselte die schweren Tropfen auf ihren Schädel und die Ohren. Der entzückende, weich fallende Sarong, den sie eigens angezogen hatte, um ihren Schwestern zu zeigen, dass ein Leben im Exil nicht unbedingt Armut bedeutete, klebte an ihrem Körper. Sie schloss ihre ersten Augenlider, eine halb durchsichtige Nickhaut, und beobachtete die Welt durch die filmige Membran.

Die nach unten führende Rampe war glatt und glitschig und konnte nur von Menschen problemlos bewältigt werden. Doch alle drei schafften sie es ohne auszurutschen bis auf den Boden, und ein sonderbares Gefühl des Triumphs machte sich in ihr breit. Die erste Hürde hatte sie genommen. Zusammen mit ihren erstgeborenen Töchtern stand sie hoch erhobenen Hauptes auf ihrem heimatlichen Planeten.

Theiareth wedelte mit den Ohren, spuckte herzhaft aus und zerrieb den Schnodder mit ihrem Stiefelabsatz. »Gesegnet sei der Boden meiner Großen Familie.«

»Ein frommer Wunsch, Theia, aber wir halten die

Schlange auf.« Resaime zerrte ihre Schwester an die Seite, damit ein einziger weiblicher Mensch gefolgt von zwei rauchblauen Schwestern aus einer nahen Familie passieren konnten.

Theiareth knuffte ihre Schwester an der Schulter. »Du bist so aufgeregt, dass du vor lauter Nervosität keuchst, Res. Hör also auf, mich zu maßregeln.«

Res klappte den Mund zu und blickte zu Praeis hinauf. »Wohin gehen wir?«

Praeis kniff die Nasenlöcher zusammen, damit es nicht hineinregnete, und spähte aufmerksam in die Runde. Sie hatte gehofft, ihre Schwestern oder die Königinnen hätten eine Eskorte geschickt, doch sie vermochte keine zu entdecken.

Doch die vertraute Umgebung verlieh ihr ein Gefühl der Sicherheit. Sie befanden sich auf einem ganz normalen Flughafen, der für Raumschiffe umgerüstet worden war, denn die t'Therianerinnen betrieben keine zivile Raumfahrt und schickten nur in sehr begrenztem Umfang militärische Sonden ins All. Von ihrem Platz aus konnte sie gerade noch die Türme mit den Abschussvorrichtungen erkennen, die Satelliten in den Weltraum beförderten.

Die Menschen waren fleißig dabei, die Baulichkeiten zu erweitern, doch im Wesentlichen hatte sich an dem Flughafen nicht viel verändert, seit sie zusammen mit einem Dutzend weiterer Flüchtlinge den Planeten in einem überfüllten, verdreckten Charterschiff der Menschen verließ. Damals hatte keine von ihnen mit einer Rückkehr zur Großen Wiege gerechnet, am allerwenigsten Praeis Shin.

Die Fluggäste des Shuttles, einige davon Bioverse-Berater, und ein paar heimkehrende Flüchtlinge, trotteten die Rampen hinunter und vermischten sich mit den Passagieren aus den wenigen militärischen und zivilen Fluggeräten, die sich über die Piste verteilten. Sie schlängelten sich vorbei an Ständen, deren Besitzerinnen, die meisten von ihnen wegen des Regens nackt bis auf den Beutelgurt, lautstark billige Transportmittel, saubere Unterkünfte und Personen-Suchdienste feilboten. Dumpingpreise! Frische Lebensmittel! Sauberes Wasser! Geschenke für die Mutter, die Schwestern! Immunität!

Praeis Ohren vibrierten, als sie das Wort aufschnappte, und sie drehte sich jählings um.

»Immunität! Resistenz gegen Gelenkfäule und alle Arten von Fieber! Das Mittel wirkt garantiert!« Praeis' Nüstern flatterten. Mehr als eine Kioskbesitzerin krakeelte ähnliche Versprechen. Zahlende Kunden drängelten sich um die Buden. Für manche war die Pest ein lukratives Geschäft.

Verbeulte Motorschlitten, mit Pedalen getriebene Autos und Karren, die von langhalsigen *Alar* oder schwerfälligen, riesenhaften *Oena* gezogen wurden, warteten in einem ausgefransten Halbkreis hinter den Ständen, zusammen mit ein paar der glänzenden, geschlossenen Fahrzeuge, die die Menschen für ihren eigenen Bedarf benutzten.

Über allem standen die Soldatinnen in ihren Wachtürmen. Sie trugen perlmuttfarbene, irisierende Körperpanzer und braune Stiefel; mit Augen und Ohren kontrollierten sie die Menge, auch wenn sie ihre Gewehre nicht im Anschlag hielten. Ihre helle, eher ins Graue als ins Blaue schattierende Haut, kennzeichnete sie als t'Smeras. Technisch gesehen lag der Raumflughafen auf ihrem Terrain, und der Friedensvertrag verlieh ihnen das Recht, ihn zu verteidigen.

Mit stiller Genugtuung vermerkte Praeis, dass ihre Panzerung nicht stärker war als es der normale Sicherheitsdienst erforderte. Sie sah keine erhobenen Schilde, keine Anzeichen für schwere Bewaffnung. Im Augenblick schien es relativ ruhig zuzugehen, wahrscheinlich gab es außer den üblichen Grenzscharmützeln mit den t'Ciereth und den t'Ianain keine besonderen Zwischenfälle.

Und so kurz vor der Umsiedlung hatten selbst diese vielleicht aufgehört. Vielleicht waren alle vollauf damit beschäftigt, sich auf den Massenumzug in die City-Schiffe vorzubereiten. Ihre Schwestern würden sie über den gegenwärtigen Verteidigungsstatus aufklären, und bis dahin durfte sie das Beste hoffen.

Als Praeis zum Flughafen zurückblickte, gewahrte sie drei Schwestern, die sich verschämt durch die Menge schoben und einen in eine dicke blaue Jacke gehüllten Vater mit sich führten. Seine Ohren klebten flach am Schädel und unruhig schnüffelnd sog er die Luft ein, während er sich von den Schwestern ins Schlepptau nehmen ließ.

Praeis deutete eine Verbeugung an, als die Schwestern und der Vater an ihr vorbeikamen. Eine Brise fächelte ihr seine mit Pheromonen geschwängerten Ausdünstungen zu. Auch ihre Töchter hatten die Witterung aufgenommen. Überrascht blähte Theiareth die Nüstern. Der Vater berührte Theiareth an der Schulter, betätschelte sie kurz und starrte sie mit leeren, seelenlosen Augen an. Die ihn begleitenden Schwestern zogen seine Hand zurück, murmelten ein paar Worte der Entschuldigung und setzten ihren Weg fort.

Theiareth betastete die Stelle, an der er sie angefasst hatte, und schluckte hart.

»Bist du wohlauf?« fragte Praeis. »Das kam ziemlich unerwartet.«

»Ich bin wohlauf.« Theiareths Haut rippelte sich vor Unbehagen. »Es geht mir gut.«

»Du siehst aus, als würdest du gleich kotzen«, kommentierte Resaime.

»Danke, dass du uns darauf aufmerksam gemacht hast, Resaime«, versetzte Praeis.

Halb entsetzt, halb fasziniert, glotzte Theiareth dem Vater hinterher. Praeis fasste nach Theiareths Kinn und drehte sanft aber unnachgiebig ihr Gesicht herum, bis Theia der Mutter direkt in die Augen blickte. »Das ist etwas ganz Natürliches, Theia, es gehört nun mal zum Leben. Und eines Tages sind du und ich an der Reihe.«

»Keine von uns würde dich in aller Öffentlichkeit vorführen«, grollte sie. »Haben sie denn kein Mitleid?«

»Die Getesaph lassen ihre Väter frei auf der Straße laufen«, bemerkte Resaime, hauptsächlich, weil sie auf Theiareths Reaktion gespannt war, dessen war Praeis sich sicher.

»Und weil sie es tun, findest du es richtig. Eine verdrehte Logik, Res.«

»Theiareth, du bist unglaublich spießig.«

»Ach, wenn dir später einmal die Seele in die Lenden rutscht, muss ich wohl …«

»Das reicht jetzt!« Praeis bleckte die Zähne. »Habe ich euch etwa Manieren beigebracht, oder nicht? Achtet bitte auf euer Benehmen. Unsere Blutsverwandten sollen nicht glauben, dass wir zu Barbaren degeneriert sind.«

Absolut synchron protestierten ihre Töchter: »Aber sie hat angefangen …«

»Wenn ich es für wichtig gefunden hätte, hätte ich euch beide längst darüber aufgeklärt.« Insgeheim verwünschte sie die drei fremden Schwestern, weil sie den Vater draußen herumführten, als wäre nichts dabei. Seine Berührung hatte Theiareth aus dem seelischen Gleichgewicht gebracht. Sie und Resaime waren alt genug, um die Schwellungen in der Intimzone zu spüren, die durch sein Odeur und den Körperkontakt ausgelöst wurden. Beide Töchter krümmten sich innerlich und strengten sich mächtig an, um diese ungewohnten Gefühle zu unterdrücken.

Sie zog sie unter das schmale Vordach eines Wartungsschuppens, weg vom Hauptstrom der Fußgänger, wo sie vorübergehend vor dem ärgsten Regen geschützt waren.

»Kommt, Töchter, lasst uns die Sachen ausziehen.« Praeis stellte ihr Gepäck ab, löste die Nadeln aus ihrem Sarong und schälte den nassen Stoff von ihrer Haut. Es war eine Wohltat! Resaime und Theiareth entledigten sich ihrer Kilts und Tuniken und reichten sie Praeis. Sie wrang sie aus und stopfte sie in eine Tasche, derweil sie hoffte, das feuchte Zeug würde nicht auf die anderen Kleidungsstücke abfärben.

»Praeis Shin t'Theria!«

Sofort richtete sich Praeis zu ihrer vollen Größe auf. Zwei Waffenschwestern, die in ihren Körperpanzern wuchtig und ungelenk wirkten, pflügten durch die Menge. Als sie näherkamen, erkannte Praeis zu ihrer großen Freude, wer sie waren.

»Neys! Silv!« Glücklich lachend umarmte Praeis ihre alten Waffengefährtinnen. »Was treibt ihr denn hier?«

»Was wir hier treiben?« Neys, von gedrungener Statur, mit straffer Haut und offenkundig wohlgenährt, mimte die Beleidigte. »Man hat uns geschickt, um dich und deine Töchter sicher zur Residenz der Königinnen zu geleiten. Seit einer Stunde stehen wir im Regen und warten auf euch.«

»Dann darf ich euch meine Töchter vorstellen.« Praeis schob Theia und Res nach vorn. »Resaime Shin t'Theria, Theiareth Shin t'Theria. Töchter, das sind meine Waffengefährtinnen, Silv Cesh und Neys Cesh.« Umarmungen wurden ausgetauscht, herzlich von Seiten der Waffenschwestern, zögerlich von den Töchtern.

»Kommt mit, kommt mit! Die Königinnen erwarten euch!« Silv war genauso kurz geraten wie ihre Schwester, aber wesentlich schlanker. Ehe Praeis eingreifen konnte, schnappte sie sich drei der Taschen und marschierte damit schnurstracks in die Menge hinein.

Neys schlenkerte die Ohren und bemächtigte sich der drei anderen Gepäckstücke. »Alle müssen sich immerzu nach meiner Schwester richten«, meinte sie vergnügt und folgte Silv.

Lachend schüttelte Praeis den Kopf. Die beiden hatten sich nicht verändert, außer, dass sich auf ihren Panzern noch mehr Orden und Medaillen angesammelt hatten. Während sie eine Stadt für Flüchtlinge gebaut hatten, dienten Silv und Neys tapfer, ehrenvoll und unermüdlich ihrem Volk. Sie nahm Res und Theia an die Hand und eilte den Waffenschwestern hinterher, ehe sie sie aus den Augen verlor.

Silv stapelte ihr Gepäck in einen blitzblank gewienerten Jeep mit der Aufschrift KÖNIGLICHE GARDE und scheuchte sie auf ihre Plätze. Praeis und ihre Töchter quetschten sich auf die hintere Bank, Neys und Silv nahmen die vorderen Sitze in Anspruch.

Silv startete den lauten, stotternden Motor und steuerte unbehelligt durch das Flughafenportal und über den Verbindungsweg zwischen der ersten und der zweiten Mauer. Hinter der eingeebneten, zubetonierten Sicherheitszone passierten sie die altertümlichen, mit Stahl und Titan verstärkten Tore und gelangten in die Stadt t'Theria.

Augenblicklich tauchten sie zwischen die schmalen Gebäude ein, die durch enge, ineinander verschachtelte Gässchen getrennt wurden. Sämtliche Häuser besaßen mit dickem Glas verkleidete Fenterschlitze und einen grellbunten Anstrich. Viele der Wandfresken waren vom Ruß stark gedunkelt, oder die Farbe blätterte ab, wenn sie niemand erneuerte. Die parallel zu den Straßen verlaufenden Kanäle führten verschmutztes, schwarzes Wasser und erstickten in Unkraut, Moos und Abfällen.

Sie fuhren an einer Debattiermauer vorbei. Ein kleines Grüppchen von Müttern, Schwestern und sogar ein paar Töchter lasen die daran angeschlagenen Verlautbarungen; am hinteren Ende der Mauer sprachen zwei Schwestern in salbungsvollem Ton auf ihre spärliche Zuhörerschaft ein.

Elendsbuden aus geplündertem Material duckten sich neben Gebäude, in denen Leute wohnten, die noch die Miete für vier massive Wände und ein solides Dach über dem Kopf aufbringen konnten; doch der Mietzins brachte den Hauseigentümern zu wenig ein, als dass sie sich noch der Bedürftigen in der Nachbarschaft hätten annehmen können.

Die mit Lianen und Schlingpflanzen überwachsenen Bäume, die am Straßenrand wuchsen, waren oftmals geborsten oder angekokelt und zeugten davon, dass diese Gegend noch nicht lange befriedet war – wenn überhaupt. Ein paar Kioskbesitzer zogen ihre mit Waren beladenen Karren über den Gehweg. Schwestern, die nahestehenden Familien angehörten, huschten gesenkten Kopfes daher, als würden sie sich am liebsten unsichtbar machen.

Erst jetzt vergegenwärtigte sich Praeis, dass die Stadt wie ausgestorben wirkte. Früher hatte es in den Alleen und auf den verzweigten Überführungen von Leuten gewimmelt. Ganze Familien wohnten auf Decken auf den Straßen und verhökerten Esswaren und Dienstleistungen an die Passanten. Boote schipperten durch die Kanäle. Die Schiffsführerinnen bedachten sich gegenseitig mit derben Flüchen und beschimpften hingebungsvoll die tolldreisten Schwestern, die gelegentlich einem Kahn hinterherschwammen. Waffenschwestern marschierten oder defilierten in zwei, drei Dutzend Kopf starken Abteilungen und hielten den gesamten Verkehr auf.

Nun jedoch war außer dem Motorenlärm des Jeeps kein Geräusch zu vernehmen. Sie zählte vielleicht zwanzig Fußgängerinnen. Auf den Kanälen herrschte nicht der geringste Betrieb.

»Bei meinen Ahninnen«, hauchte sie. »Wie viele von uns hat die Pest hinweggerafft?«

Silv hielt die Augen und Ohren auf die Fahrbahn gerichtet. »Die Hälfte.«

»Die Hälfte?« würgte Praeis hervor.

»Bis jetzt«, ergänzte Silv grimmig. »Wenigstens haben wir die Leichen aus den Kanälen geborgen.«

Praeis ließ die Ohren hängen, bis die Spitzen der Segel ihre Schultern berührten. Sie spürte, wie die Hände ihrer Töchter auf ihren Armen ruhten, doch die Berührung vermittelte ihr keine Wärme. Sie hatte die Toten in den Kolonien gesehen, hatte ihre Schwestern und vier Töchter verloren, doch mitzuerleben, wie die Schwestern millionenfach starben ...

Bis jetzt die Hälfte. Ach, meine Ahninnen, wie konnte es dazu kommen?

Silv bog scharf nach links ab, und der Jeep holperte rumpelnd über eine Kanalbrücke. Die Gebäude fächerten sich auf und formierten sich zu der breiten Laubenpromenade, die vor den Wassergräben und Brücken verlief, die die massigen Wälle der Residenz der Königinnen umgaben.

Sie wurden offensichtlich erwartet. Als der Wagen näherrollte, schwang das Hauptportal gravitätisch auf, und Silv fuhr hindurch und auf den alten, kopfsteingepflasterten Innenhof.

»Neys, bring sie zur Tür.« Neben einer der Kasernen für die Königliche Garde hielt Silv den Jeep an. »Ich parke den Wagen, verstaue das Gepäck und kommt mit der Ehrengarde hinterher.«

»Wie du befiehlst, Schwester«, stimmte Neys fröhlich zu. »Aber vielleicht sollten sie zuerst die Sicherheitskontrolle passieren.«

»Du hast Recht, Schwester«, versetzte Silv trocken. Neys wackelte mit den Ohren und stieg aus dem Auto. Praeis und ihre Töchter folgten.

»Sie übernimmt wirklich gern das Kommando«, äußerte Res verhalten, aber nicht leise genug.

»Das war schon immer so«, erwiderte Neys verschmitzt. »Hat eure Mutter euch erzählt, was wir damals …?«

»Später, Neys«, fiel Praeis ihr verzweifelt ins Wort. »Wir sollten die Königinnen nicht warten lassen.«

Neys führte sie in die Wachstube, wo zwei gelangweilt dreinblickende Schwestern des Dritten Ranges sie nach Waffen, frischen Narben, und Krankheitssymptomen untersuchten. Schließlich trugen sie ihre Namen in ein Logbuch ein und vermerkten, dass sie passieren durften. Res und Theia ließen die Prozedur klaglos über sich ergehen. Praeis hatte sie vorgewarnt, dass sie mit einer Leibesvisitation rechnen mussten. Doch zu ihrer eigenen Überraschung hätte sie aus der Haut fahren mögen, als sie zusah, wie die Wächterinnen ihre Töchter filzten.

»Feine Kinder«, lobte Neys, während sie sie über den Hof geleitete. »Hast du noch mehr Töchter?«

»Ihre Schwestern starben an der Pest«, erklärte Praeis. Ein stechender Schmerz durchzuckte sie, als sie die Worte aussprach.

Ein Anflug von Kummer huschte über Neys' Gesicht. »Wir alle haben Angehörige durch die Krankheit verloren.«

Neys verfiel in Schweigen und schien düsteren Erinnerungen nachzuhängen. Wortlos nahm Praeis ihre Töchter an die Hand. Den Blick heftete sie auf die Residenz der Königinnen. Der sichelförmig angelegte Komplex breitete gewissermaßen die Arme aus, um die gesamte Halbinsel t'Aori zu umfangen. Wie die Stadt, so befand sich auch das Anwesen in einem erbärmlichen Zustand. Nur noch die mittlere der drei Kuppeln glänzte in einem strahlenden Türkisgrün. Die beiden anderen waren bei irgendeinem Angriff zerstört und verbrannt und hinterher nie wieder instand gesetzt worden. Die Fassade wies Dutzende von Fenstern auf, doch lediglich drei oder vier waren beleuchtet.

Das Poltern von Stiefeln auf Kopfstein riss sie aus ihren Gedanken. Silv erschien mit der versprochenen Ehrengarde: Vier Waffenschwestern, die einen leicht gehetzten Eindruck machten. Neys, Silv und eine weitere Waffenschwester bezogen vor Praeis und ihren Töchtern Position. Die anderen nahmen hinter ihnen Aufstellung.

Praeis erinnerte sich an die Zeit, als der Palast in einer Vielzahl von Lichtern erstrahlte. Ministerinnen, Beraterinnen, Adlige Schwestern, Bedienstete und Bittstellerinnen pendelten durch die Säle, standen diskutierend und palavernd beieinander oder eilten beflissen und mit zerstreuten Mienen vorbei, sofern sie sich auf einer Mission befanden.

Nun gemahnte der Bau an ein Mausoleum. Die Versammlungsräume hallten wider vom Echo ihrer Schritte, als sie hindurchmarschierten. In den schattigen Winkeln lauerten verschwommene Strukturen, in denen Praeis kunstvolle Standbilder und seidene Möbelstücke wiederzuerkennen glaubte, während sie sich fragte, was sich wirklich in den dunklen, heimlichen Ecken verbarg.

Eine breite Treppenflucht führte nach oben. Die Türflügel aus Obsidian, hinter denen der Große Debattiersaal lag, standen weit offen. Neys und Silv steuerten auf das Licht zu.

»Praeis Shin, Resaime Shin und Theiareth Shin, Angehörige der hochedlen Familie t'Theria, sind auf Geheiß der Erlauchten Majestäten erschienen, um den Über Alle Gebietenden Königinnen ihre Aufwartung zu machen«, meldeten die drei Waffenschwestern im Chor und traten dann beiseite.

»Das ist unser Stichwort, Töchter.« Praeis drückte

Res' und Theias Hände. »Wenn ihr die Erlauchten Schwestern anredet, müsst ihr die Augen schließen und die Hände hochheben. Diese Stellung behaltet ihr bei, bis man euch auffordert, euch zu rühren. Also los!«

Wenigstens der Debattiersaal hatte sich nicht verändert. Ein Dutzend schwerer Marmortische, an denen jeweils zwanzig Personen Platz fanden, standen in einem Halbkreis unter den Porträts der königlichen Ahninnen. Die Fußbodenmosaiken zeigten die Halbinsel und den Archipel von t'Aori in einem blaugrauen Ozean. Es war ein prunkvoller, feierlicher Ort, durch seine Leere indessen jedweder Atmosphäre beraubt. Außer den Königinnen hielten sich dort nur noch vier Dienstmägde auf, die emsig an der zur Linken liegenden Küchengrube herumwerkelten.

Die Über Alle Gebietenden Königinnen umringten eine der urtümlichen zentralen Heizmulden. Die Majestäten wirkten stark gealtert. Praeis hatte miterlebt, wie die Königinnen die Regierungsgewalt übernahmen. Damals hatten sie vor Vitalität gesprüht. Zwei von ihnen waren trächtig gewesen, und ihre Brutbeutel wölbten sich mit der kostbaren Last ihrer Töchter. Nun sahen sie aus wie Greisinnen, mit welken, schlaffen Zügen und einem fahlen Teint, dessen Blässe durch die einfachen schwarzen Roben noch betont wurde. Von den Töchtern keine Spur. Praeis fragte sich, ob sie überhaupt noch lebten.

Trotz ihrer Veränderung erkannte Praeis alle drei. Die spontane, geradlinige, massige Ueani Byu, dann die subtilere Aires Byu, die mit Worten verletzen konnte wie mit einem Messer, und zwischen ihnen die Erstgenannte Königin, Vaier Byu. Man unterschätzte sie leicht, wenn man nicht aufpasste, doch sie regierte die Trojka, die wiederum über die t'Therianerinnen herrschte.

»Willkommen daheim, edelste Schwester Praeis

Shin.« Vaier Byu trat einen Schritt vor. »Und auch euch entbiete ich meinen Gruß, hochedle Schwestern Resaime Shin und Theiareth Shin.«

Praeis schloss die Augen und hob die Hände, wobei die Innenflächen auf die Trojka wiesen. »Meine Töchter und ich sagen den Allererhabensten Majestäten unseren Dank.«

»Ihr seid erwünscht.« Aires Byu sprach mit ruhiger, samtiger Stimme, die dennoch den gesamten Raum füllte. Kleiderstoff raschelte. »Öffne die Augen, Praeis Shin, und nimm mit deinen Töchtern Platz. Das Essen wird gleich aufgetragen.«

»Seid bedankt, Erlauchte Schwestern.« Praeis hob den Blick.

Sie und ihre Töchter hockten steif auf einem Sofa unter einem Porträt der fünf Mutterköniginnen. Die Über Alle Gebietenden Königinnen setzten sich jeweils in einen Sessel. Praeis kam sich eingekreist vor und hoffte, man würde ihr ihre Beklemmung nicht anmerken. Die Köchinnen brachten Gläser mit Wasser oder Tee, dazu servierten sie Fischhäppchen und kleine Kuchen aus geröstetem Reis. Das köstliche Aroma ließ Praeis das Wasser im Mund zusammenlaufen. Sie verteilte Portionen an ihre Töchter und nahm sich selbst ein Stück Fisch, derweil sie sich bemühte, die Blicke der Königinnen zu ignorieren.

»Nun denn.« Vaier Byu führte ihr Glas mit dem Grünen Tee an die Lippen und nippte daran. »Was hat man dir erzählt?«

Praeis leckte sich die Reste des herrlich warmen Mahls von den Fingern. »Nur, dass ich begnadigt wurde, und dass man mich braucht.«

Aires Byu senkte die Ohrspitzen; ob dies eine Bestätigung oder Billigung andeuten sollte, vermochte Praeis nicht zu sagen. »Hast du dir über die Gründe für den Königlichen Pardon Gedanken gemacht?«

Praeis spreizte die Finger. »Ich vermute, die Pest, die Allianz und die Zeit haben den Gnadenerlass bewirkt.«

»Eine logische Schlussfolgerung.« Ueani Byu nahm sich einen Reiskuchen und verputzte ihn mit zwei Bissen. »Und gar nicht mal so verkehrt.«

»Ich stehe den t'Therianerinnen und unseren Majestäten zu Diensten«, legte Praeis dar. »Wie immer.«

»Und was ist mit deinen Töchtern?« erkundigte sich Ueani. »Diesen kinderlosen Kindern, die t'Aori zum ersten Mal sehen? Wie lautet deren Einstellung?«

Res' Wangen zuckten. »Die Loyalitäten unserer Mutter sind auch die unseren.« Sie sprach heftiger als erlaubt und vergaß, die Augen zu schließen, aber ihre Worte waren gut gewählt. Praeis nahm ihre Hand und drückte sie sachte, in der Hoffnung, die geballte Faust zu lockern.

»Wie es sich für wohlgeratene Töchter gehört.« Aires Byu vertilgte den nächsten Reiskuchen. »Mir scheint, du hast ein hitziges Temperament.«

»Das genügt, Aires«, wiegelte Vaier Byu ab. »Auf deine Töchter kannst du stolz sein, Praeis Shin. Ich freue mich, dass du wieder bei uns bist.« Prüfend beäugte sie die Neige in ihrem Teeglas. »Ist dir bekannt, wie viele von uns bis jetzt an der Pest zu Grunde gegangen sind?«

Praeis Schultern verkrampften sich. »Ich hörte, die Hälfte unseres Volkes sei dahingeschieden.«

»Die Hälfte.« Vaier Byu trank einen Schluck Tee. »Vielleicht stimmt das sogar. In Wahrheit kennen wir die Todesrate nicht. Unsere nahen Verwandten und die alten Verbündeten tappen genauso im Dunkeln. Wir wissen nur, dass unsere Städte verwaist, unsere Armeen geschrumpft und die wenigen Überlebenden mit Narben übersät, taub und mitunter verkrüppelt sind.

Sollten uns die Getesaph heute angreifen, könnten

wir sie zurückschlagen, aber es wäre ein äußerst knapper Sieg.«

Am liebsten hätte Praeis vor diesen Worten die Ohren verschlossen, doch sie zwang sich, weiter zuzuhören.

»Natürlich weiß die Öffentlichkeit nicht, wie sehr unsere Kräfte geschwächt sind, doch die meisten ahnen etwas. Man weiß auch, wie problematisch es sein wird, die nächste Ernte einzubringen, und man fragt sich, was in dem Jahr danach kommt. Selbstverständlich ist niemandem entgangen, wie wenige Fischerboote überhaupt noch auslaufen können. Noch spürt man den allgemeinen Mangel nicht, aber in einem Jahr wird sich das ändern. Bestehen bleibt die Tatsache, dass unsere Schwestern und Töchter an der Pest sterben.« Sie hob den Blick und fasste Praeis scharf ins Auge. »Du verstehst sicher, Edelste Schwester, weshalb wir uns entschlossen, der Allianz beizutreten.«

Praeis senkte zustimmend die Ohren.

Vaier Byu nippte abermals an ihrem Tee. »Gewiss wirst du auch für Folgendes Verständnis aufbringen. Manche finden, der Preis, den wir für die Rettung unserer Großen Familie zahlen, sei zu hoch. Sie behaupten, nicht alle von uns würden an der Krankheit eingehen, die diese neue Waffe verbreitet hat, und auch die zu eventuell erwartende Hungersnot würde nicht das gesamte Volk umbringen. Sie meinen, wir sollten uns nicht mit denen verbünden, die das Blut unserer Mütter vergossen haben, und uns die Seelen unserer Mütter raubten. Nicht wenige vertreten diese Auffassung. Wir fürchten, sie sind zahlenmäßig denen überlegen, die das Bündnis uneingeschränkt befürworten.«

»Unter den Gegnerinnen der Allianz befinden sich auch deine Blutsschwestern Senejess und Armetrethe.«

Praeis senkte den Kopf. *Ach, Schwestern, was habt ihr nur während meiner Abwesenheit angestellt?*

»Nicht viele von uns können ihren Schwestern die Stirn bieten«, fuhr Aires Byu fort. »Aber du hast dich ihnen schon einmal widersetzt, und du wirst es wieder tun.«

Praeis blickte hoch und öffnete den Mund.

»Sag jetzt nicht, du wüsstest nicht, wovon ich spreche.« Aires Byu beugte sich vor. »Du hast ihnen getrotzt, als du Urisk Island und viertausend Leben für einen schnellen Friedensschluss geopfert hast. Dieser bizarre Vorgang ist in unserer Historie ohne Beispiel.«

Praeis merkte, wie sich ihre Ohrsegel und ihre Finger verkrampften. Doch sie behielt ihre aufrechte Haltung bei. Die Königinnen sprachen lediglich die Wahrheit aus. Das musste und konnte sie verkraften. Ihre Töchter rückten noch enger an sie heran. Sie wärmte und tröstete sich an ihrer Nähe. Den größten Teil dieser Geschichte kannten sie ohnehin.

Aires nahm all dies zur Kenntnis, ohne dass die Pose ihrer Ohren sich änderte. »O ja, du verstehst es, Einigung zu erzielen, wie keine andere. Und uns sind schon Personen begegnet, die die Kunst des Verhandelns meisterhaft beherrschten. Dir gelingt es, Konfliktparteien zu einem Konsens zu bewegen.«

»Wir halten hier völlig isoliert die Stellung, damit man uns nicht vorwerfen kann, wir würden die Stadt unserer Ahninnen aufgeben. Unsere Agentinnen wirken draußen inmitten der Faktionen und versuchen, die Gegnerinnen der Allianz auf unsere Seite zu ziehen. Aber es ist äußerst schwer, ganze Familien umzustimmen.«

Praeis leckte sich die Lippen. »Bei den Menschen gibt es ein Volk, das sich Beduinen nennt. Sie haben ein altes Sprichwort, das uns treffend beschreibt. Es heißt: ›Ich gegen meine Schwester. Meine Schwester und ich gegen unsere Cousinen. Meine Cousinen und ich gegen die ganze Welt.‹«

Vaier Byu lachte. »Sehr gut. Wer hätte gedacht, dass die Menschen solche Gefühle kennen?«

»Praeis hat es gewusst.« Wieder dippte Aires Byu die Ohrspitzen. »Praeis verfügt über viele wichtige Informationen, die sie ihren Erlauchten Schwestern mitteilen wird, ist es nicht so?«

Praeis Ohren flatterten vor und zurück. »Informationen über die Menschen, Erhabene Majestäten, oder über meine Blutsschwestern?«

»Bei meinen Ahninnen!« Ueani pfefferte den Rest eines Reisküchleins in die Heizmulde. »Wir fragen dich, ob du für uns spionieren willst, Praeis Shin. Du sollst dich unter die Leute mischen und feststellen, wer auf unserer Seite ist und wer nicht. Die, die sich bekehren lassen, musst du von der Richtigkeit unseres Handelns überzeugen, von den hartnäckigen Dissidentinnen wollen wir die Namen wissen. Da draußen hast du Freundinnen genug. Such sie auf. Sprich mit ihnen. Wir müssen verhindern, dass es zu einer Katastrophe kommt. Es hat schon genug Tote und Verletzte gegeben.«

Praeis fiel die Kinnlade herunter. Sie keuchte, fasste sich jedoch und klappte den Mund wieder zu. Theia presste sich gegen sie, und reflexartig legte Praeis ihr den Arm um die Schultern.

Vaier und Aires Byu funkelten ihre Schwester wütend an.

»Es ist mir egal!« Ueani Byu sprang auf die Füße und marschierte unruhig auf und ab. »Schluss mit dem Euphemismus und den Finessen. Wir sind die Über Alle Gebietenden Königinnen, und außer den Köchinnen und den Abtrittputzerinnen hört niemand unsere Stimmen! Wir dürfen uns nicht länger hier verschanzen, wir müssen raus unter das Volk, dorthin, wo es am stürmischsten zugeht, aber wir haben nicht die geringste Ahnung, wo wir in Sicherheit wären und wem wir trauen können. Du ...« – mit dem Finger stach sie auf Praeis ein – »wirst es für uns herausfinden! Du wirst eine loyale Gefolgschaft um uns scharen und uns deine Blutsschwestern wegen Hochverrats ans Messer liefern, wenn wir es von dir verlangen! Wirst du es tun?«

Ueani Byu pflanzte sich breitbeinig vor Praeis auf und ballte die Fäuste. Praeis' Herz begann wie wild zu hämmern. Ihre Nüstern schlossen sich, und ihre Ohrsegel rollten sich auf. Einen Moment lang befürchtete sie, die Königin würde ihr an die Gurgel springen.

Praeis schluckte krampfhaft und zwang sich dazu, die Nasenflügel zu weiten. »Wieso ausgerechnet ich?« fragte sie, beschämt, weil ihre Stimme so schwach klang. »Ich kann mir nicht vorstellen, dass meine Erlauchten Schwestern keine Anhängerschaft haben.«

»Wir sind auf dich verfallen, weil du schon einmal die Leben von t'Therianerinnen gegen einen Frieden eingetauscht hast«, versetzte Vaier Byu. »Niemand sonst hat je eine derartige Ungeheuerlichkeit begangen. Deshalb fordern wir dich auf, die Tat zu wiederholen. Es gab eine Zeit, da fungiertest du als unser Spitzel, dientest uns als Handlangerin und hast Dinge getan, für die sich keine andere hergegeben hätte. Auf dich können wir uns verlassen wie auf niemand sonst.«

Das war es also. Jetzt kannte sie den wahren Grund für den königlichen Pardon, der es ihr erlaubte heimzukehren. Die Erhabenen Majestäten brauchten jemanden, der bereit wäre, seine eigene Familie zu verraten. Praeis blickte zu Boden. Unter ihren Füßen breitete sich der Archipel der Hafeninseln aus. Ihr Atem ging rasselnd, und sie versuchte gar nicht erst, um Fassung zu ringen.

Schließlich schloss sie die Augen und hob die Hände. »Gehorsam ist die erste Pflicht.«

Es dunkelte bereits, als Praeis und ihre Töchter den königlichen Palast verlassen durften. Zwei Soldatinnen, die Praeis nicht kannte, fuhren sie aus der Stadt hinaus und in ein Gebiet, in dem gearbeitet wurde. Mauern umfriedeten Fabriken, Äcker und Obstplantagen; es war, als würden sie durch ein Labyrinth aus Betonwällen kutschiert.

Hier und da öffneten sich die Wälle und gaben den Blick frei auf die schrecklich verwahrlosten Rasenflächen der Krematorien. Früher hatte es entlang dieser Strecke nur zwei Einäscherungsanlagen gegeben. Mittlerweile zählte sie acht dieser Einrichtungen, und in jeder brannte ein Feuer. Der feuchte Wind war durchtränkt mit dem vertrauten, gefürchteten, süßsauren Gestank der verbrennenden Körper, deren Asche hinterher in die heilige Erde der Ahninnen gebettet wurde. Als Theia und Res den Brandgeruch wahrnahmen, schmiegten sie sich stumm an ihre Mutter, und dankbar schlang Praeis die Arme um sie.

Dann vollführte die Straße einen scharfen Knick, und abermals tat sich ein Durchlass in den Mauern auf. Dieses Mal sah Praeis jedoch regennasses Gras und ein paar wild wuchernde Bäume, die man aus lauter Nachlässigkeit nicht beschnitten hatte.

Endlich erblickte sie ihr heimisches Anwesen.

Die Wälle waren weiß verputzt. Sie und ihre Schwestern hatten Stunden damit zugebracht, die verflixten Gemäuer zu schrubben. Nach jedem Verstoß gegen die Familiendisziplin schickte man sie mit Wasserschläuchen und Seife bewaffnet nach draußen.

Auf der Krone der Umfassungsmauer hockten vier Erwachsene, entweder weil sie ihre Ankunft melden sollten oder schlicht und ergreifend aus Neugier. Als der Wagen vorbeirollte, wandten sich die Töchter nach hinten und schrien etwas, doch Praeis konnte die Worte nicht verstehen.

Hinter der Einfriedung gewahrte Praeis die vier Kamine und das spitzgiebelige Schieferdach des Haupthauses. Das breite Portal aus Holz und Eisen glitt ins Blickfeld. Die Balken waren ein wenig gedunkelt, und die der Verstärkung dienenden Eisenstangen und Beschläge wiesen Rostspuren auf, doch es war immer noch der alte Eingang zu ihrem Heim.

Die Fahrerin bremste scharf und deutete auf den Straßenrand. »Hier endet unsere Mission.«

Praeis senkt die Ohrspitzen. »Seid bedankt. Steigt aus, meine Töchter.«

Hastig bis zur Unbeholfenheit, kletterten Resaime und Theiareth aus dem Wagen.

»PRAEIS!«

Kaum hatte Praeis sich umgedreht, da schwenkte das Tor auch schon auf, und wie eine Flutwelle stürzte sich die Familie auf sie. Cousinen umringten sie, Hände und Gesichter schienen miteinander zu verschmelzen, derweil man sie umarmte, betätschelte und an ihnen zerrte. Man lachte, stieß Rufe aus und bestürmte sie mit einer Unzahl von Fragen. Praeis spürte, wie sich eine erquickliche Wärme in ihr ausbreitete. Aus dem Augenwinkel beobachtete sie ihre Töchter. Res und Theia wirkten ein bisschen schüchtern. Nur selten hatten sie sich in einer so großen Menge befunden, doch sie passten sich schnell an. Bald machten sie mit beim allgemeinen Begrüßungsrummel, ließen sich anfassen, suchten selbst den Körperkontakt, nannten ihre Namen und versuchten die Namen zu behalten, die man ihnen zurief.

Eine Art Euphorie überkam Praeis, eine Hochgestimmtheit, wie sie sie seit vielen Jahren nicht mehr gespürt hatte. Sie wurde von einem Familienmitglied zum nächsten weitergereicht. Ihre Finger griffen nach Armen, Schultern und Ohren, sie schrie Namen und Grußworte, bis sie heiser war. Vor lauter Glückseligkeit fühlte sie sich stark und unbesiegbar, wonnetrunken berauschte sie sich am orgiastischen Taumel der Heimkehr.

Hochblickend bemerkte sie, dass die Hände, die sie hielt, zu ihren Blutsschwestern gehörten, der stolzen, großäugigen Senejess und der warmherzigen Armetrethe, die vor Jahren in einem Kampf den linken Arm verloren hatte.

»Armetrethe! Senejess!« Lachend warf sich Prais in die Arme ihrer Schwestern.

»Praeis!« Kräftige Arme umschlangen sie. Vor Freude und Liebe brachen sie in Jubelgeschrei aus, während sie einander festhielten und sich an den bekannten Düften, Lauten und Berührungen labten.

Ich bin daheim. Ich bin daheim! dachte Praeis, während sie ihr Glück immer noch nicht fassen konnte.

»Kommt jetzt, wir gehen besser hinein«, bestimmte Senejess. »Wir wollen doch keinen Aufstand auf der Straße veranstalten.«

Flankiert von ihren Schwestern, ließ Praeis sich ins Haus führen. Cousinen und Töchter umringten sie in einer großen Traube und versperrten den Blick auf das Grundstück und die Außengebäude. Hier und da entdeckte sie ein vertrautes Stück Gemäuer oder eine bekannte Anordnung von Steinen im Garten, und jedes Mal hob sich ihr Herz, bis sie glaubte, ihre Begeisterung könnte sich gar nicht mehr steigern.

Sie drängten durch die Türen des Haupthauses und füllten das große Zimmer. Die Familie verteilte sich im Raum, man ergatterte sich einen Platz auf einem Sofa oder arrangierte sich in Grüppchen auf dem gekachelten Fußboden. Wandfresken in lebhaften Grün-, Blau- und Goldtönen zeigten stilisierte Darstellungen von Meeresklippen und Wäldern. Durch die hohen Fensterschlitze fiel das letzte Licht des Tages und mischte sich mit dem sanften Schein von Öllampen. Beim Duft des warmen Öls wurde Praeis stutzig. Vermutlich schaltete man den elektrischen Strom erst nach völliger Dunkelheit ein. Seit Jahren war sie es nicht mehr gewohnt, über die Rationierung von Energie nachzudenken.

Doch der Raum selbst entsprach noch genau ihren Erinnerungen. Ein schönes Zimmer. Ihr Zuhause.

Sie ließ sich mit Senejess und Armetrethe auf ein Sofa plumpsen. Res und Theia drapierten sich lässig und ungezwungen auf sandfarbene Matten, mit denen der Fußboden ausgelegt war, wo sie sich inmitten einer Schar von Cousinen ihres eigenen Alters wohlzufühlen schienen.

Eine Zeit lang plauderten sie müßig miteinander, über die Kolonien, über die Töchter. Sie schlugen einen kälteren Ton an, als sich das Gespräch um die Pest und die lange Liste der Toten drehte.

Schließlich rüttelte Senejess Praeis leicht an der Schulter. »Erzähl uns, was die Königinnen so Wichtiges mit dir zu besprechen hatten, dass sie dich gleich nach deiner Ankunft zu sich zitierten, Schwester.«

Res und Theia erstarrten im Kreis ihrer Cousinen, sagten jedoch nichts.

Praeis versuchte, sich nicht von der sie umgebenden Wärme einlullen zu lassen, denn sie musste ihre Worte mit Bedacht wählen. »Sie erwarteten meinen Dank für die Begnadigung und ließen mich wissen, dass sie mich von jetzt an als ihre offizielle Repräsentantin betrachten.«

Senejess blickte von ihr zu Armetrethe und zog Praeis dann fest in ihre Arme. »Ich bin ja so froh, Schwester.«

Praeis dämmerte es, das Senejess nicht nur erfreut, sondern auch enttäuscht war. Sie hatte auf mehr Informationen gehofft. Ein Anflug von Kälte beschlich sie. Ihre Haut rippelte sich, und sie befreite sich aus der schwesterlichen Umarmung. »Natürlich war von Geld noch nicht die Rede. Doch das ist man von den Erlauchten Majestäten ja gewohnt. Erst lassen sie einen für sich arbeiten, und die Bezahlung lässt dann auf sich warten.«

Ehe sie anfingen zu lachen, tauschten Armetrethe und Senejess noch einen Blick; er dauerte nur den Bruchteil von Sekunden, doch Praeis wusste genug.

Als sie sprach, bemühte sie sich, unbefangen zu klingen. »Und nun schildert mir, wie die Dinge im Rat des Reinen Bluts stehen.«

Armetrethe zuckte die Achseln. Sie schwenkte ihren Armstumpf wie einen Dreschflegel. »Man ist sich uneins, wie immer. Nicht alle befürworten die Allianz. Manche suchen nach kleinlichen Wegen, um die uns verbliebene Unabhängigkeit zu demonstrieren, anstatt auf effektive Problemlösungen hinzuarbeiten.«

Na schön, Schwestern, jetzt haben wir zur Genüge in Doppeldeutigkeiten geschwelgt. Praeis versuchte sich wieder zu entspannen, wollte abermals in das Meer aus Wärme eintauchen und sich von seinen wohligen Strömungen tragen lassen. Die Atmosphäre aus Argwohn und Wachsamkeit behagte ihr nicht. Sie wollte sich nicht ausgeschlossen fühlen. Sie sehnte sich nach der Nähe ihrer Blutsschwestern, und die Liebe zu ihnen war so stark, dass sie ihr die Tränen in die Augen trieb.

»Das ist wirklich nichts Neues«, entgegnete sie leise.

Mit der ihr verbliebenen Hand berührte Armetrethe Praeis' Schulter. »Was ist, Schwester? Was hast du?«

Sag es ihnen. Vertrau dich ihnen an. Du hast es nicht nötig, dich zu verstellen. Wir können wieder Blutsschwestern sein. Sie werden dir alles verzeihen, wenn du ihnen jetzt die Wahrheit gestehst. Deine Töchter haben ihre Cousinen, und du kannst wieder eins werden mit deinen Schwestern, und zwar mit Leib und Seele. Sag es ihnen!

Aber da war dieser stumme Blickkontakt zwischen

Senejess und Armetrethe, der für alles stand, was sie ihr verschwiegen hatten.

»Es ist nichts, Schwestern. Wir haben einen sehr anstrengenden Tag hinter uns, und ich bin erschöpft.«

Senejess schluckte. »Ja, sicher. Daran hätten wir denken müssen. Eine Mahlzeit steht bereit. Töchter, seid so gut und tragt das Essen auf.«

Untermalt von einem holperigen Chor aus zustimmenden Lauten rappelten sich die Töchter von den Sitzmatten hoch. Res und Theia folgten ihnen, als sie in die Küchennischen eilten und sich der Platten mit Meeresfischen und Muscheln, der Körbe mit verschiedenen Brotsorten und der Gemüseschalen bemächtigten. Die Gerichte aus zerkleinerten Hülsenfrüchten waren so scharf gewürzt, dass Praeis die pikanten Dünste schon aus der Ferne in die Nase stachen.

Die Töchter stellten die Speisen auf Serviertischen ab. Die Snacks wurden herumgereicht, und das Gespräch drehte sich ausschließlich ums Essen. Was sie als Kinder zu sich genommen hatten, wieviel Muscheln oder Gemüse kosteten, dass die heimische Kost den Lebensmitteln in den Kolonien bei weitem überlegen war. Immer wieder schwoll Praeis' Seele an, forschte nach der Innigkeit und herzlichen Anteilnahme, die sie gleich nach ihrer Ankunft so warm umhüllt hatten. Ein paar Mal glaubte sie, das alte Einvernehmen sei wiederhergestellt, doch dauernd entglitt ihr dieses Gefühl.

Verstohlen beobachtete sie Res und Theia. Falls ihre Töchter die Spannungen zwischen Praeis und ihren Blutsschwestern spürten, so vermochten sie dies gut zu verbergen. Sie schienen sich wunderbar zu ergänzen, erzählten von ihrem Leben unter den Menschen, was sie dort zu essen bekamen, wie sonderbar der Mars und das Sonnensystem anmuteten, was man während einer Reise durch das Weltall erlebte, welche technischen Wunderwerke die Menschheit produzierte.

Draußen senkte sich endgültig die Nacht herab, und die Deckenbeleuchtung schaltete sich ein, als es wieder elektrischen Strom gab.

Unvermittelt fragte Armetrethe: »Welche Aufgaben hat man dir als Repräsentantin der Königinnen zugedacht? In welcher Hinsicht sollst du für sie tätig werden?«

Praeis nahm sich eine Scheibe Brot. »Die Königinnen sagten mir, sie brauchten eine Diplomatin.« Konzentriert strich sie sich einen Löffel voll Gemüsebrei auf die Schnitte. »Ich soll in ihrem Namen um Unterstützung für die Allianz werben.«

Senejess' Ohren kräuselten sich. »Nachdem du zwanzig Jahre lang im Exil gelebt hast, sollst du das äußerst komplexe Bündnis und die Reaktionen unserer Großen Familie darauf verstehen? Ist das nicht ein bisschen viel verlangt?«

Praeis biss einen Happen von ihrer Scheibe Brot ab und genoss den reich gewürzten, feinen Gemüseaufstrich. Die Konzentration auf das Essen half ihr, die aufsteigende Bitterkeit zu verdrängen. »Ich behaupte gar nicht, dass ich die derzeitigen hiesigen Verhältnisse durchschaue. Aber ich kann dazulernen. Sicherlich kann ich mich dabei auf die Unterstützung meiner Schwestern verlassen, oder habt ihr euren Sitz im Rat des Reinen Bluts aufgegeben?«

Armetrethe öffnete den Mund und schloss ihn wieder. »Nein. Wir gehören immer noch dazu.«

»Das trifft sich gut.« Praeis bemühte sich, nichts als Freude in ihrer Stimme mitschwingen zu lassen. »Dann könnt ihr mich zu einer Versammlung mitnehmen und mich dem Kollegium vorstellen. Vermutlich gibt es viele neu hinzugekommene Allweise Schwestern, die ich kennenlernen sollte. Und neue Missstände«, ergänzte sie nach einer kurzen Pause.

Armetrethes Armstumpf zitterte vor Aufregung.

»Die Einwände unserer Allweisen Ratsschwestern würde ich nicht als Missstände bezeichnen. Das solltest du auch nicht, ehe du die Situation nicht besser erfasst hast.«

Praeis dippte die Ohren. »Du hast Recht. Ich bitte um Vergebung. Ich habe voreilig gesprochen. Aber ich muss meine Mission unverzüglich in Angriff nehmen. Bis zur Umsiedlung sind es nur noch zwei Wochen, und wenn wir bis dahin nicht den erforderlichen Konsens erreichen, wird es Schwierigkeiten geben.« Sie blickte ihren Schwestern in die Augen. »Schließlich können wir den Menschen nicht die ganze Arbeit überlassen.«

»Warum eigentlich nicht?« murmelte Senejess. »Sie tun es doch gern.«

Praeis spürte, wie sich die Haut auf ihrem Rücken rippelte. *Jetzt kommen wir der Sache schon näher.*

»Hat es Probleme mit den Menschen gegeben, Schwestern?« Sie schob sich die halb gegessene Brotscheibe in den Mund.

»Keine, die sich nicht von selbst lösten, sowie man sie auf den ihnen gebührenden Platz zurückverwiesen hat.« Armetrethe rupfte am Panzer einer Garnele herum. Eine der Töchter, Oan, nahm sie ihr aus der Hand und schälte sie für sie heraus.

Während der Unterhaltung wahrten die Töchter respektvolles Schweigen; auch Res und Theia mischten sich nicht ein. Praeis fühlte Stolz und Dankbarkeit. Senejess und Armetrethe mochten ihr manches vorwerfen, aber gewiss nicht, dass sie ihre Pflichten als Mutter vernachlässigte.

Armetrethe biss die Garnele in zwei Hälften. »Die Königinnen verhandeln mit unseren Feinden«, nuschelte sie mit vollem Mund. »Doch sie weigern sich, diejenigen straff an die Kandare zu nehmen, die uns dienen und wundern sich dann noch, dass es in der Großen Familie rumort.«

»Man muss die Menschen tatsächlich von Zeit zu Zeit daran erinnern, wem sie ihre Position bei uns verdanken.« Verständnisvoll legte Praeis eine Hand auf Armetrethes Schulter. »Ich habe Bekannte bei Bioverse. Ein paar Worte an die richtigen Leute können eine Menge bewirken.«

»Sei bedankt, Schwester. Damit ist uns wirklich sehr geholfen.« In Armetrethes Stimme lag nicht eine Spur von Wärme.

Praeis rückte näher an ihre Schwester heran. »Habe ich etwas Falsches gesagt? Erwartet ihr etwas anderes von mir?«

Armetrethe drückte kurz Praeis' Hand. »Nein. Nein. Entschuldige bitte. Ich weiß, du meinst es gut, Schwester, aber …« Armetrethes Ohren legten sich flach an ihren Schädel.

»Aber du verstehst uns nicht«, fiel Senejess ein. »Du kannst nichts dafür. Du hast ja nicht miterlebt, wie die Pest wütete, selbst nachdem man ihren Entstehungsherd angeblich vernichtet hatte. Du warst nicht dabei, als die Über Alle Gebietenden Königinnen voller Begeisterung der Idee der Getesaph – der *Getesaph* – zustimmten, die Menschen scharenweise hierher zu holen. Welches Ziel verfolgen die 'Esaph in Wirklichkeit damit, hmm? Was werden sie tun, wenn erst unsere Töchter und trächtigen Mütter hilflos in diesen City-Schiffen eingepfercht sind, hmm?«

Jählings wurde sich Praeis intensiv ihrer eigenen Töchter bewusst, die sich auf der anderen Seite des Zimmers bei ihren Cousinen aufhielten. Sie drückte die Schultern durch. »Ich bin auch nicht von der Pest verschont worden, meine Schwestern. Jos und Shorie starben daran. Zehn unserer Töchter starben daran. Nur den Menschen haben wir es zu verdanken, dass es in unserer Kolonie überhaupt Überlebende gab.«

Senejess griff nach Praeis' Arm. »Und was haben die Menschen gegen die Seuche unternommen?«

Praeis furchte die Stirn. »Alles in ihrer Macht stehende. Sie halfen uns, die Symptome zu lindern und effektivere Quarantänemaßnahmen einzuleiten. Sie pflegten die an der Pest Erkrankten und kümmerten sich um ihre Bedürfnisse, so wie sie es an Bord der City-Schiffe halten werden. Ich kenne die Pläne für die Krankenstationen. Es sind Muster an Sauberkeit und Effizienz. Unsere Schwestern werden in guten Händen sein. Es bemühen sich Leute um sie, die aufrichtig bestrebt sind, diese Krankheit zu besiegen.«

»Aber bis jetzt haben sie noch kein Heilmittel gefunden.«

»Nein«, gab Praeis müde zu. Spannung knisterte zwischen ihren Schwestern. Das Unbehagen ging Praeis unter die Haut und ließ sie frösteln wie bei einem kalten Luftzug. Ihr Herz begann zu rasen und auf ihrer Haut bildeten sich Beulen. »Ihrer Ansicht nach handelt es sich nicht nur um eine, sondern um mehrere Krankheiten. Sie glauben, diese Waffe hätte bewirkt, dass ein paar natürlich vorkommende Viren zu tödlichen Erregern mutierten. Und um die Ursache zu erforschen und eine Therapie zu entwickeln, müssten sie längere Zeit in unserer Heimatwelt arbeiten.«

»Ach so!« Triumphierend klatschte Armetrethe den Armstumpf auf ihren Schenkel. »Gäbe es ein Mittel gegen die Pest, brauchten sie die Große Wiege nicht aufzusuchen. Dann hätten sie ja gar keinen Grund, hier zu sein, oder?«

Praeis spürte, wie ihre Ohren nach hinten klappten. »Wovon sprichst du, Schwester?«

Senejess lehnte sich noch näher an sie heran. »Als die Pest ausbrach, warfen die Getesaph eine Atombombe über die Octrel ab, angeblich, um die Verursacher der Seuche zu vernichten.« Ihre Eindringlichkeit sprang auf

Praeis über. »Vor einem Jahr, nachdem über eine Million unserer Großen Familie dahinsiechten und starben, nahmen die Getesaph und ihre Verbündeten mit den Menschen Kontakt auf. Niemand weiß, was zwischen ihnen besprochen wurde. Dann setzt man diese Idee von der Allianz in die Welt. Wir sollen die Menschen zu uns holen, sie über unser Schicksal bestimmen lassen und ihnen die Kontrolle über unsere Heimat geben. Oh, das alles geschieht natürlich zum Wohle der Allgemeinheit. Die ach so tüchtigen Menschen wollen uns ja nur helfen. Dann lasst sie doch die Pest ausmerzen und die radioaktiven Gebiete sanieren.«

Praeis schwindelte. Schon lange war sie nicht mehr in so zahlreicher Gesellschaft ihrer Verwandten gewesen. Der Raum war angefüllt mit Familienmitgliedern, deren Nähe sie physisch bedrängte, und die ihre ungeteilte Aufmerksamkeit verlangten. Wenn ihre Schwestern sie berührten, war ihr, als betasteten sie nicht nur ihre Haut, sondern ihre Seele und ihr Bewusstsein gleichermaßen. Dabei sehnte sie sich nach Entspannung, wollte sich so gern in die ruhigeren emotionalen Gewässer von Liebe und Warmherzigkeit treiben lassen.

Doch man gönnte ihr keine Verschnaufpause. Irgendetwas stimmte hier nicht, das verrieten ihr alle Sinne. Die Situation hatte einen Beigeschmack, den sie genauso deutlich spürte wie das Brennen der Gewürze auf ihrer Zunge.

»Ich verstehe euch nicht, Schwestern«, äußerte sie mit rauer Stimme.

»Bist du taub? Bei meinen Ahninnen! Es schreit doch zum Himmel!« Armetrethe griff mit ihrer verbliebenen Hand nach Praeis. »Die Getesaph gingen mit den Menschen ein Bündnis ein. Wenn die Menschen uns, unsere gesamte Große Familie, in eine Position bringen, in der wir den Getesaph hilflos ausgeliefert sind, erhalten sie als Gegenleistung dafür alles Leben auf unserem Planeten.«

Einen Augenblick lang dämmerte es Praeis. Für den Bruchteil einer Sekunde ergab alles einen logischen Sinn. Doch ihre jahrelange Erfahrung mit den Menschen, unter denen sie gelebt und gearbeitet hatte, gewann die Oberhand.

»Schwestern« – sie nahm beider Hände und drückte sie fest –, »ich kann euch hören. Ich fühle euch in meinem Blut. Aber eure Verdächtigungen sind absurd. Keine menschliche Enklave würde sich auf einen Krieg einlassen.«

»Du kennst sie besser als wir, Schwester«, entgegnete Senejess, der ihre Enttäuschung an der Stimme und an der Stellung der Ohren anzumerken war. »Wir beugen uns deinem überlegenen Urteil.«

»Das ist nicht nötig, Schwestern«, erwiderte Praeis sanft. »Ich will euch nicht bevormunden. Aber ich bitte euch eindringlich, meine persönlichen Erfahrungen und meinen Rat zu berücksichtigen.«

Kalte, rigorose Niedergeschlagenheit teilte sich ihr durch die Fingerspitzen mit, und Praeis wusste, dass man nicht auf sie hören würde. Vielleicht hatten sich ihre Schwestern so in ihre Paranoia verrannt, dass sie gar nicht anders konnten.

»Ich rufe das Haus!« ertönte draußen eine Stimme.

Senejess schwenkte herum. »Wer …?« Sie sprang auf die Füße und eilte ans Fenster. »Eine Botin. Ich nehme die Nachricht entgegen.«

Sie ging zur Eingangstür und kam kurz danach mit einem zusammengefalteten, unversiegelten Blatt Papier zurück.

»Es ist für dich, Praeis.«

Verblüfft aber dankbar für die Ablenkung griff Praeis nach dem Brief. Als Adresse standen lediglich ihr Name und der Name des Hauses darauf.

Sie faltete das Blatt auseinander. Die Nachricht war in englischer Sprache abgefasst und mit einer Schreibmaschine getippt.

Bei meinen Ahninnen, schoss es ihr durch den Kopf. *Der Brief ist von Lynn.*

»Was hat das zu bedeuten?« fragte Senejess, sich über Praeis' Schulter beugend. »Welche Sprache ist das?«

»Englisch«, antwortete Praeis. »Eine der Hauptsprachen der Menschen. Ich finde sie schwieriger zu erlernen als Mandarin.«

Sie las:

Liebe Praeis,

Es ist doch nicht zu fassen, aber ich habe tatsächlich Worte auf Papier fabriziert. Für mich ist das ein äußerst seltsamer Vorgang. Mit einem Schreibstift komme ich überhaupt nicht zurecht, und meine Hochachtung vor dir ist gewaltig gewachsen.

Ich möchte dich um einen Gefallen bitten. David wurde an ein Krankenhaus in deiner Nähe versetzt, es heißt Aurion-in-Ueith.

Praeis sog zischend den Atem ein. Es handelte sich um eines der größeren Pest-Hospitäler.

Er sagt, er hätte Schwierigkeiten, die Patientinnen und deren Familien für die Umsiedlung von den übrigen Personen zu trennen. Könntest du dich in das Krankenhaus begeben und zwischen den Kulturen vermitteln? Mir scheint, du hattest Recht, als du sagtest, deine Heimatwelt sei viel fremdartiger als eure Kolonie. Für deine Hilfe wäre ich dir sehr dankbar.

Alles okay mit den Königinnen? Brauchst du vielleicht Unterstützung von uns?

VERSCHAFF DIR EINE E-MAIL-ADRESSE. Einen Computer habe ich für dich reserviert. Du musst nur einen

Platz finden, wo du ihn anschließt. Die Sache mit dem Brief ist ein toller Party-Trick, aber demnächst sollten wir uns wieder einmal ernsthaft unterhalten.

Lynn Nussbaumer.

Praeis' Ohren wackelten. Sie konnte beinahe Lynns Stimme hören, wie sie ihr den Brief vorlas. Hochblickend gewahrte sie ihre Schwestern, die sie erwartungsvoll umringten.

»Die Nachricht stammt von einem der Menschen, die für Bioverse tätig sind«, erklärte sie. »Mit Lynn Nussbaumer habe ich lange zusammengearbeitet.« Dann übersetzte sie den Brief so gut es ging.

Senejess berührte sie an der Schulter. »Wirst du ihrer Bitte entsprechen?«

Praeis spürte, wie ihre Ohren nach unten kippten. Sie faltete den Schrieb wieder zusammen. »Meine Mission im Auftrag der Königin geht vor, aber ich werde David im Hospital aufsuchen.« Sie bemerkte die gesenkten Ohren ihrer Schwestern und die verkniffenen Nüstern. »Was verlangt ihr von mir?«

»Du machst ja doch, was du willst, Schwester.« Senejess' Haut an den Armen wellte sich. »Wie immer.«

Praeis schluckte die Tränen hinunter, die ihr in den Augen brannten. Haupt und Ohren hoch erhoben, wandte sie sich ab.

»Kommt mit mir, meine Töchter. Ich möchte euch den Nachthimmel eurer Heimat zeigen. Viel zu lange habe ich kein Firmament mehr gesehen, an dem ich jeden Mond und jede Sternenkonstellation benennen kann.«

Sie führte Res und Theia nach draußen. Ihre Rückenmuskeln verkrampften sich vor Anspannung, während sie hoffte, ihre Schwestern und die anderen Töchter würden sich ihr nicht anschließen.

Im Hof legte sie die Arme um ihre Töchter. Sie hob

den Blick zum Himmel. Drei der großen Monde und zwei kleinere schienen durch die dahinjagenden Wolkenfetzen.

»Nun, meine Töchter«, sagte sie leise. »Was denkt ihr?«

Theia schmiegte ihre Wange gegen Preis' Arm. »Willst du unsere Meinung über den Himmel hören, Mutter, oder über unsere Familie?«

»Aha, du liest in mir wie in einem offenen Buch, Tochter.« Zärtlich zupfte sie an Theias Ohr.

»Es gefällt mir hier«, sagte Res. »Ich fühle mich … geborgen. Dazugehörig. Alle stehen mir so nahe, sogar zu Theia empfinde ich eine engere Verbundenheit als früher. Wie kommt das?«

Praeis lächelte traurig. »Hier lassen wir uns ein bisschen mehr gehen als anderswo. Wir achten nicht ständig auf das, was wir sagen oder tun. Die Personen, die uns umgeben, sind uns vertraut, wir können sie einschätzen. In den Kolonien müssen wir vorsichtiger sein und uns zurückhalten, weil wir uns nicht ausschließlich unter Angehörigen unserer Großen Familie bewegen. Nur in Ausnahmefällen dürfen wir mal aus uns herausgehen, zum Beispiel bei der feierlichen Verkündigung der Allianz.« Eine geraume Weile beobachtete sie die Sterne, die über ihren Häuptern funkelten.

»Was wäre, wenn ich euch durch mein Handeln aus dieser natürlichen Verbundenheit risse? Heute Abend habe ich mich gegen meine Schwestern gestellt, und ich fürchte, die Kluft zwischen uns wird noch tiefer.« Sie legte eine Pause ein, und ihre Haut zitterte, doch sie schlug vor: »Ich könnte euch nach Crater Town zurückschicken. Dort leben genug nahe Anverwandte von uns, bei denen ihr unterkommen könntet.«

»Nein«, widersprach Res prompt. »Wir sind hier, um

dir zu helfen, Mutter. Wie könnten wir dich im Stich lassen?«

Ihr würdet mich nicht im Stich lassen. Ihr würdet lediglich euch selbst in Sicherheit bringen. »Vielleicht benötige ich tatsächlich eure Hilfe, mein eigen Blut. Es gibt Fragen, die ich nicht stellen kann, und manche Orte darf ich nicht aufsuchen.«

»Wir sind dein eigen Blut«, bekräftigte Theia. »Wir stehen dir zur Seite.«

Praeis schlang die Arme fester um ihre Töchter, und eine lange Zeit standen sie reglos da, während Praeis die Augen geschlossen hielt, damit ihr die Tränen nicht übers Gesicht rannen.

Durch den Fensterschlitz spähte Armetrethe auf den dunklen Hof. Nur als vage Schemen vermochte sie Praeis und ihre Töchter auszumachen, die allem Anschein nach in eine Betrachtung des Himmels versunken waren. Senejess trat hinter sie und peilte über ihre Schulter. Ihre Töchter räumten das Geschirr ab und rückten die Möbelstücke zur Seite, damit sie die Schlafmatten und Decken für die Nachtruhe ausbreiten konnten.

»Sie hat sich nicht verändert«, bemerkte Armetrethe. Sie sprach leise, aber mit unverhohlenem Groll.

»Nein.« Senejess legte eine Hand auf ihren warmen, trockenen Arm. »Hattest du etwas anderes erwartet?«

»Erwartet nicht, aber erhofft.« Armetrethes Armstumpf zuckte kurz. »Einen Augenblick lang glaubte ich schon, sie würde ihr Herz öffnen.«

Senejess glättete die Haut auf Armetrethes intaktem Arm. »Mir ging es genauso. Aber wir dürfen nicht vergessen, was sie wirklich und wahrhaftig ist.« Sie bleckte die Zähne. »Die loyale Tochter unserer Majestätischen Schwestern.«

Schwer lehnte sich Armetrethe gegen Senejess. »Hilf meinem Gedächtnis auf die Sprünge, Schwester. Wann dämmerte es mir, dass es verkehrt sein kann, wenn man den Erlauchten Schwestern bedingungslos ergeben ist?«

»Als Praeis ihren Befehl ausführte, Urisk Island zu opfern«, antwortete Senejess sanft. »In diesem Moment begann auch ich zu zweifeln.«

KAPITEL 4

Arron Hagopian starrte hinunter in die klumpigen Schatten, die sich bei Tageslicht als das Chvintz Rvi, das Militärische Viertel der Stadt, entpuppen würden. Es war ein klarer Morgen. Über dem Balkon blitzten noch die erlöschenden Sterne. Ihr Licht spiegelte sich auf seinem Helm. Die Morgendämmerung zeigte sich als dünner weißer Streifen am Horizont. Diese Erde war ein bisschen größer als die Erde, von der er stammte, und ein Tag dauerte länger als vierundzwanzig Stunden. Selbst nach einem Aufenthalt von zehn Jahren stand er des Morgens immer noch viel zu früh auf.

Eine laue Brise fächelte ihm den Klang von Stimmen und das Getöse des sich langsam entfaltenden Verkehrs zu. Getesaph tauschten eifrig heisere Zurufe aus, derbe, mitunter schockierend vulgäre Bemerkungen, die indessen nie aggressiv, sondern liebenswürdig-weltgewandt wirkten.

Ich sollte besser reingehen. Die Daten müssten längst komplett sein. Ich werde sie kosteneffizient übertragen, um die Geldgeber nicht noch mehr zu verprellen.

Doch er rührte sich nicht vom Fleck. Mit den behandschuhten Händen das Balkongeländer umklammernd, beugte er sich weit hinaus, um den allmorgendlichen Radau so intensiv wie möglich in sich aufzunehmen.

Ein Hoch auf die Chefingenieure. Wie viele haben schon Lust, sich auf einem lärmenden, mit Smog verseuchten, von der Pest heimgesuchten Planeten niederzulassen, der so kontaminiert ist, dass er im Dunkeln glüht? Sein Blick wanderte wieder zu den bleichen Sternen. *Und was wird Lynn dazu sagen?*

Nie hätte er gedacht, dass sie sich noch einmal bei ihm melden würde. Gleich nach dem College-Abschluss hatten sie sich in stillschweigendem Einvernehmen getrennt und nie wieder von sich hören lassen. Eine Kontaktaufnahme per Hyperlink wäre das Letzte gewesen, womit er gerechnet hatte. Im Außenposten hatte er so lange auf den Bildschirm geglotzt, bis er den Inhalt der Nachricht auswendig kannte.

Arron:

Ich war mir nicht sicher, über welche technischen Einrichtungen du verfügst, also entschuldige bitte diese etwas formlose Mitteilung. Ich begleite das Bioverse-Team. Ich fungiere als Managerin und soll mich um die Evakuierung kümmern. ›Umsiedlung‹ lautet der offizielle Ausdruck für das Projekt. Wie auch immer. Irgendein schlauer Kopf in der Stratosphäre hat entschieden, dass wir keine auf dem Planeten ansässigen Menschen anheuern dürfen, aber ich könnte ein paar gute Insidertipps gebrauchen, ehe du dich nach Gott-weiß-wohin verdrückst.

Hoffe, du lässt mich nicht hängen,
Lynn Nussbaumer

Lynn. Lynn arbeitete jetzt für die Firma, und sie war unterwegs mit den Leuten, die sein Leben zerstörten.

»Wissenschaftler Arron?«

Arron drehte sich um. Die Dayisen Rual, Lareet und Umat, hoben sich als dunkle Silhouetten im Türbogen ab.

Arron lächelte. »Dayisen Lareet, Dayisen Umat.« Dayisen bezeichnete einen militärischen Rang, der ungefähr dem eines Colonels entsprach, nur dass er für die gesamte Familie galt. Lareet und Umat waren die *Tvkesh Chvaniff*, das Außenteam des Rual-Clans. Ihre

Kinder wurden hauptsächlich von ihren Schwestern und ihrer Mutter großgezogen. Die Aufgabe des Außenteams bestand darin, für den Schutz, der Ernährung und Unterbringung der Sippschaft zu sorgen. »Das Licht des Morgens schmeichelt dir.«

Die Schwestern betraten den Balkon.

»Stören wir dich vielleicht bei deinen Meditationen?« Lareet stützte die Ellbogen auf dem Geländer ab und richtete ihre Ohren auf den Wind und den Straßenlärm. Sie war die kleinere und rosigere der beiden. Selbst nach den Maßstäben der Getesaph hing ihre Haut schlaff herunter und schlug am Hals und an den Handgelenken lose Falten.

Von drunten hallte eine Reihe besonders vehementer, geradezu blasphemischer Verwünschungen herauf. Lareet klappte die Ohren zusammen. »Manchmal frage ich mich, was du deinen Vorgesetzten über uns erzählst.«

Arron lachte. »Es ist bestimmt nicht schlimmer als die Dinge, die ihr euren Parlamentsmitgliedern über mich berichtet.« Es war kein Geheimnis, dass der Rual-Clan ihn bei sich aufgenommen hatte, weil die Parlamentarierinnen, denen die Familie unterstand, ihn, einen *Mann*, studieren wollten. Und man wünschte sich Informationen aus erster Hand.

»Hast du schon was von deinen Leuten gehört?« fragte Umat von der Tür her. Im Gegensatz zu ihrer gedrungenen, rosigen und schwabbelhäutigen Schwester war Umat hoch aufgeschossen, grau und hager. Selbst ihre Ohren waren dünn. Die Enden liefen so spitz zu, dass Lareet Umat manchmal neckte, sie könnte damit ihre Feinde aufspießen.

»Nein.« Arron rieb sich die behandschuhten Hände. »Heute gehe ich in den Außenposten, um nachzusehen, ob eine Nachricht für mich eingetroffen ist. Mein Abteilungsleiter hat versprochen, Bioverse mein Hierbleiben als erstklassigen Public Relations-Schachzug schmackhaft zu machen. Wir werden ja sehen.« Er blickte zu den zwei Getesaph. »Ihr habt keine Ahnung, wovon ich spreche, oder?«

Lareet spreizte die Finger. »Zuweilen merkt man eben, dass du keine von uns bist.«

Arron schmunzelte und schaute abschätzend an sich hinab. Nachdem er jahrelang die Hundert Inseln kreuz und quer bereist, als Fischer, Farmer und Faktotum gewirkt hatte, besaß er einen sehnigen, schlanken, tief gebräunten Körper. Früher hatte er sich für groß gewachsen gehalten, doch hinter jeder der beiden Schwestern konnte er sich verstecken. Seine derbe Arbeitshose und das einfache grüne T-Shirt bildeten einen scharfen Kontrast zu ihren stahlblauen Uniformen mit den grünen Rangabzeichen an den Manschetten.

»Kann ich euch irgendwie helfen?« fragte er.

Umat streichelte den Türpfosten mit ihrer knorrigen Hand. »Ja, da wäre etwas. Unsere Parlamentarierinnen haben uns gebeten, mit dir zu sprechen.«

Arron zog die Stirn kraus. »Worüber?«

»Es gibt Probleme bei der Terminplanung«, erwiderte Lareet vorsichtig.

»Ernsthafte Probleme«, ergänzte Umat.

Lareet dippte die Ohren. »Monumentale Probleme.«

»Ja.«

Arron blickte von einer zur anderen. »Von welcher Terminplanung ist hier die Rede?«

Mittlerweile war es hell genug, dass er die Anspannung in ihren Gesichtern wahrnahm. »Wir sprechen von der Umsiedlung«, klärte Umat ihn auf.

Vergeblich versuchte Arron herauszufinden, worauf das Ganze abzielte. »Ich dachte, die Allianz gab Bioverse bezüglich des Ablaufs der Umsiedlung völlig freie Hand.« Als er davon hörte, war er auch verdutzt gewesen. Doch er vermutete, Bioverse hatte darauf bestanden.

»Das Parlament gab nur mit knapper Mehrheit die Zustimmung zur Umsiedlung«, legte Umat dar. »Nun, da das Team von Bioverse eingetroffen ist, hat man uns den Plan für die Umsiedlung zukommen lassen. Laut Zeitplan werden die Getesaph zu allerletzt umgesiedelt.«

Fühlen sie sich in ihrem Stolz verletzt? fragte sich Arron. Lareet und Umat warteten ganz offensichtlich auf seine Antwort. Doch er spreizte lediglich die Hände und schwieg.

Lareet unterdrückte einen Seufzer. »Die t'Theria gehören zu den Ersten, die auf die City-Schiffe ziehen. Sowie ihre Töchter und trächtigen Mütter aus der Gefahrenzone geschafft sind, könnten die anderen uns angreifen.«

Aha. »Ich weiß leider nicht, wie ich euch helfen kann«, erwiderte er behutsam. »Die Universität, für die ich arbeite, hat mit Bioverse nichts zu tun.«

»Aber einer der Koordinatoren ist mit dir befreundet«, meinte Lareet.

Arron hob die Brauen. »Lynn?«

Umat dachte nach. »Ist das dasselbe wie …« – sie schaltete eine Pause ein, vermutlich um bei der Aussprache keinen Fehler zu machen – »*Managerin* Lynn Nussbaumer?«

»Ja.« Arron hob den Blick, als erwarte er, Lynn vom Himmel herabfallen zu sehen. »Es handelt sich um ein und dieselbe Person.«

Lareet nickte. »Unsere Parlamentarierinnen würden es sehr begrüßen, wenn du dich mit ihr in Verbindung setzt und sie um eine Änderung des Zeitplans bittest. Wir möchten, dass die Getesaph als Erste evakuiert werden, oder, falls das nicht möglich ist, zur gleichen Zeit wie die t'Therianerinnen.«

Vermutlich hatte sie im letzten Moment darauf verzichtet, die t'Theria mit einem der gängigen Kraftausdrücke zu bezeichnen.

Arron rieb sich die in dem Isolationsanzug steckenden Unterarme. »Wenn das Parlament bezüglich der Konsequenzen der Evakuation besorgt ist, solltet ihr wohl besser hier bleiben. Es muss einen Weg geben, die Pest auszurotten, ohne dass die Ded …« Er brach mitten im Wort ab. Es war allgemein bekannt, dass *Dedelphi* in einer alten menschlichen Sprache Opossum bedeutete. Und man wusste auch, dass man ein Opossum als Schädling betrachtete. »Es muss eine Möglichkeit geben, den Planeten von der Seuche zu befreien, derweil die Familie und die Anderen auf der Oberfläche verweilen. Die Menschen sind ziemlich clever.« *So clever, dass sie zerstören werden, was die Allianz in die Wege geleitet hat, ohne sich dessen bewusst zu sein. Wieso begreifen sie nicht, dass die Familien ihre Zukunft ohne unsere Einmischung gestalten müssen? Obendrein eine Intervention, die eine ganze Welt verändert.*

Umats spitze Ohren kippten leicht nach vorn. »Wissenschaftler Arron, ich weiß, dass du nichts von dem Plan hältst, uns in Schiffe der Menschen zu verbringen, um ungehindert den Planeten und unser Blut säubern zu können, doch wir haben uns vertraglich darauf geeinigt. Unsere Parlamentarierinnen stimmen diesem Teil der Abmachung zu, und wir schließen uns ihnen an.« Arron blickte zu Lareet, die bejahend die Ohren dippte.

»Wir missbilligen lediglich den zeitlichen Ablauf«, ergänzte Lareet.

»Unsere Proteste könnten wir der gesamten Allianz vortragen«, fuhr Umat fort, »Doch das würde nur für neue …«

»Es würde nur für neue Verstimmungen sorgen«, beendete Lareet gewandt den Satz. »Wenn wir unsere Befürchtungen hinsichtlich eines Angriffs der t'Therianerinnen laut äußern, wird man uns vorwerfen, wir suchten einen Vorwand, um die Allianz zu unterlaufen.

Dann heißt es wieder, wir müssten mit Gewalt zum Einlenken gezwungen werden.«

Die Wahl der Worte mochte nicht ganz glücklich sein, aber Arron verstand die Argumente. Seit jeher galten die t'Therianerinnen und die Getesaph als Erzfeindinnen. Soweit Arron wusste, hatte es früher zwischen den beiden Familien noch nie irgendeine Form von Kooperation gegeben. Die Pest hatte bewirkt, was über Jahrhunderte währende, weniger gefährliche Bedrohungen nicht zu leisten vermochten. Indessen war sich niemand sicher, ob dieser unsichere Burgfrieden halten würde oder nicht.

»Ich kann nicht garantieren, ob ich Lynn überzeugen kann«, sagte er mehr an die heraufziehende Morgendämmerung gerichtet als an die Schwestern, die auf seine Unterstützung hofften. »Es ist schon sehr lange her, seit wir uns … nahe standen.«

»Wir bitten dich ja nur, es wenigstens zu versuchen«, erwiderte Lareet.

Arron stieß sich vom Geländer ab. »Na schön, mal sehen, was ich bewirken kann.«

Umat seufzte erleichtert. Lareet legte eine Hand auf seine Schulter. »Sei bedankt.«

Umat legte den Arm um ihre Schwester. »Wir werden feststellen, wo Managerin Lynn untergebracht ist. Dann kannst du deine Reise planen. Es wird irgendwo in t'Aori sein.«

»Ihr wollt, dass ich von den Hundert Inseln nach t'Aori fahre?« Arron schüttelte den Kopf. Es war einfacher, zwischen miteinander konkurrierenden Firmenenklaven der Menschen hin und her zu pendeln, als sich vom Archipel der Getesaph zur Halbinsel t'Aori zu begeben. »Werden eure Parlamentarierinnen mir denn die erforderlichen Passierscheine ausstellen?«

»Ich glaube nicht«, meinte Umat. »Das Ganze soll so unauffällig wie möglich vonstatten gehen.«

Verständlicherweise. »Also gut. Ihr findet heraus, wo Lynn wohnt, und ich suche sie auf.«

»Dafür gebührt dir Dank, Wissenschaftler Arron.« Lareet schüttelte freundschaftlich seinen Arm. »Tausendfacher Dank.«

Dann ließen die Schwestern ihn allein. Arron drehte sich um und beobachtete von neuem die erwachende Stadt. Nun verdeckten Wolken die Sterne, dennoch schaute er zum Himmel empor.

Lynn. Stundenlang hatten sie über alles Mögliche diskutiert. Er erinnerte sich an ausgelassene, mitternächtliche Parties, bei denen viel zuviel Alkohol konsumiert wurde, und dass sie damals über alles lachen konnten. Er fragte sich, wie es Lynn mittlerweile ergangen war und dachte darüber nach, in welche Richtung er selbst sich entwickelt hatte.

Nach einer Weile ging er in sein Zimmer zurück. Die Universität hatte ihm die massiven Filtertüren und Fenster bezahlt, damit er einen Raum hatte, an dem er seinen Isolationsanzug ablegen konnte, ohne gleich das gesamte Haus zu kontaminieren. Das Kabuff, das er bewohnte, war ein umgebauter Kleiderschrank, also winzig nach Getesaph-Standards. Für einen Menschen reichte der Platz jedoch völlig aus.

Eine dicke Matratze lag neben dem Springbrunnen, den Lareet ihm geschenkt hatte, weil sie nicht verstand, wie sich jemand ohne das Geräusch von plätscherndem Wasser in der Nähe konzentrieren könne. Ein Schreibpult und ein Stuhl waren auf menschliche Größenverhältnisse zurechtgestutzt worden, indem man von den Füßen fünfundzwanzig Zentimeter abgesägt hatte.

Sein flacher, glänzender Laptop lag auf dem Pult, umgeben von den Papieren, auf denen er seine Notizen festhielt. An den Wänden hingen Fotos von schneebedeckten Vulkanen, mit Schiffen vollgestopften Häfen und Porträts der Familien, mit denen er zusammengearbeitet hatte. Die Wand neben dem Schreibtisch enthielt eine große, bunte, mit der Hand gezeichnete Karte der Hundert Inseln.

Arron klappte seinen Laptop auf. Daten für eine Web-Übertragung konfiguriert und formatiert, stand auf dem Schirm. Er schloss den Deckel und steckte den Laptop in seinen Rucksack zu den drei alten Isolationsanzügen, die er im Außenposten recyceln lassen wollte.

Die meisten Bewohner des Hauses schliefen noch. Leise huschte Arron an den Schlafzimmern im zweiten Stock vorbei und schlich die zentrale Wendeltreppe hinunter, die für menschliche Begriffe eher einer Leiter glich. Er hatte lange gebraucht, bis er sie vorwärts gehend und ohne die Hände zu gebrauchen hinabklettern konnte. Das Ganze wurde noch dadurch erschwert, dass die einzelnen Sprossen für seine Beine viel zu weit auseinander lagen.

Draußen sickerte der morgendliche Glast durch die Schichten aus Wolken und Smog, den östlichen Himmel zu einem Glutofen aus orangeroten, pinkrosa und goldenen Tönen verschmelzend. Die Stadt war überfüllt, heiß, muffig und auf eine seltsame Weise dreidimensional. Anstatt die nahe gelegenen Klippen einzuebnen oder einfach auf ihren Höhen zu bauen, hatten die Architekten die Felsen ausgehöhlt. Natürliche Grotten wurden erweitert und so bearbeitet, dass sie mehrgeschossige, durch Außenleitern miteinander verbundene Gebäude bildeten, wobei die terrassenförmig gestuften Steilhänge von Treppen gekreuzt wurden, wie anderenorts das flache Gelände von Straßen.

Hängebrücken spannten sich über Hügelkuppen, die Zinnen der Klippen miteinander vernetzend. Dort spielte sich der motorisierte Verkehr ab, in schöner Eintracht mit rumpelnden Schubkarren, von Tieren gezogenen Vehikeln, den breiten, vierrädrigen, klappernden

Pedalwagen der Getesaph, Scharen von Geflügel und von Hirtinnen begleiteten Viehherden.

Mütter und Schwestern, die Körbe oder Töchter auf dem Rücken schleppten, mieden die Hängebrücken. Stattdessen kraxelten sie behände die Leitern hoch, balancierten auf Dächern und kletterten wieder hinab in die schmalen, gewundenen Straßenschluchten, die verstopft waren mit Unrat, fliegenden Händlerinnen und hektisch dahineilenden Lieferantinnen, Nachbarinnen und Cousinen. Ein ruhelos und lüstern wirkender Vater wieselte mit überraschender Anmut durch die Menge.

Der der öffentlichen Sicherheit dienende Verkehr – Militärfahrzeuge, Ambulanzen, Wagen, die wichtige Expressgüter zwischen den Inseln transportierten – lief nicht über die Straßen. Ihn hatte man unterirdisch in ein Netz aus mit Beton verkleideten Schutztunnel verlegt, die noch tiefer im Boden abgesenkt waren als die Abwasserrohre.

Arron zwängte sich durch das Gedränge, während er ungefähr alle drei Minuten jemandem »Hallo« und »Das Licht des Tages schmeichelt dir« zurief, der ihn namentlich begrüßte. Manchmal wusste er sogar den Namen der betreffenden Getesaph, die ihm so jovial ihren Gruß entbot.

Er genoss einen hohen Bekanntheitsgrad. Nicht nur, dass er Forschungsarbeit betrieb, er hielt außerdem Vorträge und leitete Gesprächsrunden in mehreren Schulen und Regierungseinrichtungen der Getesaph. Etliche seiner Abhandlungen, die in einem weniger wissenschaftlich-trockenen Stil gehalten waren, wurden für den Druck auf Papier modifiziert und über das gesamte Territorium der Hundert Inseln verteilt.

Er war ein Mensch und zudem ein *Mann*, allein aus diesem Grund galt er als Kuriosität, doch es steckte mehr dahinter als bloße Neugier. Zugegebenermaßen genoss er seine allgemeine Beliebtheit. Nicht jeder Feldforscher schaffte sich eine Fan-Gemeinde.

Arron kraxelte eine breite, vielsprossige Leiter hoch, die über ein Lebensmittelgeschäft emporragte. Sie bedeutete eine Abkürzung über drei Dächer hinweg und ersparte ihm eine halbe Stunde Gedrängel in den vollgestopften Straßen. Geschickt machte er einer Mutter Platz, die drei kleine Töchter auf ihrem Rücken schleppte. Ein viertes Kind peilte über den Rand des mit Leinenbinden ausgekleideten Brutbeutels.

Auf dem Dach scharte sich eine lockere Ansammlung von Getesaph um einen ausgetrockneten Brunnen in der nordwestlichen Ecke. Mütter, Schwestern und Töchter plauderten, tauschten Sachen aus ihren Körben aus oder standen einfach nur Händchen haltend beisammen. Seit dem Ausbruch der Pest floss in keinem der städtischen Springbrunnen mehr Wasser. Früher hatte man aus den öffentlichen Brunnen getrunken, in ihnen gebadet und seine Wäsche gewaschen; deshalb verbreiteten sie die Krankheit schneller als der Schmutz und die Tiere in den Straßen. Arrons Blick wanderte zur Bergflanke der Insel, wo das *Chvintz Thur*, das Viertel der Toten lag. Die Außenbezirke der Stadt waren mittlerweile entvölkert, weil die Überlebenden der Seuche wie Schutz suchend immer dichter in der City zusammenrückten.

Jäher Donner spaltete den Morgen. Unter Arron bebte das Dach. Ein wuchtiger, heißer Windstoß warf ihn auf die glatten Kacheln und presste ihm den Atem aus der Lunge. Etwas prallte klappernd gegen seinen Helm. Schreie, sowie die Geräusche von berstendem Stein und herniederregnendem Schutt stürmten auf ihn ein. Die Fliesen, auf denen er lag, schienen seitwärts wegzukippen.

Ein stechender Schmerz dröhnte in seinen Ohren. Er hob den Kopf und sah, wie sich eine Staubsäule himmelwärts ausbreitete. Als er den Blick wieder senkte, fluchte er. Dass der Boden unter ihm krängte, hatte er sich nicht eingebildet. Um den Brunnen herum war das Dach gefährlich heruntergesackt.

Die Getesaph in seiner Nähe richteten sich vorsichtig auf und spitzten die Ohren. Sie gewahrten die Staubwolke und das einstürzende Dach. Das folgende Wutgeschrei und die mit Inbrunst ausgestoßenen Drohungen gegen die t'Therianerinnen durchdrangen das scharfe Klingeln, das sein Gehör beeinträchtigte.

Natürlich waren es die t'Therianerinnen. Es waren immer die t'Therianerinnen, was auch passieren mochte. Jedenfalls trugen sie fast immer die Schuld, oder doch häufig genug, um als Verursacherinnen jedweden Unglücks herhalten zu müssen.

Durch die Finger spürte Arron, wie der geflieste Boden vibrierte. Wäre er nicht beinahe taub gewesen, hätte er sicherlich ein leises Knacken und Knistern vernommen.

Runter! Wir müssen vom Dach runter!

Mütter und Schwestern mit Töchtern, die sich an ihren Rücken festklammerten, wenn sie nicht vorn gegen die Brust gedrückt wurden, krochen oder kletterten in halb gebückter Stellung die Schräge hinauf. Einige mussten gestützt werden. Viele bluteten aus Wunden. Mindestens zwei hinkten.

»Wissenschaftler Arron!« rief eine Schwester, die er nicht kannte. Sie inspizierte ihn gründlich, wobei sie die Nüstern beinahe gegen seinen Helm presste. »Bist du verletzt? Kannst du aufstehen? Hilf mir doch mal jemand mit Wissenschaftler Arron!«

»Es geht mir gut. Ich komme allein zurecht!« protestierte er, während ein halbes Dutzend Hände ihn aufrichteten und dann in eine für richtig empfundene hockende Pose setzten. Man hielt die Menschen gemeinhin für zerbrechliche Wesen, weil sie kleiner und schwächer waren als die Getesaph. Außerdem galten sie als lausige Schwimmer, und nach einer Bombenexplosion konnten sie nicht gleich aufstehen, da die Gefahr einer plötzlichen Ohnmacht drohte. Wusste man doch, dass die Menschen auf einen derartigen Schock mit Sehstörungen und wackeligen Knien reagierten.

Arron sträubte sich nicht, als man ihn behutsam in die Südwestecke des Dachs führte. An dieser Seite waren die Leitern intakt geblieben. Die Schwestern, und mit ihnen Arron, ließen den Müttern mit Kindern jedoch den Vortritt. Drunten in der Straße herrschte ein wahres Gebrodel aus schubsenden, wogenden Leibern, untermalt von wüsten, jedenfalls für Arron unverständlichen Schreien.

Als Arron an die Reihe kam, die Leiter hinabzusteigen, vergaß er seinen Stolz, ging rückwärts und benutzte beide Hände. Seine Begleiterinnen flankierten ihn fürsorglich, ohne ihn aus den Augen zu lassen. Unten angelangt, postierten ihn die Schwestern in einen unbeschädigten Türeingang.

»Bleib ganz ruhig hier stehen, Wissenschaftler Arron«, riet ihm die eine. »Gleich wird eine Sanitäterin bei dir sein.«

Danach drehte sie sich um und fädelte sich in den Strom von Müttern und Schwestern ein, die dem Schauplatz der Detonation zustrebten.

Arron lehnte sich gegen einen Türpfosten, bis das Zittern in seinen Knien nachließ. Seine Ohren klangen immer noch, und er fühlte sich unsicher auf den Beinen, doch er zwang sich dazu, wenn auch mit Schlagseite, den Unglücksort anzusteuern.

Die Rakete, die Bombe oder was auch immer explodiert war, hatte zwei Gebäude in Trümmerhaufen verwandelt. Bei den angrenzenden Häusern waren Fassaden und Dächer eingestürzt. Manche Mauern standen windschief da, als seien sie unschlüssig, ob sie stehenbleiben oder zusammenkrachen sollten.

Getesaph wimmelten über die Schutthalden. Sie kletterten durch die Ruinen und gruben mit bloßen Händen nach Verschütteten. Einige hatten sich Schaufeln beschafft. Eine Gruppe hievte einen geborstenen Dachbalken hoch und reichte ihn an andere Schwestern weiter, die ihn davontrugen.

Mit jeder Sekunde trafen weitere Schwestern ein. Viele trugen Eimer, Schaufeln oder Brecheisen. Mit den wenigen zur Verfügung stehenden Wasserschläuchen löschten sie die überall aufflackernden Feuer, die wie orangerote und goldene Unkräuter durch die Spalten in den Trümmern hochkeimten. Es bildeten sich Eimerketten, um bei der Brandbekämpfung zu helfen und die Gebäude in der Nähe zu benetzen. Die Verletzten bettete man auf die Gehwege. Mütter, Schwestern und Töchter beugten sich über die Opfer, auch wenn sie nichts für sie tun konnten, außer bei ihnen zu sein. Niemand wurde allein gelassen, es fand sich immer jemand, der tröstend die Hand hielt.

Eigentlich hätte das totale Chaos herrschen müssen, doch dies war nicht der Fall. Die Getesaph arbeiteten Hand in Hand, zielbewusst, ohne lange zu fackeln und ohne Panik. Jede sprang da ein, wo gerade Hilfe gebraucht wurde und übernahm die Verantwortung, bis jemand mit mehr Sachkenntnis oder einer besseren Ausrüstung sie ablöste. Kommandostrukturen wurden nebensächlich und es gab keine Gaffer. Jede neue Schwester, die ankam, fügte sich in den Arbeitsablauf ein, so wie sich ein geübter Sänger spielend in einen Chor eingliedert.

Selbst die beiden Väter, die an der Peripherie herumlungerten, schienen zu ahnen, dass etwas Wichtiges im Gange war. Sie hielten sich abseits, ohne irgendwelche

Körperkontakte oder Wege zum Befriedigen ihrer Triebe zu suchen.

Arron fand das Ganze unglaublich. Keine Gruppe von Menschen hätte ohne jahrelanges Training derart harmonisch zusammenwirken können. Für die Dedelphi war dies eine Selbstverständlichkeit. Arron begriff den Widerspruch nicht, der darin lag. Wie konnte eine Rasse so einvernehmlich kooperieren und gleichzeitig so erbarmungslos kämpfen? Natürlich gab es für dieses Verhalten eine Million Theorien, indem man Hormone, Pheromone, sogar Telepathie für die Auslöser der Aggressionen hielt, doch alle bewegten sich im spekulativen Bereich. Einer seiner Professoren hatte einmal gesagt: »Gott hat uns mit den Dedelphi bekannt gemacht, um uns zu zeigen, wie wenig wir immer noch wissen.«

Arron blickte auf die Verwüstung und zögerte. Allmählich fanden sich Feuerwehren und schweres Rettungsgerät ein. Er schlug einen Bogen um den Kern der Zerstörung und begab sich zu den Verletzten. Zum Glück verstand er sich auf Erste Hilfe, und was für einen Menschen gut war, half in den meisten Fällen auch den Getesaph.

Nach einer Weile war er vollauf damit beschäftigt, Wunden mit Strümpfen oder abgerissenen Blusenärmeln zu verbinden; nur gelegentlich ergatterte er eine wirklich sterile Bandage. Tuniken, Röcke und Hosen ersetzten Kopfkissen und Decken. Blut, Gewebefetzen und Körperflüssigkeiten klebten an seinen Handschuhen. Blutspritzer besudelten seinen Helm und sein Hemd. Der Isolationsanzug schaffte es nicht mehr, den Schweiß zu absorbieren, der ihm vor Anstrengung aus allen Poren strömte und sich an Hals und Rücken in juckenden Rinnsalen sammelte.

Einmal stolperte er über eine Getesaph, die von einem Holzsplitter buchstäblich gepfählt worden war. Dann stieß er auf eine wehklagende Gruppe von Töchtern, die ihre tote Mutter betrauerten; deren Leib war eingedrückt und verschrumpelt wie ein verrotteter Kürbis. Ihm blieb nichts weiter übrig, als sich abzuwenden und es den Schwestern und Müttern zu überlassen, den Schmerz der Hinterbliebenen zu stillen.

Als er die Augenlider einer bewusstlosen Schwester anhob, um die Pupillen zu prüfen, kniete sich eine Getesaph neben ihn nieder, die den weiß-gold gemusterten Overall einer Rettungssanitäterin trug, und schob sachte seine Hände von der Patientin fort.

Arron stand auf und zog sich zurück. Es dauerte ein Weilchen, bis er wieder deutlich sehen konnte. Überall gewahrte er Schwestern in den weiß-goldenen Uniformen, die mit Erste-Hilfe-Koffern, Tragen und Sauerstoffmasken zu den Verwundeten eilten.

Seine Unterstützung war nicht mehr gefragt. Während er untätig herumstand, spürte er, wie heftig seine Hände zitterten, wie dringend er einen Drink brauchte, wie klebrig und unwohl er sich in seinem Isolationsanzug fühlte und wie sich ihm der Magen umdrehte.

»Wissenschaftler Arron!«

Erschrocken blickte Arron hoch und entdeckte Dayisen Lareet, die sich durch die quirlige Menge zwängte. Matt hob er die Hand und winkte ihr zu.

»Bei der Mutter Nacht, Arron!« staunte sie. »Du siehst aus, als wärst du mitten in der Explosion gewesen, dabei hast du dich nur um die Opfer gekümmert!«

»Mir geht es gut, wirklich.« In einer nutzlosen Geste wischte er sich die Hand an seinem Hemd ab. »Ich merke nur gerade, dass die Bequemlichkeit meines Isolationsanzugs ziemlich begrenzt ist.«

»Das kann ich mir denken.« Sie fasste ihn scharf ins Auge. »Du brauchst Ruhe. Möchtest du zu dir nach Hause zurück oder in den Außenposten?«

Er betrachtete seine blutverkrusteten Hände. »Ich

gehe lieber zum Außenposten. Dort gönne ich mir einen neuen Anzug und eine ausgiebige Dusche.«

»Ich begleite dich.« Ungeachtet seiner verdreckten Kleidung hakte Lareet sich bei ihm ein. »Umat machte sich Sorgen, als wir dich bei den Verletzten sahen. Ich wollte mich davon überzeugen, dass du wohlauf bist.«

»Sei bedankt«, erwiderte Arron, derweil sie in ein gewundenes Gässchen einbogen, das zum Hafen hinunterführte.

»Weiß man schon, was passiert ist?« erkundigte er sich nach einer Weile.

Lareet fletschte die Zähne. »Die Devna.« Der Ausdruck bedeutete ›Kannibalen‹ und wurde benutzt, um die t'Theria zu beschreiben. »Wer sonst wäre zu so etwas imstande? Wir glauben, dass sie den Sprengkörper von einem Boot im Hafen aus abschossen und dann ihr Schiff und sich selbst versenkten, um nicht von uns geschnappt zu werden. Aber wir sind uns nicht sicher. Wir werden den Vorfall untersuchen und das Ergebnis den Durch Wahl Bestimmten Anführerinnen vortragen. Die Königinnen der t'Therianerinnen werden sich natürlich ahnungslos stellen und keine Wiedergutmachung an unsere Opfer leisten.«

Arron schwieg.

Lareets Ohren drehten sich seitwärts in seine Richtung. »Woran denkst du, Wissenschaftler Arron?«

»Ich denke, wie gut es ist, dass die Allianz meinen Schwestern verbietet, einen Angriff zu starten, ehe sie sich nicht hundertprozentig über das Ziel ihrer Attacke im Klaren sind. Auf diese Weise werden weniger Leben und Ressourcen verludert.«

Lareet stieß ein freudloses Lachen aus. »Du hast einen sonderbaren Humor, Wissenschaftler Arron.«

»Es sollte kein Witz sein. Überleg doch: Die Über Alle Gebietenden Königinnen wissen, dass wir jeden Moment in die Offensive gehen könnten. Das würde ein

Ende des Bündnisses und mithin ein Ende der Hoffnung bedeuten, ihre Töchter vor der Pest zu retten. Denn die Menschen würden im Falle eines Krieges diesen Planeten sofort verlassen. Wenn die Durch Wahl Bestimmten Anführerinnen die Königinnen von dem Attentat in Kenntnis setzen, müssen die Königinnen über einen Schadenersatz verhandeln. Sie werden das Blutgeld entrichten und auf diese Weise neues Gemetzel vermeiden.«

»Aus deinem Mund klingt es richtig idyllisch, Wissenschaftler Arron. Als ob es so einfach wäre.«

Er zuckte die Achseln und winkte ab. »Alles ist möglich, sofern man nur einsieht, dass die Familien und die Anderen zusammenhalten müssen, wenn sie die Kinder ihrer Schwestern vor Schaden bewahren wollen. Es gibt gar keinen Grund, sich quer zu stellen.«

Lareets Ohren sackten kurz nach unten. »Die Getesaph und die t'Theria brauchen keinen Grund, um einander zu misstrauen.«

Die Häuser fielen zurück und schufen Platz für den belebten Kai mit den langgezogenen Anlegern, die weit in den mit Booten verstopften Hafen hineinragten. Trutzige Wehranlagen bewachten den Strand. Mitten durch das Hafenbecken verlief eine freie Zufahrtsrinne. Dieser Kanal wurde für das Militär offen gehalten. Arron sah, wie ein mittelgroßes Transportschiff von seiner Lände ablegte und Kurs nahm auf die Hafenausfahrt; vielleicht war es unterwegs, um nach der Ursache des Anschlags zu forschen, möglicherweise wollte man auch sichergehen, dass die Attentäterinnen keine in der Nähe lauernden Verbündete hatten.

»Findest du deinen Weg von hier aus allein?« fragte Lareet. »Kann dich eine Fähre übersetzen? Ich muss zu Umat zurück.«

»Wie ich schon sagte, es geht mir gut, Lareet.« Er löste sich aus ihrem Griff und drückte kurz ihren Arm.

Sie senkte die Ohren. »Dann sehen wir uns demnächst bei dir zu Hause wieder.«

Lareet trat den Rückweg an, und Arron marschierte hinunter zu den Docks. Die Hafenfähre lag an ihrem Anlegeplatz und die beiden Schwestern, die sie steuerten, befanden sich an Bord. Da keine weiteren Passagiere warteten, erklärten sie sich bereit, ihn unverzüglich auf die Insel der Menschen überzusetzen. Nicht, dass sie etwas gegen ihn einzuwenden hätten, versicherten sie ihm wortreich; jedoch gab es Schwestern und vor allem Mütter, die sich wegen der menschlichen Gifte sorgten.

Arrons Bündel prallte gegen seinen Rücken, als er die Fähre verließ und auf die knarrende hölzerne Mole sprang. Die Insel der Menschen war nicht viel mehr als eine Sandbank an der Hafenausfahrt. Die Stellen, die nicht aus Treibsand, Schlick und Fels bestanden, besaßen einen struppigen Bewuchs aus Moos und Unkräutern. Fische strandeten in den Gezeitentümpeln, um dort zu verenden. Der Wind roch nach Salz, Smog, fauligem Fisch und brennendem Petroleum.

Das Eiland war kein Urlaubsort, lag hingegen abseits jedweder bewohnten Gegend. Falls das Ventilations-System versagte oder der Außenposten bei einem Scharmützel in die Schusslinie geriet, würde so schnell niemand durch einen Kontakt mit den menschlichen Toxinen kontaminiert.

Der Außenposten diente als Service-Station für die mittellose Schicht der Menschen, die sich im Archipel der Hundert Inseln niedergelassen hatte. Die Vertreter der großen Konzerne und das diplomatische Corps residierten in eigenen Vierteln und brauchten auf keine Annehmlichkeit zu verzichten. Im Laufe der Jahre hatten sich die Aussteiger – Freiberufler, Kuriositätenjäger und Akademiker mit armseligen Stipendien, wie Arron – zusammengetan und ihr eigenes Standquartier gegründet.

Arron schlug den Weg ein, den sie angelegt hatten, als der Bunker des Außenpostens gebaut wurde. Allmählich eroberte sich die Natur ihren Platz zurück; aus dem felsigen Grund sprossen Moospolster, durchsetzt mit einem wirren Filz aus orangeroten Pilzen.

Hier müsste mal gründlich sauber gemacht werden, dachte Arron mechanisch. Innerlich krümmte er sich, als er sich die Antwort seiner Kollegen vorstellte. *Warum sollten wir uns die Mühe geben? Es lohnt sich ja doch nicht, würden sie sagen.*

Eine Treppe aus Gasbeton führte hinab ins Herz der Insel. Die feinen Poren im Beton sogen das Wasser auf und hielten die Stufen sauber und trocken. Unten gelangte man an eine massive Metalltür, die Arron an den Eingang zu einem mittelalterlichen Verlies erinnerte.

Vor dem Spiegel in der Tür blieb er stehen und sagte: »Arron Hagopian möchte den Außenposten betreten.« Ein leises Summen zeigte an, dass er gescannt wurde. Dann schwenkte die Tür nach innen. Mit einem lauten *Wumm!* sog die Ventilation die Luft durch die Öffnung in den Zugangstunnel.

Arron betrat den Vorraum. Hier befanden sich Spinde mit sauberen Isolationsanzügen, Recycler für die benutzten Anzüge sowie Zellen zum Duschen und Ankleiden. Auf einem Schild an der Innentür stand: BITTE FREIMACHEN UND EINTRETEN.

Arron nahm sich frische Kleidung aus seinem Spind, stieg in eine Nasszelle und öffnete aufatmend seinen Helm. Er entledigte sich der Handschuhe, des Hemdes und der Hose und warf alles achtlos auf einen Haufen. Als nächstes entfernte er die Vorrichtung, die die Anzugdesigner euphemistisch als ›Entsorgungsoption‹ bezeichneten, der einzige Teil des ganzen Anzugs, an den er sich nie würde gewöhnen können, und pfefferte sie in eine andere Ecke.

Dann vollführte er die Windungen und Verrenkungen, die notwendig waren, um sich aus der hautengen, transparenten, organischen Folie zu pellen, die ihn vom Hals bis zu den Zehen bedeckte. Die Hülle hätte noch für einen weiteren Tag Schutz geboten, doch er hatte keine Lust, sie von den Flecken zu reinigen, deshalb legte er sie zu den anderen schmutzigen Kleidungsstücken.

Nach einer langen, dampfend heißen Dusche fühlte er sich besser. Er zog sich saubere Shorts und eine blaue Jacke an. Der Helm und die ›Entsorgungsoption‹ wanderten in Sterilisatoren, die dreckige Kleidung landete in einem Separator, und die Handschuhe sowie der Anzug wurden im Recycler wieder aufbereitet.

Er stellte sich vor die Innentür, die nur zögerlich aufglitt, als sollten möglichst wenig Luft und mit ihr etwaige Staubpartikel entweichen, die eventuell durch die leistungsstarken Belüftungsfilter geschlüpft waren.

Der zentrale Raum des Außenpostens war ein luftiges, weitläufiges Gemach im Getesaph-Stil. Die Stuckwände hätten dringend einer Reinigung bedurft. Planlos im Zimmer verteilt fanden sich abgewetzte Tische, Stühle und Kommunikations-Stationen aus zweiter Hand. Gegenüber der Tür standen zwei große Lebensmittelschränke. Ein paar kurze Korridore führten zu Arbeitsalkoven, in die man sich einschließen konnte, wenn man Ruhe wollte. Die Getesaph bevorzugten eine offene Architektur. Manche Menschen ertrugen auf Dauer nicht die ständige Gemeinsamkeit, die diese Welt ihnen aufzwang, und brauchten einen Ort, an dem sie allein sein konnten.

»Arron! Wie läuft es in der Politik?«

Cabal und zwei Frauen hielten sich in dem Raum auf. Er war ein dürrer Mann mit kupferfarbener Haut und hängenden Schultern. Selbst in einem ideal dem Körper angepassten Konturensessel brachte er es fertig, einen krummen Buckel zu machen.

Die Frauen, Rath und Regina, glichen einander in verblüffender Weise: Beide waren klein, mollig und sienabraun. Beide studierten außerdem Anthropologie und beschäftigten sich mit Feldforschung über irgendein Thema in der Xenosoziologie. Arron hielt sie für ein Liebespaar, wäre jedoch nie auf die Idee gekommen, sie danach zu fragen. Sie winkten ihm zerstreut zu, während er seinen Laptop auf einem Stuhl absetzte und dann einen Schritt zurücktrat, um das Graphikdisplay auf dem Tisch zu studieren.

»Heute läuft es in der Politik gar nicht gut.« Arron begab sich zu den Lebensmittelschränken. »Am Vormittag zerstörte eine Explosion ein paar Häuser mitten im Gewerbegebiet. Ich war zufällig dabei, als es passierte.«

»Die Detonation konnte man bis hierher hören«, erklärte Rath. »Es hat uns aber nicht weiter gestört.« Sie biss sich auf die Zunge. »Großer Gott, was red ich da! Eine Bombenexplosion in weniger als zwei Kilometern Entfernung ist doch keine Bagatelle.«

»Das beweist nur, dass du allmählich so wirst wie wir, Rathillvna.« Cabal prostete ihr mit einem Becher voll brauner, perlender Flüssigkeit zu. »Hart wie Diamant und verrückt bis in die Zehenspitzen.«

Arron schüttelte den Kopf und öffnete die Klappe eines der Vorratsschränke. Cabal war Antiquitätenhändler. Er verkaufte terranische Ephemera an die Einheimischen, wobei er alles verscherbelte, Bücher, Getränke und auch echte Altertümer wie Uhren und Möbelstücke.

»Du sagst es«, entgegnete Rath liebenswürdig. »Hey, Arron, für dich ist eine Hyperlink-Botschaft angekommen.«

Von der Universität? Arron richtete sich aus seiner gebückten Stellung auf, in einer Hand eine Flasche Wasser, in der anderen zwei Nährstoffriegel. Offenbar blickte er verständnislos drein, denn Rath runzelte die Stirn und sah ihn mit einem grüblerischen Ausdruck an.

»Wir erhielten alle ein Schreiben.« Rath drückte auf einen Schalter an der Tischkante und ließ die Graphik zu einem statischen Bild erstarren. Arron erkannte, dass es sich um eine Videoaufnahme handelte, die eine Gruppe von ty Porath beim Fischen mit einem ihrer gigantischen Schleppnetze zeigte. »Die Briefe stammen von verschiedenen Bioverse-Abteilungen. Darin teilt man uns im Wesentlichen mit, dass diese Welt jetzt dem Konzern gehört und wir hier überflüssig sind. Wenn wir nicht freiwillig abhauen, werden wir abtransportiert. Binnen acht Wochen müssen wir das Feld räumen.«

»Das hat man mir bereits mitgeteilt. In der Hyperlink-Message, die an mich gerichtet ist, muss etwas anderes drinstehen.« Arron schüttelte den Kopf. Plötzlich fiel ihm etwas ein. »Hör mal, Cabal, unternimmst du vor dem Rausschmiss noch einen Trip nach t'Theria?« Cabal besaß einen kleinen, umgebauten Trawler, mit dem er von auf der Suche nach Kundschaft von Hafen zu Hafen schipperte. Er hätte sich auch ein Flugzeug anschaffen können, behauptete er, doch er täte es nicht, aus Angst, von irgendwelchen nervösen Inselbewohnerinnen abgeschossen zu werden. Ein Kahn erregte immerhin weniger Misstrauen als ein Fluggerät.

Cabal hob die Brauen. »Was, du willst dich nach t'Theria begeben? Ich dachte, du wärst ein eingefleischter Verfechter der Getesaph.«

Arron überhörte die Bemerkung. »Ich möchte mich mit jemandem treffen, der für die Firma arbeitet.«

»Mein Gott.« Regina lehnte sich zurück. »Sag bloß, du hast unter den Menschen einen Freund!«

Arron lächelte nachsichtig und entstöpselte die Wasserflasche. »Genauso ist es.« Er trank einen großen

Schluck. »Besagte Dame und ich gingen zusammen aufs College …«

Erstaunt zog Rath die Stirn kraus. »Du hast wirklich und wahrhaftig ein College besucht? Deine Enklave verlassen und auf dem Campus gewohnt?«

Arron grinste schief. »Ich hatte ja keine Ahnung, welchen Ruf ich hier genieße.«

Rath zuckte die Achseln. »Dich würde ich nicht mit meiner Schwester allein lassen.«

Cabal schnaubte durch die Nase. »Diese Freundin, die du bei dem großen Abenteuer eines Collegestudiums kennengelernt hast, anstatt akademische Grade übers Hypernet zu erwerben, wie ein normaler Mensch, gehört also dem Konzern an. Und?« Mit der freien Hand vollführte er eine aufmunternde Geste.

»Und …« – Arron äffte seine Gebärde nach – »sie will aus meinem reichen Erfahrungsschatz schöpfen.«

Cabal pfiff durch die Zähne. »*Du* paktierst mit dem Feind?«

Arron seufzte. »Eigentlich fungiere ich nur als Kurier für die Dayisen Rual. Sie möchten den Zeitplan für die Umsiedlung ändern. Man hat nicht bedacht, dass es den Getesaph vielleicht nicht Recht sein könnte, hier drunten auf dem Boden zu bleiben, derweil sich die t'Theria bereits im Orbit befinden.« Er schüttelte den Kopf. »Aber ich sollte mich wirklich mit ihr über dies und das unterhalten. Gewisse Dinge liefen vielleicht besser, wenn jemand in der Firma sich mit der hiesigen verzwickten Situation vertraut macht.«

Regina sah Rath an. »Damit will er sagen, dass er sie eventuell davon überzeugen kann, wie nutzlos die ganze Geschichte ist. Möglicherweise besinnt sich die Firma dann anders und lässt von dem Vorhaben ab.«

Rath lächelte grimmig. »Du hast nicht die geringste Chance, Arron. Die Firma verspricht sich völlig neue Gen-Cocktails, wenn sie hier frei schalten und walten darf. Und sowie die Konzernleitung erst Blut geleckt hat, gibt es für sie kein Halten mehr.« Seufzend blies sie den Atem aus. »Dabei steht meine Dissertationsarbeit kurz vor dem Abschluss.«

»Das erzählst du uns schon seit drei Jahren«, murmelte Regina. Rath funkelte sie wütend an, und Regina tätschelte ihre Hand. »Macht nichts. Wir suchen uns eine andere Welt, die wir sezieren können.« Arron hatte den Eindruck, als vermiede sie es, ihn anzusehen.

Cabal brach das Schweigen. »Natürlich kann ich t'Theria noch einmal anlaufen. Komm übermorgen bei auslaufender Flut hierher, und wir segeln los. Einverstanden?«

»Einverstanden. Danke.« Arron schob sich die Nährstoffriegel in die Hand, die bereits die Wasserflasche hielt, und schnappte sich den Laptop. »Wenn ihr mich jetzt bitte entschuldigen wollt, ich muss mich noch um eine dringende persönliche Angelegenheit kümmern.« Er verbeugte sich vor den Anwesenden und verdrückte sich in einen der Arbeitsalkoven.

Hinter sich schloss er die Tür und hörte nicht mehr das Wortgeplänkel aus dem Hauptraum. Der Alkoven enthielt einen Stuhl, eine Komm-Station, einen Tisch und eine Schlafkoje. Nachdem er den Laptop auf dem Tisch abgestellt hatte, klinkte er ihn in die Komm-Station ein.

Arron pflanzte sich auf den Stuhl vor der Komm-Station und legte seine Verpflegung auf den Tisch. »Station. Hier spricht Arron Hagopian. Identifizieren und Post öffnen.« Was ihm hier draußen fehlte, war die Möglichkeit, den Pfad der eingegangenen Nachrichten zurückzuverfolgen. Ohne ein komplettes Satellitennetz wurden ihm die Briefe einfach präsentiert, und seine Antworten musste er uploaden.

Arron riss die Verpackung eines Nährstoffriegels auf und mampfte das knusprige Zeug, das angeblich nach geröstetem Reis schmecken sollte, es jedoch nicht tat. Die Station piepte und surrte. Der Außenposten konnte sich keine in vollem Umfang interaktive KI leisten, doch sie sparten für ein Hochleistungsgerät. *Jetzt brauchen wir keines mehr,* dachte Arron. *Demnächst werden wir uns darüber streiten, wie wir das angesparte Geld aufteilen.*

Die Station meldete: »Arron Hagopian identifiziert. Es sind fünfundsechzig Briefe von Konversationspartnern eingegangen. Außerdem ein Hyperlink-Schreiben. Titel werden eingeblendet.«

Auf dem Schirm leuchtete in gelber Farbe der Text. Arron überflog die Zeilen. Ein Aufsatz über die Ausbeutung der Dedelphi und ihres Planeten. Bioverse macht sich die Ängste der Schwestern zunutze. (Dieser Artikel war doch tatsächlich von einer Dedelphi verfasst, die in den Marskolonien lebte). Bioverse Rettet Leben. Etliche Titel glichen einander. Die Namen der Autoren waren ihm samt und sonders bekannt. Offenbar weitete sich die Diskussion nicht aus. Die Forderungen nach einem Boykott und neuen Analysen verhallten ungehört. Jedenfalls fügten sie Bioverse keinen Schaden zu.

Arron gestand sich ein, dass er nach einem Beitrag von Lynn suchte. Ihre Meinung interessierte ihn. Er wollte wissen, aus welchem Grund sie die Evakuierung der Dedelphi für eine gute Idee hielt.

Ich möchte auf ihre Argumente vorbereitet sein. Arron starrte auf die gekrümmte weiße Wand des Alkovens. *Rath hat mich durchschaut. Ich will sie zu der Einsicht bringen, dass sie sich irrt.*

Arron massierte sein Gesicht, wie wenn er irgendetwas Klebriges von seiner Haut reiben wollte.

Ganz am Ende der Liste fand sich die Adresse von Professor Marcus Avenall, der einen Lehrstuhl an der Universität des Ostens innehatte.

Arron trank noch einen Schluck Wasser und versuchte, gleichzeitig seine nervöse Anspannung hinunterzuspülen.

»Station, öffne die Hyperlink-Message von Professor Marcus Avenall.«

Ein paar Textzeilen formierten sich auf dem Schirm. Marcus war noch nie ein Freund von vielen Worten gewesen.

Arron:

Wir haben mit den Leuten von Bioverse gesprochen. Sie sagen, der Platz reiche kaum für die Dedelphi und das firmeneigene Personal. Sie lassen dich nur dann bei den Evakuierten bleiben, wenn wir deinen Aufenthalt auf dem Schiff voll finanzieren.

Um es kurz zu machen, Arron, die Universität kann sich diese Ausgabe nicht leisten.

Du hast eine hervorragende Arbeit geleistet. Komm nach Hause zurück, und wir suchen dir gern ein neues Projekt aus.

Arron sackte in sich zusammen. *Das war's dann wohl gewesen. Nach der Heimat möcht' ich wieder, in der Heimat möcht' ich sein! Trallala!*

Ihn packte der Zorn. Er schmetterte die Wasserflasche gegen die Wand. Der Plastikbehälter traf mit einem Knall auf den Verputz und fiel auf den Boden. Das Wasser spritzte über die Tünche und die Fliesen, die es durstig aufsogen.

Dann stützte er den Kopf in die Hände und raufte sich die Haare.

Es ging ja nicht nur um ihn. Er war nicht verzweifelt, weil er eine Welt und ein Volk aufgeben musste, in das er sich zugegebenermaßen verliebt hatte. Aber hier geschah etwas Beispielloses, etwas nie Dagewesenes, und niemand – *niemand!* – erkannte, dass Bioverse im Begriff stand, diesen Planeten zu zerstören.

Und keinen kümmerte es.

Ihm kam ein Gedanke. Er setzte sich wieder gerade hin. »Station. Die Datei Hresh aus Arron Hagopians Laptop herunterladen und abspielen. Anschlussstelle Port Nummer drei.«

»Datei wird heruntergeladen und abgespielt.«

Die Datei war für die Medien bestimmt, und in ihr fuhr er ein schweres Geschütz auf. Sie gehörte zu den wenigen Essays, die er nicht des Geldes wegen geschrieben hatte, sprich, um sich irgendein Stipendium zu ergattern. Sie stammte von seinem ersten Feldforschungs-Auftrag. Damals hatte man ihn auf einen Planeten namens Hresh geschickt. Fünfundsiebzig Jahre vor Arrons Ankunft war diese Welt von Menschen, die für die Avitrol AG arbeiteten, entdeckt worden. Die Leute von Avitrol waren Prospektoren, die nach neuen organischen Molekülen fahndeten, die sie in der Nanotechnik einsetzen konnten. Diese speziellen Verbindungen kamen selten vor, doch sie erwiesen sich als ungeheuer nützlich.

Die Hreshi waren ungeschlachte, mit goldgelben Zotteln bepelzte Kreaturen, die sich unter Nanotechnik einen gut ausgereiften Käse vorstellten. Avitrol bot ihnen Luxusgüter, diverse Maschinen und Anleitungen zu deren Benutzung. Im Gegenzug verlangte man nichts Geringeres als die Kontrolle über den Planeten und das Recht, ihn nach Herzenslust auszubeuten.

Als Arron eintraf, um ein Volk zu studieren, dem er sich aufgrund physischer Inkompatibilität verbal nicht mitteilen konnte, waren große Teile des Planeten bereits verödet. Als Erstes hatte Avitrol massenhaft Pflanzen und Insekten zu Testzwecken vernichtet. Danach bohrten und schürften die Hreshi selbst nach Brennstoffen und Erzen, um ihre neu gegründeten Produktionsanlagen damit zu füttern.

Die Hreshi, orientierungslos und geblendet von ihrem unverhofften Reichtum, der es ihnen obendrein ermöglichte, weiter und schneller irgendwohin zu reisen als je zuvor, führten plötzlich Kriege um Landbesitz und Ideologien. Der Raubbau an ihrer Ökosphäre hatte Krankheiten hervorgebracht, gegen die die heimische Medizin machtlos war. Die Errungenschaften einer modernen Technik, mit denen Avitrol die Hreshi so reichlich beglückt hatte, schlossen leider Methoden zu einer effektiven Seuchenbekämpfung nicht ein.

Entsetzt hatte Arron vor den vielen Toten und Sterbenden gestanden, derweil sein Projektbetreuer dozierte, wie interessant es sei, eine Rasse zu beobachten, die sich gerade in einem Übergangsstadium der Entwicklung befinde. Wütend hatte er den kritischen Bericht geschrieben und versucht, ihn über das Netz zu verbreiten; daraufhin warnte ihn seine Universität, er könne sich nach einem anderen Job umsehen, wenn er besagten Report unter seinem Namen herausgäbe.

Also hatte er den Aufsatz unter Verschluss gehalten. Stattdessen verfasste er sachlichere und strikt auf Fakten beruhende Artikel, die er im Netz verteilte. In den Enklaven, die er auf diese Weise erreichte, entfesselte sich ein Proteststurm; Avitrol wurde geächtet und musste den auf Hresh angerichteten Schaden wiedergutmachen.

Während Arron sich die von ihm aufgezeichneten Bilder des Horrors ansah, überlegte er, ob er eine ähnliche Kampagne wie damals starten sollte. Er konnte die Parallelen aufzeigen, die zwischen Avitrols Abbau von lebenden Organismen auf Hresh und Bioverses Sanierungsplänen für Dedelph bestanden. Nichts hinderte ihn daran. Seine Karriere an der Universität wäre natürlich beendet, doch wenn er den Getesaph damit nur ein kleines bisschen die Gastfreundschaft vergelten konnte, mit der sie ihn aufgenommen hatten, brachte er dieses Opfer gern.

Er brauchte einen Grundgedanken, eine Prämisse,

worauf sich die restliche Präsentation aufbauen ließ. Zum Beispiel eine Studie von Marcus, die er dann auf das Wesentliche reduzierte. Nicht schlecht wäre ein Textblock, vielleicht mit Musik untermalt, auf jeden Fall etwas, das die Aufmerksamkeit auf sich zog.

»Station, aktiviere alle verfügbaren Medien-Programmierwerkzeuge. Eine neue Datei anlegen und Platz schaffen für Text-Input. Stimmliche Eingabe in einen Text konvertieren.«

Arron beugte sich über das Keyboard und fing an zu arbeiten.

Das Parlamentsgebäude war niemals völlig leer. Soldatinnen patrouillierten vor den Toren und bewachten die Parlamentarierinnen mitsamt ihrem Stab, wenn sie eine Nachtschicht einlegten. In den weitläufigen Sälen aus glatt poliertem Stein brannte die ganze Nacht lang gedämpftes elektrisches Licht.

Lareet konnte sich an der Schönheit der Anlage niemals sattsehen. Vom Boden aus schraubten sich runde, hölzerne, terrassenförmig gestufte Galerien wie unordentlich aufgestapelte Münzen in die Höhe. Aus künstlich angelegten Teichen ragten Inseln auf, die als Konferenzzonen dienten, Springbrunnen und Wasserfälle füllten selbst den entferntesten Winkel des Bezirks mit plätschernder, perlender Musik.

Umat ging so dicht neben ihr, dass sich ihre Schultern immer wieder beruhigend streiften. Umats Miene wirkte angespannt. Ihre schmalen Ohren waren in Habachtstellung. Vermutlich hatte sie die Erinnerung an die Explosion vom frühen Morgen bereits verdrängt und konzentrierte sich voll und ganz auf ihre Mission. Umat konnte nun mal abschalten, und Lareet beneidete sie darum.

Silberner Lampenschein erhellte eine Galerie im dritten Stock nahe des Zentrums der Parlamentshalle. Ihre

Parlamentarierinnen, die Abgeordneten Shavck, Ris, Pem und Vreaith, saßen an dem runden Arbeitstisch. In Gedanken versunken fiel Lareet hinter Umat zurück und ließ sie als Erste die steile Treppe (Wieso bezeichnete Arron eine Treppe als Leiter? Eine Leiter war ein transportables, zerlegbares Provisorium), zu ihrem Arbeitsbereich hinaufsteigen.

Seite an Seite stellten sich Lareet und Umat vor dem Tisch der Abgeordneten auf. Umat streckte die Hand aus und Shavck Pem berührte ihre Fingerknöchel.

»Dayisen Umat. Dayisen Lareet«, grüßte die Abgeordnete Pem. »Die Schatten der Nacht schmeicheln euch.«

Lareet und Umat erwiderten die Begrüßung. Der stolze Unterton in Umats Stimme war nicht zu überhören, als sie verkündete: »Wir hatten Erfolg. Wissenschaftler Arron wird sich mit Managerin Lynn in Verbindung setzen.«

»Ausgezeichnet!« dröhnte die Abgeordnete Vreaith, die Hände über dem Bauch faltend. »Ich wusste, dass er euch die Bitte nicht abschlagen würde, nachdem er jahrelang nicht nur euer Gast, sondern auch euer ganz spezieller Freund war.«

Lareet wünschte, sie könnte sich genauso ungehemmt in dem Lob sonnen wie Umat. »Aber er gab zu bedenken, werte Abgeordnete, dass er sie vielleicht nicht überzeugen könnte. Er hatte schon seit langer Zeit den Kontakt zu ihr verloren.«

Warnend klappte Umat ein Ohr herunter. »Allerdings waren die beiden einmal ein so genanntes Liebespaar. Unsere Forschungen haben ergeben, dass dieser Umstand zwei Menschen freundschaftlich miteinander verbindet, und diese Grundstimmung dauert nicht selten auch nach einer erfolgten Trennung weiter an.«

Die Abgeordnete Ris lachte leise. »Entspannt euch, Dayisen Rual, alle beide. Niemand erwartet einen Bluteid. Jetzt bleibt uns nichts weiter zu tun als abzuwarten, wie sich die Dinge entwickeln. Wird der Zeitplan geändert, können wir unser ursprüngliches Konzept in die Tat umsetzen. Bleibt alles wie gehabt« – ihre Ohren dippten kurz nach unten und richteten sich wieder auf –, »gibt es noch andere Mittel und Wege.«

»Seid bedankt, werte Abgeordnete.« Flüchtig berührte Umat die Hände der Parlamentarierin Ris. »Wir halten uns für weitere Aufträge zur Verfügung.«

»So wie es sich gehört.« Die Delegierte Vreaith senkte beifällig die Ohren. »In dieser Angelegenheit greifen wir erst wieder auf eure Dienste zurück, wenn wir wissen, ob der Terminplan modifiziert wird oder nicht. Geht heim und verbringt die Nacht gesund und in Frieden mit eurer Familie.«

Die Parlamentarierinnen gaben sich nicht die Mühe, Lareet und Umat zum Abschied zu berühren. Sie beugten sich gleich wieder über den Tisch, klaubten in irgendwelchen Papieren herum und diskutierten im Flüsterton, was *diese* Botschaft und *jene* Notiz wohl bedeuten mochten. Aus Höflichkeit faltete Lareet die Ohren zusammen, um die Konversation auszublenden.

Umat, die eine Aura von Zufriedenheit verströmte, hakte sich bei ihrer Schwester ein, schwenkte sie beide herum und ließ Lareet auf der Treppe den Vortritt. Mit den Zehen umklammerte Lareet fest die Sprossen und versuchte, das Unbehagen abzuschütteln, das sie auf dem Weg nach unten beschlich.

»Was ist los mit dir?« fragte Umat leise, als sie im Foyergewölbe anlangten. »Du zappelst herum wie ein Neugeborenes auf heißem Beton.«

Lareet nickte den Soldatinnen zu, die die Türflügel öffneten. Sie sprach erst, als sie und Umat den schattigen Rasen mit den üppigen Farnen und Moosen überquert, das Ausgangstor passiert und fünf Meter die belebte Straße hinuntergegangen waren.

»Heute früh habe ich mich mit Wissenschaftler Arron unterhalten«, eröffnete sie schließlich ihrer Schwester. »Er führte ein paar stichhaltige Argumente für die Allianz ins Feld.«

Umat drückte ihren Arm. »Wissenschaftler Arron ist in jeder Hinsicht unsere Schwester, nur nicht blutsmäßig. Aber er ist naiv. Er glaubt, man könnte die *Devna* davon abhalten, uns zu töten.«

Einen Moment lang hielt Lareet sich am Arm ihrer Schwester fest. »Er glaubt auch, man könnte uns davon abbringen, die *Devna* zu töten.«

Jählings blieb Umat stehen. Sie drehte sich um und blickte ihre Schwester an. »Hör mir gut zu, Blutsschwester. Ich stimme Wissenschaftler Arron zu, dass der Krieg aufhören muss. Andernfalls gibt es keine Überlebenden mehr. Und wir werden die Auseinandersetzungen beenden.«

»Du hast Recht.« Lareet umfasste beide Hände ihrer Schwester. »Ich finde nur, unter uns sollte mehr Einigkeit herrschen. Unsere Parlamentarierinnen haben nicht einmal die Unterstützung des gesamten Militärs …«

»Unsere Parlamentarierinnen erhalten mehr und mehr Zulauf, Lareet. Wenn es dann soweit ist, wird das ganze Parlament hinter ihnen stehen.« Sie pustete über ihre Handfläche, zum Zeichen, dass sie Lareets Bedenken in den Wind schlug. »Wir machen diese Welt zu einem sicheren Ort für unsere Töchter.«

Hoffentlich stimmt das. Lareet senkte schweigend den Blick und atmete tief durch. *Hoffentlich behältst du Recht, meine Schwester.*

Im Hafen dräute ein Durcheinander von Schiffen. Die Bordwände schrammten knirschend gegeneinander und die Ankertaue verhedderten sich. Leichte Fischerboote und kastenförmige Hausboote drängten sich um große Lastkähne, geräumige Frachter und zwei gigantische Kriegsschiffe.

Es hätte ein x-beliebiger Hafen zu einer x-beliebigen Zeit auf der Erde der Menschen sein können. Es gab halt nur so und so viele Wasserfahrzeuge, die einen Zweibeiner mit zwei Augen und zwei einander gegenübergestellten, frei beweglichen Daumen über einen Ozean transportieren konnten. Die Gesetze der Physik und die Gestalt eines Wesens bestimmten die Form eines Schiffs, und die physikalischen Gesetze variierten weit weniger als der Körperbau einer Lebensform.

Das Licht von Fackeln, Kerzen und Petroleumfunzeln spiegelte sich auf dem schwarzen, müllgespickten Wasser. Die Brise war zum Ersticken getränkt mit dem Mief von Salz, toten Fischen, heißem Öl, gebratenen Meeresfrüchten, Holzkohlefeuern und Smog. Man hörte Rufe in sechs oder acht verschiedenen Dialekten, gelegentlich übertönt von einem lauten Platschen, wenn jemand ins Wasser sprang, um an einen Ort zu schwimmen, der zu Fuß nicht zu erreichen war.

Cabal durchquerte den Hafen, indem er von einem Boot zum anderen sprang. Seine Stiefeln polterten über feuchte Decks, Kisten und Container. Die Beine seiner Arbeitshose waren vom Meerwasser klatschnass, Spritzer trafen sein Leinenhemd und die kurze Joppe. Manchmal drehte man sich nach ihm um, wenn er auftauchte. Hin und wieder wurde er angeschnauzt, er solle in den Wind schießen und sein Gift nicht überall verbreiten. Meistens blieb er jedoch unbehelligt, genau wie das runde Dutzend der anderen Dedelphi, die sich in einem ähnlichen Zickzackkurs durch das Hafenbecken lavierten.

Schließlich schwenkte er ein Bein über die Reling eines tadellos in Schuss gehaltenen Fischerboots. Der Kahn gehörte zu den größten seiner Art, die vor Anker lagen und diente eher dem kommerziellen Fischfang als der Fischerei für den persönlichen Bedarf. Geschickt schlängelte er sich an aufgerollten Tauen, Kisten, Fässern und Netzen vorbei.

»Wer befindet sich an Bord?« rief Cabal in dem bei den Getesaph verbreitetsten Dialekt.

Eine Bodenluke klappte hoch und das herausströmende Licht malte ein gelbes Viereck auf die Planken.

»Wer fragt?« kam die Replik von drunten.

»Euer *Bruder*!« Cabal benutzte das englische Wort. Auf Getesaph gab es keinen entsprechenden Ausdruck.

»Komm runter.«

Cabal kletterte die Leiter hinab. Unter Deck befand sich ein einziger Raum mit in den Wänden eingebauten Kojen, einer Kombüse an einem und einer Werkstatt am anderen Ende. An einem Tisch saßen zwei Getesaph. Beide trugen nach Art der Fischer lediglich knielange Leinenhosen und Gummistiefel.

»Beraterin Tvir, Beraterin Cishka«, grüßte er gelassen und nahm ihnen gegenüber auf einer Bank Platz.

»Händler Cabal«, erwiderte Beraterin Tvir. »Die Schatten der Nacht schmeicheln dir. Hast du Neuigkeiten für uns?«

Cabal nickte. »Wissenschaftler Arron kontaktiert im Auftrag der Parlamentarierinnen der Dayisen, bei denen er wohnt, eine Freundin. Sie möchten den Zeitplan für die Umsiedlung ändern, und besagte Freundin befasst sich mit diesem Teil des Projekts.«

Beraterin Cishka hatte in irgendeinem lange zurückliegenden Kampf ein Ohr verloren. Nachdenklich massierte sie die Narbe. »Wie wahrscheinlich ist es, dass sie der Bitte entspricht?«

»Ich habe nicht die geringste Ahnung.« Cabal zuckte die Achseln. »Früher waren die beiden eng miteinander befreundet, doch sie haben sich seit Jahren nicht gesehen. Er redet nicht gern über dieses Thema.«

»Wieso schneidet er es dann überhaupt an? Sagtest du nicht, er sei nicht unbedingt dein Freund?«

»Er bat mich, ihn nach t'Theria zu bringen, wo er sich mit der Freundin treffen will. Und ich erzählte euch auch, dass er sich ständig in die inneren Angelegenheiten eurer Völker einmischt.«

Beraterin Cishkas verbliebenes Ohr zuckte. »Du respektierst ihn nicht, stimmt's?«

Abermals hob und senkte Cabal die Schultern. Es dauerte eine Minute, bis er den Satz auf Getesaph formuliert hatte. »Manchmal ist er am hellichten Tag von den Schatten der Nacht umfangen. Er lässt keine andere Meinung gelten außer seiner eigenen.«

»Ich verstehe.« Beraterin Tvir nickte. »Jedenfalls glaube ich zu verstehen. Sei bedankt, Händler Cabal. Gibst du uns Bescheid, ob er seine Mission erfolgreich abschließt oder nicht? Wir müssen wissen, wie das Militär reagiert.«

»Sobald ich über Informationen verfüge, teile ich sie euch mit.« Cabal stand auf und knickte leicht in den Knien ein, um das sachte Schaukeln des Bootes auszubalancieren. »Kann ich sonst noch etwas für euch tun, Beraterin Tvir? Beraterin Cishka?«

»Nicht heute Nacht, Händler Cabal. Hab gut Acht auf dich, wenn du gehst.«

Cabal lächelte und zeigte hinter der Gesichtsmaske seine Zähne. »Ich passe immer gut auf mich auf.«

KAPITEL 5

Die Kommandozentrale des City-Schiffs Ur glich eher einem Büro als einer Schiffsbrücke. Captain Elizabeth Esmaraude und ihre Stabsoffiziere arbeiteten an einem Multiterminal-Tisch, der über eine eigene KI verfügte. An den Wänden reihten sich private Konferenznischen, Geräte zur taktischen Überwachung und Abschirmung, ein Essensprozessor mit Kaffeemaschine und Brotkasten sowie Toiletten und eine Dusche.

Als Keale durch die Luke stieg, saß Captain Esmaraude an dem zentralen Tisch und beriet sich mit ihrem Chefingenieur für Gravitation, Rudu King, über ein Diagramm auf dem Bildschirm. King hatte eine ebenholzschwarze Haut; lediglich ein kleines silbernes Abzeichen am Kragen seiner braunen Montur wies ihn als Commander aus.

Keale unterdrückte ein Schmunzeln. Wenn es jemanden gab, der seinen Job über alles liebte, dann Rudu King. Als Captain Esmaraude die *Ur* in den Orbit brachte, hatte Keale sie um eine Besichtigungstour gebeten, und sie reichte ihn an King weiter, der ihm das Gravitationsdeck zeigen sollte. Scheinbar immun gegen die bizarren Fluktuationen der Schwerkraftfelder hatte Rudu ihn durch die Arbeitsschächte geschleust. Dabei lieferte er pausenlos Kommentare, derweil Keale durch wuchtige Glasscheiben das Dickicht aus rautenförmigen Traktoraggregaten bestaunte, die in Jochen hängend für die Stabilisierung des Schiffs sorgten.

Jede Traktoreinheit enthielt Toroide oder ›Doughnuts‹ aus Neutronen, die durch Rotation eine Kreisfläche um eine Gerade beschrieben. Die Gleichungen, nach denen dies funktionierte, konnte King herunterbeten wie andere Leute das Plot einer Simulation oder einzelne Paragraphen von Dienstvorschriften.

Ohne Punkt und Komma redete er über Interferenzwinkel, Feldkalkulationen, die Notwendigkeit, jeden ›Doughnutbehälter‹ stichprobenartig zu kontrollieren; denn falls ein geladenes Elementarteilchen auf irgendeine Weise in den Toroiden gelangte, würde dieser sich in Hitze und Röntgenstrahlen aufspalten. Noch schlimmer wäre es, wenn bei der Rotation der Partikel Schwankungen aufträten; diese könnten sich auf den Doughnut übertragen, auf den Doughnutbehälter, dessen Nachbarn, letztendlich das ganze Schiff erfassen und …

Anfangs hatte Keale geargwöhnt, der Mann würde sich langweilen oder versuchen, bei ihm Eindruck zu schinden, doch nichts dergleichen traf auf King zu. Auf dem Gravitationsdeck befand er sich lediglich in seinem Element, sein ganzes Leben kreiste um diese schwindelerregende Welt aus Energiefeldern, Neutronen, akribisch berechneten Winkeln und absolut korrekten Kalkulationen.

Nur ein einziges Mal legte King in seinen Redeschwall eine Pause ein. Und zwar als Keale ihn fragte, ob sich eine einzelne Traktoreinheit deaktivieren ließe.

»Warum sollte so etwas erforderlich sein?« King kniff die Augen zu schmalen Schlitzen zusammen.

»Aus Sicherheitsgründen. Eine reine Präventivmaßnahme«, hatte Keale erwidert.

»Sie möchten irgendwo eine Null-G-Zone einrichten? Wo Schwerelosigkeit herrscht?«

»Nein, nein. Ich will nur in der Lage sein, ein bisschen … Verwirrung zu stiften.«

Auf der Arbeitsbühne stehend, heftete King den

Blick auf die Reihen von Traktoraggregaten. Sein Mund war ein harter, dünner Strich.

»Doch, das geht. Indem man einen Doughnut einfach ausblutet.« Mit seinen kräftigen, schwieligen Fingern trommelte er auf dem Geländer der Arbeitsplattform herum. »Man muss nur die Winkel der Energiefelder verändern. Das wird uns nicht gefallen, dem Captain wird das nicht gefallen, und das Schiff spielt auch verrückt. Aber es lässt sich einrichten.«

Nun, da Keale sah, wie der Captain und der Gravitor zusammengluckten, verschränkte er die Hände hinter dem Rücken und richtete sich auf eine längere Wartezeit ein. King war extrem pedantisch, und Esmaraude … Keale kannte sie bereits seit langem. Es lag ihr nicht, jemanden zur Eile zu drängen.

Doch offenbar hatte er einen günstigen Zeitpunkt erwischt. Rudus Lippen bewegten sich, als er seinem wie auch immer gearteten Implantat einen stimmlosen Befehl erteilte, dann stand er auf und nickte dem Captain zu. Esmaraude nickte zurück und wandte sich an Keale. Als Rudu durch die Luke im Boden verschwand, die hinunter aufs Gravitationsdeck führte, winkte Esmaraude Keale zu sich heran.

»Keale, wie schön, dass Sie kommen konnten.« Mit dem Fuß schob sie ihm einen Stuhl hin.

»Auf meiner Prioritätenliste stehen Sie ganz oben, Esmo, das wissen Sie doch.« Keale setzte sich. Esmo war eine kleine, stämmige Frau mit vollem braunen Haar, das sie aus Gründen der Bequemlichkeit ganz kurz scheren ließ. Während sich die meisten Menschen mit Augenimplantaten für Kameras oder Videodisplays entschieden, die man von einem natürlichen Sehorgan nicht unterscheiden konnte, trug Esmaraude eine altmodisch wirkende Brille aus Gläsern und einem Drahtgestell, die mit Terminals an ihren Schläfen verbunden war. Sie behauptete, es verliehe ihr eine größere

Flexibilität und einen erweiterten Aktionsradius. Und der zusätzliche Speicherplatz erlaubte es ihr, sich notfalls direkt in die Info-Systeme des Schiffs einzuklinken.

Esmos Mundwinkel zuckten. »Sie hofieren mich doch nur, weil Sie etwas von mir wollen, Kaye.«

In einer vielsagenden Geste hob er die Schultern. »Ich will weiter nichts als meinen Auftrag erfüllen und für die Sicherheit Ihrer Leute sorgen.«

Sie seufzte. »Glauben Sie wirklich, dass es Probleme geben wird?«

»Ja. Davon gehe ich aus.«

Das vergnügte Funkeln in ihren Augen erlosch. »Und von welcher Seite droht die Gefahr?«

Keale wusste, dass sie damit nicht die etwaigen Unruhestifter meinte. »Könnten Sie mir einen Konstruktionsplan aufrufen?« Er tippte auf den Monitor.

Esmo gab ihre Kommandos lieber per Tastendruck als verbal. Einen Moment lang hackte sie auf dem Keyboard herum. Dann zeigte der Schirm in weißen Linien eine dreidimensionale Kopie der *Ur.* Keale streckte die Hand aus und drückte auf ein paar Tasten. Nun stellte das Diagramm das Schiff aus der Vogelperspektive dar.

»Die Gefahr droht uns genau von hier.« Er legte den Finger auf den Punkt zwischen der City-Kuppel und der Halbkugel, in der der Maschinenraum untergebracht war.

Esmo spähte auf den Schirm. »Sie befürchten, sie kämen durch die Tunnel?«

»Nein. Wir können die Luken versiegeln. Der einfachste und kürzeste Weg von ihnen zu uns führt geradewegs über die Außenhülle. Von der City-Kuppel bis zum Maschinenraum, in dem wir uns aufhalten, sind es gerade mal dreißig Meter.«

Esmo fasste ihn lauernd ins Auge. »Das sind dreißig Meter durch hartes Vakuum, Kaye. Ich weiß zwar, dass die Pogos lange den Atem anhalten können, trotzdem …«

»Ihnen stehen Druckanzüge zur Verfügung, in deren Anwendung wir sie unterweisen werden.« Stirnrunzelnd betrachtete er das Bild. »Vielleicht passiert auch gar nichts, Esmo, doch falls sie im Eifer des Gefechts einen Überfall inszenieren, will ich es ihnen so schwer wie möglich machen.«

Esmo senkte den Blick. Dann zog sie den Kommandoschlüssel aus seiner Verankerung und unterzog ihn einer eingehenden Betrachtung. Es handelte sich um einen fragilen Schlüssel aus Glas und elektro-optischen Komponenten, der sämtliche Kommandosysteme des Schiffs dechiffrierte. Ohne diesen Schlüssel konnte man zwar die Triebwerke in Gang setzen, jedoch keine navigatorischen Berechnungen ausführen. Auch die permanenten Befehle der KIs ließen sich nicht überbrücken. Man konnte weder Türverriegelungen öffnen noch auf Datenbanken zurückgreifen.

Es gab zwei weitere dieser Schlüssel. Rudu King besaß einen für die Gravitationssysteme, und der Chefingenieur hatte einen für die Triebwerksphalangen. Doch allein Esmos Schlüssel kontrollierte die Funktionen des Schiffs bis in die kleinsten Details. Dieses schmale, funkelnde Ding verkörperte die reale Machtposition des Captains. Keale hätte gern gewusst, welche Gedanken sich hinter Esmos gelassener, scheinbar gleichgültiger Miene verbargen.

Der Captain steckte den Schlüssel an seinen Platz zurück. »Möchten Sie eine Tasse Kaffee?«

»Na klar«, antwortete Keale. Er stand auf und folgte ihr in die Küchennische. *Was verschweigen Sie mir, Esmo?*

Esmo nahm zwei Plastikbecher aus dem Schrank und füllte sie mit starkem schwarzen Kaffee aus dem Automaten. Das Aroma verbreitete sich in der Luft. Einen Becher reichte sie Keale, den anderen stellte sie auf der

Theke ab und warf dann einen Blick in den Brotbehälter. Der Duft von Hefe und frischen Backwaren mischte sich unter das Kaffeearoma.

Sie drehte sich zu Keale um. »Warum tun Sie das, Kaye?«

»Weil ich nicht will, dass die Leute, die an diesem Projekt arbeiten, zu Schaden kommen«, versetzte er gereizt. »Offenbar traut mir keiner so viel Anstand zu.«

Esmo schüttelte den Kopf. »So hatte ich das nicht gemeint. Ich möchte nur wissen, aus welchen Gründen Sie sich *dazu* hergeben.« Mit der Hand deutete sie auf die Kommandozentrale. »Sie schnüffeln herum, bereiten den Boden für eine moralische Erpressung, versuchen klammheimlich, die wichtigsten Leute auf Ihre Seite zu ziehen.« Sie brach ab, als er eine Grimasse schnitt. »So viele Leute wirken bei diesem Projekt nicht mit, Kaye. Gerüchte machen hier schnell die Runde.«

Keale trank hastig einen Schluck Kaffee. Eine ausgezeichnete Mischung – kräftig, aber nicht zu bitter. Man konnte sich getrost darauf verlassen, dass Esmo für sich selbst und für ihre Mannschaft das Beste gerade gut genug war. Esmo nahm ihren Beruf sehr ernst, doch sie liebte einen gewissen Komfort. »Ich gehe in dieser konspirativen Weise vor, weil mir die Vizepräsidenten buchstäblich die Flügel stutzen. Ich habe nichts in der Hand, womit ich die Menschen auf diesem Schiff notfalls verteidigen könnte. Man liefert uns eintausend Mehrzweckshuttles, doch keines davon ist bewaffnet. Zur Bewachung der Menschen wie der Dedelphi stehen mir lediglich fünfzehnhundert Sicherheitskräfte zur Verfügung, und in dieser Zahl sind obendrein die Leute eingeschlossen, die in der Verwaltung arbeiten.«

Mit gefurchter Stirn starrte er in seinen Becher, während er sich an sein letztes Gespräch mit Vize Brador erinnerte. »Man klärte mich darüber auf, dass die Menschen für Ärger sorgen würden, und nicht die Dedelphi. Denn bei den Dedelphi gibt es anscheinend keine Probleme wie Diebstahl oder Trunkenheit. Aus einleuchtenden Gründen sind ihnen Sexualstraftaten fremd, und irgendwelche Zänkereien werden familienintern geregelt. Deshalb wird keiner meiner Wachleute mit potenziell tödlichen Waffen ausgestattet.« Er stellte den Becher ab und verschränkte die Arme. Esmo maß ihn mit einem unergründlichen Blick. Ihr Gesicht gab keine Gemütsregung preis. »Da ich von Seiten der Firma keine Hilfe erwarten kann, muss ich mir anderswo Unterstützung besorgen.«

Esmo erwiderte nichts darauf, sie fuhr nur fort, ihn anzustarren. Schließlich kapitulierte er. »Na schön, was haben Sie auf dem Herzen, Esmo?«

Sie blinzelte, führte ihre Tasse an die Lippen und trank einen Schluck. »Ich frage mich die ganze Zeit über, warum Sie diesen Job überhaupt angenommen haben?«

Aha! Natürlich! Keale fuhr sich mit den Fingern durchs Haar. Vielleicht war er paranoid. Vielleicht war er auch nur gierig. Denn wenn etwas passierte und sein Team schlug den Aufstand nieder, würde er sich vor Lob, Prämien und Beförderungsangeboten nicht retten können. Das wusste er und alle anderen wussten es auch.

Doch was brauchte er im Grunde noch? Er war saturiert, es mangelte ihm an nichts. Wenn er morgen seinen Dienst quittierte, konnte er den Rest seines Lebens in Saus und Braus verbringen. Das Einzige, was ihm noch fehlte, war irgendein Coup, eine Art Husarenstück. Er wollte Lorbeeren ernten, wie der Volksmund sagte. Als er noch jung war, hatte ihn seine Mittelmäßigkeit sehr gestört. Mit der Zeit kam er darüber hinweg, doch als man ihm anbot, das Team zu leiten, das bei dem Umsiedlungsvorhaben mitwirkte, hatte er begeistert zugegriffen. Der tatendurstige jugendliche

Heißsporn war wieder in ihm erwacht und begann die Stiefel zu wienern.

Es war kein durch und durch erquickliches Gefühl. Und niemals hätte er seine wahren Motive zugegeben, auch nicht vor Esmo.

Also erzählte er ihr nur einen Teil der Wahrheit. »Als ich mich zum Mitmachen entschied, wusste ich nicht, wie viele meiner Vorschläge und Ersuchen man abschmettern würde.«

»Sie könnten den Vertrag mit der Firma lösen oder Bioverse verklagen, weil der Konzern seine Aufsichtspflicht verletzt und aus purem Leichtsinn seine Angestellten in Gefahr bringt.«

»Sicher, das wäre möglich«, gestand er ein. »Aber binnen vierzehn Tagen wäre natürlich keine Lösung des Problems in Sicht. Sie glauben doch nicht im Ernst, dass das Projekt verzögert wird, nur um mir die Gelegenheit zu verschaffen, den Rechtsweg zu beschreiten.«

Esmo blies die Backen auf. Er konnte sich des Eindrucks nicht erwehren, dass sie seine Gedanken lesen konnte und ihn durchschaute, doch dieses Gefühl hatte er oft, wenn er sich mit ihr unterhielt.

»Sie mussten doch einen Krisenplan ausarbeiten, nicht wahr? In dem festgelegt wird, zu welchen Mitteln Bioverse greifen kann oder will, falls die Allianz nicht hält.«

Ihre Worte fielen schwer wie Steine. Ehe Keale antwortete, beschäftigte er sich angelegentlich mit seinem Kaffee. Diesen Teil seines Auftrags hatte er als militärische Übung aufgefasst. Es war ja nur vernünftig. Man musste Pläne parat haben für den Fall, dass das Schlimmste eintrat. Es war nicht das erste Mal, dass er sich mit einem Krisenszenario auseinandersetzte. Es war auch nicht das erste Mal, dass so viele Leben auf dem Spiel standen.

Er durfte gar nicht daran denken, dass der Plan eventuell zum Einsatz käme. Die Tatsache, dass er sich innerlich damit beschäftigte, stieß ihm unangenehm auf. »Ja, ich musste ein Konzept mit Notstandsmaßnahmen erstellen.«

»Und um exakt welche Maßnahmen es sich handelt, können Sie mir wohl nicht verraten, oder?«

»Sie wissen, dass ich das nicht darf, Esmo.«

Ungefähr eine Minute lang standen sie schweigend da, umfächelt von den Düften eines guten Kaffees und frischen Brotes. »Ist es ein garstiger Plan?« fragte sie.

»Ein wirkungsvoller Plan.«

Sie hob die Augenbrauen. »Sind die Eventualmaßnahmen effizienter als alle Vorgehensweisen, die sie bisher persönlich zu verantworten hatten?«

Seine Miene verhärtete sich. »Esmo, mein Beruf besteht darin, für den Schutz und die Sicherheit anderer Leute zu sorgen. Wenn wir irgendwelche Aktionen auf feindlichem Terrain überwachen, müssen wir mit Provokateuren rechnen.«

Esmo schürzte die Lippen. »Und potenzielle Störenfriede wollen Sie möglichst rasch und effektiv ausschalten, damit der Krawall nicht um sich greift.«

Er nickte. Esmo hatte die Lage erfasst, aber das war auch kein Wunder. Genau wie er, war sie in einer Bioverse-Enklave groß geworden, sie kannte die Spielregeln, den Einsatz und die Höhe der Strafpunkte. »So ist es.«

Sie nahm ihren Becher wieder in die Hand und schwenkte den Kaffee eine Weile herum. »Vermutlich wissen Sie, dass man mit dem Umsiedlungsplan eine Woche im Verzug ist, weil die ID Hardware nicht geliefert wurde.«

Er nickte ernst. »Ich habe davon gehört.«

Sie lehnte sich gegen die Theke und nippte an ihrem Kaffee. »Dann gebe ich Ihnen eine Woche Zeit.«

Keale gestattete sich ein Lächeln. »Danke, Esmo.«

Sie konzentrierte sich auf etwas auf ihrer Brille, das er nicht sehen konnte. »Ich teile Ihnen Chefingenieur Tiege zu. Seine Nichte arbeitet auch hier, sie fungiert als technische Assistentin und heißt Marjorie Wilkes. Tiege nutzt das Mädchen nach Strich und Faden aus. Keinem würde es auffallen, wenn die zwei ein paar Extraschichten einlegen.« Sie richtete ihre volle Aufmerksamkeit auf Keale, und in ihren dunklen Augen glomm ein warnender Funke. »Halten Sie sich bedeckt, Kaye. Das hätte uns gerade noch gefehlt, dass sich irgendwelche Vizepräsidenten in die Sache einmischen und alles vermurksen.«

»Darauf gebe ich Ihnen mein Wort, Esmo.«

Über den Rand ihrer Brille hinweg sah sie ihn an und schenkte ihm ein bedächtiges, breites Lächeln. »Ich kann mehr gegen Sie ausspielen als Ihr Versprechen, Kaye, das sollten Sie nie vergessen.«

Der Satellit *Keystone* glitt in seine Umlaufbahn. Während er langsam rotierte, spreizten sich die Solarpaneele, um das Sonnenlicht einzufangen.

Lynn beobachtete die Komplettierung des Satelliten-Netzwerks auf dem Wandmonitor in ihrem neuen Büro. Die t'Theria hatten Bioverse ein Ensemble aus verlassenen Gebäuden zur Verfügung gestellt. Prompt hatten die Architekten ihre Baujobber darauf angesetzt, die sie auseinandernahmen und das Rohmaterial zum Bau von Häusern verwendeten, in denen sich die Menschen wohlfühlen konnten.

Eine Zimmerwand eignete sich für Videoübertragungen. Die beiden angrenzenden Wände waren richtige Fenster. Durch eines blickte man auf den funkelnagelneuen Koordinatoren-Komplex. Das andere gewährte eine ungehinderte Sicht über die Klippen bis hin zum Ipetia-Hafen. Lynn hatte die Geräuschfilter so eingestellt, dass sie die Brandung hören konnte, die sich donnernd an den Felsen brach.

Nun, da das Satellitennetz vollständig war, konnte sie ihr Büro mit den wichtigen Datenbanken verbinden. Nur mit ihren Implantaten und dem Laptop kam sie sich isoliert vor. Noch schlimmer, sie war mit ihrer Arbeit im Rückstand. Trace und R.J., die sich ein Büro im vorderen Bereich des Hauses teilten, waren schon emsig dabei, Leitungen zu erstellen, die ihnen Zugriff auf Statusberichte und Krisensitzungen gewährten.

Gleichzeitig speicherten sie eingehende Informationen in ihre Datenbanken und Verzeichnisse. Der Rest des Mitarbeiterstabs kümmerte sich um eine minutiös ausgefeilte Logistik. Man entwickelte Konzepte für Transportmöglichkeiten, entwarf ein Wegenetz, das von den Technikern nur noch eingerichtet werden musste, stimmte sich mit den verschiedenen Komitees ab und versuchte, die dringend benötigten Materialien und Waren zu organisieren, zu borgen oder zu stehlen.

Zwei neue City-Schiffe – die *Beijing* und die *Rom* – hatten über dem Lagrange Punkt der Großen Wiege Position bezogen. Ein weiteres Schiff, die *Athen*, war von Sol aus unterwegs. Jedes Schiff verfügte über einhundert umgerüstete Mittelstrecken-Shuttles, die Häfen in t'Smeras, Avar Fil und Usoph anfliegen sollten. Sowie der Umbau der Anlaufhäfen beendet war, konnte man die ersten drei Millionen t'Therianerinnen umsiedeln. Eine ausgewählte Vorhut würde zuerst in die Schiffe befördert, um sich eine Woche lang davon zu überzeugen, dass es den Umgesiedelten an nichts fehlte. Erst dann sollte der Massentransport stattfinden.

»Lynn?« tönte R.J's Stimme über das Intercom. »Lynn, wir stecken mitten in einer Krise.«

Lynn erstarrte. »Jetzt schon? Was ist denn passiert?«

»Ich schicke dir einen Artikel. Vize Brador möchte, dass du dich etwas näher mit dem Urheber dieses Pamphlets befasst.«

Auch das noch! Lynn ließ sich auf den Stuhl vor ihrer

Komm-Station fallen. *Wer da draußen hat mal wieder seinen Senf dazu gegeben?*

»Wieso hat Brador den Schrieb nicht direkt an mich geschickt?« fragte sie. Ihr schwante nichts Gutes.

»Er ist wütend, Lynn. Und so verhält er sich, wenn er echt sauer ist.«

»Ach so.« Lynn nickte. »Danke.«

Über den Monitor flackerte der verschachtelte Code, der den Artikel definierte. »Claude«, befahl Lynn ihrem persönlichen Computer, »dechiffriere den Text.«

»Befehl wird ausgeführt.«

Das Terminal loggte sich ins Netz ein. Adressen, Zeichen und Graphiken huschten so schnell über den Schirm, dass Lynn keine Einzelheiten erkennen konnte. Dann tauchte auf einem schwarzen Hintergrund eine einzelne Zeile in blau leuchtender Kursivschrift auf.

Ein Vergleich zwischen der Diskriminierung der Hreshi und dem Bioverse Projekt auf Dedelph.

Lynn schluckte. Der Autor der Abhandlung war Arron Hagopian von Prandth Island, eine der Hundert Inseln auf dem Planeten Dedelph.

Arron, was führst du im Schilde? »Claude, öffne die Datei.«

Die Titelzeile verschwand. Stattdessen erschien eine Gruppe von mageren, goldbepelzten Zweibeinern in beigen Overalls. Sie blickten über ein Tal, dessen Boden aufgebrochen und umgepflügt worden war, bis nur noch ein wüstes Gemisch aus nacktem Erdreich und zerfetztem Wurzelwerk übrigblieb.

O nein!

Eine Geisterstimme hob an: »Avitrol-Scouts entdeckten die Hreshi im vierhundertfünfzigsten Jahr des dritten Jahrtausends ihrer Zeitrechnung.« Lynn fiel angenehm auf, dass Arron darauf verzichtet hatte, seiner Stimme einen melodischeren oder tieferen Klang zu verleihen, als sie von Natur aus besaß. Es war immer noch dieselbe Stimme, die sie von ihrer gemeinsamen Zeit am College her kannte. »Fünfundsiebzig Jahre später hatte Avitrol große Gebiete des Planeten Hresh in Ödland verwandelt und die Grundlagen dafür geschaffen, dass sich Dutzende neuer Infektionskrankheiten ausbreiteten.« Ein Szenenwechsel zeigte Hreshi, die vor einem Gebäude kauerten, das vermutlich ein Krankenhaus war. Ihre Köpfe und Hände waren zu grotesken Proportionen angeschwollen. »Die dadurch initiierte wirtschaftliche Instabilität führte zu vier großen Kriegen, in denen Millionen Hreshi ihr Leben ließen.« Wieder wurde ein Tal eingeblendet, zertrampelt und aufgewühlt, in dem zahllose tote Hreshi in Blut, Kot und Schlamm lagen. Lynn zuckte zusammen.

Dann sah Lynn ein Bild, mit dem sie nur allzu gut vertraut war. Es handelte sich um die Unterzeichnung des Abkommens, das die Allianz der Dedelphi-Völker besiegelte. Drunten auf der Bühne drängten sich die Vertreterinnen der Bündnisstaaten, auf dem riesigen Schirm darüber lächelten die Bosse von Bioverse gütig auf ihre neuen Vertragspartner herunter.

»Billionen Meilen entfernt, trafen die Dedelphi, eine in ständige Kriege verwickelte, ökologisch bedrohte Rasse, eine Abmachung mit der Bioverse AG, in der Hoffnung, der Konzern sei imstande, die ökologischen Schäden auf ihrem Planeten zu beheben und die im letzten Krieg künstlich erzeugten Seuchen auszurotten.«

Das Bild teilte sich. Auf der einen Seite sah man die traurigen, apathischen Hreshi, auf der anderen die feierliche Zeremonie der Dedelphi.

»Man könnte argumentieren, dass sich diese beiden Kulturen und die besonderen Umstände nicht miteinander vergleichen lassen. Die Hreshi wurden zufällig entdeckt. Die Dedelphi hingegen sind alte Verbündete der Menschen und luden Bioverse zu sich ein. Avitrols einziges Ziel war der Profit. Bioverse hat mit den Dedelphi einen klar umrissenen Vertrag abgeschlossen, der beide Seiten begünstigt. Trotzdem gibt es eine definitive Übereinstimmung zwischen beiden Firmen und beiden Welten.«

Auf dem Schirm spulte sich im Zeitraffer eine kurze Szene ab, in der sich durchscheinende Perlenschnüre miteinander zur DNS-Doppelhelix verbanden.

»Beide Konzerne sind auf der Suche nach neuem Leben.«

Ich bitte dich, Arron! Du wirst doch wohl nicht behaupten, wir hätten das gleiche Ziel im Visier wie Avitrol.

Doch genau das tat er. Bilder huschten, blitzten und sprangen über den Schirm, das Schicksal der Hreshi mit dem der Dedelphi vergleichend; derweil dozierte Arron über den unermesslichen Reichtum, den neu entdeckte Bioformen bedeuteten, wenn man sie in der Nanotechnik einsetzte. Und dass Konzernmamager buchstäblich über Leichen gingen, wenn es galt, die Gewinnspanne zu maximieren. Um ihre Investitionen in Profit zu verwandeln, schreckten sie vor rein gar nichts zurück.

»Bioverse hat bereits fünfzigtausend Kiloaktien an seine Subunternehmer vergeben, zwanzigtausend an seine Partner und über anderthalb Millionen an Bürger und Anleger. Kann der Konzern überhaupt noch einen Rückzieher machen, selbst wenn es sich herausstellen sollte, dass sein Eingreifen eine kulturelle Katastrophe nach sich zieht? Oder muss er den einmal eingeschlagenen Kurs beibehalten, egal, welche Konsequenzen daraus erwachsen?«

Lynn ließ den Kopf hängen. *Arron, wie konnte deine Universität diese Polemik durchgehen lassen?*

»Claude, gibt es ein Resümee von dem Feature? Wenn ja, dann geh bis zur abschließenden Zusammenfassung auf Schnelldurchlauf.«

Das Bild auf dem Schirm verschwamm, bis schließlich ein glänzender blauer Text auf schwarzem Hintergrund erschien. Langsam, begleitet von einem leisen, melancholischen Trommeln, scrollte er über den Monitor.

Dass die Dedelphi in der Vergangenheit immer wieder Kriege gegen die eigene Art führten, steht außer Frage. Es ist auch erwiesen, dass die Seuche, die die gesamte Rasse dezimiert, vorsätzlich verbreitet wurde.

Aber gleichzeitig hat diese Pest ein Wunder bewirkt. Zum ersten Mal in ihrer Geschichte streben die verschiedenen Regierungen dieser Welt mit den vielen Namen ein gemeinsames Ziel an. Die Erzfeinde zeigen Schulterschluss. Dies ist ein überaus heikler Moment.

Wir Menschen durchliefen im einundzwanzigsten Jahrhundert C.E. eine ähnlich kritische Phase. Damals stand unsere Welt vor der Wahl, ob sie sich vereinigen oder in separate Fraktionen aufsplittern sollte.

Wir entschieden uns für die Aufteilung. Die Menschheit gliederte sich in kleine Enklaven, Konglomerate und Konzerne. Es funktionierte reibungslos. Doch als wir am Scheideweg standen, besaßen wir eine hoch entwickelte Kommunikationswissenschaft und eine fortschrittliche Biotechnik, sodass selbst die winzigsten Enklaven mit Nahrung, Gebrauchsgütern und Informationen versorgt werden konnten.

Die Dedelphi sind Jahre von diesem Stand der Technik entfernt, falls sie ihn überhaupt je erreichen werden. Ihr Planet besitzt nicht so viele natürliche Ressourcen wie unsere Erde. Wenn wir sie jetzt in einzelne Gruppen teilen, ihre Welt sanieren und danach wieder fortgehen, nehmen wir ihnen jeden Ansporn, sich zu einer Gesamtheit zusammenzuschließen. Sie werden weiterhin Kriege anzetteln, ihre Ressourcen verschleudern, noch mehr Jahre vergeuden und sich selbst ihre Gräber schaufeln, bis eine neue Biowaffe ihren Untergang vollendet.

Diese Pest wurde nicht durch die erste eingesetzte Biowaffe ausgelöst, sondern durch die letzte. Die nächste wird noch verheerendere Folgen nach sich ziehen.

Wenn wir die Dedelphi in die Lage versetzen, ihre Probleme in eigener Regie zu lösen, wenn sie kooperieren müssen, um ihr Überleben zu sichern, ist das Fundament für eine friedvolle Koexistenz gelegt. Gibt man ihnen genügend Zeit, können sie eine internationale Informationsbörse gründen, die es ihnen erlaubt, Forschungsergebnisse und Waren auszutauschen. Sollten sie sich dann immer noch in kleine Verbände aufsplittern wollen, wie einst die Menschheit, wären sie überlebensfähig, ohne in eine primitive Daseinsform zurückzufallen. Die Zeit, die sie für ihre Entwicklung brauchen, können wir ihnen verschaffen. Wir können sie ihnen aber auch stehlen.

Die Schrift verschwand, und der Bildschirm war leer. Lynn stützte die behelmte Stirn in ihre Hand.

Der Artikel würde Aufmerksamkeit erregen, so viel stand fest. Arron hatte sich wieder mal selbst übertroffen. Er beleuchtete die Fakten aus einer neuen Perspektive und zog Schlüsse, die jeder verstehen konnte. Es klang plausibel, es klang folgerichtig, warum sollte es dann nicht wahr sein? Früher hatte er sie oft genug so weit gebracht, dass sie nur noch verzweifelt fauchen konnte: »Aber so läuft das doch gar nicht!«, wenn er sie mit seinen verbalen Kreationen konfrontierte.

Lynn schüttelte sich. »Claude, stell eine Leitung zu Vizepräsident Emile Brador her. Er soll wissen, dass ich die Anruferin bin.«

»Befehl wird ausgeführt.«

Lynn verknüpfte Datenbanken miteinander, bis das Terminal sie unterbrach und Bradors Kopf und Schultern auf dem Schirm erschienen.

»Gespräch aufzeichnen«, murmelte sie ihrem Implantat zu. Es konnte nie schaden, wenn man ein persönliches Protokoll besaß, in dem festgehalten war, was man zum Boss gesagt und was der Boss von sich gegeben hatte.

Bradors Gesicht war burgunderrot angelaufen und seine Eulenaugen hatten sich zu schmalen Halbmonden verengt. »Ich nehme an, dass Sie sich den Artikel zu Gemüte geführt haben, Dr. Nussbaumer.«

»Ja, das habe ich. Er enthält eine Menge Zündstoff.« Lynn spreizte die Finger. »Ich wüsste nur gern, wieso sie ihn mir vorlegten. Das ist doch wohl eher eine Angelegenheit für die PR-Leute oder das HQ, falls Sie die Geschichte so ernst nehmen.«

Bradors Gesicht nahm einen noch dunkleren Rotton an. »Sie sind mit Hagopian befreundet.«

Lynn zog die Stirn kraus. »Wollen Sie mich deshalb für seine Taten verantwortlich machen?«

»Sie haben sich dafür eingesetzt, dass man ihm das Bürgerrecht zuerkennt.«

Aha, darauf läuft es letzten Endes hinaus. »Meine Bitte wurde abgelehnt mit der Begründung, dass der Konzern keine Menschen anheuert, die auf Dedelph ansässig sind.« Eine sehr dumme Idee, die die Vizes und Präsis daheim am grünen Tisch ausgeheckt hatten.

»Dr. Nussbaumer« – Brador beugte sich so weit vor, dass seine Nase fast die Kamera berührte – »wegen dieses Pamphlets haben uns drei Subunternehmer bereits ihre Dienste aufgekündigt. Es macht sich nicht gut, wenn Sie den Verfasser dieses Berichts unterstützen.«

»Wollen Sie damit andeuten, dass ich das Projekt torpedieren wollte, als ich vorschlug, Arron für uns einzuspannen?« Kühl begegnete Lynn seinem Blick.

Sie konnte buchstäblich sehen, wie sich die Räder drehten. Bioverse hatte einen Background-Check veranlasst. Dubiose Bekanntschaften hätten es verhindert, dass man sie einstellte. Falls Brador so weit ging und sie der Werksspionage bezichtigte, weil sie mit jemandem Kontakt pflegte, den der Konzern bereits als unbedenklich eingestuft hatte, konnte sie ihn vor einem Management-Gerichtshof wegen Ehrabschneidung verklagen.

Sie würde es nur ungern tun, doch um ihren Ruf zu retten, wäre ihr jedes Mittel recht. Hinterher würde sie ihren Vertrag mit Bioverse kündigen. Sie mutmaßte, dass Brador dies wusste.

»Es würde den PR-Leuten eine Menge Unannehmlichkeiten ersparen, wenn Sie Hagopian dazu bewegen könnten, diesen Artikel zu entschärfen.«

»Glauben Sie mir, Vizepräsident, genau das werde ich versuchen.« *Notfalls schlage ich seinen dicken Schädel gegen die Wand.* »Gibt es noch etwas?«

»Nein, Dr. Nussbaumer. Das war zum Glück alles.« Seine Gesichtsfarbe normalisierte sich allmählich. »Danke, dass Sie sich der Sache annehmen.«

»Keine Ursache.« Lynn unterbrach die Verbindung. »Diese Aufzeichnung unter dem Dateinamen Brador Eins speichern«, befahl sie ihrem Implantat und stemmte sich von ihrem Stuhl hoch.

Lynn suchte das Büro von Trace und R.J. auf. Beide blickten verdutzt hoch, als sie eintrat.

»Ist noch was Interessantes passiert?« Lynn verschränkte die Arme vor der Brust und lehnte sich gegen die Wand.

»Nun ja …« – R.J. hielt ihr ein zusammengefaltetes Blatt Papier entgegen –, »das fanden wir draußen auf der Treppe. Dein Name steht drauf.«

Lynn nahm das Blatt entgegen. Sie las ihren Namen, die Bezeichnung des Komplexes, in dem sie arbeitete und die Straße. Außerdem sah sie Praeis' Namen und den Namen ihres Hauses. Der Brief war mit Leim fest versiegelt.

Vorsichtig riss Lynn die zusammengeklebten Seiten auf.

Der Brief war in t'Therian geschrieben, mit ein paar eingesprenkelten Brocken Englisch.

Von Praeis Shin t'Theria an ihre hoch geachtete Gefährtin Lynn Nussbaumer.

Ich schreibe dir in t'Therian, weil du etwas Übung im Übersetzen brauchst. Sorge dich jedoch nicht über das Problem, *wie es in deiner Sprache heißt. Gewisse Dinge lernt man erst im Laufe der Jahre. Wenn es nicht mehr so viel zu tun gibt, erteile ich dir gern Unterricht. Wie geht es* Rat *und* Überzeugt? *Haben sie sich schon an uns gewöhnt? Bei all dem Bioverse, das erledigt werden muss, hältst du sie sicher auf Trab.*

Ich erhielt eine Nachricht, dass Sperrt t'Therianerinnen *ein gleichfalls* in den City-Schiffen *sein wird. Sorge dafür, dass er lernt, was* damit die Getesaph uns vernichten können *bedeutet.*

Res und Theia fühlen sich wohl im Kreis ihrer Cousinen. Meine Schwestern und ich bleiben die meiste Zeit zusammen. Ich finde es herrlich, wieder einer Familie anzugehören.

Wir haben um die Anlieferung der Komm-Station gebeten, und ich gehe so schnell wie möglich ans Netz.

Die Königinnen erwiesen mir die Ehre, mich mit einer speziellen Mission zu betrauen. Einzelheiten erzähle ich dir, sowie ich mich ins Netz eingeloggt habe.

Lynn senkte den Brief, hob ihn dann wieder und las die englischen Wörter ein zweites Mal. *Problem, Rat überzeugt, Bioverse sperrt t'Theriannerinnen ein in den City-Schiffen, damit die Getesaph uns vernichten können.*

»Was ist los?« fragte Trace. »Du bist ja blass wie ein Gespenst.«

Zu ihrer Verlegenheit fing Lynn plötzlich an zu kichern. »Brador geht wegen eines Artikels im Netz unter die Decke.« Sie hielt den Brief hoch. »Wie er wohl reagieren würde, wenn ich ihm das hier zeigte?«

Trace las die Nachricht, erbleichte und gab das Papier an R.J. weiter.

»O Gott!« hauchte er und sah Lynn an. »Wie konnten sie …«

»Die Getesaph kontaktierten als Erste die Erde.« Lynn klopfte mit den Fingerspitzen gegen ihren Arm. »Natürlich fragen sich die t'Therianerinnen jetzt, warum sie das taten. Doch nicht um die Pest auszurotten, denn das würde ja dem Gemeinwohl dienen.«

»Aber warum …?« begann Trace. Dann wedelte sie mit der Hand. »Schon gut. Wenn sie glauben, wir würden für die Getesaph arbeiten, würden sie uns ihren Verdacht ja nicht auf die Nase binden.«

R.J. starrte auf die leeren Wände. »Wir sollten sie wirklich ans Video anschließen«, sagte er und klatschte mit der flachen Hand auf den Schreibtisch. »Und was werden wir jetzt unternehmen?«

Lynn blies die Wangen auf und richtete den Blick auf einen imaginären Punkt in der Ferne. »Wir müssen uns an die Ratsversammlung wenden und unseren Standpunkt klarstellen. Praeis soll uns mit den Dissidentinnen bekannt machen, damit wir ihre Vorwürfe widerlegen. Außerdem bringen wir die Parlamentarierinnen und die Königinnen auf die Schiffe und führen sie herum. Keale wird sie mit den Sicherheitsvorkehrungen vertraut machen …« Lynns Assistenten blickten angewidert drein. »Ich weiß, ich weiß. Ich mag seine Einstellung auch nicht. Aber er nimmt seinen Job ernst und zieht eine beeindruckende Show ab.« Von ihrem Gespräch unter vier Augen hatte sie niemandem erzählt, und sie beabsichtigte auch weiterhin zu schweigen.

R.J. zuckte die Achseln. »Leider habe ich das ungute Gefühl, dass er darauf brennt, mehr zu tun als nur seinen Job.«

Lynn schaute von R.J. zu Trace. »Gibt es eigentlich irgendjemanden in der Firma, den ihr zwei leiden könnt?«

»Nicht oberhalb des Juniormanagements«, antwortete Trace gelassen.

»Das zahl ich dir heim, wenn ich die nächste Beurteilung über dich schreibe.« Lynn riss J.R. den Brief aus der Hand und dampfte ab in ihr Büro.

Na schön, Praeis – sie blickte auf das Blatt Papier – *ich werde zusehen, was sich machen lässt. Gib uns ein paar Tage Zeit, und wir haben das Problem gelöst.*

Der Getesaph-Kreuzer pflügte durch einen Ozean, der dieselbe stumpfgraue Farbe besaß wie das Schiff. Regen strömte aus der dichten Wolkendecke. In der spätabendlichen Düsternis hängte die Decks-Crew Halogenleuchten an den alten Geschützturm, um den sich einer Gruppe Technikerinnen drängte.

Zwei der Parlamentarierinnen Shavck, Pem und Vreaith, beobachteten durch das Kabinenfenster die Aktivitäten, die sich auf dem vom Regen glitschigen Deck entfalteten. Lediglich mit Hosen und einem Werkzeuggürtel bekleidete Technikerinnen fuhrwerkten am Turm herum, der nun an Stelle eines Kanonenrohrs ein gigantisches Teleskop trug. Von ihrem Platz aus sah Pem die hydraulische Anlage der Plattform, die wegen des Stampfens und Schlingerns des Schiffsrumpfs ungleichmäßig pumpte.

Pem richtete ein Ohr auf die Trindt Kilv, die das Schiff und seine Mission befehligten; die rundliche Simnet und die ausgemergelte Irdeth, deren Hals grauenhaft vernarbt war, und die sich nur noch im Flüsterton verständigen konnte.

»Macht der Regen auch wirklich nichts aus?« erkundigte sich Pem. Draußen auf Deck winkte eine Schwester mit dem Arm. Die Hydraulik hörte auf zu pumpen. Die Schwester ergriff eine Lampe und einen Schraubenschlüssel und zwängte sich in das Gehäuse der Plattform hinein.

»Der Regen würde sich nur dann störend auswirken, wenn die Kapsel über dem Spiegel undicht ist.« Simnet verströmte eine Aura von Zufriedenheit und innerer Erregung. Ihre Ohren zitterten regelrecht. »Zur Zeit wird die Kapsel auf Lecks überprüft. Vielleicht müssen wir das Objektiv säubern, doch das stellt kein Problem dar. Die dichte Bewölkung kommt uns sehr gelegen.« Sie spähte zum Himmel empor und faltete befriedigt die Hände über dem Brutbeutel. »Die Wolken werden das Licht der Kommunikationslaser der Menschen streuen, sodass wir die Signale nur aufzufangen brauchen. Bei klarem Wetter hätten wir mehr Schwierigkeiten.«

»Manchmal kommt es mir schon zu einfach vor. Man stellt ein Teleskop auf und erfährt prompt sämtliche Geheimnisse der Menschen.« Pem rieb ihre Handflächen gegeneinander und verkroch sich tiefer in ihren Mantel. Die Trindt Kilv schienen nicht viel von einer gut beheizten Brücke zu halten. Vreath rückte enger an sie heran.

Simnet bemerkte es sofort und gab einem Paar *Ovrth* einen Wink, die mit dicken Arbeitshandschuhen herangeflitzt kamen. »So simpel, wie es aussieht, ist es allerdings nicht, Parlamentarierin Pem. Wir können die Signale einfangen, doch bis zu ihrer vollständigen Dechiffrierung und Interpretation ist es ein weiter Weg.«

Dankbar nahm Pem die Handschuhe entgegen und zog sie an. Ihre Fingerknöchel waren vor Kälte pinkrosa angelaufen.

»Das Parlament hat uns verweichlicht«, bemerkte Vreaith scherzhaft. »Sowie wir uneingeschränkten Zugang zu elektrischem Strom haben, ertragen wir die Kälte nicht mehr.«

Beide Trindt Kilv lachten pflichtschuldigst, doch Pem spürte ihre Verachtung wie einen Schwall eisigen Wassers.

Vreath schien es auch empfunden zu haben. Ihre Haut rippelte sich, und sie wechselte das Thema. »Was glaubt ihr, wieviel Zeit ihr für das Decodieren und Verstehen der Nachrichten brauchen werdet?«

»Schwer zu sagen«, keuchte Trindt Irdeth heiser. »Heute haben die Menschen ihr Satelliten-Netzwerk fertiggestellt. Wenn sich die Kommunikation so rasant entwickelt, wie wir annehmen, erhalten wir eine Menge Material, mit dem wir arbeiten können.« Ihr Gesicht legte sich in nachdenkliche Falten. »Aber wir müssen davon ausgehen, dass wir nur die Hälfte von allem begreifen werden. Und das auch nur, weil Händler Cabal uns mit den kompletten Standards versorgt hat.« Ihre Ohren deuteten auf den hinteren Bereich der Brücke.

Pem fasste das menschliche Wesen ins Auge, das auf einem Schemel hockte und sich nicht in den auf der Brücke herrschenden Trubel hineinziehen ließ. Ihr Isolationsanzug und Helm (in Gedanken verbesserte sich Pem, denn korrekterweise musste es *sein* Isolationsanzug und *sein* Helm heißen) reflektierten das gleißende Licht, das die Brücke erhellte. Seelenruhig begegnete er ihrem Blick und zog dabei die Mundwinkel hoch. So weit sie wusste, bedeutete dies Belustigung oder Freude.

Sie wusste auch, dass er in dem Kommunikationssystem der Menschen so mühelos herumstöbern konnte wie sie in einem Aktenschrank. Er hatte sich bereit erklärt, ihnen seine Talente zur Verfügung zu stellen, wenn sie ihn dafür mit großzügigen Reisepermits und wertvollen Handelsgütern entlohnten.

»Wir tappen nicht gänzlich im Dunkeln«, legte Trindt Simnet dar, Pem aus ihren Betrachtungen reißend. »Die Schwestern, die Zugriff auf die Kommunikationssysteme der Menschen haben, schicken uns Signaldiagramme für Botschaften, deren Inhalt bekannt ist. Unsere Dechiffrier-Teams benutzen die Diagramme als Grundlage.«

Draußen rannte eine Technikerin über das Deck, über die Kabel springend, die mit Klammern an den Bodenplatten befestigt waren. Als sie die Kabinentür aufriss, hüllte eine der Ovrth sie rasch in eine Decke.

»Die Verbindung ist stabil, Trindt Kilv«, rief sie außer Atem. »Wir können anfangen.«

»Wenn ihr uns bitte folgen wollt, Parlamentarierinnen«, lud Trindt Simnet ein.

Trindt Irdeth kletterte als Erste den engen Niedergang hinunter, und durch einen gleichfalls sehr schmalen Korridor gelangten sie in ein vollgestopftes Konferenzzimmer. Den meisten Platz beanspruchte ein runder Tisch, auf dem sich Bücher und Aktenordner stapelten. Der restliche Raum war angefüllt mit klapperigen Computerboxen, die untereinander mit Kabel vernetzt waren. Pem, Vreaith und die Trindt Kilv mussten notgedrungen in der Tür stehenbleiben, während sich das Code-Team längs den Wänden der Kabine verteilte.

Die größte Aktivität konzentrierte sich um einen kleinen Schirm am hinteren Ende des Raums. Pem erhaschte einen Blick darauf, wenn einzelne Mitglieder des Code-Teams die Plätze tauschten.

Urplötzlich fingen sämtliche Boxen im Raum gleichzeitig an zu plappern und zu rasseln, als würden ihre Innereien durch ein Erdbeben durchgerüttelt. Vreaith suchte nach Pems Hand und drückte sie. Zwischen einer Lücke in der Reihe der Dechiffrierinnen gewahrte Pem ein Wellenmuster aus Zahlen, das über den Schirm fegte. Einer der Drucker begann einen Papierstreifen auszuspucken. Eine Dechiffriererin riss ihn ab und breitete ihn auf dem Konferenztisch aus.

Sie und ein paar weitere diensthabende Schwestern zogen Bücher aus den Stapeln, klappten sie auf und verfolgten mit den Fingern Kolonnen aus Buchstaben und Zahlen. Die ganze Zeit über schwatzten und schnatterten sie aufgeregt miteinander. Von dem Jargon, den sie benutzten, verstand Pem höchstens jedes dritte Wort.

»Nun?« donnerte Trindt Simnet mit einer Stimme, die auf Deck auch in einem brüllenden Orkan zu hören gewesen wäre.

Eine der Decodiererinnen blickte von ihren Büchern und Papieren hoch. »Es wird eine Weile dauern, bis wir etwas Konkretes in der Hand haben, Schwestern, aber wir erhalten wertvolle Informationen, und das Binärsystem, auf das wir uns kalibriert haben, scheint genau das Richtige zu sein.«

»Ausgezeichnet.« Pem faltete die Hände über ihrem Brutbeutel. »Wir werden die gute Nachricht unverzüglich weitergeben. An welchen Orten lassen sich sonst noch diese Lauschstationen anbringen?«

»In der Nähe des Hafens«, erklärte Trindt Irdeth, während sie zur Brücke zurückgingen. »Neben dem biologischen Institut. Nach weiteren Standpunkten wird geforscht.«

Als sie die Brücke betraten, sprang Händler Cabal von seinem Stuhl. »Klappt alles wie gewünscht, Trindt Kilv, Parlamentarierinnen Shavck?«

»Es scheint so.« Pem fasste in ihre Brieftasche und zog ein schmales Päckchen versiegelter Papiere heraus. »Hier sind die versprochenen Referenzen. Meine Schwester in Crater Town wird dich empfangen, wenn du sie ihr vorlegst.«

»Sei bedankt, Abgeordnete Pem.« Händler Cabal inspizierte die Papiere, dann verstaute er sie in einer Tasche seiner Leinenjacke. »Morgen früh breche ich zu einer letzten Tour rings um den Ozean auf, aber ich komme zurück. Bis ich endgültig von hier verschwinden muss, habe ich noch bis zu drei Wochen Zeit. Kann ich euch noch in anderer Weise behilflich sein?«

Trindt Simnet wedelte mit den Ohren. »Die Dechiffrierung ginge viel schneller vonstatten, wenn wir uns mit *Komm-Stationen* der Menschen vernetzen könnten. In deinem Besitz befinden sich nicht zufällig drei oder vier dieser Geräte?«

»Das trifft sich gut, Trindt Simnet«, erwiderte Cabal. »Ich weiß, wo ich in etwa einer Woche sechs Komm-Stationen auftreiben kann. Wir könnten uns handelseinig werden.«

Trindt Simnets Miene erhellte sich. »Davon bin ich überzeugt.«

Warnend legte Pem eine Hand auf Simnets Arm. »Wir dürfen keine Geräte benutzen, die für das Parlament oder die Evakuierungs-Crews bestimmt sind. Ihr Fehlen würde auffallen.«

»Natürlich.« Händler Cabal neigte den Kopf. »Ich hatte nicht die Absicht, sie illegal zu erwerben. Die Geräte, die ich im Sinn habe, stammen aus dem Außenposten der Menschen, in dem auch ich stationiert bin. Ich bin der Einzige, der die dort verbliebene Hardware verwerten kann, und in einer Woche ist ohnehin niemand mehr da, um zu kontrollieren, was ich damit anstelle.«

Vreath fing den Blick ihrer Schwester auf, und Pem nickte. »Wenn das so ist, Händler Cabal«, erklärte Vreath, »solltest du uns jetzt deinen Preis nennen.«

KAPITEL 6

Der Bus der Ratsversammlung war ein langes, braun lackiertes, ramponiertes Vehikel. Zum Glück war er nicht offen, denn es hatte wieder angefangen zu nieseln. Die Ventilatoren für die Lüftung funktionierten nicht, aber wenigstens wies das Dach keine Lecks auf.

Praeis und ihre Töchter, die dieses Mal dem Wetter angemessen nackt waren, saßen auf einer der ungepolsterten Bänke, die Arme kameradschaftlich umeinander geschlungen. Der Bus war zu drei Vierteln besetzt mit Müttern, Töchtern und Schwestern aus der Provinz, die in die im Binnenland gelegene Stadt Charith wollten.

Sie fuhren durch die schier endlose, von Felsbuckeln durchbrochene Steppe. Die Pflanzen öffneten ihre gold und scharlachrot gesprenkelten Blütentrichter, um den Regen aufzufangen oder spreizten ihre wächsernen grünen Blätter ab, weil sie den Boden über dem Wurzelwerk vor zu viel Nässe schützen mussten. In der Ferne ragten hohe Wälle aus dem Grasmeer empor, hinter denen sich Bauernhöfe und Fabriken verbargen.

Zu Anfang der Reise hatte Praeis munter auf ihre überraschend aufmerksamen Töchter eingeschwatzt. »Sieh nur, Res, sieh nur Theia, da hinten liegt der Compound der Familie Hytai. Sie machen hauptsächlich in Textilien. Ach, da liegt ja das Geschäft des Reari Clans. Ein Jahr lang arbeitete ich dort als Praktikantin im Management, ehe ich zum Militär ging. Im Grunde ist es nichts weiter als ein herausgeputztes Warenlager, aber dort habe ich gelernt, wie man Gebrauchsgüter organisiert und verwaltet. Ein gut geführtes Bestandsverzeichnis ist schon die halbe Logistik. Seht ihr das rosagraue Dach da drüben? Darunter befindet sich eine Obstplantage. Sie gehört der Familie Oarn, die übrigens eng mit uns verwandt ist. Die Beeren, die sie ernten, schmecken unvergleichlich süß. Meine Freundinnen Baya, Kiesh und Paleth Oarn t'Theria übernahmen den Betrieb von ihrer Mutter und deren Schwestern, als ich … fortging. Ich möchte zu gern wissen, ob sie immer noch die Leitung innehaben.«

Sie vermied es hingegen, auf die Wachtürme und Befestigungsanlagen hinzuweisen, die das Ende des t'Theria-Gebiets und den Beginn des t'Ciereth-Landes markierten. Da die Umsiedlung in drei Wochen stattfinden würde, brauchten ihre Töchter über diesen besonderen Umstand nicht Bescheid zu wissen. Außerdem wollte sie Res und Theia nicht mit den problematischeren Aspekten ihrer Heimat belasten. Es reichte schon, wenn der übrige Verkehr auf der Straße aus Trauerzügen bestand; Familien schritten neben Karren oder sich langsam fortbewegenden Lafetten einher, ihre Toten zu den qualmenden Krematorien geleitend, die durch jede Lücke in den hohen Wällen zu sehen waren. Die Szenerie glich ohnehin einem Albtraum, da musste sie ihre Töchter nicht noch mit der Möglichkeit eines neuen Kriegs konfrontieren.

Nun rollten sie durch eine Gegend, die sie kaum kannte. Schweigend ließen sie sich von dem schlecht gefederten Bus durchrütteln. Praeis veränderte ihre Sitzhaltung. Ihr Rücken und ihr Hintern schmerzten, und sie würde froh sein, wenn sie endlich am Haus von Neys und Silv anlangten. Während der letzten Meilen hatte sie sich gefragt, ob es nicht unklug von ihr war, ein öffentliches Verkehrsmittel zu benutzen. Als Repräsentantin der Königinnen stand ihr ein eigenes Fahrzeug zu, trotz der durch die Pest eingeschränkte Bewegungsfreiheit zwischen den einzelnen Städten.

Doch ein regierungseigener Wagen würde auch von Fahrerinnen der Regierung gesteuert. Da sie davon ausgehen musste, dass diese nahe Verwandte im Rat des Reinen Bluts sitzen hatten und somit alles, was Praeis tat und sagte, brühwarm weitergeben würden, hatte sie auf dieses Privileg verzichtet.

Es war schwierig gewesen, ihre wahren Beweggründe für sich zu behalten, als sie am Morgen mit Senejess und Armetrethe diskutiert hatte.

»Schwester, du kannst uns doch nicht so bald schon wieder verlassen, noch dazu, ohne eine von uns mitzunehmen«, tobte Senejess, die mit Armetrethe und Praeis im Torbogen des Anwesens stand, während ihr Gepäck auf dem Dach des Busses verstaut wurde.

Praeis zuckte die Achseln und hielt ein Auge und ein Ohr auf die Fahrerin gerichtet, die die Sachen mit Gurten festschnallte. »Die Über Alle Gebietenden Königinnen haben mich mit einer Mission betraut, Senejess. Sie ermöglichten mir die Rückkehr in meine Heimat, da kann ich nicht undankbar oder ungehorsam erscheinen.«

Als der Ausdruck ›ungehorsam‹ fiel, rippelte sich die Haut über Senejess' Schultern. Sie senkte die Stimme zu einem Flüstern. »Für deinen Dienst könntest du dir ein Auto kaufen oder dir einen Wagen vom Rat leihen.«

Praeis mimte Gleichgültigkeit und suchte ostentativ den Hof nach ihren Töchtern ab. »Ich sagte bereits, dass ich noch nicht über ein Budget verfüge. Und ehe ich nicht weiß, wie hoch mein Einkommen sein wird, mache ich keine Schulden.« Praeis blickte ihren Schwestern in die Augen. Sie spürte deutlich, dass keine von ihnen ihr glaubte. Bei dieser Erkenntnis verkrampfte sich ihr Herz. Sie hob die Stimme. »Resaime! Theiareth! Meine Töchter, es geht los!«

Ihre Töchter befreiten sich aus den Umklammerungen ihrer Cousinen und kamen angerannt. »In ein paar

Tagen sind wir wieder zurück, Schwestern«, zwang sich Praeis zu sagen, als Res und Theia sich zu ihr gesellten. »Sowie ich meine Aufgaben in Angriff genommen habe, können wir uns zusammensetzen und beraten, wie es mit uns weitergehen soll.«

Armetrethe und Senejess tauschten Blicke. Sie streckten Praeis ihre Hände entgegen, ohne dass die nervöse Anspannung ihrer Haut und ihrer Ohren nachließ. Praeis ergriff die dargebotenen Hände und tat so, als wäre alles in Ordnung.

Stimmengemurmel durchbrach das müßige Geplauder und riss Praeis aus ihrer Versunkenheit. Sämtliche Passagiere des Busses richteten ihre Aufmerksamkeit auf die vor ihnen liegende Straße. Praeis reckte den Hals, um zu sehen, was los war. Ein Quartett von Waffenschwestern trat auf die Fahrbahn und bedeutete durch Winken, der Bus möge halten. Praeis beschlich eine erschreckend vertraute Mischung aus Frustration, Ungeduld und Angst. *Was wollen sie denn jetzt schon wieder? Hört das denn nie auf? Bei meinen Ahninnen, was ist, wenn sie es auf mich abgesehen haben?*

Die Fahrerin, die so etwas vielleicht schon tausend Mal erlebt hatte, bremste den Bus langsam ab, zückte ihre Passagierliste und ihre Ausweispapiere und öffnete die Tür. Zwei der vier Reisebegleiterinnen stiegen zusammen mit ihr aus dem Bus, um mit den Waffenschwestern Dokumente, leise gemurmelte Worte und Händedrücke zu wechseln.

Theiareth schmiegte sich dichter an Praeis heran. Resaime streckte den Arm über Praeis' Schulter aus, bis sie Theia berührte.

Praeis öffnete den Mund, um zu sagen: »Es handelt sich bloß um eine Formalität, meine Töchter«, als zwei Waffenschwestern in den Bus stiegen. Jetzt sah Praeis, dass sie Verwandte von ihnen waren, grau genug, um den t'Aia blutsmäßig näher zu stehen als den t'Theria.

Die Waffenschwester, die auf ihrer gepanzerten Weste das Abzeichen der Befehlshaberin trug, musterte die Passagiere mit kalten Blicken.

»T'Ciereth!« schnauzte sie, ein Volk nennend, das früher einmal zur Familie gehörte, dann aber wegen Spionage im Krieg 1302.2 verstoßen worden war. Die Angehörigen dieses Clans galten nun als Verfemte.

»Befinden sich nicht in meinem Bus«, beharrte eine der im Fahrzeug verbliebenen Reisebegleiterinnen. »Alle Passagiere wurden gecheckt und für unbedenklich erklärt. Man hat dich falsch informiert.«

Die andere Waffenschwester, die den Rang einer Dritten Schwester bekleidete, brachte ihre Waffe in Anschlag.

»Nein. Deine Sicherheit hat geschlampt.« Die Befehlshabende Erste Schwester marschierte auf eine Bank zu, auf der vier zierliche Familienangehörige mit blaugrauer Haut saßen. »Hier, hier, hier, hier!« Mit einem knochigen Finger stach sie der Reihe nach auf die Verdächtigen ein. »Alles t'Ciereth.«

Praeis hielt Resaime und Theiareth fest umschlungen. Beide saßen wie erstarrt da, die Ohren gespitzt, die Augen weit aufgerissen, und verfolgten atemlos die Szene, die sich in ihrer unmittelbaren Nähe abspielte.

»Reisebegleiterin!« platzte die größte der Blaugrauen heraus, »wir sind t'Theria!« Sie wedelte mit einem Stapel Papiere. »Überprüft es! Prüft, so viel ihr wollt.«

»Gibt es hier jemand, der bereit ist, für diese Behauptung zu bürgen?« Die Befehlshabende Erste Schwester ließ ihren Blick durch den Bus schweifen.

»Mutter ...«, murmelte Resaime.

Praeis ließ die Waffenschwestern nicht aus den Augen. »Wenn irgendetwas passiert, werft euch flach auf den Boden«, flüsterte sie. Dann stand sie auf.

»Ich vertrete die Über Alle Gebietenden Königinnen«, rief sie laut und deutlich, während sie sich in den

Mittelgang des Fahrzeugs stellte. »Bei allem Respekt und ohne dich kritisieren zu wollen, Befehlshabende Erste Schwester, aber hast du für dieses Vorgehen eine schriftliche Order?«

Über das Gesicht der Befehlshabenden huschte ein Ausdruck der Unsicherheit, und Praeis spürte, wie sich die Haut auf ihrem Rücken verspannte. Irgendetwas stimmte hier nicht.

»Die erforderlichen Papiere habe ich bei mir«, erwiderte die Befehlshabende. »Du kannst ja mitkommen und dich davon überzeugen, dass die Verdächtigen korrekt behandelt werden.«

»Das übernehme ich.« Die Reisebegleiterin zwängte sich an Praeis vorbei.

»Nein!« Die größte Blaugraue schwenkte drohend das Bündel Dokumente. »Wir sind t'Theria! Ihr habt kein Recht, uns mitzunehmen!«

»Befehlshabende Schwester, du kannst deine Pflicht tun, sobald die Reisebegleiterinnen und ich deine Order gesehen haben«, mischte sich Praeis ein und ließ der bewaffneten Eskorte den Vortritt. »Selbst dann dürft ihr noch Widerspruch einlegen«, wandte sie sich an die größte Blaugraue. »Nach den Statuten der Allianz dürfen sie euch lediglich vorübergehend festhalten und sind verpflichtet, eure Familie über den Vorfall zu unterrichten. Sie müssen darlegen, was passiert ist und aus welchen Gründen die Festnahme erfolgte.« Sie hatte fast die ganze Nacht lang den umfangreichen Vertragstext studiert, damit sie besser verstehen konnte, wogegen ihre Schwestern und der Rat opponierten. Schließlich hatten die Königinnen ihr aufgetragen, Differenzen zu beseitigen und eine Anhängerschaft zu sammeln, die das Bündnis unterstützte.

Praeis Blick huschte von der Befehlshabenden Schwester zu der Fahrerin, die sich draußen unter wütendem Gestikulieren mit den anderen Waffenschwestern stritt. Sie versuchte zu verstehen, was die Eskorte hinter ihr murmelte. Am liebsten hätte sie sich umgedreht und nachgeschaut, ob die Reisebegleiterin ihre Seitenwaffe gezückt hatte. Irgendetwas war hier faul. Praeis musste sich beherrschen, um nicht keuchend nach Luft zu schnappen.

»Wenn ihr Einsicht in unsere Papiere nehmen wollt, müsst ihr mit uns aus dem Bus steigen.« Die Befehlshabende blickte die größte Blaugraue an. »Jetzt gleich.«

Die Größte schaute Praeis an. Praeis dippte die Ohren. Die Haut auf ihrem Rücken wellte sich und zuckte, obwohl sie sich krampfhaft bemühte, Haltung zu wahren.

Die Größte warf einen Blick auf ihre drei Schwestern. Eine von ihnen, deren Ohren in irgendeinem Kampf zerfetzt worden waren, sperrte den Mund auf und hechelte nervös, während ihre Gesichtsmuskeln unter der Haut pulsierten.

»Wir steigen aus.« Die Größte erhob sich von ihrem Platz. Die kostbaren Papiere gegen die Brust gepresst, ging sie den Mittelgang entlang und blieb zwischen der Befehlshabenden und der Dritten Schwester stehen. Die mit den zerfetzten Ohren schnaufte immer noch, doch sie stand ebenfalls auf und stellte sich zu der Größten, dichtauf gefolgt von Drei und Vier. Mit starrem, glattem Gesicht sah die Reisebegleiterin zu Praeis hin. Praeis nickte und verließ hinter ihr den Bus. Bewusst vermied sie es, sich nach ihren Töchtern umzudrehen.

Der Regen hatte nachgelassen, ohne die Hitze des Tages zu mildern. Der Beton dampfte, und der Gestank von nassem Straßenbelag und schwitzenden Körpern raubte Praeis den Atem. Die beschuldigten t'Ciereth Schwestern drängten sich dicht aneinander, flankiert von den vier Reisebegleiterinnen, die den Waffenschwestern trotzig die Stirn boten. Die Fahrerin stand zwischen den beiden Gruppen, mit verschränkten Armen und flach zurückgeklappten Ohren.

Praeis stellte sich neben die Reisebegleiterinnen. Aus dem Augenwinkel gewahrte sie, wie sich Gesichter an die Fensterscheiben des Busses pressten. Sofort entdeckte sie Theia und Res.

Setzt euch hin, meine Töchter. Setzt euch hin und bleibt ruhig, beschwor sie sie in Gedanken und ohne jeden Effekt.

»Jetzt sind wir alle ausgestiegen«, sagte Praeis zu den Waffenschwestern. »Wir haben Verspätung und stehen hier in der dampfenden Mittagshitze. Ihr wolltet den Reisebegleiterinnen gewisse Papiere geben. Es ist so weit. Händigt ihnen die Dokumente aus.«

Die Befehlshabende Erste Schwester blickte zu ihren Gefährtinnen hin und griff nach der Tasche an ihrer Seite. Die Dritte Schwester hob ihr Gewehr. Praeis' Herz setzte einen Schlag aus und reflexartig hob sie einen Fuß, um zurückzuweichen.

O nein! O nein! Bitte, tut es nicht!

Die Blaugraue mit den zerfetzten Ohren stieß einen erstickten Schrei aus. Sie sprang die Befehlshabende Schwester an, schlang ihre Arme um deren Kopf und riss sie beide zu Boden. Die Dritte Waffenschwester wich gerade noch rechtzeitig aus, um zu verhindern, dass auch sie niedergestoßen wurde. Eine Reisebegleiterin legte ihre Waffe an, doch die Dritte Schwester rammte ihr den Lauf ihres Gewehrs in die Schulter.

Praeis warf sich auf den nassen Beton. Ein Schuss bellte, gefolgt von Schreien, Rufen und dem Gestank des verbrannten Pulvers. Noch mehr Gebrüll, dann das Kreischen von Metall und das Getrappel rennender Füße. Auf dem Bauch robbte Praeis zum Bus, der eine halbwegs sichere Deckung bot.

»Mutter!«

Res. Theia. Sie kamen ihr entgegengerannt. Praeis hörte die Schüsse und die Schreie. Sie schnellte hoch, warf sich auf ihre Töchter und drückte sie flach gegen die Fahrbahn, sie mit ihrem eigenen Körper schützend.

Sie sah rot vor Wut. Unbändiger Zorn kochte in ihr hoch. *Wer ist dafür verantwortlich? Wie können sie es wagen, meine Töchter zu gefährden?*

Die Kakophonie aus Gebrüll, Aufschreien und polternden Füßen wollte kein Ende nehmen. Begleitet wurde das Chaos von Ächzen, Grunzen und den obskuren, unbeschreiblichen Geräuschen, die zwei oder mehrere miteinander ringende Personen von sich geben.

Praeis riskierte einen Blick. Eine Reisebegleiterin befand sich im Clinch mit einer der beschuldigten t'Ciereth. Eine andere Eskorte war in eine Messerstecherei mit der Befehlshabenden verwickelt. Passagiere aus dem Bus hielten die Blaugraue mit den zerfetzten Ohren auf dem Boden fest; eine Waffenschwester zielte mit dem Gewehr auf ihre Brust. Die größte Blaugraue lag in einer Blutlache auf dem Beton, aus ihrem aufgeschlitzten Brutbeutel quollen die Eingeweide.

Das widerwärtige, vertraute Horrorszenario riss Praeis aus ihrer Starre. »Kriecht los!« befahl sie ihren Töchtern. »Bleibt dicht hinter mir. Schaut nicht hoch.«

Auf Händen und Knien krabbelten sie von den Kämpfenden fort in die Richtung, wo der Bus stand. Vielleicht konnte sie ihn wegfahren, heraus aus der Gefahrenzone, und ihre Töchter in Sicherheit bringen. Sie schwor sich, herauszufinden, wer hinter der Attacke steckte und die Drahtzieherinnen zur Rechenschaft zu ziehen.

Sie sollten schwer dafür büßen, dass sie ihre Töchter in diese Situation gebracht hatten, Res und Theia, die unbeholfen über den Boden krochen, in dem Versuch, mit ihrer Mutter Schritt zu halten, und dabei vor Angst nach Luft japsten. Sie würde die Rädelsführerinnen teuer bezahlen lassen … sie bestrafen bis zum Weißbluten … Adrenalin strömte durch ihre Adern, plötzlich schien sich die Welt vor ihr zu öffnen und ihre Sinne waren unnatürlich geschärft. Die Wut, die in ihr kochte, war nicht abgeflaut, doch anstatt sie zu schwächen, stärkte sie nur ihre Kräfte.

Da ist es wieder, das alte Feuer. Ich brenne.

Ein Beinpaar versperrte ihnen den Weg. Praeis blickte zu der Dritten Waffenschwester hinauf.

»Du vertrittst also die Königinnen«, spottete sie und hob das Gewehr.

»Nein!« kreischte Resaime und schnellte nach vorn, ehe Praeis sie daran hindern konnte. Sie umklammerte die Knöchel der Waffenschwester und zerrte heftig daran. Der Schuss ging in die Luft, und die Waffenschwester stürzte zu Boden.

»Res!« schrie Theia, als Res sich zur Seite rollen ließ. Ohne nachzudenken sprang Praeis auf die Füße und schleifte ihre Tochter fort. Die Waffenschwester fletschte die Zähne und legte die Waffe an. Instinktiv schlug Praeis einen Haken und warf sich abermals flach hin. Die Waffenschwester rappelte sich zu einer knienden Haltung hoch. Praeis schleuderte ihr eine Handvoll Staub und Kies in die Augen.

Die Waffenschwester fluchte und schüttelte den Kopf. Praeis flitzte zu ihr, griff nach dem Gewehr und versuchte, es der Waffenschwester zu entreißen.

»Rennt!« rief sie ihren Töchtern zu. »Rennt! Rennt!« Sie zerrte am Ohr der Waffenschwester. Die Dritte schrie vor Schmerzen und lockerte ihren Griff um den Gewehrkolben so weit, dass Praeis sich der Waffe bemächtigen konnte. Praeis ließ ihr Ohr los und schmetterte ihr die Waffe über den Kopf. Die Dritte Schwester kippte nach hinten, während sich ein Blutstrom aus ihrem zertrümmerten Schädel ergoss.

Mit wilden Blicken starrte Praeis um sich. Sie sah den Bus, sah das wirre Knäuel der Kämpfenden, nur Res und Theia suchte sie vergebens.

Ein Winseln und Krachen spaltete die Luft, und Praeis verspürte an der rechten Schulter einen Schlag. Sie wirbelte herum, riss das Gewehr an die linke Schulter und feuerte zurück.

Ich bin verrückt, dass ich mich hier als Zielscheibe präsentiere. Wo sind meine Töchter? Wenn ich nicht sofort hinter dem Bus in Deckung gehe, werde ich erschossen. Wo sind meine Töchter?

Praeis duckte sich, legte die Ohren an und flitzte in die Richtung, in der sie den Bus gesehen hatte. Kugeln zischten an ihr vorbei. Ihr linker Ellbogen wurde getroffen. Sie taumelte und hätte um ein Haar das Gewehr fallen lassen. Die Schulter schmerzte mittlerweile fürchterlich. In einer Minute würde auch ihr Ellbogen weh tun. Vor ihr tauchte die braune Seitenwand des Busses auf, und sie schwenkte nach links. Hände griffen nach ihr. Sie bleckte die Zähne und sah ihre Töchter.

Sie haben sich hinter dem Bus versteckt. Brave, kluge Mädchen, die besten Töchter, die sich eine Mutter nur wünschen kann … Sie ließ sich von ihnen hinter eines der wuchtigen Hinterräder ziehen und in eine Kauerstellung bringen.

»Du bist verletzt, Mutter. Du bist angeschossen.« Theia versuchte, auf ihren Schoß zu klettern.

»Wer hat das getan?« Res entblößte die Zähne. »Ich bring sie um. Ich schwöre, ich …«

Praeis legte die Waffe hin und schlang die Arme um ihre Kinder. Ihre Verletzungen brannten wie Feuer, doch sie zog die Mädchen mit aller Kraft an sich.

»Nein, nein, meine Tochter. Uns ist nichts passiert. Alles wird gutgehen. Bald sind wir in Sicherheit, das verspreche ich euch. Hauptsache, wir sind wieder beieinander. Für uns heißt es jetzt, unbeschadet das Feld zu räumen.«

»Gehorsam ist die erste Pflicht«, murmelte Res an ihrer Schulter. »Mutter ...«

Das Brummen von Motoren übertönte den Kampfeslärm. Praeis richtete ihre Ohren auf das Geräusch. Zwei Jeeps, vollbesetzt mit Waffenschwestern in Körperpanzern, brausten auf der Straße herbei und kamen mit quietschenden Bremsen zum Stehen. Praeis peilte um den Reifen herum.

Mittlerweile beteiligten sich sämtliche Passagiere an der Auseinandersetzung. Niemand hatte die Flucht ergriffen. Alle waren geblieben, entweder um Beistand zu leisten oder Vergeltung zu üben.

Außer ihnen verbarg sich niemand hinter dem Bus. Nicht mal eine Tochter. Die schwarzgepanzerten Waffenschwestern stürzten sich in das Getümmel, wahllos Hiebe austeilend und die Kämpfenden voneinander trennend. Dann trieben sie sie mit vorgehaltener Waffe zusammen, zerrten sie an Armen und Ohren weg. Sie erkannte die Blaugraue mit den zerfetzten Ohren, die sich nun in der Gewalt der Waffenschwestern befand.

Adrenalin rauschte durch ihr Blut, als sie sich vergegenwärtigte, was als Nächstes geschehen würde. Eine weitere der beschuldigten t'Ciereth wurde brutal gegen ihre Schwester geschleudert. Die beiden umklammerten einander, derweil die neu hinzugekommenen Waffenschwestern ihre Gewehre anlegten.

Nun büßt für das, was ihr angerichtet habt, dachte Praeis spontan. Sie sackte in sich zusammen, lehnte sich gegen den Reifen und schloss die Augen. Dann keuchte sie laut und hemmungslos, als wolle sie dadurch die Schüsse übertönen, die durch die Luft peitschten.

»Mutter?« flüsterte Theia. »Die Waffenschwestern haben sie getötet. Jetzt sind wir in Sicherheit, Mutter.«

Praeis starrte sie an. Ihre Haut bibberte bis hinunter

auf die Knochen. Es war schon so lange – viel zu lange – her. Zwanzig Jahre lang hatte sie das flüssige Feuer nicht in sich brennen gespürt. Nicht einmal in ihren Albträumen. Nicht, seit sie ihren Deal gegen die Getesaph abgeschlossen hatte.

Innerlich abgestumpft betastete sie ihren Ellbogen. Als sie die Hand wieder hob, klebte Blut daran. Wie blöde glotzte sie auf das Blut an ihren Handflächen. Sie konnte es riechen, der Wind fächelte ihr den scharfen, bitteren Gestank zu, der an Meerwasser erinnerte und an Schießpulver.

Ihre Wunden schmerzten höllisch. Die Schrammen an ihren Händen waren tiefrot von dem Blut, dessen intensiven Geruch sie sogar auf der Zunge schmecken konnte. Sie betrachtete ihre Hände. Rote Hände. Schmerzende, stinkende, blutige Hände …

»Mutter? Mutter? Wir müssen gehen. Sie rufen nach uns. Mutter?«

Praeis hob den Blick und blinzelte träge und verständnislos. Resaime schaute hilflos und erschrocken drein.

»Mutter?« Jemand griff stützend nach ihrem unverletzten Arm. Es war Theia. »Geht es dir gut?«

Abermals öffnete sich blitzartig die Welt. Nach Luft schnappend, riss sich Praeis vom Anblick ihrer Hände los.

»Ja, es geht mir gut.« Taumelnd kam sie auf die Füße. »Aber ich bin verletzt. Wer hat …?«

»Praeis! Praeis Shin t'Theria!«

»Neys!« Praeis bog um das Heck des Busses. Neys und Silv, vom Hals bis zu den Knöcheln gepanzert, mit geschulterten Gewehren, eilten über das Betonband auf sie zu, wobei sie aufpassen mussten, dass sie auf dem vom Blut glitschigen Boden nicht ausrutschten.

Silv drückte Praeis' unversehrte Hand und sah die roten Flecken auf der Haut. »Du bist verwundet, Waffenschwester.« Sie drehte sich um. »Heh! Kann mal jemand herkommen und helfen? Hier gibt es Verwundete!«

»Es ist nur ein Kratzer«, wiegelte Praeis ab, obwohl die Schmerzen ihr verrieten, dass die Wunden nicht oberflächlich waren. »In was sind wir da hineingeraten, Silv?«

Silv schüttelte den Kopf. »Wir sind uns nicht sicher. Wir schickten eine Läuferin los, die meldete, es gäbe Probleme mit einem Bus, und wir rückten so schnell wie möglich aus. Möglicherweise waren die t'Ciereth in einer Aufklärungsmission jenseits unserer Grenze unterwegs.« Sie schüttelte den Kopf. »Bei fremdem Blut weiß man nie, was als Anlass für einen Kampf dient.«

»Dann waren sie also wirklich t'Ciereth?« vergewisserte sich Resaime.

Neys streichelte Res' Schulter. »Ja, das scheint wohl festzustehen. Jetzt werden sie dem Erdboden anheim gegeben und müssen sich vor ihren Ahninnen verantworten.« Sie spuckte aus. Ein Paar Schwestern mit Sanitäterinnen-Abzeichen auf der Brust kamen angerannt. Resolut setzten sie Praeis hin, sondierten ihre Schulter und untersuchten den Ellbogen. Eine schmerzhafte Angelegenheit, lautete ihre Diagnose, aber auch nichts Schlimmeres als unsaubere Fleischwunden. Sie hätte noch mal Glück gehabt. Sie legten Verbände an und rieten ihr eindringlich, die Schulter noch am selben Tag behandeln und nähen zu lassen.

Praeis versprach zu gehorchen. Und ihre Töchter versicherten, dass sie auf die Einhaltung des Versprechens pochen würden.

Die Sanitäterinnen gaben sich damit zufrieden und eilten zurück, um ihre unerquicklichen Aufgaben bei den Toten und Sterbenden wahrzunehmen.

Praeis kehrte der grimmigen Szene den Rücken zu. »Wann könnt ihr meine Töchter von hier fortbringen?«

»Sofort«, antwortete Neys. »Wir nehmen einen der Wagen. Kommt mit.« Eine Hand bot sie Praeis, die andere Theia. Theia nahm sie ein wenig zögernd. Res griff nach der freien Hand ihrer Schwester und drückte sich eng an sie.

Der Jeep war genauso schlecht gefedert wie der Bus. Bei jedem Rütteln und Holpern durchzuckten stechende Schmerzen Praeis' Arm. Sie wollte ihr Leiden ignorieren und mit ihren Töchtern über das Erlebte sprechen. Doch sie vermochte nur auf das grüne, hügelige Land mit den Compounds und Festungsanlagen zu blicken und sich immer wieder den eigentümlichen, erschreckenden Augenblick zu vergegenwärtigen, als sich die ganze Welt auf ihren Körper und ihre unmittelbaren Gefühle reduzierte. Als junge Waffenschwester hatte sie oft genug das Feuer und seine Nachwirkungen gespürt, doch noch nie zuvor hatte dieser rauschhafte Zustand und sein Abklingen sie so verunsichert.

Du darfst nicht ständig daran denken. Du hast andere Sorgen. Wenn es passiert … Sie schluckte. *Wenn es passiert, dann kann ich auch nichts daran ändern, und mir bleibt weniger Zeit, als ich eigentlich brauche.*

Resaime reckte den Hals und brüllte Praeis ins Ohr: »Wir hatten überhaupt keine Angst, Mutter. Keine Sekunde lang.«

Praeis wandte sich ihr zu. Res' Gesicht war so dicht vor ihrem, dass sie sie nur verschwommen wahrnahm. »Ich wünschte mir, ihr hättet euch gefürchtet, meine Töchter. Was ihr erlebt hat, war zum Fürchten und zum Weglaufen.«

»Ich möchte nicht kindisch klingen, Mutter«, mischte sich Theia ein und beugte sich so nah zu Praeis herüber, wie die bandagierte Schulter es zuließ. »Aber die anderen haben angefangen.«

Preis seufzte. »So geht das meistens«, schrie sie, um das Brummen des Motors und das Pfeifen des Fahrtwindes zu übertönen. »Immerhin wart ihr die Einzigen, die so vernünftig waren, den Kampfplatz zu verlassen. Und nur deshalb seid ihr unverletzt geblieben.«

Praeis' Wange zuckte. Neys hatte den Kopf gewandt und glotzte sie an.

»Ist was, Waffenschwester?« brüllte Praeis.

Neys zögerte. »Nein, Schwester. Alles ist in bester Ordnung.« Sie schaute wieder nach vorn.

Praeis schloss kurz die Augen. *Jawohl, Waffenschwestern, ich bringe meinen Töchtern bei, sich aus Kämpfen herauszuhalten, feige zu sein, sich nach Frieden zu sehnen anstatt nach Blut. Sie sollen so sein wie ich.*

Der Cesh Compound lag direkt vor den Stadtmauern von Charith. Im Laufe der Jahre hatte er sich zu einem inoffiziellen Kontrollpunkt und einer Kaserne entwickelt. In den Höfen tummelten sich Waffenschwestern in den Uniformen der Großen Familie und verschiedener blutsverwandter Clans. Waffenschwestern marschierten über die Rasenflächen und auf den Mauerkronen.

Außengebäude, in denen früher das Vieh untergebracht war, beherbergten nun technisches Gerät. Jetzt hielt man die Tiere in hastig zusammengezimmerten Pferchen, die von Dritten und Vierten Schwestern, die bei ihren Vorgesetzten in Ungnade gefallen waren, instand gehalten und ausgemistet wurden.

Neys und Silvs Wohnstätte war ein großer, ineinander verschachtelter Komplex mit einem aus einem halben Dutzend spitzer Giebel bestehenden Dach. Die letzten vier Generationen hatten immer wieder Räume angebaut. Über den Hof tollten vier kleine Töchter und spielten mit lachenden Waffenschwestern Tauziehen.

An der Tür erwarteten sie drei Bedienstete mit kalten Getränken und halfen Neys und Silv, die Panzer abzulegen, doch keine weiteren Schwestern ließen sich blicken. Praeis biss sich auf die Zunge. Bei ihrem letzten

Besuch hatten hier fast zwei Dutzend Cesh gelebt, einschließlich der Tanten, Mütter und Schwestern. Sie sah das leere Zimmer und wünschte sich verzweifelt, sie könnte sich absondern und allein mit ihren Töchtern ihrem Kummer freien Lauf lassen.

Falls ihre Haut ihr stilles Entsetzen verriet, so sahen Neys und Silv diskret darüber hinweg.

»Sollen wir deine Töchter mit unseren Kindern bekannt machen?« fragte Neys, als sie Praeis ein Glas mit süßem, aromatisch duftendem Saft reichte.

Praeis trank den Begrüßungsschluck. Der Saft schmeckte herrlich, und am liebsten hätte sie den Rest in einem Zug hinuntergestürzt.

»Das muss ein Weilchen warten«, erwiderte sie. »Vorläufig möchte ich meine Töchter bei mir haben.« Resaimes Ohren richteten sich voller Stolz auf, und sie drückte die Hand ihrer Schwester. Theiareth blickte bloß feierlich drein.

Praeis setzte sich auf das nächste Sofa und ließ ihre Töchter rechts und links von sich Platz nehmen. Im Allgemeinen hielt man Res für die intelligentere der beiden, doch jetzt war sich Praeis sicher, dass Theiareth diese Ehre gebührte. Sie hoffte nur, dass sich Res in Zukunft ein wenig von ihrer Schwester lenken ließe.

»Sprich mit uns, Waffenschwester«, sagte Silv, als sie und Neys eng nebeneinander auf einem der Sofas saßen; über ihren Beutelgurten trugen sie nur noch einfache weiße Hemden. »Sag uns, wie wir dir helfen können.«

Praeis nickte. »Ich muss wissen, in welche Situation sich meine Schwestern gebracht haben.«

Neys seufzte. »Eine berechtigte Frage. Als die Über Alle Gebietenden Königinnen der Allianz zustimmten, fanden sie an der Küste nicht viel Unterstützung. Daran hat sich bis heute nichts geändert. Senejess und Armetrethe haben aus ihrer Abneigung gegen das Bündnis keinen Hehl gemacht. Es heißt, sie durften nur deshalb ihren Sitz im Rat des Reinen Bluts behalten, weil man sie dort besser kontrollieren kann.«

»Außerdem hätte es einen Skandal gegeben, wenn man sie so einfach ihrer Ämter enthoben hätte, selbst nachdem …« Neys blickte Res und Theia an.

»Selbst nachdem Jos, Shorie und ich in den Augen vieler falsch gehandelt haben«, beendete Praeis den Satz für sie. »Wir alle wissen, was ich getan habe, und wir wissen auch, Waffenschwestern, dass ich meine Tat nicht bereue.«

»O ja«, bekräftigte Silv ernst. »Das ist uns bekannt.«

»Hört mir zu, Waffenschwestern.« Praeis beugte sich vor. »Unsere Königinnen gaben mir den Auftrag, um Rückendeckung für die Allianz zu werben. Doch es steckt mehr dahinter. Es muss einen Grund geben, weshalb sie mich zurückgeholt haben.« Sie schluckte und zwang sich, die nächsten Worte auszusprechen. »Vermutlich, weil ich entbehrlich bin.«

Res und Theia zuckten erschrocken zusammen. Praeis senkte den Kopf. »Es tut mir Leid, meine Töchter, aber ihr sollt es wissen. Ihr seid genauso betroffen wie ich.«

»Ja, Mutter«, wisperte Theia.

»Das kann nicht wahr sein.« Resaimes Miene war starr und angespannt. »Du machst dir ein falsches Bild. Wahrscheinlich ist alles ganz anders.«

»Vielleicht hast du ja Recht.« Sie tätschelte Res' Schulter.

Neys' Ohren klappten leicht nach unten und richteten sich wieder auf. »Hier gibt es Unterströmungen, die wir zwar spüren, aber nicht ausloten können.«

Silv schnaubte durch die Nase und zupfte am Ohr ihrer Schwester. »Danke, dass du das Offensichtliche festgestellt hast, Neys. Praeis, von dir erwarte ich eine klare Antwort.« Ihre Ohren und Augen richteten sich ausschließlich auf Praeis. »Was hältst du persönlich von dieser Allianz?«

»Ich möchte, dass das Bündnis funktioniert«, erwiderte Praeis. »Ich weiß nicht, ob es möglich ist, aber ich wünsche mir, dass es klappt. Und ich werde alles in meiner Macht Stehende tun, damit der Vertrag eingehalten wird.« Ihre Ohren flatterten noch ein Weilchen, ehe sie sie stillhalten konnte. »Wie lautet eure Meinung, Waffenschwestern? Findet das Bündnis bei euch Rückhalt?«

Neys griff nach Silvs Hand und hielt sie fest. Am Rippeln ihrer Haut erkannte Praeis, wie Emotionen ausgetauscht wurden. Plötzlich kam sie sich sehr einsam vor.

»Wir sterben langsam aus«, entgegnete Neys mit tonloser Stimme. »Die Großen Familien, die anverwandten Clans, die 'Esaph mitsamt ihrer Sippschaft, wir alle sind dem Tod geweiht.« Sie unterbrach sich und kippte die Ohren nach hinten. »Ich hatte mir immer gewünscht, die 'Esaph mit Stumpf und Stiel auszurotten, aber nicht um diesen Preis.« Sie schnitt eine Grimasse und breitete die Arme aus. »Zahlenmäßig sind wir ihnen überlegen. Es wäre gut möglich, dass ein paar aus unserer Großen Familie noch leben, wenn sämtliche 'Esaph an der Pest krepiert sind. Aber ich glaube, die Ahninnen würden in lautes Wehklagen ausbrechen, wenn wir uns auf einen solchen Ausgang verließen.« Sie schüttelte den Kopf. »Diese Seuche muss ausgemerzt werden. Und dazu brauchen wir die Hilfe der Menschen. Diese begriffsstutzigen Wesen verstehen nicht, was es mit den 'Esaph auf sich hat, von den Erfahrungen, die wir mit ihnen gesammelt haben, wollen sie nichts hören. Auch gut. Wir kooperieren mit den Menschen aus denselben Gründen, aus denen wir seit jeher die 'Esaph bekämpften – weil wir nicht anders können.« Eine Falte in ihrer rechten Wange pulsierte. »Diejenigen, die gegen die Allianz arbeiten, schaden dadurch ihren eigenen Schwestern.«

Praeis dippte die Ohren. »Ich habe gut zugehört, meine Waffenschwestern, und ich pflichte euch von ganzem Herzen bei. Aber ich muss wissen, wer sonst noch dieser Ansicht ist. Was ich brauche, sind zuverlässige Schwestern, die ich in meinem Namen mit Missionen betrauen kann, die nicht unbedingt das Tageslicht vertragen. Kennt ihr Schwestern, die diesen Anforderungen entsprechen?«

Neys und Silv tauschten nachdenkliche Blicke. »Keeia, Ini, Oma Iat«, zählte Neys auf.

»Uait und Rai Baeit«, ergänzte Silv.

»Nicht zu vergessen Ureth Tai.«

»Natürlich, Ureth Tai.« Beifällig wackelte Silv mit den Ohren. »Und sie werden uns noch mehr Namen nennen können. Gleich morgen nehmen wir mit ihnen Kontakt auf.«

»Morgen?« platzte Praeis heraus. »Schwestern, uns bleiben nicht einmal zwei Wochen Zeit, um den Rat umzustimmen. Der Rat kann alles zunichte machten, indem er sich gegen die Umsiedlung sperrt.«

»Morgen«, beharrte Neys mit Nachdruck.

»Heute geht es nicht, Mutter«, mischte sich Res ein. »Du brauchst Ruhe und musst deine Wunden versorgen lassen.«

Verblüfft starrte Praeis ihre Töchter an. Sie wirkten unerbittlich in ihrer Strenge. Dann warf sie den Kopf zurück und lachte. »Ich kapituliere! Ich kapituliere!« In gespielter Verzweiflung rang sie die Hände. »Mir scheint, ich habe eine Meuterei am Hals.«

»Endlich hat sie kapiert.« Silv klopfte Praeis auf die Schulter ihres unversehrten Arms. »Und die Meuterei beginnt damit, dass wir die Pflegerinnen rufen.«

Danach schwelgten sie nur noch in Erinnerungen und gutem Essen. Silv machte ihre Drohung wahr und bestellte drei Pflegerinnen ins Haus. Praeis' schmerzender Arm wurde betäubt und die Wunde genäht. Sie versuchte, ihre Töchter auf den Hof zu scheuchen, doch sie weigerten sich, sie zu verlassen. Den ganzen Nachmittag lang blieben sie in ihrer Nähe und gingen nur selten außer Reichweite, bis die Schlafmatten ausgerollt wurden.

Nachdem ihre Töchter eingeschlummert waren, lag Praeis wach am äußersten Rand der Matte, lauschte ihren Atemzügen und versuchte sich vorzustellen, was die beiden wohl empfinden mochten. Dies alles war völlig neu für sie – die willkürlichen, unmotivierten Attacken, die ständige Wachsamkeit. Sie selbst war damit groß geworden, mit Unsicherheit und Gewalt zu leben, machte ihr nichts aus. Jahrelang hatte sie ihren tief sitzenden Hass auf die 'Esaph gehätschelt, ihre Verachtung für die t'Ciereth, ihre Furcht vor den Porath. Diese Gefühle hatte sie mit der Luft eingesogen, war darin geschwommen wie ein Fisch im Wasser.

Ihre Töchter hingegen waren mit Angehörigen dieser Völker befreundet, gingen mit ihnen zur Schule. Bis jetzt hatten Res und Theia nur Frieden gekannt. Wie sollte sie ihnen die derzeitige Situation erklären? Welchen Trost konnte sie ihnen bieten?

Und das ist noch längst nicht alles, was du ihnen erklären musst, nicht wahr? meldete sich in ihr eine leise Stimme. Praeis schloss die Augen und versuchte, die mahnende Stimme zu verdrängen, doch sie wollte und wollte nicht verstummen.

Vorsichtig stand Praeis auf. Leise stahl sie sich durch das Zimmer zu einem Fensterschlitz, durch den das Mondlicht fiel. Mit bebenden Händen löste sie ihren Bauchgurt und schaute an sich hinab.

Schon seit längerem war ihr Brutbeutel flach. An diesen Zustand hatte sie sich gewöhnt. Schließlich war sie nicht mehr jung. Doch irgendwann in den letzten Tagen hatten sich drastische Veränderungen vollzogen. Ohne stützenden Gurt hing er in schrumpeligen Falten fast bis zur Mitte der Oberschenkel herunter. Als sie versuchte, die Muskeln anzuspannen, strafften sich die Runzeln ein wenig.

Sie schluckte krampfhaft. Ihre Ohren und die Haut zitterten. Dann hockte sie sich auf den Boden, fasste vorsichtig zwischen ihre Beine und ertastete eine neue Schwellung.

Ergeben schloss sie die Augen. *Meine Ahninnen. Meine Ahninnen. Ich finde mich mit meinem Schicksal ab. Ich akzeptiere es, weil dies der Lauf der Natur ist. Bereitwillig verabschiede ich mich von meiner Seele, aber warum muss es so schnell gehen?*

»Mutter?« flüsterte Theia. Hinter ihr raschelte Stoff.

»Nicht doch, meine Tochter ...« Ein Schatten fiel über den mondhellen Boden, und Praeis wusste, dass es zu spät war.

»Bei den Ahninnen!« Theia warf sich auf Praeis' Rücken und krallte sich dort fest wie ein kleines Kind. »Nein! Nein! Das darfst du uns nicht antun!« Sie vergrub ihr Gesicht in die Falten von Praeis' Rücken. »Das darfst du uns nicht antun!«

Überall im Raum regten sich die aufwachenden Familienmitglieder. Ein zweiter Schatten rappelte sich auf die Füße. »Theia? Was ist los?« Barfüßig tappte Res durchs Zimmer.

Ahninnen, steht mir bei. Res sah ihre Mutter und schnappte nach Luft.

»Res, hol meinen Beutelgurt. Nichts ist passiert. Wir gehen nach draußen. Kommt mit.« Sie stand auf und hielt Theias Arme fest, damit sie sie auf dem Rücken tragen konnte. So schnell wie möglich eilte sie ins Freie. Res folgte ihnen mit dem Beutelgurt.

Zum Glück schien der Mond so hell, dass sie ihre Töchter quer über den Rasen von den Gebäuden wegführen konnten.

»Res, gib mir den Gurt und dann hilf mir mit deiner

Schwester.« Sie ging in die Hocke und fühlte, wie Res Theias ineinander verschlungene Finger löste. Dabei murmelte sie beruhigend auf sie ein. »Alles wird gut, meine Schwester. Komm her zu mir, alles wird gut.« Endlich ließ Theia los und stürzte sich in die Arme ihrer Schwester. Sie rollte sich zusammen, als wolle sie sich in Res' Brutbeutel verkriechen.

Mit bebenden Händen legte Praeis ihren Beutelgurt an und wandte sich an ihre Kinder.

Theia hatte Res mit ihrer Angst angesteckt. Res beugte sich über ihre Schwester, während sich die Haut auf ihrem Rücken und ihren Schultern wellte wie ein Hochwasser führender Fluss.

Praeis kniete nieder und umfing beide mit ihren Armen. Die Panik ihrer Töchter griff auf sie über. Ihr Herz raste, und ihre Haut vibrierte. Sie kämpfte gegen die Furcht an. Sie schluckte sie hinunter, wie sie die nächtlichen Panikattacken absorbiert hatte, die ihre Kinder befielen, als sie noch klein waren. Doch dieser Schock dauerte länger als alle Schrecknisse zuvor.

Endlich konnte Res wieder sprechen. »Du mutierst.«

»Ja.« Praeis streichelte ihre Ohren. »Bei meiner Großmutter setzte der Wandel früh ein, aber meine Mutter geriet erst spät in die Phase. Ich hatte gehofft, ich käme auf sie heraus.«

Theia hob den Kopf. Die Tränenspuren auf ihrem Antlitz glänzten im Mondlicht.

»Ich halte das nicht mehr aus, Mutter. Ich kann nicht mehr. Ich will nach Hause.«

In Praeis meldeten sich Schuldgefühle, die sie mit aller Härte unterdrückte. »Ich würde überall mutieren, ob hier oder zu Hause.«

»Aber daheim wäre alles anders!«

»Wie kannst du so etwas sagen? Was mit mir geschieht, würde sich an jedem Ort im Universum in gleicher Weise vollziehen.« Sie zog ihre Töchter fester an sich. »Lediglich die Umgebung machte den Unterschied aus.«

Res ließ die Ohren so tief herunterhängen, dass die Spitzen beinahe die Schultern berührten. »Würdest du uns nach Hause bringen, wenn wir dich darum bäten?«

Praeis wurde eiskalt ums Herz. »Verlangt ihr das von mir, meine Töchter?«

Resaime glättete die Ohren ihrer Schwester. »Nein«, erwiderte sie leise. »Auf gar keinen Fall. Nicht wahr, Theia?«

Theia hob zitternd den Kopf. »Was soll jetzt aus uns werden?«

Praeis seufzte und wiegte sie alle sachte vor und zurück. »Morgen begebe ich mich in das Hospital, in dem Lynns David arbeitet. Ich gehe allein.« Instinktiv öffneten Res und Theia den Mund um zu protestieren, doch Praeis ließ keinen Widerspruch zu. »Es ist ein Pesthospital, und es nützt niemandem von uns, wenn ihr zwei euch womöglich noch ansteckt. David soll feststellen, ob ich ansonsten gesund bin und mir sagen, wie viel Zeit mir noch bleibt, bis meine Seele mich verlässt.« Sie schmiegte ihre Wange gegen Resaimes Kopf. »Danach wollen wir weitersehen.«

Keine der Töchter sagte etwas.

»Friert euch, meine Lieben?« erkundigte sich Praeis. »Sollen wir ins Haus zurückgehen?«

»Ich möchte noch eine Weile hier draußen bleiben«, erwiderte Theia mit dünner Stimme. Die Angst, die darin mitschwang, versetzte Praeis' Seele, die sich bereits in Auflösung befand, einen schmerzhaften Stich.

»Wenn das so ist, dann bleiben wir hier.« Praeis lehnte sich mit dem Rücken gegen einen Baumstamm und zog ihre Töchter auf ihren Schoß.

In dieser Stellung verharrten sie, bis Res und Theia eindösten und sich gefügig und schlaftrunken von ihrer Mutter ins Haus bugsieren ließen.

Praeis betrat das Hospital. Die Ausdünstungen der Desinfektionsmittel stachen ihr in die Nüstern, die sich reflexartig schlossen.

Die Einrichtung befand sich in einem ehemaligen Lagerhaus. Eine einzige, langgestreckte Halle hatte man mittels aufgehängter steriler Laken unterteilt. Mütter und Schwestern mit Atemschutzmasken fuhrwerkten zwischen den Laken herum und benetzten sie mit einer Flüssigkeit, die diesen unsäglichen Gestank verströmte.

Einzelne Betten waren mit weiteren Laken verhängt und glichen Miniaturzelten. Doch das nützte wenig. Die Familien der Patientinnen duckten sich unter den Stoffbahnen hindurch, hoben sie mit den Fingern an und kontaminierten immer wieder die sterile Umgebung.

An den Betten standen Metallgestelle mit Beuteln, die Salzlösungen, Blut oder andere Flüssigkeiten enthielten, an deren Konsistenz Praeis lieber nicht denken mochte. Teams von Pflegerinnen kümmerten sich um die Kranken. Sie gaben Infusionen, setzten Spritzen, teilten Pillen, Getränke, saubere Laken und andere Hilfsmittel an Familienangehörige aus, damit diese ihre kranken Sippenmitglieder versorgen konnten.

Die Patientinnen in den schmalen Betten husteten, würgten und zitterten, auf ihren Pritschen gehalten durch Gurte oder fürsorgliche Hände ihrer Verwandten. Einige lagen starr und steif da wie Holzblöcke; sie starben an der Lähmung, die im Endstadium der Pest einsetzte.

Praeis wusste, dass es falsch war, diese Seuche, die so viele Opfer hinwegraffte, als ›die Pest‹ zu bezeichnen. Es implizierte, dass es nur einen einzigen Erreger gäbe, der aufgespürt und zur Strecke gebracht werden musste. In der Klinik von Crater Town hatte David ihr erklärt, was die Menschen herausgefunden hatten. Die Pest war kein isolierter Krankheitserreger, ja nicht einmal ein einziger Stamm von Mikroben. Mittlerweile konnte vielleicht jedes einzelne auf der Großen Wiege vorkommende Virus die Seuche übertragen.

»Nach unserem derzeitigen Wissensstand«, hatte er mit ruhiger, sachlicher Stimme erläutert, wobei er sich dicht zu ihr und Jos herüberbeugte, »haben die Octrel ein Virus verbreitet, das darauf konzipiert ist, die Zellporen zu attackieren. Zellporen lassen sich mit den Poren in der Haut vergleichen. Sie öffnen und schließen sich, um beispielsweise Chemikalien oder Schlacken und Sekrete, die beim Stoffwechsel anfallen, durchzulassen.

Das ursprüngliche Virus blockierte die Signale, die den Zellporen mitteilen, dass sie sich schließen müssen. Wenn sich die Zellporen aber nicht mehr schließen, ist die neurochemische Regulierung innerhalb eines Körpers gestört. Das löst eine Menge Probleme aus, wobei die gefährlichsten die Paralyse der willkürlichen und unwillkürlichen Muskeln sind.«

»Dann gefriert das Herz zu Eis.« Sie erinnerte sich noch gut daran, wie fest sie Jos' Hand gedrückt hatte, als sie diese Bemerkung von sich gab.

David hatte genickt. »Herzversagen, Atemstillstand … Man stirbt, weil der Körper die Kontrolle über seine Funktionen verliert.« Er legte eine Pause ein. »Doch das ist erst der Anfang der Katastrophe.

Wir sind davon überzeugt, dass das Virus zusammen mit der infizierten Bevölkerung aussterben sollte. Im Allgemeinen ist dies so geplant.« Der Abscheu auf seinem Gesicht war so heftig, dass Praeis instinktiv nach seinem Knie fasste und es drückte. »Doch in diesem Fall hat das Virus überdauert.

Irgendwo auf dieser Welt traf das künstliche Virus auf ein natürlich vorkommendes Virus. Vielleicht starb jemand in einem Wasserbecken, Fäkalien gerieten in einen Brunnen, jemand versuchte mit einem Boot zu fliehen, und ein Nagetier fing sich den Erreger ein … Es gibt eine Million Möglichkeiten. Auf jeden Fall geriet unser technisch manipuliertes Virus in das Ökosystem und begegnete dort seinen Verwandten. Man schüttelte sich die Hände und tauschte genetisches Material aus. Und plötzlich sind ganz gewöhnliche Viren, die Jahrtausende lang keinen größeren Schaden angerichtet haben, imstande, sich rasant in einem Lebewesen zu vermehren, ihren Wirt zu töten und sich ihr nächstes Opfer zu suchen. Von der Großen Wiege hört man, dass dieses ›Wunderkind‹ …« Als er Praeis' verdutzten Ausdruck sah, erklärte er: »Wir sind dazu übergegangen, diese Pestviren WKV zu nennen. Diese Wunderkindviren befallen angeblich jedes Säugetier auf dem Planeten.« Er brach ab und schüttelte den Kopf. »Irgendwann löst sich das Problem von selbst. Ein gewisser Prozentsatz jedweder Population wird sich als immun erweisen und sich vermehren. In hunderttausend Jahren ist das WKV vermutlich genauso harmlos wie ein ganz gewöhnlicher Krankheitserreger, der sich mit Medikamenten bekämpfen lässt. Ich persönlich habe jedoch nicht die Absicht, so lange zu warten.«

In seinen Augen glomm ein Funke, und seine Stimme hatte einen scharfen Tonfall angenommen. In diesem Moment hatte sich ihr Herz für ihn erwärmt. Viele der menschlichen Ärzte und Wissenschaftler schienen das Virus – die Viren, die die Bewohner der Kolonie umbrachten – als ein interessantes Rätsel zu betrachten. David hingegen fasste es als seinen Feind auf, einen heimtückischen, raffinierten Feind, den man beobachten und mit allen Mitteln vernichten musste.

Aber ihre Schwester Shorie hatte er nicht retten können, auch nicht ihre Schwester Jos. Für ihre vier jüngsten Töchter kam jede Hilfe zu spät; weinend und zitternd hatten sie alle zusammen in einem Bett gelegen und waren unter fürchterlichen Qualen gestorben.

»Schwester, bist du krank? Möchtest du dich einweisen?« unterbrach eine besorgte Stimme ihre Gedanken. »Suchst du vielleicht nach deiner Familie?«

Ein Schwesternpaar stellte sich ihr in den Weg, die zitternden Ohren leicht nach vorn geklappt. Ob vor Sorge um sie oder purer Erschöpfung, vermochte Praeis nicht zu sagen. Filtermasken bedeckten ihre Gesichter, und sie trugen bis zu den Ellbogen reichende Gummihandschuhe. Ihre Overalls bestanden aus billigstem Material und wurden nach kurzem Gebrauch sicherlich entsorgt oder verbrannt.

Praeis' Haut flatterte von den Schultern bis zu ihren Knöcheln. »Nein, nein, seid bedankt. Ich suche einen menschlichen Arzt, Dr. David Zelotes. Ich bin Praeis Shin t'Theria, eine Repräsentantin der Über Alle Gebietenden Königinnen.«

Die Schwestern tauschten verdutzte Blicke. Praeis fragte sich, wie lange es her sein mochte, seit eine Abgesandte der Königinnen dieses Hospital betreten hatte. Vor Zorn verkrampften sich ihre Schultern.

»Dr. Zelotes hält sich bestimmt im Labor auf«, erwiderte die kräftigere der beiden. »Ich bringe dich hin. Meine Schwester muss hier weiter ihren Dienst tun.«

»Natürlich.« Praeis dippte die Ohren. »Die Ahninnen allein können sich nicht um die Kranken kümmern.«

Praeis folgte der Pflegerin durch eine Seitentür, die in einen weiß getünchten Korridor führte, in dem es nach Wärme aber auch nach Desinfektionsmitteln roch. Sie befanden sich in einem Teil des Gebäudes, den die Menschen angelegt hatten. Dieser Trakt wirkte irgendwie naht- und fugenlos, als sei er organisch gewachsen und nicht von Maschinen gebaut worden.

Rechter Hand passierten sie eine Reihe von kleinen, mit Fenstern ausgestatteten Labors. Drinnen arbeiteten

Menschen, die über ihren Isolationsanzügen weiße Overalls trugen. Mit Pipetten und Nadeln bewaffnet beugten sie sich über Glaseier mit Kulturen, Filterschüsseln aus Keramikschichten und sogar altmodische Mikroskope, die sie sich aus dem größeren Krankenhaus beschafft haben mussten.

Im letzten Labor fanden sie David. Über dem Isolationsanzug trug er die weite blaue Tunika und blaue Hose, die bei den menschlichen Ärzten offenbar als traditionelle Uniform galt. Er stierte auf einen tragbaren Monitor, der so etwas wie eine faserige Ansammlung von dicken, grauen und weißen Sprungfedern zeigte. Die Pflegerin klopfte ans Fenster und David schwenkte herum. Als er Praeis erkannte, winkte er und reckte einen Finger in die Höhe.

Praeis sah zu, wie er etwas in das Keypad eintippte. Res und Theia hatten sie nicht gefragt, wieso sie lieber David konsultierte als eine Pflegerin der t'Theria, und darüber war sie froh gewesen. Sie hätte ihnen nur ungern erklärt, dass David mit seiner menschlichen Reserviertheit nichts über ihren Zustand verlauten lassen würde. Auf seine Verschwiegenheit konnte sie sich absolut verlassen.

Im Labor nahm David zwei der gläsernen Eier und verwahrte sie in einem Schrank, den er hinterher sorgfältig abschloss.

»Praeis Shin t'Theria«, grüßte David, als er auf den Korridor trat und die Tür hinter sich zuzog. »Lynn sagte mir, dass du vorbeikommen und uns helfen würdest.«

»Ich hoffe, ich kann etwas bewirken, aber ich brauche auch deine Hilfe«, entgegnete Praeis.

David nickte. »Ins Labor darf ich dich nicht hineinlassen, aber da drüben haben wir ein Untersuchungszimmer eingerichtet.« Er deutete den Gang hinauf.

Die Pflegerin entfernte sich, und David führte Praeis an das Ende des Korridors.

»Ich hatte ja keine Ahnung, dass es so schlimm ist«, sagte Praeis leise.

Traurig schüttelte David den Kopf. »Du hättest sehen müssen, welche Missstände hier herrschten, als wir ankamen. Großer Gott!« Er senkte die Stimme zu einem schroffen Flüstern. Dann öffnete er die Tür zum Untersuchungszimmer und ließ sie vorangehen.

Die Praxis war größer und komfortabler, als sie gedacht hatte. Offensichtlich handelte es sich um ein architektonisches Konzept der t'Theria mit modernem menschlichen Komfort. Stränge aus Glasfaserkabeln schlängelten sich wie ein Geflecht aus Adern über die weiß verputzten Wände. Der Untersuchungstisch war so groß, dass zwei Personen ihrer Größe darauf gepasst hätten. Die Instrumentenständer waren mit Klammern an den Seiten befestigt. Alles blitzte vor Sauberkeit. Der Jobber in der Ecke summte noch, vermutlich hatte er soeben erst seine Putzarbeit beendet.

»Das Hospital war nicht durch Schlamperei so heruntergewirtschaftet, sondern der Tod war schuld an dem Verfall.« David setzte sich auf einen Hocker zwischen dem Untersuchungstisch und der Komm-Station. »Die ausgebildeten Pflegerinnen waren alle gestorben. Als wir eintrafen, fanden wir Familienangehörige, Waffenschwestern, Studentinnen, alle möglichen Leute, die versuchten, sich aus Büchern oder von den wenigen noch verbliebenen Medizininstruktorinnen ein bisschen Wissen in Heilkunde anzueignen. Es mangelte nicht an Eifer oder gutem Willen, sondern es gab schlicht und ergreifend niemanden mehr, der sich mit Krankenpflege auskannte.« Seine Stimme bebte, und er brach ab. »Du hast ja selbst gesehen, was für ein Chaos da draußen herrscht. Bioverse ist nicht bereit, größere Vorhaben aufzuschieben, nur damit wir hier ein ordentliches Hospital einrichten können. Sie sagen, binnen einer Woche würden ja doch alle umgesiedelt, deshalb lohne es sich nicht, Zeit und Geld in ein Projekt auf der Planetenoberfläche zu investieren.« Sie sah den vertrauten Funken in seinen Augen blitzen. »Aber wir lassen nicht locker.«

»Lynn sagt, du hättest kulturelle Probleme?« schnitt Praeis ein anderes Thema an.

»Wir können die Familien nicht trennen«, erklärte er. »Wenn eine Schwester krank wird, kommen alle anderen und bleiben hier. Dauernd fassen sie die Patientin an, tappen an ihnen herum, werden von ihrem Atem angehaucht, machen jede Anstrengung bezüglich einer Quarantäne in steriler Umgebung zunichte ...«

»Ja, ich hab's gesehen.«

»Ich hatte gedacht, wir könnten dieselbe Methode anwenden wie in den Kolonien. Die Situation erklären und mit sanftem Druck überzeugen.« Er schüttelte den Kopf. »Aber hier ...«

»Hier sind die familiären Bindungen noch viel ausgeprägter als anderswo.« Praeis fuhr mit der Hand über ihren Bauchgurt. »Unsere Mentalität werden die meisten Menschen nie verstehen. Unser eigenes Überleben oder das unserer Kinder kommt für uns nicht an erster Stelle. Bei uns zielt alles darauf ab, dass unsere Schwestern am Leben bleiben. Um eine Schwester und deren Kinder zu retten, würden wir töten oder uns umbringen lassen. Wenn eine Schwester krank ist oder leidet ...« Sie wedelte mit den Ohren. »Dann leiden wir mit ihr. Bei uns gibt es keine Distanz. Hast du es schon mit turnusmäßigen Gebetsschichten versucht?«

»Mit *was*?« David zog die Stirn kraus.

»Gebetsschichten. Bitte die Familie, eine Schwester bei der Patientin zu lassen, damit sie bei der Pflege helfen kann, und die anderen sollen abwechselnd vor dem

Schrein der Ahninnen um Schutz und Hilfe bitten.« Ihr Gesicht pulsierte. »Wir legen sehr viel Wert auf persönliche Anwesenheit, wenn jemand krank wird, doch eine sinnvolle Aktivität kann einen Besuch ersetzen. Wir brauchen jemanden, der uns die Richtung weist, uns Orientierung gibt. Du wirst sehen, wie gut eine jede von uns dann kooperiert. Die Schwestern, die nicht zu den Ahninnen beten, kannst du auf Botengänge schicken oder ihnen raten, nützliches Material zusammenzusuchen. In den Städten gibt es jede Menge Häuser, die von ihren Bewohnerinnen verlassen wurden. Wer weiß, was man da noch an verwertbaren Dingen herausholen kann. Sag den Schwestern, sie sollen sich aufmachen und nachsehen. Oder kommandiere sie ab, bei den verschiedenen Ratsbehörden die Sachen zu organisieren, die du hier im Hospital brauchst.« Ihr fiel etwas noch Besseres ein. »Nein, schick sie gleich zu den Königinnen.«

»Was?«

Neys und Silv können den Königinnen einen Brief übermitteln, in dem steht, dass sie die Schwestern unbedingt empfangen müssen. Sie sollten sich anhören, welcher Mangel im Krankenhaus herrscht und wie notdürftig die Ausstattung ist. Es fehlt an allem. Dann können die Königinnen dem Rat des Reinen Bluts vorwerfen, er habe seine Pflichten vernachlässigt, sie können einen Ausschuss einberufen, der den Missständen auf den Grund geht und sich auf diese Weise beim Volk wieder beliebt machen. Indem sie das Pesthospital, diese Todesfalle, in ein gut funktionierendes Krankenhaus verwandeln, beweisen sie Großzügigkeit. Man wird es ihnen danken, und die neu gewonnene Gunst des Volkes lässt sich wunderbar beim Rat als Druckmittel einsetzen … Hier bietet sich die ideale Gelegenheit, die Stimmung der Leute zu beeinflussen. Der Rat des Reinen Bluts wird nachgeben müssen, wenn sich der Rest der Großen Familie hinter die Königinnen stellt!

»Hallo?« sagte David. »Woran denkst du denn gerade?«

Praeis' Ohren und Schultern zuckten. »Entschuldige bitte. Doch ich finde, du solltest ein paar Gruppen von Schwestern damit beauftragen, bei den Königinnen vorstellig zu werden und um verschiedene Dinge zu bitten. Man wird sich anhören, was sie zu sagen haben, das verspreche ich dir.«

David kniff die Augen zusammen. »Mir scheint, wir haben dieses Anliegen soeben zu einem Punkt auf der Tagesordnung gemacht.«

»Ist es nicht genau das, was du wolltest?« fragte Praeis scheinheilig.

David strahlte über das ganze Gesicht. »Ich wusste doch, das du uns helfen würdest.« Er beugt sich vor. »Und jetzt erzähl mir mal, was ich für dich tun kann.«

Praeis weihte ihn ein. Während sie sprach, nahmen seine Züge wieder einen nüchternen, professionellen Ausdruck an.

»Mach dich bitte frei«, sagte er zu ihr und griff nach einem Paar Untersuchungshandschuhen, die er über die Handschuhe des Isolationsanzugs streifte. »Dann wollen wir uns die Sache mal ansehen.«

Davids Hände fühlten sich kühl und sanft an, als er vorsichtig die Schwellungen in Praeis' Leistengegend abtastete. Mit undeutbarer Miene wandte er sich von ihr ab und betätigte ein paar Tasten an der Komm-Station. Praeis war zu weit entfernt, um die Daten entziffern zu können, die auf dem Schirm erschienen.

»Also gut, Praeis«, sagte David und streifte die Untersuchungshandschuhe ab. »Zieh dich wieder an, und dann besprechen wir die Angelegenheit.«

Praeis schnallte sich den Beutelgurt um und schlüpfte in ihren rot und gold gemusterten Kaftan. David beschäftigte sich mit seinen Instrumenten und den Informationen auf dem Monitor, wobei er es diskret vermied, zu Praeis hinüberzusehen. Sie rutschte vom Tisch herunter und versuchte nicht daran zu denken, wie schwer ihr Brutbeutel trotz des Gurts nach unten drückte. Dann setzte sie sich auf einen der Korbsessel neben dem Untersuchungstisch.

David blieb auf dem Schemel vor der Station hocken und blickte ihr fest in die Augen.

»Das meiste von dem, was ich dir sagen werde, weißt du bereits.« Er beherrschte die t'Therianische Sprache gut, doch sein näselnder, gedehnter Akzent ging Praeis mitunter auf die Nerven. Wie jetzt zum Beispiel. »Dein Östrogenspiegel sinkt und dementsprechend steigt der Anteil der Testosterone in deinem Blut. Der Austausch findet dreimal schneller statt als im Normalfall. Das ist zwar ungewöhnlich, aber gar nicht mal so selten. Unsere Statistiken sind nicht besonders umfangreich, doch solche Fälle einer beschleunigten Mutation kommen immer wieder vor. In drei bis vier Wochen ist deine Verwandlung komplett.«

Praeis verschränkte die Arme vor ihrem Beutelgurt. Sie wünschte sich, Senejess und Armetrethe wären bei ihr. Sie sehnte sich nach Resaime und Theiareth. Jede andere Person hätte sie jetzt lieber bei sich gehabt als dieses fremdartige Wesen.

Sie zwang sich dazu, tief Luft zu holen. »Meine Großmutter ist so schnell mutiert, aber in unserer Familie war sie die Einzige ...«

»Hatte deine Großmutter ihre Schwestern verloren?«

Praeis' Ohren schrumpelten ein wenig zusammen. »Ja. In einem Kampf mit den Getesaph.«

David nickte. »Ein paar Statistiken besagen, dass der Wandel in den Marskolonien eher stattfindet als auf der Großen Wiege. Außerdem gibt es Anzeichen dafür, dass er in Gegenden, die von der Pest befallen sind, verfrüht eintritt.« Er zuckte die Achseln. »Aber wir wissen nicht, ob dies geschieht, weil durch eine Trennung von der Familie der Hormonhaushalt außer Kontrolle gerät, oder ob eine erhöhte Sterberate den Fortpflanzungstrieb verstärkt ...« Er bedachte sie mit einem abbittenden Lächeln. »Ich will deinen Zustand nicht bagatellisieren. Ich wünschte nur, ich hätte mehr Informationen über die Ursache.«

Praeis' Ohren und Haut begannen sich heftig zu kräuseln. »Das ist schon in Ordnung«, log sie.

David bemerkte den unaufrichtigen Tonfall. »Ich weiß, wie schwierig es für dich ist. Vielleicht tröstet es dich ein bisschen, wenn ich dir sage, dass die Verwandlung zwar beschleunigt, aber ansonsten komplikationslos vor sich geht. Ehe die Ahninnen deine Seele zu sich holen, wirst du noch viele Töchter zeugen.«

Praeis schöpfte tief Atem. Sie blies ihn gemächlich aus, ehe sie antwortete: »Kannst du den Mutationsprozess irgendwie verzögern?«

David blähte die Wangen auf, und Praeis fragte sich, ob er die Geste von Lynn abgeguckt hatte oder ob sie ihn nachahmte. »Darüber habe ich mich bereits informiert. Ein Pharmakonzern auf Luna beschäftigt sich mit diesbezüglichen Forschungen. Es wäre möglich, den Vorgang mit Hormongaben zu steuern.« Auf einmal wirkte er nicht mehr so zuversichtlich. »Praeis, wir wissen viel zu wenig über die Ded ... Entschuldige, über die t'Theria, um solche Experimente zu wagen.« Beinahe gereizt hob und senkte er die Schultern. »Der biologische Rhythmus der Menschen ist mit einer Quarzuhr zu vergleichen. Simpel, geradlinig, berechenbar. Die t'Therianerinnen hingegen ... funktionieren wie eine antike Kuckucksuhr. Ihr Körper enthält tausend bewegliche Teile, die alle perfekt ineinandergreifen und ideal aufeinander abgestimmt sind. Aber man hat keine Ahnung, was jedes Detail im Einzelnen leistet.« Er hielt den Blick auf sie gerichtet, ohne sie wirklich wahrzunehmen.

»Aber auf diesem speziellen Gebiet wird geforscht?« hakte sie nach.

Er deutete auf die Komm-Station. »Theoretisch könnte ich deine Östrogene aus einer Blutprobe isolieren, daraus synthetische Hormone herstellen und sie deinem Körper zuführen, bis der Zustand vor der einsetzenden Metamorphose wieder erreicht ist. Dadurch würde die Produktion deiner Testosterone verlangsamt.« Nun fasste er sie wieder aufmerksam ins Auge. »Allerdings hätte das zur Folge, dass deine natürlichen Östrogenausschüttungen gänzlich versiegen. Sobald du aufhörst, die künstlichen Hormone zu nehmen, tritt die Verwandlung schlagartig ein, weil der Mechanismus, der für einen allmählichen Übergang sorgt, zum Stillstand gekommen ist.« Er brach ab. »Dann hast du nicht mehr ein paar Wochen Zeit, um deine Vorbereitungen zu treffen, sondern nur wenige Stunden.«

Praeis massierte ihren flachen Beutelgurt. Sie dachte an ihre Töchter, die selbst noch keine Mütter waren und sich dann Senejess, Armetrethe und deren Plänen anpassen mussten. Sie dachte an ihre eigenen hoch gesteckten Ziele, die sie noch nicht einmal effektiv in Angriff genommen hatte.

Sie merkte, wie sich ihre Ohren schlaff nach unten senkten, und richtete sie auf. »Du wirst Lynn nichts davon erzählen?« Das Letzte, was Praeis jetzt gebrauchen konnte, war Lynns Bestürzung oder – schlimmer noch – ihr Mitleid. Lynn war ihr eine gute Freundin, doch was es mit der Verwandlung auf sich hatte, entzog sich ihrem Verständnis.

David schüttelte den Kopf. »Ich spreche mit Lynn nie über Patientinnen. Sie würde auch nicht fragen.«

Menschen sind ja so seltsam. »Kannst du mir eine Frist von zwei Monaten verschaffen?«

David nickte besonnen. »Wenn du es wünschst. Es lässt sich einrichten.«

Vergebt mir, meine Ahninnen. Noch kann ich euch meinen Willen nicht zum Geschenk machen. »Ja, es ist mein Wunsch.«

KAPITEL 7

Auf der Videowand beugte sich David nach vorn. »Das Projekt hat gerade erst angefangen, Lynn. So müde dürftest du noch gar nicht aussehen.«

Lynn hob den Gesichtsschirm und rieb sich die Augen mit den Fingerspitzen. Sie wusste, dass dunkle Ringe unter ihren Lidern lagen. »Heute Nacht sind wir nicht zum Schlafen gekommen. Zwischen den Chosa ty Porath und den t'Theria bahnte sich eine ernsthafte Krise an. Wir waren dabei, als die Über Alle Gebietenden Königinnen und die *Byarikane,* die Ersten Sprecherinnen, sechs Stunden lang miteinander berieten.«

Sie zog den Gesichtsschirm wieder herunter. Vor ihren Augen erschien der Befehl ›Sterilisieren‹. Gehorsam langte sie in die Box mit den desinfizierenden Tüchern, zog ein Tissue heraus und wischte sich daran die Hände ab.

Als sie wieder hochblickte, sah sie Davids mitfühlenden Blick auf sich gerichtet.

»Du möchtest nicht darüber sprechen, oder?«

Sie schüttelte den Kopf und warf das Tissue in den Abfallbehälter neben der Komm-Station. Mit einem kurzen, satten Surren sog der Müllvernichter das Tuch ein. »Noch nicht. Später vielleicht.« Sie merkte, wie sich ihre Miene verfinsterte, als sie sich die Ereignisse der vergangenen Nacht in Erinnerung rief. Sie hatte die Szenen gesehen, die sich zwischen den streitbaren Parteien abspielten, hatte die kaum verhüllten Drohungen gehört und wäre am liebsten mit einem Knüppel auf die jeweiligen Anführerinnen losgegangen. »Ich kann mich nicht dauernd mit Reparationsforderungen für sechs durch eine Explosion zerfetzte Körper befassen. Das geht über meine Kräfte.«

David zuckte zusammen. »Tut mir Leid, Lynn.«

»Ja«, seufzte sie, »mir auch.« Sie deutete ein Lächeln an. »Doch am meisten bedauere ich, dass du nicht bei mir sein kannst.«

»Willst du nach Florida zurückgehen?«

»Was, und den Job hinschmeißen?« Das blanke Entsetzen in ihrer Stimme ließ David schmunzeln. »Auf gar keinen Fall!«

»Das dachte ich mir.« Er legte eine Pause ein und änderte seine Sitzhaltung. »Schatz, ich muss das Gespräch jetzt beenden. Ich möchte noch eine Bestandsaufnahme anfertigen, bevor die Evaku … Entschuldigung, die Umsiedlung beginnt.«

»Und ich erwarte jeden Augenblick Arron Hagopians Besuch.«

David hob die Brauen. »Ich habe seinen Artikel gelesen. Lässt du ihn noch einmal mit dem Leben davonkommen?«

Lynn setzte eine betont strenge Miene auf. »Ich denk drüber nach.« Dann lachte sie. »Das Ganze darf man nicht so ernst nehmen. Solche Sachen hat sich Arron schon immer geleistet. Bradors Reaktion erscheint mir gewaltig überzogen.«

»Ich weiß nicht recht«, erwiderte David. »Wie ich hörte, wollen drei weitere Subunternehmer wegen der durch Arron in Gang gesetzten Debatte ihre Verträge kündigen.«

»Davon habe ich auch gehört. Ich finde es nur komisch, dass keiner einem eine präzise Auskunft gibt, wer genau dadurch in Schwierigkeiten kommt.«

David nickte. »Das macht mich auch stutzig.« Er blickte über die Schulter. »Okay, Schatz, ich muss jetzt los.«

Der ernsthafte Gesprächsstil wurde durch einen zärtlichen Tonfall ersetzt. »Ich liebe dich. Und ich wünsche dir eine gute Reise.« David und ein paar andere auf der Planetenoberfläche tätigen Ärzte begleiteten die Vorausteams der t'Therianerinnen, um bei der Einrichtung der Krankenstationen als Berater zu fungieren. Immerhin hatten sie sich einen Eindruck vom wahren Ausmaß der Seuche verschafft.

»Ich liebe dich auch. Morgen rufe ich dich wieder an.« Sie tauschten ein letztes Lächeln, und David kappte die Verbindung.

Lynn blickte durchs Fenster auf die Granitklippen, gegen die donnernd die Brandung anrollte. Regentropfen prasselten gegen die Fensterscheibe.

David, du fehlst mir. Sie seufzte. Nun ja, die Trennung war kein Dauerzustand. Gleich nach der Umsiedlung würden sie auf die südliche Hemisphäre von Dedelph versetzt werden und dort enger als Team zusammenarbeiten als je zuvor.

»Lynn?« Traces Stimme aus dem Intercom übertönte die Geräusche des Regens und des Ozeans. »Arron Hagopian ist hier.« Sie aktivierte Lynns Tischmonitor. Das Bild zeigte einen Mann in der Wartezone, der von einem Fuß auf den anderen trat und mißtrauisch die Wände beäugte, als vermutete er in jeder Ecke Spione. Lynn presste die Lippen aufeinander und verbiss sich ein Lächeln. Das war Arron, wie sie ihn kannte.

Sie durchquerte Traces und R.J.'s Arbeitszimmer und stellte sich in die Tür zum Warteraum.

»Keine Bange, Arron. Hier wird dich niemand shanghaien.«

Er wirbelte herum. Über dem Isolationsanzug trug er ein dickes Leinenhemd und eine Leinenhose. Seine Haut war dunkler, als sie sie in Erinnerung hatte, und er hatte einen rasierten Schädel wie sie. Doch die grünen Augen hinter dem Schutzhelm funkelten immer noch vor Unternehmungslust, lediglich die Krähenfüße hatte er während ihrer gemeinsamen Zeit auf dem College noch nicht gehabt.

»Lynn!« Arron schloß sie in die Arme.

Überschwänglich erwiderte sie die Umarmung. Als sie voneinander abrückten, sah sie Traces und R.J.'s verdatterte Mienen.

Lynn lachte. »Komm rein. Wir wollen meinen Mitarbeiterstab doch nicht schockieren.«

»Du hast einen Mitarbeiterstab?« spottete Arron mit affektiertem Näseln, als sie ihn in ihr Zimmer bugsierte. »Meine Güte, du scheinst es ja zu etwas gebracht zu haben.«

»Halt die Klappe und setz dich hin.« Sie stellte einen Besuchersessel in die Mitte des Raums und zog ihren Stuhl von der Komm-Station heran. Beide nahmen Platz.

»Du bist blass«, bemerkte er, während er sie von oben bis unten musterte.

»Und du bist braun gebrannt.« Sie nahm seine Hand und drückte sie. »Kräftig bist du auch. Anscheinend hast du den Begriff ›Feldarbeit‹ wortwörtlich genommen und wirklich auf den Feldern geschuftet.«

»Nun ja, die Leute akzeptieren einen eher, wenn man ihnen hilft, die Fischernetze einzuholen.« Er ließ ihre Hand nicht los. »Es tut gut, dich wiederzusehen, Lynn.«

»Auch wenn ich jetzt für einen Konzern arbeite?«

Arron zuckte die Achseln. »Ich hatte immer vermutet, dass du in diese Richtung tendierst. Aber ich habe mich bemüht, unsere Freundschaft darunter nicht leiden zu lassen.«

»Du bist tolerant wie ein Heiliger.« Lynn schenkte ihm ein säuerliches Grinsen. »Erzähl mir, was du so getrieben hast. Du bist an der Universität geblieben, nicht wahr?«

»Was meinst du damit, ich sei an der Universität geblieben? Meine Uni liegt auf der anderen Seite der Galaxis.«

Lynn gab ihm einen leichten Klaps auf den Arm. »Du weißt genau, wie ich es meine. Bist du jetzt nicht Professor oder so?«

Arron legte sich eine Hand auf die Brust. »Du beleidigst mich. Das ist, als würdest du einen Schiffskapitän fragen, ob er einen Schreibtischjob bekleidet. Ich bin Forscher und leite mein eigenes Projekt in kultureller Xenologie. Hast du denn keine meiner Veröffentlichungen gelesen?«

»Keine Einzige«, log Lynn und schüttelte den Kopf. Die Diskussion über seinen Artikel hob sie sich für später auf. »Kannst du mir noch einmal verzeihen?«

»Ich wird's mir überlegen.« Er lehnte sich zurück, verschränkte die Arme und grinste.

»Aha.« Lynn verschränkte gleichfalls die Arme und ahmte seine Haltung nach. »Soll ich dich jetzt fragen, was du von mir willst, oder möchtest du den Smalltalk fortsetzen?«

Arron schüttelte den Kopf. »Du fällst immer noch mit der Tür ins Haus, ganz wie früher.«

»Damit treibe ich die Vizepräsidenten zum Wahnsinn.« Sie grinste. »Und ich bin stolz darauf. Also, was willst du?« *Immerhin hast du öffentlich verkündet, dass man uns nicht trauen kann.* Lynn verdrängte den Gedanken, aber sie wusste, dass sie ihn irgendwann einmal zur Sprache bringen würde.

Arron befeuchtete die Lippen. »Ich möchte mit dir über den Terminplan für die Umsiedlung sprechen.«

Lynn erstarrte. »Und warum?« platzte sie heraus, ehe sie sich beherrschen konnte.

Arron zögerte. »Angehörige des Getesaph-Parlaments haben mich darum gebeten.«

Eine Minute lang starrte Lynn aus dem Fenster. Ein langer, rostiger Frachter schleppte sich aus dem Hafen ins offene Meer. Nebenbei fiel ihr auf, dass der Regen nachgelassen hatte.

»Ich habe von Anfang an klipp und klar gesagt, dass der Zeitplan unveränderlich ist. Niemand, absolut niemand, wird daran rütteln. Wenn ich auch nur eine einzige Ausnahme zuließe, wird man mich mit Extrawünschen bombardieren.«

»Ein gutes Argument.« Arron beugte sich vor und stemmte die Ellbogen auf seine Schenkel. »Aber wenn ich die Sorgen der Getesaph nicht für berechtigt hielte, säße ich jetzt nicht hier.«

Automatisch fasste sich Lynn an die Stirn und ihre Hand klatschte gegen den Gesichtsschirm. Sie grinste und war froh, dass Arron keine Miene verzog. »Jede der Großen Familien hegt berechtigte Sorgen bezüglich aller anderen Familien.«

Er spreizte die Finger. »Auch dieses Mal kann ich dir nicht widersprechen. Aber du musst zugeben, dass die Getesaph einen Grund haben, den Beweggründen der t'Theria zu misstrauen.«

»Umgekehrt ist es genauso.« Sie hatte drei Briefe von Praeis erhalten, in denen sie ihr die Konferenzen mit den Angehörigen des Rats des Reinen Bluts und ihre Gespräche mit den Hochedlen Familien detailgenau schilderte. Sämtliche Schreiben wurden von einer Kommandantin namens Neys überbracht, die jedes Mal ein bisschen erschöpfter aussah. Praeis versicherte ihr, dass langsam aber sicher Fortschritte erzielt würden. Die Über Alle Gebietenden Königinnen hatten der letzten Sitzung sogar beigewohnt, und man hörte nicht auf, konstruktive Diskussionen zu führen. Doch die Tatsache, dass die Getesaph die Allianz angeregt hatten, hing über allem wie eine tickende Zeitbombe.

»Ich würde auch nie etwas anderes behaupten.« Arron blickte durch das Fenster und schien draußen etwas zu beobachten, entweder die Brandung oder das

Schiff. »Ich übermittle lediglich, was die Getesaph mir sagten.«

Lynn rieb sich die Hände an den Schenkeln und spürte, wie sich der Stoff der Hose unter ihren Fingern wellte und wieder glättete. »Darauf kann ich nur antworten, dass ich keiner Seite nachgeben werde. Andernfalls würde ich das gesamte Umsiedlungsprojekt gefährden.« Sie bedachte ihn mit einem schiefen Grinsen. »Unser erstes Treffen nach so vielen Jahren findet wirklich unter ungünstigen Umständen statt.« Als sie Arron gesehen hatte, vollführte ihr Herz einen Sprung. Aber nicht vor wieder erwachter Liebe oder ähnlich sentimentalen Gefühlen. Diese Phase ihrer Beziehung hatten sie schon vor langer Zeit abgeschlossen.

Doch die Erinnerung an ihre Freundschaft wollte sie schier überwältigen. Seit ihrer Landung auf der Großen Wiege hatte sie David erst einmal persönlich gesehen, und andere Freunde hatte sie nicht bei Bioverse. Mit Arron fühlte sie sich immer noch verbunden, und sie wollte ihn nicht enttäuschen. Sein Pamphlet nahm sie ihm im Grunde nicht übel. Jedenfalls nicht, so lange es für sie selbst keine Konsequenzen hatte. Nur höchst ungern schlug sie ihm seine Bitte ab, doch in diesem speziellen Fall durfte sie einfach nicht nachgeben.

Arron lehnte sich zurück. »Jetzt setzt du dein Managerin-Gesicht auf, Lynn.«

Dieses Mal fiel ihr Lächeln gezwungen aus. »Was weißt du schon über mein Managerin-Gesicht?«

»Ich habe dich als Seminarleiterin erlebt.« Er lächelte, wurde jedoch gleich wieder ernst. »Lynn, die Getesaph haben Angst. Sehr große Angst sogar. Im Parlament bahnt sich eine Spaltung an, so verängstigt sind manche Abgeordnete.«

Lynn betrachtete ihre behandschuhten Fingerspitzen, dann schaute sie wieder in Arrons große grüne Augen.

Früher, als sie noch studierten, waren Streitgespräche wie dieses an der Tagesordnung gewesen.

»Alle fürchten sich, Arron. Für die Einheimischen ist die ganze Situation neu. So etwas haben sie noch nie getan. Die t'Therianerinnen regen sich fürchterlich auf, weil die Getesaph uns zuerst kontaktierten. Sie argwöhnen, zwischen den Menschen und den Getesaph sei eine Verschwörung im Gange.«

Schweigend rieb Arron seine Hände gegeneinander. »Sind sie so verängstigt, dass sie vielleicht im letzten Moment kneifen und das ganze Projekt abblasen?«

Wie vom Donner gerührt saß Lynn da. Es verschlug ihr die Sprache. Draußen brachen sich die Wellen in einem nicht endenden Rhythmus an den Klippen.

»Munkelt man das bei den Getesaph?«

Arron nickte bedächtig.

»Verdammt!« Lynn sprang auf die Füße. Sie marschierte ans Fenster und schlug mit der Faust gegen das Glas. »Verdammt! Verdammt! Verdammt!«

Hinter ihrem Rücken hüllte sich Arron in Schweigen.

Sie wirbelte herum und legte die Hände auf die Komm-Station. »Claude, öffne meine Station. Ich möchte eine Liste mit sämtlichen Eingaben der Getesaph an das Krisenkomitee, die den Zeitplan der Umsiedlung zum Thema haben. Schnelldurchlauf.« Sie senkte die Stimme zu einem subvokalen Flüstern. »Die Liste ordnen nach Input-Methode und hierarchischem Rang der Antragstellerin. Parlamentarierinnen zuerst.« Natürlich hätte sie Claude diese Aufgabe überlassen können, doch sie wollte die Information in ihrem Implantat speichern, falls sie sie später abrufen wollte.

Die Daten scrollten so schnell über den Schirm der Komm-Station, dass sie nur verschwommene gelbe Zeichen auf einem schwarzen Hintergrund sah. Sie nutzte die Pause zwischen der visuellen Wahrnehmung und der Analyse ihres Implantats, um ihre Atmung und ihre wild durcheinander wirbelnden Gefühle wieder unter Kontrolle zu bekommen. Irgendetwas war hier gründlich schief gelaufen. Wenn die Getesaph wirklich so besorgt waren, hätten sie es längst in Erfahrung bringen müssen.

Ein Signalton in ihrem Ohr sagte ihr, dass der Sortierungsprozess beendet war. »Abspielen«, murmelte sie.

Vor ihrem rechten Auge scrollten die Berichte des Krisenkomitees ab. Keine einzige Eingabe stammte vom Parlament, es gab lediglich ein rundes Dutzend Beschwerden von Bürgerinnen, die befürchteten, ihre Familien würden auseinander gerissen.

»Stop«, befahl sie ihrem Implantat. Der Text verschwand.

»Nun ja.« Mit erhobener Stimme wandte sie sich an Arron. »Man hat uns mit Beschwerden nicht gerade überhäuft.«

»Wahrscheinlich hängt es mit dem Standort des Hauptquartiers zusammen.«

Offenen Mundes starrte Lynn ihn an. »Das kann doch nicht dein Ernst sein. Es gibt nur eine Basisstation. Quasi überall auf den Hundert Inseln sitzen unsere Leute.«

»Sicher, aber du leitest die Umsiedlung.« Sein Blick huschte durch den Raum, als suche er in den Ecken nach den richtigen Worten. »Sieh doch, ich lebe seit zehn Jahren hier. Ich weiß, wie es hier zugeht. Irgendwer bringt jemanden um; es wird Rache geübt; die Geschichte weitet sich zu einem Scharmützel aus, das in eine Schlacht übergeht, die wiederum zu einem Krieg ausartet. Bei den Getesaph und den t'Theria genügt manchmal die Sichtung eines fremden Schiffs auf offener See, um den Funken zu zünden.

Seit die Pest wütet, haben die t'Therianerinnen die Oberhand. Sie haben die Inseln der Getesaph eine nach der anderen dem Erdboden gleichgemacht. Den Getesaph blieb kaum noch ein Gebiet, das sie als Pufferzone ansehen können, und ihre Verbündeten fallen der Reihe nach um oder wechseln die Seiten. Jedenfalls war das so, bis die Allianz ins Leben gerufen wurde.« Er stand auf. »Die Getesaph laufen Gefahr, ausgerottet zu werden, Lynn, entweder durch die Seuche oder durch die t'Theria, und das ist ihnen sehr wohl bewusst.« Er stieß einen langgezogenen Seufzer aus. »Manche glauben sogar, die t'Therianerinnen haben die Octrel dazu angestiftet, das Killervirus freizusetzen.«

Unwillkürlich fing Lynn an zu lachen.

»Was ist?« fragte Arron erschrocken.

Sie winkte ab. »Die t'Theria denken, die Getesaph seien für die Verbreitung der Pest verantwortlich und hätten dann die Octrel bombardiert, um Beweismaterial zu vernichten.« Plötzlich fiel ihr etwas ein. »Wieso haben sie ausgerechnet dich mit ihrer Bitte um eine Terminänderung losgeschickt?«

»Sie kennen mich, und sie wissen, dass du und ich früher einmal …«

Lynn hob die Hand. »Fang mir jetzt bitte nicht damit an, was einmal zwischen uns beiden war, Arron.«

Er zuckte die Achseln. »Wahrscheinlich dachten sie, ich hätte einen gewissen Einfluss auf dich.«

Lynn ließ sich wieder auf ihren Sessel plumpsen. »Ich kann dir nicht helfen«, sagte sie zum Fenster und Ozean gewandt. »Die politische Situation ist beängstigend instabil. Zwischen den Königinnen und dem Rat des Reinen Bluts ist der Kontakt so gut wie abgerissen. Wie würden die Erlauchten Hoheiten wohl reagieren, wenn ich ihnen erzählte: ›Tut mir leid, aber eure Todfeindinnen möchten den Terminplan ändern …‹«

»Vermutlich genauso wie die Durch Wahl Bestimmten Anführerinnen, wenn die Rollen vertauscht wären.«

Einen Moment lang saß Lynn schweigend da, dann befahl sie ihrem Implantat, die Uhrzeit einzublenden. Vor ihrem rechten Auge blitzte die Anzeige 2:14:02 auf. »Okay, auf den Hundert Inseln ist es jetzt ungefähr halb zehn, nicht zu früh, um eine Verbindung herzustellen.« Wieder aktivierte sie die Komm-Station. »Claude, schick eine Nachricht an die Durch Wahl Bestimmten Anführerinnen. Sag ihnen, Managerin Lynn Nussbaumer möchte mit ihnen sprechen.«

Sie wandte sich erneut an Arron. »Nicht, dass ich dir misstraue …«

Lässig wedelte er mit der Hand. »Nur auf diese Weise erfährst du, ob ich dir die Situation auch objektiv geschildert habe.« Er verschränkte die Arme. »Schließlich ist allgemein bekannt, dass ich nicht nur auf beiden Augen blind bin sondern mich auch zu einem Einheimischen gemausert habe.«

Lynn kniff leicht die Augen zusammen. »Ich verstehe nicht, wie man zu dieser Einschätzung kommt. Und das trotz des schönen Artikels, den du veröffentlicht hast.« *Endlich hab' ich's ausgesprochen!*

Arrons Züge erstarrten. »Ach. Du hast ihn also doch gelesen?«

»Er war ja nicht zu übersehen«, konterte sie. »Du vergleichst mein Projekt mit dem abscheulichsten Verbrechen, das man je an einer vernunftbegabten Rasse begangen hat.«

Seine Schultern sackten herunter, und er senkte verlegen den Blick. »Na ja« – er schaute hoch und grinste gequält – »wir vertraten schon öfter gegensätzliche Standpunkte.«

So kommst du mir nicht davon, Arron. Dieses Mal mache ich es dir nicht leicht.

»Aber früher bestand nie das Risiko, dass unsere Meinungsverschiedenheiten Leben auslöschen konnten.«

Arron öffnete den Mund und klappte ihn wieder zu. Lynn sah, wie ihm das Blut in die Wangen kroch.

Die Videowand leuchtete auf. Lynn gab Arron ein Zeichen, er solle schweigen. »Steh einfach nur da und setz eine offizielle Miene auf.« Sie selbst drückte den Rücken durch und machte ein ernstes Gesicht.

Auf dem Schirm erschien ein Bild. Die *Tvkesh-I-Rchilthen*, die Durch Wahl Bestimmten Anführerinnen Rchilthen Ishth und Byvant, saßen auf einem Sofa in ihrem schäbigen privaten Büro. In ihren golden und silbern gemusterten Jacken, die ihre offizielle Amtstracht darstellten, wirkten sie schrill und deplaciert. Rchilthen Ishth war ungefähr acht Zentimeter größer als ihre Schwester. Ihre Gesichtshaut hing in so vielen Falten und Runzeln herab, dass Lynn kaum ihren Mund erkennen konnte. Rchilthen Byvant hatte einige der Schlachten geschlagen, von denen Arron sprach. Quer über ihren Hals verlief eine gezackte Narbe, und ihr linkes Ohr klebte in kümmerlichen Fetzen am Schädel.

»Managerin Lynn«, begann Rchilthen Ishth in deutlichem, wenn auch stockendem Englisch. »Das Licht des Tages schmeichelt dir.« Dann gewahrte sie Arron und ihre Züge verspannten sich. »Das Licht des Tages schmeichelt auch dir, Wissenschaftler Arron.«

Lynn warf Arron einen verdutzten Blick zu, doch der neigte nur einmal kurz den Kopf und sagte nichts.

»Das Licht des Tages schmeichelt euch, Rchilthen Ishth, Rchilthen Byvant«, erwiderte Lynn in Getesaph und hoffte, ihr Akzent sei wenigstens verständlich. Getesaph war die letzte Dedelphi-Sprache, die sie gelernt hatte, und sie beherrschte noch längst nicht alle Nuancen. »Soeben erreichte mich eine wichtige Nachricht, die mich außerordentlich beunruhigt. Ich muss meinen Sorgen unverzüglich Ausdruck verleihen, damit sich die Furcht nicht in mein Herz frisst.«

Sie sah Arron an. Der hob die Brauen, was hoffentlich bedeutete, dass sie ihn mit ihrem Zungenschlag beeindruckte.

Rchilthen Byvants linkes Ohr zitterte, während ihr rechtes Ohrsegel vor und zurück wedelte. »So sprich, Managerin Lynn. Wir werden dir zuhören, so gut wir es vermögen.« Grimmig deutete sie auf das verstümmelte Ohr.

Lynn belachte höflich den kleinen Scherz. »Wie mir zugetragen wurde, hegt das Parlament ernsthafte Bedenken gegen den zeitlichen Ablauf der Umsiedlung.«

Die Schwestern tauschten einen langen Blick. »Das ist wahr«, bekräftigte Rchilthen Ishth. »Wir streiten nicht ab, dass wir diese Bedenken haben.«

Lynn spreizte die Finger. »Warum hat man uns über diese Sorgen im Ungewissen gelassen?«

Rchilthen Byvant peilte an Lynn vorbei auf Arron. »Wir wussten nicht, ob unsere Äußerungen auch in die richtigen Kanäle gelangen würden, Managerin Lynn. Das musst du verstehen und uns verzeihen. Für uns ist das alles Neuland.« Ihr Ohr zittere wieder. Lynn bemühte sich, ausschließlich Rchilthen Byvant anzusehen.

»Auch wir betreten unbekanntes Terrain, Rchilthen Byvant, Rchilthen Ishth. Doch uns liegt sehr viel daran, den Wünschen eurer Familien so weit wie möglich zu entsprechen.«

Rchilthen Ishth neigte das Haupt. »Seid bedankt. Wir waren nachlässig. Da die Menschen und die Getesaph nicht auf eine gemeinsame Vergangenheit zurückgreifen können, fühlen wir uns benachteiligt.«

»Das kann ich gut verstehen.« Der Austausch von Höflichkeitsfloskeln stellte Lynns Geduld auf eine harte Probe, doch sie durfte nicht zu direkt werden. »Und ich möchte euch bitten, einzusehen, dass eine Änderung des Terminplans unerfreuliche Konsequenzen und vielleicht sogar erhebliche Verspätungen nach sich ziehen würde.«

Rchilthen Isth öffnete den Mund, doch Rchilthen Byvant legte eine Hand auf den Arm ihrer Schwester. Byvants Ohr bebte, und Lynn wandte den Blick ab.

»Es tut uns Leid. Wir wissen, dass wir die enorme Anstrengung, die ihr zu unserem Nutzen unternehmt, behindern. Aber die Getesaph sind keine Oligarchie. Wir müssen uns vor unseren Bürgerinnen und deren Repräsentantinnen verantworten. Wir besitzen nicht die absolute Herrschaft über unser Volk. Zwar sind wir die Durch Wahl Bestimmten Anführerinnen, doch in vielerlei Hinsicht bekleiden wir den schlichten Status von Dienerinnen.«

Lynn unterdrückte einen Seufzer. »Wie wichtig nehmen eure Familien dieses Problem?«

»Für sie ist es lebenswichtig«, konstatierte Rchilthen Ishth lakonisch.

»Würde es euch genügen, wenn wir euch und die Bevölkerung der t'Therianischen Großstädte gleichzeitig umsiedelten?«

Abermals verständigten sich die Schwestern mit einem ausgiebigen, stummen Blick. Rchilthen Ishth nickte. »Ich glaube, das würde die Situation zumindest entschärfen.«

»Vier Schiffe stehen uns sofort zur Verfügung. Zwei nehmen die Getesaph auf, zwei die t'Therianerinnen. Beide Seiten können schon nächste Woche ihre Vorausteams an Bord schicken. Wir entwerfen eine Paritätsklausel, die gewährleistet, dass sich sowohl in den Schiffen als auch auf der Planetenoberfläche immer die gleiche Anzahl Getesaph wie t'Therianerinnen befindet.« Sie schwieg einen Moment, um ihre Worte wirken zu lassen. »Stellt euch dieser Vorschlag zufrieden?«

»Er räumt unsere Besorgnisse aus«, erwiderte Rchilthen Ishth.

»Das stimmt mich froh.« Lynn sah beiden offen ins Gesicht. »Denn eigentlich müsste ich mir die Billigung der Allianz und meiner Vorgesetzten einholen, das wäre der korrekte Weg. Aber wenn alles glatt geht, können wir wohl darauf verzichten.«

»Wir halten uns bereit«, erklärte Byvant. »Gestern Abend wählte das Parlament die Leiterinnen des Vorausteams.« Wieder fixierte sie Arron. »Die *Tvkesh Chvaniff* der Dayisen Rual, Lareet und Umat.«

»Meine Gastgeberinnen fassen dies gewiss als eine große Ehre auf«, meinte Arron.

»Man gab uns zu verstehen, dass sie über ihre Wahl nicht unglücklich sind«, entgegnete Byvant steif. Sie richtete die Aufmerksamkeit wieder auf Lynn. »Sei bedankt für deine Rücksichtnahme und dein Entgegenkommen, Managerin Lynn. Sollten uns weitere Sorgen plagen, werden wir nicht zögern, sie an der richtigen Stelle kundzutun.«

»Seid bedankt für eure Kompromissbereitschaft«, gab Lynn mit unverhohlener Erleichterung zu. »Ich beende jetzt dieses Gespräch.«

Nach dem Austausch der üblichen Abschiedsfloskeln schaltete Lynn die Komm-Station ab. Der Schirm wurde schwarz, und Lynn wandte sich an Arron.

»Nun, was denkst du?«

Arron stülpte die Lippen vor. »Ich denke, dass da drüben etwas oberfaul ist.«

Lynn schüttelte den Kopf und erhob sich von ihrem Sessel. »Ach, du hast also auch was gemerkt?« Sie streckte die Arme über den Kopf und ließ sie dann herunterbaumeln. »Kannst du dir vorstellen, was genau an dieser Sache stinkt?«

»Nein.« Er stierte schweigend ins Leere. »Vielleicht haben sie ja selbst keine Ahnung.«

»Was?«

Arron fasste sie ins Auge. »Sie sagen es, du sagst es.

Sie alle betreten Neuland. Für das, was sie vorhaben, gibt es in ihrer Geschichte kein Beispiel. So etwas hat es im bekannten Universum überhaupt noch nicht gegeben, an keinem einzigen Ort. Es gibt keinen Präzedenzfall, keine Traditionen, nichts, worauf man sich stützen könnte, und nichts, was es zu gewinnen gäbe, außer dem nackten Leben. Sie alle müssen unentwegt improvisieren. Das zermürbt sie.«

Lynn furchte die Stirn. »Haben wir es hier mit Aliens zu tun, die an einer kollektiven Phobie leiden?«

Arron nickte mit unbewegter Miene, und Lynn erkannte, wie ernst es ihm war. Sie dachte über das soeben Gesagte nach. Irgendwie ergab es einen Sinn. Entkräftet und dezimiert durch Kriege und die Pest, abhängig von einer fremden Rasse und außerstande, auf frühere Erfahrungen zurückzugreifen, konnte es leicht geschehen, dass jemand – dass sehr viele sogar – einer namenlosen Furcht zum Opfer fielen und alles angriffen, was sich als Zielscheibe präsentierte.

»Also gut«, gab sie nach. »Damit sollten wir uns näher befassen. Überlegen, wie wir die Ängste eindämmen. Wir haben alles Erdenkliche unternommen, um Informationen über die bevorstehende Umsiedlung zu verbreiten …« Sie sog an ihrer Unterlippe.

Arron lachte. »Lynn, außer dir kenne ich niemanden, der tatsächlich glaubt, mit gutem Management ließe sich eine Antwort auf jedes philosophische Problem finden.«

Sie grinste. »Dafür werde ich bezahlt.«

»Das dachte ich mir.« Arron trommelte mit den Fingerspitzen auf die Rückenlehne seines Sessels. Er holte tief Luft. »Lynn, wenn ich dir beweisen könnte, dass du durch dein Hiersein den Familien schadest, was würdest du tun?«

Lynn hielt den Atem an. »Kannst du es denn beweisen?«

Arron veränderte seine Sitzhaltung. »Vielleicht.«

»Was sind das für Beweise?«

Er musterte sie von Kopf bis Fuß. Frustriert ballte Lynn die Fäuste. »Arron, was hast du vor?«

»Das weiß ich selbst nicht.« Er wandte den Blick ab. »Ich glaube, ich verdufte jetzt. Cabal … der Typ, der mich hergebracht hat … Er hat es ziemlich eilig, zurückzufahren. Ich muss auch schleunigst nach Hause … zu den Hundert Inseln, um meine Sachen zu packen.«

Lynn zwang sich dazu, die Fäuste zu öffnen. »Arron, wir stehen nicht auf unterschiedlichen Seiten. Ich habe nämlich auch Freundinnen bei den Dedelphi. Ich möchte, dass das Vorhaben gelingt.«

»Genau das ist es!« Er stach mit dem Finger auf sie ein. »Du willst Erfolg haben. Du willst diese Welt zu deinen Bedingungen retten.« Sein Gesicht nahm einen beinahe hilflosen Ausdruck an. »So warst du schon immer.« Er drehte sich um, öffnete die Tür und ging.

Lynn starrte ihm hinterher. Sie wollte wissen, was passiert war, was ihn so weit von ihr entfremdet hatte, dass er nicht einmal ihr eingestand, wovor er sich so fürchtete. Doch sie verharrte nur still auf ihrem Sessel.

Was ist geschehen? fragte sie in Gedanken den Ozean, der sich vor ihrem Fenster ausdehnte.

»Was immer es war« – sie seufzte –, »ich muss auf jeden Fall Keale und den Marines erzählen, dass wir uns offenbar noch ein Problem aufgehalst haben.«

Als die Dunkelheit die Bilder auf dem Schirm der Komm-Station verschluckte, erhob sich Byvant und stakste steifbeinig zu dem großen, mit Papieren und Zetteln überladenen Schreibtisch.

»Vielleicht sollten wir einen Statusbericht herausgeben.« Ihr rechtes Ohr legte sich flach gegen den Schädel. »An das Oberste Komitee von den Durch Wahl

Bestimmten Anführerinnen. Heute haben wir uns bemüht, die menschliche Repräsentantin des Bioverse-Konzerns glauben zu machen, dass wir diejenigen waren, die Wissenschaftler Arron mit der Bitte um Änderung des Terminplans für die Umsiedlung zu ihr schickten.«

Ishth streckte ihr eine knotige, deformierte Hand entgegen. Als die Pest anfing, um sich zu greifen, war sie an Gelenkfäule erkrankt. Sie hatte überlebt, aber ihre Gesundheit war angeschlagen. Finger und Zehen krümmten sich wie Sicheln, und wegen der verformten Knie konnte sie kaum stehen. »Du hast nichts dagegen, dass die Familie auseinanderbricht? Eine solche Teilung können wir nicht überleben. Wir müssen diese Faktion gehen lassen, damit die Menschen sich ihrer annehmen.«

Byvant zeigte den leeren Wänden die gefletschten Zähne. Ihr zerfleddertes Ohr bibberte und begann andeutungsweise zu zucken. »Damit die Menschen sie umbringen, meinst du wohl.«

Ishth schüttelte den Kopf. »Dazu muss es nicht kommen. Die Menschen sind anders als wir, ihnen steckt das Töten nicht im Blut. Vielleicht sperren sie sie nur ein. Später liefern sie sie an uns aus, und wir schicken sie ins Exil. Das Problem ist nur, dass sie sie mit einer Gründlichkeit neutralisieren werden, der wir nichts entgegenzusetzen haben.« Sie zog die Hand zurück und legte sie wieder in den Schoß. »Wir haben uns mit dem Obersten Komitee auf diese Vorgehensweise geeinigt.«

»Ja, ja.« Byvant rieb sich das linkes Ohr, zupfte daran und kämmte es zum Schluss nach hinten. »Ich fürchte nur, dass wir an unseren Schwestern Verrat begehen.«

»Im Gegenteil!« wies Ishth sie resolut zurecht. »Sie haben uns verraten!«

KAPITEL 8

Senejess betrachtete ihr Spiegelbild im nachtdunklen Glas. Die Ohren ihres geisterhaften Ichs richteten sich auf die Tür, die jeden Moment aufgehen musste. Ihre Augen waren weit geöffnet, und die Nüstern flatterten hektisch. Sie wirkte hellwach und dabei gelinde erschöpft, was zur gegenwärtigen Situation passte.

Ihre glatte, straff gespannte Haut rippelte sich leicht vor Nervosität. Die aquamarinblaue Robe, die sie sich für den Anlass ausgesucht hatte, schmeichelte ihrem zartblauen Teint. Ihr angeschwollener Brutbeutel füllte den Bauchgurt aus und war deutlich unter dem fließenden Stoff zu sehen. Voller Stolz vergegenwärtigte sie sich, dass sie noch einen Wurf Kinder austragen konnte.

Hinter ihrer Spiegelung reflektierte das Fenster die von den Erlauchten Königinnen anberaumte Versammlung. Schwestern und Verbündete standen in Gruppen beieinander. Alle trugen feierliche Gewänder, gerade geschnittene Kleider in den unterschiedlichsten Schattierungen von Dunkelblau, Grün oder Braun. Desgleichen trugen alle eine beflissene Miene zur Schau, als würden sie ernsthaft debattieren anstatt Naschwerk zu knabbern, das auf Serviertischen angeboten wurde.

Sie alle warteten in diesem ungemütlichen Saal mit der bunt zusammengewürfelten Kollektion von Sofas, Lampen und abgenutzten Tischen. Alle waren an der Debattierkammer vorbeidefiliert und hatten gesehen, dass sich dort dicht an dicht Bittstellerinnen drängten: Mütter, Schwestern und Töchter jeden Geblüts und jeden Standes. Ihre Wünsche trugen sie einer Schar von Assistentinnen vor, die penibel alles notierten, um es später den Königinnen zu Gehör zu bringen.

Die Königinnen höchstselbst weilten in dem Raum, teilten an die Waffenschwestern barsche Befehle aus, schrieben Dekrete für die Debattiermauer und erschauerten voller Mitgefühl bei jeder kummervollen Geschichte, die sie hörten.

Was nicht verwunderlich war. Senejess und Armetrethe hatten in die Debattierkammer hineingespäht, und eine Anwandlung von Furcht, angehaucht von einem leisen Hoffnungsschimmer, war über sie hinweggerollt wie eine Gezeitenwelle. Sie musste sich beherrschen, um nicht in den Saal zu stürzen und die nächste Schwester in die Arme zu schließen.

Die Königinnen hatten den Rat des Reinen Bluts nicht etwa übergangen. Wie es sich gehörte, gaben sie ihr Gesuch an den Wirtschaftsausschuss und das Komitee für innere Angelegenheiten weiter. Es war so gut wie ausgeschlossen, dass man ihre Forderungen ignorierte. Man benötigte Geld für wärmende Decken, für die Instandsetzung des Hospitals, zur Reinigung und Aufbereitung von Wasser.

Das Anliegen, dem Volk zu erlauben, Sachen aus verwaisten Gebäuden zu bergen, war da schon strittiger, doch Scharen von Müttern und Schwestern hatten bereits damit angefangen, und ein diskretes Gespräch mit der All-Mutter der Waffenschwestern hatte ergeben, dass sie nicht gewillt war, ihre Truppen gegen die Plünderer einzusetzen. Also wurden diese Bergungsaktionen erlaubt, so lange sie friedlich blieben, und bis jetzt hatte es diesbezüglich noch keine Schwierigkeiten gegeben.

Senejess wusste nicht, wie Praeis all dies bewerkstelligt hatte. Praeis und ihre Anhängerinnen, die meisten davon ehemalige Waffenschwestern, hasteten mit Botschaften, Befehlen und Instruktionen von einer Stelle zur anderen, und binnen fünf Tagen war es ihnen gelungen, die Position des Rats zu untergraben und das Ansehen der Königinnen beim Volk zu stärken. Nach langer Zeit wurden in den Straßen wieder Loblieder auf die Erhabenen Majestäten angestimmt.

Jede der im Saal Anwesenden spürte den Gesinnungswandel, der sich in der Bevölkerung der Halbinsel vollzogen hatte. Deshalb fand man sich hier ein, um den Majestätischen Schwestern Reverenz zu erweisen.

Wie konnten wir so schnell an Boden verlieren? Warum haben wir nicht gemerkt, dass solche simplen Dinge wie warme Decken und die Erlaubnis, Häuser leer zu räumen, die Schwestern in Scharen herbeiströmen lassen? Ihre Ohrsegel rollten sich zusammen. *Und wir dachten, nur die Königinnen seien in die Isolation geraten.*

Senejess' Zehen schmerzten in den weichen Schuhen, als wollten sie sich in den blank gebohnerten Boden eingraben. Während sie die in der Fensterscheibe reflektierte Versammlung beobachtete, sah sie, wie Armetrethe ihr im Flüsterton geführtes Gespräch mit Ie und Pilea Waun beendete. Mit kleinen, beinahe gezierten Trippelschritten näherte sich Armetrethe dem Fenster.

»Schwester.« Sie legte ihre Hand auf Senejess' Schulter. Unter dem ordentlich geschlossenen Ärmel zuckte der Armstumpf. »Wir vermissen deine Gedanken.«

Senejess schüttelte den Kopf. Ihre Ohren wandten sich seitwärts und lauschten nach Worten im Stimmengesumm, die ihr Bewusstsein noch gar nicht benennen konnte.

»Solange die Über Alle Gebietenden Königinnen uns noch keine neuen Order erteilt haben, gibt es für mich nichts zu besprechen.« Sie hob die Stimme, damit alle im Saal sie hören konnten.

Jemand lachte. In der Fensterscheibe suchte Senejess

nach der Quelle des Gelächters. Sie erkannte Kieret Hur.

»Klug gesagt«, meinte Kieret grinsend. »Klug wie immer, Senejess Shin. Du wartest ab, wie die Dinge sich entwickeln, derweil wir anderen uninformiert unsere Ränke schmieden. Aber vorsichtiges Taktieren liegt ja in deiner Familie.«

Armetrethes Ohren klappten herunter. »Denkst du dabei an eine ganz bestimmte Anverwandte, Allweise Schwester?« Auf die höfliche Anrede legte sie eine harte, kalte Betonung.

»Natürlich nicht, Allweise Schwester. Ich wollte eurem Geschlecht nur ein Kompliment machen.« Kieret lächelte verhalten und wackelte mit den Ohren.

Bedächtig drehte sich Senejess um. »Ja, alle hier stammen aus einem ganz besonderen Geschlecht. Jede Einzelne von uns hat sich den Königinnen widersetzt. Seit einem Jahr versuchen wir, diese wahnwitzige Allianz zu Fall zu bringen, zu beweisen, dass sie nichts taugt, und was haben wir erreicht?« Sie senkte die Stimme. »Man hat uns gefügig gemacht wie aufsässige Kinder. Wenn wir nicht Obacht geben, verlieren wir unseren Besitz, unsere Familien und unsere Freiheit.«

Kieret öffnete den Mund, doch im selben Moment wurde die einzige Tür zum Saal aufgerissen. Aller Augen und Ohren richteten sich auf die drei schwarz gewandeten Königinnen, die in Erscheinung traten.

»Es freut mich, dass du so wachsam bist, Senejess Shin.« Vaier Byu rauschte quer durch den Raum zu Senejess und ließ sich von einer Dienerin ein Glas Tee reichen. »In diesen Zeiten kann man nicht vorsichtig genug sein.«

Armetrethe schloss die Augen und hob respektvoll die Hand. Ihr Armstumpf vollführte einen Schlenker. »Ist mir die Frage gestattet, Erhabene Schwester, was es mit diesen Zeiten auf sich hat?«

»Es sind die schlimmsten Zeiten, die wir je erlebt haben.« Ueani Byu nahm sich ein Glas vom Serviertisch, inspizierte den Inhalt und trank es in einem Zug leer.

»So schlimm finde ich sie gar nicht«, widersprach Aires Byu von der Tür her. Sie umrundete die Versammlung, während sie die Teilnehmerinnen kritisch musterte. Senejess' Haut begann zu jucken. Sie beschlich das unangenehme Gefühl, ihre Majestätische Schwester Aires versuche sich einzuprägen, wer mit wem zusammenstand. »Gewiss, es waren harte Zeiten, in denen unsere Familie Not, Verzweiflung und Trennungsschmerz kennenlernte. Nun jedoch sind Hoffnung und Zuversicht in die Herzen zurückgekehrt.« Sie setzte sich auf eines der niedrigen Sofas, wachsam, mit durchgedrücktem Kreuz.

»Es wurde auch höchste Zeit.« Ueani Byu rieb sich die Ohren und den Hinterkopf. Senejess schielte verstohlen zu Armetrethe hin. Armetrethe kniff kurz die Nüstern zusammen. Auch sie traute dem Frieden nicht.

»Wir haben mehr geleistet als jede andere Regierung vor uns. Bei den Ahninnen!« Ueani Byu spuckte auf den Boden. »Wir standen Arm in Arm mit den Getesaph. Wir haben geschworen, all diejenigen zu zermalmen, die der Allianz nicht zustimmen. Nicht weil wir uns bereichern wollen, nicht weil wir Blut schmecken wollen, nicht aus Rachedurst, sondern weil sie unsere Meinung nicht teilen!« Sie knallte ihr Glas auf den Serviertisch. »Seht ihr, wie viel wir bereits von den Menschen gelernt haben?« Ihre Hände, ihre Füße und ihre Ohren verkrampften sich, und ihre Haut pulsierte vor Wut.

»Ueani, wir sterben.« Mit ihren langen, schrundigen Fingern umklammerte Vaier Byu das Handgelenk ihrer Schwester. »Wir werden den Getesaph heimzahlen, was sie uns angetan haben. Aber dazu müssen wir am Leben bleiben.«

»Bist du anderer Ansicht, Senejess Shin?« fragte Aiers Byu von ihrem Platz auf dem Sofa.

Alles war perfekt inszeniert, jede der Erlauchten Schwestern mimte eine Karikatur ihrer selbst. Senejess fragte sich, wie lange sie wohl für diesen Auftritt geprobt hatten. Doch sie hob die Hände und schloss die Augen. »Meine Majestätische Schwester weiß, dass ich allem beipflichte, was hier gesagt wurde.«

»So ist es richtig, Senejess Shin.« Senejess hörte den scharfen Unterton in Aiers Byus Stimme heraus. »Du weißt ja selbst, dass wir es uns nicht leisten können, uns gegenseitig an die Gurgel zu gehen, denn jede Einzelne wird gebraucht, um die Gesundheit und Sicherheit der t'Theria zu gewährleisten. In dieser Hinsicht können wir von unseren Schwestern da draußen noch viel lernen.«

Ein leises Gemurmel ging durch den Raum. Es klang wie ein zurückhaltender Konsens. *Wie du siehst, Majestätische Schwester, beherrschen auch wir die Kunst der Schauspielerei.*

Armetrethe räusperte sich. »Darf ich fragen, Erhabene Majestäten, wie lange wir noch so großzügig Geschenke austeilen werden, um die Ängste unserer Schwestern da draußen zu lindern?«

Senejess öffnete die Augen. Aiers Byu funkelte Armetrethe böse an, doch die stand in demütiger Haltung da, mit einer Unschuldsmiene, die zu dem scheinheiligen Tonfall passte.

»So lange es nötig ist«, knurrte Ueani Byu. »Wir helfen ihnen, ihre Probleme zu bewältigen. Wir geben ihnen Führung, und wir verlangen von unseren Hochedlen Schwestern, dass sie das gleiche tun.«

Wenn Aiers Byus Äußerungen mit einem scharfen

Skalpell zu vergleichen waren, so benutzte Ueani Byu die Worte wie eine Keule, fand Senejess. Sie befleißigte sich einer derben, unmissverständlichen, und absolut treffsicheren Sprache.

»Erhalten wir jetzt neue Direktiven?« erkundigte sich Kieret Hur. Senejess und alle anderen im Saal wandten sich ihr zu. Senejess' Augen und Nüstern weiteten sich. Soviel Dreistigkeit hatte sie Kieret nicht zugetraut. Mit gepeinigter Miene schloss Kieret die Augen. »Werden unsere Erlauchten Schwestern uns darüber aufklären, wen wir führen sollen und wie diese Führung auszusehen hat?«

»Darüber werden wir diskutieren«, erwiderte Aiers ruhig. Ihre Aufmerksamkeit galt ausschließlich Kieret. Selbst von ihrem Platz aus erkannte Senejess, dass sich Kierets Haut vor Unbehagen wellte.

Senejess verdrängte ihre Ängste, schloss die Augen und sagte: »Und was ist mit den Getesaph, Majestätische Schwestern? Werden sie verstehen, wie wichtig es ist, dass sich die Schwestern unserer Großen Familie nicht fürchten?«

Abermals wehte ein Murmeln durch den Raum; dieses Mal untermalt von erschrockenen Ausrufen.

»Das musst du mir näher erklären, Hochedle Schwester«, entgegnete Aiers Byu freundlich.

»Bisher ist es uns noch nie gelungen, die Getesaph zur Rücksichtnahme auf unsere Schwestern zu bewegen.« Sie ließ den Satz einwirken. »Mir scheint entgangen zu sein, dass sich ein Wandel vollzogen hat. Immerhin haben sie den Terminplan für die Umsiedlung geändert, ohne die Allianz einzuweihen, der sie doch angehören.«

Das saß. Senejess hatte dafür gesorgt, dass diese Nachricht bis auf die Angehörigen des Vorausteams niemanden erreichte. Sie wollte die Bombe auf der Versammlung platzen lassen. Das sanfte Gemurmel schlug um in einen empörten Radau, gefolgt von Forderungen nach mehr Informationen.

»Öffne die Augen, Senejess Shin«, befahl Vaier Byu.

Senejess gehorchte. Forschend blickte sie der Königin ins Gesicht, um deren wahre Gedanken zu ergründen. Doch sie sah lediglich eine Mutter, deren Kräfte verschlissen waren, und die kurz vor ihrer Mutation stand.

»Du fürchtest die Getesaph viel zu sehr, Hochedle Schwester«, gab sie zurück. »Das ist ein Manko deiner Familie, das hat uns schon deine begnadigte Schwester Praeis durch ihr Verhalten bewiesen. Würde deine Sippe weiterhin Blut vergießen, aus purer Angst vor den 'Esaph? Wie viele t'Therianische Leben wollt ihr eurem privaten Albtraum noch opfern?«

Zorn strömte durch Senejess' Adern, und die Welt verschwamm in roten Schatten. »Wie kannst du es wagen!« kreischte sie. »Ausgerechnet du, die doch …«

Armetrethe umklammerte ihr Handgelenk. Die Berührung ihrer Schwester wirkte auf sie wie ein Schwall kalten Wassers, der die Flammen der Wut in ihrem Herzen löschte. »Wenn du den Satz zu Ende sprichst, Schwester«, raunte Armetrethe ihr ins Ohr, »bricht ein Bürgerkrieg aus.«

Senejess keuchte und schwieg. Armetrethe hielt ihren Arm so fest, als sei er in einen Schraubstock gezwängt.

»Majestätische Schwestern, Ratsschwestern des Reinen Bluts, ich bitte euch alle, meiner Beutelschwester zu verzeihen. Die Schande, die Praeis Shin t'Theria über unsere Familie gebracht hat, zehrt seit vielen Jahren an ihr und trübt ihr Urteilsvermögen.« Armetrethe neigte den Kopf. »Manchmal gibt sie sogar unseren Majestätischen Schwestern die Schuld an Praeis' Verrat, weil diese sie in die unrühmliche Schlacht schickten.«

Der Lärmpegel im Raum senkte sich allmählich. Senejess' Blick klärte sich, und sie vermochte Vaier Byu wieder wahrzunehmen. Die Königin machte eine angespannte Miene, doch sie akzeptierte eindeutig die Erklärung. Senejess fasste Aires Byu ins Auge und sah, dass ihre Ohren triumphierend bebten.

»Natürlich verzeihen wir dir«, versicherte Aires Byu hochherzig. »Schließlich stehen wir alle unter einem beträchtlichen Druck, nicht wahr? In den nächsten Tagen werden unser Mut und unser Wille zur Einigkeit auf eine harte Probe gestellt.« Sie erhob sich. »Morgen findet in der Ratshalle eine Konferenz statt. Das Vorausteam gibt einen Lagebericht ab und schildert uns, welche Schritte bis zur endgültigen Umsiedlung noch geplant sind. Außerdem beraten wir, wie wir unseren Schwestern dabei helfen können, die Wartezeit möglichst bequem zu überbrücken.« Sie dippte die Ohren vor der Versammlung. »Ihr dürft euch entfernen.«

Ihnen blieb gar nichts anderes übrig als zu gehen. Armetrethe hielt Senejess immer noch beim Handgelenk, als sie an der Spitze der gemaßregelten, nachdenklichen Ratgeberinnen den Saal verließen.

Kieret Hur schloss eilig zu Armetrethe auf. »Ratgebende Schwestern«, sprach sie sie ein wenig atemlos an. »Wir kehren jetzt in die Ratshalle zurück, um über das Vorgefallene zu diskutieren. Seid ihr dabei?«

»Wir kommen später nach«, entgegnete Armetrethe, ehe Senejess zu einer Erwiderung ansetzen konnte. »Zuerst muss sich meine Schwester ein Weilchen ausruhen. Sie ist übermüdet.«

»Ja, sicher.« Kieret dippte die Ohren. »Wir sehen uns dann.« Sie fiel zurück, und Senejess atmete erleichtert auf.

Sie kehrten der Residenz der Königinnen den Rücken und hatten den Vorhof zur Hälfte durchquert, als Senejess sich endlich beklagte: »Schwester, du tust mir weh!«

Armetrethe lockerte ihren Griff. »Entschuldige,

Schwester.« Der Ärmel ihrer Robe bauschte sich, als der Stumpf unter dem Stoff rudernde Bewegungen vollführte.

Senejess holte tief Luft und blies den Atem langsam wieder aus. Ihre Zehen bogen und krümmten sich. »Was werden wir unternehmen?«

Armetrethe warf einen Blick auf die Waffenschwestern, die längs der Hofmauer patrouillierten. »Wir setzen uns ins Auto und fahren heim, Schwester. Was könnten wir sonst tun? Diese Runde haben die Königinnen gewonnen.«

Senejess hielt den Mund. Armetrethe bugsierte sie zu dem verbeulten Jeep, der der Familie als Transportmittel diente. Senejess lenkte den Wagen durch das Portal und bog auf die blatternarbige Straße ab.

Schweigend fuhren sie tief in die weite Grassteppe hinein. Sie gelangten an ein Stück Trasse, das von einer hohen Mauer flankiert war. Senejess wusste, dass dahinter ein Compound lag, der leer stand, seit die gesamte Familie der Pest zum Opfer fiel. Sie steuerte den Jeep auf den Seitenstreifen, schaltete den Motor ab und wandte sich ihrer Schwester zu.

»Nun, Schwester? Was konntest du nicht in der Residenz der Königinnen sagen?«

Armetrethe blickte auf die Straße, die sich in vielen Windungen vor ihnen erstreckte. »Falls man den Verdacht hegt, die Getesaph könnten für uns immer noch eine Bedrohung darstellen, muss man diese Zweifel ausräumen oder bestätigen.« Sie richtete Augen und Ohren auf Senejess. »Wir müssen in Erfahrung bringen, warum sie den Terminplan geändert haben.«

Die Muskeln in Senejess' Brust verkrampften sich. »Aber wie sollen wir das herausfinden?«

»Eine von uns begibt sich zu den Hundert Inseln und zieht Erkundigungen ein«, erwiderte Armetrethe schlicht.

»Das ist unmöglich, Schwester.« Senejess versetzte Armetrethe einen leichten Klaps. »Auch wenn eine Allianz besteht, so kämen wir nie rechtzeitig hin, um noch etwas Nützliches zu bewirken.«

»Praeis könnte es schaffen. Die Menschen würden sie hinfliegen.«

Einen Augenblick lang saß Senejess wie versteinert da, die Ohren gespitzt, als strenge sie sich an, auch unausgesprochene Worte zu hören.

»Schwester, Praeis wird sich niemals darauf einlassen.«

»Natürlich nicht.« Armetrethe rieb den Rücken ihrer Schwester. »Denk nach. Wir schreiben einen Brief an ihre menschliche Favoritin Lynn. Die wird dann für alles weitere sorgen. Du reist zu den Hundert Inseln. Ich würde es selbst tun, aber ...« – sie hob den Stumpf – »Praeis ist nicht verstümmelt. Mein fehlender Arm würde auffallen.«

»Sie werden sicherlich checken ...«

»Was werden sie checken?« Armetrethe klappte die Ohren nach vorn. »Von uns besitzen sie keine so genannten *Datenbanken*. Ich habe gehört, wie sie diesen Umstand bedauerten. Wenn wir ihnen unsere Namen nennen, müssen sie uns glauben. Sie haben keine Kontrollmöglichkeit, ob wir sie belügen oder die Wahrheit sprechen.«

Senejess erwärmte sich für die Idee. Das Blut rauschte schneller durch ihre Adern. Sie schüttelte den Kopf. »Praeis wird sie aufklären, sobald sie erfährt, was los ist.«

Armetrethe nahm ihre Hand. »Nicht, wenn du eine ihrer Töchter mitnimmst. Wenn sie dich verraten würde, brächte sie gleichzeitig ihr Kind in Gefahr. Selbst Praeis ist nicht so abartig, ihr eigen Blut zu opfern.«

Senejess erstarrte. »Armetrethe, wir können ihre

Töchter nicht diesem Risiko aussetzen. Die Ahninnen werden aus ihren Gräbern aufstehen!«

Armetrethes Gesicht war glatt und hart. »Wir gefährden sie viel mehr, wenn wir sie bei ihr lassen. Sie kamen hierher, um bei uns zu leben, aber sie verstehen rein gar nichts. Sie sind unwissend und kalt wie die Menschen. Wenn wir sie nicht ins Bild setzen, ihnen die Augen öffnen, werden sie unter den Ersten sein, die sterben.«

»Ohne die Erlaubnis ihrer Mutter werden sie nicht mitkommen …«

»Doch, sie werden es tun. Ich halte Resaime für die bessere Kandidatin. Mit ein wenig Überredung wird sie das Ganze als ein Abenteuer betrachten.«

Senejess entspannte sich. Sie drückte die Hand ihrer Schwester und lachte. »Dann sollten wir so schnell wie möglich nach Hause zurückfahren, Schwester.«

Sie ließ den Motor an und gab Gas. Wieder rollten sie schweigend durch die Steppe, doch dieses Mal leichteren Herzens.

»Es ist gut so!« rief Resaime. Jiau kletterte die Regenrinne herab, und alle Cousinen starrten nach oben, um ihr Werk zu bestaunen. Der konkave Komm-Transceiver saß mit Klemmschrauben befestigt am Rand der Dachtraufe.

Theia legte den Arm um ihre Schwester. Res fühlte sich in ihrem Element. Die Komm-Station war an diesem Morgen eingetroffen; Lynn hatte Menschen beauftragt, sie in einem Van zu befördern. Die Cousinen hielten nichts davon, die Station von Menschen installieren zu lassen, da sie befürchteten, von den menschlichen Toxinen vergiftet zu werden. Res hatte ihnen versichert, sie und Theia seien imstande, die Kommunikations-Einheit anzuschließen.

Es war wirklich ein Kinderspiel. Man musste organisches Verpackungsmaterial in rauen Mengen von den

Geräten abreißen und dann die Cousinen beschwatzen, sie könnten das Zeug getrost im Erdboden vergraben, es gäbe sogar einen vortrefflichen Dünger ab. Der Transceiver musste auf dem Dach mit Zwingen befestigt werden, und zwar an einer Stelle, die nicht im Schatten eines Baums oder einer Mauer lag.

Die Vernetzung der Station an die Anschlüsse im Haus war schon verzwickter, doch Res kannte sich auch hiermit aus. Zum Glück war es ungefährlich, mit einem Messer an den veralteten Kabeln herumzumurksen, da der elektrische Strom erst nach Einbruch der Dunkelheit eingeschaltet wurde.

Für Res und Theia war es nicht einfach, auf einmal sämtliche Dinge per Hand verrichten zu müssen. Zwar gab es fließendes Wasser, aber die Heizung wurde mit Holz oder Holzkohle befeuert, es sei denn, man wartete ab, bis es dunkel wurde. Praeis' Töchter lernten, mit der Hand die Wäsche zu waschen, mit der Hand zu nähen, das Essen mit der Hand zuzubereiten und überhaupt alles mögliche in Handarbeit zu bewerkstelligen.

Der einzige Ort, an dem man sie nicht dauernd beaufsichtigen und belehren musste, war der Garten. Zu Hause … in der Kolonie, hatten sie sich um den Garten gekümmert, und Mutter weigerte sich strikt, diese Luxusgeräte anzuschaffen, mit denen ihre Nachbarn sich ausrüsteten. Folglich konnten sie ein Beet umgraben, Furchen ziehen und Unkraut jäten wie ihre Cousinen.

Alle wussten, dass in zwei, drei Wochen die Umsiedlung stattfinden würde, und vielleicht versuchte man deshalb, sich ständig zu beschäftigen.

»Warte, bis wir erst in den Schiffen leben«, flüsterte Res eines Nachts, als sie auf der Schlafmatte lagen. »Dann zeigen wir es ihnen.«

Res verrannte sich zunehmend in die Vorstellung, »es

ihnen zeigen zu müssen«, was immer sie darunter verstand. Theia begriff nicht, wieso sie mit ihren Cousinen unbedingt in Konkurrenz treten wollte. Schließlich gab es genug andere Sorgen, die sie plagten. Ihre Mutter stand kurz vor der Metamorphose, im Namen der Ahninnen, und trachtete danach, den Prozess mit einem Hormonmix zu verzögern, dessen Wirksamkeit keinesfalls feststand.

Ihre Tanten benahmen sich ihrer Mutter gegenüber nicht wie Schwestern. Mutter war ganz auf sich allein gestellt, außer ihren Töchtern hatte sie niemand, auf den sie sich verlassen konnte. Doch Res schien dies alles nicht sonderlich zu berühren. Sie überlegte nur, wie sie bei ihren Cousinen Eindruck schinden konnte. Theia hatte sie nach ihren Beweggründen gefragt, aber keine Antwort bekommen. Also konnte sie nur passiv an der Seite ihrer Schwester stehen und spüren, wie ihre eigene Haut erschauerte.

»Gut gemacht«, lobte Ceian. Sie war die Erstgenannte. Ihre Beutelschwestern waren an Lungenentzündung und der Pest gestorben. »Jetzt müssen wir nur abwarten, bis das Licht angeht. Das heißt, zurück zu den Büchern. Einverstanden?« In der nächsten Woche sollte sie in eines der Vaterhäuser gebracht und dort zur Mutter gemacht werden, und von ihr ging eine nervöse Erregbarkeit aus, die sie umgab wie eine Wolke Parfum.

Ein allgemeines Stöhnen erhob sich, doch keine der Cousinen widersprach. Sie trotteten ins Haus zurück und nahmen ihre Plätze an den Tischen im Hauptraum wieder ein. Beflissen klappte man die Lehrbücher auf, die sich mit Mathematik, Geschichte, Sprachen und Geographie befassten.

Das Lernen zu Hause fiel Res und Theia am schwersten. Und was sie erst lernten! Bei den Ahninnen! Der Unterrichtsstoff schien sich in drei Kategorien zu gliedern: Fade, trocken, einschläfernd. Diese Fächer hatte Res schon vor fünf Jahren abgeschlossen, bis auf Geschichte und Geographie. Hier war alles für sie neu.

Ceian war über ihre Unwissenheit entsetzt gewesen. Sie ließ sie Texte aus großen, aufwändig gedruckten Büchern kopieren. Auf diese Weise könnten sie doppelt profitieren, meinte sie, denn mit ihrer Handschrift war sie auch nicht zufrieden. Res und Theia langweilten sich zu Tode, doch das gemeinsame Lernen mit den Cousinen vermittelte ihnen das Gefühl, sich in die Atmosphäre von Gelehrsamkeit einzufügen, die den gesamten Haushalt durchdrang.

Mutter befand sich in der Residenz der Königinnen, zusammen mit Neys und Silv, die fast schon zur Blutsfamilie gehörten. Theia und Res durften nicht mitkommen, denn Praeis' Tag würde angefüllt sein mit organisatorischen Fragen, dem Entwerfen von Essays, Reden und Bittgesuchen. Ihre Mutter hatte gemeint, in der Gesellschaft ihrer Cousinen wären Res und Theia besser aufgehoben. Also hieß es lernen, bis Ceian etwas anderes befahl.

Draußen näherte sich ein Fahrzeug mit spuckendem, asthmatisch keuchendem Motor dem Portal und blieb stehen. Alle Cousinen hoben den Kopf und spitzten die Ohren.

Die Tür ging auf, und die Tanten kamen herein. Sofort wurden sie von lachenden und sich balgenden Cousinen umringt, umarmt und liebkost. Res nickte Theia zu, als sie fand, sie sollten sich an dem Gerangel beteiligen. Sie beide liebten diese ungestümen Begrüßungen, doch in einem Punkt stimmte Theia mit Res überein: Seit sich die Tanten von Mutter distanziert hatten, schickte es sich nicht für ihre Töchter, ihnen mit der gleichen überschwänglichen Freude zu begegnen, die sie sonst ihrer Mutter entgegenbrachten.

Sie mischten sich unter die Schar der Cousinen und

wurden begeistert nach vorn geschoben, damit ihre Tanten sie in die Arme schließen konnten.

Nach diesem lärmenden Ritual erwartete man von den Cousinen, sich aufzustellen und irgendwelche Äußerungen abzuwarten, sei es Lob oder Tadel, die den Zustand des Hauses, ihren Fleiß oder eine zu verrichtende Besorgung betrafen.

»Heute bringen wir euch wichtige Neuigkeiten, Töchter.« Tante Senejess legte eine Hand auf Res' Schulter, und mit der anderen berührte sie Jaiu. »Der Zeitplan für die Umsiedlung wurde geändert.«

Die Cousinen tauschten Blicke, und Theia sah Res an. Ob sie schon früher aufbrachen? Sie hatten noch gar nicht gepackt.

»Aber nicht für uns, sondern für die 'Esaph«, ergänzte Senejess. »Sie möchten sofort umgesiedelt werden. Die Menschen haben dem zugestimmt. Die Person, die für die Koordination zuständig ist, reist zu den Hundert Inseln, um alles in die Wege zu leiten.«

Eine Welle von Wut, untermischt mit Furcht, durcheilte den Raum. Theia wand sich vor Unbehagen. Res drückte ihre Hand, um sie daran zu erinnern, dass vermutlich gleich alles vorbei sein würde.

»Leider kennen wir den Grund für diese Terminänderung nicht«, fuhr Armetrethe fort. »Mutter Senejess und ich halten es für wichtig, diesbezüglich Erkundigungen einzuziehen.«

Hoheitsvoll drückte Senejess die Schultern durch und hob den Kopf. »Sowie ich meine Sachen gepackt habe, breche ich zu den Hundert Inseln auf.«

»Allein?« Ceian griff nach den Händen ihrer Mutter. »Das geht nicht, Mutter, das darfst du nicht tun. Du würdest …«

»Ich werde nicht allein sein«, schnitt Senejess ihr das Wort ab, »wenn deine Cousine Res oder deine Cousine Theia mich begleiten.«

»WAS?« schrien Res und Theia im Chor. Verstört rückten sie enger zusammen.

»Wieso gerade wir?« fragte Res, während Theia keinen klaren Gedanken fassen konnte.

Tante Senejess richtete beide Ohren auf Res. »Um mich zu tarnen. Ich reise nämlich unter dem Namen eurer Mutter.«

»Warum denn das ...?« Theias Stimme erstarb. »Ach so, du willst die Situation ausspionieren.« Ihre Augen und Nüstern weiteten sich. »Und wir sollen dir dabei helfen.«

»Aus zwei Gründen möchten wir eine von euch dabei haben«, antwortete Senejess freundlich. »Erstens, um die Illusion aufrecht zu erhalten, dass ich tatsächlich eure Mutter bin. Zweitens, weil ihr die Menschen und ihre Technik weitaus besser versteht als wir. Unsere Arbeit beginnt gleich am Raumhafen. Er wird vollgestopft sein mit den Maschinen der Menschen, und ich brauche eine Orientierungshilfe.«

Theia konnte Res' Erregung spüren. Wie ein elektrischer Strom lief sie ihren Arm hinauf und ließ ihr Herz schneller schlagen. Ob Res hingegen ihre Angst fühlte? Wäre sie in der Lage, trotz dieses Eifers, dieses Tatendrangs, gegen den Strom zu schwimmen?

Res erschauerte. *Denk daran, was Mutter zu Neys und Silv gesagt hat,* versuchte Theia ihr kraft ihres Willens mitzuteilen. *Die Tanten glauben, die Menschen hätten sich mit den Getesaph gegen uns verschworen. Jetzt wollen sie es beweisen. Aber das ist der falsche Weg, Res! Es ist ein Irrtum, so groß wie der Jupiter!*

»Unsere Mutter weiß nichts davon, oder?« Res' Ohren kippten nach unten.

»Sie hat keine Ahnung.« Tante Armetrethe blieb völlig ungerührt. »Wenn du wirklich meinst, dass sie unseren Plan billigen würde, kehren wir unverzüglich zur Residenz der Königinnen zurück und weihen sie ein.«

Niemals würde sie so etwas billigen, das weiß doch jede hier. Res, hör auf, dich mit dieser Idee anzufreunden.

Tante Senejess richtete ihre Ohren auf Theia. »In t'Aori stehen die Dinge nicht zum Besten, das dürfte dir wohl bekannt sein.« Sie deutete mit den Handflächen auf den Boden, um den Beistand der Ahninnen zu erflehen. »Und warum stecken wir in Schwierigkeiten? – Weil niemand weiß, ob man den 'Esaph tatsächlich trauen kann. Manche sagen Ja, manche sagen Nein, und so geht das Tauziehen weiter.« Sie schüttelte so heftig den Kopf, dass ihre Ohren flatterten.

»Wenn wir in Erfahrung bringen, warum die 'Esaph diese Terminänderung verlangten, und wenn feststeht, dass keine Intrige gegen uns im Spiel ist, dürfen wir beruhigt sein. Dann wissen wir mit Bestimmtheit, dass sie unser Vertrauen verdienen.« Sie spreizte die Finger. »Egal, mit welchem Ergebnis wir zurückkommen, die endgültige Gewissheit wird der Spaltung unserer Großen Familie ein Ende bereiten.«

Ihre Tante beugte sich dicht zu ihr herüber. Theia spürte, wie viel Senejess daran gelegen war, sie zu überzeugen. Gern hätte sie ihr den Gefallen getan und an die Rechtmäßigkeit ihres Vorhabens geglaubt, doch sie konnte nicht. Sie wusste, dass sie einen großen Fehler begingen. Res brannte förmlich vor Tatendurst; sie spürte, wie Begeisterung von ihr Besitz ergriff, sich in ihrem Kopf einnistete und alle anderen Gedanken verdrängte.

Theia lief weg. Sie rannte zur Tür hinaus und in den Hof. Der weit ausladende *Heutai* Baum versperrte ihr den Weg. Sie griff nach einem der glatten unteren Äste und schwang sich hinauf. Der Baum hatte eine Unmenge von Zweigen, und sie war barfuß, deshalb kletterte sie geschwind nach oben, bis sich das Geäst unter ihrem Gewicht bog. Auf einem armdicken Ast kauernd wartete sie darauf, dass Res sie einholte.

Res kraxelte vorsichtiger den Baum hoch, doch schließlich hatte sie ihre Schwester erreicht.

»Du benimmst dich wie ein Baby.« Res zwängte sich in eine Astgabel.

»Das stimmt nicht. Aber du führst dich auf wie eine Idiotin«, zischte Theia. »Bei den Ahninnen! Kapierst du denn nicht, was hier gespielt wird?«

»Du bist diejenige, die sich blind stellt.« Res knuffte sanft Theias Schulter. »Sie bieten uns die Chance, Mutter zu helfen.«

Theia änderte ihre Position, bis sie rittlings auf dem Ast hockte und ihrer Schwester ihn die Augen sah. »Wovon sprichst du?«

»Das ist das Beste, was uns passieren kann, Theia.« Res senkte die Stimme zu einem erregten Flüstern. »Ich werde imstande sein, Tante Senejess die ganze Zeit über zu beobachten. So erfahre ich, mit wem sie Kontakte pflegt und wie sie arbeitet. Ich kann so tun, als stünde ich wirklich auf ihrer Seite, und sie erzählt mir, was ihre Gesinnungsgenossinnen denken und planen. Diese Informationen gebe ich an Mutter weiter.«

»Und du würdest uns einfach so verlassen?« Langsam klappten Theias Ohren nach unten. »Du brächtest es übers Herz, mich im Stich zu lassen? Nimmst du keine Rücksicht auf Mutter, deren Mutation unmittelbar bevorsteht?« Sie wusste, dass sie übertrieb. Bis jetzt schienen die Hormone zu wirken, doch sie sprach es trotzdem aus.

Res' legte das Gesicht in Falten. Sie fasste nach Theias Hand, die auf dem Ast ruhte. »Ich habe doch auch Angst.«

»Dann bleib hier.« Theias Kehle schnürte sich zusammen. »Lass mich nicht allein. Hier sind alle verrückt. Unsere Familie hasst jeden, der nicht ist wie sie. Die gesamte Sippschaft ist wahnsinnig.«

Res gab keine Antwort. Theias Hand umklammernd,

hockte sie auf dem Baum. Für beide Schwestern war es eine unbequeme Haltung, und Theia spürte, wie ihr Hintern langsam taub wurde.

»Ich möchte Mutter so gern helfen«, sagte Res nach einer Weile. »Ich weiß, dass die Tanten spinnen, aber in einem Punkt gebe ich ihnen Recht: Wir müssen herausfinden, ob die Getesaph etwas gegen uns im Schilde führen. Wenn sie ein doppeltes Spiel treiben, erzählen wir es Mutter, die dann die Königinnen benachrichtigt. Dann können sie eventuell Maßnahmen ergreifen, ehe unsere Tanten und ihre Kumpaninnen eigenmächtig in Aktion treten.«

Theias Ohren hingen ihr fast bis auf die Schultern. Bei dieser Meinungsverschiedenheit musste sie unterliegen; dazu hatte sich Res zu sehr in ihre eigenen Vorstellungen verbissen.

»Was kann ich tun?«

Res' Ohren flimmerten. Die Haut ihrer Handflächen rippelte sich. Ein Funke von Glück und Hoffnung flackerte kurz in Theia auf, um jedoch gleich wieder zu erlöschen.

»Vor Mitternacht kommt Mutter bestimmt nicht zurück. Die Tanten müssen das wissen, sonst würden sie sich nicht so verhalten. Heute Nacht, wenn alle schlafen, schickst du ihr über die Komm-Station eine Nachricht. Sag ihr, sie soll Lynn kontaktieren und sie darüber aufklären, was hier los ist.«

»Was könnte Lynn schon von hier aus unternehmen?«

»Die Tanten sagten, die für die Koordination zuständige Person würde zu den Hundert Inseln reisen. Dabei kann es sich nur um Lynn handeln. Sie wird also an Ort und Stelle sein. Und Lynn wird uns ganz sicher nicht unserem Schicksal überlassen.« Res' drückte Theias Hände. »Ich bin nicht dumm, Theia. Wir haben hier mehr Freundinnen, als unsere Tanten ahnen. Ich werde keineswegs allein sein.«

Theia fiel keine Erwiderung ein, deshalb hockte sie nur still da, sich an ihre Schwester und den stützenden Ast klammernd.

»Du hilfst Mutter und mir am meisten, wenn du Stärke beweist, Theia. Es ist für uns alle nicht leicht.«

Theia dippte die Ohren. »Ich habe Angst, dass du nicht mehr zu mir zurückkommst, Res.«

Res bleckte die Zähne. »Wer sollte mich aufhalten, Theia? Ich rate niemandem, sich mir in den Weg zu stellen.« Sie massierte Theias Handrücken. »Lass uns jetzt nach unten klettern und unseren Plan in Angriff nehmen.«

Theia stieg hinter ihrer Schwester von dem mächtigen Baum; eine Weile standen sie nebeneinander auf dem feuchten Gras. Einander fest mit den Armen umschlingend, begaben sie sich langsam zum Haus zurück.

KAPITEL 9

»So weit musste es nicht kommen, Arron.« Auf der Videowand schüttelte Marcus Avenall den Kopf. »In den von Menschen besiedelten Enklaven gibt es massenhaft erstklassige Jobs. Du brauchtest dir nur einen auszusuchen.«

Arron seufzte. »Wie es scheint, reizt mich keiner.«

»Das sehe ich«, erwiderte Marcus trocken. Er beugte sich der Vidowand entgegen. »Pass auf, Arron. Noch ist nichts verloren. Lösch den Artikel im Netz und komm hierher zurück. Ein, zwei Jahre lang setzen wir dich hinter eine Komm-Station, und dann nimmst du die aktive Feldarbeit wieder auf.« Er lehnte sich noch ein Stück weiter nach vorn. »In dir steckt so viel Schaffenskraft, du kannst noch so viel leisten. Verschwende dich nicht an ein Kamikaze-Projekt.«

Es war sein völliger Ernst. Marcus sprang über seinen eigenen Schatten, um Arron aus seinem selbst verschuldeten Schlamassel zu helfen, und dafür wollte Arron ihm danken.

»Ich werde meinen Artikel nicht widerrufen.« Der Report hatte tatsächlich schon etwas Gutes bewirkt. Man debattierte leidenschaftlich, und immer mehr Leute meldeten sich zu Wort. Eine Reihe von Unternehmern hatte sich von dem Projekt zurückgezogen. Wenn er jetzt von der Bildfläche verschwand … Nun ja, falls er einen Job im Kommunikationsbereich bekäme, könnte er zumindest den Kontakt mit dieser ›Erde‹ aufrechterhalten. »Zu diesen Bedingungen komme ich nicht zurück, Marcus.«

Marcus schüttelte den Kopf. »Wie du willst, Arron. Ich kann dich nicht zwingen, und wenn du dich sperrst, sind mir ohnehin die Hände gebunden.« Er legte eine Pause ein. »Du bist dir hoffentlich darüber im Klaren, dass ich dich gar nicht mehr nach Hause holen kann, wenn die Universität dir die Stelle streicht?«

»Das weiß ich«, erwiderte Arron leise. »Ich finde schon meinen Weg. Es wäre ja nicht das erste Mal.«

»Wahrscheinlich nicht.« Marcus fixierte sein Keypad. »Ich bin mir nicht sicher, ob ich dir Glück wünschen soll, oder ob du doch noch zur Vernunft kommst, Hagopian«, fügte er hinzu, ohne den Blick zu heben. »Ruf mich an, falls du deine Meinung ändern solltest. Vielleicht finden wir zu guter Letzt eine akzeptable Lösung.« Er unterbrach die Verbindung, und Arron war wieder allein.

Er stand auf. »Station. Energie abschalten.«

Das leise Summen der Station verstummte, und nur noch das leise Rattern der Ventilatoren war zu hören.

Soll ich die Ventilatoren auch abschalten? Lieber nicht. Er nahm seinen Laptop und schlang sich den Gurt über die Schulter. *Ehe Bioverse hier aktiv wird, möchte ich keine zusätzlichen Kontaminationsstoffe hinauslassen.*

Er durchquerte den leeren Raum. Bis auf Arrons Komm-Station hatte Cabal sämtliche anderen Geräte abtransportiert. Er sagte, er hätte einen Käufer gefunden, der die Stationen der Ersatzteile wegen erwerben wollte.

An der Vordertür drehte Arron sich noch einmal um. Er fand, es sei eine sündhafte Verschwendung, all die Möbel und die Hardware zurückzulassen, doch was sollte man damit anfangen? Cabal hatte sich schon alles unter den Nagel gerissen, was er irgendwie verscherbeln konnte. Für diese Einrichtung gab es keine Verwendung mehr. Der Konzern brauchte sie nicht, und die Dedelphi würden aus Furcht vor den menschlichen Toxinen nichts anrühren.

Er drückte auf den Lichtschalter. Im Raum wurde es dunkel. Die Türen öffneten sich und schlossen sich automatisch hinter ihm. Wenn der Konzern den Ort doch in Betrieb nehmen wollte, konnte man sich problemlos Einlass verschaffen.

Arron stieg die Treppe hinauf ins wässrige Tageslicht und ging zum Pier, wo sein Boot lag. Die Fähren verkehrten nicht mehr. Er musste selbst für seine Beförderung sorgen. Die Hafenmeisterinnen hatten ihm bereitwillig eines ihrer Motorboote vermietet, was ihn nicht weiter verwunderte, da beide keinen Hehl aus ihrer Profitgier machten. Im Gegenteil, sie waren stolz darauf. Ohne zu murren hatte er den unverschämten Wucherpreis entrichtet.

Er sprang in das schaukelnde Boot und setzte seinen Rucksack ab. Geschickt betätigte er die Schalter und Hebel, um den Motor anzulassen. Die Ruderpinne bedienend, wie Lareet es ihm beigebracht hatte, steuerte er das Boot in Richtung Küste.

Zum ersten Mal, seit er zu den Hundert Inseln gekommen war, wirkte der Hafen ruhig. Kähne dümpelten an den Molen, doch kein Schiff pflügte durch das Wasser. Der gesamte Verkehr fand zu Lande statt. Lange Schlangen von Müttern, Schwestern und Töchtern verstopften die Straßen, die Brücken und die Hausdächer. Ihre Bündel schleppten sie unter dem Arm oder auf dem Kopf, während sich die kleinsten Töchter an ihre Rücken und Schultern klammerten. An den Seiten offene, mit Passagieren und Gepäckstücken überfüllte Trucks krochen durch die Heerscharen von Fußgängerinnen. Alle strebten in dieselbe Richtung, zum Raumhafen, um auf die Übersiedlung zu warten.

Arron hatte die Anschläge und Nachrichtenblätter gesehen, die die Familien aufforderten, in ihren Häusern zu bleiben, bis sie namentlich aufgerufen würden. Er hätte Lynn sagen können, dass diese Appelle nutzlos waren. Die Getesaph kannten nichts anderes als Mangel und Knappheit. Wenn etwas verteilt wurde, sei es eine Dienstleistung oder irgendeine Ware, dann musste man sich beeilen, um seinen Teil abzukriegen.

Wenn man darauf wartete, dass jemand kam und einem Bescheid sagte, man dürfe sich bedienen, war vielleicht nichts mehr da, wenn man an der Quelle anlangte. Erreichten sie dann den Verteilungspunkt und stellten fest, dass noch nichts passierte, setzten sie sich in aller Seelenruhe hin und ließen die Dinge geduldig auf sich zukommen. Es war erstaunlich.

Arron lenkte das Boot zum Dock. Zwei Gestalten kamen aus der nächsten Baracke geeilt. Er nahm an, es seien die Hafenmanagerinnen, die ihm nicht zutrauten, das Boot sicher zu vertäuen, doch bei genauerem Hinsehen erkannte er Lareet und Umat.

»Dayisen Umat, Dayisen Lareet!« Er drosselte den Motor und bugsierte das Boot langsam und umständliche zum Anleger. Lareet schüttelte den Kopf und hüpfte zu ihm in den Kahn. Ohne viel Federlesens verscheuchte sie ihn von der Ruderpinne. Arron übergab ihr das Steuer und warf Umat ein Tau zu, damit sie das Boot festmachen konnte.

»Zehn Jahre, Wissenschaftler Arron, und du verstehst immer noch nicht, wie man mit einem Boot umgeht.« Lareet schlackerte mit den Ohren und schaltete den Motor ab. »Es ist zum Verzweifeln.«

»Heute früh wart ihr ja sehr beschäftigt, meine Schwestern.« Er streckte Umat beide Hände entgegen und ließ sich von ihr auf die Kaimauer hieven. »Wie stehen die Dinge bei der Vorhut?«

Lareet reichte ihm seinen Rucksack und kletterte nach ihm auf den Kai. »Wir haben die Namenslisten fertiggestellt.«

»Nachdem im Parlament hitzig debattiert wurde.« Lareet berührte seine Schulter, doch sie sah ihn dabei nicht an. Ihre Ohren richteten sich auf ihre Schwester.

Irgendetwas war hier im Busch. Arron blickte von einer Schwester zur anderen. Umat wirkte vollkommen natürlich, doch Lareets Gesicht war glatt vor Sorgen und einer inneren Anspannung.

»Wissenschaftler Arron, was haben deine Arbeitgeber gesagt?« fragte Lareet.

Arron schüttelte den Kopf und rang die Hände, um flatternde Ohren zu simulieren. »Mir wurde gekündigt, und ich muss selbst einen Weg finden, wie ich wieder nach Hause komme.« Er biss so fest auf seine Unterlippe, dass er Blut schmeckte. »Jedenfalls blüht mir dieses Schicksal, wenn ich mich ihren Wünschen nicht füge. Von jetzt an bin ich der *Anhalter* Arron.« Er schulterte sein Bündel, reckte den Daumen in die Höhe und wartete darauf, dass sie ihn fragten, was dieser Ausdruck bedeutete.

Dann merkte er, dass sie ihm gar nicht zuhörten. Über seinen Kopf hinweg tauschten die Dayisen Rual Blicke.

»Also gut.« Arron winkte ab. »Heh, ihr da oben! Was ist los?«

»Heute fasste man einen Beschluss, der dich interessieren dürfte«, erklärte Lareet zögernd.

»In der Tat«, bekräftigte Umat, »sind deine wissenschaftlichen Studien und deine aufrichtige Sorge um unser Wohlergehen nicht unbemerkt geblieben.«

Lareet dippte die Ohren. »Du hast deine Bereitschaft gezeigt, dich bei den anderen Menschen für uns einzusetzen. Deshalb hat man einen Vorschlag eingebracht und darüber diskutiert.«

»Als Resultat der Debatte sind wir ermächtigt, dich zu uns einzuladen«, schloss Umat triumphierend.

»Was?« Arron blinzelte verdutzt.

Lareet drehte ein Ohr in Richtung ihrer Schwester. »Wir laden dich ein, als unser Gast an Bord des City-Schiffs *Ur* zu kommen, wo du uns und unsere Kultur weiter studieren kannst.«

Arron musste sich beherrschen, damit ihm vor Verblüffung nicht die Kinnlade herunterklappte. »Dayisen Umat, Dayisen Lareet, ich danke euch von ganzer Seele, aber ...« Er suchte nach den passenden Getesaph-Ausdrücken. »Aber eure Parlamentarierinnen sollten wissen, dass ich diese Umsiedlung als einen großen Fehler betrachte.«

»Du hast deine Meinung darüber klar und deutlich gesagt, das wissen wir und das wissen unsere Parlamentarierinnen«, erwiderte Lareet ernst. »Wir hoffen, dass du bei uns bleibst und herausfindest, ob du Recht hattest oder nicht.«

»Aber meine Arbeitgeber haben mich gefeuert, weil ich diesen Plan in aller Öffentlichkeit kritisiere.« Er fing an zu stottern, weil er immer noch nicht fassen konnte, was man ihm da anbot. »Ich könnte meinen Aufenthalt in einem City-Schiff gar nicht bezahlen, und Bioverse wird mir ganz sicher nichts schenken.«

Lareet versetzte ihm einen leichten Schlag auf den Helm. »Glaubst du, unsere Arbeitgeberinnen ließen dich zu unserem Nutzen schuften, ohne dir ein entsprechendes Entgelt zu gewähren?«

»Du kannst uns vertrauen, Wissenschaftler Arron«, meinte Umat. »Mit Bioverse wurde bereits verhandelt. Wir geben dich als unsere Schwester aus, und dein Gehalt ermöglicht es dir, sowohl in einem der Schiffe als auch später auf der Planetenoberfläche zu leben, solltest du auch nach unserer Rückkehr noch bei uns bleiben wollen.«

»Vermutlich musst du in den Unterkünften der Menschen wohnen, aber das dürfte dir wohl keine Probleme bereiten.« Lareet klang zufrieden. »Was sagst du zu diesem Angebot, Wissenschaftler Arron?«

Arrons Herz quoll vor Rührung über, doch gleichzeitig spürte er ein würgendes Gefühl im Hals. *Es ist noch nicht vorbei!* ermahnte ihn eine innere Stimme.

»Seid bedankt, meine Schwestern.« Er fasste sie bei den Händen. »Ich komme gern mit euch.«

»Nun, meine Schwester«, seufzte Lareet, als sie das schmale Gässchen entlangschlenderten. »Das waren wohl die dicksten Lügen, die wir Wissenschaftler Arron je auftischten, findest du nicht auch?«

»Wir haben nicht gelogen.« Umat schlenkerte mit dem Ellbogen. »Wir haben ihn lediglich gefragt, ob er uns begleiten möchte, und er hat Ja gesagt.«

Die Haut auf Lareets Oberarmen wellte sich. Die Straße war viel zu ruhig. Im schwächer werdenden Zwielicht gemahnte sie an das verschattete Viertel der Toten. »Aber den Grund für diese Einladung haben wir ihm verschwiegen. Die Unterschlagung der Wahrheit ist auch eine Lüge.«

Umat trat mit dem Fuß nach einem Haufen vertrockneter Pflanzenreste. »Im Krieg muss man mit dem Herzen dabei sein, Schwester, nicht mit dem Mund. Wir brauchen Wissenschaftler Arron. Er kann uns helfen, die Maschinen und die Gedankengänge der Menschen zu verstehen. Und notfalls gibt er eine wertvolle Geisel ab.« Lareet öffnete wieder den Mund, doch ihre Schwester bedeutete ihr zu schweigen. »Er wird uns beistehen, sowie wir ihm alles erklären.«

Warum erklären wir es ihm dann nicht gleich? Lareet ließ die Ohren hängen. »Mir gefällt das nicht.«

»Glaubst du, es gefiele mir? Er half mir, den letzten Wurf meiner Töchter zur Welt zu bringen. Er las Ylata auf, als sie aus meinem Schoß kroch und steckte sie in meinen Brutbeutel. Denkst du, ich könnte ihm ein Leid zufügen?«

»Nein, nein, natürlich nicht.« Mit Gesten wehrte sich

Lareet gegen diese Unterstellung, als sie um eine Ecke bogen. »Trotzdem …«

Vor ihnen stand ein Vater, mit großen Augen und gebeugtem Rücken. Er glotzte, wie wenn ihm irgendeine Erkenntnis oder Erinnerung dämmerte. Lareet bückte sich nieder, bis ihre Ohren das Straßenpflaster streiften. Umat tat das Gleiche. Dies war ein unverhoffter Segen. Die Security-Teams geleiteten die Väter behutsam zu den Raumhäfen, damit sie bei den Müttern, Schwestern und Töchtern bleiben konnten. Nur wenige liefen noch frei herum, um von den Weltenmüttern ihrer Bestimmung zugeführt zu werden.

Lareet wusste, dass die t'Therianerinnen ihre Väter einsperrten und behandelten wie Vieh. Sie fand dieses Vorgehen abstoßend. Wie konnte man jemanden bestrafen, der nur seinem Trieb folgte?

Der Vater schlurfte ihnen entgegen. Mit den Händen streichelte er Lareets Ohren und ihren Rücken. Ihre Haut bebte.

Umat hob den Kopf und sah Lareet an.

»Was meinst du, Schwester? Noch ein Wurf? Um uns ins Bewusstsein zu bringen, für wen wir dies alles tun?« Sie streckte die Hand aus. »Um unseren Streit beizulegen und unsere Bluts- und Seelenbindung zu besiegeln?«

»Das kann doch nicht dein Ernst sein.« Halbherzig lachend richtete Lareet sich auf. »Mein Bauch ist ganz flach geworden. Für noch einen Wurf Töchter habe ich gar keinen Platz in mir.« Der Vater fuhr fort, mit sanftem, beinahe ehrfürchtigem Streicheln ihre Schultern zu liebkosen. Die Anspannung, die sie unbewusst in sich getragen hatte, fiel von ihr ab.

»Der Vater scheint anderer Ansicht zu sein.« Umat berührte ihren Arm.

»Ich kann nicht«, meinte Lareet trotz des Bedauerns, das sich in ihr regte. »Wir ziehen in den Krieg, Schwester, wie kann ich da Töchter mitnehmen?«

»Wir sind Koordinatorinnen, keine Kombatantinnen«, stellte Umat richtig. »Schwester, ich fände es schön, wenn ich noch einmal bei der Geburt deiner Töchter helfen könnte.«

»Es wäre wirklich großartig.« Im verblassenden Tageslicht sah sie, wie die Augen ihrer Schwester glänzten. Sie überlegte kurz und traf dann ihre Entscheidung. Die Väter taten nur, was die Natur ihnen gebot; also würde auch sie der Natur ihren Lauf lassen.

»Ich hasse den körperlichen Teil.« Sie öffnete den Gürtel und ließ die Hose fallen. Erschrocken prallte der Vater zurück.

Umat legte die Hände auf Lareets Schultern. »Das geht uns allen so.«

»Es ist so zugig hier draußen.« Lareet schlang die Arme um ihre Schwester. »Versprich mir, dass du auch bei der Geburt zugegen sein wirst.«

»Ich verspreche es.« Umat stützte Lareet mit ihrem Körper ab.

Der Vater kam allein zurecht. Das schwere, schaukelnde Gewicht in ihrem Rücken brachte Lareet aus der Balance, aber Umat hielt sie fest. Lareet spürte, wie Umats Wärme, ihre Kraft, ihre unerschütterliche Zuversicht in sie hineinströmten, auf sie übergriffen. Dankbar sog sie die Gefühle in sich ein.

Als es vorbei war, umarmten sie sich noch einmal, und Umat half ihr, sich aufzurichten. Lareet zog sich die Hose hoch. Der Vater blinzelte schläfrig und zog sein abschwellendes Glied in den Körper zurück, dann kraulte er ihr das Ohr und trollte sich.

»Mögest du mehr Töchter zeugen als Sterne am Himmel stehen!« rief Lareet ihm hinterher.

»Toll, Schwester!« Umat lachte. »Mach weiter so, und du lockst die ganze Stadt hierher!«

»Warum nicht?« Sie legte eine Hand auf ihren Beutelgurt. »Lass uns alle noch einmal von vorn beginnen.«

Sie richtete die Ohren auf ihre Schwester. »Was meinst du, sollen wir ihm hinterherlaufen, damit er sich auch an dir gütlich tun kann?«

Umat brüllte vor Lachen. »Das mögen die Mütter verhüten! Deine Kinder werden uns genug Arbeit bereiten. Der Vater hat so lange gebraucht, dass es bestimmt ein Wurf mit einem halben Dutzend Töchter werden.« Sie hakte sich bei Lareet ein. »Lass uns heimgehen, ehe du mit deinem Geruch noch sämtliche in der Stadt verbliebenen Väter aus ihren Verstecken treibst.«

Sie spazierten auf die Hauptstraßen zurück, die Verkehrsströme kreuzend, die sich beharrlich zu den Raumhäfen wälzten. Bis zur Umsiedlung würden noch Monate vergehen, falls sie überhaupt stattfand.

Eines verspreche ich euch, meine Schwestern, wie ich es den ungeborenen Töchtern in meinem Schoß verbürge. Wenn unsere Welt erst gerettet ist, wird es auf ihrer Oberfläche keine t'Therianerinnen mehr geben, die uns terrorisieren könnten.

Resaime hielt sich dicht an der Seite ihrer Tante, als sie die Flugzeugrampe hinunterstiegen. Unter ihrer Haut war jeder Muskel zum Zerreißen gespannt. Wenn sie die Leute anstarrte, so tat sie dies nicht aus Neugier, sondern eher aus einem Gefühl der Angst heraus.

Verrückt. Dies alles war total verrückt. In Gedanken sagte sie sich die Namen der Getesaph auf, die sie kannte, mit denen sie zur Schule gegangen war und mit denen sie und ihre Schwester früher gespielt hatten. Wieso fürchtete sie sich plötzlich vor dem gesamten Volk?

Weil die hier ansässigen Getesaph anders sind als die aus der Kolonie. Wenn sie herausfinden, wer du in Wirklichkeit bist, werden sie dich töten.

»Klammer dich nicht so fest an mich, meine Tochter«, murmelte Tante Senejess in ihr Ohr. »Benimm dich wie eine, die nach Hause zurückkehrt, und stell dich nicht an, als würdest du gleich an die Haie verfüttert.«

»Ja, Mutter.« Res lockerte ein wenig ihren Griff.

Dieser Flugplatz glich dem Raumhafen in t'Theria in keiner Weise. Die Landepisten waren freigeräumt, und nirgends sah man Verkaufsstände. Überall liefen Menschen in Isolationsanzügen herum, zielstrebig und ohne sich durch irgendetwas ablenken zu lassen. Die Getesaph, deren grau-rosa Haut Res erschreckend ungewohnt vorkam, nachdem sie so lange ausschließlich unter den blaugrauen t'Therianerinnen geweilt hatte, drängten sich auf überdachten Laufgängen, um die riesigen, langgezogenen Shuttles mit der verspiegelten Außenhülle und den Stummelflügeln zu begaffen. Ihr Geplapper füllte die sauberen, weißen Gebäude und übertönte sogar die Motoren der Vans und Wägelchen, die um die Shuttles herumtrudelten.

Technisch gesehen gehörte dieser Hafen mit all seinen funkelnagelneuen Bauten den Menschen. Die Menschen hielten Tante Senejess für Praeis Shin t'Theria, die in Angelegenheiten der Menschen unterwegs war; also konnte ihnen auf dem Territorium der Menschen eigentlich nichts passieren. Mit dieser Vorstellung tröstete sich Res und versuchte sich einzureden, sie hätte nichts zu befürchten. Rein gar nichts.

Tante Senejess dirigierte Res in das nächste Gebäude. Es schien sich um eine Art Eincheck-Station zu handeln, oder vielleicht war Registrierung der akkuratere Begriff. Menschen in allen Schattierungen von dunkelbraun bis hellbeige standen in runden Informationszentralen, um die sich Getesaph in Fünfer- und Sechserreihen scharten.

Ein paar Getesaph konsultierten die automatischen Info-Stände, mit den Fingern zeigend und sich untereinander beratend. Etliche saßen auf Stühlen oder hockten in kompletten Familienverbänden auf dem

Boden, umgeben von ihren Gepäckbündeln und ihren Töchtern. Einige von ihnen bemerkten Res und Tante Senejess und schickten ihnen böse Blicke hinterher. Res' drehte sich der Magen um. Ihr wurde noch mulmiger zumute, als sie sah, wie ein – nein, zwei, drei Väter, zwischen den Getesaph umherstromerten, hilflos, ohne Orientierung.

»Halt keine Maulaffen feil, Tochter.« Tante Senejess zerrte sie zu einer freien Komm-Station. »Zeig mir, wie dieses Gerät funktioniert. Ich glaube, dass hier unser Quartier verzeichnet ist.«

»Ja, Mutter.« Res widmete sich dem blauen Schirm und dem Keypad. Die Gebrauchsanleitung war in fünf verschiedenen Sprachen ausgedruckt. Nachdem sie ein halbes Dutzend Tasten betätigt und sich einem Netzhautscan unterzogen hatte, erschien die Adresse von Praeis Shins Unterkunft in goldenen Lettern auf blauem Grund.

In dem Brief, den Tante Senejess an Lynn geschrieben hatte, teilte sie ihr mit, Resaime würde sie begleiten, also konnte sich Res Zugriff auf die geschützten Terminals verschaffen. Für Tante Senejess galt dies jedoch nicht, da sich Praeis' Netzhautabdruck in der Datenbank befand. Res hatte es ihrer Tante erklärt, die sie lobte und sich noch einmal zu ihrem Entschluss beglückwünschte, eine von Praeis' Töchtern mitgenommen zu haben. Res wusste nicht, ob Tante Senejess wirklich meinte, was sie sagte, doch die Anerkennung und Zuwendung taten ihr gut.

Tante Senejess las die Adresse und drückte Res' Schultern. Res schaltete den Bildschirm ab.

»Hier haben wir eine Karte.« Tante Senejess bugsierte sie zu der in vier Farben gehaltenen Info-Tafel mit dem Flughafen und den Gebäuden.

»Dort sind wir untergebracht.« Res deutete auf die grün markierten Quartiere.

»Richtig«, stimmte Tante Senejess zu. »Und der Treffpunkt für die Shuttle-Passagiere befindet sich an dieser Stelle.« Sie tippte auf einen violett gefärbten Platz. »Hier liegen die Verwaltungsbüros der Menschen.« Ihr Finger wanderte zu einem blau eingezeichneten Trakt. »Und da wohnen sie.« Ein rot gekennzeichneter Bezirk. »Alles sehr übersichtlich, sehr praktisch.« Zufrieden inspizierte sie die Karte.

Res' Ohren zuckten. »Den Menschen scheint viel daran zu liegen, uns die Probleme abzunehmen.«

»Genau das dachte ich auch, meine Tochter.« Tante Senejess tätschelte ihre Hand. »Und nun lass uns das Quartier aufsuchen, das man uns zugewiesen hat.«

Sämtliche Flughafengebäude waren durch lange Korridore miteinander verbunden, die in weitläufige, runde Versammlungszentren mündeten. Überall wimmelte es von Getesaph. Sie flanierten durch die Gänge oder gluckten in den Foyers, die Bündel mit ihren Siebensachen zu ihren Füßen. Selbst in den Fluren lagerten sie auf dem Boden, die Kinder auf den Schultern oder dem Schoß balancierend.

Alle verfolgten Res und Senejess mit Blicken, doch niemand rührte sich. Als Res hochschaute, entdeckte sie die Überwachungskameras. Sie stieß einen stummen Seufzer der Erleichterung aus.

Ungehindert strolchten Väter durch die Menge. Hier und da knieten sie nieder oder streckten die Hände aus, um eine Tochter, eine Schwester oder gar eine Mutter mit Kindern zu berühren.

Wenn ein Vater an Resaime vorbeikam, stierte er sie mit seinen großen, blassen Augen an.

»Wieso sperrt man sie nicht ein?« zischelte Res aufgebracht. »Was treiben sie sich frei herum? Die Menschen kümmern sich um alles. Nur in diesem Fall ...«

»Psst!« Tante Senejess hängte sich bei ihr ein und beschleunigte ihr Tempo. »Das ist hier so üblich, Tochter.«

Vor ihnen gabelte sich der Korridor, und Tante Senejess bog rechts ab. »Aber der laxe Umgang mit ihren Vätern bedeutet noch lange nicht, dass sie taub sind oder dass ihre Soldatinnen ihren Job nicht verstehen.«

Res klappte den Mund zu. *Das gefällt mir nicht. Ich möchte weg von hier. Wie konnte ich mich bloß auf dieses Unterfangen einlassen?*

Ihre Ohren sanken schlaff nach unten, und sie hatte Mühe, sie wieder aufzurichten. *Ich wusste nicht, dass es so schlimm sein würde.*

Sie hatte das Gefühl, ihr Inneres würde sich aufpumpen und ihr den Magen in die Kehle drücken. Selbst ihre eigenen Ausdünstungen verursachten ihr einen Brechreiz, aber vielleicht war es auch nur der Geruch der Väter, der ihr noch in der Nase haftete. Sie konnte kaum durchatmen. Sie sehnte sich nach Hause zurück. Sie sehnte sich nach Theia. Sie sehnte sich nach …

»Wir sind da, Tochter.« Vor einer Tür blieb Tante Senejess stehen. »Schließ bitte auf.«

Res legte den Daumen auf das Register und ließ den Fingerabdruck sowie ihre Netzhaut scannen. Die Tür erkannte sie, und das Schloss entriegelte sich mit einem leisen Klicken. Sie drückte gegen die Tür und stolperte ins Zimmer. Es enthielt Schlafmatten, Stühle und Tische, in Flaschen abgefülltes Wasser und Fertignahrung auf Serviertischchen. In einer Ecke stand eine Komm-Station.

Tante Senejess schloss die Tür, ging zu den Klima-Kontrollen und schaltete die Ventilatoren ein. Sie prüfte, ob das Fenster ordentlich geschlossen war und zog die Vorhänge zu. Res setzte sich auf einen Stuhl und öffnete eine Flasche Wasser. Sie trank in gierigen Zügen. Ihre Anspannung löste sich, und sie konnte wieder normal atmen.

»Nun, das erklärt, warum sie alle draußen in den Fluren hocken«, meinte Res, die Flasche absetzend. »Die

Menschen haben die Zimmer zu klein gebaut. Das tun sie immer.«

Tante Senejess blickte zur Zimmerdecke hinauf. »Ob wir beobachtet werden?«

Res schaute sich um. »Ich glaube nicht. Mutter erzählte uns, die Menschen würden öffentliche Anlagen und Gebäude überwachen, aber keine Privatwohnungen.« Ihre Stimme schwankte leicht, doch allmählich gewann sie ihr inneres Gleichgewicht zurück.

Tante Senejess fasste sie lauernd ins Auge. Die Haut auf Res' Bauch und Rücken begann sich zu kräuseln.

»Tochter, ich weiß, dass eure Mutter euch gut erzogen hat, so wie es sich gehört. Und jetzt erwarte ich von dir, dass du Haltung zeigst.« Sie verstummte, und ihr Blick wurde sanfter. »Ich hab es auch gespürt, Resaime. Es ist ganz natürlich.«

Resaime verschränkte die Finger ineinander. »Ja, sicher. Es ist ja auch nicht das erste Mal, dass ich ...« Ihre Stimme brach ab. »Aber es waren so viele Väter auf einmal, die unbeaufsichtigt herumliefen ...«

»Ich verstehe, was du meinst.« Nachdenklich massierte Tante Senejess Res' Kopfhaut. »Obendrein bist du reif für die Mutterschaft.« Sie legte eine Pause ein. »Du könntest dir einen nehmen«, schlug sie vor. »Es wäre kein schlechter Anfang. Rette eine Seele von den 'Esaph und statte sie mit dem Blut und dem Geist der Familie aus.«

Res knetete ihre Hände. »Ich ... ich glaube, ich bin noch nicht so weit, Tante.«

Tante Senejess tätschelte ihre Schulter. »Die Entscheidung liegt allein bei dir. Wenn du dich nicht bereit fühlst, musst du eben warten.« Sachte zupfte sie an Res' Ohr. »Hab keine Angst vor mir, Tochter. Ich bin nicht deine Feindin. Die Feindinnen lauern da draußen.« Sie richtete ihre Ohren auf das Fenster.

Dann gewahrte sie die Komm-Station. »Aber die Informationen über unsere Gegnerinnen steckt in diesem Gerät.« Die Haut auf ihren Armen schlug Wellen. »Tochter, was kannst du mit Hilfe dieser Maschine in Erfahrung bringen?«

Res schnappte sich die losen Blätter mit dem Leitfaden von der Konsole und überflog sie kurz. »So gut wie alles. Adressen, Terminpläne, menschliche Kontaktpersonen. Es gibt sogar eine komplette Datenbank mit Informationen über die City-Schiffe.«

»Welche die 'Esaph sicher ausgiebig für ihre Zwecke genutzt haben, davon bin ich überzeugt«, murmelte Tante Senejess. »Sind auch Passagierlisten vorhanden?«

»Selbstverständlich. Die stehen sogar an allererster Stelle.« Res hob den Blick und sah die verkniffene Miene ihrer Tante. »Warum fragst du?«

»Sag mir jetzt nur nicht, wir hätten das alles auch erfahren können, wenn wir zu Hause geblieben wären.« Senejess' Augen glitzerten wie Eissplitter, und ihre Ohren pressten sich flach gegen den Schädel.

Res schüttelte den Kopf. »Das glaube ich nicht. Vermutlich haben wir es hier mit einem isolierten Netzwerk zu tun. Zugriff auf Informationen erhält man nur über ein *Dedicated Terminal,* das ist ein reservierter Rechner, auf dem in einem Netzwerk ausschließlich das Netzwerkbetriebssystem und kein Anwendungsprogramm läuft.« Mit einem Kopfnicken deutete sie auf die Komm-Station. »Das heißt, dass der Server an das System auf dieser Insel hier gekoppelt ist, wahrscheinlich befindet es sich sogar direkt im Flughafen.«

»Wie überaus praktisch.« Senejess bleckte die Zähne. »Wenn wir das Meiste von diesem Zimmer aus erledigen können, müssen wir uns umso weniger draußen aufhalten.« Sie zog sich einen Stuhl vor das Terminal. »Zunächst sollten wir feststellen, wer sich in der ersten Migrationswelle zur *Ur* befindet. Komm her zu mir, meine Tochter. Hilf deiner alten Tante, das Ding zu bedienen.«

Lynn wunderte sich nicht, dass Arron vor ihrer Tür auf sie wartete, als sie im Getesaph Port 1 das Quartier der Menschen betrat.

Im Gegenteil, sie wäre überrascht und enttäuscht gewesen, hätte er sich nicht blicken lassen. Arron liebte es, bei einem Gespräch oder einer Diskussion das letzte Wort zu behalten.

»Hallo«, grüßte sie lässig, als sie sich vor ihre Tür aus rötlicher Keramik stellte, um sich scannen zu lassen. Erst wenn der Scanner sie erkannte, öffnete sich das Schloss.

»Hallo«, erwiderte er beinahe schüchtern. »Darf ich reinkommen?«

»Klar.« Die Tür schwenkte nach innen und Lynn betrat ihr vorläufiges Quartier.

Arron folgte ihr. Der quadratische weiße Raum war mit einem burgunderroten Teppich ausgelegt und funktionell eingerichtet. Ein Spind für Isolationsanzüge, eine Arbeits/Komm-Station und ein zum Inventar gehöriger Proviant-Jobber. Alles in Standard-Ausführung, alles konventionell. Das Schlafzimmer, in das man durch die offene Tür hineinblicken konnte, war im gleichen konformen Stil gehalten.

»Ich wüsste gern, wer die Wohnquartiere entworfen hat.« Lynn öffnete die Verschlüsse ihres Isolationsanzugs und nahm sich den Helm ab. »Noch langweiliger ging's wohl nicht mehr.« Mit der Handfläche rubbelte sie sich den kahlen Schädel und warf den Helm auf den Tisch. »Möchtest du dich nicht auch aus deiner Hülle pellen?« Sie zeigte auf seinen Isolationsanzug.

»Nein, ich kann nicht lange bleiben.«

»Ach so.« Lynn zuckte die Achseln. »Wie du willst. Macht es dir was aus, wenn ich mich umziehe?«

»Nein, nein«, erwiderte er hastig. »Nur zu.«

Lynn ging ins Schlafzimmer. Die Tür ließ sie einen Spalt breit offen.

»Ich war richtig baff, als ich hörte, dass du kommst«, sagte Arron im Nebenzimmer.

»Nun ja, ich dachte mir, angesichts der Kommunikationsprobleme, die wir hatten, ist es wohl besser, wenn wir bei den Startvorbereitungen der Shuttles an Ort und Stelle sind.« Während sie sprach, streifte sie ihre Bekleidung ab und schälte sich unter Verrenkungen aus dem Isolationsanzug. Der kalte Luftstrom vom Ventilator verursachte ihr eine Gänsehaut.

Lynn seufzte und wünschte sich, sie könnte eine Zeit lang auf den verflixten organischen Kokon verzichten. Sie überlegte, ob sie Arron erzählen sollte, dass Praeis ihre Leute zuverlässig mit den neuesten Informationen fütterte, sodass sie ständig auf dem Laufenden waren, was sich im Rat des Reinen Bluts und bei den Königinnen abspielte. Hingegen fehlte ihnen eine entsprechende Informantin, die sie über die Schachzüge bei den Getesaph aufklärte.

Doch dann beschloss sie, ihm lieber nichts zu sagen. Im Augenblick wollte sie Praeis nicht ins Gespräch bringen, zumal sie nicht wusste, was sie vorhatte. Der Brief, in dem stand, Praeis und Res planten eine Reise zu den Hundert Inseln, war vom Inhalt her nichtssagend gewesen. Lynn hatte dieses Vorhaben hauptsächlich aus Loyalität abgesegnet, weil sie und Praeis alte Freundinnen waren. Sie vertraute darauf, dass Praeis wusste, was sie tat. Schließlich war sie hier zu Hause. Doch mittlerweile sorgte sich Lynn, weil sie seit diesem Schreiben keine weitere Nachricht erhalten hatte.

»Hierher zu kommen und die Dinge persönlich zu regeln ist sicher keine schlechte Idee«, sagte Arron.

So wie alles, was wir hier tun, keine schlechte Idee ist. Sie konnte buchstäblich hören, wie er in Gedanken diesen Satz hinzufügte. Ihr entfuhr ein leiser Seufzer.

»Deshalb bin ich hier.« Lynn öffnete die Tür. »Und was hast du hier zu suchen?«

Arron stand vor dem Proviant-Jobber und fuhr mit dem behandschuhten Finger über die glänzende Oberfläche. »Das weiß ich selbst nicht so genau. Alles sollte wohl durch die regulären Kanäle laufen, aber bevor du das Memo kriegst, wollte ich persönlich mit dir sprechen ...«

»Memo?« Lynn ließ sich in einen der funktionalen, eckigen Sessel plumpsen. Die raue Polsterung kratzte ihre Haut.

Arron holte tief Luft. »Das Außenteam meiner Gastfamilie wurde zu Leiterinnen der Getesaph-Vorhut ernannt. Sie haben mich eingeladen, mit ihnen auf die *Ur* zu kommen.«

Lynn starrte ihn verdutzt an. »Für wie lange?«

Arron stelzte quer durch das Zimmer zu einem der Fenster. »So lange ich bleiben will«, erzählte er der Welt draußen.

Lynn setzte sich gerade hin. *Das glaube ich nicht. Selbst dir nehme ich das nicht ab.* »Und hast du schon eine vage Vorstellung, wie lange das sein wird?«

Er zuckte die Achseln, ohne Lynn anzusehen. »Nein.«

Das heißt, dass du so lange an Bord bleibst, wie man dich lässt. Du weißt das, und ich weiß das.

Arron drehte sich um, und endlich konnte Lynn ihm ins Gesicht schauen. Einen Moment lang befürchtete sie, er würde in Tränen ausbrechen. Noch nie zuvor hatte sie eine solche Mischung aus Furcht und Begierde in der Mimik eines Menschen gesehen.

Sie verbiss sich ihre spontane Entgegnung und fragte nur: »Warum, Arron?«

Nervös befingerte er die Kante der Fensterbank, als

versuche er, sich dort einen Halt zu verschaffen. »Es ist verrückt. Ich weiß, es ist der helle Wahnsinn. Wenn ich an Bord gehe, werden die Chefingenieure wahrscheinlich mein Innerstes nach außen krempeln und die Hälfte meiner Artikel im Netz löschen. Die Getesaph sind brutal, barbarisch, dumm, mit Vorurteilen behaftet, abergläubisch und schmutzig. Obendrein bin ich für sie hochtoxisch. Aber ich will bei ihnen bleiben«, erzählte er seinen Handrücken. »Ich habe zusammen mit ihnen gefischt, und das in Nächten, wenn die drei größten Monde in Konjunktion standen und meterhohe Flutwellen auftürmten. Ich habe ein Baby in die Hand genommen, als es aus dem Schoß der Mutter krabbelte, und es sicher in ihrem Brutbeutel verwahrt. Ich habe in den Trümmern einer Bombenexplosion nach Überlebenden gebuddelt. Ich ging zu Begräbnissen und habe mir die Lunge aus dem Leib geheult. Ich scharwenzelte neben einem Vater durch die Straßen. Ich nahm an Massenversammlungen teil, die so groß waren, dass ich deren Anfang und Ende nicht sehen konnte. Ich sprach mit Hunderten von Getesaph in Dutzenden von Städten. Ich …« Er brach ab. »Ich habe gelebt, Lynn.«

Versonnen schaute Lynn ihn an. Sie erinnerte sich, was sie damals auf dem College über Arrons Familie gehört hatte. Sie lebte auf ein halbes Dutzend Enklaven verstreut. Alle wollten, dass er zu ihnen käme, in ihrer Welt sesshaft würde und sich an ihrer Arbeit beteiligte. Schon als junger Bursche vagabundierte er von einem Territorium ins nächste. Kein einziges Mitglied der Sippschaft zog je in Erwägung – jedenfalls behauptete das Arron – dass er den Wunsch hegen könnte, für sich selbst zu sorgen, auf eigenen Füßen zu stehen.

Hier, bei den Getesaph, war er buchstäblich einmalig und in keine Kategorie einzuordnen. Man akzeptierte ihn wie er war, weil es an Vergleichsmöglichkeiten fehlte. Das hätte ihn zum absoluten Außenseiter abstempeln müssen, doch stattdessen – behauptete wiederum er – versetzte ihn gerade seine Individualität in die Lage, seine Nische in der Welt zu finden, und das vermutlich zum ersten Mal in seinem Leben.

Und jetzt soll ich ihm das alles wieder wegnehmen? Lynn schüttelte den Kopf. Sie verstand seine Beweggründe. Als sie ihre Chance bekam, sich eigenständig zu bewähren, hatte ihre Familie ihr zu Ehren eine Party geschmissen, und seit sie das Sonnensystem verließ, erhielt sie regelmäßig ermutigende Briefe.

Sie stimmte mit Arron nicht überein. Seine Ansichten über die Umsiedlung und Bioverses Aktivitäten waren total verzerrt, doch sie konnte, sie wollte ihm die Möglichkeit nicht verbauen, einen Ort zu finden, an dem er sich zu Hause fühlte.

Sie straffte die Schultern. »Nun ja, für die nächste Zeit gelten die City-Schiffe als die Heimat der Dedelphi. Unser Vertrag sieht vor, dass sie selbst bestimmen, wer sich dort wie lange aufhalten darf.« Arron blickte ihr direkt ins Gesicht, und während sie sprach, entspannte sich seine Miene. »Wenn sie dich eingeladen haben, ist das eine tolle Sache. Genieße deinen Aufenthalt und vergiss nicht, mir und David deine jeweiligen Adressen mitzuteilen, damit wir dich zum Dinner einladen können.« Der Ausdruck von Erleichterung auf seinem Gesicht war so intensiv, dass Lynn sich ein Lachen verkneifen musste. »Im Namen des Propheten, Arron, was dachtest du, wie ich reagieren würde?«

Er lächelte verschämt. »Ich war mir nicht sicher. Aber ich befürchtete, wegen meines Artikels …«

»Ach ja, der besagte Artikel.« Lynn hob einen Finger. »Wegen dieses Artikels möchte ich dich um einen Gefallen bitten.«

Seine Miene verhärtete sich. »Lynn, ich werde keinen Widerruf veröffentlichen, nur weil …«

Lynn legte den Kopf in den Nacken und lachte. »Allmächtiger, hast du so eine geringe Meinung von mir? Wann wirst du endlich aufhören, mir schurkische Absichten zu unterstellen?« Er blickte erschrocken drein. »Ich will ja nur, dass du dich einmal näher mit unserer Arbeit befasst. Du sollst dich gründlich, objektiv und eingehend mit unseren Zielen beschäftigen. Wenn du danach immer noch glaubst, wir hätten genau dasselbe im Sinn wie seinerzeit Avitrol, nämlich die Dedelphi auszuplündern, na schön, dann ist das halt deine Überzeugung, und es ist mir noch nie gelungen, deine Meinung zu ändern.« Über diese Bemerkung mussten beide schmunzeln. »Doch solltest du einsehen, dass wir hier sind, um die Zukunft der Dedelphi zu sichern, und nicht, um sie zu zerstören, dann bitte ich dich, dies in einem neuen Artikel kundzutun.«

Arron nickte ernst. »Ich verspreche es.«

Sie stand auf und ging zu ihm. »Danke.« Sie berührte seine Schulter. Er legte seine Hand auf die ihre. Eine Zeit lang standen sie so da, frischten alte Gefühle wieder auf und arrangierten sich mit der neuen Situation.

»Und jetzt zieh Leine!« Sie versetzte ihm einen leichten Klaps und deutete auf die Tür. »Diejenigen von uns, die nicht von politisch einflussreichen Familien adoptiert werden, müssen für ihren Lebensunterhalt arbeiten.«

»Ich danke dir, Lynn.« Er drückte sie kurz, aber voller Inbrunst, an sich. Forschen Schritts, in zuversichtlicher Haltung, ganz anders, als er gekommen war, verließ er den Raum.

Du bist also eine Getesaph geworden. Ich wünsche dir viel Glück, Arron, dachte Lynn, als sie sich wieder vor ihre Komm-Station setzte. *Und alles, was du sonst noch brauchen magst.*

Sie schaltete die Station ein und wartete auf die Einblendung ›Optionen‹. Stattdessen blinkten die Worte Dringende Mitteilung auf dem Schirm.

Was? »Station, dringende Mitteilung einblenden.«

Es erschienen der Kopf und die Schultern einer Delphi, deren Ohren halb herunterhingen. Praeis Shin.

Uh-oh. Lynn setzte sich aufrecht hin.

Die Aufzeichnung spulte ab. »Lynn, es tut mir sehr Leid, dass ich dir dieses Problem aufbürden muss. Du erhieltest einen Brief, in dem stand, ich plante eine Reise zu den Hundert Inseln, um mich persönlich vom Stand der Dinge zu überzeugen. Außerdem bat ich um eine Unterkunft für mich und meine Tochter Resaime.« Ihre Ohrsegel sackten noch ein bisschen tiefer herab. »Dieses Schreiben stammt jedoch nicht von mir, sondern von meiner Schwester Senejess. Im Augenblick weilen sie und Resaime auf den Hundert Inseln, wobei Senejess unter meinem Namen reist. Natürlich dient die Aktion dazu, die Getesaph auszuspionieren.«

Ihre Nüstern schlossen sich. »Lynn, du musst nach deinem eigenen Ermessen handeln, doch ich halte es für das Beste, Senejess unbehelligt umherziehen zu lassen. Wir beide wissen ja, dass sie nichts Verfängliches entdecken kann. Wenn man sie ergreift und festhält, könnte sie das höchstens in ihrem Wahn bestätigen, du hättest etwas zu verbergen.«

Sie stellte die Ohren ein wenig höher. »Ich bedauere dies alles sehr, meine geschätzte Verbündete, und dabei bin ich noch gar nicht fertig. Bitte, ich flehe dich an, finde einen Weg, meine Tochter wissen zu lassen, wie sie dich notfalls kontaktieren kann. Ihre Tante ist nicht vertrauenswürdig, und Resaime kennt hier niemanden, an den sie sich sonst wenden könnte. Sei bedankt.«

Die Aufnahme war zu Ende. Lynn fing an zu fluchen, langsam, hingebungsvoll und aus tiefstem Herzen. *Resaime, was, in Gottes Namen, hast du angerichtet!*

Sie seufzte. *Doch darauf kommt es gar nicht mehr an. Jetzt muss ich mir etwas einfallen lassen, um das Schlimmste zu verhüten.*

Sie rieb sich die Augen. »Station, zeichne meine Antwort an Praeis Shin t'Theria im Getesaph Port 1 auf. Der Text lautet: ›Praeis, ich hoffe, du hattest eine angenehme Reise. Ich wollte nur Bescheid geben, dass du mich hier erreichen kannst, falls du etwas brauchst. Hab gut Acht auf dich.‹«

Senejess soll glauben, ihre List sei geglückt. Sie presste die Lippen zu einem schmalen Strich zusammen. »Station, diese Nachricht abschicken. Die nächste Aufzeichnung geht an Resaime Shin t'Theria. Der Text lautet: ›Res, Lynn grüßt dich. Deine Mutter ist wahrscheinlich sehr beschäftigt, jetzt, da es mit der Umsiedlung ernst wird. Wenn du dich langweilst, oder wenn ich euch beiden sonst irgendwie behilflich sein kann, melde dich ruhig bei mir. Hier ist meine Adresse.‹« Sie hielt inne. »Station, füge die Adressen für dringliche Anrufe hinzu. Brief abschicken.« *Jetzt weiß Res, wo ich bin.*

»Station, die dritte Mitteilung betrifft Praeis Shin t'Theria, wohnhaft im Hause Shin auf der t'Aori Halbinsel. Text: ›Praeis, habe deine Botschaft erhalten und werde unternehmen, was in meiner Macht steht. Soeben gingen meine Adressen für dringliche Anfragen und Notrufe an Res. Sie ist hier nicht ganz auf sich allein gestellt. Melde dich bei mir, falls du etwas Neues erfährst.‹« Sie schaltete eine Pause ein. »Station, Text abschicken.« *Jetzt weiß sie, dass wir immer noch Freundinnen sind.*

Lynn legte den Kopf nach hinten, bis sie gegen die Zimmerdecke starrte.

Mal sehen, wie sich die Lage darstellt. Die t'Theria glauben fest an eine Verschwörung, und deshalb schleusen sie Spioninnen auf die Hundert Inseln, wo die Getesaph sich so vor den t'Therianerinnen fürchten, dass sie die Vorstellung nicht ertragen können, auf der Planetenoberfläche zu weilen, während sich die t'Theria in der Luft befinden. Wenn die Getesaph merken, dass die t'Therianerinnen Spioninnen sind, werden sie sie töten und die Allianz aufkündigen. Ich verliere meinen Job, falls Bioverse mich nicht wegen Sabotage verurteilen und einsperren lässt, weil ich über die ganze Geschichte informiert war.

Nun ja, ich habe von Anfang an gewusst, dass es eine Herausforderung sein würde. Lynn richtete sich auf und strich sich mit der Hand über den Schädel, ehe ihr einfiel, dass sie gar keine Haare mehr hatte, die sie glätten konnte. *Ich hatte nur nicht ahnen können, was da alles auf mich zukommt.*

KAPITEL 10

»Wir danken Ihnen für Ihre freundliche Aufmerksamkeit.« Die menschliche Moderatorin, die sich als Begleiterin Shia vorgestellt hatte, war eine rundliche Frau mit goldenem Teint und künstlich vergrößerten Augen. Sie sprach Getesaph mit einem kaum wahrnehmbaren britischen Akzent. »Sollten Sie irgendwelche Wünsche haben, so stehen wir Ihnen jederzeit mit Rat und Tat zur Verfügung.«

Arron stand auf der Terrasse, die einen Überblick über den Versammlungsraum bot. Die Abflugs-Sitzung hatte bereits am frühen Morgen stattgefunden. Zu seiner Verwunderung war alles besser gelaufen als erwartet. Die Propaganda hielt sich in Grenzen. Man beschränkte sich darauf, die kommenden Ereignisse detailliert zu beschreiben und zu erläutern, wie gegebenfalls weitere Informationen oder Hilfe angefordert werden konnten. Shia beherrschte nicht nur die fremde Sprache, sie glänzte auch mit idiomatischen Redewendungen und Höflichkeitsfloskeln. Ihre Zuhörerschaft dankte es ihr mit einer Offenheit und Direktheit, die bei den sonst so reservierten Getesaph geradezu verblüfften.

Also kann ich das Projekt nicht gänzlich in Grund und Boden verdammen, dachte Arron. Er staunte über seine eigene Großzügigkeit und seine gute Laune. *Verflixt. Vielleicht muss ich mein Versprechen Lynn gegenüber doch halten und einen neuen, revidierten Artikel schreiben.*

Doch irgendetwas störte ihn. Schon seit gestern nagte etwas an ihm, und auch heute beschlich ihn ein unbehagliches Gefühl, während er durch die Korridore und Aufenthaltsräume schlenderte, die man für die erste Migrationswelle bereitgestellt hatte, dreitausend Getesaph, die anderntags abfliegen sollten.

Von allen Seiten begrüßte man ihn, Mütter, Schwestern, und etliche Personen, die er nicht kannte. Jede wollte wissen, wie er diesen historischen Augenblick zu schildern gedächte, und ehrlicherweise musste er eingestehen, dass er sich über die Darstellungsweise noch nicht schlüssig war. Alles schien reibungslos und mit einer gewissen Beschwingtheit vonstatten zu gehen, allenthalben spürte man eine fröhliche Erregung.

Er hatte seinen Laptop und den Recorder eingeschaltet, um die Szene zu dokumentieren. Ihm gelangen ein paar interessante Interviews mit Müttern, Schwestern und Töchtern, deren Abflug entweder unmittelbar bevorstand, oder die noch eine gute Woche warten mussten, ehe sie an die Reihe kämen.

Sehr zu seinem Verdruss konnte er nicht näher bestimmen, was ihm an der Situation unterschwellig missfiel. Deshalb streifte er durch den Raumhafen, als hoffte er, des Rätsels Lösung auf einem Monitor oder an einer Anschlagtafel zu finden.

Auf der Hauptebene löste sich das Treffen mit der für die Getesaph typischen Gemächlichkeit auf. Niemand war vorzeitig gegangen, nicht einmal die kleineren Töchter. Stattdessen sammelten sich die verschiedenen Familienverbände, und man begann eifrig miteinander zu diskutieren. Hin und wieder unterbrach man die Debatte, um Nachbarn in das Gespräch einzubeziehen.

Dazwischen flanierte Shia, lächelnd und Grüße austeilend. Bei jeder Clique blieb sie stehen und flocht mit ihrer trällernden Stimme ein paar Bemerkungen in das chaotische Geschnatter ein. Kinder jonglierten huckepack auf den Schultern ihrer Mütter oder hockten geduldig lauschend zu deren Füßen. Eine etwas aufgekratztere Bande spielte die einzelnen Gruppen übergreifend Verstecken.

Arron beobachtete die Kinder. Bezogen auf eine so große Menge Getesaph waren es ziemlich wenige. Einigen Töchtern hatte man es vielleicht gestattet, in ihren Zimmern zu bleiben. Andere hielten sich vermutlich in den Cafeterias oder Kinderhorten auf, um ihre jüngeren Schwestern zu hüten.

Irgendetwas gefiel ihm an der Sache nicht. Der Vorhut gehörten nur ausgewählte Getesaphclans an, das wusste er, trotzdem … Er nahm die Kinder und ihre Mütter näher in Augenschein. Da war etwas … da war etwas …

Endlich nahm er es bewusst wahr. Keine Getesaph trug Sprösslinge in ihrem Brutbeutel. Nicht eine Einzige.

Prüfend wanderte sein Blick über die Versammlung. Angestrengt hielt er Ausschau nach einem prallen, sich bewegenden Brutbeutel, oder nach winzigen gespitzten Ohren, die neugierig über den Rand des Beutels hervorlugten. Da drunten tummelten sich über hundert junge Getesaph. Es war extrem unwahrscheinlich, dass nicht eine von ihnen Leben in ihrem Brutbeutel trug.

Es sei denn, man hielt die trächtigen Mütter absichtlich von diesem Ort fern. So etwas kam häufig vor. Aber nur in Gefahrensituationen. Während eines Kriegs zum Beispiel. Säugende Mütter, die Junge in ihrem Beutel oder auf dem Rücken mit sich führten, zogen nicht in den Kampf.

Abermals inspizierte Arron die Menge. Kinder saßen auf den Schultern von Erwachsenen, doch sie konnten eindeutig selbst laufen und klammerten sich nur aus Spaß oder Bequemlichkeit an ihre Mütter. Kein Säugling krallte sich an die Hautfalten der Mutter oder schmiegte sich in ihre Armbeuge.

Hier trafen sich nur die Schwestern, die einem Außenteam angehörten, doch selbst die Angehörigen dieser draußen aktiven Crews gaben ihre Kinder erst dann in die Obhut ihrer Schwestern, wenn sie laufen konnten. Man erwartete von ihnen, dass sie ihre wie auch immer gearteten Pflichten erfüllten – mit Ausnahme von Kampfeinsätzen.

Sie begeben sich in eine ungewisse Situation. Wahrscheinlich wollen sie nur ausloten, wie es um die Sicherheit bestellt ist, ehe sie ihre säugenden Mütter mitbringen. Das ist nur verständlich.

Er wollte sich abwenden. Er wollte nicht länger darüber nachdenken. Immerhin hatte er eine mögliche Erklärung gefunden. Eine sehr gute Erklärung sogar.

Doch er verharrte an seinem Platz und forschte nach bekannten Gesichtern. Er entdeckte Ovrth Chaick mit der verkrüppelten Schulter und Trindt Toths Kopf, an dem die Ohren fehlten. Dayisen Vshil, Dayisen Bol, Ovrth Wes, Trindt Athsk, Shesk Richkin, Ovrth Ith.

Arron hielt sich mit beiden Händen am Balkongeländer fest. Selbst die Handschuhe verhinderten nicht, dass die Kante schmerzhaft ins Fleisch schnitt.

Ovrth, Trindt, Shesk und Dayisen. *Soldatinnen und Offiziere.*

Irat Queth.

Und Ärztinnen.

Arron löste einen Finger nach dem anderen vom Geländer. Er behielt die Getesaph im Auge, bis sie nach und nach davontrudelten, und alle von ihnen waren Soldatinnen. Frontkämpferinnen und Militärstrateginnen.

Schließlich drehte er sich um. Den Blick auf seine Stiefelspitzen gerichtet, rannte er über den Laufgang und blieb erst vor seinem Quartier stehen. Er huschte in sein Zimmer und verriegelte hinter sich die Tür, ausnahmsweise froh darüber, dass die Menschen ihre Privatsphäre schützten.

Außer Atem pflanzte er sich auf den harten Besucherstuhl und merkte, dass seine Hände zitterten. Er ballte die Fäuste.

Ich bin blöd. Ein Vollidiot bin ich. Ich ziehe Schlüsse ohne konkrete Beweise. Das ist nicht nur dumm, es ist eine unverzeihliche Schlamperei.

Er schoss vom Stuhl hoch und flitzte durch den Raum, ohne sich Zeit zum Überlegen zu geben. Hastig schnappte er sich seinen Laptop und stöpselte das Verbindungskabel in einen Anschluss in der Wand ein. Im Schneidersitz auf der Matratze, die Finger knapp über der Tastatur, versuchte er zu entscheiden, wonach er eigentlich suchen musste.

Dann stellte er eine Verbindung zur öffentlichen Datenbank des Bioverse-Umsiedlungsprojekts her. (Wir stehen Ihnen Tag und Nacht zur Verfügung.)

Arron tippte seine Frage ein.

»Passagierliste des Shuttles *Sojourn* für 5/17 im Getesaph Jahr 3078.«

Weil er als Getesaph-Passagier registriert war, erhielt er problemlos Zugriff auf die Datenbank. Auf dem Bildschirm erschien die Liste mit den Namen der Personen, die die erste Migrationswelle bildeten. Arron las die Titel vor den Eigennamen. *Hrashn,* Ingenieurinnen. *Tchilick,* Landwirtinnen. *Chkat,* Architektinnen.

Keine Soldatinnen, mit Ausnahme der Anführerinnen des Voraustrupps, den Dayisen Rual, Lareet und Umat. Er ließ sich die Passagierlisten für den nächsten, den übernächsten und den Tag darauf geben. Keine Soldatinnen dabei. Nicht eine Einzige.

Und keiner der Namen passte zu den Gesichtern, die er während der morgendlichen Sitzung gesehen hatte, auf der das Prozedere des Abflugs besprochen wurde.

Mit bebenden Fingern schloss Arron seinen Laptop. Ohne etwas wahrzunehmen, starrte er die kahlen Wände des Zimmers an.

O mein Gott!

Es dauerte eine Weile, bis er begriff, dass die heftige Übelkeit, die in ihm hochkroch, nichts anderes als Wut war.

»Wie konntet ihr nur!« flüsterte er den Wänden zu. Im nächsten Moment schnellte er von der Matratze hoch. »Wie konntet ihr nur so hinterhältig sein!«

Eine Zeit lang stand er da, schwer atmend, die Fäuste abwechselnd ballend und wieder lösend.

Was unternehme ich jetzt? Seine Knie drohten unter ihm nachzugeben. Sich die Oberarme massierend, tigerte er nervös auf und ab. Flüchtig streifte ihn der Gedanke, Umat und Lareet könnten an dem Komplott vielleicht nicht beteiligt sein. Doch das war ausgeschlossen. Sie waren vom Parlament dazu auserkoren worden, den Voraustrupp zu leiten. Sie hatten ihn darum gebeten, bei Lynn eine Änderung des Terminplans zu bewirken.

Er kaute auf seiner Lippe. Lynn. Er musste Lynn benachrichtigen. Sie konnte die Umsiedlung aussetzen, bis … Bis man irgendeinen Kompromiss erarbeitet hatte. Bestimmt handelte es sich um ein Verständigungsproblem. Ja, das musste es sein. Alte Ängste, die die Allianz nicht hatte ausräumen können.

Das musste es sein.

Er versuchte, Lynn zu erreichen. Sie befand sich in einer Sitzung mit Parlamentsabgeordneten. Es ging darum, Kommunikationskanäle zwischen der Planetenoberfläche und den City-Schiffen offen zu halten. Seinen Laptop ließ er auf dem Bett liegen. Lynn musste das ganze Projekt stoppen. Umgehend. Wenn sie nicht sofort handelte …

Er verdrängte den Gedanken und eilte den leeren Flur im Quartier der Menschen hinunter. Draußen, in der großen Abflugshalle, huschten seine Blicke hin und her, während er versuchte, schlüssige Eindrücke zu sammeln. Hier entdeckte er eine Mutter, die ihre Kinder huckepack trug. Dort gewahrte er eine mit vorgewölbtem Brutbeutel. Aber diese Mütter hockten inmitten ihrer Gepäckstücke und Schlafmatten. Folglich handelte es sich um Zivilistinnen, die sich zu früh eingefunden hatten. Eigentlich sollten sie gar nicht hier sein.

Lynns Konferenz ging gerade zu Ende. Die Tür zum Besprechungszimmer stand offen, und Menschen schlenderten einzeln oder paarweise heraus. Lynn war jedoch nicht dabei. Dann sah er sie. Zusammen mit Dayisen Lareet und Dayisen Umat stand sie vor einer großen Tafel, die den Terminplan für die Umsiedlung zeigte.

Ehe er sich diskret verdrücken konnte, hatte Umat ihn erspäht.

»Wissenschaftler Arron. Was ist los?«

Arron öffnete den Mund, doch sein Kopf war wie leergefegt. Ihm fiel nichts ein, was er hätte sagen können.

Lynn betrachtete ihn mit gerunzelter Stirn. »Hat es vielleicht ein bisschen Zeit? Wir sind mit unserer Besprechung noch nicht fertig.«

Arron fasste einen Entschluss. »Nein, ich muss sofort mit euch reden.« Er betrat den Raum, wobei er die Schwestern, die ihn überragten, nicht aus den Augen ließ.

»Dayisen Lareet, Dayisen Umat, warum hat das Parlament die Passagierlisten für die erste Migrationswelle gefälscht?«

Alle drei starrten ihn an. Er ließ sich davon nicht beeindrucken.

Lynn fasste sich als Erste. »Arron, könntest du diese Behauptung bitte näher erläutern?«

»Die Namen und Berufe der Getesaph, die laut offiziellem Register die Vorhut bilden sollten, passen nicht zu den Personen, die sich für den heute geplanten Abflug hier eingefunden haben.«

Ein Dutzend unterschiedlicher Gefühlsregungen malten sich nacheinander auf Lynns Zügen ab. Einen Augenblick lang glaubte er, sie wolle ihn fragen, ob er sich einen dummen Scherz erlaubte. Doch stattdessen wandte sie sich Lareet und Umat zu.

»Hat Wissenschaftler Arron mit seinen Anschuldigungen Recht?«

»Ja«, gab Lareet unumwunden zu. »Er hat Recht.«

Umat sprang Lynn an. Beide stürzten zu Boden. Eine Sekunde lang schaute Arron fassungslos zu, und dann war es für ein Eingreifen zu spät. Lareet drängte sich an ihm vorbei und schlug mit der Hand auf die Türkontrollen. Das Portal glitt ins Schloss.

Lynn kämpfte und zappelte unter Umats Gewicht und trommelte hilflos mit den Fäusten auf die viel kräftigere Getesaph ein.

»Computer!« kreischte Lynn.

»Keine stimmlichen Befehle zulassen!« donnerte Lareet. »Diese Station reagiert nur noch auf manuelle Eingabe.«

Arron versuchte seitlich auszubrechen, doch Lareet verstellte ihm den Weg. »Kommt freiwillig mit uns, Wissenschaftler Arron«, schlug sie freundlich vor. »Wir wollen keinem von euch schaden, besonders dir nicht, Schwester Arron.«

»Das ist verrückt!« Arron täuschte einen Fluchtversuch nach links vor und flitzte dann nach rechts, wo die Komm-Station stand. Er kam zwei Schritte weit, ehe Lareet ihn um die Taille fasste und heftig zurückriss.

Arron wehrte sich nach Kräften und trat mit den Stiefelabsätzen nach ihr. Lareet umklammerte sein Handgelenk und drehte seinen Arm nach hinten. Durch ihr schieres Körpergewicht zwang sie ihn in die Knie.

»Wir wollen euch kein Leid antun«, beharrte sie. »Ihr seid nicht unsere Feinde.«

»Ich scheiß auf euch!« heulte Lynn. Sie packte Umats Handgelenke und versuchte, sich aus dem Würgegriff zu befreien. Doch Umat drückte Lynns Hände hinunter. Mit einer Hand öffnete die Getesaph die Verschlüsse an Lynns Visier. Ihre Ohren und die Nüstern klappten fest zu, als sie in den Helm hineinfasste. Arron hörte einen erstickten Schrei, ehe Umat Lynns Kehle zudrückte.

»Nein!« brüllte er und warf sich nach vorn. Stechende Schmerzen schossen durch seinen Arm und die Schulter, als Lareet ihren Griff festigte.

»Sie wird nicht daran sterben«, beruhigte Lareet ihn. »Umat versteht ihr Handwerk.«

Lynns Anstrengungen verloren an Kraft und versiegten schließlich ganz.

»Warum?« Arron erstickte fast an der Frage. »Was hat das zu bedeuten?«

»Verrate ihm nichts, Schwester.« Umat schloss Lynns Visier und stand auf. Lynn lag regungslos auf dem Boden. Ob sie noch atmete, vermochte Arron nicht zu erkennen. Sein Herz hämmerte wie wild gegen die Rippen.

»Die Haut an deiner Hand wird gleich Blasen werfen, Schwester«, meinte Lareet.

»Es fängt schon an.« Umat ging zur Komm-Station und tippte einen Befehl ein. Wenn Lynns Atem zu flach ging, so schnaufte Umat umso heftiger. »Aber es ist halb so schlimm.« Sie hustete. »Ich kam nur ganz kurz mit ihr in Berührung. Die Menschen sind nicht so giftig, wie man allgemein annimmt.« Sie schluckte hart und lehnte sich gegen die Konsole. »Mir ist schlecht. Ich glaube, ich muss kotzen. Wahrscheinlich habe ich irgendwas eingeatmet.«

Jemand klopfte gebieterisch an die Tür. Umat öffnete

sie von Hand. Zwei Getesaph, die Arron nicht kannte, schlüpften durch den Spalt. »Bis jetzt ahnt noch keiner etwas«, verkündete die größere der beiden, während sie die Tür wieder schloss.

»Dieser Raum scheint nicht überwacht zu werden.« Die kleinere Schwester kniete neben Lynn. Lynn hustete, und ihr ganzer Körper zuckte.

Sie lebt. Arron atmete auf vor Erleichterung.

»Sie kontrollieren nur die Korridore«, erklärte Lareet. »Das verstehen die Menschen unter Privatsphäre.«

»Trotzdem müssen wir uns sputen, Ovrth Tair.« Umat richtete sich auf.

Ovrth Tair trug eine kleine Tasche bei sich. Sie öffnete sie. Lynns Bewegungen wurden stärker. Ihre Augenlider flatterten. Tair nahm eine Kapsel aus der Tasche und klappte Lynns Helmvisier hoch. Dann zerbrach sie die Kapsel mit den Fingern, warf sie in Lynns Helm und zog das Visier an seinen Platz zurück. Lynn lag wieder wie leblos da.

»Versprich mir, dass du die richtige Dosis für einen Menschen genommen hast«, sagte Lareet ruhig.

Tair sah sie vorwurfsvoll an. »Selbstverständlich habe ich ihr die korrekte Dosis verabreicht, Dayisen Lareet. Ich beherrsche mein Handwerk, wie du das deine.« Tair zückte eine zweite Kapsel.

»Wir müssen dich ruhig stellen, Wissenschaftler Arron«, erklärte Lareet. »Wirst du uns vertrauen und das Medikament aus freien Stücken nehmen?«

Arrons Mund fühlte sich trocken an wie Pergament. »Bei mir müsst ihr schon Gewalt anwenden, Schwester«, krächzte er. »Ich werde mich eurem Willen nicht beugen.«

Tair zuckte die Achseln und rückte so dicht an Arron heran, bis er außer ihrem glatten, angespannten Gesicht nichts mehr sah. Mit ihren dicken Fingern öffnete sie sein Visier. Dann kniff sie die Nüstern zusammen und knackte die Kapsel entzwei. Ein bitterer Geruch stieg Arron in die Nase. Sein Kopf begann zu schwimmen.

»Bitte glaub mir, dass es mir Leid tut«, hörte er Lareets Stimme wie aus weiter Ferne. »Wärst du nicht hierher gekommen, hätten wir dir das alles nicht antun müssen.«

Dunkelheit umfing Arron, und er hörte nichts mehr.

Resaime schwankte zwischen Aufregung und Angst. Mit einer Hand hielt sie Tante Senejess am Arm fest. In der anderen trug sie eine Tasche, in die sie Decken aus ihrem Quartier gestopft hatte. Tante Senejess schleppte den größten Teil ihrer Bekleidung, die zu einem unordentlichen Bündel geschnürt war. Dabei stellte sie sich so unbeholfen an, dass sie kaum an dem Wust aus Kleidern vorbeispähen konnte, doch das sei ja der Sinn der Sache, hatte sie Resaime versichert.

In der grellen Sonne begann Res' Haut unter dem rosafarbenen Make-up zu jucken, mit dem Tante Senejess sie eingeschmiert hatte. Ihre Armreifen und Ohrgehänge klirrten und klimperten bei jedem Schritt.

Sie hatten die Wohnquartiere an der Südseite verlassen und marschierten in einem weiten Bogen zur Nordseite, wo eine Schar von Neuankömmlingen ohne Hektik den ständig offenstehenden Toren zustrebte.

Ein Ohr richtete Tante Senejess auf ein Paar von Soldatinnen, die in müßigem Schlenderschritt gleichfalls das Portal ansteuerten. Das langsame Tempo deutete darauf hin, dass sie dienstfrei hatten. Ihre Route würde sich über kurz oder lang mit Resaimes und Senejess' Weg kreuzen.

Die Soldatinnen waren in ein Gespräch vertieft und achteten nicht auf die Umgebung, bis Tante Senejess mit ihnen kollidierte. Der lockere Knoten, der das Bündel notdürftig zusammenhielt, platzte auf, und Kleidungsstücke mitsamt anderem Plunder flatterten zu Boden.

»Bei der Mutter Nacht!« rief eine Soldatin, derweil Resaime hastig das Zeug einsammelte. »Bist du taub?«

»Entschuldige, Dayisen. Es ist mir ja so peinlich.« Senejess angelte nach einem Tuch, das von der frischen Brise aufgehoben und weggeweht wurde. »Wir haben in solcher Eile gepackt, dass wir nicht umsichtig genug waren. Es ist meine Schuld. Entschuldige vielmals.«

Rasaime riskierte einen Blick nach oben, während sie emsig in dem Ramsch kramte, wie um sich zu vergewissern, dass nichts fehlte. Der Groll der Soldatin verflog.

»Wann seid ihr denn an der Reihe, Mutter?«

»Erst in zwei Wochen, sagte man uns.« Mit dem Daumen deutete Tante Senejess auf das Hauptgebäude. »Aber wir dachten …«

»Ihr und der gesamte Rest der Stadt.« Die Soldatin schüttelte den Kopf. »Hör mir gut zu, Mitbürgerin, niemand wird zurückgelassen. Die Menschen beginnen erst mit ihrer Arbeit, wenn der gesamte Planet geräumt ist. Ihr könnt also getrost nach Hause gehen und in aller Ruhe abwarten, bis man euch aufruft.«

»Können wir denn nicht hier bleiben? Gibt es keine Aufenthaltsräume?« Resaime wunderte sich, wie unterwürfig die Stimme ihrer Tante klang.

Die Soldatin presste die Lippen aufeinander und gab ein prustendes Geräusch von sich. Ihre Schwester im Dienst zeigte ihr daraufhin die Zähne.

»Selbstverständlich gibt es Aufenthaltsräume. Es wäre nur sinnlos, hier zu warten.«

»Man munkelt, sie würden die beiden Schiffe, die im Orbit kreisen, mit Passagieren beladen, und alle anderen, die auf der Oberfläche bleiben, der Pest überlassen.« Tante Senejess' Stimme zitterte so jämmerlich, dass Resaime instinktiv die Hand nach ihr ausstreckte.

»Nur meine jüngste Tochter hat überlebt, Dayisen.« Senejess ergriff die dargebotene Hand.

Die zweite Soldatin dippte mitfühlend die Ohren und berührte Senejess' Schulter. »Gerüchte streunen durch die Straßen wie die Väter. Nein, Mutter, niemand wird dieser oder einer anderen Pest schutzlos ausgeliefert.«

»Du kennst sicher die Wahrheit, Dayisen.« Senejess bückte sich, um ihr Bündel wieder zu schnüren. Resaime legte einen Finger auf die Kordel, damit ihre Tante die Knoten zuziehen konnte. »Von solchen Dingen verstehe ich nichts. Sind die Menschen tatsächlich imstande, uns von all dem Bösen zu befreien?«

Die erste Soldatin fletschte die Zähne. »Was die Menschen nicht beseitigen können, rotten wir aus.«

Ihre Waffenschwester schüttelte sie leicht an der Schulter. »Wir kommen noch zu spät zum Dienst, Dayisen Oraen.«

Oraen tätschelte bestätigend ihre Hand. »Wir wünschen euch viel Glück, Mutter. Geht heim und fasst euch in Geduld. Ihr werdet sehen, dass ihr euch weder zu beeilen noch zu fürchten braucht.«

Die Waffenschwestern, die *Dayisen,* korrigierte sich Resaime, setzten ihren Weg fort.

»Nun, meine Tochter« – Tante Senejess hievte sich das Bündel auf die Schulter –, »was denkst du?«

»Ich bin mir nicht sicher, was ich davon halten soll«, antwortete Resaime in akkuratem Getesaph. Tante Senejess hatte sie gewarnt, dass sie eher Aufmerksamkeit erregen würden, wenn sie sich in einer fremden Sprache unterhielten, vor allen Dingen in t'Therianisch. »Aber du hast ja gewusst, dass sie irgendetwas aushecken.«

»Wir hatten einen starken Verdacht, das war alles.« Mit schmalen Augen blinzelte Senejess den Dayisen hinterher. »Nun haben wir Gewissheit. Was die Menschen nicht beseitigen können, rotten wir aus, hat sie gesagt. Das kann doch nur heißen, dass sie unsere Große Familie angreifen werden.«

Die Haut auf Resaimes Armen schlug Wellen. »Und was tun wir jetzt?«

»Wir marschieren schnurstracks in den Flughafen.« Tante Senejess schritt bereits rüstig aus. »Dort verstauen wir diese Klamotten und hören uns um, welche Gerüchte wie die Väter durch die Straßen streunen.« Mit blitzenden Augen schaute sie auf Resaime hinab. »Danach sammeln wir alle Informationen, die wir über das Netzwerk der Menschen erhalten können, und wenn wir genug wissen, reisen wir nach Hause.«

Mein Herz pumpert so laut, dass sie das Pochen hören muss. Resaime erschauerte innerlich. »Und wie verwerten wir, was wir hier in Erfahrung gebracht haben?«

»Wir werden tun, was wir tun müssen.« Tante Senejess blickte starr geradeaus.

Resaime biss sich auf die Lippe. Sie hatte Mühe, mit dem beschwingten, raumgreifenden Gang der Tante Schritt zu halten. Fast hatten sie das Portal erreicht, hinter dem sich das Flughafenterminal und die Massen von Getesaph befanden. Sie musste etwas unternehmen, und zwar schnell.

Ich muss es tun. Ich darf jetzt nicht kneifen. Das Blut rauschte in ihren Ohren. »Aber …« Absichtlich verlieh sie ihrer Stimme einen ängstlichen Klang. Es fiel ihr leichter, als sie gedacht hatte. Ihr Magen krampfte sich zusammen. »Tante Senejess, versprich mir, dass du mit diesen Informationen zu den Königinnen gehst und sie von der Heimtücke der Getesaph zu überzeugen versuchst.« Jählings blieb ihre Tante stehen und starrte ihr ins Gesicht.

Theia hatte Recht. Sie begingen einen riesengroßen Fehler. Aber für sie gab es kein Zurück mehr. Sie musste ihren

Vorsatz in die Tat umsetzen. »Mutter brachte uns hierher, damit wir in unserer angestammten Heimat groß werden und gedeihen. Leider erzählte sie uns nicht … Sie kann einfach nicht einsehen, dass die Getesaph uns etwas antun wollen. Die Menschen sind allesamt blind. Sie waren es von jeher. Ich mache mir Sorgen um Theia, Tante Senejess. Sie ist nicht gründlich genug informiert. Ich habe solche Angst um sie.«

Tränen brannten in ihren Augen. Doch sie weinte nicht aus Furcht, sondern vor Anstrengung. Sie fühlte sich nackter, als hätte sie hier lediglich mit ihrem Beutelgurt bekleidet gestanden. Sämtliche Ahninnen starrten aus ihren unterirdischen Gräbern zu ihr herauf. Und sie sahen eine Lügnerin, eine Verräterin. Sie sahen Falschheit und Ungehorsam.

Tante Senejess setzte das Bündel ab und legte ihre Arme auf Resaimes Schulter. »Hör mir aufmerksam zu, meine Liebe«, begann sie leise. »Aus deinen Worten klingen Mut und geistige Reife. Ich wusste, dass du zu deiner Sippe halten würdest. Die Neuigkeiten, die wir mitbringen, sind nicht für die Königinnen bestimmt, sondern für die Große Familie. Unsere Freundinnen stehen schon bereit, um sie zu verbreiten und an die Debattiermauer zu heften. Es ergeht der Aufruf, die Allianz zu verlassen. Trotz der Ereignisse der letzten Woche hocken die Königinnen immer noch isoliert in der Stadt, lediglich umgeben von Kriecherinnen und Speichelleckerinnen.

Die Armee wird ihnen den Gehorsam aufkündigen, sowie wir ihnen den Grund für einen Angriff liefern. Das wurde uns bereits zugesichert. Und wenn die Getesaph das vorhaben, was ich vermute – umso besser. Unsere Soldatinnen können auf ihrem Archipel landen und ihre Kinder als Geiseln nehmen. Sollten sie noch zu irgendwelchen Gefühlen fähig sein, werden sie kuschen. Sperren sie sich jedoch …« Vor Wut keuchend, bleckte sie die Zähne. »Dann haben sie bald nichts mehr, wofür es sich zu kämpfen lohnte.«

Stumm blickte Resaime sie an. Die Worte, die sie nicht auszusprechen wagte, verstopften ihr die Kehle.

Nun zog Senejess Resaime fest an ihre Brust. »Alles wird gut werden, meine Liebe«, flüsterte die Tante ihrer Nichte ins Ohr. »Dir und deiner Schwester wird kein Leid geschehen. Das schwöre ich bei unseren Ahninnen.«

Resaime schloss die Augen und erwiderte die Umarmung mit aller Kraft.

Ich tue es für Mutter. Ich tue es für meine Schwester Theia. Ich tue es für all unsere Schwestern und für die Große Familie. Sie werden erkennen, dass die Allianz eine gute Sache ist, und dass sie uns nur Vorteile bietet, wenn sie lange genug hält. Das ist das Einzige, was zählt. Darauf muss ich hinarbeiten.

Sie rückte ein wenig von Senejess ab. »Sei bedankt, Tante Senejess. Jetzt bin ich bereit weiterzumachen.«

Ihre Tante nickte beifällig, richtete sich zu ihrer vollen Größe auf, schulterte das Bündel und nahm Resaime an die Hand. Im Gleichschritt marschierten sie zum Flughafen.

Trace prüfte das Infoview auf ihrem rechten Handrücken. Nichts. Keine Anrufe, keine Nachricht. Mit den Fingerspitzen trommelte sie auf die Fensterbank und ließ den Blick über den geschäftigen Flughafen schweifen, der sich vor ihren angemieteten Büros erstreckte.

Dabei hatte sie so viel zu tun. Tausend Details liefen in diesem Moment durch ihre Station. Alle mussten begutachtet, gebilligt oder verworfen werden. Ihr oblag es, Teams zu koordinieren, Informationen weiterzugeben, Statusberichte zu schreiben. Stattdessen stand sie hier am Fenster und grübelte darüber nach, wieso Lynn nicht im Zimmer nebenan saß.

Die Tür ging auf und R.J. trat ein. Er sah sie nur an und zuckte die Achseln.

»Ich konnte auch nichts in Erfahrung bringen.«

Abermals inspizierte sie ihr Infoview. Immer noch nichts. »Wir müssen Keale und die Marines einschalten, R.J. Dies ist keine Bagatelle.«

Er seufzte und rieb sich die Stirn. »Ich geb's nur ungern zu, aber du hat Recht. Ich wollte nur noch ein bisschen abwarten, weil ... na ja, ich finde, wir sollten sie nicht unbedingt ... ermutigen.«

Sie nickte. »Ich verstehe genau, was du meinst. Und ich teile deine Ansicht. Aber sie ist *verschwunden*, R.J.«

»Klar.« Er ließ sich auf einen der Stühle fallen, die um einen Tisch standen, in dessen Platte kleine Bildschirme eingelassen waren. »Weißt du was, ich kontaktiere Keale, wenn du Brador anrufst.«

»Einverstanden.« Sie zog sich einen Stuhl heran und nahm Platz. Dann aktivierte sie zwei der Monitore. Ein Verzeichnis erschien, und sie wählte das Komm-Display. Sobald das richtige Icon eingeblendet wurde, klickte sie auf Bradors Shortcut für Notfälle.

Auf der anderen Seite des Tisches stritt R.J. leise mit jemandem. »Doch, ist es sehr wichtig.« Pause. »Lynn Nussbaumer wird auf dem Territorium der Getesaph vermisst.« Pause. »Sie verlangen von mir, dass ich Vizepräsident Brador mitteile, die gesamte Umsiedlung sei in Gefahr, nur weil Sie finden, eine einzelne vermisste Person könne man nicht als Notfall bezeichnen? Sehen Sie mal in Ihrem Personalverzeichnis nach, dann wird Ihnen schon aufgehen, wer Lynn Nussbaumer ist.«

Trace seufzte und konzentrierte sich darauf, ihr Display mit seinem Monitor zu vernetzen. Selbst bei Bioverse, einem Konzern, der für seine Effizienz berühmt war, gab es Schlafmützen.

Brador lokalisiert blitzte auf ihrem Schirm, gefolgt von Bradors Bild.

»Was gibt's, Trace?«

»Wir haben Lynn Nussbaumer verloren.« *Unglückliche Formulierung, Trace.* »Sie hat sich den ganzen Tag lang noch nicht bei uns gemeldet. Wir konnten sie weder aufspüren noch einen Defekt in einer Komm-Leitung finden.«

Bradors fleischige Wangen sackten nach unten. »Haben Sie sich schon mit Keale in Verbindung gesetzt?«

Trace blickte zu R.J. hinüber, der den Daumen nach oben reckte. »Soeben wurde der Kontakt hergestellt.« Sie tippte auf das Split-Icon, um den Schirm zwischen Vize Brador und dem Commander der Konzern-Sicherheit aufzuteilen.

Keale schaute bestürzt drein. »Warum habt ihr so lange gewartet?«

»Wir dachten, es läge an einer fehlerhaften Komm-Leitung«, verteidigte sich R.J. »Wir wollten keine unnötige Suchaktion in Gang setzen.«

Keale knirschte mit den Zähnen. »Wir sind hier um zu *helfen,* nicht um polizeiliche Maßnahmen zu ergreifen. Wieso kann das keiner von euch kapieren?«

»Ich stimme mit Ihnen überein, dass es in dieser Hinsicht ein Problem gibt, Commander«, mischte sich Brador ein. »Aber was können wir konkret unternehmen, jetzt, wo ein Notfall eingetreten ist?«

Keale holte tief Luft. »Ich gebe unseren Leuten im Flughafen Bescheid. Dr. Nussbaumer hat über all ihre Kontakte und Verabredungen akribisch Buch geführt. Zuerst ziehen wir in aller Stille Erkundigungen bei den Personen ein, die mit ihr zusammen waren. Niemand verschwindet, ohne eine Spur zu hinterlassen. Auch hier nicht.«

Brador nickte. »Ausgezeichnet, Commander. Vielen Dank. In der Zwischenzeit, Trace, R.J., weiht ihr eure Teamleiter ein, und ich alarmiere die anderen Vizepräsidenten. Wir setzen alle Hebel in Bewegung, um Lynn Nussbaumer zu finden, aber an dem Terminplan für den Abflug wird nicht gerüttelt, verstanden?«

»Ja«, antwortete Trace leise.

»Ja«, bestätigte R.J. automatisch.

»Schön. Starten Sie eine groß angelegte Suche, Keale. Ich will nicht, dass eine meiner Angestellten ein Opfer der hiesigen Politik wird.«

»Das geht mir genauso, Sir.« Keale tippte auf den Schirm und schaltete seine Station ab.

»An die Arbeit, ihr zwei!« befahl Brador forsch. »Dies ist eine der Krisen, auf die wir uns so gründlich vorbereitet haben.«

Auch Brador kappte die Verbindung. Trace sah R.J. an und erkannte eine Mischung aus Sorge und Resignation in seinem Gesicht. »Ich weiß«, stöhnte sie. »Für dieses Szenario wurden wir nicht gedrillt.«

Der Signalton der Komm-Station hallte als Echo von den kahlen Zimmerwänden wider. Resaime rappelte sich von ihrer Schlafmatte hoch.

»Tante Senejess, da ist ein Anrufer in der Leitung«, rief sie ihrer Tante zu, die im Lebensmittelschrank stöberte.

»Sei bedankt, Nichte.« Tante Senejess setzte sich vor die Komm-Station. »Und jetzt sag bitte dieser Maschine, dass ich befugt bin, den Anruf entgegenzunehmen.«

Res tippte ein Kommando in das Keyboard ein, damit die Botschaft abgespielt wurde. Der graue Monitor verwandelte sich in ein nebulöses Farbenmeer, das sich rasch in einen Frauenkopf refigurierte.

»Praeis Shin?« fragte die Frau ein wenig unsicher.

»Ja?« erwiderte Tante Senejess.

Resaime zog sich in einen Winkel zurück, in dem sie

weder von der Komm-Station noch von ihrer Tante gesehen werden konnte.

»Mein Name ist Iola Trace. Ich assistiere Lynn Nussbaumer beim Umsiedlungs-Management.« Sie sprach t'Therianisch mit einem starken Akzent und in einem irgendwie gehemmten Tonfall. *Wahrscheinlich erhält sie Unterstützung von einem Implantat,* dachte Res und ließ sich vorsichtig auf die Schlafmatte nieder. »Dr. Nussbaumer hat sich heute noch nicht bei ihrem Team gemeldet, und ich wollte nur nachfragen, ob Sie vielleicht mit ihr gesprochen haben.«

Tante Senejess schüttelte den Kopf. »Ich habe auch nichts von ihr gehört. Befindet sie sich auf dem Flughafengelände? Möchten Sie, dass wir sie suchen?«

Iola Trace zögerte. »Seid bedankt. Bei uns haben sich ein paar Probleme ergeben, die ihrer Aufmerksamkeit bedürfen.«

Senejess lachte. Es war ein eigentümlich hohler Laut. »Das kann ich mir gut vorstellen. Meine Tochter und ich fangen gleich an zu suchen.«

»Seid bedankt«, erwiderte Iola Trace, immer noch stockend. Ihre Blicke huschten unstet hin und her, und Resaime fühlte, wie ihre Haut sich rippelte. Ob Tante Senejess merkte, wie nervös diese Frau war? Ihre verkrampfte Sprechweise war vielleicht gar nicht auf mangelnde Sprachkenntnisse zurückzuführen, sondern auf eine große Besorgnis. Wo steckte Lynn? Hatten die Getesaph ihr etwas angetan?

»Sowie wir etwas erfahren, rufe ich zurück«, beteuerte Tante Senejess. Die Frau bedankte sich noch einmal und schloss die Leitung. Iola Traces Gesicht wurde ausgeblendet.

Tante Senejess schwenkte ihren Drehstuhl herum. »Nun, Nichte, was sagst du dazu?«

»Ich finde es höchst merkwürdig«, antwortete Resaime ehrlich. »Lynn ist sehr gewissenhaft.« *Angenom-*

men, die Getesaph stecken hinter ihrem Verschwinden. Zuzutrauen wäre es ihnen. Sie sind dafür bekannt, dass sie Leute entführen.

»Das stimmt.« Tante Senejess stand auf und zupfte nachdenklich an Res' Ohr. »Vielleicht sollten wir uns wirklich aufmachen und nach ihrem Verbleib forschen.«

Und wenn die Getesaph uns auch noch verschleppen? Wer wird dann nach uns suchen? Wenn ihr, Resaime, etwas zustieß, war Tante Senejess verpflichtet, ihr beizustehen. Aber Tante Senejess war nicht Theia oder Mutter.

»Nun, was ist, Nichte?«

Resaime erschrak. Tante Senejess richtete die gespitzten Ohren nach vorn. »Ich … äh … möchte lieber hier warten, Tante.«

Senejess legte eine Hand auf ihre Schulter. »Warum, Resaime?«

Verzweifelt suchte sie nach einer Begründung, die Tante Senejess ihr abnehmen würde. »Die Getesaph machen mich nervös«, behauptete sie. »Ich fühle mich erschöpft, ich kann mich nicht länger verstellen. Dauernd quält mich die Angst, mir könnte irgendein Patzer unterlaufen.«

Eine Weile streichelte Senejess schweigend ihren Arm. Resaime vermochte den Gesichtsausdruck ihrer Tante nicht zu deuten, doch ihre Ohren wedelten unruhig hin und her.

»Was wir hier tun, ist wahrhaftig nicht einfach«, bekannte Senejess. »Aber es ist notwendig. Die Getesaph machen mich nicht nur nervös, sie flößen mir Todesangst ein. Doch wenn es um die Sicherheit unserer Großen Familie geht, dürfen wir uns keine Schwächen leisten.«

Resaime schluckte. »Nein, das wäre feige, Tante Senejess.« *Bitte, zwing mich nicht, mit dir zu gehen. Bitte, lass mich hier bleiben.*

»Gut gesprochen.« Tante Senejess klopfte ihr auf die Schulter. »Du darfst dich im Zimmer ausruhen, während ich unsere Kontaktpersonen ausfindig mache und ihnen berichte, was vorgefallen ist. Wirst du imstande sein, nach draußen zu gehen, wenn ich zurückkomme?«

»Ja, Tante Senejess.« Resaime drückte ihre Hand und bemühte sich, ihre Ohren und ihre Haut still zu halten.

»Gut.« Senejess schlang sich ihre Tasche über die Schulter und steuerte auf die Tür zu, die sich hinter ihr geräuschlos schloss.

Resaime verharrte untätig, nur ihren Atemzügen lauschend. Als sie ihre Tante weit genug entfernt wähnte, sprang sie auf die Füße und flitzte zur Komm-Station.

Sie aktivierte den Schirm, um eine Nachricht abzusetzen. Der Computer fragte sie nach der Adresse. Sie überlegte fieberhaft. Mutter konnte sie nicht auf direktem Wege anrufen, da ihre Mutter ja angeblich mit ihr zusammen im Getesaph-Gebiet weilte. Und den Anruf ans Haus zu schicken, kam gleichfalls nicht in Frage, weil Tante Armetrethe oder eine der Cousinen die Mitteilung abfangen konnten.

»Theiareth Shin t'Theria«, nannte sie der Station die Adresse. Bestimmt hatte Mutter Theia zwischenzeitlich in das Register der Menschen eingetragen.

Der Computer meldete, dass er den Namen suchte. Resaime wartete. Ihre Haut zuckte und spannte sich, als wollten die Muskeln freigelegt werden. Ständig richtete sie die Ohren auf die Tür, angestrengt nach dem leisesten Geräusch lauschend.

Der Schirm leuchtete auf. Ihr gegenüber saß Theia. Das Sammelsurium aus Möbeln und die dahinter liegende mit Fresken bemalte Wand deuteten darauf hin, dass sie sich in irgendeinem Saal der königlichen Residenz befand. Resaime fiel ein Stein vom Herzen.

»Res! Was …?«

»Hol Mutter, schnell! Lynn ist verschwunden.« Resaime merkte, dass sie nach Luft schnappte. »Los, beeil dich!«

Ihre Mutter füllte den Bildschirm. Am liebsten hätte Resaime die Arme nach ihr ausgestreckt. »Mutter, Lynn ist verschwunden. Ihre Leute haben hier angerufen. Man kann sie nirgendwo finden. In einem Notfall sollte ich mich an sie wenden. Zur Zeit bin ich ganz allein. Was soll ich tun?«

Mutter beugte sich näher an den Schirm heran. »Auf gar keinen Fall in Panik geraten, meine Tochter. Das ist das Allerwichtigste. Ich werde Lynns Leute kontaktieren und sie wissen lassen, wo du dich aufhältst. Lynn hat einen Freund auf den Hundert Inseln. Ich fahnde nach ihm. Ruf morgen deine Schwester wieder an. Dann kann ich dir mehr sagen. Wirst du tapfer sein, Resaime?«

Tante Senejess hatte sie für ihren Mut gelobt, doch das unterschlug Res. »Ja, ich werde tapfer sein, Mutter.« Ihre Kehle schnürte sich zusammen und ihre Ohren fingen unwillkürlich an zu flattern. »Darf ich noch einmal mit Theia sprechen?«

»Ja, aber nur kurz.«

Ihre Mutter verschwand. Eine Hand schob sich herunter und berührte den Schirm. Die Verbindung war gekappt. Kreischend zuckte Resaime zurück. Neben ihrem Stuhl stand Tante Senejess und funkelte sie mit bösen Augen an.

»O Resaime!« keuchte sie. »Was hast du getan?«

Resaime öffnete den Mund um sich zu verteidigen, doch sie brachte kein Wort heraus. Tante Senejess' Ohren senkten sich tief nach unten. »Schon gut. Verrate mir nur, welche Botschaften sonst noch zwischen deiner Mutter und diesem Ort ausgetauscht wurden.«

»Ich weiß es nicht … Sie schickte einen Brief an Lynn,

um ihr mitzuteilen, wo wir sind. Wahrscheinlich hat Lynn ihr geantwortet.«

»Wann war das?« Senejess' Gesichtshaut spannte sich.

Res spürte, wie der Zorn ihrer Tante auf sie übersprang. Sie wollte sich ihr in die Arme werfen und um Verzeihung bitten, doch sie beherrschte sich. »Gleich nach unserer Ankunft.«

Senejess' Ohren legten sich flach nach hinten. »Steh auf, Nichte. Wir müssen sofort von hier flüchten.«

Resaime erhob sich. Tante Senejess schnappte sich Res' Tasche, die auf der Kleiderpresse lag, nahm ihre Nichte an die Hand und zerrte sie aus dem Zimmer. Resaime wagte es nicht, sich zu sträuben. Stumm stolperte sie hinter Senejess her und versuchte, sicheren Tritt zu fassen.

Was habe ich bloß angestellt? Das hatte ich nicht gewollt. Ich konnte nur nicht länger allein sein …

Sie erreichten den Flughafen. Senejess zog Resaime dicht an sich heran und legte ihr den Arm um die Schultern. »Entspann dich«, wisperte sie ihr ins Ohr. »Benimm dich, als befänden wir uns auf einem Spaziergang.«

Sie bugsierte Resaime zu einer Gruppe von Getesaph, die sich mit Körben und Beuteln abschleppten. Vermutlich strebten sie einer der von den Menschen angelegten Transitlinien zu, die den Markt anfuhren. Die Menschen sorgten für Verpflegung und Unterkunft, doch viele Getesaph empfanden beides als zu spartanisch und wollten sich vor dem Abflug mit ein paar frischen Leckereien und bescheidenen Luxusgütern eindecken.

Endlich fand Resaime die Sprache wieder. »Tan … Mutter …«

»Psst!« zischelte Tante Senejess. »Wir unterhalten uns auf dem Heimweg. Bleib du nur dicht bei mir.«

Du lässt mir ja keine Wahl. Resaime rang nach Fassung. Ihre Tante hatte es nicht nur so eilig, weil sie Mutter angerufen hatte. Hinter ihrer Hektik steckte weit mehr. Sie schien zu befürchten, dass ihre Tarnung jeden Moment aufflog … Bei den Ahninnen!

»Sie können das Gespräch nicht abgehört haben«, raunte sie ihrer Tante ins Ohr. »Ganz gleich, über welche Komm-Stationen die Getesaph verfügen, die Geräte sind auf keinen Fall mit der Hardware der Menschen kompatibel.«

Plötzlich versperrten ihnen zwei Getesaph in blauen Militäruniformen mit schwarzen Rangabzeichen an den Manschetten den Weg. Tante Senejess versuchte, auf dem Absatz kehrtzumachen. Hinter ihnen hatten zwei weitere Soldatinnen Posten bezogen.

»Ihr kommt mit uns«, befahl eine der Getesaph vor ihnen. »Auf der Stelle.«

Resaimes Herz hämmerte wie wild gegen ihre Rippen. Tante Senejess blickte sie traurig an und drückte ihren Arm. »Das soll dir eine Lehre sein, meine Liebe. Unterschätze nie den Feind.«

Es war still im Haus.

Armetrethe wanderte im großen Saal auf und ab. Sie umkreiste die Serviertische, den Herd und den Hackblock. Ihr Armstumpf ruderte durch die Luft, als wollte er gleich davonfliegen.

Vor einem der Fensterschlitze blieb sie stehen und betrachtete die Töchter draußen im Hof. Sie spielten Haschen oder gluckten in Gruppen beieinander, über Bücher gebeugt und sich gegenseitig bei den Schulaufgaben helfend. Ceian und ihre ältesten Cousinen standen plaudernd im Schatten der Mauer und lächelten in den Gesprächspausen nachsichtig auf die jüngeren Töchter hinab.

Am liebsten wäre Armetrethe hinausgerannt und

hätte so viele Töchter wie möglich mit dem ihr verbliebenen Arm umfasst. Sie wollte Praeis ausfindig machen, wo auch immer sie sich gerade aufhalten mochte, und sie so lange schütteln, bis sie ihre krankhafte Distanziertheit verlor und wieder zu einer richtigen Schwester wurde. Sie wollte schreien und die gesamte Große Familie um sich scharen. Sie hätte alles getan, nur um diese entsetzliche, sprachlose Einsamkeit zu beenden.

Der Lautsprecher der Komm-Station blieb stumm. Schon vor einer halben Stunde hätte sich Senejess' Kontaktperson melden und Bescheid geben müssen, ob alles in Ordnung sei. Aber nichts ... kein Kontakt ... nichts ...

Sie wusste, was jetzt von ihr verlangt wurde. Für diesen Fall hatten sie sich einen ausgefuchsten Plan zurechtgelegt. Ihre Ohren legten sich in knitterige Falten, und sie ließ die Schultern hängen.

Nein, ich kann es nicht tun. Das würde bedeuten, dass ich die Letzte bin. Praeis hat sich von uns allen abgewandt. Ich will aber nicht die Einzige sein, die noch übrig bleibt.

Denn falls Senejess den Getesaph in die Hände gefallen war, würde sie nicht mehr lange leben.

Die Haut auf Armetrethes Rücken wellte sich. Mit ihrer einen Hand umklammerte sie die Sofalehne und drückte so fest zu, dass der abgewetzte, blaue Satin unter ihren Fingern zerriss.

Der kastenförmige Lautsprecher summte. Armetrethe hetzte durch den Raum. Blindlings schlug sie nach dem Schalter und hatte Glück, dass sie ihn überhaupt traf. »Armetrethe hier!«

»Taraen Ul t'Theria«, tönte die vertraute Stimme von Senejess' Kontaktperson durch die Leitung. »Ich muss mich kurz fassen. Deine Familie wurde festgenommen. Ich hab's mit eigenen Augen gesehen. Die Getesaph können die Kommunikationskanäle der Menschen anzapfen. Sie haben die Gespräche zwischen der Mutter und ihrer menschlichen Kontaktperson sowie die Unterredung zwischen der Tochter und der Mutter belauscht. Bei besagten Anrufen ging es um unsere Mission. Die Getesaph haben die Signale abgefangen. Ich muss versuchen, meine Leute fortzubringen.«

Die Verbindung brach ab. Unfähig sich zu rühren, stand Armetrethe neben der Lautsprecherbox. Furcht lähmte ihre Muskeln und fand ihren Weg bis in ihr Herz.

Schwester? Schwester? Ist es wahr? Bist du von mir gegangen? Bin ich jetzt allein?

Ihre Knie zitterten. Schwer lehnte sie sich gegen den Tisch.

Es gibt einen Plan. Und dieser Plan stammt von ihr. Ich darf jetzt nicht schwach werden.

Armetrethe eilte durchs Zimmer und riss die Tür auf.

»Töchter!« Ihre Stimme hatte einen stählernen Beiklang. »Töchter!«

Die Kinder blickten von den Büchern auf und unterbrachen ihre Spiele oder Plaudereien. Unverzüglich kamen sie angerannt und umringten sie, wobei die größten die kleinsten auf die Schultern nahmen. Poar und Ceian drängten sich dicht an sie heran. Theiareth, die ihrer Mutter so sehr glich, lungerte ein wenig abseits, als hätte sie Angst, sich in die Schar ihrer Cousinen zu mischen.

Ihre Mutter müsste es ihr mitteilen, nicht ich. Ihre Mutter müsste den Getesaph bereits blutige Rache schwören, doch ihre Mutter weiß von nichts und kümmert sich um nichts …

»Was ist los?« Als hätte sie diese unausgesprochenen Gedanken gehört, tauchte Praeis in der Tür auf.

Armetrethe nahm Poar in den Arm. Unter Aufbietung all ihrer Kräfte wandte sie sich von Praeis ab.

»Eure Hilfe ist vonnöten, meine Töchter. Senejess und Resaime wurden von den Getesaph gefangen genommen, und wir müssen die Große Familie benachrichtigen.«

»Was!« Praeis packte Armetrethe bei den Schultern und drehte sie herum. Poar quiekte bei der abrupten Bewegung. »Du weißt ja nicht, was du da sagst, Schwester. Das kann nicht wahr sein!«

»Aber es ist die Wahrheit.« Armetrethe ließ Poar los und griff nach Praeis' Hand. »Und du bist Schuld daran!«

Armetrethe ließ Praeis nicht weitersprechen. Es sprudelte nur so aus ihr heraus. »Du hast deinen menschlichen Freunden verraten, was wir vorhaben. Du hast deine Tochter auf Senejess angesetzt, damit sie dir über die Tätigkeit ihrer Tante Bericht erstattet. Die Getesaph haben die Gespräche mitgeschnitten. Und nun befinden sich Senejess und Resaime in der Gewalt der Getesaph. Das bedeutet, sie sind *tot*!«

Armetrethe verlor die Beherrschung und stürzte sich auf ihre Schwester. Ihre Finger krallten sich in Praeis' Hautlappen. Jemand hielt sie fest und drückte sie mit dem ganzen Körpergewicht zu Boden. Sie wand sich und zappelte. Praeis würde für ihren Verrat bezahlen, bezahlen, bezahlen! Armetrethe würde diese abtrünnige Kollaborateurin zu den Ahninnen schicken. Sie würde ihre wahre Schwester und die Tochter rächen.

Aus der Ferne vernahm sie Schreie, Weinen und Todesschwüre, doch die größte Bedrängnis bereitete ihr der schwere Körper, der auf ihr lag und sie am Boden festnagelte.

»Das stimmt nicht«, widersprach jemand. »Es verhält sich ganz anders. Du musst irgendetwas falsch verstanden haben.«

Praeis. Praeis hatte sie niedergerungen und ihr die Bewegungsfreiheit geraubt. Und sie weigerte sich, ihre Schuld zuzugeben.

Sie wird sterben. Aber zuvor muss sie ihr Verbrechen einsehen.

»Die Kontaktperson unserer Schwester hat es mir erzählt. Sie war bei der Festnahme dabei.«

Ein unartikulierter Schrei zeriss die Luft. Das Gewicht wurde von Armetrethes Rücken genommen. Als sie sich umdrehte, sah sie, wie Praeis mit der Faust ausholte. Der Schlag traf sie mitten auf der Brust und ließ sie nach Luft schnappen.

»Das ist dein Werk!« kreischte Praeis. »Du hast meine Tochter zu den Getesaph geschickt. Du hast mich belogen!« Abermals hob sie die Faust.

»Nein!«

Poar sprang Praeis an. Vier ihrer Schwestern folgten ihrem Beispiel und zerrten Praeis zu Boden. Doch in der nächsten Sekunde schritt Theiareth ein, packte nach den nächstbesten Ohren und riss die Angreiferinnen von ihrer Mutter fort.

»Loslassen! Loslassen!«

Ein paar der Cousinen knöpften sich Theiareth vor. Andere wiederum leisteten Theia Beistand. Ein allgemeiner Tumult brach aus, untermalt von unverständlichem Gebrüll.

Verblüfft starrte Armetrethe Praeis an. Die chaotischen Gefühle, die durch ihre Adern rasten, verflogen mit einem Schlag, und sie ergriff Praeis' ausgestreckte Hand. Zusammen rappelten sie sich auf die Füße.

»Aufhören! Hört sofort auf zu kämpfen, Töchter!« Sie fuhren in das ineinander verkeilte Knäuel, schnappten sich die Töchter, die sich am leidenschaftlichsten prügelten und sonderten sie ab.

Praeis zog Theiareth an die Seite und zeigte ihr die aufeinander eindreschenden Cousinen. »Sieh, was du angerichtet hast! Sieh genau hin.«

»Sie haben dir wehgetan«, verteidigte sich Theia mit dünner Stimme.

»Nein.« Praeis schloss ihre Tochter in die Arme. »Mir hat niemand wehgetan.«

»Ich brauche Resaime«, jammerte Theia und barg ihr Gesicht an Praeis' Schulter. »Res!«

Das Bedürfnis, Trost zu spenden, griff ebenso rasch um sich wie kurz zuvor der Wunsch, sich zu prügeln. Die Töchter umringten Theia, versuchten sie zu berühren und drängten sich so dicht wie möglich an sie heran.

Praeis hielt ihre Tochter immer noch fest in den Armen und wiegte sie sachte hin und her. Über die Ohren der Töchter hinweg peilte sie zu Armetrethe hinüber.

Armetrethe erkannte die Verzweiflung im Blick ihrer Schwester. Praeis' Herz blutete, wie ihrer aller Herzen bluteten, und das war richtig so. Vielleicht besaß sie doch einen guten Kern. Armetrethe legte den Arm um Praeis' Schultern.

»Wir werden das Unrecht wieder gutmachen. Es gibt genug Leute, die uns helfen. Die Töchter sollen losgehen und um Beistand bitten. Ich weiß, welche Familien auf unserer Seite stehen.«

Praeis schüttelte den Kopf. »Das wäre der falsche Weg. Wir müssen uns an die Königinnen und an die Allianz wenden.«

Der Vorschlag traf Armetrethe heftiger und unvorbereiteter als Praeis' Fausthieb. »Wie kannst du so etwas sagen?« fragte sie fassungslos. »Deine Schwester! Deine Tochter!«

»Beide könnten noch am Leben sein!« schnitt Praeis ihr das Wort ab. Sie festigte ihren Griff um Theiareth. »Es ist nicht mehr so wie früher. Die Menschen …«

»Sind so kalt und so weit weg wie der Mond!« Armetrethe zog ihren Arm zurück. »Wie kannst du nur!«

»Beherrsche dich!« schnauzte Praeis. »Oder willst du, dass unsere Töchter ein zweites Mal aufeinander losgehen?«

Armetrethes Blick wanderte über die Töchter, die in einer Traube zusammenstanden, und auf deren Gesichtern sich blanke Empörung, ernste Betroffenheit und totale Verwirrung abmalten.

»Die Allianz ist ein Schwindel, eine Heuchelei, die lediglich den Getesaph etwas nützt«, erklärte Armetrethe bedächtig, ihre Schwester nicht ansehend. »Die Familien, die Bescheid wissen müssen, werden benachrichtigt.«

»Das gleiche gilt für die Königinnen«, beharrte Praeis.

Armetrethes Ohren zitterten. »Hoffentlich wissen die Ahninnen, wie dieses Problem zu lösen ist, Schwester, denn ich weiß es nicht.«

Sie hörte Praeis leise seufzen. »Ich auch nicht.«

»Irgendwelche Neuigkeiten?«

Trace schüttelte den Kopf. R.J. blies die Backen auf und spähte aus dem Fenster auf die Landepisten. Ausnahmsweise war die künstlich angelegte Ebene frei von Leuten. Die Shuttle-Crews hatten sich in die Startbuchten begeben und führten computergestützte abschließende Checks durch.

Die Passagiere lagen auf ihren Andruckliegen und ihre Verwandten hielten sich in den Flughafengebäuden auf, wo sie den Start auf Monitoren verfolgen konnten.

Lynn jedoch, die so engagiert auf diesen ruhigen, geordneten Augenblick hingearbeitet hatte, war nirgendwo zu entdecken. Bis jetzt hatte Keale noch keine Spur von ihr gefunden.

»Möchtest du den Abflug verschieben lassen?« fragte Trace.

»Ja, das wäre mir am liebsten.« R.J. fuhr sich mit der Hand über den Helm und ärgerte sich zum x-ten Mal, wie unbequem und lästig es war, sich nicht den Kopf kratzen zu können. »Aber es geht nicht. Vize Brador hat schon den Startbefehl erteilt.«

»Ich weiß.« Trace drückte auf die Komm-Taste. »Verbindung zur Start-Kontrolle herstellen.«

Im nächsten Augenblick meldete sich die Start-Kontrolle. »Wir sind bereit. Von uns aus kann es losgehen, Trace.«

»Und was sagen die da oben?« R.J. heftete den Blick auf die wartenden Shuttles. Er wünschte sich Lärm, Action, nicht dieses Gefühl, als hielte das gesamte Projekt den Atem an. Seine Brust hätte vor Stolz und Aufregung schwellen müssen. Stattdessen empfand er Angst.

»Die da oben warten auf ihre Gäste«, erwiderte die Start-Kontrolle. »Der rote Teppich ist schon ausgerollt.«

Trace berührte die STUMM-Taste, sah R.J. an und schaute dann auf die Piste. »Wir könnten die Vizes noch einmal kontaktieren, nur um nichts zu versäumen.«

Resigniert schüttelte R.J. den Kopf. »Du weißt, was sie sagen werden. Die Show muss weitergehen.«

»Dann geht sie auch weiter.« Abermals drückte sie auf den Schalter. »Ausgezeichnet, Startkontrolle. Dann schickt sie los.«

Trace stand so dicht neben R.J., dass ihre Anzüge sich aneinander rieben. Gemeinsam sahen sie zu, wie das erste Shuttle in Startposition rollte.

KAPITEL 11

»Die Observation aus der Luft hat nichts ergeben.« Lieutenant Ryan stand am Ende des Konferenztisches in Keales Büro, die Hände hinter dem Rücken verschränkt. Während Keale ihm zuhörte, machte sich ein flaues Gefühl in seinem Magen breit. »Wiederum herrscht durch die Umsiedlung eine solche Verkehrsdichte, dass man einen Elefanten über die Straßen treiben könnte, und wir hätten Mühe, ihn zu entdecken. In der Nähe des Parlamentsgebäudes gibt es keine neuen Baulichkeiten, keine militärischen Bewegungen, keine besonderen Vorkommnisse. Wir haben Leute in die unterirdischen Sicherheitstunnels geschickt, ohne Ergebnis, und jeder, der nicht droben auf der Ur oder der Cairo stationiert ist, durchkämmt die Hundert Inseln nach einer Spur von Lynn Nussbaumer.«

Indem Keale Ryans Miene studierte, fasste er neuen Mut. Der Lieutenant sah bei weitem nicht aus wie jemand, der seinem Vorgesetzten ausschließlich Misserfolge aufzählte.

»Und was haben wir in der Hand?«

»Drei weitere Personen werden vermisst.«

Keale setzte sich bolzengerade hin. *»Was?«*

Ryan verkabelte das Infoview auf seinem Handrücken mit der Tischplatte. Dann drückte er auf die PLAY-Taste. Der Bildschirm an der Wand leuchtete auf und zeigte eine Gruppe von Passagieren, die im Raumhafen der Getesaph aus einem Shuttle stiegen. Die meisten waren Menschen in Isolationsanzügen, doch zwei Dedelphi, eine Mutter und eine Tochter, fädelten sich in den Strom aus Menschen ein. Einander fest bei den Händen haltend, eilten sie im Geschwindschritt über die Landepiste zum Hauptterminal.

»Ehe Lynn Nussbaumer t'Aori verließ, stellte sie für Praeis Shin t'Theria und deren Tochter Resaime Shin ein Reisepermit aus. Damit durften sie von t'Aori zu den Hundert Inseln fliegen. Nussbaumer besorgte ihnen auch ein Zimmer im Flughafen.«

Keale beugte sich vor. »Shin t'Theria? Hat sie nicht Crater Town gegründet?«

»Ihre Familie war daran beteiligt. Sie selbst wurde von den Über Alle Gebietenden Königinnen zurückbeordert, um als Vermittlerin zwischen den Dedelphi und den Menschen zu fungieren.«

»Richtig. Ich begegnete ihr auf ein paar Konferenzen.« Keales Augen verengten sich. »Aber sie sieht doch ganz anders aus.«

»Sie ist es auch nicht.« Ryan murmelte etwas in sein Implantat. Die Szene verlagerte sich in das Flughafengebäude. Die beiden Dedelphi, die beinahe untergingen in der Menge ihrer Verwandten, steuerten auf eine Komm-Station zu. »Die da« – Ryan tippte auf die Mutter – »ist Praeis Shins Schwester, Senejess Shin. Kurz nachdem Nussbaumer hier eintraf, erhielt sie eine Nachricht von Praeis Shin, die besagte, dass der Brief, in dem um das Reisepermit gebeten wurde, von ihrer Schwester Senejess stammte. Diese hätte sich unter Praeis' Namen und in Begleitung ihrer Tochter Resaime zu den Hundert Inseln begeben, vermutlich, um die Getesaph auszuspionieren.« Ryan blickte triumphierend drein, weil ihm die Aufdröselung der komplizierten Ereigniskette gelungen war.

Keale wiederholte den Satz in Gedanken und analysierte ihn, bis er glaubte, den Sinn verstanden zu haben. »Wissen wir, warum Nussbauer Senejess Shin nicht einfach aus dem Verkehr zog, wie sie es hätte tun müssen?«

»Nein«, gab Ryan zu. »Wir wissen nur, dass Senejess Shin und Resaime Shin vermisst werden. Offenbar sind die Über Alle Gebietenden Königinnen auch im Bilde. Für diesen Nachmittag haben sie eine Dringlichkeitssitzung der Allianz anberaumt.«

Das hat uns gerade noch gefehlt: Die t'Theria und die Getesaph zeigen Schulterschluss. »Hatte Nussbaumer mit den Dedelphi im Flughafen Kontakt?«

Ryan schüttelte den Kopf. »So weit wir wissen, nicht. Aber sie schickte Botschaften an beide. Eine war an 'Praeis Shin' adressiert, und sie lädt sie zum Dinner ein, die andere ging an Resaime und informiert sie, wie sie notfalls mit Nussbaumer in Verbindung treten kann.«

Keale wünschte sich nichts sehnlicher, als Lynn Nussbaumer in diesem Moment vor sich zu haben, damit er sie fragen konnte, was, zur Hölle, sie da ausheckte. »Das wären zwei der vermissten Personen. Wer ist die dritte?«

Ryan murmelte einen Befehl in sein Implantat und die Szene wechselte wieder. Auf dem Schirm sah man eine der Besprechungen, die für das Vorausteam abgehalten wurden. Die Aufnahmen schien mit den Kameraaugen des Instruktors gefilmt worden zu sein.

Auf Ryans Anweisung hin vergrößerte der Computer das Bild eines Mannes, der von einer Terrasse aus die Konferenz mit gespannter Miene beobachtete.

»Wer ist das?« fragte Keale, als Ryan die Szene festhielt.

»Arron Hagopian«, erklärte Ryan. »Wissenschaftler und Forscher auf dem Gebiet der kulturellen Xenologie. Seit zehn Jahren lebt er mitten unter den Getesaph. Außerdem ist er mit Nussbaumer befreundet.« Keale bedeutete ihm, er solle sich mit seinen Erläuterungen beeilen. »Hier hat sie sich offiziell erst einmal mit ihm getroffen, aber wir dachten, er könnte etwas über ihren Verbleib wissen und wollten mit ihm Verbindung aufnehmen. Doch wir können ihn nicht finden.«

Keale rieb sich die Stirn und wartete darauf, dass Ryan fortfuhr.

»Wir überprüften Lynns Dateien und dabei stießen wir automatisch auf Hagopians Eingaben. Nach der Abflugs-Besprechung, die Sie hier sehen«, Ryan deutete auf das eingefrorene Videobild, »forderte Hagopian über sein Zimmerterminal die Passagierliste der ersten Getesaph-Migrationswelle an. Kurz darauf ließ er Lynn Nussbaumer lokalisieren ...«

»Und wo war sie?«

»In einer Konferenz mit den Anführerinnen der Vorhut; Dayisen Rual Lareet und Dayisen Rual Umat sowie deren Hilfspersonal.« Ryans Lippen bewegten sich, und der Schirm zeigte einen Flughafenkorridor. Ein kleines Trüppchen von Dedelphi verließ ein Sitzungszimmer. Durch die offene Tür sah Keale Lynn Nussbaumer im Gespräch mit zwei Getesaph. Arron Hagopian trat in den Blickwinkel der Kamera und blieb vor der Tür stehen. Nussbaumer sagte etwas, das die Mikrophone nicht einfingen, und Arron schritt in den Raum hinein. Hinter ihm schloss sich die Tür.

»Von der Komm-Station aus wurden eine Hrashn Kvin und eine Hrashn Lun benachrichtigt. Wir besitzen ein Videoband, auf dem zwei weitere Getesaph das Konferenzzimmer betreten. Fünfzehn Minuten später verlassen alle vier Getesaph den Saal, jedoch ohne Nussbaumer oder Hagopian.«

Keale drückte auf eine Taste an seinem Tisch und ließ das Band zurücklaufen, bis Arron Hagopian wieder auf dem Flur stand. Prüfend musterte Keale das Bild. Hagopian war groß, schlank und von der Sonne gebräunt, doch äußerlich wies er keine Besonderheiten auf. »Wo befinden sich die Dayisen Rual jetzt?«

»An Bord der *Ur.*« Ryan schaltete das Video aus. »Wir sprachen bereits mit ihnen. Beide behaupten, Arron und Lynn hätten die Konferenz gemeinsam verlassen, und sie haben nicht die geringste Ahnung, wohin sie gingen.«

»Natürlich nicht.« Keale trommelte mit den Fingerspitzen auf die Armstütze seines Sessels. »Haben Sie sie gefragt, wer die beiden anderen Getesaph waren?«

»Ja.« Ryan nickte. »Sie bestehen darauf, sie nicht zu kennen.«

Keale furchte die Stirn. »Und dieses Paar ist sicher auch unauffindbar.«

Zum ersten Mal blickte Ryan aufrichtig besorgt drein. »So ist es, Sir. Sie hatten sich für eine Unterkunft eingetragen, aber sie befanden sich nicht in den Shuttles und halten sich auch nicht auf dem Flughafengelände auf.«

Was geht hier vor? Und wer ist für diesen Schlamassel verantwortlich? Keale holte sich noch einmal Arron Hagopians Bild auf den Schirm. »Hat Hagopian irgendwas mit der Passagierliste angestellt? Zum Beispiel nach einem bestimmten Namen gesucht oder etwas in der Art?«

Ryan schüttelte den Kopf. »Nein, nichts. Soweit ich weiß, hat er sie nur gelesen.«

»Hagopian ist doch derjenige, der Bioverse öffentlich kritisiert, nicht wahr? Er hält nichts von der ganzen Umsiedlung.«

»Das stimmt.« Ryan fasste seinen Boss argwöhnisch ins Auge. »Aber er scheint sich damit arrangiert zu haben, denn immerhin plant er, mit den Getesaph auf der *Ur* zu bleiben. Eigentlich sollte er schon mit der ersten Migrationswelle an Bord gehen. Wie es aussieht, soll er dort irgendwelche Aufgaben als Historiker wahrnehmen.«

»Aber er befindet sich nicht auf dem Schiff?«

»Nein.« Ryan schüttelte den Kopf.

Natürlich nicht. Keale zog die Stirn kraus. *Er lebt seit zehn Jahren hier. Ist gegen die Umsiedlung, will aber den Umzug auf das Schiff mitmachen und bei den Getesaph bleiben. Und kurz vor dem Abflug des Shuttles verschwindet er spurlos … Das ergibt keinen Sinn. Entweder führt Hagopian seine Freunde an der Nase herum, oder die Dayisen Rual spielen ein doppeltes Spiel.*

Keale schürzte die Lippen. Das Verschwinden der beiden Shin t'Theria konnte man damit erklären, dass sie von den Getesaph als Spioninnen enttarnt und gefangengenommen wurden. Andererseits waren sie Freundinnen von Lynn Nussbaumer …

»Ich will, dass ihr euch jedes Pixel von den Aufnahmen im Flughafen noch einmal gründlich anseht. Dann brauche ich eine komplette Liste über sämtliche Aktivitäten von Hagopian, von den Shin t'Theria und von Nussbaumer.«

»Ja, Sir.« Ryan klinkte sich aus dem Tisch-Terminal aus.

»Außerdem will ich Kopien der Botschaften, die die Shin t'Theria abschickten oder empfingen. Und dann bringt mir diese beiden flüchtigen *Hrashn*, und wenn ihr jede einzelne der Hundert Inseln Zentimeter für Zentimeter nach ihnen absuchen müsst.«

»Ja, Sir.« Ryans Lippen bewegten sich, als er die Befehle in sein Implantat einspeicherte.

»Schicken Sie jemanden los, der die Dayisen Rual, die sich noch auf der Planetenoberfläche befinden, über den Xenologen Hagopian befragen. Alles, was wir über ihn in Erfahrung bringen, muss schnellstmöglich an mich persönlich weitergeleitet werden.«

Dieses Mal zögerte Ryan mit der Antwort. »Sie glauben doch nicht etwa … ich meine, Sir, er ist ein Mensch …«

Keale schüttelte den Kopf. »Ryan, wenn Menschen

an eine Sache glauben, die ihnen gerecht erscheint, ist ihnen mitunter nichts mehr heilig. Aus diesem Grund werden Leute wie wir nie arbeitslos.«

»Ja, Sir.« Ryan nahm Haltung an und entfernte sich.

Nachdem sich die Tür hinter ihm geschlossen hatte, wandte sich Keale an die Komm-Station. Er gab ein paar Befehle ein und schickte eine eigene Botschaft los. Die Order, die sie enthielt, durfte es gar nicht geben, und wenn man Keale bei dieser Aktion ertappte, konnte er seinen Hut nehmen und sich nach einem anderen Job umsehen.

Doch zunächst loggte er sich heimlich in eine Schaltung ein, die dafür sorgte, dass die Dringlichkeitssitzung der Allianz auf direktem Weg in seine private Datenbank eingespeist wurde.

Nach kurzem Zögern betätigte er noch ein paar Schalter. Auf dem Wandschirm lief der Film von der Willkommenszeremonie, den Esmo eigens für ihn heruntergeladen hatte.

Durch ihre Augen sah Keale, wie Tausende graurosa Getesaph aus den Luftschleusen strömten und in die City einzogen. Begleitet wurden sie von acht oder zehn Menschen, unter anderem Dr. David Zelotes, Lynn Nussbaumers Lebensgefährten.

Persönliches Memo. Esmo anrufen und sie bitten, Zelotes über das Verschwinden seiner Frau zu informieren.

Die Getesaph standen auf dem Rasen und begafften mit offenem Mund die saubere, glänzende, künstliche Welt. Esmo hielt eine Willkommensansprache, die gespickt war mit kurzen Mitteilungen, die Übungen mit den Rettungskugeln und anderem Notfallgerät betrafen. Außerdem klärte sie die neuen Bewohner der City über die Notwendigkeit von medizinischen Untersuchungen im Hospital auf. Dann trat sie einen Schritt zurück und erklärte kurz und bündig, sie sollten die Stadt in Besitz nehmen.

Gemächlich, in Gruppen, die vermutlich Familienverbände darstellten, schlenderten die Getesaph mit ihren menschlichen Begleitern durch den Park. Dabei plapperten sie unaufhörlich und ließen ihre Ohren in alle Richtungen kreisen. Keale nahm jede einzelne Getesaph in Augenschein. Keine sah aus wie die vermissten *Hrashn*, doch er würde die Szene zusätzlich von der Station scannen lassen.

Keale schaltete den Schirm ab. Er stützte die Ellbogen auf die Komm-Station, verschränkte die Finger ineinander und überlegte angestrengt, ob ihm irgendein Hinweis entgangen war. Er fühlte sich hin und her gerissen zwischen zwei potenziellen Krisen, mit denen er sich befassen musste.

Vielleicht habe ich mich geirrt. Vielleicht geht der Spuk gleich hier drunten am Boden los und nicht zu irgendeinem späteren Zeitpunkt auf der Ur. *Es sieht ganz danach aus …*

Aber der Ärger begann unmittelbar vor der Umsiedlung … Hagopian lebt schon sehr lange hier. Was hat er ausgebrütet und mit wem steckt er womöglich unter einer Decke?

Er nahm die Ellbogen von der Konsole und tippte ein paar weitere Befehle ein. Zuerst ließ er sich die Passagierliste für das Shuttle *Sojourn* geben. Aufmerksam las er die Namen und Titel.

»Herrgott nochmal, Hagopian, was ist dir aufgefallen und mir nicht?«

Vaier Byu stand im Audienzsaal. Bei ihr waren ihre Majestätischen Schwestern mitsamt den Adjutantinnen und Assistentinnen. Die Hälfte der Mitglieder aus dem Rat des Reinen Bluts hatten sich eingefunden, gleichfalls in Begleitung ihrer eigenen Adjutantinnen und Assistentinnen.

Aller Augen richteten sich auf die von den Menschen installierte Videowand. Das Bild zeigte das nun leere Amphitheater mit der Bühne und dem Tisch, an dem man den Bündnisvertrag unterzeichnet hatte. Das ganze Szenarium lag auf einer neutralen Insel; dieses Eiland galt als neutral, weil in irgendeinem nicht näher bezeichneten Krieg alles Leben darauf mit Stumpf und Stil ausgemerzt worden war, doch niemand hatte eine Bemerkung darüber verloren.

Rings um den Tisch saßen oder standen die anderen Bündnispartnerinnen, eingerahmt von ihren eigenen Übertragungswänden, als seien alle durch gläserne Mauern voneinander getrennt.

Die Menschen, die diese Form der Zusammenkunft ausgetüftelt hatten, meinten, sie würde ständig daran erinnern, dass man sich in einer neutralen Zone befände. Gleichzeitig sei eine Kommunikation gewährleistet, ohne Simulationen zu bemühen oder längere Anreisen auf sich zu nehmen, die erforderlich waren, um dieses winzige, sterile Fleckchen Erde überhaupt zu erreichen.

Die Argumente klingen vernünftig. Vaier Byu betrachtete die Fenster, die die anderen Säle zeigten. *Aber wir sehen eingesperrt aus. Ob die Menschen das so gewollt haben?*

Das letzte Übertragungsfenster öffnete sich, und die beiden Königinnen der Paeccs Tayn erschienen in ihrem eigenen kleinen Rahmen. Goldene und silberne Ornamente baumelten von ihren Ohren und wiesen für alle sichtbar darauf hin, dass dieses Volk sich im Frieden befand. Sowie ein Krieg ausbrach, tauschte man die Gehänge gegen roten und schwarzen Schmuck aus.

»Seid bedankt, Mitglieder der Allianz, dass ihr unserem Aufruf zu einer Dringlichkeitssitzung gefolgt seid«, erklärte Aires mit ihrer glatten, präzisen Stimme. Gelassen schweifte ihr Blick über die Versammelten. »Wir möchten eine Beschwerde einlegen, die nicht länger warten kann.«

»Die Getesaph halten zwei unserer Bürgerinnen

fest«, dröhnte Ueani, ehe jemand etwas erwidern konnte. »Sie müssen unverzüglich freigelassen werden.«

Zuerst das feine Messer, dann die grobe Keule. Vaier hielt die Ohren still. *Wo bleibt mein Zorn? Schon wieder haben die Getesaph unsere Leute schikaniert. Wieso gerät mein Blut nicht in Wallung? Ich müsste längst das Feuer spüren.*

Vielleicht haben die Massen auf den Straßen meinen Eifer gedämpft.

Seit Ausbruch der Pest hatten sich nicht mehr so viele Leute draußen versammelt. Nun, da es schien, sie und ihre Schwestern könnten den rebellischen Rat zur Räson bringen, verbreitete sich die Kunde von Senejess' und Resaimes Verschwinden. Die Anhängerinnen des Rats gingen zusammen mit den Getreuen der Königinnen auf die Straße.

Über Lautsprecher wurden Reden geschwungen. Allenthalben duellierte man sich. Ehrenhändel waren an der Tagesordnung. Die Miliz sollte die ärgsten Ausschreitungen verhindern, doch wenn überhaupt, so griff sie nur halbherzig ein. Lange Gedichte und Pamphlete bedeckten die Debattiermauern und die Schutzwälle um den königlichen Palast.

Aires hatte in der für sie typischen methodischen Art einen ganzen Stapel der hastig gedruckten Schriften gelesen und geseufzt: »Schwestern, wir haben die Ausdauer unserer Opposition unterschätzt.«

Rchilthen Ishth, die älteste der Durch Wahl Bestimmten Anführerinnen, hob eine knorrige Hand und berührte die Falte über ihrem rechten Auge mit einem Fingerknöchel. Es handelte sich um eine Geste der Entschuldigung, wie Vaier wusste. Sie fragte sich, ob sie ihr und ihren Majestätischen Schwestern galt, oder an die Gottheiten der Getesaph gerichtet war.

»Die Menschen setzten uns davon in Kenntnis, dass zwei eurer Bürgerinnen sowie zwei Angehörige ihres eigenen Volkes vermisst werden.« Rchilthen Ishth senkte die Hand und steckte sie in den Faltenwurf ihres goldenen Jacketts. »Wir verzichten auf die Frage, was eure Bürgerinnen in unserem Land zu suchen hatten.«

»Sehr gut«, murmelte Aires. »Keine Überraschung, aber effektiv vorgetragen.«

»Wir haben eine gründliche und sorgfältige Suche nach den … nach eurer Mutter und eurer Tochter in die Wege geleitet«, fuhr Rchilthen Ishth fort. »Dabei wurden ein paar unerquickliche Fakten zu Tage gefördert.«

»Worauf willst du hinaus?« hauchte Aires und brachte ihre Ohren näher an den Schirm heran. Ueani ballte die Faust hinter dem Rücken.

Rchilthen Byvant, deren linkes Ohr schlaff an ihrem Schädel klebte, tippte ihrer Schwester auf die Schulter. »Wir haben entdeckt, dass einige unserer Parlamentarierinnen ein Komplott angezettelt haben, um die Allianz zu unterlaufen. Wir sind noch dabei, das gesamte Ausmaß der Konspiration festzustellen.« Ihr versehrtes Ohr zitterte. »Ich fürchte, viele der Verschwörerinnen gehören dem Militär an. Wir vermuten, dass eure Mutter und eure Tochter von der Rebellion erfuhren und die Militärs sie daraufhin beiseite schafften.«

Ueani öffnete den Mund, doch Vaier berührte ihren Arm. Jetzt war ihr Eingreifen nicht gefragt. Die Situation erforderte jemanden wie Aires.

Aires, die nie um eine Entgegnung verlegen war, beugte sich vor. »Das ist in der Tat höchst unerquicklich.« Ihre Stimme troff vor Verständnis und Mitgefühl. »Warum habt ihr nicht umgehend die Allianz informiert?«

Rchilthen Ishths Jackett schlug Runzeln, als sich ihre knotigen Hände in den Stoff krallten. »Weil wir hofften, eure Bürgerinnen schnellstmöglich zu finden und sie euch wohlbehalten zurückzugeben.«

»Das ist doch zu schön, um wahr zu sein!« explodierte Ueani. »Zwei unserer Leute verschwinden, wahrscheinlich hat man sie ermordet, doch anstatt die Verantwortung für diesen Vorfall zu übernehmen, schiebt ihr eine soeben entdeckte Verschwörung vor. Bei meinen Ahninnen! Was seid ihr doch für Feiglinge.«

Langsam erhob sich Rchilthen Byvant von ihrem Stuhl. Ihr intaktes Ohr senkte sich gefährlich nach unten. »Ihr schickt eine Mutter und eine Tochter zu uns, damit sie spionieren, wollt wissen, wo sie geblieben sind und werft uns obendrein Beleidigungen an den Kopf. Wir gewähren euch eine Gunst, wenn wir euch überhaupt Gehör schenken.«

»Aufhören!« kreischte eine fremde Stimme.

Verdutzt blickte Vaier nach rechts. Eine der Paeccs Tayn, Oran *ji* Ufa, schmiss sich gegen den Monitor und stemmte die Hände gegen das Glas. Ihre Zähne blitzten in der künstlichen Beleuchtung. »Hört auf damit, oder ich reiße euch die Gedärme aus dem Leib!«

Niemand sprach, nicht einmal Aires.

Schwer atmend wich Oran einen Schritt vom Bildschirm zurück. Ihre Schwester stand unbeirrt neben ihr, fest wie ein Fels, und versuchte nicht einmal, einzuschreiten. »Es ist mir einerlei, ob ihr Vollidiotinnen kämpfen wollt, bis die Sonne erlischt. Von mir aus könnt ihr sämtliche eurer Babies töten und über ihren Leichen in Wehklagen ausbrechen. Aber die Pest fordert jeden Tag neue Opfer aus meiner Familie. Wenn ihr die Allianz brecht … Wenn ihr die Hilfe der Menschen ausschlagt, dann schwöre ich euch bei meinem Blut, bei meiner Seele und bei meinem Geist, dass ich und meine Sippe euch allen den Garaus machen werden!«

»Du wirst nicht allein sein.« Die Erste Präsidentin der Hamareil trat nach vorn.

Nichts war zu hören, weder eine Herausforderung noch eine zustimmende Bemerkung, doch Vaier entdeckte viele stoische Gesichter in den gläsernen Rahmen. Über den leeren Tisch hinweg blickte sie Rchilthen Ishth direkt in die Augen. Einen halben Herzschlag lang sah sie die Angst in der Seele der Getesaph, und sie verstand. Die Getesaph wollte nicht sterben, doch sie würde mit unerschütterlicher Gelassenheit in den Tod gehen, wie Vaier auch.

Vaier sprach in einem bedächtigen, gesetzten Tonfall. »Werdet ihr den Menschen erlauben, ungehindert nach unserer Mutter und unserer Tochter zu forschen?«

»Was könnten wir vor den Menschen schon zu verbergen haben?« Die Falten in Rchilthen Ishths altem Antlitz sackten noch tiefer herunter. *Bei meinen Ahninnen, vermutlich hat sie sich in nicht mal einem Jahr in einen Vater verwandelt.* »Wir berichten der Allianz alles, was wir erfahren, und wir bitten den Sicherheitschef der Menschen, das gleiche zu tun.« Sie lehnte sich ein Stück nach vorn. »Im Gegenzug erwarten wir eine vollständige Aufklärung über die Identität eurer verschollenen Bürgerinnen, und wir möchten wissen, in welcher Angelegenheit sie in unser Gebiet einreisten.«

Um ein Haar hätte Ueani wieder losgepoltert, doch dieses Mal hielt Aires sie zurück. »Wir haben diese Reise nicht genehmigt, aber wir werden feststellen, wer die beiden sind und der Allianz morgen Bericht erstatten.«

»Aha!« In Rchilthen Byvants Stimme schwang ein zufriedener Unterton mit. »Wir sollen euch glauben, dass ihr über die Machenschaften eurer Verräterinnen nicht im Bilde seid, aber von uns verlangt ihr, wir müssten über die konspirativen Umtriebe unserer Leute auf dem Laufenden sein.«

»Morgen werden wir wissen, was zu tun ist«, erwiderte Vaier leise, während sie hoffte, der Translator könne jede Nuance der unterschwelligen Drohung wiedergeben.

»Bis morgen dann«, stimmte Rchilthen Byvant zu. »Es sei denn, die Allianz verfügt über etwas anderes.«

»Wenn alle so handeln, wie sie reden, lässt sich gegen den Vorschlag nichts einwenden«, meinte die Erste Präsidentin. »Ich lege nahe, die Gespräche morgen um die gleiche Zeit wieder aufzunehmen. Dann sehen wir ja, wer mit doppelter Zunge spricht und wer es ehrlich meint.«

Bei diesen Worten geriet Vaiers Blut in Wallung. Sie spürte, wie das alte Feuer in ihr aufloderte. Wie konnten die Getesaph es wagen, solches Misstrauen zu säen? Wie konnten sie ...?

Sie riss sich zusammen. Aires beobachtete sie, und Vaier wusste, was sie dachte. Es wäre ein schlimmer Fehler, wenn sie sich so gehen ließe, dass ihre rangniedrigere Schwester sie vor den Augen der Allianz zur Ruhe ermahnen müsste.

»Wir sind einverstanden«, erklärte Vaier.

Der Reihe nach billigten die anderen Bündnispartnerinnen die Abmachung, und ein Fenster nach dem anderen schloss sich. Ueani, die der Kontrolleinheit am nächsten stand, schlug mit der Hand auf den Knopf, der die Energie abschaltete, und drehte sich um.

»Schwestern«, zischte sie nach Luft schnappend, »ich finde, wir sollten uns allein beraten.«

»Du hast Recht«, erwiderte Aires gleichmütig.

Ihr königliches Gefolge, das in der Ausübung seiner Pflichten gut geschult war, raffte Papiere und Schreibutensilien zusammen und zog sich zurück. Unter den Repräsentantinnen des Rats machte sich eine nervöse Unruhe breit.

Eine Delegierte, Feia Ros t'Theria, hob beide Hände und schloss die Augen. »Wenn meine Erlauchten Schwestern es in Erwägung ziehen, mit dem Rat des Reinen Bluts zu debattieren, möchten wir gern ...«

»Ihr möchtet *was*?« schnauzte Ueani sie an. »Habt ihr

vielleicht dafür gesorgt, dass wir uns hinter den Palastmauern verschanzen, derweil unser Volk gegen die verriegelten Tore hämmert?« Vaier blickte Aires an, die ihr einen verstohlenen Wink gab. *Lass sie. Sie muss brüllen.*

»Seid ihr Schuld daran, wenn wir uns so weit von unseren Bürgerinnen entfremdeten, dass wir nicht einmal über die drohende Gefahr Bescheid wussten? Ist es das, was du möchtest, Allweise Schwester? Dass wir völlig von der Realität isoliert werden? Wieso habt ihr uns nicht rechtzeitig gewarnt, was sich zusammenbraut?«

»Majestätische Schwester.« Feia Ros' Stimme schwankte. »Ich …«

»Was ist mit dir?« Bedrohlich pflanzte sich Ueani vor ihr auf. Vaier tappte leicht mit dem Fuß auf den Boden, um die Aufmerksamkeit der Ahninnen zu erregen. *Bitte, lasst es nicht zu, dass meine Schwester eine Ratgeberin angreift. Unsere Feindinnen würden sich an solchen Tätlichkeiten ergötzen.* »Willst du dich entschuldigen? Oder teilst du die Ansichten der Opposition und möchtest uns jetzt diese Nachricht hinterbringen?« Ueani hob die Hände. Vaiers Haut spannte sich, doch ihre Schwester schüttelte nur die Fäuste. »Geht mir aus den Augen. Ich will keine Einzige von euch mehr sehen!«

Die Allweisen Schwestern wussten, dass Argumentieren zwecklos war, und suchten mit flatternden Roben und gekräuselten Ohren das Weite. Stille senkte sich über den Audienzsaal und wurde nur von Ueanis rasselnden Atemzügen unterbrochen.

»Hast du dich wieder beruhigt, Ueani?« fragte Aires milde.

Ueanis Ohren richteten sich auf. »Beinahe.«

»Das ist gut.« Aires tätschelte Ueanis Arm und setzte sich dann auf das nächste Sofa. Sie überspielte ihre Erschöpfung und hielt den Rücken kerzengerade, wie immer. »Und jetzt sprich aus, was dir auf dem Herzen liegt.«

Ueani ging zu ihr und streichelte zerstreut Aires' Ohr, ehe sie sich abwandte. »Ich wüsste gern, wie viel wir den Getesaph preisgeben dürfen.«

Unwillkürlich senkten sich Vaiers Ohren nach unten. »Wir halten uns an das, was wir versprochen haben.«

»Und das war eine ganze Menge. Es geht hier darum, die Namen von Spioninnen zu verraten. Glaubt ihr im Ernst« – ihre Gesichtshaut rippelte sich –, »die Getesaph bringen uns unsere Leute zurück, sobald wir zugeben, dass es sich um Agentinnen handelt? Niemals werden sie sie am Leben lassen!«

»Und wie behandeln wir unsere Untertaninnen da draußen?« Ueani deutete auf die Außenmauern. »Wenn es sich herumspricht, welchem Handel wir zugestimmt haben, werden sie durchdrehen. Wollen wir der Miliz befehlen, die eigenen Schwestern in Schach zu halten, damit sie sich nicht gegen uns erheben? Wir sitzen in der Falle.«

»Noch nicht.« Aires' Ohren stellten sich spitz nach oben. »Wir könnten damit beginnen, Truppen auszuheben und öffentlich zu verkünden, wir wollten die verräterischen Getesaph bestrafen. Doch das würde viel zu lange dauern. Wir müssen den Menschen Zeit geben, die Wahrheit herauszufinden. Vielleicht stimmt es, was Rchilthen Byvant behauptet, und das Parlament der Getesaph schmiedete wirklich ein Komplott. Diese Ungeheuer würden die Kinder fressen, die aus dem Schoß der eigenen Schwester kriechen, wieso sollten sie da zögern, sich gegen ihre Regierung zu stellen?« Abfällig wedelte sie mit der Hand. »Das Wort der Menschen hingegen hat auch dort Gewicht, wo niemand auf die Getesaph hören würde. Sowohl innerhalb der Allianz als auch außerhalb dieser Mauern.«

Vaier rieb sich die Hände und setzte sich neben Aires, Kraft und Wärme aus ihrer Nähe schöpfend. »Das könnte klappen. Aber wer sollte die Aushebung leiten?

Dieser Tage bin ich mir nicht mehr sicher, wem in der Armee wir trauen können.«

Aires dippte die Ohren und reckte sie wieder nach oben. »Wir lassen nach Praeis Shin schicken.«

Vaier verkrampfte sich. »Ob das in diesem speziellen Fall klug wäre?«

»Eine andere fällt mir nicht ein«, stellte Ueani fest und kam zu ihnen herüber. »Wer wäre für diese Operation besser geeignet als sie? Angehörige ihrer Familie haben uns in diese Schwierigkeiten hineinmanövriert. Ihre Ehre steht auf dem Spiel.«

Vaier seufzte. Die Hände ihrer Schwestern ergreifend versuchte sie, ihre Überzeugung auf sie zu übertragen. »Habt ihr noch nie daran gedacht, Schwestern, dass wir auch einmal zu viel von ihr verlangen könnten?«

Vaier fühlte, wie Ueanis Haut unter ihren Fingern zuckte, doch Aires blieb ungerührt.

»Mir kam durchaus der Gedanke«, gab Aires zu. »Und wenn ihr mir eine andere nennen könnt, die bereit wäre, eine Streitmacht so schleppend zu rekrutieren, dass sie keinen Schaden anrichtet, jedoch gleichzeitig in der Lage ist, die Verzögerungstaktik zu vertuschen, setzen wir diese für unsere Zwecke ein.«

Vaier schloss die Augen. »Es gibt keinen Ersatz für Praeis Shin t'Theria. Wir lassen sie kommen.« *Und eines Tages werden ihre Ahninnen uns herbeizitieren und uns zur Rechenschaft ziehen, weil wir ihrer Tochter so viel Leid antaten.*

Ueani entzog Vaier ihre Hand und ging steifbeinig zu einer Seitentür. Sie riss die Pforte auf und bellte: »Osh! Elpetar!«

Die beiden Assistentinnen kamen herbeigeflitzt, stellten sich mit dem Rücken zur Tür auf, schlossen die Augen und hoben die Hände.

»Praeis Shin muss unverzüglich gefunden und hierher gebracht werden«, befahl Ueani.

Die Runzeln in Oshs breiter Stirn vertieften sich. »Erlauchte Schwester, Praeis Shin befindet sich im Debattierzimmer. Sie hat darum gebeten, zu den Über Alle Gebietenden Königinnen vorgelassen zu werden.«

»Das trifft sich ja ausgezeichnet«, erwiderte Aires gnädig. »Gib ihr Bescheid, dass wir ihr eine Audienz gewähren.«

Die Assistentinnen eilten zum Hauptportal hinaus. Zweimal durchmaß Ueani mit langen Schritten den Saal, ehe Praeis Shin eintrat, dichtauf gefolgt von der einzigen ihr noch verbliebenen Tochter. Vaier empfand Mitleid mit Resaime. Sie befand sich kurz vor der Schwelle zur Mutterschaft, und nun stand sie vor ihnen, allein mit ihrer wahnsinnigen Mutter, umgeben von ihren unloyalen Tanten und einer Schar Cousinen, von denen lediglich die Ahninnen wissen mochten, wie sie einzustufen waren. Wenn man ihr nicht bald eigene Töchter gewährte, konnte sie derselben Einsamkeit und geistigen Labilität anheimfallen wie ihre Mutter.

Praeis und ihre Tochter betraten den kleinen Kreis aus Pulten, Sesseln und Sofas. Vor dem Sofa, auf dem Vaier und Aires saßen, blieb sie stehen, hob die Hände und schloss die Augen.

»Seid bedankt, Erlauchte Schwestern, dass ihr mich anhören wollt.«

»Öffne die Augen, Praeis Shin. Nehmt Platz, du und deine Tochter.« Als Praeis die Lider hob, deutete Vaier auf einen Diwan. »Offen gestanden wussten wir nicht, dass du im Vorzimmer gewartet hast. Dafür bitten wir dich um Vergebung. Du hast uns und deinem Volk in einer schwierigen und gefährlichen Situation treu gedient. Dich darf man nicht vernachlässigen.«

Praeis schaute sie mit ausdrucksloser Miene an, als wüsste sie nicht, wie sie auf diese Schmeichelei reagieren sollte. Aires klappte den Mund auf, aber Vaier gab ihr durch eine Berührung zu verstehen, sie möge schweigen.

»Die Worte von Königinnen wiegen leichter als Federn und werden von jedem zarten Windhauch davongeweht, das ist mir wohlbekannt«, fuhr Vaier fort. »Aber ich hoffe, dass du uns hier und heute Glauben schenkst.«

»Meine Ahninnen sehen, dass ich meinen Majestätischen Schwestern vorbehaltlos vertraue«, gab Praeis fromm zurück. »Dennoch bin ich gespannt, was ihr mir zu sagen habt.«

Ueani prustete vor Lachen. Sie legte den Kopf in den Nacken und ließ das Echo von der Zimmerdecke zurückprallen. »Sehr gut pariert, Praeis Shin. Du magst nicht recht bei Trost sein, aber dumm bist du gewiss nicht.«

Vaier spürte, wie ihre Ohren nach hinten klappten. Rasch richtete sie sie wieder auf. Sie nahm sich vor, Ueani nach diesem Gespräch gehörig den Marsch zu blasen. Die Schwester musste lernen, unter Stress nicht die Selbstbeherrschung zu verlieren.

Die Tochter fletschte die Zähne, was vermutlich reflexartig geschah. Praeis' Miene spannte sich, und sie hielt Res den Mund zu.

Vaier schlug einen verbindlichen Ton an. »Wir alle haben ziemlich hektische Tage hinter uns.« Sie vermied es, Ueani oder Aires anzusehen. Aires' Skepsis wehte ihr entgegen wie ein kalter Luftstrom. »Und ich fürchte, das Schlimmste kommt erst noch. Du weißt besser als jede andere, dass auf der Halbinsel jederzeit Unruhen ausbrechen können. Die Bombe tickt bereits.«

Praeis dippte kurz die Ohren. Sie gab den Mund ihrer Tochter frei und fasste stattdessen nach ihrer Hand.

Vaier behielt Praeis sorgfältig im Auge, versuchte, den Faltenschlag ihrer Haut und die Stellung ihrer Ohren zu interpretieren. »Um die innere Stabilität zu wahren und um Zeit für die Nachforschungen der Menschen herauszuschinden, müssen wir so tun, als hätten wir uns den Gegnerinnen der Allianz angeschlossen.« Praeis saß stocksteif da, eine graublaue Statue, die die Hand ihrer Tochter hielt. »Wir müssen den Anschein erwecken, als planten wir eine Invasion des Getesaph-Archipels, und wir bitten dich, die Leitung dieses Täuschungsmanövers zu übernehmen.«

Ein Ausdruck zwischen Überraschung und Entsetzen huschte über Praeis' Züge, ehe sie die Fassung wiedererlangte.

»Dein Fachwissen in Bezug auf Logistik und die Tatsache, dass deine Tochter und deine Schwester in Gefangenschaft sind, prädestinieren dich für diese komplexe Aufgabe. Und wir, die Über Alle Gebietenden Königinnen, wissen besser als jede andere da draußen, wie treu du uns ergeben bist.« Verächtlich deutete sie mit dem Kinn auf die Außenmauer.

Die Runzeln in Praeis' Gesicht glätteten sich. »Gibt es denn keine Rettungsmission? Wird erst gar nicht der Versuch unternommen, nach dem Verbleib der Vermissten zu forschen?« Theia öffnete den Mund und begann schwer zu keuchen.

»Selbstverständlich suchen wir nach deiner Tochter und deiner Schwester«, versetzte Vaier mit einem Anflug von Gereiztheit. »Aber es steht doch wohl fest, dass die Menschen für eine derartige Operation viel besser gerüstet sind als wir. Dir obliegt es, ihnen die nötige Zeit zu verschaffen, die sie für ihre Fahndung brauchen.« Sie verzog ihr Gesicht zu einer starren Maske. »Wenn wir die Kontrolle verlieren, gibt es eine echte Invasion, keinen Bluff. Ich frage mich, wie die Menschen darauf reagieren. Wie würde sich der Rest der Allianz verhalten?«

Praeis rührte sich nicht, nur ihre Ohrspitzen zitterten. Theia blickte die Mutter mit großen, kummervollen Augen an.

»Ich verstehe«, erwiderte Praeis. »Nur eines bereitet mir Sorgen, Erlauchte Schwestern. Nach dem Vorfall um Urisk Island mag mir vielleicht niemand mehr in einen Kampf folgen.«

Aires wackelte mit den Ohren. »Edelste Schwester, die Stimmung gegen die Getesaph ist so aufgeheizt, dass unsere Schwestern selbst einem geworfenen Stein in die Schlacht folgen würden.«

Praeis' Ohren legten sich in knitterige Falten, doch als sie antwortete, klang ihre Stimme fest. »Ich werde eurem Befehl gehorchen, Erhabene Schwestern.«

»Gut.« Vaier dippte billigend die Ohren. »Heute Nachmittag erhältst du deinen offiziellen Einberufungsbefehl und wirst in ein Hauptquartier verbracht. Überlege dir, wen du in den Rang der Gruppenmütter erheben möchtest.«

»Dann gibt es für mich viel zu tun. Mit eurer Erlaubnis möchte ich mich jetzt zurückziehen.« Praeis hob die Hand und kehrte die Innenfläche nach außen. Vaier dippte zustimmend die Ohren.

Praeis stand auf, wobei sie ihre Tochter immer noch an der Hand hielt. Theia, die einen benommenen Eindruck machte, erhob sich mit ihr.

»Ganz gleich, welche Konsequenzen dieser Plan nach sich zieht, wir sorgen dafür, dass die Töchter deiner Töchter von Vätern gezeugt werden, für die sich niemand zu schämen braucht«, verkündete Vaier. »Das ist ein Versprechen.«

»Sei bedankt, Erlauchte Schwester«, murmelte Praeis. Sie schloss die Augen und hob respektvoll die freie Hand, ehe sie sich umdrehte und gemessenen Schritts zu Tür ging.

»Sie wird in unserem Sinne handeln«, meinte Aires

erleichtert, als die Tür hinter Praeis und ihrer Tochter ins Schloss fiel.

»Was denn sonst?« schnaubte Ueani. »Immerhin haben wir mit Schmeicheleien und Bestechung nicht gespart. Sie wurde von uns hofiert wie die Familie eines Vaters. Woran denkst du, Vaier?«

Vaier stand auf und überbrückte mit vier raschen Schritten die Entfernung zu ihrer rangniederen Schwester. Sie packte Ueanis Kinn, als wäre sie ein ungezogenes Kind.

»Noch ist uns diese Einzelgängerin zu Diensten. Doch wenn sie merkt, dass wir sie benutzen, kann sie sich im Handumdrehen gegen uns stellen. Ein wenig mehr Freundlichkeit von unserer Seite täte Not.« Sie beobachtete, wie sich die Falten in Ueanis Gesicht rippelten, als die Bedeutung dieser Worte in sie eindrang. »Sie ist labil, von ihrer Familie wie von ihren Königinnen gleichermaßen verlassen, hat keine erklärte Bestimmung. Wem oder was wird sie sich gegebenenfalls zuwenden? Was könnte sie tun? Willst du es herausfinden?«

»Nein, Schwester«, murmelte Ueani.

Vaier ließ sie los. »Dann sind wir einer Meinung.«

»Gewiss.« Aires stand auf. »Und nun lasst uns die Allweisen Schwestern hereinrufen. Ich glaube, sie werden mit Genugtuung quittieren, was wir soeben erreicht haben.«

Wie von einer Last befreit sah sich David in dem Krankenhauszimmer um. Ihm war zumute, als sei er nach Hause gekommen. Dieser Saal war das genaue Gegenteil von dem höllischen Chaos, das er an diesem Morgen verlassen hatte.

Er befand sich in einer weitläufigen, luftigen Zone, in der die Luft frisch und sauber roch. Dass der Saal nicht unterteilt war, passte ihm nicht, doch dieses Arrangement erwies sich als vorteilhaft für die Dedelphi, die sich hier aufhalten mussten.

Mindestens einhundert Betten standen in akribischer Ordnung aufgereiht. Jedes Bett war umhüllt mit Filterpolymeren, die Licht und Luft herein- und Geräusche und Gerüche herausließen. Mikroben hingegen verfingen sich in den wie Fallen konstruierten Poren.

Die Waldos und Jobber, die an jedes Bett angeschlossen waren, hatten weiche, warme Hände und Arme. Diese waren mit einem organischen, leicht zu sterilisierenden Material beschichtet. In die Seitenwände der Isolationsboxen hatte man sogar dünne Handschuhe eingearbeitet, sodass Angehörige der Patientinnen hineinfassen und den Kranken durch Berührung Trost spenden konnten.

David setzte seinen Laptop auf einem der Tische ab. *Hier könnte es uns tatsächlich gelingen, ein paar Hundert Pestopfer zu kurieren,* sinnierte er.

Offiziell begann sein Dienst erst, wenn die eigentliche Umsiedlung anlief. Seine Kollegen erholten sich vernünftigerweise in ihren neuen Wohnquartieren. Er hatte Einladungen zu Drinks und zu Gesellschaften, auf die er sich sehr freute. Doch zuerst wollte er das Krankenhaus in Augenschein nehmen. Er brauchte wenigstens ein bisschen Zusicherung, dass der Teufelskreis aus Frustration und hilfloser Wut, der die früheren Krankenstationen beherrschte, hier durchbrochen werden konnte.

»Dr. David Zelotes?« rief jemand von der anderen Seite des Saales.

David drehte sich um und sah Captain Elizabeth Esmaraude in der Tür stehen. Er hatte sie bei der Begrüßungszeremonie kennengelernt, als sie die neuen Bewohner der *Ur* willkommen hieß. Sie klang wie eine mechanische Aufziehpuppe und sie schien es zu wissen, doch sie versuchte, dies mit unverdrossen guter Laune zu überspielen.

»Ja, Captain?« David ging zu ihr.

Durch ihre altmodische Brille musterte sie ihn von Kopf bis Fuß. David fragte sich, welchen Eindruck sie von ihm gewinnen mochte. »Haben Sie einen Moment Zeit für mich?«

»Selbstverständlich, Captain«, erwiderte David. »Ich habe mich hier nur umgesehen.« *Was kann so wichtig sein, dass Captain Esmaraude sich persönlich hierher bemüht?*

»Gut. Kommen Sie bitte mit mir.« Sie trat hinaus auf den Korridor und führte ihn in ein freies Konferenzzimmer. Er erwog verschiedene Möglichkeiten. Vielleicht wollte sie mit ihm über Notfallmaßnahmen sprechen, über Quarantänebestimmungen oder über die Gefahren einer Ansteckung. Vielleicht befürchtete sie, das Virus könnte sich auch innerhalb der menschlichen Crew ausbreiten.

Captain Esmaraude setzte sich auf einen der Stühle, die den Tisch umstanden, und bedeutete ihm, er möge gleichfalls Platz nehmen.

»Was kann ich für Sie tun, Captain?« David faltete die Hände und versuchte den Anschein zu erwecken, als sei er auf alles gefasst.

Captain Esmaraude blickte zu Boden. »Gerade erhielt ich eine Nachricht von Commander Keale, dem Chef der konzerneigenen Sicherheitstruppe.« Sie schaute kurz hoch und starrte dann wieder nach unten. »Dr. Lynn Nussbaumer wird vermisst.«

»Wie bitte?« entgegnete David. Er hatte mitbekommen, wie sie Lynns Namen erwähnte, aber …

Sie sah ihn an. Die braunen Augen hinter den Brillengläsern blickten besorgt drein. »Dr. Lynn Nussbaumer wird vermisst. Seit über sechsundzwanzig Stunden hat man sie weder gesehen noch von ihr gehört.«

Reglos saß David da und vernahm nichts außer dem lauten Hämmern seines Herzens. Lynn war irgendwo im Archipel der Hundert Inseln verschollen. Vor zwei Tagen hatte er mit ihr gesprochen, dann war sie verschwunden, ohne dass er etwas davon wusste …

»Und was wird getan, um sie zu finden?« hörte er sich fragen.

»Keale hat eine umfangreiche Suchaktion initiiert. Man vernimmt sämtliche Personen, die über ihren Verbleib Bescheid wissen könnten, überfliegt die Inseln und kämmt jeden Quadratzentimeter Gelände durch. Es wird nichts unversucht gelassen.«

Lynn? Das war lächerlich. Er sollte wissen, wo sie steckte. Ein Gefühl hätte ihn warnen müssen, dass etwas nicht stimmte. Stattdessen konzentrierte er sich auf seine Arbeit, bezog sein neues Quartier, sorgte sich um die Laborausrüstung und …

»Dr. Zelotes?« fragte Captain Esmaraude freundlich. »Ich kenne Kaye – Commander Keale – seit vielen Jahren. Er ist sehr tüchtig. Er wird es nicht zulassen, dass ihr etwas zustößt.«

Reflexartig ballte David die Fäuste und öffnete sie wieder. Er war mit seiner Weisheit am Ende. Am liebsten hätte er um sich geschlagen, mit den Händen die Tischplatte zertrümmert, nach Leibeskräften geschrien. Die Tränen stiegen ihm in die Augen. Er wollte in den Hangar stürmen und verlangen, dass man ihn auf der Stelle mit einem Shuttle auf die Planetenoberfläche zurückbrachte. Mit den bloßen Händen wollte er die Hundert Inseln in der Luft zerreißen, bis die Kidnapper ihm preisgaben, wo sie Lynn versteckten.

Lynn.

»Commander Keale möchte Ihnen ein paar Fragen stellen. Ich sagte ihm, ich würde Sie zu ihm bringen. Fühlen Sie sich stark genug, um mit ihm zu sprechen?«

»Ja«, log David und rappelte sich hoch. Er sah alles

verschwommen. Sein Herz raste wie toll, gleichzeitig empfand er eine seltsame Leere im Kopf. Vermutlich stand er unter Schock. Er beruhigte sich, indem er sich vorsagte, der Zustand der Verwirrtheit müsse bald abklingen.

Captain Esmaraude erhob sich ebenfalls. »Kaye wird sie finden, Dr. Zelotes.«

David blickte sie an. Er wusste nicht, was seine Miene verriet, doch Esmaraudes normalerweise rötlicher Teint wurde fahl, als sie ihm ins Gesicht schaute.

Als er den Mund öffnete, brachte er nur ein heiseres Flüstern zuwege. »Er *muss*!«

KAPITEL 12

Lynn blinzelte träge. Sie saß aufrecht auf einem harten Stuhl. Erschöpft hob sie den Kopf. Mit dem linken Auge nahm sie nur farbige Flecken wahr. Sie zwinkerte ein paar Mal. Das rechte Auge sah einen kahlen, betonierten Raum und vier rosagraue Dedelphi. Getesaph oder nahe Verwandte der Getesaph.

Ein paar Sekunden später erkannte sie, dass alle die blauen Militäruniformen trugen. Bei diesem Quartett von Getesaph handelte es sich um Soldatinnen. Nach unten schauend bemerkte sie, dass man ihre Arme an den Stuhl gefesselt hatte.

»Bericht«, befahl sie unterschwellig ihrem Implantat.

Die Gesichter der Dedelphi kamen ihr irgendwie verzerrt vor. Lynn zwinkerte wieder. Alle vier trugen knollige Filtermasken über Mund und Nase. Zwei Soldatinnen waren mit Schnellziehholstern für Schusswaffen ausgestattet.

Was …?

Eine der vier schaute zu ihr hin und sah, dass sie wach war. Lynn versuchte zu sprechen, doch kein Laut drang aus ihrer Kehle. Sie schluckte schmerzhaft und nahm einen neuerlichen Anlauf. Wieder nichts.

Eine zweite Getesaph kam zu ihr. Behandschuhte Hände öffneten die Verschlüsse an ihrem Helm und hoben die gläserne Glocke von ihrem Kopf. Plötzlich kam Lynn sich nackt vor.

»Welches Auge enthält die Kamera?« fragte die Getesaph. Ihr Atem beschlug ihre Gesichtsmaske. Dann entdeckte Lynn das kleine Messer in der Hand der Soldatin.

Lynns Zunge klebte am Gaumen fest. Das Herz flatterte in ihrer Brust. Sie überlegte, ob sie lügen sollte. Es wäre kein Problem, ein neues Sehorgan wachsen und sich implantieren zu lassen, die Informationen und Orientierungshilfen ihrer Kamera waren indessen von unschätzbarem Wert. Doch ein Blick in die grauen Augen der Getesaph verriet ihr, dass die Soldatin ihr notfalls beide Augen herausschneiden würde, und dann wäre sie blind.

Sie schluckte, hustete und krächzte mühsam: »Das rechte.«

Die Soldatin hob eine Hand und zog sie aus ihrem Sichtbereich. Im nächsten Moment fühlte sie, wie dicke Finger ihr rechtes Augenlid anhoben. Die gekrümmte Klinge bewegte sich direkt auf sie zu. Für den Bruchteil einer Sekunde sperrte die Faust der Soldatin das Zimmer aus, ehe ein scharlachroter Wolkenwirbel vor ihrem Gesicht zu kreisen begann.

Sie spürte, wie die Klinge das Auge herausschnitt. Der Schmerz war nicht so fürchterlich, wie sie erwartet hatte. Erst als sie die glänzende Kugel mit den herunterhängenden Ganglien in der Hand der Soldatin sah, wurde sie ohnmächtig.

Eine Stimme durchbrach die Dunkelheit, die sie einhüllte wie schwarze Watte.

»Lynn? Komm schon, Lynn. Tu mir das nicht an. Wach endlich auf.«

Die Worte drangen auf sie ein und bildeten einen Kontrapunkt zu den vage pochenden Schmerzen in ihrer rechten Schläfe. Sie sträubte sich dagegen, die Lider zu öffnen, wusste aber nicht mehr, wieso sie sich davor fürchtete. Das linke Auge zuckte unter dem Lid.

Dann kehrte die Erinnerung zurück. Sie spannte die Muskeln an, bis sie sich zu einem kleinen Ball zusammenkrümmte, den verwundeten Kopf in den immer noch behandschuhten Händen bergend.

»Lynn, hör auf damit.« Sie spürte eine Berührung und wehrte sich. »Dadurch machst du alles noch schlimmer. Ich habe gerade einen Verband angelegt …«

Arron. Was hatte Arron hier zu suchen? An welchem Ort befanden sie sich überhaupt? Was war passiert?

Einmal musste sie die Augen öffnen.

Sie zwang sich dazu, ganz allmählich die Hände zu senken. Auf die Zähne beißend, hob sie die Lider. Licht stach wie ein Speer in ihr linkes Auge. Sie zwinkerte heftig. Das rechte Lid vollführte ein paar schlaffe Zuckungen, wobei es ein Stück Stoff streifte, das dicht an ihrer Wange und Schläfe anlag. Das Augenlid hatten sie ihr nicht weggeschnitten. Bei dem Gedanken fühlte sie sich gleich ein wenig besser.

»Lynn?«

Ihr intaktes Auge erblickte eine pockennarbige graue Betonmauer, auf die ein diffuser Schatten fiel. Sie selbst lag auf einem nackten Zementboden. Ihre Haut unter dem Isolationsanzug prickelte, als die feuchte Kälte hindurchdrang. Den Helm hatte man ihr abgenommen. Die ungefilterte Luft, die sie einatmete, roch muffig und nach Schimmel.

Mit ihrer trockenen Zunge fuhr sie über ihre ausgedorrten Lippen. »Arron?«

Er seufzte erleichtert. »Kannst du dich hinsetzen?«

Am liebsten hätte sie Nein gesagt, doch stattdessen nahm sie all ihre Kraft zusammen und versuchte sich aufzurichten. Arron half ihr dabei. Die Welt fing an, sich zu drehen. Lynn stützte den Kopf an der Wand ab und bemühte sich, tief durchzuatmen. Das Auge hielt sie offen. Jetzt, wo sie wieder sehen konnte, wollte sie es nicht mehr schließen.

Behutsam schaute sie in die Runde. Ihre Zelle bestand aus rohem, unbeschichtetem Beton. Eine in den

Boden eingelassene metallene Falltür bildete den einzigen Ein- und Ausgang. In der Mitte des Fußbodens entdeckte sie einen Abfluss. Ein Metalleimer stand in einer Ecke. Mehr vermochte sie mit ihrem einen Auge nicht zu erkennen.

Sie spürte, dass Arron rechts neben ihr saß. Ängstlich hob sie eine Hand und betastete das Tuch, das ihre leere Augenhöhle abdeckte. Der Stoff fühlte sich rauh, zerfetzt und warm an. Ein Geruch nach Salz und Eisen stieg ihr in die Nase.

»Warum haben sie ...?« Arrons Hand tauchte in ihrem Blickfeld auf, als er eine Geste vollführte.

»Sie hatten es auf meine Kamera abgesehen.« Ihre Kehle war wund, als hätte sie bergeweise Sand geschluckt. »Gibt es hier etwas zu trinken?«

»Nein. Tut mir Leid.«

Sie lockerte ihren verspannten Hals und drehte Arron ihr Gesicht zu. Er hockte da, mit bis zum Kinn angewinkelten Knien, die Hände um die Waden geschlungen. Ein Ärmel seines Hemdes war an der Schulternaht abgerissen worden, und nun wusste sie auch, woraus ihre Bandage bestand. Den Helm trug er immer noch. Ihrer lag neben ihm. Ein dünner, milchiger Film füllte die Knitterfalten seines Isolationsanzug.

Verschleißspuren. Das organische Material besaß nur eine Lebensdauer von drei Tagen. Danach trocknete es aus und bildete Risse. Lynn hob die Hand und krümmte die Finger. Ein Spinnennetz aus weißen Linien durchzog die Schutzfolie.

»Ist ja toll!« murmelte sie und lehnte den Kopf wieder gegen die Wand.

»Ich begreife das nicht«, platzte Arron heraus, den Blick auf die Tür geheftet. »Ich kann nicht verstehen, aus welchem Grund sie das taten.«

»Anscheinend kam jemand zu dem Schluss, dass es etwas Wichtigeres gibt, als diese Welt zu retten, und wir standen im Weg.« Vorsichtig verlagerte Lynn ihr Gewicht, um sich mit dem ganzen Rücken an die Mauer lehnen zu können. »Es wird sich schon wieder einrenken. Trace und R.J. haben mich mittlerweile vermisst und lassen bestimmt Commander Keale und seine Leute nach uns suchen. Wir brauchen nur abzuwarten, bis man uns findet.«

»Hoffentlich stöbern die Marines uns auf, ehe uns jemand anders entdeckt.« Arron bewegte die Finger, wie Lynn es kurz zuvor getan hatte, und blitzartig entfaltete sich ein Geflecht aus weißen Linien. »Wir beide stellen nämlich schon bald ein biologisches Risiko dar.«

Lynn verzichtete darauf, ihm zuzustimmen. Sie wollte ihre Kräfte schonen, ganz still dasitzen und sich auf ihre Verletzung konzentrieren. Wieder befühlte sie die Bandage. Doch etwas musste gesagt werden. »Danke, dass du meine Wunde versorgt hast.«

»Keine Ursache.« Sie hörte, wie er sich bewegte. »Aber den Helm solltest du lieber wieder aufsetzen. Nicht, dass sich noch irgendein Pilz in diesem … diesem Loch da einnistet.« Er hielt ihr den Helm so hin, dass sie ihn sehen konnte. Sie griff mit beiden Händen danach und es gelang ihr, ihn über den Kopf zu stülpen und die Verschlüsse einrasten zu lassen.

Abermals legte sie den Kopf nach hinten. »Ist da draußen irgendjemand?«

»Wenn ja, dann antworten sie nicht. Nachdem sie dich hier hereingeschmissen hatten, bollerte ich mindestens fünf Minuten lang gegen die Tür.«

Von dieser Seite war also keine Hilfe zu erwarten. Nicht, dass sie damit gerechnet hätte. Nun, da der Schock abebbte, wunderte sie sich, dass man sie überhaupt am Leben gelassen hatte. Normalerweise machten die Dedelphi keine Gefangenen.

»Dann warten wir eben.« Sie schlang die Arme um sich.

»Genau.« Arron lehnte sich gleichfalls mit dem Rücken gegen die Wand.

Lynn war nicht nach Reden zumute. Sie konzentrierte sich auf ihren Atem und auf ihre Schmerzen. Auch Arron schien die Lust am Diskutieren vergangen zu sein, und das war ihr nur recht. Eine Zeit lang döste sie vor sich hin, bis ein plätscherndes Geräusch sie aus ihrer Versunkenheit weckte. Das Strullen kam von ihrer blinden Seite, und es dauerte eine Weile, bis sie begriff, dass er nur von Arron stammen konnte, der in den Eimer pinkelte. Obwohl sie nichts sehen konnte, kehrte sie das Gesicht der entgegengesetzten Wand zu. Der rieselnde Laut erinnerte sie daran, wie durstig sie war, und ein plötzlicher Brechreiz stülpte ihr den Magen um.

An der Falltür wurde klirrend ein Riegel zurückgeschoben. Die Klappe schwenkte hoch und gab den Blick in einen dunklen Korridor frei. Lynn sah zwei Dedelphi-Schwestern, die eine Tochter mit sich schleiften. Mit vereinten Kräften warfen sie die Tochter in die Zelle. Diese landete bäuchlings mitten auf dem Abfluss. Lynn starrte in fassungslosem Entsetzen.

»Heh!« schrie Arron. »Ihr könnt doch nicht …«

Krachend fiel die Klappe zu. Mit voller Wucht wurde der Riegel wieder vorgeschoben. Die Tochter stöhnte, und dann erkannte Lynn, wer sie war.

»Resaime.«

Ihre Schmerzen so gut es ging verdrängend, kroch Lynn zu der Tochter und half ihr, sich hinzuknien. Verstört blinzelte Resaime, sie wirkte benommen. Auf ihrem Arm breitete sich ein dunkelroter Bluterguss mit einem schwarzen Punkt in der Mitte aus. Lynn vermutete, dass man ihr intramuskulär ein Beruhigungsmittel gespritzt hatte, dessen Wirkung noch nicht völlig abgeklungen war.

»Keine Angst. Alles wird gut werden«, murmelte

Lynn auf t'Therianisch und nahm Resaime in die Arme. *Mein Gott, was mögen sie wohl Senejess angetan haben?* Lynn zweifelte keine Sekunde daran, dass sie auch Resaimes Tante gefangengenommen hatten. Selbst Senejess würde eine Tochter nicht im Feindesland allein lassen.

Resaime wehrte sich nicht gegen die Umarmung, konnte sie indessen nicht erwidern.

»Wer ist sie?« fragte Arron auf t'Therianisch.

»Resaime Shin t'Theria.« Lynn glättete Resaimes Ohren. Die Tochter blinzelte träge mit den Lidern. »Die zuletzt Geborene aus dem ersten Wurf meiner Freundin Praeis Shin.«

Er enthielt sich aller Kommentare. Jedes Wort wäre hier überflüssig. Wie konnten sie die Tochter ohne eine einzige Verwandte in dieses Verlies werfen? Lynn und Arron würden sie durch ihre bloße Anwesenheit umbringen, da ihre Isolationsanzüge langsam aber sicher verrotteten.

»Vielleicht handelt es sich um einen Erpressungsversuch«, mutmaßte Lynn, während sie Res behutsam auf die Seite legte. »Sie lassen sie so lange bei uns, bis irgendwer da draußen die Nerven verliert. Sie war mit einer ihrer Tanten unterwegs ...«

»Nein«, schnitt Arron ihr barsch das Wort ab. Er sprach Englisch. Der scharfe, bittere Unterton in seiner Stimme erschreckte Lynn.

»Sie ist eine t'Therianerin. Sie haben sie zu uns gebracht, damit sie stirbt.« Arron kauerte nieder, als wolle er sich vor seinen eigenen Worten verstecken. »Vielleicht holen sie ihre Tante her und lassen sie zuschauen, wenn der anaphylaktische Schock einsetzt, aber in ihren Augen ist sie so gut wie tot.« Als er Lynns blankes Entsetzen gewahrte, mäßigte er seinen Ton und spreizte ergeben die Finger. »Sie hassen die t'Therianerinnen bis aufs Blut.«

»Dieser Hass beruht auf Gegenseitigkeit.« Lynn sackte hintenüber. Sie verspürte schreckliche Schmerzen. »Sie schenken einander nichts, was?«

»Nein. Sie haben es sich noch nie leicht gemacht.« Er starrte auf seine geballte Faust. Selbst von ihrem Platz aus konnte Lynn die weißen Fäden sehen, die die Fingerknöchel umspannten. »Deinem Commander bleiben ungefähr vierundzwanzig Stunden Zeit, dann werden wir für Resaime zu einer tödlichen Bedrohung.«

»Ich weiß.« Lynn massierte Resaimes Schulter und wünschte sich, sie würde das Bewusstsein wiedererlangen. »Ich weiß.«

Eines muss man den Menschen lassen – Lareet stützte die Ellenbogen auf das Terrassengeländer – *sie sind unglaublich gute Architekten.*

Die Apartmenthäuser, die öffentlichen Gebäude und die kleinen Fabriken an Bord der *Ur* schienen nur aus rechten Winkeln zu bestehen, was eine höchst sonderbare Wirkung erzielte; hingegen hatten die Menschen ihren Hang zur Isolation abgestreift und für freie, offene Räume gesorgt, sodass weitläufige Plätze, Terrassen, luftige Hallen und Versammlungsräume die Ballungszentren auflockerten.

Flüsse und Kanäle durchschnitten Wiesen, Arboreten und Gärten. Boote und Gondeln wiegten sich auf dem Wasser. Mitglieder der Vorhut pilgerten die Uferpfade entlang und stritten in freundschaftlicher Manier um die Benutzung der Kähne. Jedes Gewässer war tief genug zum Schwimmen. In den Flüssen gab es sogar Fische und in den Baumwipfeln tummelten sich Vögel. Alles blitzte vor Sauberkeit.

In tiefen Zügen sog Lareet die frische Luft ein. Sie schmeckte ein bisschen zu trocken, doch die Temperatur entsprach genau der frühsommerlichen Jahreszeit. Der blanke, wolkenlose Himmel störte ein wenig, doch sie meinte, sie könne sich daran gewöhnen. Bei Nacht fand sie ihn am schönsten, wenn die blau gefärbte Kuppel transparent wurde und sie die Sternenkonstellationen in all ihrer Pracht bestaunen konnte.

Eigentlich ist es ein Jammer, dass wir all das nicht länger genießen können.

Sie öffnete die Pforte im Geländer und kletterte die Treppe hinunter auf den gepflasterten Gehweg. Im Vorbeischlendern bewunderte sie die Gärten mit ihrer Überfülle an großen, fleischigen Blumen und dicken Rankengewächsen.

Sie vermochte sich nur schwer vorzustellen, dass hundert Yards unter ihren Füßen das exakte Spiegelbild dieser Stadt existierte; dazwischen lagen weder Erdreich, noch Wasser noch Felsgestein, sondern Röhren für Wartungsgeräte, Hunderte von Gravitationsgeneratoren und eine überaus komplizierte Maschinerie zur Klimaerzeugung. Das einzige Anzeichen für diesen Untergrundkomplex bildete eine versiegelte Luke im Gehweg. Auf der versilberten Oberfläche stand in vier verschiedenen Sprachen ZUGANG NUR FÜR BEFUGTE.

Ähnliche Luken waren in Abständen von hundert Yards rasterförmig über die gesamte City verteilt. Über jeder hing eine Videokamera, entweder an einer Hauswand montiert oder in das Geäst eines Baumes gehängt. Nur an diesen Stellen konnte man die Kameras mühelos erkennen. Die menschlichen Soldaten … Wie hießen sie doch gleich? Die *Marines* wollten offenbar, dass jeder Bescheid wusste, wie sorgfältig die Zugänge zu den Wartungsschächten überwacht wurden.

Der Gedanke behagte Lareet nicht. Die Kameras konnten sie sehen, doch sie hatten keine Ahnung, was alles ihren Blicken verborgen blieb. Die Manager von Bioverse hatten ihnen zugesichert, sie könnten tun und lassen, was sie wollten. Die Überwachungskameras sollten lediglich verhindern, dass die vitalen Systeme nicht unbeabsichtigt beschädigt würden; außerdem dienten sie dazu, die Instandsetzungsjobber an die Orte zu dirigieren, die gewartet oder gesäubert werden mussten.

All das hatte Commander Keale während der Begrüßungszeremonie und bei den Briefings immer wieder betont. Unentwegt wies er darauf hin, wie sorgfältig die Luken abgedichtet waren, damit kein menschliches Gift von den Korridoren darunter in die City dringen konnte, wie stark das Material der transparenten Kuppel war, sodass sie weder Meteoriten noch irgendwelche Angriffe zu befürchten hätten, wie ausgetüftelt die Videoüberwachung funktionierte und jedwede Unstimmigkeit auf der Stelle entdeckte. Ausführlich schilderte er die raffinierten Sicherheitsmaßnahmen, die den Schutz sämtlicher im City-Schiff befindlichen Personen gewährleisteten. An Bord der *Ur* durfte sich jeder geborgen wähnen. Absolut jeder.

Hinterher stimmten Lareet und Umat in einem Punkt hundertprozentig überein. Umat hatte ein Ohr auf Commander Keale gerichtet und geflüstert: »Ich möchte nicht so weit gehen und sagen, dass er unser Feind ist, Schwester, aber mir scheint, wir wissen jetzt, wie unser Gegenspieler in diesem Match aussieht.«

Lareet bog auf einen Pfad ab, der sich neben dem Hauptfluss einherschlängelte. Die Ovrth Vrand, Pavch und Zan hockten inmitten eines Wäldchens aus Angelruten am Ufer. Lange Schnüre trieben im Wasser. Angehörige des Kommandos saßen neben den Ovrth und knüpften geduldig aus derben Tauen Netze.

Ovrth Pavch grinste zu Lareet hinauf. »Heute Abend gibt es einen Festschmaus.« Sie deutete auf ein Netz im Gras, das bereits angefüllt war mit silbrig geschuppten Fischen. »Das ist einfacher als auf den Markt zu gehen.

Die Menschen haben Fische ohne jeden Kampfgeist gezüchtet.«

Lareet klappte die Ohren flach gegen den Schädel. »Ovrth Pavch, als Mitglieder der Vorhut haben wir wichtige Aufgaben zu erfüllen. Das Schwadronieren über die Fischerei gehört sicher nicht dazu.«

Ovrth Pavchs Gesicht rippelte sich in einem Anflug von Reue, die genauso geheuchelt war wie Lareets Strenge. »Und wie soll ich meine *Irthiat* verköstigen, die fleißig dabei sind, diese Stadt zu inspizieren, zu vermessen und ganz allgemein die Lage zu erkunden? Befiehlst du mir, sie zu menschlichem Fraß zu verdammen?«

Lareet lachte und sog genüßlich den Duft der frisch gefangenen Fische ein. »Selbstverständlich nicht. Finde heraus, ob man für uns auch Aale ausgesetzt hat. Es ist schon eine Ewigkeit her, seit ich das letzte Mal frischen Aal kosten durfte.«

»Dein Wunsch ist mir Befehl, Dayisen Lareet.«

Lareet spähte stromaufwärts. Ein kleines, offenes Boot aus lackiertem Holz lavierte zwischen zwei größeren Trawlern hindurch. Umat hob die Hand und winkte ihrer Schwester zu. Lareet winkte zurück, klopfte Ovrth Pach auf die Schulter und eilte den kleinen Anleger aus Beton hinunter, als Umat auch schon andockte. Sie stieg ins Boot und placierte sich so, dass sie die im Heck sitzende Umat anschauen konnte.

Umat bediente den Hebel, der den leise flüsternden Motor in Gang setzte, und steuerte den Kahn in die Flussmitte. Der Antrieb und die Strömung beförderten sie rasch vom Zentrum der *Ur* weg und zu einem der bewaldeten Parks hin.

»Nun, meine Schwester«, begann Umat, »wie findest du diese hübsche Stadt, die man uns zum Geschenk gemacht hat?«

Lareets Blick wanderte über das Ufer mit den mächtigen Bäumen, deren nach unten geneigte Kronen das Wasser streiften, und wieder zurück zu den Gebäuden, die hinter der Flussbiegung verschwanden.

»Sie ist genauso, wie wir dachten«, erwiderte Lareet leise. »Die meisten öffentlichen Gebäude und Fabriken werden von Kameras überwacht, aber die privaten Unterkünfte sind sauber, so weit wir es beurteilen können. Sämtliche Zugangsluken zum Wartungsbereich sind versiegelt, und die Verschlüsse müssen sich auf der anderen Seite befinden.«

Umat nickte. »Wissen wir schon, wie viele Marines hier stationiert sind?«

»Die Ovrth Ches durchforsten die *Datenbanken* nach Truppenstärken und den Standorten ihrer Basen.«

Umat lächelte und tätschelte die Hand ihrer Schwester. »Heute war ein recht ergiebiger Tag.«

Lareet tauchte die Finger in das klare Wasser. Der Grund des Flusses bestand aus Sand, der hin und wieder von Steinen durchsetzt war. Die meisten Felsbrocken trugen einen Bewuchs aus smaragdgrünen Algen. Fingerlange silbrige Fische flitzten stromaufwärts. *Hat unsere Welt früher tatsächlich so ausgesehen?* »Die Menschen verbergen eine ganze Menge vor uns, Umat. Können wir sicher sein, dass wir sowohl die Fische als auch den gesamten Schwarm sehen?«

Umat seufzte und zupfte an Lareets Ohr. »Nein, natürlich nicht. Trotzdem müssen wir es versuchen, Lareet.«

Lareet dippte die Ohren. »Selbstverständlich. Um jeden Preis.« *Ganz gleich, ob Wissenschaftler Arron und die anderen Menschen es verstehen oder nicht.* Doch diesen Gedanken behielt Lareet für sich.

Schweigend segelten sie den Fluss hinunter. Lareet spürte, wie allmählich Ruhe in sie einkehrte. Die Bäume an den Ufern wichen zurück und machten Platz für ordentliche Reihen von niedrigen, schachtelförmigen Häusern. Wenn es an der Zeit war, die Städte auf ihrem Heimatplaneten wieder aufzubauen, wollte Lareet vorschlagen, die Praxis der Menschen zu übernehmen und gleichfalls Wohnviertel von Regierungseinrichtungen und Manufakturanlagen zu trennen. Es war eine Platzverschwendung, verbesserte jedoch die Lebensqualität erheblich.

Umat steuerte das Boot auf eine andere Mole aus Beton zu, die der, von der sie abgelegt hatten, haargenau glich.

Von hier aus sah man, wo der Himmel sich absenkte und mit der Baumreihe vereinte. Des Nachts, wenn die Kuppel transparent wurde, konnten sie im Schutz des Wäldchens verharren und hinausblicken. Ganz weit rechts lag die Andockzone für die Shuttles. Geradeaus, ungefähr zehn Yards von ihrer Halbkugel entfernt, befand sich die kleinere, abgeblendete Glocke mit dem Maschinenraum. Diese zehn Yards stellten die direkteste Route von der City zum Bereich der Menschen in diesem Schiff dar.

Lareet hegte nicht den geringsten Zweifel, dass Commander Keale gründlich über diesen Umstand nachgedacht hatte.

Umat ergriff ihre Hand und riss sie aus ihren Grübeleien. »Geht es dir gut, Schwester? Oder macht das keimende Leben in deinem Schoß dir zu schaffen?«

Lareet wedelte kurz mit den Ohren. »Schwester, du weißt doch, dass ich vor dem vierten Monat nicht die geringsten Beschwerden verspüre.«

»Ich wollte mich nur vergewissern. Du wirkst so bedrückt.«

Lareet schüttelte den Kopf. »Ich frage mich, welche Hindernisse Commander Keale sich für uns ausgedacht hat.«

Umat zuckte die Achseln. »Das werden wir noch früh genug herausfinden.«

Hand in Hand spazierten sie über den Rasen zu der Manufaktur für Metallverarbeitung. Die Dayisen Avit, Huir und Wital warteten bereits am Hauptportal auf sie. Nach dem Austausch von Formalitäten und Artigkeiten, in denen die schöne Stadt höflich bestaunt wurde, führten die Dayisen Avit sie in die Fabrikationsanlage.

Lareet kannte Fabriken nur als lärmende, schmutzige, die Luft verpestende Ungetüme. Dieser Saal wirkte indessen beinahe steril. Die Arbeiterinnen standen oder saßen vor Videomonitoren, die auf geschlossenen Tanks, kastenförmigen Konstruktionen oder langen Röhren montiert waren. Man sprach mit gedämpften Stimmen, als hätte man Angst, das leise Summen der Geräte zu stören. An den Seiten versammelten sich noch mehr Werktätige, prüften Diagramme, reichten untereinander kleine Metallbarren weiter und machten sich Notizen.

Mit kaum verhohlener Erregung haspelte Dayisen Huir ellenlange Kommentare über Output und Technik herunter. Wie wundervoll die Einrichtungen der Menschen doch wären! Alle fünf Minuten lernten sie etwas Neues. Natürlich hielten sich Menschen für etwaige Nachfragen bereit, doch auf diesen Service griff man aufgrund der leicht verständlichen *Computer*-Anweisungen nur selten zurück.

Hier konstruierte man Brücken und Laufstege zwischen den einzelnen Gebäuden. Dort entwickelte man zusätzliche Röhrensysteme für Springbrunnen in Patios und Innenräumen. Selbstverständlich koordinierte man die Entwürfe mit den Vorhaben der Architekten-Familien, doch die Möglichkeiten schienen unbegrenzt. Dayisen Wital begleitete sie schweigend und nahm den begeisterten Redeschwall ihrer Schwester halb amüsiert, halb nachdenklich, zur Kenntnis.

Zum Schluss bugsierten die Dayisen Avit sie in ein

Nebenzimmer. Der Raum war lang, schmal und so gut wie leer. An der hinteren Wand lehnten zwei Metallplatten. Zwei weitere hatte man gegen einen Tisch gestützt, auf dem ein Kunststoffbehälter stand.

»Dieser Raum dient als Lager«, erklärte Dayisen Huir, die Tür schließend. »So weit wir wissen, wird er nicht von Kameras überwacht.«

Dayisen Wital öffnete die Kunststoffbox und zeigte auf zwei identische Maschinengewehre.

Lareet nahm eine der fabrikneuen Waffen heraus und kontrollierte das Magazin. Dann hob sie den Kolben an ihre Schulter und nahm die Stahlplatten hinten an der Wand ins Visier. Umat folgte ihrem Beispiel. Die Dayisen Avit rückten den Tisch mit den beiden Metallplatten so herum, dass er einen Schutzschild bildete.

Umat senkte die Ohren. »Eins, zwei, drei.«

Lareet und Umat feuerten gleichzeitig. Es gab eine Eruption von Licht, Qualm und Lärm. Sie duckten sich hinter den Schild. Die Geschosse prallten von den Stahlplatten ab und bohrten sich in die Wände.

Umat musste niesen. Sie vertrug den von Schusswaffen erzeugten Rauch nicht. Zerstreut tätschelte Lareet ihre Schulter, betrachtete kurz das Gewehr und richtete dann den Blick auf die Metallplatten. Die Kugeln hatten tiefe Einkerbungen in den ein Zoll dicken Stahl geschlagen.

Sie nickte. »Sehr gut, Dayisen Avit. Das müsste genügen.«

»Da gibt es noch etwas, das ihr euch unbedingt ansehen solltet«, erwiderte Dayisen Huir. »Kommt mit nach draußen.«

Sie gingen zurück ins warme Tageslicht. Die Dayisen Avit dirigierten sie über eine Wiese zum Rand der Kuppel, der hinter einem Saum von Bäumen verborgen lag.

Vor einer weißen Messlatte, die im Boden steckte, blieben sie stehen. Dayisen Huir drehte sich zu ihnen um. »Dayisen Lareet, würdest du bitte zur Kuppel gehen?«

Lareet spürte, wie ihre Ohren leicht nach hinten klappten, doch sie tat Dayisen Huir den Gefallen. Bei den ersten Schritten fiel ihr nichts Besonderes auf. Doch dann merkte sie, dass die Grashalme vor ihr nicht mehr senkrecht in die Höhe wuchsen, sondern flach am Boden anlagen. Sie schaute zu den Bäumen hoch, zwinkerte verdutzt und sah genauer hin. Es schien, als neigten sich die Kronen und Stämme ihr entgegen.

Nach ein paar weiteren Schritten fühlten sich ihre Beine schwer an. Sie beugte sich vornüber und kämpfte sich voran. Ihre Augen sagten ihr, dass sie sich auf flachem Gelände befand, doch jede Faser ihres Körpers reagierte, als kletterte sie einen zunehmend steiler werdenden Hang hinauf. Ein Yard weiter, und sie fiel auf die Knie. Sie versuchte, kniend vorwärts zu rutschen, doch zum Schluss musste sie sich flach auf den Boden legen und mühsam vorankriechen.

O Weltenmütter, was mag das sein? Die Diskrepanz zwischen dem, was sie sah und dem, was sie empfand, war höchst verwirrend. Lareet schloss sämtliche Augenlider und krabbelte langsam rückwärts, bis sie spürte, dass sie wieder ebenen Boden erreichte.

Sie öffnete die Augen und rappelte sich vorsichtig hoch. Umat legte ihr einen Arm um die Schultern.

»Was ist los?« fragte Umat über Lareets Kopf hinweg die Dayisen Avit.

»Wir vermuten, dass sie in dieser Sektion die Schwerkraft manipuliert haben«, entgegnete Dayisen Wital. »Die Generatoren befinden sich in einer wabenartigen Struktur. Sowie man einen Generator abschaltet, wird man automatisch vom nächsten Generator angezogen. Als Folge davon hat man seine Bewegungsfreiheit eingebüßt, weil die Gravitation nicht mehr von unten auf einen einwirkt, sondern seitlich.«

Lareet richtete sich zu ihrer vollen Größe auf und legte die Ohren nach hinten. »Hier werden wir belauscht«, warnte sie. »Sprecht leise.«

»Es wird noch viel komplizierter.« Dayisen Huir senkte die Stimme zu einem kaum hörbaren Flüstern. Sie blickte auf die sich krümmenden Bäume und faltete ihre Ohren zusammen. »Dayisen Lareet hatte das Gefühl, sie würde eine Wand hinaufklettern, weil sich der nächste Generator direkt hinter ihr befand. Irgendwo außerhalb der Kuppel findet dann ein totaler Gravitationsausgleich statt. Im Klartext heißt das, es herrscht Schwerelosigkeit. Alles, was an diesem Balancepunkt nicht festgelascht ist, schwebt davon.«

»Und wenn man diesen Balancepunkt oder Null-G-Punkt überschreitet, gerät man in das Wirkungsfeld des Generators, der als nächster vor einem liegt. Dann klimmt man die Wand nicht mehr hinauf, man kraxelt sie hinab.«

»Ich verstehe«, hauchte Umat und dippte in feierlichem Ernst die Ohren. »Nun, Schwestern, da uns so viele Wände im Wege stehen, sehe ich nur eine Möglichkeit, diese Mauern zu überwinden.«

»Und was schlägst du vor?« fragte Dayisen Wital.

Umat bleckte die Zähne. »Wir bauen Leitern.«

KAPITEL 13

Resaime hustete wieder, ein trockenes Krächzen, das tief aus ihrer Brust kam. Ihr Atem war nur noch ein flaches, asthmatisches Keuchen. Sie kauerte in einer Ecke, so weit wie möglich von Lynn und Arron in ihren grauen, sich auflösenden Isolationsanzügen entfernt.

Vor einer Stunde hatten sie einstimmig beschlossen, einen Fluchtversuch zu wagen. Lynn und Arron hatten neben der Falltür Posten bezogen und auf die Rückkehr ihrer Bewacherinnen gewartet. Lynn hatte die Handschuhe abgestreift und sie in den Kübel geworfen.

Sie hatten ausgeharrt, so lange sie konnten. Arron und Lynn hockten in der Ecke rechts neben der Bodenluke und vermieden möglichst jede Bewegung. Resaime litt unter dem fehlenden Körperkontakt, doch Lynn wagte es nicht, sie anzufassen. Von den angesammelten Hautpartikeln war ihr Anzug nahezu opak und an den Verschleißstellen bildeten sich haarfeine Risse. Arrons Anzug war in einem noch desolateren Zustand.

Lynn hatte den Helm nicht abgenommen, um ihren Verband zu prüfen oder zu wechseln. Sie verdrängte die Besorgnis über die immer heftiger werdenden Schmerzen. Ihre Fäkalienbeutel hatten sie erst entleert, als sie überzuquellen drohten. Sie ließen den Inhalt in den Abfluss tropfen und spülten dann mit etwas Wasser nach.

Sie hatten sich in einen Winkel der Zelle verkrochen und sich nur bewegt, wenn sich ihre Muskeln zu verkrampfen drohten. Natürlich reichte das nicht aus, um die Gefahr zu bannen. Die Natur würde obsiegen, und das schon bald.

In schätzungsweise zwanzig Stunden hatte man ihnen zwei Mal etwas Nahrung gebracht. Ein Tablett mit Schalen voller Linsenmus und Plastikflaschen voll Wasser waren durch den Schlitz in der Bodenklappe heraufgereicht worden. Sie hatten sich über den Schlitz gebeugt und geschrien. Dann hämmerten sie mit den Fäusten gegen die Falltür und brüllten sich heiser. Es kam keine Antwort. Kein Laut war zu hören.

Zwei Mal ging die Klappe auf, und eine schweigende Soldatin mit den schwarzen Rangabzeichen der Ovrth an den Uniformmanschetten und einer Filtermaske über Mund und Nüstern kletterte herein, um sie anzustarren. Lynn wunderte sich über die Tatsache, dass sie allein kam, bis Arron sie darauf hinwies, dass sie eine Giftkammer betrat. Die Ovrth beantwortete keine Fragen und reagierte weder auf Drohungen noch auf flehentliches Bitten.

Lynn und Arron stimmten darin überein, dass sie vermutlich nur nachschauen wollte, ob Resaime schon tot war.

Sie brauchten das nicht durchzuziehen, versuchte Lynn sich einzureden. Bevor die Ovrth wieder hereinkam, würde Keale sie finden. Dann konnten sie Praeis anrufen und Resaime in ein Krankenhaus bringen. Sie konnten einen Arzt von der *Ur* herunterkommen lassen.

David. Lynns Mut sank. *Wo bist du? Weißt du, was passiert ist? Oder hat man es dir nicht erzählt? Wird mein Verschwinden vertuscht, um keine Panik aufkommen zu lassen?*

Jeden Augenblick kann Keale die Tür öffnen. Wir brauchen das nicht durchzuziehen.

Der Bolzen schoss krachend zurück. Die Tür schwenkte hoch, und sie sahen die Hände und Arme der Ovrth.

Die Ovrth betrat die Zelle. Ihr Blick schweifte über die Gefangenen. Resaime hustete so heftig, dass sie zu würgen begann. Mitleidlos schaute die Ovrth auf sie hinab.

»Ihr bringt sie um!« schrie Arron ihre Wärterin an. Er stürmte zur Ovrth hinüber. Das war nichts Neues. Nichts, was sonderlich gestört hätte. Sie hatten genug gebrüllt und getobt.

»Sieh sie dir an!« Arron griff nach der Atemmaske der Ovrth und zerrte daran. Die Soldatin wirbelte zu Arron herum.

Lynn tat einen Satz nach vorn. Ihre Hände krallten sich in die Schultern der Ovrth. Sie hielt sie umklammert, derweil Arron ihr die Maske herunterriss. Die Ovrth fasste nach Arrons Handgelenken, und Lynn klatschte der Soldatin ihre ungeschützten Hände über Mund und Nase.

Die Ovrth kreischte in Lynns Handflächen. Lynn spürte, wie die Zähen der Ovrth ihre Haut zerschrammten. Die Ovrth packte Lynn bei den Armen und hob sie hoch. Der Raum begann sich um Lynn zu drehen und dann knallte sie mit dem Rücken auf dem Boden. Sie rang nach Luft. Die Türklappe fiel zu. Lynn wälzte sich auf die Seite. Arron stand in geduckter Haltung zwischen der Ovrth und der Falltür. Resaime, an die niemand mehr gedacht hatte, kroch nach vorn. Die Ovrth brachte ihr Gewehr in Anschlag. Lynn rappelte sich auf die Füße.

Resaime erwischte die Ovrth bei den Knöcheln und biss ihr in die Wade. Die Ovrth kreischte abermals und senkte den Gewehrlauf nach unten. Lynn sprang die Soldatin an. Mit einer schmutzigen Hand hielt sie ihr die Nase zu, die andere umklammerte ihren Schädel; sie wollte ihr Gesicht zwischen ihren Fingern einklemmen. Arron schnappte sich das Gewehr.

Die Ovrth ruderte heftig mit den Armen. Lynn ließ

sie nicht los. Die Augen der Soldatin weiteten sich. Sie begann in panischen Stößen zu atmen. Lynn bemerkte kaum, dass Arron die Waffe an die Schulter gehoben hatte. Die Welt verengte sich auf das Gefühl von warmer, ledriger Haut unter ihren nackten Händen und rasselnden, halb erstickten Atemzügen. Endlich erschlafften die Muskeln der Ovrth und Lynn lockerte den Griff.

Die Soldatin sank zu Boden, würgte und spuckte. Arron schwang das Gewehr wie eine Keule und rammte ihr den Schaft gegen die Schläfe. Die Ovrth kippte zur Seite wie ein gefällter Baum.

Lynn fasste Arron ins Auge. Er schnaufte wie eine aufgeregte Dedelphi. Taumelnd kämpfte sich Resaime auf die Füße. Lynn setzte sich neben die Ovrth in die Hocke. Resaime quälte sich bis zur Tür.

»Nein, Res!« Arron sprang vor und hielt die Luke zu.

Res zerrte am Griff. »Ich muss Tante Senejess finden.«

»Wir suchen sie, Res.« Lynn sah sie dabei nicht an. Sie betrachtete den reglosen Körper der Ovrth. An ihrer Schläfe breitete sich ein Bluterguss aus. »Warte ab und schone deine Kräfte.«

»Ich muss meine Tante finden.«

»Schone deine Kräfte, Res«, drängte Arron freundlich. »Verlass dich auf uns.«

Lynn nahm der Ovrth die Filtermaske ab und warf sie Resaime zu. Res fing sie mit zitternden Händen auf und streifte sie über ihr Gesicht. In Lynn löste sich ein wenig die aufgestaute Spannung. Sie richtete sich auf und rieb sich die Handflächen, die feucht von Speichel und Schweiß waren, an den Hosenbeinen trocken.

Res den Ausgang mit seinem Körper versperrend, hob Arron die Bodenklappe ein wenig an und spähte durch den schmalen Spalt. Lynn reckte sich auf Zehenspitzen hinter ihm. Der Korridor war schmal und bestand aus unverkleidetem Zement wie die Zelle. Sie glaubte, zwei weitere Türen zu entdecken. Zwei Wächterinnen verharrten in Abständen von drei beziehungsweise sechs Metern von der Falltür entfernt. Beide hielten Gewehre in den Händen.

Arron schloss vorsichtig die Luke und wandte sich Lynn zu. »Da draußen stehen zwei weitere Bewacherinnen.«

Lynn fuhr mit der Zunge über ihre trockenen Lippen. »Kannst mit dem Ding da schießen?« Sie deutete auf das Gewehr, das er der Ovrth abgenommen hatte.

»Ich kann es«, meldete sich Res. Durch die Filtermaske klang ihre Stimme gedämpft, doch sie sprach mit erstaunlicher Festigkeit. »Meine Mutter hat es uns gelehrt. Wir können von hier fliehen und Tante Senejess finden.«

»Res …«, begann Lynn. Resaime streckte eine Hand aus. Sie zitterte nicht die Spur. Arron warf Lynn einen kurzen Blick zu, dann reichte er Res die Waffe. Lynn, die Res nicht aus den Augen ließ, sah ihre geweiteten Pupillen und die straffe, glänzende Gesichtshaut. Sie wusste, was das bedeutete. Angst, Zorn und der Kampf mit der Ovrth hatten das Feuer in ihr entfacht. Mittlerweile strömte vermutlich eine so hohe Menge an Adrenalin und Endorphinen durch Res' Blutkreislauf, dass sie auf zwei gebrochenen Beinen hätte laufen können.

Res huschte zur Tür. Lynn folgte ihr und griff nach dem Verschluss. Resaime nickte. Lynn öffnete die Luke. Resaime ließ sich in den Gang hinuntergleiten. Eine Explosion, gefolgt von zwei weiteren. Arron sprang nach unten. Auf die Zähne beißend, kraxelte Lynn ihm hinterher.

Auf dem Boden lagen die beiden Wächterinnen. Resaime steuerte auf die erste Tür zu. Arron bückte sich und hob eines der Gewehre auf.

»Tante Senejess!« Mit den Fäusten hämmerte Resaime gegen die Türfüllung. »Tante Senejess!«

Nein! Taumelnd setzte sich Lynn in Bewegung. Arron kam ihr zuvor. Er hielt Res am Arm fest.

»Sie ist nicht hier, Res!« zischelte er aufgebracht.

Res glotzte ihn verständnislos an. »Nicht hier?«

»Nein. Sie würden sie niemals am selben Ort gefangen halten wie uns. Umso leichter könnten wir ja zu ihr gelangen.«

Lynn hörte, wie Res krampfhaft schluckte. Das Feuer ließ sie weder klar denken noch längere Zeit stillstehen. Ihre Haut schlug Beulen und zuckte. Wortlos rannte sie zum Ausgang. Arron warf Lynn einen verzweifelten Blick zu und hetzte ihr hinterher.

Lynn knirschte mit den Zähnen. Nach ein paar torkelnden Schritten fiel sie in eine Art unsicheren Trab. Zum ersten Mal freute sie sich über das miserable Kommunikationssystem der Dedelphi. Sie vernahm weder das Geräusch von Schritten noch Stimmen.

Noch war kein Alarm ausgelöst worden. Sie rutschte in der Blutlache aus, die sich neben einer der Wächterinnen ausbreitete. Mit den Armen fuchtelnd, behielt sie die Balance. Sie fand sogar die Kraft, Arrons Beispiel zu folgen und das zweite Gewehr aufzuheben. Unbeholfen klemmte sie es sich unter den linken Arm und bog um die Ecke.

Um ein Haar wäre sie gegen Arron geprallt, der sich flach gegen die Wand presste. Resaime, die neben ihm stand, inspizierte die kurze, leiterförmige Treppe, die zu einer Metalltür am Ende des Korridors hinaufführte.

»Vermutlich verriegelt«, wisperte Arron. »Ich wird' mal nachsehen. Notfalls schieße ich …«

Ein Knall wie ein Donnerschlag warf Lynn nach hinten. Arron riss sie mit sich zu Boden. Resaime lag bereits flach auf dem Bauch. Noch ein mörderisches Krachen, gefolgt von einem irren Geschepper. Die Tür flog auf und schlug klirrend gegen die Wand. In der hellen Öffnung hoben sich als Schattenrisse zwei Soldatinnen ab.

Erst durch die Tür schießen, und sie dann öffnen. Sehr schlau, dachte Lynn benommen. Die Schmerzen in ihrem Kopf schienen das ihr verbliebene Auge zu blenden.

»Wirf die Waffe weg!« Eine Soldatin zielte mit dem Gewehr auf Resaime. Res gehorchte.

»Die Menschen stehen auf und ziehen sich zurück.«

»Nun ja«, murmelte Arron, während er sich vom Boden hochhievte. »Das hat ja nicht lange gedauert.«

Lynn biss sich auf die Lippe und richtete sich auf Händen und Knien auf. Doch als sie sich hinstellen wollte, stieß sie einen leisen Schrei aus und knickte mit einem Knie wieder ein.

»Die Menschen sollen aufstehen und sich zurückziehen.« Lynn glaubte zu erkennen, dass die Soldatin den Gewehrlauf anhob.

»Sie hat viel Blut verloren und leidet an einer Infektion«, polterte Arron hinter ihr. »Ohne Hilfe kann sie nicht aufstehen.«

»Dann hilf ihr!«

Lynn spürte, wie Arron zu ihr kam und sich über sie beugte. Von irgendwoher dröhnte ein Schuss, dann ein zweiter. Lynn schnappte sich ihr Gewehr, legte an und feuerte. Der Kolben stieß heftig gegen ihre Schulter, und der frische Schmerz ließ sie erneut aufschreien. Sie vermochte nicht mehr richtig zu sehen. Ihr Blick war getrübt, und eine Hälfte der Umgebung lag in völliger Schwärze. Blindlings feuerte sie abermals in das Viereck aus Licht. Und noch einmal.

»Rennt!« kreischte Resaime.

Arron umfasste Lynns Schultern und schleifte sie mit sich. Lynn stolperte die steile Treppe hoch und wäre über die sich krümmenden, röchelnden Soldatinnen gestrauchelt, hätte Arron sie nicht gehalten.

Ihr Blick klärte sich ein wenig, und bald gewahrte sie fensterlose Wände aus braunem, weiß gesprenkeltem

Gestein. Offenbar befanden sie sich in einem Bunker, der tief in eine Bergflanke hineingebohrt worden war. Seit Jahrhunderten gruben die Getesaph labyrinthartige Schutzräume in das Gebirge.

Lynn fasste wieder Tritt und sah vor sich Resaime, die nach Leibeskräften rannte. Lynn setzte ihr nach.

»Halt!« brüllten Stimmen hinter ihnen. »Stehenbleiben!«

Arrons Hand wurde ihr entrissen. Als sie herumschwenkte, hörte sie das dumpfe Geräusch, mit dem eine hoch gewachsene Getesaph in grüner und lavendelblauer Zivilkleidung Arron angriff. Lynn schwenkte ihr Gewehr und knallte ihr den Kolben gegen den Schädel. Die Getesaph ließ von Arron ab. Der fackelte nicht lange und schlug die Hände über die Nüstern der Getesaph. Die Zivilistin stieß quiekende Schreie aus und suchte das Weite. Lynn half Arron beim Aufstehen und gemeinsam hasteten sie in die Richtung, die Resaime hoffentlich eingeschlagen hatte.

Schüsse peitschten. Pfeifend und sirrend zischten die Kugeln an Lynns Kopf vorbei. Adrenalin stärkte ihre Kräfte und sie rannte wie noch nie in ihrem Leben. Halb blind, in panischer Angst, preschte sie ohne nachzudenken weiter, um sich aus der Schusslinie zu bringen.

»Tötet nicht die Menschen!« donnerte jemand.

Abermals riss Arron Lynn mit sich zu Boden. Sie befanden sich an einem dunklen, verschatteten Ort. Blinzelnd versuchte Lynn, sich zu orientieren. Sie hockten hinter einem wuchtigen Schreibtisch. Resaime hatte ihn umgekippt und eine behelfsmäßige Deckung geschaffen. Von überall her ertönte ein für Lynn unverständliches Gebrüll.

Aber sie waren nicht völlig hilflos. Es gab einen Ausweg. »Arron, leg das Gewehr an. Res, siehst du irgendwo eine Tür?« Lynn fummelte an den Verschlüssen ihres Helms.

»Ja.«

»Lynn, was …?«

Sie riss sich den Helm vom Kopf. »Wenn wir sie auf Abstand halten können, dann gelingt uns vielleicht die Flucht.« Lynn hob die Hände, aber nicht, um zu kapitulieren, und stand auf.

»Ich trage keine Isolationskleidung!« schrie sie auf Getesaph. Ihre Stimme klang rau und zittrig. »Wir verlassen jetzt diesen Raum. Wer an einer Vergiftung durch menschliche Toxine sterben will, soll sich uns in den Weg stellen!«

Jetzt erst verschaffte sie sich einen Überblick über ihren Aufenthaltsort. Sie befanden sich in einer offenen Halle, in der vereinzelt Schreibtische standen. Ein rundes Dutzend Dedelphi hatten sich in der Räumlichkeit verteilt, einige trugen Zivilkleidung, andere Uniformen. Leitern führten zu Laufplanken, die die Kammern im Obergeschoss miteinander verbanden.

Sie hockten direkt unter einem dieser Laufstege. Lynns Kopfhaut begann vor Nervosität zu kribbeln. Sie vermochte nicht zu erkennen, was sich da droben tat, doch die Personen auf den Planken hatten auch keine ungehinderte Sicht auf das, was darunter lag.

»Mit den Menschen haben wir keinen Streit.« Eine vierschrötige Getesaph mit pinkfarbener Haut und den roten Streifen einer Trindt an den Manschetten ihrer Uniform eröffnete das Gespräch.

»Nach eurem Blut verlangt es uns nicht«, fuhr sie nach einer Kunstpause fort. »Hingegen müssen wir uns gegen die t'Theria zu Wehr setzen. Ohne es zu wissen, habt ihr eine militärische Operation vereitelt. Wir verhandeln über eure Freilassung …«

»Bockmist!« keifte Lynn. Sie riss sich zusammen und sprach auf Getesaph weiter. »Wir verlassen jetzt diesen Raum. Ihr könnt uns erschießen oder eure Soldatinnen auf uns hetzen, damit sie sich vergiften.«

»Nach eurem Blut verlangt es uns nicht«, wiederholte die Trindt geduldig. »Wir geleiten euch zu einem Posten der Menschen, aber die t'Therianerin …«

»Ich habe euch nichts getan!« gellte Resaime.

Die Trindt verlor die Beherrschung. »Gemeine Spionin!« brüllte sie. »Tochter des Todes und der Lügen! Dich werden wir auslöschen! Wir werden euch alle eliminieren!«

Ein paar Getesaph rückten vor. Lynn reckte ihnen die Hände entgegen.

»Halt!« wetterte die Trindt.

Die Getesaph gehorchten. Lynn atmete erleichtert auf. »Wir wurden von euch eingeladen, euren *ganzen* Planeten zu retten!« Ihre Schultern bebten. Lange würde sie sich nicht mehr auf den Beinen halten können. »Nicht nur eure Inseln!« Auf Englisch fügte sie hinzu: *»Los jetzt!«*

Sie vernahm scharrende Geräusche. Dann tauchte Arron in ihrem Blickfeld auf, das Gewehr im Anschlag. An seiner Seite kauerte Resaime.

Die Welt verschwamm in einem Nebel. Zwei Gestalten sprangen von der Laufplanke herunter und bezogen vor ihnen Posten. Getesaph, behelmt und in Isolationsanzügen.

»Lauft!« schrie Lynn.

Sie spürte den Luftzug in ihrem Rücken, als eine Getesaph nach ihr griff und sie verfehlte. Die Angst verlieh ihr Flügel, und fast hätte sie Resaime und Arron umgerannt.

Wenn die Tür abgesperrt ist … Arron fasste nach dem Griff und drückte ihn herunter. Die Tür ging auf, und sie erblickten eine breite, in der Wand verankerte Metallleiter. Die nackten Hände vergessend, packte Lynn Reaime bei den Schultern und schob sie buchstäblich über die Schwelle. Res umklammerte die Leitersprossen mit Händen und Füßen und hangelte sich nach oben. Unbeholfen folgte ihr Lynn. Res stieß eine Metallklappe auf, und beide hievten sich hindurch in das helle Tageslicht.

Lynns Stiefel fanden ebenen Boden und ehe sie es sich versah, rannte sie über festgetretenes Erdreich anstatt den verdammten blanken Zement, der jede Sicherheitszone der Dedelphi umgab. Offenbar handelte es sich bei diesem Schutzraum nicht um eine offizielle Einrichtung.

Sie fixierte Resaimes Rücken und achtete darauf, dass sie mit der t'Therianerin in einer Linie blieb. So lange sie Res mit ihrem Körper deckte, würden ihre Verfolgerinnen nicht schießen.

Ein Zaun aus waagerechten Metallstäben schirmte den Compound von der Außenwelt ab. Kaum hatte sie das Gitter wahrgenommen, da riss etwas ihre Beine nach hinten, und mit der Brust prallte sie auf dem Boden auf. Über ihrem Kopf pfiffen Kugeln hinweg, und verzweifelt drehte Lynn sich um.

Eine Soldatin im Isolationsanzug klammerte sich an ihre Beine. Lynn holte zu einem Faustschlag aus. Die Dedelphi packte ihr Handgelenk und warf sich der Länge nach auf Lynn. Wieder krachte ein Schuss, und die Soldatin sackte in sich zusammen. Lynn befreite sich von ihrer Last und warf sich gegen den Zaun.

Wo steckt Resaime? Wo bleibt Arron?

Was ist aus der anderen Soldatin geworden?

Hinter ihr gellten Befehle in Getesaph. Weitere Schüsse peitschten durch die Luft. Lynn vermochte keinen vernünftigen Gedanken zu fassen. Ihr Blick verengte sich zu einem grauen Tunnel mit glänzenden Stäben am hinteren Ende. Dicke Stangen mit breiten Zwischenräumen. Konzipiert, um eine ausgewachsene Dedelphi abzuhalten.

Lynn warf sich zu Boden, schrie, als sie vor Schmerzen Sterne sah, und zwängte sich unter den Zaun hindurch. Die Metallstange schrammte über ihren Rücken, ihre Kleidung und den verrottenden Isolationsfilm gleichermaßen zerfetzend.

Wo bleibt Arron?

Sie wollte aufstehen und weiterrennen, doch es reichte nur für ein mühsames Humpeln. Ihr Auge versagte ihr den Dienst. Die Welt entglitt in einem Meer aus Tränen und verworrenen Stimmen. Sie stolperte vorwärts und hoffte, der Boden möge eben bleiben. Wenn sie jetzt strauchelte und hinfiel, würde sie nicht mehr aufstehen. Ein an- und abschwellendes Dröhnen übertönte die Stimmen, und der Tunnel vor ihrem Auge schrumpfte rasend schnell zusammen.

O nein!

»Lynn!«

Der Boden stieß schmerzhaft gegen ihre Knie, zerkratzte ihre Hände und beutelte sie bis in die Schultern. Hände griffen nach ihr, und der Boden wich zurück. Etwas Weiches umfing sie, und das Dröhnen erfüllte die ganze Welt.

Der Tunnel schloss sich endgültig.

»Lynn! Lynn! *Eia! Oereth u,* Arron, *iyullena or'ena esa!*«

Lynn hob den Kopf. Sie fühlte sich zu Tode erschöpft, das Blut rauschte in ihren Ohren, und jeder Knochen im Leib tat ihr weh. Die Welt lärmte, holperte und rüttelte. Jemand rief ihr etwas auf t'Therianisch zu. Eine junge Stimme.

Res! Sie öffnete das linke Auge, während sich das rechte Lid vergeblich abmühte. Ein entsetzlicher Schmerz durchzuckte ihre Schläfe.

Es dauerte eine Weile, bis sie klar sehen konnte. Resaime, die Filtermaske noch über Mund und Nase, beugte sich gefährlich dicht über sie.

»Wach auf!« kreischte Resaime. »Wir müssen den Wagen verlassen!«

Wagen. Abermals vollführte die Welt einen Hopser. Der Lärm stammte vom Motor, sie kauerte auf der hinteren Sitzbank und … Sie drehte ein wenig den Kopf. Die obere Wölbung von Arrons Helm glänzte über dem Fahrersitz.

Im ersten Augenblick war sie stolz auf sich, weil sie ihre Situation erfasst hatte, doch die anfängliche Begeisterung verflog und wurde durch Angst und einen Anflug von Hektik ersetzt. Die Welt klapperte und holperte noch einmal, um dann seitwärts wegzukippen. Der Fahrtwind und das Getöse legten sich. Arrons Helm ruckte nach links, als er aus dem Fahrzeug kletterte. »Zurück, Resaime.«

Lynn erkannte, dass sie sich in Bewegung setzen musste. Sie spannte die Muskeln an, umklammerte die Banklehne und stemmte sich hoch. Die Welt begann zu kreisen, doch sie gewahrte eine bewaldete Bergflanke.

Arron fasste stützend unter ihren Ellbogen und schob sie zur Seite. Beinahe wäre sie gegen Resaime gefallen, doch sie gewann rechtzeitig das Gleichgewicht wieder. Hinter ihnen zerriss Motorenlärm die Luft. Resaime rührte sich nicht vom Fleck.

Lynn wandte sich um. Arron stellte sich vor das Heck des Jeeps und schob ihn mit beiden Händen an. Der Wagen holperte die Böschung hinunter, bis er von einem massiven Baumstamm abgefangen wurde.

»Los geht's!« befahl Arron. Er überquerte die rissige Fahrbahn und tauchte in das Waldstück auf der anderen Seite ein.

Aha, ein Ablenkungsmanöver, dachte Lynn benebelt, während sie Resaime folgte, die wiederum Arron dicht auf den Fersen blieb. *Wenn wir wirklich den Abhang hinuntergestürzt wären, würden wir weiter bergab gehen. Wir würden nicht die Böschung hochklettern und in die entgegengesetzte Richtung marschieren.*

Die moosbedecken Bäume umschlangen sie mit ihren

Puderquasten gleichende Blättern, sperrten das wässrige Sonnenlicht aus und ließen ihre Ranken vor ihren Gesichtern baumeln. Ein verfilztes Gestrüpp aus ballonartig aufgeblähten Kräutern, wie Kannen geformten Blüten und elastischem Röhricht gab schmatzende, gluckernde Geräusche von sich, klatschte gegen ihre Waden und bespritzte sie mit Wasser.

Verbissen stapfte Lynn vorwärts. Die Fetzen ihrer Kleidung und des Isolationsanzugs klatschten gegen ihre bibbernde Haut, die mit jeder Sekunde nasser wurde. Wasser tropfte auf ihren Kopf und perlte ihre Wangen hinab. Unter ihren Tritten platzten fleischige Pilze und verwandelten sich in einen schleimigen Brei. Die rechte Hand hielt Lynn ausgestreckt, um nicht mit ihrer blinden Seite gegen einen Baum zu prallen. Meistens gelang es ihr auch, eine Kollision zu vermeiden.

Sie hatte gehofft, durch die Bewegung in der frischen Luft würden sich ihr Geist und ihr Blick schärfen, doch sie verspürte keine Besserung. Immer noch stolperte sie durch nebulöse Schatten. In ihrer Schläfe pochte und hämmerte ein stetiger Schmerz.

Weitergehen. Einfach nur weitergehen. Wir müssen uns in Sicherheit bringen. Weitergehen.

Plötzlich befand sich Arron neben Lynn. »Lynn, siehst du es auch?«

Er zeigte mit ausgestrecktem Arm in eine bestimmte Richtung. Mit dem ihr verbliebenen Auge spähte sie angestrengt auf den Punkt. Durch die Bäume mit ihren Vorhängen aus Moos entdeckte sie ein Ensemble aus Gebäuden, höchstwahrscheinlich das Anwesen einer Getesaph-Familie. Der Hof wirkte verwaist, und in keinem der Fenster brannte Licht.

Vermutlich ein verlassenes Gehöft. Vielleicht waren die Bewohner tot, vielleicht auch nur evakuiert worden. Ängstlich blickte sie zu Resaime hin, die sich schwer atmend gegen einen Baum lehnte. Ob sie sie überhaupt dorthin mitnehmen konnten? Bereits hier draußen flirtete sie mit der Pest. Innerhalb des Hauses würde sie vielleicht mit der Seuche schlafen.

»Ich weiß«, sagte Arron, als hätte er ihre Gedanken gelesen. »Aber ihr beide seid müde zum Umfallen, und ich kann auch nicht mehr.«

Lynn nickte. Ihnen blieb keine Wahl.

»Geht es dir gut, Resaime?« Lynn straffte die Schultern. »Gleich können wir uns ausruhen.«

»Es geht mir gut.« Resaime stieß sich von dem Baumstamm ab. Ihre Ohrsegel sanken herunter, bis die Spitzen fast ihre Schultern berührten. »Von mir aus können wir weitergehen.«

Das Anwesen lag nicht weit vom Waldrand entfernt. Die überfluteten Felder und kultivierten Sumpfgebiete erstreckten sich in nordwestlicher Richtung. Es handelte sich um eine Konstruktion, wie sie für die Getesaph typisch war. Eine Ansammlung von dreistöckigen, terrassierten Gebäuden wurde durch im Zickzack aufgestellte steile Leitern miteinander verbunden.

Der Wind hatte welkes Laub haufenweise gegen das Hauptportal geweht. Aus dem hölzernen Türrahmen sprossen winzige Pilze. Die Gatter der Viehkoppeln standen offen und schwankten leicht in der Brise.

Lynn schluckte. Die Bewohner dieses Gehöfts waren nicht vor kurzem evakuiert worden; dafür machte der Compound einen viel zu vergammelten, vernachlässigten Eindruck.

Sie tippte Arron auf die Schulter. »Einer von uns sollte vorgehen und feststellen, ob keine Leichen in den Gebäuden liegen.«

»Richtig. Ich ...«

Das Portal schwang auf und zwei Getesaph traten mit angelegten Gewehren nach draußen.

Lynn, Arron und Resaime erstarrten. Eine Getesaph deutete mit dem Gewehrlauf auf ihre Hände.

Kein Wunder, dass uns niemand gefolgt ist, dachte Lynn, während sie die Hände hob. *Sie waren uns ständig ein Stück voraus.*

»Na schön«, rief Arron in seinem perfekten, geschliffenen Getesaph. Er hob die Hände hoch über den Kopf. »Uns dürstet nicht nach eurem Blut.«

Die Ohren der anderen Getesaph stellten sich steil in die Höhe. »Wissenschaftler Arron?«

Arron öffnete den Mund und klappte ihn wieder zu. Lynns Herzschlag beruhigte sich ein wenig.

»Man hat uns nicht gesagt, dass du dabei bist.« Sie wandte sich an ihre Waffenschwester. »Wusstest du Bescheid, Balt?« Sie verzichtete auf die Rangbezeichnung, was bedeutete, dass sie nicht nur Waffen- sondern auch Blutsschwestern waren.

Die links stehende Getesaph zuckte gereizt mit den Schultern. »Entsh, wenn man dir keine Namen genannt hat, dann hat man mich gleichfalls im Dunkeln tappen lassen. Sie sagten lediglich, wir seien hinter zwei Menschen und einer *Devna* her.«

Res fletschte die Zähne. Lynn fasste einen Entschluss. Behutsam nahm sie den Gurt ihrer Waffe von der Schulter und legte das Gewehr auf den Boden. »Res, leg das Gewehr hin«, forderte sie Resaime in Getesaph auf. »Sie sind Arrons Verbündete.«

Arron bedachte sie mit einem dankbaren Blick. Res schaute skeptisch drein, doch sie folgte Lynns Beispiel und legte die Waffe vorsichtig auf einem Blätterhaufen ab. Die Hautlappen der Getesaph hörten auf, nervös zu zucken.

»Ovrth Entsh, Ovrth Balt.« Früher als Lynn bemerkte Arron die schwarzen Streifen an ihren Uniformmanschetten. »Das ist Managerin Lynn von der Bioverse AG.« Er zeigte auf Lynn. »Sie ist hier, um bei der Umsiedlung zu helfen. In unserer Begleitung befindet sich Resaime Shin t'Theria, die Tochter einer Verbündeten.«

»Ihr paktiert mit den *Devna*?« Unsicher klappten Entshs Ohren nach hinten. Das Gewehr senkte sie nicht.

Arron ignorierte die Frage. »Ovrth Entsh, was geht hier vor?«

Vor Verwirrung flatterten ihre Ohrsegel hin und her. »Wie meinst du das?«

Mit beiden Händen vollführte Arron eine allumfassende Geste. »Ich möchte gern wissen, wie weit die Evakuierung gediehen ist. Wieso hat man uns eingesperrt? Warum mussten wir uns gewaltsam aus einem Kerker befreien?«

Balt lockerte ihren Griff um die Waffe und der Lauf wies nach unten. Lynn vermochte gleich viel freier zu atmen. »Wisst ihr denn nicht, was ihr getan habt?«

»Ich weiß sogar ganz genau, was ich getan habe.« Arron klopfte gegen seine Brust. »Ich fand heraus, dass die Namen auf den Passagierlisten der Vorhut nicht zu den Personen passten, die auf die *Ur* gebracht wurden. Und nun möchte ich erfahren, aus welchem Grund das Parlament zu dieser Täuschung griff.«

Balt kniff die Nüstern zusammen. »Das Parlament unternimmt gar nichts. Die Delegierten sitzen nur mit geschlossenen Augen herum«, murrte sie.

»Ruhig Blut, Schwester.« Entsh bewegte den Lauf ihres Gewehres abwärts, bis die Mündung auf den Boden zeigte. Mit der freien Hand rüttelte sie sanft Balts Schulter. »Wissenschaftler Arron, wir müssen euch mitnehmen.«

Arron blinzelte verdutzt. »Warum?«

Beide Ovrths starrten ihn verständnislos an. Der Wind blies kalt gegen Lynns haarlosen Schädel und fächelte ihr die modrigen Dünste des feuchten Waldes in die Nase.

Aus Entsh Kehle rang sich ein erstickter Laut. »Weil man es uns befohlen hat.«

»Aber wieso, Ovrth Entsh?« Wieder breitete Arron

die Arme aus. »Wenn das Parlament nichts mit unserer Festnahme zu tun hat, wer ist dann dafür verantwortlich? Wozu soll die Evakuierung missbraucht werden? Welcher Plan steckt letzten Endes dahinter?«

Entshs Ohren wackelten verunsichert. Balt legte eine Hand auf ihre Schulter, ob zum Trost oder als Warnung vermochte Lynn nicht zu erkennen.

Arron schüttelte den Kopf. »Ich saß in eurem Haus und zeichnete die Aussagen eurer Familie auf. Ihr habt mir Gastfreundschaft gewährt, mich höflich behandelt, meinen Namen und meinen Status geehrt. Die Weltenmütter wissen, wie überrascht ich bin, dass ihr mir plötzlich mit Feindseligkeit begegnet.«

Balt zog die Lippen zurück, bis ihr weißes Gebiss blitzte. Lynn stand stocksteif da und hatte Angst zu atmen. In Gedanken beschwor sie Res, ruhig zu bleiben.

Mit dem Fuß trat Balt nach einer Staude, aus deren Blattspitzen Wasserfontänen sprudelten. »Es ergibt keinen Sinn, noch länger hier herumzulungern und über die idiotischen Entscheidungen der Amtsträgerinnen zu diskutieren.«

»Wenn ihr nichts von diesen Entschlüssen haltet, wieso befolgt ihr sie dann?«

Entshs Haut rippelte sich nervös. »Wissenschaftler Arron, das ist eine komplizierte Geschichte. Ihr seid mitten in einen Militärputsch geraten. Wir müssen euch festhalten, bis sich gewisse Dinge entwickelt haben. Dann lässt man euch frei. Es ist alles bereits geplant.«

»Man hat versucht, die Verbündete meiner Schwester zu töten«, erwiderte Arron. »Ich gehe nicht in den Kerker zurück, und ich lasse es nicht zu, dass ihr unsere Verbündete verschleppt.«

Entsh fasste Lynn ins Auge. »Sie ist deine Schwester?«

Langsam, Schritt für Schritt, rückte Arron seitwärts,

bis er direkt vor Lynn stand. »Ja, das ist sie, und ich werde sie und ihre Verbündete beschützen.«

»Wissenschaftler Arron«, entgegnete Balt. »Das solltest du lieber nicht tun.«

»Wie soll ich mich denn verhalten?« Arron warf die Hände hoch. »Mich widerstandslos verhaften lassen, obwohl ich gegen kein Gesetz verstoßen habe? Meine Schwester mitsamt ihrer Verbündeten im Stich lassen? Verratet mir, weshalb ich diese Schmach auf mich laden sollte?«

Das Schweigen zog sich in die Länge, derweil Lynns Herz einen wilden Takt schlug. Tief treibende Wolkenfetzen verdeckten die Sonne und tönten das Tageslicht zu einem verwaschenen Grau. Arron hielt die Hände erhoben. Resaime zappelte unruhig. Hinter der Filtermaske schlossen und blähten sich ihre Nüstern, als hätten sie ein Eigenleben entwickelt. Die Ovrth rührten sich nicht. Stumm standen sie da, während Balts Hand auf Entshs Schulter ruhte, und verständigten sich in der nichtverbalen, beinahe telepathischen Weise, in der sich alle Dedelphi ihren Schwestern mitteilen konnten.

Schließlich äußerte Entsh: »Mit Bestimmtheit wissen wir nur, dass die Militärs das City-Schiff *Ur* in ihre Gewalt bringen wollen.«

Lynn spürte, wie ihr alles Blut aus dem Gesicht wich. »O mein Gott«, stöhnte sie. »David.«

Balts Miene straffte sich. »Was hat sie gesagt?«

»Sie hat – wir alle haben – Familienangehörige an Bord der *Ur*.« Arron ließ die Hände sinken. »Was planen sie sonst noch?«

Balt wedelte mit den Ohren. »Das wissen wir nicht. Wir helfen ihnen, weil unsere Familie bei einigen maßgeblichen Leuten in der Schuld steht, und wir stellen keine Fragen. Wir selbst halten dieses Unterfangen für lächerlich. Unsere Leute haben doch nicht die geringste Ahnung, wie man diese Schiffe kontrolliert. Mit diesem

Coup fordern wir lediglich den Groll der Menschen heraus.«

Ein Schimmer von Hoffnung überflog Arrons Gesicht. »Wenn ihr so denkt, dann helft uns. Bringt uns zu einem Außenposten der Menschen. Oder wenigstens in die Nähe einer Niederlassung. Wir könnten Bioverse warnen und den Wahnsinn vielleicht in letzter Minute verhindern.«

Balt fletschte die Zähne. »Hast du nicht gehört, wie wir sagten, unsere Familie sei gewissen Leuten etwas schuldig?«

»Doch.« Arron ballte die Fäuste. »Aber ihr habt auch gesagt, dass ihr glaubt, mit dem Kapern des City-Schiffs würden die Getesaph nur die Menschen verprellen. Noch könnt ihr etwas dagegen unternehmen. Ihr könnt verhindern, dass Bioverse diesen Planeten verlässt.«

Die Hautlappen in Entshs Antlitz sackten nach unten. »Das geht nicht, Wissenschaftler Arron.«

Lynn fuhr sich mit der Zunge über die Lippen. »Wie viele von eurer Familie sind an der Pest gestorben?«

Balt und Entsh richteten ihre Augen und Ohren auf Lynn. »Wie bitte?« fragte Entsh mit einem gefährlichen Unterton in der Stimme.

Lynn trat einen Schritt vor und stellte sich neben Arron. »Wie viele Familienangehörige habt ihr durch die Pest verloren?« Ihre Stimme klang harsch und zittrig, wie der Wind in den Baumkronen. »Wie viele Töchter sind tot? Wie viele Mütter? Wie viele eurer Schwestern und Cousinen?«

Balt wandte die Ohren ab. »Die Menschen besitzen kein Heilmittel. Das ist bekannt.«

»Du hast Recht«, pflichtete Lynn ihr bei. »Aber wir können das Leben der Kranken verlängern. Wir können ihre körpereigene Abwehr stärken, damit sie gegen die Seuche ankämpfen. Wir retten Leben, indem wir die Betroffenen bei Kräften halten und durch Quarantänemaßnahmen weitere Ansteckungen vermeiden.«

Entshs Ohren wackelten. »Stimmt das, Wissenschaftler Arron? Haben die Menschen Leben gerettet?«

Arron nickte energisch. »Die medizinische Technik, über die Bioverse verfügt, ist allem überlegen, was es in dieser Hinsicht auf den Hundert Inseln gibt. Bioverse hat in der Tat Leben gerettet.« Lynn war sich nicht sicher, ob Arron wirklich Bescheid wusste, doch das spielte keine Rolle; Hauptsache, Balt und Entsh glaubten ihm.

Arron kniff leicht die Augen zusammen. »Wer von eurer Familie liegt im Sterben, Schwestern?«

Balt erwiderte nichts. Stattdessen umklammerte sie so fest den Arm ihrer Schwester, dass die Haut sich an der Stelle protestierend wellte.

»Unsere Schwester Plenth hat drei ihrer Töchter verloren. Zwei weitere sind an der Gelenkfäule erkrankt.« Sie zeigte Lynn die gefletschten Zähne. »Wären die Menschen imstande, sie zu retten?«

»Das weiß ich nicht«, entgegnete Lynn wahrheitsgemäß. »Doch wenn Bioverse von hier fortgeht, können wir es nicht einmal versuchen, oder? Wie viele werden noch sterben, wenn Bioverse diesen Planeten verlässt, ehe man ein wirksames Heilmittel gefunden hat?«

»Helft uns.« Arron streckte ihnen beide Hände entgegen, hütete sich indessen, die Getesaph zu berühren. »Lasst es zu, dass wir euren Familien beistehen. Niemand sollte durch diesen verhängnisvollen Fehler zu Tode kommen.«

Entsh schüttelte den Kopf, dass die Ohrsegel flatterten. »Wir müssen zu unserem Wort stehen. Verlang nicht von uns, dass wir unser Versprechen nicht einhalten.«

»Was ist wichtiger, die Verpflichtung der Familie oder das Leben der Töchter eurer Schwester? Noch ist es nicht zu spät. Es gibt eine Chance, wenn unsere Ärzte eingreifen.« Lynn wünschte sich, sie würde Getesaph so fließend beherrschen wie Arron. Doch in diesem Moment war die Eloquenz nicht so wichtig. Die Ovrth schenkten ihr keine Beachtung mehr. Sie sahen einander an. Entshs Ohren standen so steil aufrecht, dass die Spitzen bibberten. Balts Ohrsegel lagen flach am Schädel an.

»Entscheidet euch endlich«, hauchte Res auf t'Therianisch. Lynn warf ihr einen Blick zu und schüttelte in einer hilflosen Geste den Kopf. Res' Haut schien sich vom Körper lösen zu wollen.

Ich empfinde dasselbe wie du, bitte glaub mir.

Plötzlich klappten Entshs Ohren nach unten. »Heute Nacht müsst ihr hier bleiben. Hinter dem nordwestlichen Feld gibt es eine Straßenkreuzung. Beim ersten Tageslicht holen wir euch dort mit einem Wagen ab.«

»Aber wir …«

»Keine Bange«, schnitt Ovrth Entsh Lynn das Wort ab. »Zwar wimmelt es überall von unseren Leuten, aber bis morgen früh werden sie nichts unternehmen.«

Lynn biss sich auf die Lippe. »Kannst du eine Botschaft von uns zum Außenposten bringen? Wir müssen eine Warnung …«

Balt legte die Ohren an. »Tun wir nicht schon genug für euch?«

Arron legte eine Hand auf Lynns Arm. »Vergebt uns. Aber unsere Familie ist in Gefahr. Das könnt ihr doch verstehen?«

»Ja«, erwiderte Entsh leise. »Das können wir verstehen.«

Lynn schloss die Lider und kämpfte gegen die Angst an, die in ihr hochkroch. Arron ließ seine Hand auf ihrem Arm. »Aber es gibt hier in der Nähe einen Außenposten?« vergewisserte er sich.

»Ungefähr vierzig Meilen in südöstlicher Richtung.«

Balt zeigte mit den Ohren die Route an. »Auf der anderen Seite des Mrant Chavan.«

»Wir gehen jetzt.« Entsh packte ihre Schwester bei der Schulter und bugsierte sie zur Treppe. »Unterwegs denken wir darüber nach, was wir unseren Trindt erzählen sollen.«

Sie schulterten ihre Gewehre und marschierten in den Wald hinein. Niemand sonst rührte sich. Lynn, Arron und Res standen da und lauschten, bis das Geräusch der sich entfernenden Schritte verklang.

Arron fasste Lynn ins Auge und lehnte sich schwer mit dem Rücken gegen die Hauswand.

»Ich hätte nicht gedacht, dass das noch mal gutgehen würde.«

Lynn sackte neben ihm gegen die Mauer. »Woher kennst du sie?«

Arron schüttelte den Kopf. »Ich erinnere mich nicht.«

Res Kiefer klappte herunter. »Das soll wohl ein Witz sein.«

Arron zuckte die Achseln. »Ich lebe seit zehn Jahren hier. Da lernt man eine Menge Leute kennen. Meine Aufzeichnungen umfassen Gigabytes.«

Res verbeugte sich vor ihm. »Guter Bluff.«

»Sei bedankt.« Er maß sie mit einem prüfenden Blick. »Geht es dir gut?«

»Ja.« Resaime rieb sich die Arme. »Ich kann nur nicht aufhören zu zappeln.«

»Ich bin auch noch ganz kribbelig.« Lynn stieß sich von der Wand ab. Sie dachte an David. In ihrer Phantasie sah sie ihn, wie er sich Deckung suchend hinter einen Schreibtisch duckte, während rings um ihn her Gewehrsalven und Zerstörung tobten.

Sie richtete den Blick in die Ferne und fragte sich einen Moment lang ernsthaft, ob sie es schaffen konnten, in einer Nacht vierzig Meilen zurückzulegen, wenn sie unverzüglich aufbrachen.

Arron hustete. »Ich seh mal im Haus nach, nur um mich zu vergewissern, ob dort keine … Schon gut.« Er massierte kurz seine Arme. »Neben dem Haus muss es einen Garten geben. Vielleicht finden wir dort etwas Essbares. Lynn, du könntest Res mitnehmen und nach ein bisschen Verpflegung suchen.«

»Gute Idee.« Sie deutete auf den Ring aus Bäumen. »Die Stämme stehen hier so dicht, dass Balts und Entshs Waffenschwestern uns von der Straße aus nicht entdecken können, so lange wir uns nicht auf freies Gelände wagen. Willst du mir helfen, Res?«

Resaime zögerte. Ihre Haut zuckte und schlug Beulen. Nervös blickte sie sich um, als befürchte sie, aus den Bäumen könnten Getesaph herabfallen. »Na schön«, willigte sie schließlich ein.

Hinter dem Haus fanden sie einen verwilderten, in Unkraut erstickten Garten. Viele Pflanzen waren zertrampelt und an den Stängeln abgebrochen worden, doch ein paar Reihen breitblättriger Stauden hatten überlebt. Resaime setzte sich in die Hocke und stöberte im Blattwerk. Nach einer Weile hielt sie eine große flache Schote hoch. »Bohnen«, verkündete sie. »Ich habe gesehen, dass Menschen sie essen, also vertragen wir sie auch.«

»Wunderbar.« Ein wenig schwankend kniete Lynn nieder und begann die Bohnen abzupflücken. Die Schoten steckte sie in ihre Hosentaschen, die wie durch ein Wunder nicht zerrissen waren. Ein intensiver Duft nach frischem Grün parfümierte die Luft.

»Ich wollte sie nicht töten.«

Ruckartig hob Lynn den Kopf und wandte sich um, damit sie Resaime ansehen konnte. Resaime hockte auf den Fersen, den Blick auf die Bohnenschoten in ihrer Hand geheftet.

»Ich weiß«, entgegnete Lynn so freundlich wie möglich.

»Es ging nicht anders. Wir mussten fliehen. Sie haben versucht, mich umzubringen. Uns umzubringen. Mich. Ich musste Tante Senejess finden. Auf jeden Fall musste ich es versuchen.«

»Ja.« Alles in Lynn drängte danach, die Hand auszustrecken und diese verstörte junge Person zu berühren. »Uns blieb gar nichts anderes übrig.«

»Tante Senejess befindet sich immer noch in ihrer Gewalt.«

Lynn schluckte. »Ja.«

»Du und Arron habt gelogen, als ihr sagtet, wir würden sie suchen.«

»Ja.«

Resaime ballte die Fäuste und zerquetschte die Schoten, die sie festhielt. Lynn starrte auf die verfilzte Masse aus Blättern zu ihren Füßen und wünschte sich, sie könnte auf diesen Vorwurf antworten. Dann hörte sie auf, über eine Rechtfertigung nachzugrübeln und fuhr fort, Bohnen zu ernten. Von rechts hörte sie raschelnde und knackende Geräusche und erkannte daran, dass Resaime ihrem Beispiel folgte.

Aus dem Augenwinkel nahm Lynn eine Bewegung wahr. Arron stand auf dem Balkon im zweiten Stock des Hauses und winkte.

»Drinnen muss alles in Ordnung sein«, meinte sie, sich aufrichtend. Zusammen mit Reaime stapfte sie zum Haus.

Lynn glaubte, dass sie vor lauter Müdigkeit gar nicht mehr in Panik geraten konnte. Immerhin hatten sie jetzt Unterstützung. Am nächsten Morgen würden Arrons Freundinnen zurückkehren. Trotzdem nagten jede Menge Befürchtungen an ihr und ließen sie nicht zur Ruhe kommen. Angenommen, man ertappte die Ovrth beim Lügen? Angenommen, sie änderten ihre Meinung, sowie sie sich in der Gesellschaft ihrer Schwestern befanden und plauderten alles aus? Was würde geschehen, wenn sie sich nicht an die Abmachung hielten und ganz einfach nicht zu dem vereinbarten Treffpunkt kamen?

Auf die Zähne beißend setzte sie den Weg zum Haus fort, wobei sie mit ihrem einen Auge Resaime ständig im Blickfeld behielt.

Arron hielt ihnen die Tür auf. Sie betraten einen weitläufigen Gemeinschaftsraum mit einer zentralen Heizungs- und Kochherd-Anlage. Das Abzugsrohr war mit grellbunt bemalter Keramik verkleidet. Die Möbel lagen überall im Zimmer verteilt, umgekippt und die Stoffbezüge aufgeschlitzt. Sämtliche Schranktüren standen offen.

Die Bewohnerinnen dieses Anwesens waren wohlhabend gewesen, dann waren sie krank geworden und zum Schluss hatte man ihren Besitz geplündert und verwüstet.

»Hier hat jemand ganze Arbeit geleistet«, bemerkte Lynn. Bei jedem Schritt spritzte Wasser aus den Bodenmatten. Alles war mit Feuchtigkeit übersättigt und stank nach Schimmel.

»Die gute Nachricht lautet« – Arron trat an den Spülstein –, »wir haben fließendes Wasser.« Er drehte den Kran auf, und ein Schwall klaren Wassers schoss aus dem Hahn.

Fasziniert schaute Lynn zu. »Resaime, du gehst am besten nach oben und suchst dir ein Zimmer zum Schlafen. Du darfst nicht ständig in unserer Nähe sein.«

»Ist gut.« Resaime steuerte auf die Treppe zu und blieb zaudernd stehen. »Hast du auch droben nachgesehen?«

»Ja«, beruhigte Arron sie. »Wir sind allein im Haus.«

»Das ist gut so.« Ihre Ohren zuckten nervös, doch sie kletterte die Stiege hinauf.

Becher oder Tassen gab es nicht. Arron nahm seinen Helm ab, und sie tranken das kalte, metallisch schmeckende Wasser aus ihren schmutzigen Händen. Lynn versuchte nicht daran zu denken, was sie alles mit dem Wasser in sich aufnehmen mochten. Die Dedelphi hatten ein Dutzend triftiger Gründe, sich auf in Flaschen abgefülltes Wasser zu beschränken, angefangen von der maroden Kanalisation bis hin zu dem Umstand, dass sich etliche der Pesterreger im Grundwasser eingenistet hatten.

Doch schon bald würden sie zu Hause sein. David würde sich ihrer annehmen, falls sie sich mit irgendeinem Virus oder Bakterien angesteckt hatten. Lynn wusch sich das Gesicht und den Hals. Arron tat das Gleiche. Lynn sah ihn eine Zeit lang an, ohne zu wissen, warum, dann zog sie sich in den Wohnbereich zurück.

Eines der Sofas stand noch aufrecht. Sie ließ sich darauf plumpsen und legte sich flach auf den Rücken. »Ich möchte nie wieder aufstehen.«

»Mir geht es genauso.« Arron fiel neben ihr auf den Diwan. »Gott sei Dank ist dieses Haus sehr geräumig. Resaime fing bereits durch die Atemmaske an zu keuchen.«

Lynn schloss die Lider. »Ihre Zuckungen machen mir Sorgen.«

Arron gab keine Antwort, doch Lynn war sich sicher, dass er über die Anfangssymptome der Pest genauso gut Bescheid wusste wie sie. Muskelkrämpfe, verhaltener, trockener Husten, eine generelle Mattigkeit. Woher sollten sie wissen, was auf die Seuche zurückzuführen war und was auf den Kontakt mit menschlichen Toxinen oder die Nachwirkungen des Feuers, das die Dedelphi innerlich ausbrannte? Noch etwas, von dem sie keine Ahnung hatte.

»Morgen sind wir in Sicherheit«, sagte Arron schließlich. Er berührte ihren Verband. »Darf ich mal nachsehen?«

Lynn drehte den Kopf zur Seite und ließ es zu, dass er

die Bandage entfernte. Sie schluckte ein paarmal, ehe sie heiser hervorstieß: »Na, wie sieht's aus?«

Arron zögerte. »Nicht gut. Ich glaube, die Wunde hat sich entzündet.«

Sofort verschärften sich die Schmerzen. »Damit musste man rechnen.«

»Ich suche nach besserem Verbandszeug.« Er zeigte auf den klumpige Stoff in seiner Hand. »Vielleicht finde ich auch etwas zum Anziehen für dich.«

»Arron, setz dich hin und ruh dich aus, bitte.« Behutsam betastete sie ihr Gesicht und die Schläfe. Die Haut fühlte sich heiß und geschwollen an. An den Fingerspitzen klebten trockenes Blut und ein körniger, gelbgrüner Schnodder.

»Ich kann nicht.« Arron sprang auf und stöberte in den offenen Schränken. »Ich muss mich beschäftigen.«

Lynn erwiderte nichts darauf. Die Erschöpfung steckte tief in ihren Knochen. Sie fasste in ihre Hosentasche und fischte eine Bohnenschote hervor. Lustlos sah sie sie an. Dann vernahm sie ein Geräusch, wie wenn etwas zerrissen würde. Mit dem Daumennagel spaltete sie eine Schote an der Naht und quetschte sie auf. Die Bohnen darin waren nierenförmig, prall und dunkelgrün.

Ich liebe natürliche, im Freiland gezogene Nahrungsmittel, rief sie sich in Erinnerung.

Ohne eine Miene zu verziehen steckte sie sich eine Bohne in den Mund und kaute. Sie hatte einen herben, pelzigen, trockenen Geschmack. *Besser als nichts, oder?* Sie verputzte die restlichen vier Bohnen aus der Hülse. Bei der Letzten hatte sie sich an den Geschmack gewöhnt.

»Was gibt's zum Abendessen?« Arron setzte sich neben sie. In der Hand hielt er ein zusammengerolltes Stück Stoff von schwarzbrauner Farbe. Wie es sich herausstellte, hatte er ein paar Lumpen gefunden, aber auch eine weit geschnittene braune Tunika.

»Bohnen, Bohnen und noch mehr Bohnen.« Lynn leerte die Taschen, Bohnen auf die Sitzpolster streuend.

»Besser als nichts, oder?« Arron winkte sie zu sich heran. Sie wandte ihm das Gesicht zu. Sanft betupfte er ihr Gesicht mit dem rauen, trockenen Tuch.

»Das will ich meinen.«

Beide schwiegen. Lynn wollte etwas sagen. Es gab so viel, worüber sie sprechen mussten. Mittlerweile hatte er ihnen mehrere Male das Leben gerettet. Dafür wollte sie ihm danken. Dann galt es, Pläne zu schmieden. Sie mussten sich zurechtlegen, was sie unternahmen, wenn die Ovrth zurückkehrten, und wie sie sich verhalten sollten, falls sie die Verabredung nicht einhielten. Sie brauchten ein Konzept für den Fall, dass Resaime über Nacht so schwer erkrankte, dass sie nicht mehr reisefähig war …

Doch für keine Eventualität hätten sie eine Lösung parat. Sie wussten nicht, wohin sie sich wenden sollten, waren ahnungslos, was sich rings um sie her abspielte, tappten völlig im Dunkeln, was an Bord der *Ur* geschah. Sie waren ganz und gar uninformiert.

Lynns Hände begannen zu zittern.

»Lynn? Was hast du?«

Meine Hände zittern, ich bin halb blind, verfaule bei lebendigem Leib und habe nicht die geringste Ahnung, was ich tun soll!

Tränen rannen ihr das Gesicht hinunter. Aus ihrer Brust lösten sich schwere Schluchzer. Ihre Hände bibberten, ihr Kinn bebte, ihr gesamter Körper schlotterte vor Angst, Erschöpfung und Hilflosigkeit.

»Lynn? Lynn, bitte beruhige dich. Es wird schon alles wieder gut werden.« Linkisch schloss Arron sie in die Arme. »Die Ovrth lassen uns nicht im Stich, Resaime ist robust … Lynn …« Seine Stimme schraubte sich panisch in die Höhe. »Bitte, Lynn! Wir können uns retten. Wir sind bereits gerettet … Tu mir das nicht an, Lynn. Ich brauche … Bitte, hör auf zu weinen …«

Zwischen den Schluchzern schnappte Lynn nach Luft. Sie hob ihre zitternden Hände. »Es geht schon wieder.« Ein tiefer Atemzug. Und noch einer. Ein langes, zittriges Einatmen. Ihre Nerven beruhigten sich, und allmählich fand sie ihre Beherrschung zurück.

»Es tut mir Leid.« Mit dem Handrücken wischte sie sich über das Gesicht, Tränen und Schleim verschmierend. Arron drückte ihr ein Stück Stoff in die Hand, und sie hielt es sich gegen die Wangen. »Es tut mir Leid.«

»Ist ja gut«, erwiderte Arron leise. »Es war ja auch ein verrückter Tag.«

»Das kann man wohl sagen.« Sie zerknüllte den feuchten Stofffetzen in den Händen. »Hilf mir, Arron. Falls Resaime herunterkommt, um nachzusehen, was diese jämmerlichen Geräusche zu bedeuten haben, möchte ich nicht, dass sie mich in dieser Verfassung sieht.«

Ohne ein weiteres Wort säuberte Arron ihr Gesicht mit einem Lappen, presste ein zusammengefaltetes Tuch über ihre Augenhöhle und band es mit langen Stoffstreifen fest. »So. Das muss fürs Erste genügen.«

»Danke. Hier, iss eine Bohne.« Sie hielt ihm eine Schote hin.

»Danke. Die Getesaph nennen sie *Chkith*. Sie kochen eine schmackhafte Suppe daraus.« Er schlitzte die Schote auf und stopfte sich ohne zu zögern alle darin befindlichen Bohnen in den Mund.

Sie hockten auf dem Diwan, vertilgten die Bohnen und legten die leeren Hülsen auf ein ordentliches Häufchen. Keiner sprach. Lynn erinnerte sich an die vielen

Mahlzeiten, die sie gemeinsam während ihrer Collegezeit eingenommen hatten, allesamt begleitet von endlosen Diskussionen, die ihnen damals sehr wichtig erschienen waren. Nun, da ein Gespräch wirklich erforderlich war, weil es um ihr nacktes Überleben ging, verspürte sie nicht die geringste Lust, den Mund zu öffnen.

Im Zimmer wurde es zunehmend dunkler. Arron spähte in das Zwielicht. »Ich habe nichts gefunden, womit man ein Feuer anzünden könnte«, erklärte er. »Wir sollten uns am Besten gleich schlafen legen.« Er stand auf und sammelte die am Boden liegenden Bohnenhülsen ein. Es waren zwei Hände voll Schoten. Dann ging er an den Herd und warf sie in die Feuerstelle.

Lynn hielt die Tunika hoch. Der Stoff fühlte sich klamm an. Schimmel zeigte sich in schwarzen und braunen Stockflecken. Das Kleidungsstück müffelte. Sie biss die Zähne zusammen und streifte es sich über den Kopf. In Lumpen konnte sie nicht reisen. Spätestens morgen zerfiel ihr Isolationsanzug, und ihre Bluse hielt auch nicht mehr lange.

Trotz ihrer schmerzenden Gelenke humpelte sie zur Wendeltreppe. »Res! Geht es dir gut?«

»Ja!«

Leise klopfte sie mit der Faust gegen die Wand. »Ich glaub dir aufs Wort.«

»Sei bedankt.«

Lynn machte kehrt und legte sich wieder auf den Diwan. Der modrige Geruch durchdrang den Raum und erschwerte das Atmen. In den sich verdichtenden Schatten sah sie Arron, der ein umgekipptes Sofa mit geschwungener Rückenlehne aufstellte und die halb zerfledderten Polsterkissen daraufwarf.

»Nacht, Lynn.« Er streckte sich auf dem Sofa aus.

»Nacht.« Sie rollte sich zusammen, schmiegte ihren

Körper in ihre verschränkten Arme und versuchte, sich zu entspannen.

Ein seltsamer, uneingeladener Gedanke galt Arron, wie er sie umarmte, und verflog im Nu. Dann drängte sich David in ihren Sinn, und beinahe hätte sie wieder angefangen zu weinen.

Als sie endlich einschlummerte, fühlte sie sich wie erlöst.

Im Amtszimmer der Durch Wahl Bestimmten Anführerinnen drängten sich die Mitglieder von Byvants Sonderausschuss, als die Saaldienerinnen zwei der Delegierten Shavck, Vreaith und Pem, hereinführten.

Sehr zu Ishths Genugtuung warfen sie nervöse Blicke um sich, die anwesenden Zeuginnen zur Kenntnis nehmend. Vier Schwestern des Oberhauses, vier weitere vom Unterhaus und zwei komplett angetretene Familien aus der Militärkaste, auf die sie sich noch verlassen konnten; dazu die üblichen Verwaltungsangestellten, Koryphäen, die mit Fachwissen beratend zur Seite standen, offizielle Protokollantinnen und zwei Journalistinnen mitsamt ihren Recordern. Unter gar keinen Umständen durften ihre Bilder oder Notizen außerhalb dieses Raums veröffentlicht werden, doch sie stellten eine pikante Bereicherung dar.

Sie und Byvant hatten sich heute durch eine weitere Allianzsitzung laviert, keinen Bluff auslassend; aber nach dem Tonfall zu urteilen, den die Bündnispartnerinnen mittlerweile anschlugen, konnten sie ein drittes Meeting nicht überstehen, ohne decouvriert zu werden.

Es kursierten beunruhigende Gerüchte über die Aktivitäten der t'Therianerinnen auf ihrer Halbinsel. Falls etwas passierte, mussten sie einen kooperativen und untadeligen Eindruck machen. In diesem Punkt stimmte Byvant mit ihr überein. Aus diesem Grund hatten sie diesen kleinen Auftritt inszeniert, auch wenn es ein bisschen spät dafür war.

Die Abgeordneten Shavck waren außerordentlich geschmacklos gekleidet für Schwestern, die die Angelegenheiten des Volkes regeln sollten. Vreaith trug eine dünne, glänzende, schwarze Tunika, die ihr bis zu den Knien herunterhing, und die fleckigen pinkrosa Leggings glichen einer zweiten Haut.

Pems gegürteter Leibrock und die Jacke sahen schon passabler aus, doch die Gelb- und Grautöne erinnerten zu sehr an die Farben Gold und Silber, die ausschließlich den Durch Wahl Bestimmten Anführerinnen vorbehalten waren. Ishth kam nicht umhin sich zu fragen, ob eine Absicht dahinter steckte.

Die Saaldienerinnen verschlossen die Tür und bezogen davor Posten. Dann bemerkten Pem und Vreaith, dass es für sie keine Sitzgelegenheit gab.

Ishth und Byvant hatten sich zuvor darauf geeinigt, dass Byvant mit dem Verhör beginnen sollte, und beide stimmten darin überein, auf höfliche Vorreden zu verzichten.

»Wo sind sie?« fragte Byvant.

Pem erschrak so heftig, dass sie beinahe gegen ihre Schwester prallte. Warnend legte Vreaith eine Hand auf ihre Schulter.

»Wovon sprichst du, Rchilthen Byvant?«

Ishth stellte demonstrativ eine überdrüssige Miene zur Schau. »Eure Leute verschleppten zwei Menschen und zwei *Devna*. Wo sind sie?«

Eine der Parlamentarierinnen hüstelte. Eine Journalistin hob ihren Recorder ein wenig höher. Vreaith strich die Falten ihrer albernen Bluse aus schwarzem Satin glatt.

Es ist praktisch eine Robe. Wofür hält sie sich eigentlich? Für eine der Devna-*Königinnen?*

»Es gab ein Missverständnis«, erklärte Pem.

»In welcher Hinsicht?« Isth klappte die Ohren um eine Spur nach hinten. »Etwa bezüglich der Tatsache, dass man dich und deine Schwestern wegen Hochverrats anklagen, euch eurer Ämter entheben und verbluten lassen sollte, weil ihr eure Mütter und Schwestern vor der Allianz blamiert habt? Oder weil ihr nicht bedacht habt, dass die Menschen auf unsere dringenden Bitten hierher kamen, um uns zu helfen?

Oder im Hinblick auf die Frage, ob man euch noch einmal vergeben könne, wenn ihr uns offen und ehrlich Rede und Antwort steht?«

Sind die Fronten jetzt endlich geklärt?

Pems Lippen zuckten, als wollte sie die Zähne fletschen. »Wenn all dies auf Wahrheit beruht, warum hat man uns und unsere Schwestern dann nicht schon längst verhaftet?«

»Weil uns die Zeit dazu fehlt.« Byvants lahmes Ohr zitterte heftig. »Wir brauchen eine Erklärung für die Allianz und für die Menschen. Deshalb haben wir beschlossen, euch zuerst zu befragen. Der Prozess wird euch später gemacht. Die Beweise, die für eine Festnahme ausreichen, wurden euren Mit-Delegierten unterbreitet.« Mit der Spitze des intakten Ohrs deutete sie auf die Zuhörerschaft. »Wer uns gegenüber aufrichtig ist, darf auf Milde hoffen. Und wie ich bereits sagte, beginnen wir das Verhör mit euch.«

»Und wenn wir mit dieser offenkundig illegalen und unbegründeten Maßnahme nicht einverstanden sind?« erkundigte sich Vreaith.

Sie lässt sich nicht aus der Fassung bringen, dachte Ishth.

»Dann dürft ihr wieder gehen«, verkündete sie vernehmlich, »und wie es euch beliebt auf die Gesetzeshüterinnen und die Haftbefehle warten. Wir lassen derweil die nächsten Schwestern auf unserer Liste antreten.«

Vreaith und Pem tauschten Blicke aus. Vreaith zog die Tunika über ihrem Brutbeutel glatt. Pem nahm ihre Schwester an die Hand. Ishth spürte, wie sich die Haut auf ihrem Rücken runzelte und Blasen schlug.

Vreaith sog tief den Atem ein. »Sie wurden fünfundvierzig Meilen vom Mrant Chavan entfernt gefangen gehalten. Die Mutter *Devna* starb während des Verhörs. Mittlerweile sind die Tochter und die beiden Menschen geflohen.«

Überraschtes Stimmengemurmel schwappte wie eine Woge durch den Raum. Ishth wartete, bis sich der Lärmpegel zu einem leisen Raunen absenkte.

»Geflohen?« Ishth bedeutete Vreaith, sie möge fortfahren.

»Um in die Freiheit zu gelangen, töteten sie zwei unserer Schwestern«, tat Vreaith mit monotoner Stimme kund.

Das Geflüster schlug um in eine Kakophonie aus Schreien und Gebrüll. Schwestern sprangen auf die Füße. Ohren und Hände flatterten wie wild. Die Journalistinnen fuchtelten mit ihren Recordern hin und her.

Byvant stellte sich hin und richtete sich zu ihrer vollen Größe auf. »Schwestern! Bitte!« brüllte sie. Schweigen senkte sich wie eine schwere Decke über den Raum.

Sehr gut, Schwester, dachte Ishth. *Und nun mach das Beste draus, bitte.*

»Die Menschen und die *Devna* töteten zwei unserer Schwestern vom Militär?« wiederholte Byvant vollkommen ruhig. »Und wer schickte sie dorthin, wo sie ihren Tod fanden? Wer nahm die Menschen gefangen, sodass sie fliehen mussten? Auf wessen Konto gehen die Todesfälle wirklich, Schwestern und Mitbürgerinnen? Wer schuldet den Familien der Gefallenen Wiedergutmachung?«

Die Schreie verebbten, und es wurde weniger mit

Ohren und Händen gewedelt. Byvant blickte auf Ishth hinab. Ishth dippte beifällig die Ohren.

Vreaiths Gesicht verspannte sich. Offenkundig hatte sie damit gerechnet, dass diese Nachricht einschlagen würde wie eine Bombe und den gesamten Raum in Aufruhr und Verwirrung stürzte. Das bewies nur, dass sie nicht nur in Fragen der Mode unbewandert war, sondern auch keine Ahnung hatte, wie geschickt Byvant Leute manipulieren konnte.

Ishth klappte die Ohren ein wenig tiefer herunter. »Ist bekannt, wohin sich eure Gefangenen flüchteten?«

Pems Ohrsegel falteten sich schlaff zusammen. Es bestand nicht der geringste Zweifel daran, dass Byvant die im Raum Anwesenden gegen sie aufgebracht hatte.

»Wir vermuten, dass sie sich zum Außenposten der Menschen durchschlagen wollen, der dem Mrant Chavan am nächsten liegt.«

»Habt ihr Schwestern losgeschickt, um sie wieder einzufangen?« fragte Ishth.

»Natürlich. Vielleicht haben sie sie mittlerweile dingfest gemacht.«

Ishth dippte die Ohren. »Gut. Dann könnt ihr sie ja gleich zum Außenposten der Menschen eskortieren.«

Vreaith blickte verdutzt drein.

»Ich will mich klar und deutlich ausdrücken«, fuhr Ishth fort. »Die Menschen durchkämmen bereits die Hundert Inseln nach ihren verschleppten Schwestern. Und sie werden nicht aufhören zu suchen, bis sie sie gefunden haben. Im Zuge dieser Aktion könnten sie auf Dinge stoßen, die wir lieber nicht an die Öffentlichkeit bringen möchten. Zum Beispiel die Wahrheit über die Operation, die unsere Schwestern an Bord der *Ur* planen. Wie würden die Menschen wohl reagieren, wenn sie von dieser Aktion erführen?«

Und wie wirst du jetzt reagieren? Bist du so nervös, dass du kapitulierst, oder wirst du versuchen, für deine Schwestern an Bord der Ur Zeit *herauszuschinden?*

Pem blickte zu Boden. »Wir müssen Erkundigungen über die aktuelle Situation einziehen.«

Du spielst auf Zeit. Das ist gut so. Das hilft auch uns weiter. Solange die Menschen glauben, wir könnten unsere Angelegenheiten nicht allein regeln, werden sie sich euer annehmen.

Und wenn ihr sterben müsst, dann nicht durch unsere Hand.

KAPITEL 14

»Commander Keale, aufwachen! Commander Keale, aufwachen!«

Langsam kehrte Keales Bewusstsein zurück. Es dauerte eine Minute, bis er begriff, dass der Computer ihn weckte.

»Commander Keale, aufwachen!«

»Computer, benenne die Art des Notfalls.« Mit den Fingerknöcheln rieb sich Keale die Augen. »Licht!«

Die Beleuchtung schaltete sich ein, gedämpft, damit sich seine Augen an die Helligkeit gewöhnten. Der Computer antwortete: »Ihre Komm-Station erhielt einen Alarmruf der höchsten Dringlichkeitsstufe.«

Bei diesen Worten war Keale sofort hellwach. Er sprang aus dem Bett und griff nach den Shorts, die auf einem Stuhl lagen.

»Computer, öffne die Komm-Station. Bin schon unterwegs!« rief er, während er sich in die Shorts zwängte.

Das Licht erreichte den vollen Helligkeitsgrad. Keale hastete aus seinem Schlafzimmer und flitzte in den spartanisch eingerichteten Wohnraum. Die Haupt-Komm-Station war eingeschaltet und aus dem Monitor blickte ihm Lieutenant Ryans ängstliches Gesicht entgegen.

»Was ist passiert?« Keale pflanzte sich auf den Stuhl vor der Station. Ryan sah übernächtigt und zerstrubbelt aus. Was immer er getan haben mochte, geschlafen hatte er nicht.

»Es gibt Schwierigkeiten«, antwortete Ryan. »Wir erhielten eine Besorgnis erregende Nachricht von einem

Piloten, der ziemlich spät zur Basis zurückkehrte, nachdem er die Inseln Vshlanl und Prentanl überflogen hatte.«

Ryans Gesicht verschwand und wurde ersetzt durch eine verschwommene, grüne und braune Darstellung von Wäldern und Feldern, die von Städten und Anwesen durchsetzt waren. Mitten in einem dichten Baumbestand blitzten reflektierte Lichtstrahlen auf.

»Was ist das?« erkundigte sich Keale.

»Dasselbe hat sich der Pilot gefragt«, erklang Ryans Stimme aus dem Hintergrund. »Er flog zurück, um die Lichtspiegelung noch einmal in Augenschein zu nehmen.« Der Boden kippte und rotierte, als der Pilot seine Maschine in die Kurve brachte und in einem Winkel auf das Objekt im Wald zusteuerte, welches das Licht einfing.

Das Flugzeug überflog die Stelle, die Kameras schauten nach unten und zeigten eine röhrenförmige Konstruktion mit einer glänzenden Linse an der Spitze.

»Ein Teleskop?« Keale kratzte sich das Kinn. »Was machen die Getesaph mit einem Teleskop so nahe am Raumhafen?«

»Ich ging hin und hab sie gefragt.« Das Video mit den Luftbildaufnahmen wurde ausgeblendet und Ryan erschien wieder auf dem Schirm. »Wir sahen fünf Soldatinnen: zwei *Trindt* und drei *Ivrth*.« Kommandantinnen und Technikerinnen, übersetzte Keale in Gedanken.

Ryans Gesicht wurde von einer neuen Szene abgelöst. Keale schaute in einen quadratischen Raum, der nach Getesaph-Maßstäben klein war. Er glich einem jener weißen Gebäude, die die Getesaph aus Fertigbauteilen im Handumdrehen zusammensetzen konnten. Zwei uniformierte Getesaph mit den roten Abzeichen an den Manschetten, die sie als *Trindt* auswiesen, standen vor der Person, die diese Aufzeichnung mitgeschnitten hatte.

Die Getesaph sagten etwas, doch Ryan hatte den Ton nicht eingeschaltet. »Sie tischten uns das Märchen auf, sie würden mit dem Teleskop die Shuttles beobachten. Um sich davon zu überzeugen, dass der Flugverkehr auch ordnungsgemäß abliefe.« *Klingt doch ganz vernünftig,* fand Keale. Die Paranoia der Dedelphi ließ ihn selbst geradezu fahrlässig erscheinen.

»Sie zeigten mir das Teleskop.« Das Vido zoomte das Teleskop heran, dessen Kabelstränge wie schwarze Ranken vom Turm herunterbaumelten. »Ich stellte noch ein paar Fragen und zog mich dann zurück. Diese Aufzeichnung ließ ich von Jasper in der Abteilung für Kommunikationstechnik auswerten.«

Abermals rückte Ryan ins Bild. »Sie analysierte die Details und berechnete den Ausrichtungswinkel. Wenn man berücksichtigt, dass die Anlage mit reichlich Personal bemannt ist – wenn man in diesem Zusammenhang überhaupt von ›bemannen‹ sprechen kann – und das an einem Tag, an dem gar keine Shuttles starten, gelangt man zu einer bestürzenden Schlussfolgerung.« Ryan holte tief Luft. »Wie es aussieht, steht das Teleskop an einem Ort, der sich ideal dazu eignet, die von der Wolkendecke gestreuten und zurückgeworfenen Kommunikations-Transmissionen aufzufangen.«

Keale ließ den Satz tief in sein Bewusstsein einsinken. »Im Klartext heißt das, dass sie unsere Gespräche abhören.«

»Ja, Sir.«

Ein Gefühl grimmiger Befriedigung durchströmte Keale. »Na schön. Verfassen Sie einen offiziellen Bericht und schicken Sie ihn mir. Ich wecke Vize Brador, und danach werde ich die Durch Wahl Bestimmten Anführerinnen aufwecken ...«

»Sir«, fiel Ryan ihm ins Wort. »Das eigentliche Problem kommt erst noch. Jaspers Team fand außerdem heraus, weshalb Hagopian sich die Passagierlisten anschaute.«

Keale erstarrte. »Weiter.«

»Jaspers Leute haben sich die Videoaufzeichnungen aus dem Raumhafen angesehen, die Gespräche belauscht, die Registrierung der Passagiere beobachtet und versucht, Namen mit Gesichtern und Aktionen zu verbinden.« Ryan fuhr sich mit einer Hand durchs Haar, das wie Stacheln vom Schädel abstand. »Dabei fiel Jasper auf, dass die Namen, mit denen sich die Leute untereinander ansprachen, sich nicht mit den Namen auf den Passagierlisten deckten.«

»Was braut sich denn da zusammen?« sinnierte Keale.

»Jasper glaubt, dass es sich bei der Vorhut um ein Kontingent von Soldatinnen handelt.«

Die Genugtuung, die Keale soeben noch mit klammheimlicher Freude erfüllt hatte, verflog schlagartig. »Jesus Christus«, flüsterte er. Sein Verstand schlug Purzelbäume und fing sich wieder. »Okay, Ryan, dies ist ein Notstandsbefehl. Sämtliche Menschen, die sich auf den Hundert Inseln und der t'Aori Halbinsel befinden, werden unverzüglich evakuiert.«

»Warum ...?«

»Ganz gleich, was die Getesaph da droben aushecken, es richtet sich gegen die t'Therianerinnen. Sowie die t'Therianerinnen Wind davon bekommen, attackieren sie die Getesaph, und dann ist hier die Hölle los. Was sich im Falle eines Krieges hier abspielen wird, lässt sich mit Worten nicht beschreiben. Schaffen Sie unsere Leute von hier fort. Auf der Stelle.«

»Ja, Sir.« Er zauderte immer noch. »Und was wird aus Nussbaumer und Hagopian?«

Keale schüttelte den Kopf. »Wir müssen die Flugzeuge für die Evakuierungseinsätze reservieren. Jeder soll nach den Vermissten Ausschau halten, doch die

Räumung der Außenposten und Flughäfen hat oberste Priorität.«

Einen Augenblick lang vergaß Ryan die Etikette. »Brador wird Ihnen den Arsch aufreißen.«

»Es ist mein Arsch«, wiegelte Keale lässig ab. »Machen Sie sich an die Arbeit. Ich muss mich mit Captain Esmaraude in Verbindung setzen.«

»Ja, Sir.« Ryan schloss die Leitung, und das Bild erlosch.

»Computer, kontaktiere Captain Elizabeth Esmaraude an Bord der *Ur*. Es handelt sich um einen Notruf der Alarmstufe eins. Das Gespräch geht direkt an den Captain und soll abhörsicher sein.« *Hol sie aus dem Bett, Computer! Sie ist diejenige, die bis zum Hals in der Scheiße steckt!*

»Befehl wird ausgeführt.«

Keale vermochte nicht stillzusitzen. Er sprang auf und tigerte vor dem Terminal auf und ab. *Komm schon, Esmo! Komm schon!* Unter seinen schwieligen Fußsohlen fühlte sich der Teppich warm und weich an. Seine Hände schmerzten, weil er so krampfhaft die Fäuste ballte.

Die Evakuierung würde eine Szene heraufbeschwören. Vielleicht nicht gerade Panik, aber eine höllische allgemeine Verwirrung, vor allem im Getesaph-Raumhafen, wo alle herumlungerten und nur darauf lauerten, dass etwas passierte.

Ryan hatte Recht. Brador würde ihn durch den Wolf drehen. Aus diesem Grund wollte er ihn auch zu allerletzt anrufen. Vorher musste er sämtliche Hebel in Bewegung setzen, um das Schlimmste zu verhüten.

Bradors Existenz hing davon ab, dass das gesamte Dedelphi-Projekt ruhig und planmäßig verlief. Und diesem Mann sollte er erklären, dass sie jetzt ein gelindes Chaos anzetteln mussten, wenn sie nicht wollten, dass die Situation in totale Anarchie ausuferte. Wenn es zu einem Krieg kam, würden Menschen wie Dedelphi gleichermaßen zu Tode kommen.

Mit der Evakuierung gaben sie den Dedelphi eine Kostprobe des einzigen Druckmittels, das Bioverse angeblich im Falle einer Krise einsetzen wollte. Die Dedelphi parierten nicht, also hauten die Menschen ab. Vielleicht bewirkte man mit dieser Räumungsaktion sogar etwas Gutes.

Endlich leuchtete der Schirm auf. Esmo, in eine dicke Patchworkrobe gehüllt, stand im Begriff, sich hinzusetzen und ihre Brille in ihre Schläfenkontakte einzustöpseln.

»Was gibt's?« fragte sie.

»Bei Ihnen auf der *Ur* befindet sich ein ganzes Kontingent Soldatinnen, Esmo.«

Ihre Kiefer mahlten vor und zurück. »Kaye, wir haben das Schiff von vorne bis hinten durchsucht. Jeden Tag wurden Sicherheitsteams und medizinisches Personal tätig. Wir …«

»Ich weiß.« Keale setzte sie ins Bild, und zum ersten Mal erlebte er, dass Esmo vor Überraschung fassungslos war.

Als sie sich wieder gefangen hatte, verbarg sie das Gesicht in den Händen. »Was tun sie nur? Was, um alles in der Welt, ist über sie gekommen?«

»Ich werde sie fragen.« Keales Stimme klang forsch. »Doch zuerst müssen wir uns um die Sicherheit Ihrer Leute kümmern, Esmo. Was können Sie unternehmen?«

»Nicht besonders viel, Kaye. Für eine Belagerung oder die Unterbringung von Gefangenen sind wir nicht gerüstet.« Sie zog ein Kabel aus ihrer Station und vernetzte es mit ihrer Brille. Keale beobachtete, wie ihre Lippen sich stimmlos bewegten.

Dann schaute sie ihn wieder an. »Okay, ich habe die Wartungsluken und die Durchgänge zum Rest der

Stadt verriegelt.« Ihr Blick flackerte und schien sich auf etwas in einer Ecke ihrer Brille zu konzentrieren. »Hier beginnt gleich der frühe Morgen. Ich weise das gesamte Personal an, sich während des Schichtwechsels in die Sekundärkuppeln zu begeben. Das fällt kaum auf, weil dann ohnehin jeder in Bewegung ist. Danach schließen wir die Korridore.« Sie setzte eine bedauernde Miene auf. »Einbunkern und abwarten. Etwas anderes bleibt uns gar nicht übrig.«

»Okay.« Keale nickte. »Leiten Sie das in die Wege. Wenn Ihre Leute in Sicherheit sind, schicken wir meine Crew in die Hauptkuppel und lassen die Pogos festnehmen.«

»Kaye, Ihre Mannschaft besteht aus zweihundert Wachleuten, die mit Stunnern und Blendgewehren bewaffnet sind. Sollte Jasper Recht haben, treten sie gegen dreitausend trainierte Killer an.«

»Ich weiß«, versetzte Keale gelassen. »Aus diesem Grund gehe ich auch als Erster in die Stadt.«

Der Captain nickte schweigend.

»Wir sehen uns in ein paar Stunden, Esmo.« Keale schaltete die Station aus und blieb geraume Zeit still davor sitzen.

Endlich stand er auf, kleidete sich an und überlegte sich, was er dem Vize sagen sollte. Im Augenblick gab es für ihn nichts anderes zu tun.

»Dayisen Lareet! Dayisen Umat!«

Lareet saß bolzengerade auf der Matratze. Ihre jähe Bewegung erschreckte Umat, die neben ihr lag.

Die beiden Ovrth Gert preschten durch die Tür, nach Luft schnappend, als seien sie gerade zehn Meilen stromaufwärts geschwommen. Sie schlugen auf die Lichtschalter, und die anderen Dayisen, die bei dem Gebrüll noch nicht wach geworden waren, hoben die Ohren und den Kopf.

Lareet und Umat hatten die ganze Nacht lang mit den Truppenführerinnen der Dayisen zusammengesessen und drunten in dem (hoffentlich) wanzenfreien Gemeinschaftsraum Pläne geschmiedet. Als man übereinkam, dass sie alle ein bisschen Schlaf brauchten, zogen sie sich in den zweiten Stock zurück.

»Was ist los?« Lareet kroch unter den Decken hervor. Die Kabel für die Sprechanlage waren noch nicht verlegt, deshalb wurden vertrauliche Informationen durch Läuferinnen weitergegeben. Vorsichtshalber verzichteten sie darauf, das Computersystem der Menschen zu benutzen, da sie nicht wissen konnten, wer alles mithörte.

»Die Menschen«, hechelte Ovrth Brend. »Sie haben sämtliche Durchgänge verriegelt.«

Die Haut über Lareets Schultern spannte sich. »Gaben sie eine Erklärung dafür?«

»Nicht, dass wir wüssten.« Ovrth Hral drückte den Rücken durch und versuchte, ruhig durchzuatmen.

Umat wieselte wortlos an ihnen vorbei und die Wendeltreppe hinunter.

Lareet folgte ihr auf dem Fuß, zusammen mit den anderen Dayisen. Umat legte die Hände auf die Komm-Station, und der Schirm blinkte auf.

»Keine eingegangenen Botschaften, keine generellen Ankündigungen«, erklärte sie.

»Was hältst du davon?« fragte Lareet. Sie fürchtete sich vor der Antwort.

»Ich denke, uns läuft die Zeit davon.« Umat ergriff die Hand ihrer Schwester und wandte sich an die anderen Dayisen.

»Gebt das Kommando an eure Gruppen weiter. In einer Stunde schlagen wir zu. Haltet euch an die schriftlichen Anweisungen. Benutzt unter gar keinen Umständen die Computer.«

»Das Überfallkommando hält sich am Ausgangspunkt bereit, und die zweite Spitze bezieht Position zum Nachrücken. Dayisen Yntre, deine Schwestern müssen sich davon überzeugen, dass sämtliche Spinde mit dem Notfallgerät bewacht werden. Sowie der Angriff beginnt, benötigen wir die Sachen. Dayisen Huln, deine Leute sichern die Luken. Die dritte Welle steht in Bereitschaft und stürmt die Durchgänge, sowie sie passierbar gemacht sind.«

»Denkt daran«, warnte Lareet, »wenn ihr sie tötet, gereicht das euren Schwestern und Töchtern zum Nachteil. Wir müssen sie zwingen, sich voll und ganz auf ihre eigene Rettung zu konzentrieren. Sie dürfen nicht den Eindruck gewinnen, ihre Sicherheit sei lediglich dann gewährleistet, wenn sie uns umbringen. Und sie sollen auch nicht glauben, wir hätten massenhaft ihresgleichen ermordet, denn dann würden sie nur in Wut geraten. Die Menschen sind nicht gänzlich frei von Emotionen, egal, was man über sie sagt. Es dauert nur lange, bis sie in Rage kommen.« Sie schaute die Dayisen der Reihe nach an und sah, dass sie zustimmend die Ohren dippten.

Umat stellte sich noch gerader hin. Lareet wunderte sich, dass das überhaupt noch möglich war. »Wir besitzen einen Vorteil, den sie uns nicht nehmen können. Sie können dieses Schiff nicht zerstören, ohne ihre Mission ernsthaft zu gefährden. Dadurch gewinnen wir Zeit.«

Lareet versuchte, das Kreuz so stramm durchzudrücken wie ihre Schwester, doch ihre Muskeln machten nicht mit. »Solange sie glauben, sie könnten ihre Verluste ausgleichen, bleiben sie hier. Sie werden unsere Schwestern drunten auf dem Planeten vor Übergriffen seitens der t'Therianerinnen beschützen. Zu schnell dürfen wir sie nicht vertreiben.«

Abermals senkten und hoben sich im Konsens die Ohrspitzen.

Umat bleckte die Zähne. »Die Weltenmütter stehen

uns bei. Wir sind ihre Töchter, im Herzen, im Blut und im Geist. Durch unsere mutige Tat werden unsere Töchter künftig in Frieden leben.«

Um Segen zu spenden, küssten die Dayisen ihre Fingerknöchel, dann drängten sie sich durch die viel zu schmale Tür und verteilten sich auf den Straßen, über denen noch die Sterne der Mutter Nacht funkelten.

Eine Weile verharrten Lareet und Umat auf ihrem Platz. Lareet sah, dass die Augen ihrer Schwester vor Furcht und Aufregung glänzten, und erst bei diesem Anblick vergegenwärtigte sie sich, dass sie in eine Schlacht zogen. In einen Krieg mit den Menschen. Die diese Stadt gebaut hatten, die so anmutig und elegant hoch über dem Boden ihrer Heimatwelt schwebte.

Ihr Mütter, habt Erbarmen mit uns. Heute werden wir all euren Beistand brauchen.

Die Morgensirene blökte. Benommen erwachte Praeis aus schwerem Schlummer. Theia, die halb auf ihrer Mutter lag, rührte sich. Ein Lid nach dem anderen hebend, starrte Praeis gegen die unbemalte Zimmerdecke, von der gnadenlos die kugelförmigen Strahler brannten. Rings um sie her verrieten ihr die knurrenden, widerstrebenden Laute der aus dem Schlaf gerissenen Kameradinnen, dass ein neuer Tag beim Militär angebrochen war.

Die Sirene schwieg für eine kurze Weile, dann hob sie erneut an zu jaulen, dieses Mal noch lauter und schriller.

Nun, Praeis Shin, es wird Zeit, dass du mit gutem Beispiel vorangehst. Sie schob Theia von sich herunter und stand auf. Gemeinsam rollten sie die Decken und Schlafmatten zusammen. Die anderen Mitglieder der administrativen Schicht taten das Gleiche.

Spinde wurden krachend aufgerissen. Matten und Decken gegen eimerweise Seife und Bürsten ausgetauscht. Praeis reichte Theia ihr Waschzeug. Theia nahm die Sachen entgegen, drückte den Arm ihrer Mutter und begab sich mit den meisten ihrer Kameradinnen in die Baderäume.

Stillschweigend hatten sie eine Routine entwickelt. Theia ging ins Bad, derweil Praeis den schwarzen Kasten, den David ihr gegeben hatte, aus ihrem Spind holte. Sie sah ihrer Tochter hinterher, die sich in den Strom der Waffenschwestern einreihte, und ihr fiel auf, wie zierlich sie war, trotz ihres Alters und ihrer Größe.

Was fühlte sie? Praeis spürte die Wellen des Kummers, die in ihr wogten, doch sie merkte auch, dass Theia etwas zurückhielt. Theia hatte mitansehen müssen, wie vier ihrer Schwestern starben, und nun war auch ihre Beutelschwester fort. Res, die hübsche, kräftige Res, galt als verschollen. O Ahninnen, wo ist sie? Res war nicht nur Theias Beutelschwester, mittlerweile war sie ihre einzige Schwester.

Praeis schloss die Augen und spannte die Muskeln an. *Ich darf mich nicht gehenlassen. Ich darf mich nicht gehenlassen. Die Menschen werden sie finden.*

Sie hob die Lider und setzte sich auf eine der langen Bänke. Dann öffnete sie den schwarzen Kasten. Darin befanden sich eine Injektionspipette und eine Anzahl Phiolen mit einem klaren Serum. Jede Phiole war ungefähr so groß wie ein Glied ihres kleinen Fingers.

Es war ihr zur Gewohnheit geworden, sie zu zählen. Dreiundfünfzig. Sie nahm den Injektor und schob eine Phiole hinein.

Zweiundfünfzig, dachte sie, als sie die Pipette an ihren Hals hob und vorsichtig die Nadel in die Haut senkte.

Gerade als sie sie wieder herauszog, öffnete sich die Tür zum Schlafsaal und Neys und Silv platzten herein. Ihre Ohren klebten flach am Schädel.

Adrenalin schoss durch Praeis' Adern. Sowie ihre

Waffenschwestern sie erspähten, kamen sie zu ihr gerannt.

»Was ist los?« fragte sie, den Kasten eilig schließend.

»Die Menschen verlassen den Planeten«, berichtete Neys. Ihr Mund zuckte. Sie gab sich Mühe, nicht aufgeregt zu keuchen.

Nein. Ich muss mich verhört haben.

Silv fletschte die Zähne. »Die Menschen ziehen ihr gesamtes Personal zurück. Wir kommen gerade von den Königinnen. Offensichtlich erhielten die Menschen den Befehl, noch vor Sonnenaufgang ihre Sachen zu packen und sich zum Raumhafen zu begeben. Diejenigen, die zu weit weg wohnen, sollen in den Außenposten bleiben und darauf warten, dass man sie abholt.«

Mit äußerster Behutsamkeit verstaute Praeis ihre kostbare schwarze Box im Spind. Sie schloss die Tür und wandte sich erst dann wieder ihren Schwestern zu.

»Warum?«

»Wir wissen es nicht!« Silv hieb mit der Faust gegen einen Spind, dass die Türen klapperten. »Das Einzige, das wir von ihnen zu hören kriegen, ist der Satz: ›Wir befolgen nur unsere Befehle, steht uns also bitte nicht im Weg.‹« Sie imitierte vortrefflich eine hohe, präzise, menschliche Stimme. »Bei meinen Ahninnen, man könnte glauben, kein Mensch hätte je eine eigenständige Entscheidung getroffen!«

Dasselbe behaupten viele Menschen von uns. Praeis rieb sich die Ohren. »Also gut. Gerade findet der Schichtwechsel statt. Ich werde zusehen, ob ich etwas mehr in Erfahrung bringe.«

»Ja, Oberste Befehlshaberin«, antworteten Neys und Silv im Chor.

Praeis berührte sie an den Schultern und ging auf den Korridor hinaus, dichtauf gefolgt von ihren Waffenschwestern.

Die dritte Schicht verrichtete noch ihren Dienst. Die

Schwestern saßen an ihren Schreibtischen, über Bücher und Papiere gebeugt, nippten heiße Getränke und versuchten, sich bis zur Ablösung wach zu halten.

Neys und Silv trennten sich, um den Schichtwechsel zu beaufsichtigen und die damit verbundenen Routineangelegenheiten zu regeln. Praeis begab sich schnurstracks in das Verwaltungsbüro. Ein einziges Licht brannte, und die Schwestern, die hier normalerweise arbeiteten, waren gerade unterwegs und erledigten andere Aufgaben.

Da es sich um einen Raum der Administration handelte, gab es eine Tür, die man schließen konnte. Praeis zog sie hinter sich zu und verriegelte sie. Einen Augenblick lang stützte sie sich auf den Türgriff und versuchte, sich zu beruhigen. Die Menschen räumten den Planeten. Wenn die Menschen gingen, suchten sie nicht weiter nach Res und Senejess. Das durfte nicht sein.

Der Raum war standardmäßig eingerichtet. Tische, Kopiergeräte, Lautsprecheranlagen, jede Menge Landkarten, Bücher und Formulare. Eine Wand hatte man jedoch frei gelassen, um Platz zu schaffen für eine glänzende Komm-Station der Menschen.

Praeis stellte einen Klappstuhl davor, drückte auf die Tasten, die mit dem t'Therianischen Alphabet beschriftet waren und überlegte, was sie tun sollte. Lynn konnte sie nicht anrufen. Lynn war nicht da. Und Lynns Assistenten kannte sie nicht gut genug, um deren Hilfe zu erbitten.

Sie tippte David Zelotes' Adresse an Bord der *Ur* ein.

Draußen vor der Tür hörte sie Stimmen und Schritte. Die Korridore füllten sich mit Schwestern, die unterwegs waren um zu frühstücken, um ihre Schlafsäle aufzusuchen oder andere Befehle auszuführen.

Der Schirm leuchtete auf. David, angekleidet und im Isolationsanzug, blickte ihr entgegen.

»Praeis? Ist etwas passiert? Bist du wohlauf?«

»Mir fehlt nichts«, erwiderte sie auf Englisch und versuchte sich einzureden, dass es stimmte. »Hier drunten geht es zur Zeit nur ein bisschen turbulent zu.«

Davids Mund verzog sich zu einem halbherzigen Lächeln. »Ja, das kann ich mir vorstellen.«

Praeis beugte sich vornüber. »David, ein paar meiner Schwestern sind sehr beunruhigt. Hast du eine Ahnung, warum die Menschen ihr gesamtes Personal abziehen?«

Sein Blick huschte flüchtig zur Seite und richtete sich dann wieder auf sie. »Das erklärt hier niemand, glaub mir, Praeis. Wir sind lediglich angewiesen, uns in den Sekundärkuppeln zu verschanzen und ...« Gereizt zuckte er die Achseln. »Mehr weiß ich auch nicht. Ich benehme mich nur wie ein frommes Schaf, das der Herde folgt und hoffe, dass mich jemand irgendwann einmal darüber aufklärt, was das Ganze zu bedeuten hat.«

Lynn hat man wohl auch noch nicht gefunden, oder? »Es tut mir Leid, David. Die Sache mit Lynn trifft dich sicher sehr hart.« Selbst nach so langer Zeit musste sie sich immer wieder ins Bewusstsein rufen, dass David und Lynn Schwestern waren – oder etwas Ähnliches. Zwischen ihnen existierte eine Beziehung, die der inneren Verbundenheit zwischen Schwestern recht nahe kam.

Er winkte ab, doch sein Gesichtsausdruck blieb hart und wütend. »Schon gut. Ich weiß, dass du ... dass ihr ...« Er gab es auf, um den heißen Brei herumzureden. »Sowie ich etwas herausfinde, gebe ich dir Bescheid. Okay?« Mehr konnte er zur Zeit nicht für sie tun, und es war wirklich nicht viel, doch irgendwie kam Praeis sich schäbig vor, weil sie sein Angebot annahm. »Kann ich dich unter dieser Adresse erreichen?«

»Schick einfach eine Botschaft an diese Station. Eine meiner Waffenschwestern wird mich schon finden.«

»Ist gut.« Er nickte. Dann änderte sich seine Miene, und sie sprach mit dem Arzt. »Wie schlägt die Behandlung an?«

»Ich kann mich nicht beklagen«, erwiderte sie resolut. »Das Mittel wirkt. Zwar schlafe ich nicht gut, aber der Grund dafür könnte …« Ein hoher, dünner Pfeifton überlagerte ihre Worte. Ihre Ohren forschten nach der Quelle dieses Geräusches, bis sie merkte, dass es droben auf der *Ur* entstand.

Eine sanfte Stimme sprach durch die Leitung: »Das gesamte Personal begibt sich unverzüglich in die Sekundärkuppeln. Ich wiederhole. Das gesamte Personal begibt sich unverzüglich in die Sekundärkuppeln. Dies ist ein Notstandsbefehl. Ich wiederhole. Dies ist ein Notstandsbefehl. Sie haben der Anweisung unbedingt Folge zu leisten.«

Praeis fing an zu keuchen. Davids Augen weiteten sich. »Ich …«

»Geh!« forderte sie ihn auf, und er entfernte sich von der Station, ohne die Verbindung zu kappen.

Eine Zeit lang starrte Praeis die leere Wand an, ehe sie eine bebende Hand ausstreckte und das Terminal abschaltete.

Die Menschen zogen sich von t'Aori und den Hundert Inseln zurück. Die Menschen verbarrikadierten sich an Bord ihres eigenen Schiffs, das voll war mit Getesaph, die den Umsiedlungsplan dahingehend änderten, dass sie sich noch vor den t'Theria im Orbit befanden.

Praeis stand auf und entriegelte die Tür. Dann setzte sie sich wieder hin und wartete.

Schließlich wurde an der Klinke gerüttelt, und die Tür ging auf. Theia betrat das Büro, gefolgt von Neys und Silv.

»Mutter?« Theia durchquerte das Zimmer und legte eine Hand auf ihren Arm. »Geht es dir gut?«

Praeis' Ohren legten sich in knitterige Falten. »Nein. Nein, es geht mir nicht gut.«

»Bei meinen Ahninnen, Oberste Befehlshaberin, was ist geschehen?«

»Die 'Esaph an Bord der *Ur* haben rebelliert«, erklärte Praeis.

Augenblicklich legten sich Neys' und Silvs Ohrsegel flach nach hinten. Theia gab einen erstickten Laut von sich und schmiegte ihre Stirn an Praeis' Schulter.

Praeis straffte den Rücken und nahm ihre Tochter in den Arm.

Hatte ich nicht vor dem Ausbruch eines Kriegs gewarnt? Nun, sie haben von sich aus den Krieg begonnen. Jetzt müssen wir unsere Pläne ändern.

»Es gibt viel zu tun. Neys, Silv, trommelt die Gruppenführerinnen zusammen. Sagt ihnen, sie sollen sich zum Aufbruch bereithalten. Ich informiere die Erlauchten Schwestern, dass wir in Aktion treten.«

Silv glotzte sie offenen Mundes an. »Wie können wir ohne die Erlaubnis der Königinnen operieren?«

Praeis fletschte ihr Gebiss. »Wir müssen etwas unternehmen, andernfalls bricht ein Bürgerkrieg aus. Die Königinnen wissen das, doch eine Debatte würde viel zu lange dauern. Aber wir haben keine Zeit zu verlieren.« *Meine Schwester ist in höchster Gefahr. Meine Tochter stirbt vielleicht.* Unbändiger Zorn wallte in ihr hoch. Zorn auf die Getesaph, auf die Königinnen, auf sich selbst. Das Feuer züngelte und fraß sich in ihr Bewusstsein.

Einen Augenblick lang fragte sie sich, ob die Truppen sich ihr anschließen würden, doch dann ließ sie jeden Zweifel fallen. Während der Aushebung hatte sie die allgemeine Stimmung zu spüren bekommen. Alle brannten darauf, die Getesaph zu attackieren. Die Königinnen hatten Recht. Mittlerweile waren sie so weit, dass sie einem geworfenen Stein in die Schlacht folgen würden.

»Aber wir sind nicht kampfbereit«, gab Neys zu bedenken.

Praeis schüttelte den Kopf. »Doch, die Vorbereitungen sind so gut wie abgeschlossen.« Neys und Silv starrten sie verdutzt an. »Es tut mir Leid, Waffenschwestern, aber ich habe absichtlich die Statusberichte gefälscht. Meine Gründe dafür kann ich euch nicht erklären. Aber ein Stoßtrupp ist einsatzfähig, und zwei weitere Abteilungen sind in der Lage, als Verstärkung nachzurücken. Auf meinen Befehl und auf den Befehl der Königinnen hin können wir zuschlagen.«

Neys Ohren wedelten unschlüssig hin und her. »Angenommen, die Königinnen sind nicht einverstanden?«

»Sie werden einverstanden sein. Mir werden sie nicht verbieten, die Armee in Bewegung zu setzen.« Das Blut rauschte in ihren Ohren. Res. Senejess. Ihre Tochter und ihre Schwester befanden sich irgendwo da draußen auf dem Terrain des Volkes, das soeben das Bündnis gebrochen hatte.

Silv berührte ihren Arm. »Oberste Befehlshaberin, was du sagst, ergibt keinen Sinn.«

»Nein.« Praeis' Nüstern schlossen sich und blähten sich wieder auf. »Ich weiß, dass du mich nicht verstehst. Aber ich brauche keine Erklärungen abzugeben, oder?« Sie legte eine Hand auf Theias Nacken, ohne sie dabei anzusehen. Augen und Ohren hielt sie auf ihre Waffenschwestern gerichtet.

»Urisk Island, meine Waffenschwestern. Wir kämpften mit den Getesaph um den Besitz dieser Insel und der vier benachbarten Eilande. Viertausend Angehörige unserer Großen Familie lebten auf Urisk – Mütter, Schwestern und Töchter hatten sich dort niedergelassen. Die Getesaph griffen unentwegt an, und wir verloren eine Schlacht nach der anderen. Wir alle hätten sterben können. Die Getesaph hätten keine von uns am Leben gelassen, umgekehrt hätten wir sie auch nicht verschont. Ich jedenfalls hätte keine Gnade walten lassen. Ich musste die Chosa ty Porath um Unterstützung bitten. Aber die ty Porath wollten Urisk besitzen, und sämtliche viertausend t'Therianerinnen sollten vertrieben werden.

Ich versuchte, die Große Familie zu einer Evakuierung zu bewegen. Ich gab mein Bestes, Jos half mir dabei, und auch Shorie stärkte mir den Rücken. Es gab ähnliche Inseln, auf die sie sich hätten zurückziehen können, es gab genügend andere Väter, um die Seelen der Familien weiterzuvererben. Die ty Porath waren damit einverstanden, unsere nahen Anverwandten zu werden, falls wir ihnen die Insel gäben. Das solltet ihr euch gut merken. Ein Gegner weniger, ein zusätzlicher Familienzweig für unsere Kinder und deren Kinder.

Doch sie stellten sich stur, und der Rat weigerte sich, ein Machtwort zu sprechen. Man gönnte den ty Porath nicht den Besitz der Insel, auch wenn unser eigenes Volk von diesem Abkommen profitiert hätte. Sie sagten, lieber sollten wir alle gemeinsam tapfer in den Tod gehen.

Die ty Porath wollten eine gesäuberte Insel, sie wollten die Seelen ihrer Ahninnen zurückbekommen, die angeblich von unseren Vorfahrinnen gestohlen wurden, die dorthin segelten. Allerdings verlangten sie nur diese eine Insel, während die Getesaph alle fünf für sich beanspruchten. Mit insgesamt zehntausend Bewohnerinnen.«

»Also gabst du ihnen die Insel«, ergänzte Silv ruhig.

»Nein«, widersprach Praeis. »Die Königinnen befahlen mir, Urisk aufzugeben. Sie sagten, sie könnten es nicht zulassen, dass Mitglieder unserer Großen Familie entwurzelt würden. Wenn dieselben Schwestern hingegen in einem Kampf fielen, wäre es etwas anderes.

Ich gehorchte dem Befehl. Ich hielt es für besser, eine Insel zu verlieren anstatt fünf. Ich diente meinen Königinnen und ich diene ihnen noch immer. Ich stellte mich gegen Jos und Shorie, bis auch sie gehorchten. Ich verriet den ty Porath, wie die Verteidigungsanlagen von Urisk beschaffen waren, wo die Kommunikationstürme standen, wie viele aktive Soldatinnen es dort gab und wie viele sich als Reservistinnen in Bereitschaft hielten. Jos und Shorie halfen mir dabei, die Details herauszufinden.

Von unserer Seite aus griffen die ty Porath an, und die Getesaph flüchteten sich hinter ihre eigenen Schutzwälle. Eine Woche später hatten wir die Insel an unsere ehemaligen Verbündeten verloren. Weil meine Blutsschwestern und ich unsere Truppen nicht eingreifen ließen, mussten wir ins Exil gehen. Die Königinnen zogen uns nicht zur Rechenschaft, weil sie ja diejenigen waren, die den Befehl zur Aufgabe von Urisk erteilten. Sie wussten genau, dass man uns glauben würde, wenn wir vor unserer Exekution noch das Wort ergreifen durften.«

Ihre Haut zitterte. Theia presste sich gegen sie, und Praeis spürte die Wellen des Entsetzens, der Trauer und der Verwirrung, die von ihr ausgingen. Sie umarmte ihre Tochter und fuhr fort: »Die Königinnen werden diese Mission billigen. Sie werden es nicht riskieren, dass ich nach so langer Zeit den Mund aufmache und die Wahrheit verkünde.« Ein Ohr wandte sie Neys zu, das andere richtete sie auf Silv. »Haltet ihr zu mir?«

Sie zögerten nur den Bruchteil einer Sekunde. »Jawohl, Oberste Befehlshaberin«, erwiderte Neys. Silv schloss sich ihr an. Und mit überraschend fester Stimme meldete sich auch Theia.

»Meine Schwestern.« Praeis ergriff ihre Hände. »Meine Tochter. Wir werden in Aktion treten. Und die Getesaph werden bezahlen.«

KAPITEL 15

WUMM!

Marjorie Wilkes, Junioringenieurin und Opfer der Friedhofsschicht, schoss kerzengerade in ihrem Sessel hoch. Sie saß in einer Seitenzelle der Technikzentrale und ging den Lehrstoff für ihre Zwischenprüfung durch.

Draußen wurde wild geflucht und geschrien, doch dann übertönte die ruhige, kraftvolle Stimme von Ozone, so hieß die übergeordnete Künstliche Intelligenz des Schiffs, den allgemeinen Radau. Ozone befahl jedem Crewmitglied, das sich noch nicht in den Sekundärkuppeln der *Ur* befand, sich unverzüglich in diesen Bereich zu begeben. Dazwischen brüllte der Chefingenieur, Marjories Onkel Tiege:

»Ozone, die Kuppel transparent machen!«

Marjorie sprang auf die Füße und kämpfte mit der Türverriegelung. Vor knapp einer Stunde hatte man die Crew angewiesen, nach dem Ende der Schicht in den Sekundärkuppeln zu bleiben. Seitdem drehten sich die Gespräche hauptsächlich um die Frage, ob dies eine Übung sei, ob das Alte Weib sich von der Paranoia ihres Freundes, Commander Keale, hatte anstecken lassen, oder ob sich in der Hauptkuppel, die die meisten Pogo Town nannten, tatsächlich etwas zusammenbraute. Marjorie vertrat die Theorie, die Alte habe sich mit dem Paranoia-Virus angesteckt. Seit sie in der vergangenen Woche geholfen hatte, Keales ›spezielle Präventivmaßnahmen‹ auszutüfteln, war sie fest davon überzeugt, dass er an Verfolgungswahn litt.

Nun jedoch, als sie die Tür der Zelle aufriss, beschlich sie das mulmige Gefühl, Keale könnte Recht haben.

Draußen in der Hauptkuppel stieß Marjorie auf eine Phalanx von Ingenieuren, die ihr den Rücken zukehrten. Wenn sie sich auf die Zehenspitzen stellte, war sie beinahe so groß wie eine Dedelphi, und als sie über Schultern und zwischen Köpfen hindurchpeilte, traute sie ihren Augen nicht.

Die normalerweise opake Kuppel war auf das Kommando ihres Onkels hin durchsichtig wie Glas. Die Aufmerksamkeit aller richtete sich auf die gewaltige Glocke von Pogo Town. In der Seite klaffte ein gezacktes Loch. Trümmerstücke wirbelten in den Weltraum, weggeblasen durch entweichende Luft. Ein Brocken musste die Sphäre mit den technischen Einheiten getroffen und den fürchterlichen Knall verursacht haben.

Wo bleiben die Reparatur-Jobber? fragte sich die Ingenieurin in ihr.

Nebeneinander standen zwei Leitern auf dem Deck. Ein Dedelphi-Paar in weiß und gelb gemusterten Druckanzügen hangelte sich die Sprossen hoch und kroch durch das Loch in der Kuppelhülle. Hinter ihnen gaben Dedelphi weitere Leitern aus.

Eine Dedelphi schob die einzelnen Leitern ineinander, als wollte sie Gleise verlegen. Die andere ließ sich ein großes Metallblech heraufreichen, welches sie auf die Kuppel legte. Man gab ihr eine zweite Metallplatte. Sie stellte die beiden Bleche so auf, dass sie über ihr und ihrer Gefährtin ein kleines Zelt bildeten.

Im Nu war das nächste Metallzelt montiert, wurde an das bereits bestehende angefügt, und noch mehr Leitern gelangten durch das Loch auf die Außenhülle. Ein weiteres Dedelphi-Paar klettere der Vorhut hinterher. Ausgerüstet waren sie mit Schweißgeräten, Klammern und Klemmschrauben.

Schlagartig begriff Marjorie, was sie da taten. Sie bauten einen Tunnel. Einen Tunnel aus Stahl. Einen Tunnel, der direkt zum Maschinenraum führte.

»Ozone, benachrichtige den Captain. Schick die Videoaufzeichnungen an die Sicherheit und aktiviere das Signal für Roten Alarm.« Onkel Tieges Stimme klang ungewohnt ruhig. Normalerweise gebärdete er sich, als steigere er sich in einen Herzinfarkt hinein. Marjorie beobachtete ihn aus dem Augenwinkel. Sein Gesicht war von einer gespenstischen Blässe. »Leute, es nützt nichts, wenn wir hier herumstehen«, erklärte Tiege forsch. »Wir müssen ...«

»Was, zum Teufel ...?« Jemand zeigte mit ausgestrecktem Arm in eine bestimmte Richtung.

Zu beiden Seiten des Tunnels gingen Luken auf. Insgesamt vier mit einem Durchmesser von ungefähr einem halben Meter. Aus jeder Öffnung schraubte sich ein längliches technisches Gerät nach oben.

Es ist soweit. Reflexartig drückte Marjorie die Daumen. Ich schwöre, wenn das gut geht, werde ich auf alles hören, was Keale sagt. Ich schwöre es. Ich schwöre es.

Die Gewehre nahmen eine langgestreckte Form an, die ein Schnellfeuer und automatisches Nachladen ermöglichte.

»Das steht aber nicht in der Spezifizierung«, gellte eine hohe, hysterische Stimme.

Die Gewehre eröffneten das Feuer, von dem im Vakuum kein Laut zu hören war. Die Hand der nächsten Pogo explodierte in einer roten Wolke. Sie kippte nach hinten. Bei einer anderen zersplitterte der Helm, und eine Sekunde später besaß sie kein Gesicht mehr. Auch sie stürzte ab.

Das Stahlblech, das sie festhielt, schwankte. Zwei andere Pogos griffen danach. Die Verwundeten wurden die Leitern hinunterbugsiert. Als nächste wurde eine Pogo mit einem Schweißbrenner von einer Kugel getroffen, und Blut und Haut spritzten gegen den improvisierten Tunnel.

Eine andere Pogo schnappte sich die Ausrüstung und rückte an ihre Stelle, um die Stahlplatten zusammenzuschweißen.

Unentwegt wurden Bleche, Leitern und Klammern durch das Loch gereicht. Eine Dedelphi blickte zu den Menschen hinauf, die wie betäubt das erstaunliche Schauspiel beobachteten, und widmete sich dann wieder ihrer Arbeit, als hätte sie sich nur flüchtig Fische in einem Aquarium angesehen.

»An alle!« platzte Captain Esmaraudes Stimme durch das Intercom. »Zerstörung und Rückzug! Ich wiederhole, Zerstörung und Rückzug! Versammeln Sie sich im Haupthangar!«

Marjories Kinnlade klappte herunter. Zerstörung und Rückzug. Sie sollten alles demolieren und türmen. Sie wusste, dass dieses Kommando existierte, hätte jedoch im Traum nicht damit gerechnet, es einmal zu hören. Jählings scrollten Instruktionen zur Flucht vor ihrem Kameraauge ab.

»Ozone, die Kuppel eintrüben!« donnerte Onkel Tiege, wieder ganz der leicht reizbare Choleriker. Die Wände und das Dach nahmen die Farbe von Milchglas an. Was immer da draußen vor sich gehen mochte, konnte nicht mehr von ihnen beobachtet werden. »Bran, Gale, klettert durch die Luke und stellt fest, wie es da unten aussieht. Strengt euch gefälligst an. Colin, wir übernehmen die Sabotage. Alle anderen hauen ab. Auf geht's!« Während Onkel Tiege die Anweisungen brüllte, flogen seine Finger über die Kommando-Konsole. In Null Komma Nichts hatte er alle technischen Stationen heruntergefahren.

Bran und Gale öffneten die Bodenklappen und kletterten die Leitern hinunter. Colin zog ein Stemmeisen aus seinem Gürtel und hebelte die Abdeckung der nächsten Station auf. In seiner anderen Hand funkelte eine Drahtschere.

Marjorie löste sich aus der Gruppe der Ingenieure und steuerte auf den Gerätespind zu. Sie hatten noch ein bisschen Zeit, nicht viel, aber man brauchte nichts zu überstürzen. Die Schweißausrüstung der Pogos hatte sie auf eine Idee gebracht. Wenn sie sich sputeten, konnten sie einen Großteil der Drähte und Kabel einfach wegschmelzen.

»Marjorie ...«, hob Onkel Tiege warnend an.

Die Kuppel bebte. Ein tiefes, wummerndes Dröhnen füllte die Kammer, gefolgt von dem Geräusch zersplitternden Glases und einem Tornado, der zu einem Loch in der Kuppelwand fegte, das aussah wie ein aufgerissener Schlund. Ein paar Leute stürzten zu Boden und wurden von den Nächststehenden aus der Hauptspur der Thrombe gerissen. Durch den klaffenden, ausgezackten Rachen gewahrte Majorie Dedelphi, die mit ihrem Tunnel aus Metallblechen nur noch drei Meter entfernt waren. Die Geschosse aus den Maschinengewehren prallten vom Stahl ab, ohne ihn zu durchschlagen.

Scheppernd fielen die Innenluken zu. Sie ließen sich erst wieder öffnen, wenn ein Druckausgleich geschaffen war. Sie saßen in der Falle. Marjorie hetzte zu dem Spind mit dem Flickzeug.

»Zwei mal zwei!« brüllte jemand.

Marjorie überflog die roten Schilder auf den Rahmen der Flicklappen und zog dann die zwei mal zwei Meter große Polymerdecke heraus. Sie blickte hoch. Harry Dale. Gemeinsam hielten sie den quadratischen Polymerdrachen in den Wind.

Durch das neue Loch spähten die Pogos zu ihnen herauf. Sie hatten sich Tornister auf die Rücken geschnallt und trugen Schusswaffen an den Hüften. Geschickt verhakten sie die Metallbleche mit Klammern, die die Platten zusammenhielten, bis sie miteinander verschweißt wurden.

Marjorie umklammerte die Handgriffe des Rahmens, bis ihre Fingerknöchel weiß wurden.

»Loslassen!« kommandierte Harry. Er musste schreien, um das Pfeifen und Tosen des Zugwindes zu übertönen.

Marjorie ließ die Griffe los. Der Sturm presste den Polymerflecken über das Loch, und schlagartig beruhigte sich die Atmosphäre.

Durch das transparente Polymer beobachtete Marjorie, wie die Dedelphi, die die Spitze bildete, zwei weitere Metallplatten schräg gegeneinanderstellte und darauf wartete, dass ihre Kollegin die Klammern aufdrückte.

»Was, um Himmels willen, tun sie da?« fragte Harry verzweifelt.

Marjorie hörte das unverwechselbare metallische Knacken, als sich die Verriegelungen der Bodenluken wieder öffneten.

»Einer nach dem anderen, Leute«, befahl Onkel Tiege. Er zog eine Schlüsselkarte aus einer Station.

Marjorie schickte sich an, sich in die Schlange vor dem Ausstieg einzureihen. Hinter ihr erklang ein Geräusch, als würde ein festes Material entzweigerissen.

Mit Ruhe und Ordnung war es vorbei. Ein wildes Geschrei brach los, und alle versuchten gleichzeitig, sich durch die Luke zu zwängen.

»Halt!« röhrte eine Dedelphi. »Euch wird nichts geschehen, wenn ihr auf euren Plätzen bleibt!«

Marjorie sah sich nach ihrem Onkel um. Er ließ den Kommandoschlüssel auf das Deck fallen. Eine Dedelphi sprang herbei und griff ihn an, ehe er die Karte mit dem Stiefel zertreten konnte. Eine andere Dedelphi schnappte sich den Schlüssel.

Marjorie warf sich auf die Dedelphi, umklammerte ihr Handgelenk und versuchte, ihr die Karte zu entreißen. Die Augen der überrumpelten Pogo weiteten sich, und trotz des Helms klappten die Nüstern zu. Marjorie konnte indessen nichts bezwecken. Hände umschlossen ihre Taille und zerrten sie mühelos fort.

Als sie herumschwenkte, erblickte sie Pogos mitten unter den Menschen. Sie schleuderten sie zur Seite und drängten sie weg, ohne sich um die jämmerliche Gegenwehr zu kümmern, die ein paar beherzte Gemüter inszenierten. Zwei Pogos hielten Onkel Tiege an den Händen fest.

Dann entdeckte sie zwei weitere Dedelphi, die sich an einem Polymersack zu schaffen machten. Marjorie trat nach einer, und sie spürte, wie ihr Fuß in ledriges Fleisch stieß. Dann traf etwas sie an der Schläfe und sie sah Sterne. Ehe sie wusste, wie ihr geschah, krümmten die Angreiferinnen sie zusammen wie einen Fötus und stopften sie in den Sack. Sie hörte ein *Zip* und einen Knacks, und dann wurde sie kurzerhand auf den Boden geworfen.

Sie rappelte sich auf die Knie hoch. Mit den Händen stieß sie gegen das transparente Polymer, und sie bekam Atemnot, als sie sich vorstellte, sie sei von der Luft abgeschnitten. Nach einer entsetzlich langen Minute, die ihr wie eine halbe Ewigkeit vorkam, verstand sie, was passiert war.

Sie hatten sie in einen Rettungsball hineingepfropft. Es war nicht das erste Mal, dass sie in einer Rettungskugel steckte. Ehe jemand seinen Dienst im Weltraum antrat, absolvierte er ein Training in diesen Dingern. Es handelte sich um eine sehr billige, sehr kompakte Fluchtkapsel. Wenn sie ins Vakuum geriet, versiegelten sich die Mikroporen der Hülle und automatisch wurde der Druckausgleich aktiviert. Sie steckte in einer dickhäutigen Blase mit minimaler Richtungssteuerung und ungefähr sechs Stunden Atemluft.

Woher haben sie sie? Ja, sicher, die Schränke mit dem Notfallgerät sind voll davon. Es müsste ein Ball für jeden da sein.

Als ihre Gedanken sich klärten, suchte sie nach den Zip-Verschlüssen für den Ausstieg und fand keine. Sie blinzelte die letzten flirrenden Sterne in ihrem Kopf fort und nahm die Öffnung näher in Augenschein. Man hatte die Schilder mit den Betriebsanweisungen säuberlich weggeschnitten.

»Diese Biester!« fluchte sie, als sie an dem Zipper herumfingerte in dem Bestreben, eine Entriegelungsmöglichkeit zu finden. Nichts. Sie tastete nach ihrem Werkzeuggürtel. Er war weg.

Vier weitere Crewmitglieder lagen ähnlich verpackt auf dem Boden. Harry, Toshi, Liv, Anjai. Onkel Tiege vermochte sie nicht zu entdecken. Sie rollte sich auf die andere Seite. Dann sah sie ihn. Wie im Akkord wurden Menschen in Rettungsbälle gestopft und auf das Deck geworfen. Sie wälzte sich in die Richtung, in der sich das Loch in der Außenhülle befand. Der Tunnel war fertiggestellt. Ein steter Strom von Pogos quoll durch den gezahnten Rachen, gesellte sich zu Kameradinnen und wartete Befehle ab. Eine ganze Schwadron rückte durch die Luken in das Schiffsinnere hinein. Ein anderer Trupp stemmte die Niedergänge auf und wieselte behände die Leitern hinunter.

Fünf Minuten. Marjorie kroch rückwärts, so weit es ihr Ball erlaubte. *Fünf Minuten haben ausgereicht, um uns zu überwältigen.*

»Marjorie?« fragte Onkel Tiege.

Die Hände gegen die Polymerhaut drückend, wandte sie sich um. »Hallo, Onkel«, erwiderte sie matt.

»Bist du okay?«

»Ja.« Sie überkreuzte die Beine und versuchte nicht daran zu denken, dass das Polymer auf ihren Schädel drückte wie eine heruntergesackte Zeltplane. »Was nun?«

Er warf einen besorgten Blick auf die Pogos, die sein Kommando übernommen hatten. Alle trugen Schusswaffen, und kein einziger Mensch lief noch frei herum. Seiner Miene nach zu urteilen, verwünschte er sich, weil er den Kommandoschlüssel nicht rechtzeitig vernichtet hatte.

»Wir warten ab. Es muss einen Grund dafür geben, dass sie uns alle am Leben gelassen haben.«

»An alle!« platzte Captain Esmaraudes Stimme durch das Intercom. »Zerstörung und Rückzug! Ich wiederhole, Zerstörung und Rückzug! Versammeln Sie sich im Haupthangar!«

»Großer Gott!« Commander Rudu King schoss aus seinem Sessel.

Der Rest seiner Crew sprang gleichzeitig mit ihm in die Höhe. Sein Herz hämmerte unkontrolliert. Seine zwölf Assistenten waren Experten in ihren jeweiligen Fachgebieten, doch in diesem Moment blickten sie ihn fragend an und warteten auf seine Befehle. Keiner wusste, was im Falle einer … – Was? Meuterei? Revolte? – zu tun war.

Ihn packte ein heiliger Zorn. Wenn ihre Gäste das Schiff übernehmen wollten, dann sollten sie sich anstrengen.

»Ihr habt gehört, was der Captain gesagt hat. Ab mit euch in den Hangar.« Er riss eine Spindtür auf und schnappte sich ein Paar magnetischer Slipper. »Ich knipse das Gitter aus.« Mit den Stiefeln stieg er in die Slipper.

Die Crew tauchte verdutzte Blicke. Er sah ihnen an, was sie dachten. *Das Gitter ausknipsen? Er will die Schwerkraft aufheben?*

»Es verursacht den größten Schaden und kann von

ihnen nicht rückgängig gemacht werden.« Er zog den Kommandoschlüssel aus dem Zentralcomputer und steckte ihn in eine Innentasche seiner Montur.

Jede Traktoreinheit enthielt Toroide aus schnell rotierenden Neutronen. Trafen geladene Elementarteilchen darauf, brannten die akribisch ausbalancierten Partikel-Doughnuts aus, indem sie sich in Röntgenstrahlen und altmodische, bewährte Hitze aufspalteten. Die freigesetzte Hitze war gewaltig. Wenn es erforderlich wurde, einen Traktor abzuschalten, musste man vorher Schutzschilde aktivieren und die gesamte Umgebung von Personen räumen. Schaltete man sämtliche Traktoreinheiten gleichzeitig aus, ohne die korrekten Sicherheitsvorkehrungen, verschmorten alle sechs Wartungsdecks wie in einem gigantischen Backofen.

»Commander, das ist es nicht wert«, meinte Elisha, ein guter Gravitor mit einer lausigen Singstimme, die er immer dann erprobte, wenn er sich allein wähnte.

»Ich bin anderer Meinung.« King zerrte die Bodenluke auf, von der ein Niedergang hinabführte. »Und jetzt raus mit euch! Es soll aussehen, als hätten wir alle die Kurve gekratzt.«

Rudu kletterte die Leiter hinab in den Gitterschacht. Es handelte sich um eine Glasröhre, die seiner Ansicht nach viel zu schlecht beleuchtet war. Die Arbeitsplattformen, die in regelmäßigen Abständen herausragten, besaßen ihre eigenen Lichtquellen. Durch das Glas sah er die Traktoreinheiten in ihren Jochen. Das vertraute Fluktuieren der Schwerkraft in dieser Zone zerrte an seinem Körper und an seinen Nerven.

Die Aufhebung der Schwerkraft hatte ihre Tücken. Höchstwahrscheinlich würde die Aktivität der Dedelphi bei einem Zustand der Schwerelosigkeit gebremst. Gerieten sie in bestimmte Bereiche, konnten die konträr wirkenden Kräfte und jähen Umschwünge Brechreiz verursachen und sie außer Gefecht setzen. Die meisten

Gravitoren kotzten sich in ihrem ersten Ausbildungsjahr wochenlang die Eingeweide aus dem Leib.

Andererseits galten die Dedelphi als fabelhafte Schwimmer. Sie seien halb Opossum, halb Seehund, hatte mal jemand gesagt. Vielleicht beeinträchtigte die Attacke auf die Gleichgewichtsorgane sie weit weniger als die Menschen.

King legte Tempo zu.

Wenn man zu schnell hinunterkletterte, konnte die Gravitation einen schlichtweg auf den Kopf stellen. Das Gitter bestand im Grunde aus zwei Hälften, wobei eine die A-Seite, die andere die B-Seite kontrollierte.

Jedes Gitter zog die Objekte, die sich an der Oberfläche befanden, auf das darunter liegende Deck. Überquerte man den Äquator des Schiffs, kehrte sich an einem Punkt Oben und Unten um; egal, was man optisch wahrnahm, der Körper sagte einem, dass man mit den Füßen von einer Decke herunterhing. Die Stelle, an der die Schwerkraft umkippte, war mit einer roten Linie markiert, doch dieses Signal machte den Übergang nicht leichter.

Dieser Schacht führte ihn hinunter zwischen die Sektionen AX-12/AY-12; 12/12 erstreckte sich nach Pogo Town hinein. Von jeder Arbeitsplattform aus konnte er die Phasenwinkel der Traktoren variieren, die Gravitation in alle Richtungen beliebig verändern, die Leute seitwärts an Hauswände pressen oder sie hoch droben an die Spitze des Kuppelgewölbes kleben. Ob er das zuerst in Angriff nehmen sollte? Ein bisschen Verwirrung stiften?

Nein. Dadurch würde er gleichzeitig die Aktivitäten der Sicherheitscrews behindern. Noch schlimmer, wenn ihm ein Fehler unterlief, konnte es passieren, dass ein ganzes Gebäude wie eine Rakete durch die Außenhülle schoss und Freund wie Feind gleichermaßen in Lebensgefahr brächte. Außerdem wäre dies ein Eingriff, den die Dedelphi mit Hilfe eines Computers oder eines eingeschüchterten Ingenieurs annullieren konnten.

Nein, er würde die Schwerkraft aufheben und dann beobachten, wie die Pogos mit den Folgen fertig wurden, angefangen vom Wasser, das in Tröpfchen aufgelöst durch die Luft schwebte, durchsetzt mit erstickenden Fischen, bis hin zu den im Raum taumelnden Einrichtungsgegenständen und dem zerbröselten Erdreich mitsamt den entwurzelten Pflanzen und Bäumen.

Als Bonus würde sich das Herzstück des Schiffs, die mechanische Anlage, die alles regelte und in Betrieb hielt, in einen glühenden Hochofen verwandeln.

Die Kosten für den entstandenen Schaden würde Bioverse ihm bis zum Jüngsten Tag vom Gehalt abziehen, doch er hatte nicht vor, sein Schiff den Pogos zu überlassen. Auf gar keinen Fall.

Die Luke über ihm fiel klirrend zu und sperrte den Lichtschein von der Hauptkontrollkammer aus. Jemand hatte ihn eingeschlossen. Wahrscheinlich waren die Pogos bis zur Operationszentrale der Gravitoren vorgedrungen. Wenn sie die Luke jetzt öffneten, würden sie ihn sehen oder hören. In der Röhre gab es keinen Platz, an dem er sich verstecken konnte.

Oder vielleicht doch?

Genau über dem Schiffsäquator befand sich eine Plattform. King öffnete die Pforte im Sicherheitsgeländer und kletterte auf den vorkragenden Steg. Dann vernahm er trotz des Summens, das vom Gitter ausging, dass droben die Luke aufgerissen wurde.

King schwang sich über die Plattform, klammerte sich mit den Händen an die äußerste Kante und ließ seinen Körper in den Schacht hinunterbaumeln. Seine Füße waren einen guten Meter von der Umkehrlinie entfernt. Er betete, er möge nahe genug daran sein und winkelte die Knie an, bis seine Füße die Unterseite der

Plattform berührten. Unter sich spürte er einen leichten Sog, als säße er mit dem Hinterteil auf Wasser, dann ließ er los.

Sein Kopf sackte in die Tiefe. Er biss sich auf die Lippe. Die Sohlen seiner Magnetslipper hafteten an der Unterseite der Plattform, und er hing mit dem Kopf nach unten in der Luft. Die schwache Magnetkraft der Schuhe wurde gerade so weit von der diffusen Schwerkraft verstärkt, dass er an seinem Platz blieb, ein bizarrer Eiszapfen, der von der Sohle der Arbeitsplattform pendelte.

Er griff nach den Stützträgern und zog sich daran in die ›Höhe‹, bis er wie eine Spinne in seinem verschatteten Schlupfwinkel kauerte.

Dedelphi flitzten die Leitern hinab. Die Dedelphi mit ihren langen Greifzehen liebten Leitern. In ihrer Sprache riefen sie einander etwas zu; ob es sich um Flüche, Befehle oder aufgeregte Schreie handelte, vermochte King nicht zu entschlüsseln. Er hielt den Atem an.

Kommt nicht auf den Gedanken, hier nachzuschauen. Bitte, Gott, lass sie nicht auf den Gedanken kommen.

Eine Dedelphi schnauzte ein paar Worte. Zwei Kolleginnen sonderten sich ab und schlüpften in einen horizontal verlaufenden Zugangstunnel. Zwei andere kletterten weiter den Schacht hinunter. Sie schrien auf, als sie die Trennlinie erreichten.

King schmunzelte in der Dunkelheit.

Er verharrte in seinem Versteck, bis die Stimmen und Klettergeräusche verstummten. Gespannt horchte er in die Stille. Nichts.

King hievte sich auf die Oberseite der Plattform zurück und stieg über das Sicherheitsgeländer. Er trat an die Komm-Station und schob seinen Kommandoschlüssel in den dafür vorgesehenen Schlitz. Die Hände über dem Keyboard, ging er in Gedanken noch einmal die einzelnen Schritte des Vorgangs durch.

Mit schweißnassen Händen bearbeitete er die Tasten und Icons. Jeder Traktor war mit einer Flasche Neongas verbunden. Wenn man durch die Flasche einen elektrischen Strom laufen ließ, verwandelte sich das Gas in Plasma. Auf ein bestimmtes Kommando hin öffnete sich dann die Flasche, entließ das Plasma in den Gravitations-Doughnut und zündete ihn an.

Doch zuerst musste er für jede einzelne Gittersektion Dutzende von Fragen beantworten. Sie alle befassten sich damit, wieso er einen derart törichten Vorgang in Szene setzte, wo sämtliche Schiffssysteme doch einwandfrei liefen. Außerdem war kein einziger Schutzschild aktiviert, und das Schiff wollte wissen, ob dies seine Richtigkeit hatte. Nun kam es darauf an, dass King dem Schiff befahl, sich aus den laufenden Operationen herauszuhalten.

Hinter ihm erklang ein Geräusch. Hände und Füße, die sich über Leitersprossen hangelten. Unbeirrt hackte er weiter auf der Tastatur herum. Die Laute näherten sich.

»Halt!«

Er befahl sechs Gittersektionen, sich abzuschalten.

»Wir sind angewiesen, nur im äußersten Notfall zu schießen. Dies ist ein Notfall.«

Der Computer verlangte eine abschließende Autorisierung. King schickte sich an, seinen persönlichen Code einzugeben.

Donner krachte, King spürte einen heftigen Schlag, und sein rechtes Knie knickte ein. Im Fallen streiften seine Fingerspitzen den Rand des Keyboards, doch die EXECUTE-Taste vermochte er nicht mehr zu erreichen. Behandschuhte Hände umklammerten seine Arme. Unter seinem rechten Knie bildete sich eine Blutlache.

Dann merkte er, dass ihm das Bein gleich unterhalb des Knies fehlte.

Er starrte zu den Dedelphi empor, als erwarte er von

ihnen eine Erklärung. Eine fasste in die Öffnung der Komm-Station und zog den Kommandoschlüssel heraus.

Sie sagte etwas in ihrer eigenen Sprache und fuhr dann auf Englisch fort: »Sorge dafür, dass die Blutung gestillt und der Stumpf verbunden wird. Dann schaff ihn in die Luftschleuse.«

In diesem Moment setzten die Schmerzen ein.

David schloss hinter sich die Labortür. Er hatte den Befehl zur Evakuierung gehört und sich dem Strom der Flüchtenden im Korridor angeschlossen, um den Haupthangar zu erreichen, ehe eine Katastrophe passierte. Dabei war das Desaster längst eingetreten. Während er sich mit dem Strom treiben ließ, dachte er: *Wenn hier oben schon die Hölle los ist, was muss sich dann erst drunten auf dem Planeten abspielen?* Keiner wusste, wo Lynn steckte. Vielleicht lebte sie gar nicht mehr.

Trauer und Wut zerrten an ihm, und ein perverser, schrecklicher Plan nahm in seinem Kopf Gestalt an.

Nun jedoch stand er allein in seinem Labor. Die einzigen Geräusche, die er hörte, waren seine Atemzüge, das leise Summen der Analyse-Systeme und die gedämpften, verworrenen Laute vom Korridor.

Die Dedelphi waren ausgebrochen. Sie enterten die Sekundärkuppeln und übernahmen die Kontrolle über das Schiff.

Aber ich kann sie aufhalten. Er betrachtete den Kühlschrank, in dem die Viren aufbewahrt wurden.

Er brauchte lediglich den Kühlschrank zu öffnen, zwei, drei der WKV-Proben herauszunehmen und die Gefäße zu knacken. Die optimale Wirkung erzielte er, wenn er zu den Luft-Recyclern hinunterginge und den Inhalt eines Behälters in die Belüftungsstutzen entleerte, die zu den City-Sphären führten.

Doch selbst wenn er das WKV hier im Wohnbereich

der Menschen freisetzte, derweil die Dedelphi in Druckanzügen herumstromerten, bestand die Chance, dass das Virus sich einen einzigen Fehler zunutze machte, und dann wären die Meuterer der Krankheit hilflos ausgeliefert.

Wenn er sich beeilte, konnte er das gesamte Schiff infizieren. Vielleicht fand sich sogar jemanden, der ihm dabei half. Die Pest benötigte lediglich zwei oder drei Wirtskörper und binnen einer Woche lag das komplette Kontingent von dreitausend Dedelphi im Sterben.

Sollten die Getesaph es schaffen, das Schiff in ihre Gewalt zu bringen, konnten sie Gott weiß was damit anstellen. Und Gott allein wusste, wie die t'Therianerinnen reagieren würden, sowie sie von der Rebellion im Orbit erführen. Obendrein schien Gott als Einziger zu wissen, was die Getesaph Lynn angetan hatten und vielleicht immer noch antaten.

David trat an den Kühlschrank heran und legte eine Hand auf den Handflächenscanner. Die Tür ging auf. Er griff nach dem ersten Ständer mit Kulturbehältern aus Glas und stellte ihn auf den Tisch.

Laut Beschriftung enthielten diese Behälter Kulturen mit Influenza-WKVs. Wenn er die Getesaph damit ansteckte, bekamen sie einen schleimigen Husten und Fieber. Darauf folgten Muskelkrämpfe und ein trockener Husten, und spätestens dann wussten sie Bescheid. Indem sich ihre Zellporen öffneten und nicht wieder schlossen, wurden die Körpersysteme durch widersprüchliche Signale und Toxine überlastet. Die Krämpfe gingen in eine Muskelstarre über, das Atmen fiel ihnen immer schwerer, und schließlich würden sie sterben.

Er hatte es oft genug mitangesehen. Reihen von Patientinnen in Isolationsbetten, paralysiert, künstlich beatmet, ohne Würde, ohne Hoffnung, mit geöffneten, blicklosen Augen, während die Münder wie in einer grausigen, eingefrorenen Grimasse weit aufklafften.

Der Lärm draußen verklang. Die Stille drückte schwer auf seine Ohren. Stimmlos fragte David sein Implantat nach dem Weg zu den Recyclern. Ganz in der Nähe gab es eine Luke. Er konnte einen Behälter in die Wasserversorgung entleeren, einen in die Belüftungsanlage und den dritten solange verwahren, bis sie ihn holen kamen.

Die Gesunden würden die Kranken isolieren, falls sie sie nicht durch die Luftschleuse ins Vakuum beförderten. Sie würden nach der Quelle der Ansteckung forschen ohne sie zu finden, denn schon bald hätte sich das Virus überallhin verbreitet, wie drunten auf dem Planeten.

Er hörte, wie jemand durch den Korridor rannte. Mit einem Ruck drehte er sich um, doch die Person lief an dem Labor vorbei, und die Tür ging nicht auf.

Wieder betrachtete er die Glasbehälter. Außerhalb des Kühlschranks erwachten die Viren darin zum Leben. Es handelte sich um extrem kompakte und äußerst anpassungsfähige Organismen. Sie waren zählebig und vermochten über lange Zeit hinweg in einem Wirtskörper zu ruhen, ohne Schaden anzurichten. Einmal aktiv, wurden sie durch die Luft oder durch Wasser übertragen. Unbehandelt, starb die erkrankte Dedelphi im Verlauf von nur wenigen Tagen.

Seine Hände, die an den Seiten herabbaumelten, begannen zu zittern. *Sie haben Lynn entführt,* sagte er sich vor. *Sie haben sie einfach verschleppt, und keiner weiß, wo sie steckt und ob sie überhaupt noch am Leben ist.*

In seiner Phantasie sah er die Massen von sterbenden Dedelphi in ihren Isolationsbetten, unfähig, ihre Schwestern und Töchter zu berühren, die neben den Betten kauerten und Gesichter und Hände gegen die

Polymerhüllen pressten, die ihre sterbenden Mütter, Schwestern oder Töchter gefangenhielten.

Aber sie hatten Lynn gekidnappt. Und sie hatten sich des Schiffs bemächtigt.

Er hörte, wie die Tür aufging. Als nächstes vernahm er ein Keuchen.

»Nicht bewegen!« brüllte jemand auf Getesaph und wechselte dann zu einem gequälten Englisch über. »Nicht bewegen, oder ich erschieße dich!«

David traf keine Anstalten, die Hände zu heben.

»Sei bedankt!« flüsterte er.

Captain Elizabeth Esmaraude saß vor ihrer Station und wunderte sich, wie ruhig sie sich fühlte. Sie besaß keine militärische Erfahrung. Organisierte Überfälle abzuwehren gehörte nicht zu ihrem Aufgabenbereich. Seit Jahrhunderten gab es keine Piraterie mehr. Als die Menschen mit verschiedenen Extraterrestriern in Kontakt traten, stellte es sich heraus, dass diese an einem freien Warenverkehr interessiert waren und nicht an der Ausübung von Gewalt. Man wollte Handel treiben, keine kriegerischen Aktivitäten entwickeln. Und die wenigen Aliens, mit denen keine Kommunikation zustande gekommen war, blieben auf Distanz, woran keiner etwas auszusetzen hatte.

Kurz und gut, was hier passierte, hätte gar nicht eintreten dürfen. Vielleicht blieb sie deshalb so gelassen. Ein bisschen kam sie sich vor wie bei einem bizarren Simulatortraining.

Sie hatte Keale benachrichtigt, der mittlerweile vermutlich auf halbem Weg zur *Ur* war. Er und seine Leute würden alle Hebel in Bewegung setzen, um die Krise zu regeln.

Die Offiziere hatte sie in die Hangars hinuntergeschickt und ihnen befohlen, die Besatzung in die Shuttles zu verfrachten und das Schiff zu verlassen. Die

Crew der *Ur* umfasste tausend Personen, von denen keine Einzige eine Kampfausbildung besaß. Die Leute mussten unbedingt in Sicherheit gebracht werden.

Sie hatte ihre Brille in das Schiffsvideonetz eingeklinkt und sah nun die Ingenieure, die wie gelähmt herumstanden und die Dedelphi und ihren behelfsmäßigen Tunnel anglotzten.

Als nächstes warf sie einen Blick in die Hangars und stellte fest, dass die Ingenieure nicht die Einzigen waren, die trödelten. Wer konnte es ihnen verdenken? Sie sahen sich mit einer Situation konfrontiert, die ihnen irreal vorkommen musste, so etwas durfte nicht passieren. Die Dedelphi beherrschten die Hangars mitsamt der Schiffscrew. Unentwegt stopften sie Menschen in Rettungsbälle und häuften die Kugeln auf den Decks an.

Auf den Wartungsdeck gab es ein kurzes Gerangel zwischen den Invasorinnen und Keales Sicherheitsleuten, doch die Dedelphi befanden sich in der Überzahl und das Scharmützel dauerte nicht lange. Rudu hatte sich drunten auf dem Gravitationsdeck wirklich etwas einfallen lassen, doch jetzt … Sie wollte lieber nicht daran denken, was ihm zugestoßen war.

Die Menschen hatten Schotts dichtgemacht, die Energie heruntergefahren, sich mit allen möglichen und unmöglichen improvisierten Waffen gewehrt. Sie rissen den Dedelphi die Helme ab und ließen sie würgend und röchelnd auf dem Boden liegen. Sie blendeten die Angreiferinnen mit Feuerlöschern, brachten sie mit Stolperdrähten zum Straucheln, traktierten sie mit elektrischen Schlägen, verbrühen sie mit heißen Flüssigkeiten und prügelten sie schlichtweg zu Tode.

Die Dedelphi brüllten nur »medizinischer Notfall!« und automatisch öffneten sich die Schotts. Sie packten sich die Wartungsjobber, die in den Korridoren auf einen Einsatz lauerten, und ließen sie die von der Crew angerichteten Schäden reparieren. Keale hatte die meisten akustischen Kommandos auf die Stimmen der Crew programmiert, doch die Wartungsjobber gehorchten jedem. Dafür waren sie schließlich konzipiert.

Die Dedelphi hatten Hinterhalte gelegt und die Crew abgefangen. Sie duckten sich in Seitentunnel und turnten über Deckenträger. Dann fingen sie die Leute mit Netzen, stellten ihnen ein Bein, knüppelten sie mit Gewehrläufen nieder und fesselten sie mit Klebeband oder Angelschnüren. Zum Schluss zwängten sie sie in Rettungsbälle und türmten diese zu einem großen Haufen an.

Dedelphi waren zu Tode gekommen. Viele Dedelphi hatten ihr Leben gelassen. Doch jeder Todesfall schien die übrigen noch agiler, noch wachsamer zu machen.

Nun steuerten sie auf die Brücke zu. Sie konnte sie sehen. Sie befanden sich drunten auf dem Wartungsdeck und pirschten sich vorsichtig an die Station des Captains heran.

Es wird Zeit, dass ich in Aktion trete. Sie war langsam, sie war unwissend und unvorbereitet, und Kaye hatte sie damals nur mit halbem Ohr zugehört. Doch sie war der Captain dieses Schiffs. Bestimmte Befehle wurden nur dann ausgeführt, wenn sie sie persönlich gab.

Wie zum Beispiel die Anweisung, die Triebwerke gänzlich abzuschalten. Oder die Instruktionen, die Energiezufuhr für die Nahrungsmittelprozessoren und die Wasseraufbereiter zu kappen. Die Atemluft ließ sich nicht direkt beeinflussen, doch sie konnte die Reinigungsfilter, die Heizaggregate und die Regulatordaten manipulieren. Sie sicherte jede wichtige Datenbank, die ihr einfiel.

Dann gab es da noch das Kommando, das Keale erfunden hatte, falls es zum Schlimmsten kam. »Ozone?«

»Ja, Captain.«

»Gehirnwäsche.«

»Befehl wird ausgeführt.«

Dies waren die letzten Worte der Künstlichen Intelligenz. Von nun an würde Ozone nichts mehr sagen. Augenblicklich stand der Übergeordnete Computer im Begriff, seine eigenen Gehirnzellen zu fressen. Wenn die Pogos dieses Schiff beherrschen wollten, mussten sie eigenständig, ohne jede Hilfe, in jede einzelne Kommandosequenz einsteigen.

Die Innenluke ging auf, und ein halbes Dutzend Dedelphi strömten in den Raum. Esmaraude schwenkte ihren Stuhl herum und zog gleichzeitig die Schlüsselkarte heraus. Sie fand, die Dedelphi blickten betroffen drein, weil sie außer ihr niemanden in der Kommandozentrale antrafen.

»Dir wird kein Leid geschehen«, verkündete die Anführerin in trällerndem Englisch. »Wir wollen lediglich das Schiff.«

»Es gehört euch.« Sie hielt den Kommandoschlüssel in die Höhe, damit jede ihn sah, und ehe man sie daran hindern konnte, zertrümmerte sie ihn auf der Konsole.

Mit den Zehen schob Lareet die Fragmente des zerborstenen Kommandoschlüssels hin und her. Der Captain hatte sich widerstandslos zum Rest der Mannschaft führen lassen. Nun füllten Schwestern in Isolationsanzügen die Zentrale. Umat stand neben der Station des Captains und hörte sich Dayisen Witals Bericht an.

»Wir besitzen zwei der drei Kommandoschlüssel«, erklärte Wital. »Die Anzahl der Gefangenen entspricht dem Dienstplan dieses Schiffs. Drei Menschen wurden verletzt, eine Person sehr schwer, doch bis jetzt hat es unter ihnen noch keinen Todesfall gegeben.« Unwillkürlich klappten ihre Ohren herunter. »Wir haben sechshundert Schwestern verloren.«

Lareet drückte Umats Schulter und spitzte ihre

Ohren. »Wir werden um die Gefallenen trauern. Indem sie halfen, dieses Schiff zu kapern, haben sie ihre Lebensschuld getilgt. Sie – wir alle – haben gut gekämpft. Sogar sehr gut gekämpft.«

Die Dayisen schwollen an vor Stolz.

»Ist bekannt, wo sich Keale derzeit aufhält?«

Eine der Ovrth Ondt eilte beflissen herbei. »Wir bekamen eine Nachricht von der Technik. Schätzungsweise zwölf Schiffe sind hierher unterwegs.«

Umat nickte. »Dayisen Wital, fangt damit an, die Gefangenen von Bord zu werfen. Das wird sie eine Weile beschäftigen.«

»Wie werden sie deiner Ansicht nach wohl vorgehen, Schwester?« erkundigte sich Lareet leise.

Umat zuckte die Achseln. »Bis jetzt habe ich keinen blassen Schimmer, was sie überhaupt unternehmen könnten. Sie hoffentlich auch nicht.«

Das Shuttle *Theodore Graves* beschleunigte rasant und Keale wurde auf die Andruckliege gepresst. Für ein Gravitationsdeck war die *Graves* zu klein, deshalb mussten sie die ganze Zeit den Beschleunigungsdruck aushalten. Keale hatte seine Liege so eingestellt, dass er aufrecht sitzen und den Arbeitstisch erreichen konnte, in den er seinen Laptop eingeloggt hatte.

Die zwei Dutzend Leute, die ihn umgaben, hatten dasselbe getan. Sie berieten sich mit ihren Computern, ihren Implantaten oder ihren Sitznachbarn – völlig ruhig und in verhaltener Lautstärke. Und alle vermieden es, in seine Richtung zu sehen.

Keale hatte sich in die Außenkameras des Shuttles eingeklinkt und sein tragbarer Bildschirm zeigte ihm, wie sie sich dem verschwommenen weißen Fleck näherten, der sich nach und nach als die *Ur* entpuppen würde. Aus dieser Entfernung konnten sie sich noch keinen Überblick verschaffen, selbst ein fliehendes

Shuttle bliebe ihnen verborgen, trotzdem musste er wie unter einem Zwang hinschauen.

Esmos Nachricht hatte ihn vor zwei Stunden erreicht. Er überflog sie und überlegte, wie man eingreifen konnte, um das Desaster schnellstmöglich zu beenden. Viele Optionen boten sich auf Anhieb nicht an.

Am liebsten hätte er die Dedelphi, die das Schiff in ihre Gewalt brachten, angebrüllt: »Was denkt ihr Idiotinnen euch eigentlich dabei? Habt ihr überhaupt eine Ahnung, wie wir uns rächen könnten? An euren Schwestern auf der Planetenoberfläche? Wisst ihr denn nicht, über welche Waffen wir verfügen? Offensichtlich nicht, denn wenn ihr euch nur die Zeit zum Nachdenken genommen hättet, wäre dieser selbstmörderische Stunt erst gar nicht passiert!«

Stattdessen wandte er sich an seinen Stab. »Ashe, wie weit sind wir mit den Spionagesatelliten?«

Ashe, eine grobknochige, ernste Blondine, murmelte etwas in ihr Implantat. »Die Jungs von der Tamulevich sagen, bei unserer Ankunft stünde das Netz.«

Das genügte. »Whalen, gibt's was Neues auf den Fernbereichsscannern?«

Whalen beugte sich über seinen Laptop und schüttelte den Kopf. »Nichts. Was immer dort vor sich geht, dringt nicht nach außen.«

»Was sagen die Computerleitungen?«

»Sie schweigen, seit der Befehl zur Sabotage und zum Rückzug gegeben wurde.« Whalen drückte auf ein paar Tasten. »Wir fangen kein einziges Signal auf, nicht mal eine Kommunikation zwischen der KI und den Wartungsjobbern. Egal, was an Bord der *Ur* passiert, wir kriegen nichts davon mit.«

Vermutlich verständigten sie sich mit auf Papier geschriebenen Mitteilungen oder durch ihre verkabelten Sprechanlagen. Primitiv, aber vor menschlicher Spionage sicher.

Das wird sich noch ändern, beruhigte er sich. *Nicht lange, und dann sind wir am Zug.*

Auf einmal fühlte er sich alt. Alt, verbraucht und von Sorgen erfüllt. In dem Schiff gab es Menschen, und er war für ihre Sicherheit verantwortlich. Esmo war bei ihnen. Wenn die Dedelphi Verhandlungen ablehnten … Dann musste er Alternativen finden. Auf jeden Fall würde er alles daransetzen, die Menschen von der *Ur* zu evakuieren.

Eine Bewegung auf dem Kameradisplay erregte seine Aufmerksamkeit. Sein Herz setzte ein paar Takte aus. Etwas Weißes von der Größe eines Sandkorns driftete von der *Ur* fort, die zentrale Scheibe in einem fünfundvierzig Grad Winkel verlassend. Das nächste Sandkorn entwich auf einer nahezu geraden Flugbahn. Ein drittes Objekt segelte im rechten Winkel auf und davon.

Die Brückencrew musste es gleichfalls bemerkt haben, denn plötzlich zoomte die Kamera das erste Sandkorn heran. Als Erstes fiel Keale seine vollkommen runde Form auf. Dann erkannte er, dass es sich um eine transparente Hülle mit einem dunklen Kern im Innern handelte.

Schließlich identifizierte er das Objekt als einen Rettungsball. Mit einem Passagier darin.

Er drückte auf die Intercom-Taste. »Hier spricht Keale. Gehen Sie mit der Kamera wieder auf Weitwinkel.«

»Wird gemacht«, bestätigte Holger Redding, der Copilot der *Graves*.

Die Kamera zeigte wieder einen großen Ausschnitt des Alls. Weitere Sandkörner hatten sich zu den ersten gesellt, wobei alle eine unterschiedliche Flugbahn beschrieben, sämtliche Richtungen einschlagend. Ein paar wurden von dem Schwerkraftfeld der *Ur* eingefangen und prallten heftig gegen die Kuppel. Nach einer Weile stabilisierten sie sich in einem Orbit, das gewaltige Schiff wie winzige Monde umkreisend.

Jählings drängte sich Keale eine abstruse Vision auf: Er stellte sich vor, wie eine Gruppe Dedelphi die Rettungsbälle mit ihren menschlichen Inhalten aus der Luftschleuse Nummer fünf hinaus ins Vakuum warf.

Sie streuen die Bälle absichtlich in alle Richtungen aus, damit wir uns möglichst lange mit der Bergung aufhalten. Keale spürte, wie seine Lippen schmal wurden. *Und sie haben richtig kalkuliert.*

Er starrte immer noch wie gebannt auf den Schirm, doch seine Finger flogen über die Tasten seines Laptops. Er vernetzte das Intercom der *Graves* mit den übrigen Schiffen der Flotte.

»Achtung, an alle. Ab jetzt befinden wir uns auf einer Rettungsmission. Die Sicherheit der Menschen hat absoluten Vorrang. Wir können davon ausgehen, dass wir die tausendköpfige Crew der *Ur* bergen und auf die verschiedenen Shuttles verteilen müssen.« *Und wir lassen keinen Einzigen im Stich.*

»Anderson?« wandte er sich an den Piloten der *Graves*. »Fliegen Sie uns mit Höchstgeschwindigkeit hin. Die Shuttles fächern sich auf und verteilen sich rings um die *Ur*. *Aubrey, Maturin, Hough,* Sie übernehmen die Rückseite. *Tamulevich, Deku, Brian,* Sie decken den unteren Bereich ab. *Everson* und *Sampson*, Sie werden an der Frontseite tätig. *Hale,* Sie bleiben im Hintergrund, ziehen Kreise und sammeln die Rettungsbälle auf, die uns durch die Maschen schlüpfen.«

Seine Befehle wurden bestätigt, und er fühlte sich ein kleines bisschen besser. Vom Geschick der Piloten hing sehr viel ab. Die Rettungsmission stellte sie vor mathematische und physikalische Probleme. Sollte das Unterfangen glücken, mussten sie Geschwindigkeiten, Flugbahnen und Anziehungskräfte berücksichtigen.

Vor allen Dingen mussten sie schnell sein!

»In die Anzüge, Leute!« Keale pflanzte seine magnetischen Slipper auf das Deck und schnallte sich von der Andruckliege los.

Sämtliche Mitarbeiter von Bioverse waren darin trainiert, Rettungs- und Bergungsmissionen im Weltraum durchzuführen. Die Übungspläne umfassten alle erdenklichen Einsätze. Seine Leute konnten diese Operation erfolgreich durchziehen. Und sie würden ihr Bestes geben.

Drunten im Ausrüstungsraum betrat Keale eine der Kabinen, in denen die Druckanzüge aufbewahrt wurden. Er zog sich aus und streifte dann ein hautenges weißes Kleidungsstück über, das ihn vom Hals bis zu den Füßen einhüllte.

Dann zwängte er sich in eine schmale Kammer. Sorgfältig arbeitende Waldos bedeckten ihn mit einer organischen Isolationsschicht und einem knallgelben druckfesten Overall. Darüber kam ein Tornister mit eingebautem Helmkragen. Aus dem Kragen zog er ein Kabel und steckte es in sein Schläfenimplantat. Zum Schluss stülpte er sich den Helm über den Kopf, zog sich die Handschuhe an und befestigte die Knie- und Ellbogenschützer.

In der Gemeinschaftszone half er seinen Leuten, die Batterien und Lufttanks anzubringen und ließ sich wiederum von ihnen helfen. Außer dem rituellen Abfragen der Checkliste, um zu prüfen, ob Anzüge und Geräte einwandfrei funktionierten, sprach niemand ein Wort. In Gedanken beschäftigte sich jeder mit der bevorstehenden Rettungsaktion.

Die eigentliche Crew der *Ur* bestand aus weltraumerfahrenen Leuten. Ihnen würde so schnell nichts zustoßen. Doch der Rest des Personals hatte lediglich ein Simulatortraining absolviert. Im Augenblick kullerten sie hilflos durchs All, verängstigt, verwirrt und höchstwahrscheinlich verdreckt, weil ihr Erbrochenes sich im gesamten Ball verteilte. Die meisten von ihnen würden nicht einmal merken, dass Hilfe bereits unterwegs war.

Keale und seine Leute stiegen noch tiefer in den Frachtraum hinab. Das Shuttle war nicht für Rettungseinsätze konstruiert. Statt einer riesigen Luke, mit denen Ambulanzschiffe ausgestattet waren, besaß es auf jeder Seite der durchgehenden Ladebucht drei kleine Luftschleusen. Noch war der geräumige Frachtraum der *Graves* leer, doch das würde sich schon sehr bald ändern.

»An jeder Schleuse stehen jeweils sechs Leute«, haspelte Keale seine Befehle herunter. »Zwei gehen nach draußen und schnappen sich die Bälle, zwei bedienen die Luken und zwei holen die Leute aus den Kugeln heraus. Wir arbeiten nach dem Rotationsprizip, wobei alle zwei Stunden die Positionen verändert werden. Ashe, Deale, Chung, Skelly und Vera, Sie kommen mit mir zur Schleuse Nummer vier.«

Ashe und Vera folgten Keale in die Schleuse. Skelly schloss die Innentür. Die Welt summte, sirrte und zischte, als der Druck in der kleinen Zelle abfiel. Instinktiv klammerte sich jeder an die Haltegriffe.

Die Außentür ging auf und gab den Blick auf das mit Sternen gesprenkelte schwarze Universum frei. Keale spürte den kurzen Schwindel, der einen Menschen befiel, sowie er sich dem endlosen Vakuum aussetzte.

Dann gewannen Entschlusskraft und Training die Oberhand. Ashe zog ein Seil aus einer Verankerung. Ein Ende steckte sie in die dafür vorgesehene Halterung rechts von der Luftschleuse, das andere befestigte sie an Keales Gürtel. Sie drehte sich um, und Keale verband sie mit der linken Seite der Schleuse. Dann warteten sie ab.

Aus dieser Entfernung erschienen die Kugeln so groß wie Medizinbälle, und darin steckte ein puppengleiches menschliches Wesen. Unentwegt wurden weitere

Rettungsbälle aus der *Ur* geworfen. Ein paar Leute schafften es, ihre Hände in die Handschuhe der Kugeln zu schieben und hielten sich nun aneinander fest, die einzelnen Blasen in ein Netzwerk verwandelnd, das bizarren Molekülen glich.

Die *Graves* preschte nicht länger durch das All. Das Shuttle bewegte sich in einem gleichmäßigen, gemessenen Tempo vorwärts. Behutsam steuerten die Piloten die nächste Traube von Rettungskugeln an. Einige Passagiere in den Blasen erspähten das Schiff und versuchten sich zappelnd in eine Position zu bringen, aus der sie das Näherkommen der Retter besser beobachten konnten, wobei sie ihre Kugeln in eine rollende Bewegung versetzten.

»Okay, Schleusencrew«, tönte Andersons Stimme durch Keales Anzug-Intercom. »Jetzt seid ihr an der Reihe.«

»Dann wollen wir mal«, wandte Keale sich an Ashe.

Er ließ den Haltegriff los und verpasste sich einen leichten Schubs, der ihn in die Schwärze hinausbeförderte. Hinter ihm spulte sich die Sicherheitsleine ab. Dann drehte er sich um und richtete sein Augenmerk auf den nächsten Rettungsball.

»Zielobjekt ansteuern«, befahl er seinem Implantat. Die Antriebsdüsen seines Tornisters zündeten kurz und trieben ihn in einem scharfen Winkel auf den Ball zu. Er streckte die Hände aus. Die diaphane Kugel füllte sein Gesichtsfeld vollkommen aus. Drinnen steckte ein dunkelhäutiger Mann und machte eine so erleichterte Miene, dass es Keale ans Herz rührte.

Keales Hände stießen gegen den Ball und ertasteten zwei der vielen Griffe, die aus der Hülle hervorragten.

»Zurück«, kommandierte er. Der Anzug gab den Befehl an die Sicherheitsleine weiter, die Keale und den Mann zum Shuttle zog.

Ashe hatte ihre erste Bergungsaktion bereits erfolgreich beendet. Keale bugsierte seinen Ball in die Schleuse und Vera schloss die Außentür.

Zwei hätten wir schon. Keale warf einen Blick auf die im Vakuum driftenden Blasen. *Haltet durch, ihr da draußen. Wir kommen euch holen.*

Viereinhalb Stunden und sechshundert Einsätze später saß Keale im Hauptabteil des Shuttles neben einer erschöpften und grimmigen Esmaraude. Sie hielt mit beiden Händen einen Becher Kaffee. Er schlürfte Wasser. Seine Schultern schmerzten, und seine Arme fühlten sich an wie Gummischläuche.

»Sie ergatterten sich die Schlüsselkarte zur Technik, aber meinen Kommandoschlüssel haben sie nicht bekommen«, erzählte Esmo. »Was mit der Schwerkraft los ist, weiß ich nicht. Hat man Rudu King gefunden?«

Keale nickte. »Zur Zeit befindet er sich in der Krankenstation, aber sie mussten ihn ruhig stellen.« Ein schmerzlicher Ausdruck huschte über Esmos Gesicht. »Es heißt, er würde sich wieder erholen. Nur das Bein muss er sich nachwachsen lassen.«

»Wir waren zu langsam.« Die Stirn gerunzelt blickte Esmo auf ihren Kaffeebecher. »Wir standen herum wie eine Herde Schafe, die zur Schlachtbank geführt werden soll.«

»Entschuldigen Sie«, unterbrach eine sanfte männliche Stimme.

Als Keale den Kopf hob, erkannte er Dr. David Zelotes. Der Mann sah abgekämpft aus, aber er wirkte längst nicht so am Boden zerstört wie viele andere Leute, die sie an Bord geholt hatten.

»Ja, Doktor?« antwortete Esmo.

Zelotes schaute Keale an, und der wusste, was als Nächstes kommen würde. »Ich möchte gern wissen, ob Sie schon etwas über Lynn Nussbauer in Erfahrung gebracht haben.«

»Bei unserem Abflug lagen keine Nachrichten über ihren Verbleib vor«, erwiderte Keale so freundlich wie möglich. »Aber ich werde mich gleich bei der Basis erkundigen. Vielleicht hat sich mittlerweile etwas Neues ergeben.«

»Danke.« Zelotes versuchte, den Rücken zu straffen. »Viele der Geretteten haben Prellungen und Knochenbrüche erlitten, Captain, und die meisten stehen unter Schock. Zum Glück gibt es keine ernsthaften Verletzungen.« Es klang, als wolle er sich mit dieser positiven Bilanz für die Unterbrechung des Gesprächs entschuldigen.

»Ich danke Ihnen, Doktor«, entgegnete Esmo forsch. »Sollten Sie irgendetwas brauchen, geben Sie uns Bescheid.« Sie redete, als säße sie immer noch an Bord ihres mit allen technischen Raffinessen ausgerüsteten Schiffs und nicht in einem kärglich bestückten Shuttle, das sich auf dem Rückflug zur Basis befand.

»Selbstverständlich.« Zelotes drehte sich um und ging in den Frachtraum zurück.

Esmo schüttelte den Kopf und flüsterte: »Armer Kerl.«

»Wir haben alles Menschenmögliche getan«, erklärte Keale leise. »Jetzt müssen wir entscheiden, wie der nächste Schritt aussehen soll. Angenommen, die Dedelphi befinden sich im Besitz zweier Kommandoschlüssel, was könnten sie damit anstellen?«

Esmo stärkte sich mit einem weiteren Schluck Kaffee. »Im Grunde nicht sehr viel. Die Künstliche Intelligenz existiert nicht mehr. Ich habe die Triebwerke abgeschaltet und von meiner Station aus sämtliche Systeme, die mir in den Sinn kamen, deaktiviert. Um diesen Vorgang rückgängig zu machen, braucht man den Kommandoschlüssel des Captains.«

Keale trommelte mit den Fingern auf seinem Schenkel herum. »Dann können sie das Schiff ja nicht einmal von der Stelle bewegen, es sei denn, sie dechiffrieren die Kommandocodes.«

Captain Esmaraude senkte ihren Kaffeebecher. »Glauben Sie etwa …?«

»Sie werden es zumindest versuchen, Captain. Ob sie es schaffen, ist eine andere Frage … Immerhin zapften sie unsere Kommunikationssysteme an und kaperten eines unserer Schiffe. Ich halte es nicht für ausgeschlossen, dass sie unsere Codes knacken.« Er stieß einen Seufzer aus. »Allerdings könnte man es so ausdrücken, dass sie sich bis jetzt nur einer Insel bemächtigt haben.« Finsteren Blicks starrte er auf das City-Schiff, das friedvoll mitten auf dem Schirm seines Laptops prangte.

»Wir suchen nach einem Weg, wie wir ihre Gespräche belauschen können. Bis morgen haben wir rings um die *Ur* ein Netz aus Spionagesatelliten geknüpft.« Er legte eine nachdenkliche Pause ein. »Vielleicht sollten wir eines der Ingenieursschiffe aus dem Asteroidengürtel anfordern, das ein bisschen Chaos stiftet. Die Nanotechniker finden sicher eine Möglichkeit, die Verhältnisse an Bord der *Ur* reichlich ungemütlich zu machen.« Er ließ den Satz verklingen. Es gab massenhaft Optionen, die Lage wieder in den Griff zu kriegen. Daran musste er glauben, andernfalls konnte er seinen Job nicht ausüben.

»Nun ja« – Esmo nippte an ihrem Kaffee –, »falls es Ihnen ein Trost ist, Sie haben mit Ihrer Schwarzseherei Recht behalten.«

Keale schnaubte verächtlich durch die Nase. »Nein, ich habe mich gründlich geirrt, Esmo. Ich hatte mich für eine spontane Attacke gerüstet, quasi für einen Aufstand des Pöbels. Im Traum wäre ich nicht darauf gekommen, die Getesaph könnten uns derart hinters Licht führen. Auf eine organisierte, akribisch geplante Übernahme des Schiffs durch eine Gruppe hochqualifizierter Militärs, die uns lange Zeit studiert haben, war ich nicht gefasst.« Er lachte einmal kurz auf. »Auf Statistiken kann man sich halt nicht verlassen, Esmo. Die stimmen alle nicht.«

»Haben Sie einen Verdacht, was die Getesaph demnächst unternehmen werden?«

Keale schüttelte den Kopf. »Ich habe nicht einmal den blassesten Schimmer. Vielleicht versuchen sie, das City-Schiff der t'Therianerinnen anzugreifen. Vielleicht nehmen sie die Kulturen mit den Pestviren und lassen sie über der t'Aori-Halbinsel abregnen. Oder sie suchen sich einen dicken Felsbrocken, den sie auf ihre Erzfeindinnen werfen. Das ist alles schon dagewesen.«

Esmo blickte grüblerisch in ihren Kaffee. »Und was tun wir?« fragte sie ruhig.

»Zunächst ...« – Keale nahm das winzige, funkelnde City-Schiff auf seinem Monitor in Augenschein – »nehmen wir Kontakt mit der Heimatbasis auf und fordern Verstärkung an.« Während er die *Ur* ansah, verengten sich seine Augen zu schmalen Schlitzen. »Danach zeigen wir unseren Gästen, in was sie sich da reingeritten haben.«

KAPITEL 16

Der Laster quälte sich noch ein paar Meter vorwärts. Arron verlagerte sein Gewicht von einer Gesäßhälfte auf die andere. Seit über einer Stunde hockten sie auf der mit Zeltplane überdachten Ladefläche des Wagens.

Balt und Entsh hatten die Sicherheitstunnels benutzt, wann immer es möglich war. Sie waren gut vorangekommen, obwohl der Benzingestank, die Auspuffgase und der konstante, widerhallende Verkehrslärm die Reise zu einer Tortur machten.

Als sie die Stadt Mrant Chavat erreichten, mussten sie eine der Hauptstraßen einschlagen. Drunten in den Tunnels gäbe es zu viele Kontrollpunkte, hatte Balt ihnen erklärt. So nahe beim Hafen würde man zwangsläufig den Wagen inspizieren.

Arron fuhr sich mit der Hand über die Stoppeln an seinem Kinn und auf seiner Glatze. Die Haut juckte. Er verströmte einen ungewaschenen Geruch, doch Lynn hatte ihn beruhigt, es mache ihr nichts aus. Sie stank ja genauso. Lynn saß ihm gegenüber. Res kauerte im Heck vor der Klappe in der Plane, wo die Luft am besten zirkulierte. Arron fiel auf, dass ihre Haut unentwegt zuckte und Blasen schlug.

Seit sie in den Laster geklettert waren, hatte keiner von ihnen ein Wort gesprochen. Lynn lehnte gegen die Stützstreben der Plane und gab vor zu schlafen. Er vermutete, dass ihre Infektion ihr mehr zu schaffen machte, als sie zugeben wollte.

Die Haut um den Verband war gerötet und angeschwollen und mit dunkelroten Streifen durchschossen. Unter dem zerfetzten Tuch sickerte grünlicher Eiter hervor, der nichts Gutes verhieß.

Tags zuvor hatte er Lynn seine Schwester genannt. Es war der einzige Ausdruck in Getesaph, der eine enge Bindung bezeichnete. Den Begriff ›Freundin‹ kannte man nicht. ›Verbündete‹ war ein temporärer Terminus. Die Personen, die einem nahe standen, konnten nur Schwestern, Mütter oder Töchter sein. In Getesaph gab es keine Formulierung für die Gefühle, die ihn überkamen, als er Lynn nach so vielen Jahren wiedersah.

Gott, wie sehr hatte er sie vermisst! Nicht nur in sexueller Hinsicht. Sex hatte er sich verschafft, wann immer er Lust darauf hatte. So klein war die menschliche Kolonie auf Dedelph nicht, und die Bewohner wechselten häufig. Aber ihm fehlten ihr Lachen, ihr scharfer Verstand, ihre dezidierten Meinungen, ihre Art zu sprechen.

Es gab keine zweite wie sie. Er hatte sie retten wollen. Er wollte sie zu der Einsicht bringen, dass das Projekt ein großer Fehler war, und dass sie die ganze Geschichte völlig verkehrt anpackte.

Doch als sie hörte, was sich auf der *Ur* zugetragen hatte, flüsterte sie nur: »David«, und tief in seinem Innern brach etwas entzwei.

Das ist verrückt. Er legte den Kopf gegen eine Strebe und blickte zu der sich wellenden Plane hinauf. *Vollkommen verrückt. Während meine Freundinnen, meine Familie, da droben Selbstmord begehen, sitze ich hier und hätschele meine Eifersucht auf Lynns … was auch immer.*

Arron versuchte, an etwas anderes zu denken. Der Motorenlärm und das Klappern der Streben übertönten die Geräusche der Stadt. Hinter der Plane huschten die Schatten von Gebäuden und anderen Fahrzeugen vorbei. Der Fahrtwind trug ihm die Dünste der Großstadt zu, es roch nach Smog, Fisch, Müll und Gewürzen.

Ein misstönendes Kreischen ließ ihn zusammenzucken. Mit einem Ruck kam der Wagen zum Stehen. Aus der Ferne rollte ein krachender Donner heran.

O nein!

»Was ist los?« schrie Resaime.

Benommen, aber mit weit aufgerissenen Augen, richtete Lynn sich auf.

Arron krabbelte ins Heck des Lasters. Resaime rückte zur Seite und machte ihm Platz. Er knotete ein Band auf und hob die Plane.

Die Wolkendecke war aufgerissen und an einigen Stellen schimmerte der blaue Himmel hindurch. Der nervenzermürbende Lärm begann aufs Neue. Arron erspähte die schwarzen, keilförmigen Silhouetten von Kampfflugzeugen, die am Himmel kreuzten. Das Donnern und Krachen stammte von der Küstenflak. Das bedeutete, dass noch mehr Flugzeuge heranrückten.

Wieder ertönte ganz in der Nähe ein schrilles Kreischen, gefolgt von einer lauten Explosion. Sein Blick wanderte zum Dach eines Gebäudes. Jemand hatte dort einen Raketenwerfer auf einem Dreifuß in Stellung gebracht. Das Geschütz feuerte unter mächtigem Getöse und Qualmwolken ausspuckend. Ein Flugzeug droben verwandelte sich in einen Feuerball. Ausgelassene Jubelrufe brandeten hoch, bis einer der schwarzen Keile zurückgeflitzt kam.

Etwas Dunkles löste sich aus der Maschine und taumelte zu Boden. Reflexartig zog Arron den Kopf ein.

»Deckung!« brüllte er und rollte sich auf dem Boden des Lasters zusammen, obwohl ihm das auch nichts nützen würde.

Die Explosion zersplitterte in tausend verschiedene Geräusche: Steine bröckelten, Getesaph schrien, Staubfontänen knisterten, Feuer prasselte und Metall zerbarst. Der Laster wurde zur Seite geschleudert, die Räder hoben sich vom Boden und fielen krachend und scheppernd wieder nach unten.

Das Getöse verebbte und erstarb. Bald hörte man nur noch Stimmengebrüll und das Poltern von rennenden Schritten.

Eine einzige Bombe war gefallen. Bis jetzt.

»Was hat das zu bedeuten, verdammt noch mal?« gellte Lynn.

»Ein Luftangriff.« Arron rappelte sich hoch.

Lynns Gesicht wurde kalkweiß. »O Gott. Res, bist du …?«

Das Jaulen einer Sirene durchschnitt die Luft. »Pssst.« Arron bedeutete Lynn zu schweigen. Auf den Heulton folgten gemessene, dumpfe Gongschläge.

Res und Lynn glotzten ihn verständnislos an. »Die Getesaph machen mobil. Sie werden zu den Waffen gerufen.« Er sackte in sich zusammen. »Ein Krieg ist ausgebrochen.«

»Raus mit euch!« rief Entsh ihnen aus der Fahrerkabine zu.

»Was?« fragte Lynn.

»Aussteigen! Sofort! Wir müssen zum Dienst antreten.«

»Aber wir …«, begann Arron.

»Steigt aus und versucht, euch auf eigene Faust zu euresgleichen durchzuschlagen«, schnauzte Balt. »Wir müssen uns bei unserer Einheit melden. Also nehmt eure geliebte *Devna* und haut ab!«

Wieder öffnete Lynn den Mund, doch Arron legte eine Hand auf ihren Arm und schüttelte den Kopf. Nicht jetzt. Die Pflicht ging vor.

Arron kletterte aus dem Wagen, gefolgt von Lynn. Dann hangelte sich Resaime, die am ganzen Leib schlotterte, von der Ladefläche herunter.

»Viel Glück«, rief Balt ihnen zu, als der Motor sich zu ratternden Pfeifen hochschraubte und der Wagen

Tempo aufnahm. Ihre Passagiere ließen die Getesaph einfach auf der zerborstenen Straße stehen.

Rings um sie her rannten Schwestern, Mütter und Töchter in alle Richtungen. Jemand prallte gegen Arron, sah ihn an und fing an zu schreien. Arron wich zurück und kollidierte mit einer anderen Person, die ihn anfauchte und zur Seite stieß. Eine Mutter schnappte sich ihre Tochter und ergriff vor ihm die Flucht. Jemand versetzte ihm einen so heftigen Schlag, dass er stürzte und mit der Schulter auf das Pflaster knallte.

»Weg mit dir, Mensch!« krakeelte eine Schwester.

Mühsam hob er den Kopf und entdeckte Lynn. Sie und Res hatten sich in einen Türeingang geflüchtet. Lynn beugte sich über Res und verdeckte sie mit ihrem Körper, damit niemand die bläuliche Hautfärbung sah, die sie als t'Therianerin kennzeichnete.

Arron kam wieder auf die Beine und kämpfte sich zu Lynn und Res durch. Er drückte die Klinke der Tür nieder. Sie gab nach, und durch die geöffnete Tür schauten sie in einen dämmerigen Flur.

Es bedurfte keiner speziellen Aufforderung. Eilig verdrückten sich Lynn und Res in den Korridor.

Bei dem Gebäude handelte es sich um eine Markthalle. Zu einer Seite befanden sich die Stände mit den Auslagen, auf der anderen die Warendepots. Treppen führten hinauf zu den Büros und den Wohnquartieren der Familie, die den Markt bewirtschaftete.

»Wartet hier drin«, flüsterte Arron hektisch. »Sucht euch einen stabilen Unterstand und legt euch darunter. Niemand kommt hierher, ehe nicht das Signal zur Entwarnung gegeben wurde, und das kann eine Weile dauern. Ich sehe mich draußen um und organisiere Hilfe.«

Lynn nickte stumm. Res dippte die Ohren. Ihre Haut hing so schlaff und faltig herab, als stünde sie kurz vor der Metamorphose.

Arron musste sich erst einen Ruck geben, dann drehte er sich um und lief zur Tür hinaus.

Die Welt draußen glich einem Tollhaus. In den Straßen drängten sich Scharen von Getesaph. Die Jeeps und Transporter, vollgestopft mit bewaffneten Schwestern, kamen in der Menge nicht vorwärts, egal, wie leidenschaftlich die Fahrerinnen fluchten.

Die Mobilmachung war nun durchsetzt mit öffentlichen Verlautbarungen. Die wenigen Brocken, die er im Donnern der Küstenflak verstand, handelten von Bunkern und militärischen Anlaufstationen. Er blickte nach oben. Über der Bucht kreiselten riesige, blau und grau gestrichene Helikopter mit Mehrfach-Rotoren. Blinzelnd peilte er den Horizont an und sichtete in der Ferne die schwarzen, langgestreckten Kriegsschiffe.

Was ist los? Wer ist dafür verantwortlich? Die Helikopter anzustarren, half ihm auch nicht weiter. Genauso wenig nützte es ihm, wenn er den Lautsprecherdurchsagen lauschte.

Allein stand Arron am Rande des Chaos. Zum ersten Mal seit zehn Jahren fühlte er sich vollkommen von der Welt isoliert.

Reiß dich zusammen, Hagopian.

Balt und Entsh hatten gesagt, er sollte sich zu seinesgleichen durchschlagen. Das war keine schlechte Idee. Wenn er sich recht erinnerte, war Mrant Chavat ein ziemlich großer Hafen. Drunten bei den Kais gab es vielleicht eine Handelsniederlassung oder ein Konsulat. Möglicherweise traf er dort sogar auf Bioverse-Leute. Eventuell besaß jemand von denen ein Boot oder ein Landfahrzeug.

Arron klappte den Kragen hoch und senkte den Kopf. Die Hände versteckte er in den Ärmeln und hielt die Manschetten mit den Fingern fest. Seine Hose und die Stiefel waren heil geblieben, was ein großer Vorteil war, doch er besaß nichts, womit er sein behaartes, ungeschütztes Gesicht bedecken konnte. Jetzt kam es darauf an, dass er sich beeilte.

Einen Vorteil hat diese Invasion: Balt und Entshs Auftraggeber sind vermutlich viel zu beschäftigt, um sich um uns zu kümmern.

Arron fädelte sich in den Strom der Fußgängerinnen ein. Mütter entdeckten ihn und nahmen ihre quengelnden Kinder auf den Arm. Indem die Leute ihm auswichen, fand er immer wieder eine Lücke, durch die er sich hindurchschlängeln konnte. In dem Bestreben, ihn ja nicht zu berühren, schlugen die Getesaph so abrupte Haken, dass sie Mütter und Schwestern zur Seite stießen. Arron kümmerte sich nicht um die zu Boden gestürzten. Er tat den Dedelphi den größten Gefallen, wenn er sich möglichst rasch von ihnen entfernte.

Sich dicht an die Hauswände haltend, ging er nach Westen. An Türeingängen huschte er geschwind vorbei, um nicht mit den Schwestern zusammenzuprallen, die teils schwer bewaffnet die Treppen herunterflitzten. Auch um die Mütter, die mit ihren Kindern und ihrer in Bündeln gepackte Habe unterwegs waren, schlug er einen großen Bogen.

Der konstante Kanonendonner machte ihn fast taub, doch nun vernahm er ein neues Geräusch. Irgendwo zu seiner Rechten gluckerte Wasser. Zwischen zwei Gebäuden entdeckte er einen schmalen Durchlass, an dessen Ende Licht schimmerte. Arron zwängte sich in den Spalt hinein. Sich die Brust und den Rücken an dem rauen Verputz wundschrammend, krebste er im Seitwärtsgang durch Haufen von Müll, verrottendem Laub und einer dicken Schicht Vogelkot. Aufatmend erreichte er die nächste Straße.

Ein rascher Blick verriet ihm, dass er sich in einem gewundenen Gässchen befand, das auf dem Kamm eines Sandhügels verlief. Leitern führten geradenwegs hinunter zu den Docks.

Der graugrüne Hafen war verstopft mit Booten, die die Küste ansteuerten. Ein paar Schwestern verließen kurzentschlossen ihre Kähne und rannten zu Fuß an Land, indem sie einfach von einem Deck zum nächsten hüpften.

Andere wiederum tauchten ins Wasser und schwammen unter den Schiffsrümpfen hinweg. Weiter draußen, an der Mündung der Bucht, nahmen die Küstenbatterien die heranrückenden Kriegsschiffe unter Beschuss. Die meisten Raketen landeten im Wasser, gigantische Gischtfontänen hochsprühend, doch hier und da trafen sie die Decks der feindlichen Kreuzer und lösten Feuersbrünste aus.

Während die Zivilistinnen sich ins Binnenland und in die Schutzbunker flüchteten oder die Meldestellen der für sie zuständigen Miliz aufsuchten, strebten Soldatinnen in Uniform dem Hafen zu. Niedrige, flache, gepanzerte Transportbarkassen warteten in besonderen Sperrzonen, um sie aufzunehmen.

Arron wusste, was als Nächstes kommen würde. Die Soldatinnen würden die Bucht verminen und an die Schiffe der Invasorinnen Haftminen anbringen. Dabei erhielten sie Unterstützung von den Truppen, die in Unterwasser-Bunkern ausharrten, hermetisch versiegelt wie Muscheln in ihren Schalen. In den Tunneln unter der Bucht herrschte mindestens das gleiche hektische Getriebe wie hier draußen, nur ging es dort wahrscheinlich disziplinierter zu. Waffen, Proviant und Waffenschwestern wurden in großen Transportfahrzeugen zu ihren Stützpunkten gekarrt.

Die Angreiferinnen wiederum würden ihre eigenen Truppen ins Wasser schicken, um die Getesaph am Verlegen der Minen zu hindern und die Schutzräume zu zerstören.

Ein Lichtschimmer fiel ihm ins Auge, und er erspähte – klein und bleich zwischen den rosagrauen

Dedelphi – einen Menschen in einem Isolationsanzug, der sich mit drei Soldatinnen herumstritt. Arron ließ die Leitern links liegen und begab sich halb rutschend, halb kletternd, die sandige Böschung hinunter. Seine Stiefel stießen gegen das Dock. Sofort wurde er von einem Wald aus Schultern und Rücken umringt. Er drängte sich hindurch. Plötzlich fand er sich an einem ruhigen, leeren Ort wieder und starrte in ein vertrautes Gesicht.

»Cabal!«

Der Händler zwinkerte nervös, als sei er kurzsichtig. »Arron! Wieso, zum Teufel, bist du noch hier?«

»Das ist eine lange Geschichte. Hast du noch dein Boot?«

Cabal funkelte die Soldatinnen wütend an. »Das versuche ich gerade festzustellen.«

Arron peilte zu dem militärischen Trio hinauf. Drei Ovrth, den Streifen an ihren Manschetten nach zu urteilen. »Das Licht des Tages schmeichelt euch, Schwestern Ovrth«, grüßte er in seinem besten, förmlichsten Getesaph. »Ich bin Wissenschaftler Arron.«

»Wissenschaftler Arron?« Die Ovrth mit dem rosigsten Teint spitzte die Ohren. »Wir sind entzückt, dir zu begegnen. Leider reicht unsere Zeit nur für eine flüchtige Begrüßung.«

Da Arron seine Ohren nicht dippen konnte, neigte er höflich den Kopf. »Sehr zu meinem Bedauern. Ich kam hierher, um Händler Cabal aufzusuchen. Sein Boot wurde requiriert, um die noch verbliebenen Menschen aus der Gefahrenzone zu transportieren.«

Cabal warf ihm einen verdatterten Blick zu, hielt jedoch den Mund.

»Sämtliche Menschen wurden bereits von hier evakuiert. Dafür hat *Bioverse* gesorgt«, entgegnete die Ovrth mit dem rosaroten Gesicht.

»Nicht alle.« Arron schüttelte den Kopf. »Ein paar

müssen noch auf eine neutrale Insel verbracht werden. Mit ihrer Evakuierung hat man Cabal beauftragt.«

Die Ovrth blickten zweifelnd drein. »Ich will euch keine Scherereien bereiten, Schwestern, aber Bioverse möchte sicher wissen, wieso man das Firmenpersonal grundlos einem so hohen Risiko aussetzt«, fügte Arron hinzu.

Die Ohren der drei Ovrth zuckten unbehaglich. »Aber das Boot muss den Hafen unverzüglich verlassen«, meinte eine, deren Handrücken kreuz und quer mit Narben übersät waren.

»Selbstverständlich«, erwiderte Cabal. »Wir machen uns so schnell wie möglich auf den Weg.«

Die kleinste der Soldatinnen kritzelte etwas in Cabals Hafen-Permit und gab ihm das Dokument zurück. Cabal stopfte es in die Tasche. Dann marschierten er und Arron die Anlegestelle hinunter, wo die Menge an hin und her eilenden Getesaph sich bereits ausdünnte.

»Dafür schulde ich dir einen Gefallen«, sagte Cabal. »Ich wollte unbedingt noch eine Tour fahren und habe dadurch meinen Abflug verpasst. Und was ist dir passiert?«

Arrons Zunge schien am Gaumen festzukleben. »Es gab eine Verwechslung«, antwortete er schließlich. »Ich muss weg von hier.«

»Kein Problem«, meinte Cabal leichtherzig. »Ich bin abfahrbereit.«

Arron hob die Hände. »Aber ich muss eine Freundin und eine t'Therianerin mitnehmen.«

»Eine t'Therianerin!« Cabal senkte die Stimme zu einem zischenden Flüstern. »Spinnst du? Die da draußen sind t'Therianerinnen!« Mit dem Finger stach er in die Richtung der Bucht, in der die Kriegsschiffe auf der Lauer lagen. »Wenn die Getesaph sie schnappen, ist sie tot.«

»Ich weiß«, erwiderte Arron matt. »Kannst du es schaffen, uns zu einem dieser Schiffe zu bringen?«

Cabal schüttelte den Kopf. »Ich bin dir wirklich was schuldig, Arron, aber du kannst nicht von mir verlangen, dass ich mitten in ein Seegefecht hineinmanövriere. Es lohnt sich nicht. Das ist einfach zu riskant.«

Arron leckte sich die Lippen. Damit hätte er rechnen müssen. Cabal hatte sich noch nie durch besonderen Altruismus ausgezeichnet. »Wann würde es sich für dich denn lohnen?«

»Wie bitte?« Cabal zog die Stirn kraus.

»Zu welchen Bedingungen wärst du bereit, das Risiko einzugehen?« fragte Arron in drängendem Ton. »Meine Freundin bekleidet eine leitende Stellung bei Bioverse. Sie kann mehr Fäden ziehen als ein Nest voller Spinnen. Was verlangst du als Gegenleistung?«

Die Verblüffung in Cabals Miene wich einem berechnenden Ausdruck. »Einen Flug nach Sol.«

»Das lässt sich einrichten. Unentwegt pendeln Schiffe hin und her.«

»Du klingst so verzweifelt, Arron.« Cabals Lippen zuckten. »Ich mag kaum glauben, dass du dein Versprechen einlösen kannst.«

»Komm schon, Cabal.« Arron bemühte sich um einen kameradschaftlichen, lässigen Tonfall. »Stell dich nicht so an. Du kennst mich doch.«

»Allerdings.« Arron stutzte bei dem ironischen Beiklang. »Gleich schwörst du noch, diese Freundin hat auch Beziehungen zur Handelsbehörde der Marskolonie.«

Dieses Mal fiel Arrons Grinsen echt aus. »Lass es mich so ausdrücken. Wenn du mir hilfst, rettest du eine Tochter der Gründerfamilie.«

Cabal pfiff leise durch die Zähne. »Also eine Shin t'Theria? Hier? Was hast du bloß angestellt?«

»Ich sagte bereits, es gab eine Verwechslung.«

»Na schön. Okay.« Cabal ließ den Blick über den Hafen schweifen. Die gepanzerten Transportschiffe legten gerade ab. Über ihren Köpfen donnerte ein Geschwader von Tieffliegern hinweg. »Bring sie hierher. Ich lass schon mal die Motoren an, damit wir sofort losdüsen können. Je länger wir warten, umso schwieriger wird es, von hier fortzukommen.«

In diesem Punkt gebe ich dir Recht. »Okay. Aber da wäre noch etwas, Cabal. Hast du zufällig ein paar Isolationsanzüge an Bord?«

Cabal schenkte ihm ein dünnes Lächeln. »Und womit kann ich sonst noch dienen, Mösjöh?«

Arron zuckte die Achseln. »Wir brauchten ein paar Flaschen Wasser und Carboprotein-Rationen, falls welche vorhanden sind. Ach so – und einen medizinischen Notfallkoffer.«

Cabal gab einen erschrockenen Lacher von sich. »Isolationsanzüge, Proviant und ein Himmelfahrtskommando. Hagopian, wehe, sie ist keine Shin t'Theria.«

Arron grinste. »Sie ist eine Shin t'Theria, das schwöre ich bei meiner Doktorarbeit.«

»Damit muss ich mich wohl zufrieden geben.« Cabal klang skeptischer, als es Arron lieb war. »Auf geht's! Lass uns die Klamotten holen!«

Die Flugzeuge durchkämmten immer noch den Himmel, als Arron Cabals Boot verließ; er trug einen frischen Isolationsanzug und über einer Schulter einen Rucksack mit Verpflegung und Medikamenten. Er kletterte die Leitern hoch, die auf die Straße führten, und suchte nach dem schmalen Durchlass.

Er befand sich ungefähr in der Mitte des Spalts, wobei er jedes Mal zusammenzuckte, wenn sein Helm knirschend gegen die Wände kratzte, als er das hohe Pfeifen, die Schreie, das dumpfe Rumpeln und die tausendfachen Geräusche von Zerstörung hörte, die bedeuteten, dass Mrant Chavat bombardiert wurde.

Arron fluchte und legte Tempo zu. Der Zement zerrte an seinem neuen Isolationsanzug und schlitzte das organische Material auf. Dann fiel die nächste Bombe. Der Grund unter seinen Füßen bebte, und die Gebäude rechts und links von ihm begannen zu schwanken. Abermals stieß er einen Fluch aus und zwängte sich aus dem Spalt heraus auf die Straße.

Die Umgebung war wie leergefegt. Weit und breit keine lebendige Seele. Alle Bewohnerinnen dieses Viertels hatten sich an den ihnen zugewiesenen Stellen eingefunden. Landeinwärts stieg eine Staubwolke gen Himmel, und er sah, dass eine der wichtigsten Brücken einen Treffer abbekommen hatte. Auf den Wänden der Gebäude, die noch standen, spiegelte sich der Widerschein von Flammen.

Ich darf nicht hier herumstehen und glotzen. Ich muss Lynn und Res in Sicherheit bringen!

Er trabte los. Kreischend fegten Flugzeuge über seinen Kopf hinweg. Die Welt war angefüllt mit Zischen, Krachen, Donnern und Geschepper, untermalt von dem entfesselten Knattern der überall ausbrechenden Feuer. Arron versuchte, die Kakophonie auszublenden und sich darauf zu konzentrieren, in welche Richtung er rannte.

Er bog in die namenlose Straße ein, in der sich die Markthalle befand. Der Staub- und Brandgeruch mogelte sich durch die Atemfilter seines Helms. Arron blickte nach oben.

Die Markthalle stand nicht mehr. An ihrer Stelle türmte sich ein Haufen Schutt, durchsetzt mit zerborstenen Tragbalken und zerfetzten Kabeln, aus denen Funken sprühten.

»Nein!« Er hetzte zu dem Trümmerberg. Er packte einen Stein und hievte ihn zur Seite. Er grub die Hände in den Dreck, wirbelte ihn hoch, scharrte sich durch das Chaos aus kaputten Steinen und zersplittertem Gebälk.

»Schwester, Schwester«, hörte er die Stimme einer Getesaph. »Es ist nichts passiert. Das Gebäude war leer.«

Arron stierte zu der Getesaph empor, eine Mutter mit krummem Buckel, um die sich ihre halbwüchsigen Töchter scharten. »Nein, es war nicht leer! Drinnen versteckten sich eine Mutter und eine Tochter. Ich hatte ihnen befohlen, dort auf mich zu warten.«

Die Mutter blinzelte mit den Lidern. Ohne ein weiteres Wort stürzten sie und ihre Töchter sich auf den Schutthügel und begannen, sich mit bloßen Händen durch Gesteinsbrocken und Schutt zu wühlen. Arron kratzte und buddelte im Dreck, kleine Lawinen aus Steinen den Hang hinunterschickend.

Das gibt es nicht. Das kann nicht wahr sein. Ich habe Hilfe gefunden. Alles wäre wieder gut geworden. Wir wären sicher hier herausgekommen. Es hätte nicht viel gefehlt, und die Rettung wäre geglückt!

Weitere Schwestern schlossen sich an, gruben, bildeten eine Kette, um Trümmerstücke herunterzureichen, bogen die Elektrokabel zur Seite, damit sich niemand verletzte, pressten die Ohren gegen den Schutthügel. Keine schien Angst vor einer Ansteckung durch menschliche Toxine zu haben. Der kooperative Trieb hatte alle gepackt, und das Einzige, was jetzt zählte, war die gemeinschaftliche Aufgabe, den Schuttberg abzutragen.

Staub bedeckte Arrons Helm und ständig musste er ihn mit dem Ärmel wegwischen. Seine Handschuhe rissen, die Fingernägel brachen ab und die Haut an seinen Händen platzte. Wie ein Besessener buddelte er weiter. Da drunten steckte Lynn, und sie lebte. Sie musste noch am Leben sein. Einen anderen Gedanken ließ er nicht an sich heran.

Gib, dass sie unverletzt ist. Bitte. Jesus, Gott, Allah, Maria, Joseph, Isis, Odin, Mithras, Patrick, Jehovah, Yahweh, Mütter aller Welten, ach, ihr Mütter, bitte, Buddha …

»Ich kann sie hören!« gellte eine der Lauschenden. Sie drückte ihren Kopf gegen ein Wirrwarr aus zerbröseltem Zement. »Hier drunter!«

So viele Schwestern eilten zu der Stelle, dass Arron glatt zur Seite geschubst wurde. Schwer atmend stand er hinter den Helferinnen. Seine Hände flatterten. Tränen vermischten sich mit den Schweißperlen, die über sein Gesicht rannen.

Er vergegenwärtigte sich, dass die Küstenbatterien immer noch feuerten, dass die Flugzeuge nach wie vor brüllend den Himmel durchkreuzten, und dass unentwegt Bomben einschlugen.

Steine kullerten auf die relativ unbelebte Straße. Jemand brachte ein Brecheisen. Von irgendwoher schleppte man Stützbalken herbei. Arron konnte nicht sehen, was genau vor sich ging. Er vermochte sich nicht einmal mehr zu bewegen.

»Sie ist ein Mensch!« rief man sich gegenseitig zu. »Ein Mensch! Wo steckt sie? Habt ihr sie? Holt sie raus! Mensch! Eine deiner Schwestern steht da drüben!«

Arron stürzte sich mitten in das Gewühl. Hinter ihm keuchte jemand »Wissenschaftler Arron!« Man hatte ein Loch in den Trümmerberg gegraben, eine schwarze, klaffende, gezackte Öffnung. Jemand leuchtete mit einer Taschenlampe hinein. Er sah einen Lichtschimmer, bräunliche Haut, ein erschrocken blickendes Auge, eine Hand.

»Lynn!«

Von irgendwoher wurde ein Tau gereicht. Arron band es sich um die Taille. Jemand drückte ihm eine Taschenlampe in die Hand.

Vorsichtig, einen Schritt nach dem anderen, wagte er sich den Schutthang hinunter. Er trat Trümmer und Gesteinsbrocken los, die auf Lynn hinabregneten. Die Ruine ließ kein Tageslicht hinein. Seine Stiefel fanden einen unsicheren Halt, und er setzte sich neben Lynn in die Hocke. Er fürchtete, wenn er sich bewegte, könnte der Rest des Gebäudes einstürzen.

»Okay. Ich bin hier. Wir holen dich raus.« Er sah, was passiert war. Ein Stützbalken war gegen die Überreste einer tragenden Wand gekippt und hatte eine Art Unterstand gebildet, gerade mal groß genug, um …

Wo war Res?

Dann bemerkte er, dass Lynns Arm nach hinten gereckt war. Ihre Finger umklammerten Resaimes Hand. An dieser Stelle hatte sich der Balken in den Boden gebohrt, und er sah das Blut.

Ihm stülpte sich der Magen um. Ein galliger Geschmack stieg ihm in den Mund, bis er glaubte, sich erbrechen zu müssen.

»Kannst … kannst du dich bewegen?«

»Ja«, flüsterte Lynn. Sie winkelte die Beine an. Zögernd löste sie ihren Griff um Resaimes Hand.

Arron fasste sie um die Schultern und half ihr auf die Knie. Sie zitterte heftig. Schock. Zweifelsohne stand sie unter Schock.

»Wir brauchen ein paar Decken!« brüllte er zum Loch hinauf. »Na komm schon, Lynn.« Er placierte ihre Hände auf ein paar Brocken, die einen einigermaßen sicheren Halt versprachen, zeigte ihr, wo sie die Füße hinstellen musste und half nach.

Endlich gelangten sie ins Freie. Lynn taumelte und stützte sich schwer auf ihn, als er sie die Schutthalde hinunter und auf die Straße führte. Decken wurden gereicht, um Lynn darin einzuwickeln. Jemand präsentierte einen Becher mit einer grünen Flüssigkeit. Arron kostete davon. Es war kalter Tee, wie er ihn tausendmal getrunken hatte. Er drückte Lynn den Becher in die Hand.

Ihr Gesicht war eine Katastrophe. Der Verband war abgerissen und mit ihm ein großes Stück Haut an der Wange. Schmutz, Blut, Eiter und Schleim verklebten das Gesicht und die leere Augenhöhle. Der Rotz rann ihr die Wange und den Hals herunter, während sie geistesabwesend mit dem Tonbecher zwischen den Händen dasaß.

Ihr Schädel war mit Schnitten übersät und mit Blut verkrustet. Unter der Verletzung an der Schläfe konnte er ihr schartiges, zersplittertes Implantat sehen. Ihre Kleider hingen ihr nur noch in Fetzen am Leib.

»Ich hatte einen Rucksack bei mir«, wandte sich Arron an die Gruppe besorgter Schwestern, die sie umringten. »Weiß jemand, wo er geblieben ist?«

Man gab ihm den Rucksack. Er öffnete ihn und stöberte nach dem medizinischen Notfallkasten. »Im Hafen liegt ein Boot. Ein Boot der Menschen. Es gehört Händler Cabal. Cabal wartet auf uns. Könnte eine von euch vielleicht zum Hafen laufen und ihm Bescheid geben, was passiert ist? Er soll auf gar keinen Fall ohne uns abfahren.« Mit bebenden Händen klappte er den Kasten auf. »Wir kommen ganz bestimmt, aber es wird ein bisschen dauern.« Ein Schwesternpaar erbot sich, Cabal zu benachrichtigen und sauste los.

In dem Medikit fand er steriles Verbandszeug, Kunsthaut, Fungizide, Antibiotika und schmerzstillende Tabletten. Zwei von den Pillen gab er Lynn. Sie starrte auf die Tabletten in ihrer zerschrammten, schmutzigen Hand. Er führte ihre Hand an ihren Mund. Sie schluckte die Pillen. Dann hob er den Becher mit dem Tee an ihre Lippen. Sie trank.

Arrons Magen rebellierte wieder. Auf die Zähne beißend, reinigte und desinfizierte er Lynns Wunden. Die Abschürfungen im Gesicht verpflasterte er mit der Kunsthaut und umwickelte sie zusätzlich mit Bandagen. Irgendwer hatte Wasser und ein Handtuch besorgt, und er konnte die freien Stellen im Gesicht und auf ihrem Schädel abwaschen.

Ihre Lippen bewegten sich. Stimmlos flüsterte sie ein einziges Wort, immer und immer wieder.

»Lynn, ich kann dich nicht verstehen. Was willst du?« Er beugte sich so tief hinunter, bis ihr Mund seinen Helm streifte.

»David«, murmelte sie, als spräche sie zu ihrem Implantat. »David, David, David.«

»Ich bringe dich zu ihm, Lynn«, versprach Arron. Die Erinnerung daran, wie sie Res versprochen hatten, ihre Tante Senejess zu suchen, stürzte auf ihn ein. »Wir brechen gleich auf.«

Blinzelnd fasste sie ihn ins Auge.

»Arron? O Gott, Res …«

»Ich weiß.« Er legte seine Hände auf die ihren. »Trink den Tee, Lynn. Er wird dir guttun.«

Sie trank. Arron schaute sich um. Die Helferinnen hatten sich in alle Richtungen zerstreut. Ihre Mission war beendet. Die überlebende Person war gerettet und in die Obhut ihrer Schwester gegeben worden. Nun warteten andere, dringlichere Aufgaben darauf, in Angriff genommen zu werden. Eine Invasion bedrohte die Stadt, und Bomben fielen. Es gab eine Menge zu tun.

Wilden Blicks starrte er in die Runde und entdeckte einen umgekippten Schubkarren. Er rannte hin. Beide Räder und die Achse waren intakt. Er richtete den Karren auf und schob ihn zu Lynn hinüber.

»Setz dich rein. Ich helfe dir.« Er streckte ihr eine Hand entgegen.

»Nein. Ich möchte lieber …« Sie stellte den Becher auf den Boden.

»Lynn, wir müssen uns beeilen. Sonst wird Cabal ohne uns losfahren!« Zum ersten Mal gestattete er sich diesen Gedanken und die bloße Vorstellung trieb ihm den Angstschweiß auf die Stirn.

Lynn sträubte sich nicht länger. Sie ließ sich von ihm in den Karren helfen. Arron packte die Griffe und fing an zu schieben. Jeder Muskel und jedes Gelenk schmerzten. Das glatte Holz brannte sich wie Feuer in seine wunden Handflächen, doch er kämpfte sich weiter. In einem holperigen Trott schob Arron Lynn durch die zerstörten Straßen, derweil über ihren Köpfen Tiefflieger die Stadt beschossen.

Wegen des Karrens konnte er den engen Durchlass, der zum Hafen führte, nicht benutzen. Er musste einen Umweg einschlagen. Ein paar Gebäude waren zu schuttgefüllten Kratern zerbombt worden und die Trümmer erschwerten das Vorankommen. Hilfe war nicht in Sicht. Keines der vorbeiflitzenden Ambulanzfahrzeuge hielt an. Arron hatte das Gefühl, er und Lynn befänden sich mutterseelenallein inmitten einer sich auflösenden Welt.

Er wusste, worauf die Bombardierung eigentlich abzielte. Man wollte die unterirdischen Kinderkrippen vernichten, in denen die Töchter und die trächtigen Mütter Schutz gesucht hatten. Hierbei handelte es sich um eine Standard-Taktik. Er mochte nicht daran denken, aber es war nun mal die Wahrheit.

Endlich erreichten sie den Hafen. Die Geschütze donnerten immer noch, doch unregelmäßig und in größeren Intervallen. Die Schiffe der t'Therianerinnen kreuzten weiterhin auf See. Hin und wieder schossen gewaltige Wasserfontänen hoch. Die Schlacht war in vollem Gange.

Im Hafen dümpelte eine Armada von verlassenen Booten. Arron hielt Ausschau nach Cabals unscheinbarem Trawler. Als er ihn nicht entdeckte, schnürte eine Anwandlung von Panik ihm die Kehle zu.

Zwischen den Booten blitzte etwas Weißes auf. Arron sah genauer hin. Cabal stand auf dem Achterdeck seines Bootes und winkte ihnen heftig zu. Vor Erleichterung wurden Arrons Knie weich, und seine letzten Kräfte drohten ihn zu verlassen. Er winkte zurück. Cabal schaute auf einen Punkt im Hafen, an dem ein riesenhafter Geysir hervorbrach und verschwand in der Kajüte.

Arron quälte sich mit dem Schubkarren zum Kai hinunter. Schwerfällig klettere Lynn hinaus, mit einer Hand die Decke festhaltend, in die sie sich eingehüllt hatte, doch Arron war froh, dass sie es aus eigener Kraft schaffte. Er war sich nicht sicher, ob er sie hätte herausheben können. Sich gegenseitig stützend, humpelten sie den Anleger entlang. Völlig entkräftet purzelten sie förmlich in Cabals Boot.

Er musste den Motor bereits eingeschaltet haben, denn sobald sie auf den hölzernen Decksplanken saßen, legte das Boot ab und steuerte auf offenes Wasser zu. Wegen der vielen aufgegebenen Kähne konnten sie nicht geradeaus fahren, doch Arron vertraute auf Cabals Geschick. Er hatte sich schon mehr als einmal aus einer misslichen Lage herausmanövriert.

»Lass uns nach unten gehen.« Arron rappelte sich hoch und hielt Lynn die Hand hin. Sie ergriff sie. Dann half er ihr die Leiter hinab in den Frachtraum.

Das Boot war von Dedelphi gebaut worden und besaß deshalb keine separaten Kabinen, lediglich einen durchgehenden Raum für die Ladung und einen darüber gelegenen für Personen, der zumeist für zusätzliche Fracht genutzt wurde. Doch da Cabal keine Lust verspürte, auf einer Matte auf dem Boden zu schlafen, hatte er seitlich Kojen einbauen lassen. Arron beförderte Lynn in eine hinein und begab sich auf die beengte Brücke.

Als Arron eintrat, blickte Cabal flüchtig über die Schulter. Seine Hände umklammerten das Steuer, als seien sie daran festgeschweißt.

»Bei allen Heiligen, Arron, ich dachte schon, wir

würden es nicht mehr schaffen.« Er drehte das Steuer im Uhrzeigersinn, um einem Knäuel von Trawlern auszuweichen, die an ihren Ankerketten zerrten. »Sind deine Freundinnen unten?«

»Nur Lynn.« Arron plumpste auf eine schmale Bank, die längs der Steuerbordseite verlief. »Resaime ist tot.«

Cabal schob das Kinn vor und starrte unbeirrt aus dem Fenster. »Ich hab selbst nur mit viel Glück überlebt. Hast du die zertrümmerten Boote da hinten gesehen? Sie bombardieren den Hafen. Du schuldest mir mehr als eine Rückreise in die Heimat, Arron. Viel mehr.«

Arron sah ihn an. Einen Moment lang spielte er ernsthaft mit dem Gedanken, Cabal kurzerhand umzubringen und das Schiff zu übernehmen.

Cabal umrundete das letzte der verankerten Boote. Ein grollendes Wummern ertönte und eine Welle überspülte das Deck. Das Boot fing heftig an zu schaukeln. Cabal legte Tempo zu, und sie machten einen Satz nach vorn.

»Das war verdammt nahe dran«, zischte er durch zusammengebissene Zähne. »Verflucht, sehen die denn nicht, dass dies ein ziviles Fahrzeug ist?«

Wieder wälzte sich ein Donnergetöse über das Wasser. Das Boot tanzte wie verrückt auf den Wogenkämmen.

»Hast du ein Funkgerät an Bord?«

Arron und Cabal zuckten erschrocken zusammen. Lynn, die sich die Decke wie ein Cape umgehängt und vorn an der Brust mit kleinen Klemmen befestigt hatte, stand in der Kabinentür.

»Na klar«, antwortete Cabal während sein Blick zwischen der Frontscheibe und Lynn hin und her flackerte.

»Schick einen Funkspruch an die t'Therianischen Schiffe.« Lynn hielt sich an der Reling fest, die der Körpergröße der Dedelphi angepasst war. »Frag nach Praeis Shin t'Theria.«

»Lynn«, hielt Arron ihr milde entgegen. »Wir wissen nicht, ob sie überhaupt hier ist.«

»Sie ist hier«, versetzte Lynn erbittert. »Die Getesaph haben sich ihrer Schwester und ihrer Tochter bemächtigt. Natürlich ist sie hier. Wahrscheinlich wirft sie eigenhändig die gottverdammten Bomben.« Sie festigte ihren Griff um die Reling und starrte aus dem Fenster. »Sie ist ganz bestimmt hier.«

Praeis stand mit Neys und Silv im Kartenraum. Die Seekarte von den Gewässern der Hundert Inseln lag auf dem Tisch. Kleine rote Magnete markierten die bekannten Positionen der Getesaph Schiffe und der Befestigungsanlagen. Schwarze Magnete kennzeichneten die Stellungen der t'Therianerinnen.

Theia saß auf einem Stuhl, die Hände über der Tastatur des Duplikators, und hielt sich bereit, Befehle oder Notizen auszudrucken. Im Lauf der vergangenen Tage hatte Theia sich durch Fleiß und Einsatz zur Junior-Assistentin emporgearbeitet. Anfangs hatte man darüber gemurrt, doch als die Geschichte von Praeis' Familie bekannt wurde – dafür hatten Neys und Silv gesorgt, mutmaßte Praeis – hörte die Kritik auf.

Praeis beugte sich tiefer über die Karte und versuchte, ihre Gedanken zu ordnen. Die Haut auf ihrem Rücken spannte sich und zuckte. Ihr letzter Kriegseinsatz lag schon sehr lange zurück. Sie hatte verlernt, unter Stress gelassen zu bleiben.

Die Tür wurde aufgerissen und eine Läuferin, eine Juniorschwester im Vierten Rang, torkelte in den Raum, durch eine plötzliche Schiffsbewegung aus der Balance geworfen. Wasser strömte von ihrer Rüstung. Es hatte wohl wieder angefangen zu regnen.

»Ich bitte vielmals um Vergebung, Mütter«, keuchte sie. »Aber ein Boot hat einen Notruf abgesetzt. An Bord befinden sich Menschen, und sie wollen ...« Sie brach ab, weil sie vor lauter Hecheln kein Wort herausbrachte.

»Was wollen sie, Schwester?« hakte Neys nach.

»Sie wollen mit der Obersten Befehlshaberin sprechen. Eine Freundin von ihr, eine gewisse Lynn Nussba ...«

Lynn? Praeis stürmte aus dem Raum. Sie hetzte aufs Deck hinaus, wobei sie kaum wahrnahm, dass Theia ihr auf dem Fuß folgte. Ein warmer Regenschauer prasselte ihr ins Gesicht und auf die Schultern. Automatisch schloss sich ihr erstes Augenlid und sie kniff die Nüstern zusammen, doch sie verlangsamte ihr Tempo nicht.

»Wo!« brüllte sie, das Rauschen der Wogen, das Donnern der Geschütze und das Trommeln des Regens übertönend. Die Frage war an eine Schwester Zweiten Ranges gerichtet, an deren Namen sie sich nicht erinnern konnte.

»Achtern, Mutter!« schrie die Zweite zurück.

Theia griff nach Praeis' Arm. Sich aneinander lehnend, um bei dem starken Wellengang und auf den glitschigen Planken nicht den Halt zu verlieren, rannten sie zum Heck.

Eine Traube von Waffenschwestern spähte angestrengt in eine Richtung, Arme wurden gereckt, Zurufe ausgetauscht. Praeis folgte ihren Blicken und schaute über die graue, aufgewühlte See. Da draußen hüpfte ein mittelgroßes Fischerboot auf den Wogen. Sie erkannte weiße Gestalten, die mit Gewehren ins Wasser schossen, auf die Köpfe und Ohren von Getesaph Soldatinnen zielend, die schwimmend den Trawler umschwärmten.

Eine Waffenschwester war mit einem Fernglas ausgerüstet. Praeis riss es ihr aus der Hand und richtete es auf das Boot mit den weißen Gestalten. Sie sah, dass es sich um drei Menschen handelte. Zwei *Männer* und eine *Frau*. Die *Frau* war Lynn Nussbaumer.

»Gebt ihnen Feuerschutz!« schrie Praeis. »Sofort! Lasst ein Rettungsboot mit einem Team zu Wasser! Bringt mir das Megaphon!«

Eine Waffenschwester erschien mit dem Megaphon, ein unglaublich langes Kabel hinter sich her schleifend. Praeis nahm das Megaphon, und als sie wieder zu dem Boot schaute, bekam sie mit, wie ein Kontingent aus sechs Waffenschwestern in leichter Panzerung kopfüber ins Wasser sprang. Eine Getesaph, die den Kopf aus den Wellen hob, erspähte das Team gleichfalls. Sofort tauchte sie wieder ab. Die Kugel, die für sie bestimmt war, traf nur auf Gischt.

Aus dem Überrschungsangriff wurde wohl nichts.

»Lynn! Lynn!« rief Praeis. Das Megaphon sorgte dafür, dass alle Welt mithören konnte. »Hier spricht Praeis! Hilfe ist unterwegs!« Sie bediente sich der englischen Sprache. »Haltet durch! Wir holen euch!«

Eine der kleinen weißen Figuren schwenkte den Arm. Neben dem Trawler sprudelte fauchend ein Geysir in die Höhe. Das Boot sackte in ein Wellental und krängte gefährlich nach Backbord. Zwei der Menschen verschwanden, und nur noch eine Gestalt blieb auf Deck zurück, auf Ziele im Wasser schießend, die Praeis nicht erkennen konnte.

Man brauchte nicht lange herumzurätseln, was passiert war. Eine Bombe war in der Nähe des Trawlers explodiert und hatte ein Leck in den Rumpf gerissen. Das Schiff sank, und ringsum wimmelte es im Wasser von Getesaph-Soldatinnen.

Das Aufbrüllen eines Motors übertönte das Klatschen der Wellen und das Krachen der Schüsse. Ein schnittiger Truppentransporter kam aus dem Schatten des gigantischen Schlachtkreuzers geschossen. Abermals hielt Praeis sich das Fernglas an die Augen. Im Bug saßen Neys und sechs Waffenschwestern, in voller Bewaffnung, bereit, das Boot zu entern oder nach im

Wasser treibenden Menschen zu tauchen. Praeis richtete das Fernglas auf den Trawler.

Lynn und ein *Mann* kletterten aus dem Frachtraum aufs Deck. Das Boot hatte Schlagseite und lag tief in den Wellen. Eine Getesaph hangelte nach der Reling und wurde zurückgerissen. Gnadenlos drückte man sie unter Wasser.

Der Truppentransporter schob sich längsseits an den Trawler heran. Lynn und die *Männer* ließen sich von den Waffenschwestern über die Reling hieven. An Bord des Transporters taumelte Lynn, wäre beinahe gestürzt und sank in die Arme eines der *Männer*.

Praeis wandte den Kopf. Neben ihr standen noch drei Waffenschwestern. »Du da!« schnauzte sie die Nächststehende an. »Finde heraus, ob eine Ärztin an Bord ist, die sich mit Menschen auskennt, und schick sie nach unten, wo der Transporter anlegt. Sag Bescheid, dass sie in der Krankenstation eine Isolationszelle einrichten sollen!« Praeis legte einen Arm um Theia. »Wir gehen runter.«

Wir müssen, dachte sie, als sie die schmale Treppe hinuntersausten, die in den monströsen Frachtraum mündete. *Weil wir darauf brennen, von Lynn zu erfahren, was mit Resaime geschehen ist.*

Deshalb nehmen wir unsere Töchter nicht mit, wenn wir in den Krieg ziehen. Die Sorge um sie würde uns ablenken. Wir könnten an nichts anderes denken, als an ihre Sicherheit. Alles drehte sich nur um ihr Wohlergehen und ihre Bedürfnisse. Ständig würden unsere Gedanken darum kreisen, wie gut sie riechen, wie weich sich ihre Haut anfühlt, wie kräftig ihre Muskeln ausgeprägt sind … Sie schüttelte den Kopf. *Meine Ahninnen, habe ich etwa vergessen, heute früh meine Dosis zu nehmen?*

Die Luke ging auf und der Truppentransporter wurde hereingehievt, begleitet von einem Regenschwall und einer Sturzsee. Ein medizinisches Team, das sich bemühte, sein Unbehagen zu überspielen, hielt sich mit Tragen, Atemschutzgeräten und Sanitätskoffern bereit. Praeis glaubte nicht, dass eine der Ärztinnen jemals einen Menschen aus der Nähe gesehen, geschweige denn medizinisch behandelt hatte.

Lynn und die beiden *Männer* kletterten zusammen mit den Soldatinnen aus dem Boot.

»Lynn!« Praeis trat einen Schritt vor und schaute noch einmal hin. Lynn trug keinen Isolationsanzug. Sie war eingewickelt in eine völlig durchnässte Decke. Eine Hälfte ihres Gesichts war dick bandagiert, die Haut grau vor Kälte und Stress. Sie blickte Praeis an, als hätte sie den Weltuntergang erlebt.

»Bei meinen Ahninnen.« Praeis wandte sich an das medizinische Team. »Schafft sie in die Quarantänestation. Gebt ihr saubere Kleidung und eine Heizdecke.«

»Ja, Mutter«, erwiderte eine Schwester im Zweiten Rang. »Komm mit!« Sie streckte die Hand aus, ließ sie jedoch gleich wieder sinken. Die anderen Schwestern reagierten besonnener. Sie hielten eine Trage hoch, und Lynn legte sich darauf. Nachdem sie sie vorsichtig festgeschnallt hatten, hievten sie sie die Treppen hoch.

Theia blickte ängstlich zu ihrer Mutter empor. Praeis zauste freundlich ihre Ohren und richtete dann ihre Aufmerksamkeit auf die *Männer*. Beide trugen Isolationsanzüge, doch der größere von ihnen hatte sich seit Tagen nicht mehr rasiert. Haare sprossen aus seinem Gesicht und aus der Kopfhaut wie Moos nach einem warmen Regenguss.

»Willkommen an Bord«, grüßte sie auf Englisch. »Geht es euch gut? Möchtet ihr ausruhen?«

»Ich könnte wirklich einen Platz zum Hinsetzen und eine kleine Stärkung brauchen«, erwiderte der *Mann*, der einen gepflegteren Eindruck machte.

»Das lässt sich einrichten. Wir benachrichtigen Bioverse und geben Bescheid, dass sie euch abholen sollen.« *Auch wenn wir uns mitten im Krieg befinden. Schließlich ist es unser Krieg, und nicht der eure. Wir bringen euch aus der Gefahrenzone heraus, und wenn Theia und ich selbst den Transport übernehmen.*

»Bist du nicht Praeis Shin t'Theria?« fragte der unrasierte *Mann* übergangslos.

»Ja, ich bin Praeis Shin. Und das ist meine Tochter, Theiareth Shin t'Theria.«

Der *Mann* glotzte Theia mit großen Augen an. Theia griff nach der Hand ihrer Mutter.

»Ich bin Wissen … Ich bin Arron Hagopian. Ein Freund von Lynn.«

»Sie hat deinen Namen erwähnt.« Praeis dippte die Ohren. »Ich hoffe, wir werden einander noch begegnen, wenn die Zeiten friedlicher sind.« Theia zerrte an ihrer Hand wie ein Kind. Praeis berührte ihre Schulter. Sie selbst hielt es vor Anspannung kaum noch aus, doch wenn es Nachrichten von Res gab, würden sie sie früh genug erfahren.

»Ich … deine …« Er verhaspelte sich und fing an zu stottern.

Jetzt kommt es. Die Eiseskälte ignorierend, die sie durchströmte, deutete Praeis mit einem Ohr auf Neys und mit dem anderen auf den *Mann*, dessen Namen sie noch nicht kannte.

Neys verstand das Zeichen und trat forsch auf den *Mann* zu. »Wenn du mir jetzt bitte folgen würdest.«

Der *Mann* nickte. Er warf einen Blick auf Arron und schien etwas sagen zu wollen, doch dann schüttelte er bloß den Kopf und kletterte hinter Neys die Treppen hoch.

»Hast du uns etwas mitzuteilen?« wandte sich Praeis ruhig an Arron. Theia rückte ganz dicht an sie heran.

Arron rieb sich die Unterarme, eine Geste, die viele Menschen annahmen, die häufig Isolationsanzüge trugen. *Merkwürdige Wesen,* ging es Praeis beiläufig durch den Kopf. *Sie scheuen davor zurück, sich gegenseitig anzufassen, doch unentwegt berühren sie ihren eigenen Körper.*

Sich immer noch die Unterarme massierend, fing Arron an zu erzählen. Er schilderte, wie er die gefälschten Passagierlisten der Getesaph entdeckte, wie er in einer Zelle aufwachte, und wie man später Lynn und Res zu ihm brachte.

Er malte aus, wie sie aus ihrem Kerker flüchteten, um Res vor den menschlichen Toxinen zu schützen, wie sie Soldatinnen begegneten, mit denen er befreundet war, und wie sie in einem Wagen bis Mrant Chavat kamen. Dann folgte der Bericht über den Bombenangriff und die Rettungsaktion, bei der ihm 'Esaph geholfen hatten. Zum Schluss musste er eingestehen, dass er nur noch Lynn lebend antraf, als man ihn an einem Tau in die zerbombte Ruine der Markthalle hinunterließ.

Ihre Schwester. Ihre Tochter. Jetzt besaß sie nur noch eine Schwester und eine Tochter. Bis auf die beiden waren alle anderen tot, und sie hatte den Rest der Familie überlebt.

»Du hast sie umgebracht.«

Es dauerte eine Weile, bis Praeis begriff, wer die Worte ausgestoßen hatte.

»Wir haben sie umgebracht.« Theia sank auf die Knie.

»Nein, Theia.« Praeis ließ sie neben ihr nieder. *Meine einzige Tochter. Meine letzte Tochter.* »Du kannst nichts dafür. Es ist nicht deine Schuld.« Sie streckte die Arme aus, um Theia zu umschlingen und sie mit dem bisschen Wärme, das ihr geblieben war, zu trösten.

»Fass mich nicht an!« Theia stand auf und ging weg.

Danach verlor Praeis jedes Gefühl für Zeit. Verschiedene Leute sprachen sie an, doch es war, als redeten sie durch eine Wand aus Eis. Schließlich bugsierte man sie in eine Kabine der Verwaltung. Auf einer Bank sitzend, starrte sie gegen die Wand.

Neys und Silv kamen und gingen, doch sie vermochte nicht die Hand zu heben, um sie zu berühren. Sie war weit weg, isoliert, entrückt. War das der Wandel? Nein. Die Metamorphose fand im Hier und Jetzt statt. Was mit ihr geschah, hatte nichts mit dem Lauf der Natur zu tun. Dies hier war ihr ureigenstes, persönliches Problem: Der Wahnsinn, der sie befähigt hatte, allein, als Einzelwesen zu agieren, richtete sich nun gegen sie selbst und verhinderte, dass sie Trost und Halt bei anderen fand.

Gut so. Gut so. Lasst mich in Ruhe. Theia hat Recht. Ich habe alle beide getötet, Senejess und Resaime.

Die Tür ging auf. Neys und Silv traten ein und setzten sich rechts und links von ihr auf die Bank.

»Mutter, so kann das nicht weitergehen«, sagte eine der Waffenschwestern. Ob es Neys oder Silv war, vermochte sie nicht zu unterscheiden. Sie fühlte sich außerstande, den Kopf in die Richtung der Sprechenden zu drehen.

»Mutter, wir brauchen dich. Wir haben die Schlacht gewonnen, aber es gibt so viel zu tun«, ergänzte die andere.

Arme legten sich um ihre Schultern. Sie wurde an einen Brustkorb gedrückt. Ihre Muskeln entspannten sich nicht. Sie weinte nicht, und sie tobte nicht. Es war ihr einerlei, ob die beiden Waffenschwestern fortgingen oder bei ihr blieben, und diese Gleichgültigkeit war ihr nur recht.

Nach einer Weile entfernten sich die Schwestern, und sie war wieder allein. Das Alleinsein war besser als die Gesellschaft. Es entsprach ihrem Naturell, es ziemte sich für sie, und es wurde ihr gerecht. Im Grunde war sie immer allein gewesen. Abgeschottet und abgekapselt, ohne Töchter und ohne Schwestern. Immer.

Abermals ging die Tür auf, und eine kleine, weißglänzende Person kam herein. Nach einer Weile merkte

Praeis, dass es sich um Lynn handelte. Sie setzte sich nicht hin. Sie blieb vor Praeis stehen und verschränkte die Arme hinter dem Rücken. Bei der Bewegung zuckte sie leicht zusammen.

»Ich habe mich mit Theia unterhalten«, begann sie. Sie sprach Englisch, was ihr leichter fiel als t'Therianisch. »Das Mädchen macht eine Menge mit. Die Hälfte deiner Leute schneidet sie, weil sie dich beschuldigt hat. Sie finden, es sei eine Blasphemie. Die andere Hälfte hält zu ihr. Theia ist zutiefst verstört.« Lynn schwieg einen Moment lang. »Sie ist zornig, verängstigt und einsam. Sie hat es nicht so gemeint.«

O doch, sie hat gemeint, was sie sagte. Es war ihr voller Ernst.

»Wenn man so jung ist wie Theia, wägt man nicht jedes Wort ab. Dann handelt man übereilt und unbedacht.«

Das trifft auf die Kinder der Menschen zu, nicht auf unser Volk.

Lynn wippte auf den Zehenspitzen und blickte zu Boden. »Deine Leute sind sehr tüchtig. Sie haben eine Kommunikationsleitung zur Halbinsel hergestellt und sich in die dortige Komm-Station eingeklinkt. Keale lässt uns abholen.«

Wieso bist du überhaupt hier? Was willst du? Wenn es jemanden gibt, der den Wunsch nach Alleinsein versteht, dann doch wohl ein Mensch.

»Res hat sich die ganze Zeit über wunderbar gehalten. Du hättest sie sehen sollen, Praeis. Sie hat ihrer Großen Familie Ehre gemacht. Als man sie zu mir und Arron in die Zelle warf, lösten sich unsere Isolationsanzüge bereits auf, aber Resaime hatte keine Angst.« Sie erzählte weiter, jedes Detail haargenau beschreibend. Wie Resaime aussah, was sie tat, wie tapfer sie kämpfte. Allmählich merkte Praeis, wie sich die Distanz verringerte. Das Eis schmolz ein kleines bisschen.

Zögernd klappten ihre Ohren nach vorn, damit sie besser hören konnte, wie mutig Res selbst dann noch gehandelt hatte, als man sie bereits unter Beschuss nahm. Kein einziges Mal hatte sie sich auf ihrer Flucht durch die Wälder beklagt. Auch während der langen, qualvollen Fahrt durch die Tunnel hatte sie Courage bewiesen. Die standhafte, beherzte, heldenhafte Tochter. Deine Tochter. Meine Tochter. Meine Töchter.

»Praeis? Hast du mitbekommen, was ich sagte? Hörst du mir überhaupt noch zu? Denn eines sollst du wissen.« Lynn setzte sich in die Hocke, sodass sie Praeis direkt in die Augen blicken konnte. »Ich habe dir auch Vorwürfe gemacht. Als ich in einem stockfinsteren Loch kauerte und keiner außer mir da war, um die Hand deiner Tochter zu halten. Ich spürte, wie ihre Haut zuckte und Blasen schlug. Plötzlich fing das Dach an zu knarren, zu ächzen und stürzte schließlich herab. Resaime fand nicht einmal mehr die Zeit um zu schreien. Ich wusste, dass du da draußen warst. Ich wusste, auf wessen Befehl hin die Bomben fielen. Ich wusste, wer die Verantwortung für …«

»NEIN!« heulte Praeis.

Sie wollte sich auf Lynn stürzen, doch die wich seitwärts aus und Praeis knallte auf das Deck. Mit den Fäusten trommelte sie auf den Boden, unartikulierte Schreie ausstoßend.

Nein! Nein! Nein!

»Mutter?«

Warme, vertraute Hände griffen nach ihr und hoben sie hoch. Andere Hände umschlossen die ihren. Praeis schrie und schrie in einem fort, bis ihre Kehle wund war und sie ihre Wut und ihren Kummer nur noch hervorwürgen und heraushusten konnte. Endlich verstummte sie. Ihr Körper erschlaffte in den Armen, die sie hielten, und dann erkannte sie, dass sie sich auf Theia stützte.

Blinzelnd schaute sie in das tränenüberströmte Gesicht ihrer Tochter.

»Bei meinen Ahninnen.« Sie barg ihr Antlitz an Theias Schulter und erwiderte die Umarmung. Gemeinsam beweinten sie ihren schweren, bitteren Verlust.

Lynn schloss hinter sich die Kabinentür und ging hinaus aufs Deck, wobei sie ihr verletztes Knie und den verstauchten Knöchel schonte. Das Sanitäterinnen-Team hatte die geschundenen Gelenke bandagiert, doch gegen die Schmerzen hatten sie ihr nichts verabreichen können.

Die Kanonen waren verstummt, und das vorherrschende Geräusch war das Klatschen der Wellen gegen den Schiffsrumpf. Ein leichter Nieselregen fiel und bedeckte ihren Helm und die Handschuhe mit milchigen Perlen. Sie verkroch sich tiefer in die geborgte Fleecejacke, die in der Taille mit einem ausgeliehenen Gürtel gerafft war, damit sie nicht auf dem Boden schleifte. Trotz der Jacke biss der Wind in ihre Verletzungen und verschärfte die Schmerzen.

Neys und Silv standen an der Reling. Steifbeinig stakste Lynn zu ihnen hinüber.

»Praeis wird es bald wieder gut gehen«, sagte sie mit heiserer Stimme.

»Wir sahen, dass Theia zu ihr hineinging.« Silv berührte ihren Arm. »Sei bedankt. Wir hätten das nicht geschafft.«

Lynn blickte über die schaumgekrönten Wogen. »Na ja«, murmelte sie auf Englisch. Dann wechselte sie über ins t'Therianische. »Wir mussten feststellen, ob Theia sich mit ihrer Mutter versöhnen konnte. Wie steht der Kampf?«

Neys wackelte mit den Ohren. »Es ist ein richtiger Krieg. Die 'Esaph töten unsere Schwestern da draußen.

Wir konnten uns auf fünf Inseln verschanzen und die Stellungen halten. Jetzt warten wir die Berichte ab. Einen ihrer Flughäfen haben wir besetzt, und zur Zeit lassen sie keine Flugzeuge mehr starten. Bald wird ihre Flotte hier eintreffen, und dann ist es an uns, sie daran zu erinnern, wessen Töchter wir sind.« Sie fletschte die Zähne gegen den Wind. »Die Großen Familien, die uns unsere Rechte streitig machen, können uns ruhig die Freundschaft aufkündigen. Wir werden uns ihrer zu gegebener Zeit annehmen.«

Lynn merkte, wie ihre Zuversicht sank. »Was sagen die andere Familien zu diesem … Angriff?«

Neys erwiderte nichts darauf. Ein Schauer rann Lynn über den Rücken. *O nein, nein, kein Weltkrieg auf Dedelph. Bioverse würde sofort das Handtuch werfen. Das Management würde die Verluste abschreiben, das Feld räumen und die Dedelphi in ihrem Elend allein lassen. Sie würden alle umkommen, jede einzelne von ihnen.* Ihr Herz fing an zu rasen.

Beruhige dich, Lynn. Beruhige dich. Du kannst nicht das Geringste tun, bevor du wieder in der Basis bist. Im Augenblick sind dir die Hände gebunden.

Ihr Herz pochte so laut, dass die einzelnen Schläge in ihrem Kopf widerhallten. »Habt ihr schon was von Keales Leuten gehört?«

»Ja«, antwortete Neys. »In ungefähr einer Stunde treffen sie hier ein.«

Lynn nickte. Sie gestand sich ein, dass sie die Nähe der t'Therianerinnen plötzlich nicht mehr aushalten konnte. »Ich geh und sag den Jungs Bescheid.«

Sie stieg die Leitern herunter, biss auf die Zähne, weil ihre Beine, die Rippen und die Hände so entsetzlich schmerzten, und irrte durch die Korridore aus Metall, die trostloser aussahen als alles, was sie je gesehen hatte, selbst auf den primitivsten Kurzstrecken-Shuttles, bis sie die Krankenstation erreichte.

Nach typischer Dedelphi-Manier bestand die Krankenstation aus einem einzigen, durchgehenden Saal. Die Verwundeten lagen paarweise auf harten Betten, stöhnten leise oder unterhielten sich im Flüsterton miteinander. Die Pestkranken oder die Fälle, bei denen man einen Ausbruch der Seuche vermutete, hatte man in seitlichen Alkoven isoliert, die durch behelfsmäßige Stellwände und Filtertüren vom Rest des Raums getrennt waren.

Am hintersten Ende der Krankenstation befand sich die Quarantänezelle für die unverhofft eingetroffenen menschlichen Gäste. Lynn sah Arron, der auf dem einzigen Stuhl im Raum hockte. Cabal saß am Kopfende der breiten, hohen Bettstelle, auf der Lynn sich während der vergangenen sechs oder acht Stunden von den schlimmsten Folgen des Schocks und der Erschöpfung erholt hatte. Cabal hatte die Knie angewinkelt und lehnte mit dem Rücken gegen die Wand. Helm und Handschuhe hatte er abgelegt. Arron hingegen trug die komplette Isolationskluft.

Nun, nach zehn Jahren auf diesem Planeten kommt er sich ohne die volle Montur vermutlich nackt vor.

Beide Männer winkten ihr zu, als sie an dem Rad der Außentür drehte. Sie betrat die winzige, sterile Zone, schloß die Außentür und öffnete die innere Tür.

»Geht es ihnen gut?« fragte Arron als erstes.

»Sie werden darüber hinwegkommen.« Lynn setzte sich auf das Fußende des Betts und nahm ihren Helm ab. »Ich dachte mir, wenn ich Praeis dazu brächte, vor Kummer zu schreien, käme Theia vielleicht angerannt um nachzusehen, was los sei. Dann wüssten beide, dass sie nach wie vor eine Familie sind. Es hat geklappt.«

Sie verschränkte die Arme und hielt sich an den Ellbogen fest. Sowie Theia in die Kabine gestürzt kam, um ihre Mutter in die Arme zu schließen, waren jede Menge Ideen auf sie eingestürmt. Lynn sah die Zukunft klar und deutlich vor Augen, voller Chancen und Möglichkeiten, und keine dieser Optionen gefiel ihr. *Es muss doch etwas Besseres geben. Die Zeit muss reichen, um sich etwas einfallen zu lassen. Es darf einfach noch nicht zu spät sein, um den Dedelphi aus dem Schlamassel zu helfen.*

»Du klingst irgendwie besorgt«, meinte Arron.

Ich bin nicht nur besorgt, ich bin schlichtweg am Verzweifeln. Ich brüte Ideen aus, die mir eigentlich gar nicht behagen. Doch diese Gedanken behielt sie für sich. Laut erwiderte sie: »Nun ja, da draußen entwickelt sich rasant ein Weltkrieg. Wenn das nicht Besorgnis erregend ist, was dann?«

»Deine Leute glauben definitiv, dass sich der ganze Planet im Kriegszustand befindet.« Cabal kratzte sich heftig am Kopf. »Vermutlich sind wir die letzten Menschen auf Dedelph. Hast du schon eine Nachricht bekommen, wann man uns von hier wegholt?«

Es darf nicht so weit kommen, dass der ganze Planet vernichtet wird. Es muss Zeit genug da sein, um einen Ausweg zu finden. Mir wird bestimmt etwas einfallen, wie man diesen Wahnsinn stoppen kann. Lynn stützte die Ellbogen auf den Knien ab, in der Hoffnung, keiner der Männer mögen bemerken, wie stark ihre Hände zitterten. »Keales Leute sind in ungefähr einer Stunde hier.« *Spätestens. Allerspätestens.*

»Und was passiert dann?« Arron suchte Blickkontakt mir ihr.

»Dann bringen sie uns höchstwahrscheinlich zur Basis.« *Und dort muss ich unbedingt verhindern, dass Bioverse endgültig von hier verschwindet.* »Dann versuchen wir, für euch beide einen Rückflug in die Heimat oder zu einem anderen beliebigen Planeten zu kriegen, wohin auch immer es euch zieht.« Arron senkte den Blick, bis er seine Stiefelspitzen anstarrte. »Was hast du?«

Arron blinzelte und rieb sich die Hände. »Was denkst du, Lynn, könntest du wohl deine Leute dazu überreden, für mich eine Kommunikationsverbindung zur *Ur* herzustellen?«

Verdutzt straffte Lynn den Rücken. »Und wozu soll das gut sein? Was willst du damit bezwecken?«

Arron starrte zur Decke hinauf, als könnte er durch sie hindurch die City-Schiffe sehen. »Meine Schwestern da droben begehen einen verhängnisvollen Fehler. Ich will versuchen, sie umzustimmen.«

Cabal schnaubte durch die Nase. »Deine Schwestern? Wohl kaum.«

Arron funkelte ihn wütend an. »Du hast keine Ahnung, also halte dich da gefälligst raus.«

»Du wirfst mir vor, ich hätte keine Ahnung?« Cabal stieß ein bellendes Lachen aus. »Lass dich vom wandelnden Buddha aufwecken, Hagopian. Du bist derjenige, der ahnungslos ist.«

Lynn rührte sich nicht vom Fleck. Sie sah zu, wie Arron langsam aufstand. »Was faselst du da?« fragte er.

Cabal wedelte mit der Hand. »Arron, deine ›Schwestern‹ planen ihren kleinen Coup, seit die Durch Wahl Bestimmten Anführerinnen die Allianz billigten. Sie haben dich benutzt, um sich mit der Technik der Menschen vertraut zu machen, und durch diese Informationen ist ihnen der Handstreich gelungen. Rchilthen Byvant und Ishth waren die ganze Zeit über im Bilde. Während des letzten Jahres habe ich Informationen an beide Parteien geliefert.«

Lynns Kinnlade klappte herunter. »Du hast ihnen dabei geholfen! Du erbärmlicher kleiner ...« Lynn sprang auf die Füße. »Ist dir überhaupt klar, was du angerichtet hast! Du hast alles kaputt gemacht! Wie konntest du nur!« Ihre Stimme klang hoch, dünn und schneidend. *Du hast ihnen David ausgeliefert!* Am liebten hätte sie ihn geschlagen. Sie verspürte den Wunsch, ihn umzubringen, doch sie stand lediglich da und bebte am ganzen Leib.

»Ganz einfach!« Cabal hob die Augenbrauen. »Ich bin ein Info-Kurier. Das ist mein Job. Ich versorge Leute mit Informationen, die sie nicht haben, aber dringend brauchen. Für einen Menschen war die Arbeit auf diesem Planeten ziemlich ungefährlich, bis die Schießerei anfing und man mich mitten in diesem Chaos einfach sitzenließ.« Er zog die Nase hoch. »Wisst ihr was, das Ganze entbehrt nicht der Komik. Wir alle hatten feste Pläne ausgetüftelt, die von den cholerischen, launenhaften Pogos dann kurzerhand in Stücke geschossen wurden.«

Während des gesamten Wortwechsels blieb Arron wie erstarrt an seinem Platz, nur sein Brustkorb hob und senkte sich wie ein Blasebalg.

»Und warum rückst du jetzt mit der Wahrheit heraus?« fragte er leise.

»Weil es zu diesem Zeitpunkt ohnehin einerlei ist. Es macht keinen Unterschied mehr, ob ihr Bescheid wisst oder nicht. Die Pogos werden sich gegenseitig umbringen, und wir fliegen in die Heimat zurück.« Cabal stand auf. »Sie hatten dich sogar eingeladen, mit ihnen auf das City-Schiff zu ziehen, nicht wahr, Arron?« Cabal legte den Kopf schräg. »Ein freundschaftlich gesonnener Mensch wäre sehr nützlich, wenn sie das Schiff tatsächlich in ihre Gewalt brächten, entweder als Gehilfe oder als eine Geisel.

Sie haben dich hemmungslos ausgenutzt, Arron.« Cabal hob seinen Helm und die Handschuhe auf. »Und du bist enttäuscht, Lynn. Ich wette, dass ihr zwei nichts mehr mit mir zu tun haben wollt. Deshalb gehe ich jetzt an Deck. Ich will mir ein bisschen die Beine vertreten.«

Lynn sah Arron an, der wiederum Cabal dabei beobachtete, wie er sich den Helm überstülpte und die Handschuhe anzog. Sie wusste, was er in diesem Moment dachte. Er wünschte sich, Cabal hätte sich geirrt oder er hätte sie belogen. Doch nach allem, was passiert war, musste er ihm glauben.

Ihr ging es genauso. Immer noch zitternd setzte sie sich wieder hin. Sie fühlte sich zu müde, zu frustriert, um sich mit der Situation zu befassen. In ihrem Kopf hämmerte ein dumpfer Schmerz.

Cabal öffnete die Filtertür und verließ die Isolationszelle. Aron sackte auf dem Stuhl in sich zusammen und senkte den Kopf, bis er in seinen Händen ruhte.

Bei seinem Anblick vergaß Lynn ihre eigenen Sorgen und Ängste. Sanft berührte sie seine Schulter. »Es tut mir Leid, Arron.«

Er blickte zu ihr hoch. Auf seinen Zügen spiegelten sich die unterschiedlichsten Gefühle wider. Er wirkte zornig, und gleichzeitig machte er einen unglaublich verlorenen Eindruck, fand Lynn.

»Es war geheuchelt«, sagte er. »Alles war schiere Heuchelei.«

»Du hast Recht, Arron«, erwiderte sie ohne zu wissen, was er mit seiner Bemerkung meinte. »Aber ich bin mir sicher, dass alles ein gutes Ende nehmen wird.«

Indem sie die Worte aussprach, fasste sie frischen Mut, und ein Gefühl der Zuversicht machte sich in ihr breit.

»Wir kehren zur Basis zurück, Arron, und ich verspreche dir, ich werde diesen Krieg beenden.«

KAPITEL 17

Lareet und Umat standen auf der Schwelle der geöffneten Labortür. »Irat Queth, Irat Shnun, das Licht des Tages schmeichelt euch.«

Die Irat befanden sich am hinteren Ende eines der kleinen Laboratorien der Menschen. Sie beugten sich so tief über eine Komm-Station, dass ihre Nasen beinahe den Bildschirm berührten. Keine von beiden trug einen Isolationsanzug. Ihre erste Amtshandlung hatte darin bestanden, die Sektion des Schiffs, in der sich Menschen aufgehalten hatten, gründlich zu sterilisieren. Mit Hilfe der Wartungsjobber wurde jeder Winkel keimfrei gemacht. Die Irat mussten lediglich ein Dutzend Fälle von Vergiftung durch menschliche Toxine behandeln.

Nach einer Weile stellten sich Irat Queths Ohrsegel in die Richtung, aus der die Begrüßung gekommen war. Sie tippte ihrer Schwester auf die Schulter, wie wenn sie sagen wollte: »Darum kümmere ich mich«, und straffte den Rücken.

»So wie das Licht des Tages euch schmeichelt, Dayisen Lareet und Dayisen Umat«, erwiderte sie ein wenig zu forsch. Offensichtlich war sie über die Störung verstimmt.

Umats Ohren bibberten vor verhaltener Belustigung. »Wir wollten uns erkundigen, welche Fortschritte deine Schwestern und du erzielt haben«, entgegnete sie glattzüngig. »Haben uns die Menschen etwas Nützliches zurückgelassen?«

»Die Menschen haben auf vielen Gebieten großartige

Arbeit geleistet, was wohl niemanden verwundern dürfte.« Irat Queth ging den beiden Dayisen entgegen um zu verhindern, dass ihre Schwester in das Gespräch einbezogen würde. Irat Shnun beobachtete immer noch mit höchster Konzentration den Monitor. »Wie zu erwarten war, haben die Menschen die Vektoren der Seuche studiert: Auf welchen Wegen die Mikroben übertragen werden, die Dauer der Inkubationszeit, welche Wirtsorganismen sie bevorzugen.«

Irat Queth zwinkerte unentwegt. Ihr erstes Lid flackerte in einem nervösen Tic auf und ab. »Nach allem, was wir in Erfahrung bringen konnten, haben sie nicht die Absicht, die gesamte Ökosphäre unserer Welt keimfrei zu machen, sondern sie wollen die Übertragungsmöglichkeiten der Mikroben beschneiden. Die Krankheitserreger, die die Pest verbreiten, sollen daran gehindert werden, von einem Opfer zum nächsten zu wandern. Stattdessen möchten sie es den normalen Mikroorganismen erleichtern, sich in den frei werdenden Nischen der Biosphäre auszubreiten.« Die Lider flatterten und zuckten.

»Die avisierten Methoden, nach denen sie vorzugehen gedenken, um dieses Ziel zu erreichen, könnten wir niemals anwenden, selbst wenn wir sie von Grund auf verstünden; doch die Art und Weise der Vektorsuche ist mit unseren wissenschaftlichen Geräten kompatibel und kann von uns sogar ergänzt werden.«

Umat dippte in feierlichem Ernst die Ohren. »Haben sie uns im Hinblick auf Heilmittel und Impfstoffen etwas Verwertbares hinterlassen?«

Heftiges Blinzeln und Zwinkern. »Eine ganze Menge sogar. Auch hier basieren ihre Forschungsergebnisse und deren Realisierung auf den Lebenszyklen der verschiedenen Virenstämme: Wie sie sich in einen Wirtskörper einnisten und sich dort replizieren.« Aufgeregt schlackerte sie mit den Ohren, derweil die Augenlider wie verrückt zuckten. »Wo sich ihre Schwachstellen befinden. In welcher Entwicklungsphase man einen – militärisch ausgedrückt – Überraschungsangriff starten kann.« In ihrer Stimme schwang ehrfurchtsvolle Bewunderung mit. »Die Verfahrenstechniken der Menschen sind für uns noch wertvoller als die derzeitigen Forschungsresultate.«

»Sehr gut«, lobte Umat. »Beschränkt euch darauf, die wirklich wichtigen Informationen zu extrahieren. Wir wissen nicht ...«

Zwei Läuferinnen kamen durch die offene Tür getrabt.

»Vergebung, Dayisen Rual, aber ihr werdet in der Kommandozentrale gebraucht.«

Die Haut auf Lareets Rücken kräuselte sich. »Wir sind schon unterwegs.«

Die Kommandozentrale glich eher einer Reparaturwerkstatt als einer Schiffsbrücke. Man hatte Konsolen aufgebrochen, Kabel und Komponenten daraus entfernt und auf saubere weiße Tücher gelegt. Technikerinnen standen herum und flüsterten hektisch miteinander wie Ärzte, die sich über einen problematischen Patienten unterhalten.

Das Decodierungsteam gluckte um den Tisch in der Mitte herum, die Köpfe über einen Wust von Papieren gebeugt, welche mit Symbolen übersät waren, die Lareet nicht einmal ansatzweise entziffern konnte.

Die Trindt Brirdth, Wron, Pfath und Nant beugten sich über die Schultern der Decodiererinnen, deuteten auf verschiedene Zeilen und befleißigten sich einer Ausdrucksweise, die beinahe genauso rätselhaft war wie die Zeichen auf dem Papier. Als Lareet und Umat eintraten, richtete sich Trindt Wron auf und kam herüber, um sie zu begrüßen.

»Es gibt schlechte Neuigkeiten, Dayisen«, verkündete sie lakonisch.

»Dann lass sie uns hören.« Umat faltete die Hände

über ihrem Brutbeutel. Lareet sah, dass ihre Ohren von der Anstrengung, sie ruhig und gespitzt zu halten, leicht bebten.

Trindt Wron blickte kurz zu ihren Schwestern am Tisch, ehe sie fortfuhr: »Wir haben uns bezüglich der Eigenschaften dieses Schiffs verkalkuliert. Selbst wenn wir es schaffen sollten, die Kommando-Funktionen wieder zu aktivieren, können wir das Schiff nicht auf dem gewünschten Kurs halten. Es wäre möglich gewesen, hätten wir Zugriff auf die *Künstliche Intelligenz*, den Hauptcomputer nehmen können, doch der wurde beschädigt. So wie die Dinge liegen, ist nur eine Kommando-Crew in der Lage, die erforderlichen Änderungen der Flugbahn und des Schubs durch die Steuerdüsen vorzunehmen.«

Versonnen streichelte Umat Lareets Schulter. »Dann muss eben eine Kommando-Crew gefunden werden. Derweil setzt ihr eure Arbeit fort.«

»Jawohl, Dayisen.« Sie dippte die Ohren.

»Komm mit, Schwester, wir wollen sie nicht bei ihrer Tätigkeit stören.« Umat hängte sich bei Lareet ein und bugsierte sie zu dem stählernen Tunnel, der in die City führte.

Lareets Haut schlug am ganzen Körper Blasen, als sie nach ihrer Schwester die Leiter ›hinunter‹ kletterte. Als sie wieder aufrecht stehen konnte, stand sie mit den Füßen auf grünem Gras, und die Bäume und Pflanzen verströmten einen erfrischenden Duft.

Es war Abend, und die Kuppel wurde allmählich transparent, um die sternenglitzernde Nacht hereinzulassen. Durch das Stimmengewirr, das von der Kommando-Zentrale durch den Tunnel an die Oberfläche driftete, konnte sie aus der Ferne sogar das leise Plätschern des Flusses hören.

Sie wandte sich an ihre Schwester. »Umat, ich kann deine Gedanken fühlen, und sie gefallen mir nicht.«

»Damit hatte ich gerechnet.« Umat nahm sie an der Hand. »Aber du musst zugeben, dass unsere Optionen begrenzt sind.«

Lareet bei der Hand haltend, führte Umat sie ans sanft geböschte Flussufer hinunter. *Sie weiß, wie gern ich mich hier aufhalte,* dachte Lareet, doch trotz der leise murmelnden Wellen vermochte sie sich nicht zu entspannen.

»Wenn das Schiff nicht selbsttätig fliegt«, erklärte Umat, während ihr Blick über das Wasser schweifte, »dann muss ich es fliegen. Diese Aufgabe kann ich an keine unserer Waffenschwestern delegieren.«

Eine Weile stand Lareet schweigend da und sog tief die Ausdünstungen des sauberen Wassers und der üppigen Vegetation ein. »Und wo bleibe ich?«

»Du wirst zusammen mit den meisten unserer Schwestern in einem Shuttle sitzen, abwarten, bis das Schlimmste vorüber ist und dann heimkehren«, erwiderte Umat obenhin.

Schwester, Schwester, ich weiß, du willst mich schonen, doch versuche wenigstens dieses eine Mal, meine Gefühle nachzuempfinden. »Du hattest mir versprochen, bei der Geburt meiner Töchter dabei zu sein.« Sie legte eine Hand auf ihren Leib.

Prompt verspannte sich Umats Miene. »Lareet, das ist deiner nicht würdig.«

»Du hast Recht.« Ihre Ohrsegel klappten nach unten. »Es tut mir Leid.«

Umat legte den Arm um Lareets Schultern. »Ich mache mir Sorgen um dich, Schwester. Du scheinst zu vergessen, weshalb wir hier sind. Wir tun dies für sämtliche unserer Schwestern und sämtliche Töchter, nicht nur für unsere Blutsverwandten.«

»Ich bin über mich selbst besorgt, Schwester.« Sie tätschelte Umats Hand, die leicht auf ihrer Schulter ruhte. Ihre Augen und Ohren richteten sich auf den Fluss. »Ich finde es beängstigend, in welcher Weise ich diese traumhaft schöne Stadt betrachte und dabei denke: ›Was wäre denn so schlimm daran, wenn wir die Menschen ihre Pläne in die Tat umsetzen ließen?‹ Ich kenne mich selbst nicht mehr, wenn ich an die t'Therianerinnen drüben in ihrem eigenen City-Schiff denke und mich frage, ob Wissenschaftler Arron nicht doch in manchen Punkten Recht hatte. Dass man sich vielleicht ganz vernünftig mit ihnen unterhalten kann. Dass wir ihnen nicht einfach den Wunsch nach Frieden und Versöhnung absprechen sollten.« Sie schüttelte so heftig den Kopf, dass ihre Ohrsegel hin und her flatterten. »Vielleicht sollten wir das Ganze möglichst rasch hinter uns bringen, ehe ich meine Entschlusskraft und meinen Kampfgeist verliere.«

Umat schüttelte sie sachte. »Wir beeilen uns nach Kräften, Schwester. Kümmere dich nur um deine Pflichten, dann werden wir umso schneller siegen.«

Lareet seufzte und spähte zur Wölbung der Kuppel empor. Sie schimmerte in einem zarten Violett, durch das bereits die hellsten Sterne funkelten. Der Anblick war von einer unbeschreiblichen Schönheit.

Ein Schatten überquerte die Kuppel. Lareets Ohren vibrierten und sie sah genauer hin.

»Schwester?« fragte Umat.

Lareet deutete auf die Stelle. Der Schatten war klein und komplex. Hurtig flitzte er über das Halbrund, die entfernte Seite ansteuernd.

Umats Ohren legten sich flach nach hinten. »Was ist das?«

Ein zweiter Schatten fiel auf die Sphäre und sauste in die entgegengesetzte Richtung.

»Ich glaube, wir bekommen es mit Commander Keale zu tun.« Lareet rannte zum Tunnel zurück.

In der Kommando-Zentrale wuselten die diensthabenden Schwestern wie wild umher, wobei sie sich bemühten, die auf den Tüchern verteilten Komponenten des Terminals nicht durcheinander zu bringen.

»Was ist los?« brüllte Umat.

»Es handelt sich um Maschinen, Dayisen Umat«, erklärte eine der Trindt Imn. »Die meisten Kameras funktionieren noch nicht, deshalb gibt es keine Erkenntnisse über die Anzahl dieser Geräte, doch hier kannst du sie sehen …« Sie zeigte auf einen der Tischmonitore. Lareet beugte sich zusammen mit ihrer Schwester darüber.

Ein silbernes Gebilde mit Krebsscheren und Insektenbeinen landete auf der Außenhülle unweit der Shuttle-Bahn. Mit zierlichen, trippelnden Bewegungen suchte sich der Roboter einen Pfad zwischen den Rohrleitungen und Aufbauten des Schiffs. Kurz darauf landete der nächste Roboter und folgte dem ersten dichtauf.

»Woher kommen sie?« Lareets Ohren bibberten.

»Keine Ahnung.« Die Trindt Imn hob die Hände. »Die Kameras …«

»Ja, ich weiß, ich weiß.« Lareet bedeutete ihr zu schweigen. Ein Ohr richtete sie auf Umat, die das Mikrofon bereits in den Händen hielt. Sie schaltete es so ein, dass sämtliche laufenden Gespräche unterbrochen wurden.

»An alle Schwestern. Hier spricht Dayisen Rual Umat. Auf der Kuppel landen sonderbare Maschinen. Jede von euch, die welche gesichtet hat, soll sich unter Angabe der Position sofort in der Kommando-Zentrale melden.«

Im Lautsprecher begann es zu knistern. »Hier spricht Trindt Prusht Kvet. In der Hangar-Bucht befinden sich eigenartige *Jobber*, und sie öffnen die Hangartüren.«

»Du, du, du und du.« Lareet zeigte mit dem Finger auf die Schwestern, die gerade nicht mit Dechiffrieren beschäftigt schienen. »Folgt mir!«

Im Laufschritt hasteten sie zur Aussichtskanzel des

Hangars. Dort trafen sie Trindt Kvet und fünf Soldatinnen. Die Hangartore hatten sich gerade so weit geöffnet, dass die insektengleichen *Jobber* hineinhuschen konnten. Wie ausgelassen tänzelten sie zwischen den parkenden Shuttles umher.

Ein Insekt wäre um ein Haar über einen der Wartungsjobber gestolpert, dessen Arme in einem offenen Paneel herumfuhrwerkten. Der neue *Jobber* streckte ein Körperglied zu der emsigen Maschine aus und berührte sie.

Einen Augenblick lang standen beide Roboter regungslos da. Dann zog der Neuankömmling seinen Arm zurück und preschte weiter. Der alte *Jobber* setzte sich in Bewegung, doch nun rissen seine fleißigen Hände die Kabel aus ihren Verankerungen und ließen sie lose herunterbaumeln.

»Bei der Mutter Nacht!« ächzte Lareet. Sie warf einen Blick auf das Keyboard vor sich und fand den Intercom-Schalter. »*Jobber!*« schrie sie in die Hangarbucht. »Aufhören!«

Unbeirrt setzte der *Jobber* die systematische Sabotage fort. Lareet versuchte es auf Englisch, Französisch und in Kantonesisch. Die Maschine reagierte auf keine Sprache.

»Mikrofon!« Eine der diensthabenden Schwestern reichte ihr das kastenförmige Gerät. »Jemand soll die Hangartore schließen und das Ding stoppen!« Zwei Schwestern hetzten durch den Korridor.

Lareet drückte auf die Tasten für die Brücke. »Dayisen Umat«, keuchte sie in das Mikrofon. »Die neuen *Jobber* sind dabei, die alten *Jobber* umzuprogrammieren. Anstatt die Shuttles zu warten, fangen sie jetzt an, sie methodisch zu demolieren. Wir müssen sofort die Eingreiftruppen ins Schiff schicken. Jeder *Jobber*, der unseren Befehlen nicht gehorcht, ist unverzüglich zu zerstören.«

»Verstanden, Dayisen Lareet. Nimm jede Soldatin mit, die sich gerade bei dir befindet und patrouilliere deinen Bezirk. Wir übernehmen von hier aus die Koordination.«

»Verstanden, Dayisen Umat.« Lareet schaltete das Gerät ab und blickte auf das Trüppchen von Soldatinnen, das sich um sie scharte. »Wir haben einen neuen Feind, Schwestern.«

Es war der eigenartigste Kampf, den Lareet je ausgefochten hatte. Mit ihren Soldatinnen durchsuchte sie die Korridore, auf jedes Geräusch achtend. Jedes Mal, wenn sie einen *Jobber* fanden, brüllten sie ihn energisch an. Antwortete er nicht, fielen sie über ihn her und schlugen ihn in Stücke.

Die kleinen Feinde waren indessen flink und krabbelten in alles hinein, sogar in die Wasseraufbereiter, die Belüftungsventile und die Lebensmittellager. Endlich, zehn Stunden später, schickte Umat von der Kommando-Zentrale eine Läuferin los. Das Schiff schien von den Eindringlingen befreit zu sein.

Lareet gratulierte ihren Schwestern. Lachend fielen sie sich in die Arme, und während sie in ihre Stadt zurückmarschierten, dichteten sie rüde Verse über die metallischen Monster.

Doch Lareet kam nicht umhin, mit einem Ohr nach hinten zu lauschen. *Das war ein cleverer Schachzug, Commander Keale. Wir waren gezwungen, unsere treuesten Verbündeten zu eliminieren. Wie viele Wartungsmaschinen sind uns noch geblieben? Ein geschicktes Manöver haben Sie sich da ausgedacht, alle Achtung!*

Was kommt als Nächstes?

Lynn kletterte die Leiter des Shuttles hinunter und gelangte in das riesige weiße Hangar-Deck der Dedelphi Basis 1. Cabal und Arron folgten ihr auf dem Fuß.

»Lynn!«

Lynn drehte sich um. Im nächsten Moment lag sie in Davids Armen. Außerstande zu sprechen, klammerte sie sich an ihn, seine wärmende Gegenwart auskostend.

O Gott, endlich sind wir wieder zusammen! Sie wusste, dass er dasselbe dachte.

Nach einer Weile ließ David sie los. »Was ist passiert?« Vorsichtig berührte er ihren Kopfverband.

Lynn barg ihr Gesicht an seiner Schulter. »Eine ganze Menge«, räumte sie ein. »Ich brauche eine neue Wange und eine neue Kamera.«

Abermals nahm er sie in die Arme. »Wir werden uns gut um dich kümmern.«

Es dauerte ein Weilchen, doch dann begann die intensive Wiedersehensfreude zu verblassen. Lynn fiel ein, dass sie sich in der Öffentlichkeit befanden, und sie vergegenwärtigte sich, dass dies selbst nach ihren laschen Maßstäben eine massive Zurschaustellung ihrer Gefühle bedeutete. Sie bemerkte, dass die gesamte Shuttle-Crew sie umringte.

David schien derselbe Gedanke gekommen zu sein, denn er sträubte sich nicht, als sie so weit von ihm abrückte, wie es die Höflichkeit gebot. Erst dann sah Lynn Trace und R.J., die dicht neben ihnen standen. Nicht einmal die für ihre Diskretion berühmte Trace gab vor, die Szene zu übersehen.

»Willkommen in der Basis«, sagte R.J. »Wir haben dich vermisst. Du wirst dich wundern, wie sehr das Management uns unterstützt hat.«

»Ich kann es mir vorstellen«, erwiderte Lynn im gleichen trockenen Tonfall. Trotz ihrer Müdigkeit, trotz ihrer schweren Verletzung, spürte sie die Spannung, die sich zwischen ihnen beiden aufbaute. In förmlicher Haltung, total verkrampft, standen sie sich gegenüber. »Was läuft denn so?«

»In einer halben Stunde findet eine Konferenz der

Direktoren und Vizepräsidenten statt«, erklärte Trace. »Man will darüber abstimmen, ob der Konzern sich aus dem Projekt zurückzieht oder nicht. Alle gebärden sich, als hätten sie den Verstand verloren.« In einer verächtlichen Geste schob Trace das Kinn vor. »Sie wollen dich dabei haben. C 16.«

»Das ist gut«, antwortete Lynn, und ihre Genugtuung war nicht gespielt. »Ich habe ihnen ohnehin etwas zu sagen.«

»Lynn«, fiel David ihr freundlich ins Wort. »Muss ich dich daran erinnern, dass du verletzt bist? Bevor ich dich untersucht habe, gehst du nirgendwohin.«

Lynn schüttelte den Kopf, aber nur ganz kurz, denn bei der Bewegung verstärkten sich ihre Schmerzen. »Du brauchst mich nicht zu erinnern. Aber ich muss an diesem Meeting teilnehmen.«

»Dann sollten wir uns lieber beeilen.« David nahm Lynns linken Arm und führte sie durch die vertrauten, sommerlich erhellten Korridore mit den Gärten und Statuen, bis sie die weiße, sterile Krankenstation erreichten. Die diensthabenden Medotechniker sahen sie und steuerten direkt auf sie zu, doch David winkte ab.

Lynn hockte sich auf den Behandlungstisch. David stellte einen Blickschutz auf und pfiff nach dem Instrumenten-Jobber. Behutsam schälte er die Bandagen mitsamt der Kunsthaut ab. Automatisch setzte er eine professionelle Miene auf. »Erzähl, Lynn. Ich will wissen, was geschehen ist.« Seine Stimme schwankte ein wenig, doch seine Hände blieben absolut ruhig.

Sie schilderte ihm ihre Erlebnisse. Er versorgte ihre Wunden mit schmerzlindernden Mitteln, Fungiziden und künstlich gezüchteten T-Zellen. Zum Schluss klebte er Pflaster darüber, die verhindern sollten, dass die Haut nachwuchs, bevor er den Muskelschaden behoben hatte.

Ein einziges Mal gerieten beide ins Stocken, und zwar, als er ihre Augenhöhle säubern und behandeln musste. Über das Loch legte er ein weiteres Pflaster. Zuletzt stabilisierte er ihr Knie und das Knöchelgelenk mit Stützklammern.

Als er mit der Behandlung fertig war, zog er einen sauberen Baumwollkaftan aus einem der Jobber.

Sie zog ihn an. »Tut mir Leid, David, aber ich muss gehen. Nach der Konferenz reden wir weiter.«

»Beinahe hätte ich sie alle getötet.«

Lynn erwiderte nichts darauf. David drehte sich um. Seine Hände zitterten merklich.

»Sie hatten dich in ihrer Gewalt. Ich wusste nicht, ob du noch lebtest oder schon tot warst. Sie kaperten das Schiff. Ich hätte die Virenproben aus dem Labor freisetzen können. Ich stand im Begriff, es zu tun. Ich wollte es tun.«

»David.« Er beugte sich zu ihr, und sie schlang die Arme um ihn. »Alles wird gut werden. Es gibt einen Ausweg aus dem Dilemma.«

Er rückte ein kleines Stück von ihr ab. »Lynn, was hast du vor?«

»Was du auf der *Ur* inszenieren wolltest, David. Ich tue auch nur, was ich tun muss.« Sie küsste ihn sanft und humpelte aus der Krankenstation, so schnell es ihr ihre Verletzungen erlaubten.

Ohne ihr Implantat, das ihr eine Orientierungshilfe gewesen wäre, musste sich Lynn drei Mal bei der Künstlichen Intelligenz der Basis erkundigen, ehe sie den Weg zum Konferenzzimer C 16 fand. Die Tür ging auf, als sie sich davor stellte, und sie trat ein.

Der Raum war gedrängt voll. Um den Konferenztisch saßen dicht an dicht die Mitglieder des Topmanagements. Nur der Stuhl neben Vize Brador war frei, und Lynn hoffte inständig, man habe den Platz für sie reserviert. Vize Brador, unrasiert und mit großen

Augen, behauptete das Kopfende des langen Tisches. An den Wänden reihten sich noch mehr Leute auf, ihre Laptops auf den Händen balancierend oder stimmlos in ihre Implantate murmelnd.

Aller Augen richteten sich auf Lynn, als sie sich zwischen Konferenzteilnehmern und Stühlen hindurchzwängte, um sich neben Brador zu setzen.

»Ich bin froh, dass Sie zu uns kommen konnten, Dr. Nussbaumer«, begrüßte Brador sie.

Und ich erst, das kannst du mir glauben! »Danke, Vizepräsident Brador.«

Brador wandte sich an die gesamte Versammlung. Lynn erkannte ungefähr zwei Dutzend Gesichter. Der Rest der Anwesenden war ihr fremd. Ihre Namen waren vermutlich in ihrem Implantat gespeichert gewesen.

»Ich möchte die Konferenz offiziell eröffnen«, begann Brador. »Denken Sie bitte daran, dass dieses Treffen der Öffentlichkeit zugänglich ist. Computer, mit der Aufzeichnung starten.«

Er schaltete eine kurze Pause ein, bis die Kameras liefen, dann stürzte er sich in eine ziemlich steife Eröffnungsrede. »Wir alle sind uns dessen bewusst, dass auf dem Planeten Dedelph eine Krise ausgebrochen …«

»Krise?« schnaubte ein Konferenzteilnehmer, der an der Wand lehnte. »Das ist ein Weltkrieg, keine Krise.«

Der Zwischenrufer beugte sich vor und Lynn erkannte Vincent Berkleys hageres, scharfgeschnittenes Gesicht und seine kantige Figur. Die Kleidung saß ihm locker am Leib, doch seine Ellbogen, Schultern und Knie schienen Löcher in den Stoff bohren zu wollen.

Berkley war verantwortlich für environmentales Mikromodellieren, deshalb hatte sie bis jetzt noch nicht viel mit ihm zu tun gehabt. Doch Trace und R.J. erwähnten ihn häufig und sprachen seinen Namen mit einer gesunden Mischung aus Respekt und Argwohn aus.

»Ich weiß nicht, was wir hier noch zu suchen haben.« Berkley trat einen Schritt vor. »Die Allianz ist auseinandergebrochen. Niemand hält unseren Vertrag ein. Die soziale Dynamik ist umgeschlagen in eine unberechenbare und extrem gefährliche Situation. Bioverse kann nicht von uns verlangen, noch länger auf diesem Planeten zu bleiben.«

»Jeder Vertrag enthält eine Klausel über Arbeitsbedingungen in einem Risikofall«, warf Brador ein. »Die Gefahrenzulage ...«

»Dass wir in Ausübung unseres Dienstes Selbstmord begehen müssen, steht nirgendwo.« Berkley verschränkte die Arme vor der Brust. Die Ellbogen malten sich spitz unter dem Anzugstoff ab. »Wir sind nicht nur Angestellte der Firma, sondern auch Bürger und haben ein Wörtchen mitzureden, wenn es um einen lebensgefährlichen Einsatz geht.«

»Sie haben uns bereits angegriffen«, nörgelte eine magere blasse Frau mit weinerlichen grauen Augen, deren Namen Lynn nicht einfiel. »Sie wollten uns umbringen. Wir mussten uns zurückziehen. Wie sollen wir überhaupt arbeiten? Es ist doch niemand mehr übrig, der mit uns kooperiert.«

Lynn blickte Keale an. Er saß da wie aus Stein gemeißelt, die Hände auf die Armstützen seines Stuhls gelegt. Falls Brador ihn zu diesem Meeting eingeladen hatte, weil er sich von ihm moralische Unterstützung erhoffte, so schien er sich gewaltig verspekuliert zu haben.

»Ich schicke meine Leute nicht an einen Ort, den sie lebend vielleicht nicht mehr verlassen«, meldete sich ein untersetzter, stämmiger Mann mit aufgekrempelten

Hemdärmeln und muskelbepackten Armen. »So kann das nicht weitergehen.«

»Sie haben vollkommen Recht«, stärkte Lynn ihm unvermittelt den Rücken. »Und wir werden dafür sorgen, dass der Unfug aufhört.«

Sofort zog sie die Aufmerksamkeit aller auf sich.

»Und wie stellen Sie sich das vor?« fragte Keale gelassen.

Lynn stand von ihrem Stuhl auf. »Wir können den Krieg beenden. Ein für alle Mal. Wir müssen denjenigen, die sich in Sicherheit bringen wollen, einen Zufluchtsort bieten und sie dorthin befördern.«

»Wenn Sie irgendwelche Vorschläge haben, wie wir dies bewerkstelligen können, ohne die Dedelphi oder unsere Bürger in eine neue Katastrophe zu stürzen, dann teilen Sie uns Ihre Ideen bitte mit.« Brador spreizte die Finger.

»Desinformation.«

»Was?« platzte Brador heraus. Die Lippen mehrerer Konferenzteilnehmer bewegten sich stumm, als sie sich von ihren Implantaten diesen archaischen Ausdruck interpretieren ließen.

»Ohne Wissen erreicht man nichts. Sowie man seine Informationsquelle verliert …« Ihre Stimme bebte. Sie brach ab und holte tief Luft. »Sowie man seine Informationsquelle verliert, kann man weder planen noch Strategien entwickeln.

Nicht einmal die Dedelphi kämpfen ohne zu wissen, auf wen sie draufschlagen und wo sich die gegnerische Partei befindet. Wir können mit Hilfe des Kommunikations-Netzwerks, unserer Sicherheitsteams und unserer Angestellten falsche Angaben über Truppenbewegungen und die Kampfkraft der einzelnen Kontingente verbreiten. Es muss uns doch gelingen, die Dedelphi darüber zu täuschen, wer bereits evakuiert wurde und wer sich noch auf der Planetenoberfläche befindet.«

Berkley hob die Augenbrauen. »Sie schlägt vor, wir sollen unsere Klienten belügen.«

»Genau. Aber das fordert weniger Opfer, als wenn sie ihre Konflikte in Kriegen austragen.« Lynn stützte sich mit beiden Händen auf der Tischplatte ab und blickte mit ihrem einen Auge in die Runde. *Sie sollen mich in aller Ruhe anschauen. Sie sollen sehen, was man mir angetan hat. Sie sollen darüber nachdenken, wie sich ein Krieg auswirkt.*

»Die Dedelphi haben bereits unser Kommunikations-Netzwerk angezapft und unsere Codes geknackt«, ergriff Keale das Wort. »Diesen Umstand können wir jetzt gegen sie verwenden, indem wir gefälschte streng vertrauliche Nachrichten ausstreuen.«

Lynn widerstand der Versuchung, ihn verdutzt anzustarren. Schlug Keale sich auf ihre Seite oder hatte sie sich ihm angepasst? Lynn verdrängte diesen Gedanken. »Etliche der Großen Familie verabscheuen diesen Krieg. Die können wir immer noch umsiedeln. Wir verbreiten die Kunde, dass wir die Raumhäfen und unsere Transporter verteidigen, und sollte es jemand trotzdem wagen, unsere Einrichtungen zu attackieren, nun ja, dann lernen sie uns mal von einer ganz anderen Seite kennen.«

»Wir sollen sie also nicht nur belügen, sondern obendrein auch noch bedrohen«, grollte Berkley und kratzte sich den Hinterkopf. »Ist das in Ihrer Heimat so Sitte, Dr. Nussbaumer …«

In Lynn kochte Zorn hoch. »In meiner Heimat«, versetzte sie spitz, »lassen wir niemanden im Stich, dem wir erst einmal Hilfe versprochen haben.«

»Töten Sie stattdessen Ihre eigenen Leute?« erkundigte sich die grauäugige Frau.

Lynn verbiss sich die schnippische Antwort, die ihr auf der Zunge lag. »Sie alle scheinen zu glauben, uns seien die Hände gebunden. Aber so hilflos sind wir gar nicht. Sie, wir, zähmen komplette Ökosysteme. Wenn es sein muss, walzen wir ganze Planeten platt. Dieser Krieg, diese miteinander verfeindeten Parteien, sind nichts weiter als ein aus dem Ruder gelaufenes Ökosystem, das gebändigt werden muss. Das ist unser Job. Die Frage ist nur, welche Mittel wenden wir an, um uns dieses System gefügig zu machen?«

Stimmengesumm und das Rascheln von Kleiderstoff gingen durch den Raum. Zum ersten Mal gewann Lynn den Eindruck, dass das Eis ein wenig schmolz. Vielleicht fingen die Leute an, sich Gedanken zu machen. Sie hoffte es.

»Wenn wir eingreifen wollen«, hob Keale erneut an, »dann müssen wir uns sputen. Ein paar der Großen Familien reden nämlich davon, sowohl den t'Therianerinnen wie auch den Getesaph eine Lektion zu erteilen, weil man sich deren Arroganz nicht länger bieten lassen will.«

Berkley hielt eine Hand hoch und bat um Gehör. »Angenommen, der Verwaltungsrat wäre mit diesem Vorgehen einverstanden; können Sie mir einen triftigen Grund nennen, weshalb wir uns überhaupt in die hiesige Politik einmischen sollten?«

Lynn blickte ihm offen ins Gesicht. »Sie haben doch Commander Keale gehört. Wenn wir tatenlos zusehen, bricht der totale Krieg aus. Wenn wir neutral bleiben, verlieren wir nicht nur alles, wofür wir geschuftet haben und fügen Bioverse mitsamt seinen Kontraktoren und Subunternehmern einen nicht wieder gutzumachenden Schaden zu, sondern wir lassen Millionen von Dedelphi in einem Krieg und durch eine Seuche sterben, obwohl wir hätten helfen können.« Sie richtete sich auf. »Treten wir jedoch in Aktion, haben wir immer noch die Chance zu gewinnen. Wir können diese Welt retten, wir müssen es nur versuchen.«

Na kommt schon, Leute. Ihr müsst es doch einsehen. Wenn wir jetzt einen Rückzieher machen, siegt die Barbarei. Das dürfen wir nicht zulassen!

»Unser Job ist gefährlich, das steht außer Frage. Man hatte mich entführt und mir mein Implantat herausgeschnitten. Die Dedelphi haben auf mich geschossen, mich verprügelt und mich gejagt. Zum Schluss war ich in einem zerbombten Gebäude verschüttet. Ich habe am eigenen Leib gespürt, was ein Krieg bedeutet – für die Dedelphi und für uns. Ich würde den Vorschlag zum Eingreifen nicht machen, wenn ich nicht fest davon überzeugt wäre, dass uns Erfolg beschieden ist. Selbst jetzt noch können wir Dedelph erlösen – und uns selbst.«

Berkley hatte sein Pulver noch nicht verschossen. »Dr. Nussbaumer, bei allem gebührenden Respekt, wir sind in diesen Schlamassel geraten, weil wir naiv und ahnungslos waren. Wie können Sie so sicher sein, dass sich das geändert hat?«

Damit triffst du ins Schwarze. Nicht schlecht. »Wir handelten immer nach bestem Wissen und Gewissen. Die einzige Unwägbarkeit stellte das Temperament der Dedelphi dar. Wir konnten nicht vorhersehen, was sie aushecken würden. Aber wir haben dazugelernt. Mittlerweile können wir uns in ihre Denkweise hineinversetzen und unsere Strategien dementsprechend neu ausrichten.«

Das Stimmengesumm wurde lauter. In Lynn keimte ein Hoffnungsschimmer auf.

Der vierschrötige Mann mit den Athletenarmen hustete einmal. »Darüber lasse ich meine Leute abstimmen.«

»Wir alle müssen uns zuerst einmal mit der Vorstellung anfreunden«, hielt Berkley ihm entgegen, Lynn nicht aus den Augen lassend. »Der ganze Plan ist abstrus.«

»Die Situation ist abstrus.« Gelassen, ohne mit der Wimper zu zucken, hielt Lynn seinem Blick stand. *Nur zu. Fragt eure Leute ruhig, ob sie sich einen Job bei einer neuen Firma suchen wollen, nachdem sie an einem der größten wirtschaftlichen Desaster seit Menschengedenken beteiligt waren.* Doch sie hütete sich, ihren Gedanken laut zu äußern. Sie warf den letzten Rest ihres Rufes als Dedelphi-Expertin in die Waagschale. Sie schämte sich nicht einmal, auf ihre Verwundung anzuspielen. *Ich habe Prügel bezogen,* demonstrierte ihr Aussehen, *aber ich bin immer noch hier. Ich lasse mich nicht unterkriegen, und wir alle können triumphieren, wenn wir nicht feige das Feld räumen.*

Bald hatte sie sie soweit. Bitterkeit würde ihr jetzt nicht helfen.

Brador blickte sie durchdringend an. In seinen runden Augen stand eine Mischung aus Gier und verzweifelter Hoffnung. »Dr. Nussbaumer, ich möchte Sie bitten, Ihre Vorschläge schriftlich über das private Netz zu verbreiten. Nach der Veröffentlichung sammeln wir vierundzwanzig Stunden lang Einwände und Kommentare.«

Viele der Anwesenden setzten nachdenkliche Mienen auf. Befehle und Signale wurden an Implantate weitergegeben, aber niemand meldete Widerspruch an.

»Hiermit erkläre ich die Konferenz für beendet. Computer, Aufzeichnung stoppen.«

Von allen Seiten drängten sich Leute an Lynn heran. Sie wurde förmlich belagert und mit Fragen bombardiert.

»Dr. Nussbaumer, was soll mit den Kranken geschehen?« »Dr. Nussbaumer, haben Sie die Analyse der potenziellen technischen Fehlerquellen studiert?« »Dr. Nussbaumer, welches Beratergremium sollte man vorsichtshalber hinzuziehen …?« »Dr. Nussbaumer, unterstützend könnte man vielleicht …«

Lynn schwindelte, doch sie hielt die Stellung. Von nun an durfte sie sich keine Blöße mehr geben. Ganz gleich, was andere denken mochten, Lynn wusste, dass sie sich jetzt im Krieg mit den Dedelphi befanden. Und wie Kriegsteilnehmer mussten sie sich verhalten. Es galt, einmal erobertes Terrain zu sichern, vorwärts zu marschieren und keine ihrer Aktionen dem Gegner zu verraten.

Wir können es schaffen. Ich werde *es schaffen.* Sie blickte in die Gesichter, die sie umringten. *Und ihr alle werdet mir dabei helfen.*

Die Cafeteria war nicht so voll besetzt, wie Arron erwartet hatte. Die meisten Bioverse-Angestellten zogen es offenbar vor, sich die Konferenz in ihren privaten Quartieren anzuschauen anstatt die Gemeinschaftsmonitore hier draußen zu nutzen.

Nachdem er in ein halbes Dutzend Sitzalkoven hineingespähtt hatte, entdeckte er Cabal, der an einem Bier nuckelte. Dabei sah er sich auf dem Wandbildschirm eine Nachrichtensendung über den Mars an, in der es um die Erschließung eines weiteren Kraters für eine neue Dedelphi-Ansiedlung ging.

»Cabal?« Arron stand plötzlich im Eingang zum Alkoven.

»Hallo.« Cabal hob grüßend das Bierglas und gab ihm einen Wink, er möge eintreten. »Bist du gekommen, um mir Auf Wiedersehen zu sagen?«

Arron setzte sich auf den freien Stuhl. »Im Gegenteil. Ich möchte dich bitten zu bleiben.«

Cabal stellte das Glas ab und drückte auf eine Taste in der Mitte des Tisches. Das Bild auf dem Schirm erlosch. Dann richtete er seine ungeteilte Aufmerksamkeit auf Arron. »Ich soll bleiben? – Warum?«

Weil Lynn durch das, was uns zugestoßen ist, ein Trauma erlitten und völlig den Überblick verloren hat. Weil ich keine

Ahnung habe, was die Firma als Nächstes plant. »Ich brauche deine Hilfe.«

Cabal lachte ohne Humor. »Schon wieder?« Er schüttelte den Kopf. »Arron, die Hilfe, die du von mir einforderst, kann man mit Geld nicht bezahlen.«

Wortlos fasste Arron in seine Tasche und zückte die Chipkarte, die er sich von Bioverse hatte gegenzeichnen lassen. Cabal nahm sie ihm aus der Hand und studierte die Codes.

»Das sind ja sechstausend von der First Banking Enclave auf der Erde.«

»Richtig.« *Und es ist alles, was ich besitze, Cabal. Das muss dir genügen.*

Cabal legte die Karte auf den Tisch und trank einen Schluck Bier. »Was willst du?«

Arron beugte sich vor. »Ich möchte, dass du dich in das Bioverse-Netz einschmuggelst und mir die Krisenpläne für das Dedelphi-Projekt heraussuchst.«

Es musste Notstandspläne geben. Eine ganze Liste von Eventualmaßnahmen, die in Kraft traten, falls sich die Allianz auflöste oder jemand vertragsbrüchig wurde. Arron hielt es für ausgeschlossen, dass die Firma im Falle einer Niederlage ihre Verluste einfach abschreiben und sang- und klanglos verschwinden würde.

Cabal setzte eine betont scheinheilige Miene auf. »Wie kommst du darauf, dass ich dazu imstande wäre?«

Arron schnaubte durch die Nase. »Komm schon, Cabal! Ich gebe ja zu, ich bin manchmal blind, aber ich bin nicht taub. Du sagtest selbst, du seist ein Info-Kurier. Dass du darauf spezialisierst bist, Informationen an interessierte Parteien zu liefern.« *Wenn du dich jetzt quer stellst, Cabal, nenne ich dich einen Verräter.*

Eine Zeit lang spielte Cabal mit der Karte. »Geht in

Ordnung. Aber ich brauche einen Laptop und einen Raum, der sowohl blind als auch taub ist.«

Arron nickte. »Ich besitze einen Laptop, und das mit dem Zimmer lässt sich bestimmt deichseln.«

Cabal öffnete den Mund und machte ihn wieder zu. Arron wusste, dass er fragen wollte, was eigentlich gespielt würde, und er war froh, als er darauf verzichtete.

Er hatte nicht die geringste Lust, seine Pläne zu erklären.

KAPITEL 18

Das avisierte ›Nussbaumer-Manöver‹ verbreitete sich mit Windeseile durch die Chefetagen von Bioverse. Die Vizepräsidenten, angeführt von Brador, befürworteten es und drängten zur Eile. Daheim im Sonnensystem gelangten die Präsidenten zu dem Schluss, es könnte klappen, und gaben grünes Licht für die Durchführung der Pläne.

Nachdem Lynn auf Bradors Meeting das Wort ergriffen hatte, dauerte es keine achtundvierzig Stunden, bis sie in Aktion treten durfte. Bioverse erlaubte es ihr, das Konferenzzimmer A 1 in der Dedelphi-Basis zu ihrer Kommandozentrale umzufunktionieren.

Um in ständigem Kontakt mit ihren Unterkomitees zu stehen, schaltete sie sämtliche Wandbildschirme ein. Trace und R.J. arbeiteten an dem Konferenztisch, während sie selbst Verbindungen zwischen den verschiedenen Büros herstellte.

Unentwegt fütterte ihr neues Implantat sie mit Notizen und Nachrichten. Ein von ihrer Schläfe ausgehendes Kabel klinkte sie in den Tischcomputer ein. Jeder Befehl, den sie subliminal an ihr persönliches Implantat richtete, wurde unmittelbar in die Hauptrechner weitergeleitet.

Das Wort PIETER blinkte vor ihrem Auge.

Lynn berührte den Schirm und ließ sich mit der Abteilung verbinden, die Trace und R.J. als Spionagezentrum bezeichneten. »Kennt man mittlerweile die Anzahl der Satelliten, Pieter?« Sowohl die Getesaph als auch die t'Therianerinnen hatten eine Reihe von kleinen, nicht wieder verwertbaren Überwachungssatelliten in den Orbit geschossen. Praeis hatte es ihr vor zwei Wochen erzählt, doch es kam ihr vor, als seien mittlerweile Millionen Jahre vergangen.

»Wir haben sechs von acht Satelliten identifiziert. Fünf gehören den t'Therianerinnen und einer den Getesaph, aber wir glauben, dass sie noch mehr in die Umlaufbahn schicken werden.« Pieter, ein dunkelhäutiger Mann, hackte beim Sprechen wie besessen auf seinem Keyboard herum, und bei ihm hatte man ständig den Eindruck, er sei mit einem Teil seiner Gedanken ganz woanders. »Natürlich wissen wir nicht, wer wessen Satelliten innerhalb der nächsten Stunden mit Raketen abschießen wird.«

»Wie klappt das Decodieren?« Lynn ließ Trace eine Notiz zukommen und bat sie, Brador die neuesten Erkenntnisse mitzuteilen. *Das nennt man ausgleichende Gerechtigkeit,* dachte sie bei sich. *Zuerst haben die Getesaph unser Kommunikationssystem angezapft und die Nachrichten decodiert, und jetzt machen wir dasselbe mit ihnen.*

»Unsere KIs glühen schon, so eifrig sind sie mit Dechiffrieren beschäftigt.« Pieter hieb abschließend auf eine Taste ein, betrachtete die Resultate auf seinem Schirm und lächelte triumphierend. Als er den Blick hob, schien er einen kurzen Moment lang mit Leib und Seele bei dem aktuellen Problem zu sein. »In zirka zwei Stunden ist der Vorgang erfolgreich beendet.«

»Großartig«, freute sich Lynn. Ohne viel Umstände kappte sie die Leitung und verband sich mit Shelly Greene in der Sektion für Biotechnik. Shelly beschäftigte sich mit Forschung und Entwicklung. »Wie weit ist das Projekt gediehen, mit dem wir die Bewegungsfreiheit der t'Therianerinnen einschränken wollen?«

Shellys breites Gesicht legte sich in Runzeln wie eine Dörrpflaume, wenn sie angestrengt nachdachte. Nun jedoch war es glatt und glänzte vor verhaltenem Stolz.

»Ich glaube, wir haben es geschafft, Chef. Wir konnten einen Prototyp von Hefebakterien entwickeln, die Öl fressen und es in eine herrlich klebrige Baiser-Masse verwandeln. Mit diesen Bakterien können wir den Hafen impfen. Die so entstehende Meringue kleistert alles fest.«

»Okay, das ist gut. Gib mir Bescheid, wenn es so weit ist, damit ich die erforderliche Crew zum Aussäen der Hefe bereitstellen kann. Danke.« Sie schloss die Leitung.

»Wie willst du ihnen erklären, warum sie auf einmal im Hafen festpappen?« erkundigte sich Trace, von ihrem Keyboard hochblickend.

Lynn zuckte lässig die Achseln, als sei gar nichts dabei. »Wir entschuldigen uns wortreich und beteuern, dass wir die Pampe beseitigen werden. Gleichzeitig lassen wir die Getesaph unmissverständlich wissen, dass die t'Therianerinnen während der Dauer der Säuberungsarbeiten unter unserem Schutz stehen.«

R.J. machte ein ernstes Gesicht. »Du wirst Keales Hilfe brauchen.«

»Seine Unterstützung hat er mir bereits angeboten«, versicherte Lynn. Sie war verblüfft gewesen, als Keale ihr den Vorschlag machte, doch sie hatte ihn dankbar angenommen. »Was hört man so von den Unterhändlern?«

»Gerade kam eine Nachricht herein.« R.J.s Blick richtete sich ins Leere, als er das Display seines Implantats studierte. »Die Ui Shai und die Fvrona melden soeben, dass sie umgesiedelt werden möchten.«

»Gut.« Lynn murmelte ihrem Implantat zu, die Namen auf die Liste zu setzen. »Lass dir sagen, um wie viele Personen es sich handelt und schick die Shuttles hin, ehe sie es sich anders überlegen können. Wie viel Platz ist noch frei?«

»Mit Ausnahme der *Ur* stehen uns vier Schiffe zur

Verfügung«, antwortete Trace. »Ohne die Ui Shai und die Fvrona kommen wir auf einhunderttausend Umsiedlungswillige. Also …« Sie legte eine Pause ein, derweil sie oder ihr Implantat rasch nachrechnete. »Reicht die Kapazität für weitere drei Komma fünf Millionen.«

»Das ist eine ganze Menge.« Lynn kaute auf ihrer Unterlippe. »Wann treffen die nächsten Schiffe hier ein?«

Trace konsultierte ein anderes Memo. »Drei sind mit Verstärkungstruppen für Keale unterwegs, doch zweiundeinhalb Wochen werden wir auf sie warten müssen.« Sie drückte auf eine Taste ihres Keyboards. »In dem technischen Bericht aus dem Asteroidengürtel heißt es, dass die *Dublin* in einer Woche fertiggestellt und zwei Tage später bei uns ist.«

»Okay, schön«, erwiderte Lynn in dem energischen Ton, den sie sich angewöhnt hatte, seit ihr Plan von der Konzernleitung abgesegnet worden war. »Dann gibt es in rund fünf Wochen zusätzlich zwei Komma fünf Millionen freie Plätze. Wir verfrachten sie in den Orbit, sowie sie sich zur Umsiedlung bereit erklären.«

Zum ersten Mal bedachte Trace sie mit einem zweifelnden Blick. »Und was ist, wenn einige sich gegen die Umsiedlung sperren?«

Lynn schüttelte den Kopf. »Das können wir nicht zulassen. Wir müssen alle davon überzeugen, dass sie in den City-Schiffen besser aufgehoben sind als auf dem Planeten.«

Praeis stand neben Theia im Maschinenraum. Die gesamte technische Crew hatte sich in einem engen Halbkreis hinter ihnen aufgereiht. Es herrschte eine geradezu unnatürliche Stille.

Der Raum hätte vom Dröhnen und Zischen der Maschinen widerhallen müssen, derweil die Atmosphäre geschwängert war mit den heißen Dämpfen von Öl und Diesel.

Praeis blähte die Nüstern und sog schnuppernd die Luft ein. Der Gestank war nicht gänzlich verschwunden, doch darüber witterte sie einen anderen Geruch, ein säuerliches Aroma wie von einem vergammelnden Brotteig.

Sich niederduckend fasste sie in die stillstehende Maschine und fuhr mit den Fingern ein Rohr entlang. Als sie die Hand zurückzog, hätte diese mit dünnflüssiger schwarzer Schmiere bedeckt sein müssen, stattdessen klebte an der Haut ein schaumiger, grauer Sirup. Sie schnüffelte kurz daran und prompt klappten ihre Nüstern zu.

»Wie viele Komponenten sind ausgefallen?« fragte Praeis die Chefingenieurin, während sie aufstand und die zähe, blasige Substanz an ihren Fingerkuppen inspizierte.

»Alle«, gab die Chefingenieurin unverblümt zurück. »Wir säubern die Segmente und fetten sie neu ein, so schnell es nur geht, doch wir können keine Maschine laufen lassen, so lange dieses … Zeug noch an irgendwelchen Teilen klebt.«

Ihr Gesicht verzog sich vor Anspannung. Eine andere Ingenieurin, vermutlich ihre Blutschwester, legte eine Hand auf ihre Schulter. »Wie konnte das passieren, Oberste Befehlshaberin? Besitzen die Getesaph etwa eine neuartige Waffe?«

»Ich habe keine Ahnung«, erwiderte Praeis gedehnt. »Aber wir werden es herausfinden. Setzt die Reinigungsarbeiten fort. In drei Stunden erwarte ich einen Statusbericht.«

»Jawohl, Oberste Befehlshaberin.«

Praeis richtete ein Ohr auf die Treppen. Theia folgte ihr, als sie zur Brücke hinaufkletterte.

»Du weißt«, flüsterte Theia ihr zu, »dass die Getesaph zu so etwas nie imstande wären.«

Praeis fletschte die Zähne und hielt mitten in der Bewegung inne. Theia befand sich zwei Sprossen unter ihr. Sie beugte sich hinunter, bis ihre Lippen Theias Ohrsegel berührten.

»Du hast natürlich Recht. Es können nur die Menschen gewesen sein«, raunte sie.

Praeis richtete sich wieder auf, und Theia dippte einmal kurz die Ohren. Gut. Sie hatte die unterschwellige Botschaft verstanden und würde ihr Wissen für sich behalten.

Während der letzten schweren, traurigen Tage war sie über sich selbst hinausgewachsen. Das Kriegshandwerk trug nicht dazu bei, den Kummer zu verdrängen. Kurierschiffe hatten Briefe an Armetrethe befördert, um ihr mitzuteilen, dass Res und Senejess gestorben waren.

Es war ihnen nicht leicht gefallen, die Worte zu Papier zu bringen. Seitdem hatte Praeis Theia keine fünf Minuten lang aus den Augen gelassen. Sie war sich nicht sicher, ob ihr Verhalten natürlich war. Dafür wusste sie mit Bestimmtheit, dass sie den militärischen Codex überstrapazierte. Doch zu diesem Zeitpunkt war es ihr einerlei. Sie wollte mit ihrer Tochter zusammen sein, und Res brauchte die Gegenwart ihrer Mutter.

Und nun war … diese Geschichte passiert. Sämtliche Schiffe kämpften mit demselben Problem. Die Maschinen hörten auf zu arbeiten. Die Waffen funktionierten nicht mehr. Mindestens ein Helikopter konnte nicht starten. Die Flugzeuge wurden von Technikerinnen bewacht, doch Praeis glaubte nicht, dass diese Maßnahme etwas nützen würde. Neys und Silv befanden sich bei der Flotte, um sich den Schaden mit eigenen Augen anzusehen.

An der Küste hatten sich Waffenschwestern verschanzt. Ohne Unterstützung würden sie abgeschlachtet werden. Während die Getesaph sich zurückgezogen und neu gruppiert hatten, war ihnen eine kurze Atempause vergönnt, doch mit dem nächsten Angriff der 'Esaph mussten sie jederzeit rechnen.

Praeis wusste, es gab nur eine einzige Nachricht, die ihre Waffenschwestern in eine noch größere Verwirrung stürzen konnte, als all die wilden Gerüchte, die auf den Decks kursierten: Wenn sie erführen, dass nicht die Getesaph, sondern die Menschen hinter dem rätselhaften Maschinenversagen steckten. Denn dann würden sie prompt den Schluss ziehen, die Menschen hätten sich mit ihren Erzfeindinnen verbündet.

Praeis fuhr fort, die Treppen hinaufzusteigen, und Theia folgte ihr nach. Praeis konnte es nicht verhindern, dass sie leise keuchte. Theia holte sie ein und rieb ihre Schulter an der ihrer Mutter. Praeis war dankbar für diese Geste und hätte am liebsten den Arm um ihre Tochter gelegt, doch das wagte sie nicht. Ihre Waffenschwestern durften nicht sehen, wie schlimm es um sie stand, auch wenn alle die Wahrheit längst kannten.

Auf der Brücke kam ihnen die Schiffsführerin entgegengeeilt. »Oberste Befehlshaberin, wir werden gerufen.« Sie reichte Praeis ein Fernglas und zeigte in eine bestimmte Richtung.

Praeis hob das Fernglas an die Augen und justierte es. Das Wasser draußen in der Bucht war ruhig und spiegelte den blauen Himmel wider. Nichts deutete an, was sich dicht unter der Oberfläche abspielte. Ein kleines silbernes Boot durchschnitt die Wellen wie ein Messer. Auf Deck standen zwei weiße, in der Sonne glänzende Gestalten.

Da kommen sie schon, dachte Praeis. *Bei meinen Ahninnen, ich bin gespannt, was sie zu sagen haben.*

Knisternd und knackend ertönte aus dem Lautsprecher der Code zum Anpreien. Eine schwerfällige Stimme mit einem breiten Akzent, den Praeis nicht einzuordnen vermochte, rief: »Wir sind Robin Ford und

Ari Chin von der Bioverse AG. Wir bitten um Erlaubnis, euer Schiff ansteuern zu dürfen.«

»Sie kommen ohnehin zu uns. Sieh nur, wie schnell das Boot durchs Wasser flitzt«, murmelte die Schiffsführerin.

»Antworte ihnen, Schiffsführerin«, befahl Praeis. »Sie sollen beidrehen.« *Bei stehenden Maschinen könnten wir sie ohnehin nicht stoppen, selbst wenn wir es wollten.*

Praeis und Theia begaben sich hinaus aufs Deck, gefolgt von der Schiffsführerin. Das nadelspitze Boot kam wie durch Magie nähergesaust und legte in einem sauber ausgeführten Manöver längsseits an. Zwei Schwestern im Dritten Rang quälten sich damit ab, eine klebrige Leiter auszufahren, was ihnen nach mehreren Anläufen auch gelang. Die Menschen, ein *Mann* und eine *Frau*, kletterten die Sprossen hoch.

»Wir möchten mit Praeis Shin t'Theria sprechen«, meldete der *Mann* kurzatmig den Schwestern im Dritten Rang, sowie seine Stiefel das Deck berührten.

»Ich bin die Oberste Befehlshaberin, Praeis Shin t'Theria.« Praeis trat einen halben Schritt nach vorn. »Das sind meine Tochter Theiareth Shin t'Theria und die Schiffsführerin Urae Vania.« Sie dippte ein Ohr in Richtung Theia, dann deutete sie mit der Ohrspitze auf die Schiffsführerin.

Beide Menschen wirkten angespannt und verkrampft. Ganz gleich, in welcher Mission sie hergekommen waren, gern übernahmen sie diese Aufgabe nicht. Gelassen fuhr Praeis fort: »Ihr befindet euch mitten in einem Kriegsgebiet, Menschen. Wir müssen euch darauf hinweisen, dass eure Leben akut in Gefahr sind.«

»Das wissen wir, Oberste Befehlshaberin.« Die *Frau* war kleiner, rundlicher und von dunklerer Hautfarbe als ihr Gefährte. Sie sprach abgehackt und in Wortblöcken, sich vermutlich auf ihr Implantat verlassend, das ihr den Text soufflierte. »Aber wir mussten unbedingt mit dir Kontakt aufnehmen. Gestern zerbarst ein offenbar verlassener Unterwasserbunker. Habt ihr heute früh bei einsetzender Flut bemerkt, dass sich das Wasser rot färbte?«

»Ja, und?« antwortete Praeis. Eine Rotfärbung des Wassers während der Flut war nichts Ungewöhnliches, und im Bericht nur eine Fußnote wert gewesen. Doch an den leer stehenden Bunker erinnerte sich Praeis ganz genau. Sie hatte die Waffenschwestern angewiesen, ihn nicht zu besetzen, weil sie darin eine biologische Waffe oder irgendein anderes Gift befürchtete.

Der *Mann* verzog das Gesicht. »Der Bunker gehört uns. Er enthielt ein Koagulans, das Schmutzpartikel im Wasser gerinnen lässt.«

»Gerinnen?« wiederholte Theia.

»Ja.« Die *Frau* nickte ein paarmal heftig mit dem Kopf. »Die ausgeflockte Masse kann dann problemlos von Jobbern eingesammelt werden.«

In Praeis' Ohren begann es leise zu dröhnen. »Könnte dieses Zeug auch industrielle Schmiermittel angreifen?«

»Ja«, räumte der *Mann* ein. »Deshalb kamen wir hierher, wir wollten euch davon in Kenntnis setzen. Unser Management ist über den Vorfall bereits informiert. Lynn Nussbaumer schickt einen Sicherheitstrupp, der euch beschützt, bis wir den Schaden behoben haben. Wir übernehmen die volle Verantwortung und kümmern uns um die Beseitigung dieses Koagulans.«

Praeis merkte, wie ihre Ohren unsicher wedelten. »Ihr würdet notfalls für uns kämpfen?«

»Das gerade nicht«, entgegnete die *Frau*. »Aber wir sorgen dafür, dass ihr unbehelligt bleibt. Ihr müsst eure Leute auf eure Schiffe oder in eure Basislager zurückrufen, und diese Installationen werden wir bewachen, bis die Bucht gesäubert ist und eure Maschinen wieder einwandfrei laufen.«

»Ihr verlangt von uns, dass wir unsere Truppen abziehen?« entrüstete sich die Schiffsführerin Vania. Sie schien fassungslos zu sein. Ihre Ohren klebten flach an ihrem Schädel. »Das ist unmöglich. Ich finde …« Sie stellte die Ohren senkrecht hoch und richtete sie auf Praeis. »Bei allem Respekt, Oberste Befehlshaberin, ich kann aus meiner Meinung keinen Hehl machen. Ich muss es einfach aussprechen. Die Menschen haben gut reden, denn es sind nicht ihre Familien, die da draußen den Getesaph ausgeliefert sind, sondern unsere Schwestern, unser eigen Blut.« Sie dippte beide Ohren in Richtung Küste. »Wir werden sie nicht im Stich lassen.«

»Aber mit stillstehenden Maschinen könnt ihr nichts für sie tun«, warf die *Frau* ein. Ihre kühle, emotionslose, menschliche Stimme klang eine Spur gereizt. »Hört her, dieses Zeug ist lebendig. Es wird wachsen und sich ausbreiten, und dann lässt es sich durch nichts mehr aufhalten. Sämtliche Maschinen, all eure Waffen …« – mit einem Finger deutete sie auf die entfernt im Ozean dümpelnde Flotte – »werden ausfallen.« Während sie sprach, verfinsterte sich ihre Miene. »Jetzt können wir euch noch helfen. Wir wollen helfen, doch wenn ihr eure gesamte Ausrüstung nicht schleunigst an einen isolierten Ort bringt, wo wir mit der Säuberung beginnen können, dann entweicht das Koagulans, infiziert alles, was auch nur eine Spur Öl oder Schmiere aufweist, und ihr könnt nie wieder Krieg führen.«

»Wieso ist euer Boot denn nicht betroffen?« erkundigte sich Theia unvermittelt.

Die *Frau* fasste sie lauernd ins Auge. »Bevor wir es zu Wasser ließen, präparierten wir es mit einem speziellen Desinfektionsmittel. Allerdings hält die Wirkung nicht ewig vor.«

Theia drängte sich dicht an Praeis heran; Praeis

streifte sie mit einem Seitenblick und zuckte einmal kurz mit dem Ohr. Offenkundig brannte Theia darauf, etwas zu sagen, und Praeis glaubte zu wissen, was ihrer Tochter auf dem Herzen lag.

Diese beiden Menschen wirkten äußerst nervös, und es gab gleich mehrere Gründe für ihre Zappeligkeit. Praeis blickte in die Runde. Jedes Crewmitglied, das sich auf Deck in Hörweite befand, stand stocksteif da und lauschte angestrengt dem Wortwechsel.

Praeis legte eine Hand auf Theias Schulter. Sie hob die Stimme, und was sie sagte, war in erster Linie an ihre Waffenschwestern gerichtet und weniger an die Menschen. »Schwört ihr, dass ihr unsere Schwestern beschützen werdet, solange diese … Desinfektion dauert?«

»Ja«, antwortete der Mann. »Wir geben es dir schriftlich, wenn du es verlangst.«

»Sehr gut«, entgegnete Praeis in dem gebieterischen Ton, den sie immer dann anschlug, wenn sie die Befehlshaberin herauskehren wollte. »Wir fangen auf der Stelle an. Schiffsführerin Vania, ruf die Gruppenmütter zusammen.« Die Schiffsführerin dippte die Ohren und kehrte auf die Brücke zurück. Praeis richtete ihre hochgestellten Ohren auf die Menschen. »Würdet ihr freundlicherweise auf eurem Boot warten, bis meine Leute sich versammelt haben?«

»Natürlich«, erwiderte die *Frau*.

»Gut. Theia, du kommst mit mir, und wir bereiten uns auf das Treffen vor.« Praeis wandte sich um und ging in die Kabine der Administration.

Theia schlüpfte hinter ihr her und schloss die Tür. »Spürst du es auch, Mutter?«

Praeis stand mitten im Raum und ließ die Ohren in jede Richtung wedeln. »O ja, meine Tochter. Die beiden lügen.«

»Sie flunkern, dass sich die Balken biegen«, bekräftigte

Theia auf Englisch. Besorgt griff sie nach Praeis' Hand. »Was sollen wir tun?«

»Wir tun, was man uns sagt«, gab Praeis ruhig zurück. »Aber nur solange, bis wir herausgefunden haben, was hier abläuft.«

Keale blieb sitzen, derweil Rchilthn Byvant von ihrem Platz aufstand und ihn bedrohlich überragte. Er beobachtete, wie sich ihre Züge glätteten und die Ohrsegel flach nach hinten klappten. Er fragte sich, ob es ein Fehler gewesen war, sich persönlich hierher zu bemühen. Sie saßen allein in dem privaten Büro der Rchilthn, und selbst sein Implantat zeichnete dieses Gespräch nicht auf. Die Durch Wahl Bestimmten Anführerinnen hatten darauf bestanden.

»Ihr protegiert sie! Und sie töten unsere Schwestern!«

Keale setzte sich so aufrecht hin, wie es das viel zu weiche Polstersofa erlaubte. »Nicht, solange wir hier sind!«

Byvant fiel spontan keine Entgegnung ein, und er nutzte die Pause, um zu erläutern: »Glaubt ihr wirklich, wir würden Partei ergreifen?« fragte er in bemüht sachlichem Ton. »Wie sollten wir das bewerkstelligen? Indem wir ihnen befehlen, die Angriffe einzustellen? Darauf würden sie nicht hören.« Einen Herzschlag lang schwieg er. »Ihr wisst genau, dass wir ihnen nichts vorschreiben können. Doch jetzt, wo sie festsitzen und darauf warten müssen, bis wir sie befreien, sind ihre Aktivitäten eingeschränkt. Aber das klappt nur, wenn ihr eure Leute zum Stillhalten bewegen könnt.« Byvant hob ihr unversehrtes Ohr um einen knappen Zentimeter. »Sowie ihr die t'Therianerinnen in ihrem wehrlosen Zustand angreift, müsst ihr damit rechnen, dass die Über Alle Gebietenden Königinnen euch mit einer Atombombe oder irgendeiner Biowaffe ausradieren.«

Keale spähte an Byvant vorbei auf ihre schweigsame

Schwester, die auf einem härteren und dem ernsten Anlass angemesseneren Diwan saß. Wie immer, verbarg Ishth die Hände in den Falten ihrer golden und silbern gemusterten Jacke. Ihre Ohren sackten leicht herab, ob aus Frustration oder simpler Erschöpfung, vermochte er nicht zu sagen. Ihr Schweigen schien eine gewisse Wirkung auszuüben. Byvant trat zwei Schritte zurück.

Hoffentlich ist das ein gutes Zeichen. »Unterdessen«, fuhr Keale fort, »bringen wir eure Töchter und trächtigen Mütter in Sicherheit, wenn ihr es zulasst. Wir können sie zum City-Schiff *Beijing* hochfliegen, zusammen mit euren Cousinen, den Fil. Auf diese Weise ist die Zukunft eurer Familie nicht gefährdet, ganz gleich, was sich hier drunten noch abspielen mag.«

In einer fragenden Geste richtete Byvant ein Ohr auf Ishth. »Das müssen wir dem Parlament vortragen, oder zumindest dem Obersten Komitee«, meinte Ishth.

»Selbstverständlich.« Keale fiel ein Stein vom Herzen. »Aber gebt gut Acht, wie ihr es vortragt. Euch wird die Chance geboten, noch einmal mit heiler Haut davonzukommen. Wenn ihr klug seid, ist das der perfekte Ausweg.«

Im nächsten Moment spürte er die Unterströmung, die zwischen den Schwestern kreiste. Sie verabscheuten ihn. Sie wollten, dass er ging. Und diese Gefühle brodelten so stark in ihnen, dass sie selbst auf ihn, den Fremdling, übergriffen.

Blitzartig dämmerte ihm eine Erkenntnis. *Ihr wusstet Bescheid, ihr wart die ganze Zeit über im Bilde. Euch war von Anfang an bekannt, dass die* Ur *gekapert werden sollte, doch der Plan ging schief. Ihr habt die Situation nicht mehr unter Kontrolle. Und dafür müssen eure Leute jetzt büßen.*

»Vergesst nicht, wer für den Angriff verantwortlich ist«, erklärte er. »Und habt ständig vor Augen, was alles noch passieren kann.«

Mit einer jähen Unbeholfenheit ließ sich Byvant neben ihre Schwester auf den Diwan plumpsen und tastete nach ihrer Hand. Ishth streckte sie ihr entgegen, und Byvant griff zärtlich danach. »Wir werden das tun, was für unser Volk, dem wir dienen, das Beste ist«, entgegnete sie mechanisch.

Keale nickte in feierlichem Ernst. »Natürlich.«

»Wir unterbreiten den Vorschlag dem Obersten Komitee«, erklärte Byvant. Ihre Stimme klang wieder fest und entschlossen, doch beide Ohren deuteten auf ihre Schwester, und sie blickte unverwandt zu Boden. »Wir erwarten, dass die richtige Entscheidung getroffen wird.«

»Seid bedankt, Rchilthn Ishth, Rchilthn Byvant.« Keale stand auf. *Jetzt habe ich euch beide in der Hand.*

Die Paeccs Tayn waren nach Dedelphi-Maßstäben klein geraten. Den meisten von ihnen konnte David in die Augen sehen, ohne den Hals recken zu müssen. Nachdem er wochenlang mit den bläulich gefärbten t'Therianerinnen zu tun gehabt hatte, kam ihm der creme- und graufarbene Teint der Paeccs Tayn unnatürlich blass vor.

Die Königinnen hatten sich zur Landung des Shuttles eingefunden, als es in ihrem einzigen, schwer bewachten Flughafen niederging. Offensichtlich diente die Anlage militärischen Zwecken: gepanzerte Hangars, keine Fluggeräte im Freien, Wachtürme und überall schwere Geschütze.

David und sein Mitarbeiterstab schritten die Rampe hinunter. In der Luft lastete eine drückende Schwüle, es roch nach feuchtem Zement und einer beinahe greifbaren Spannung. Die Königinnen, ihre Leibwache und ein Gefolge aus Adligen oder Politikerinnen, in diesem Punkt war sich David nicht sicher, harrten geduldig und pedantisch aufgereiht seitlich der Rampe, sodass er sein Gesicht direkt in die Sonne halten musste, wenn er sich ihnen zuwandte.

Nur wenige Stunden waren ihm geblieben, um sich mit den Paeccs Tayn zu beschäftigen. Er beherrschte nicht einmal ihre Sprache und musste sich hindurchstammeln, indem er die Formulierungen von seinem Implantat ablas, eine Aufgabe, die ihm absolut nicht behagte.

Doch Keale hatte Lynn eingebläut, wie wichtig es sei, den Paeccs Tayn zu versichern, dass die Menschen die Dedelphi nicht verlassen hatten und dass es ihnen im Traum nicht einfiele, sich in den (hoffentlich) abgebrochenen Krieg zwischen den Getesaph und den t'Therianerinnen einzumischen.

Keiner fragte Keale, wieso er diesen Umstand betonen wollte, doch es war ihm gelungen, Lynn von der Bedeutung dieser Aussage zu überzeugen, und Lynn hatte wiederum David beeinflusst. Die Pest hatte bereits über sechzig Prozent der Paeccs Tayn dahingerafft, und deshalb war man übereingekommen, dass dieses Volk weder einen Vizepräsidenten noch einen Sicherheitsexperten oder einen Leitenden Manager als Verhandlungspartner brauchte, sondern einen Arzt.

Eine der Königinnen, die Erste Königin Oran *ji* Ufa, meldete sein Implantat, trat forschen Schrittes auf ihn zu. Bei jeder Bewegung klirrten ihre Ohrgehänge. Während sie sprach, scrollte sein Implantat die englische Übersetzung vor seinem Auge ab.

»Du bist Dr. David Zelotes? Du bist gekommen, um uns zu helfen? Man hat uns mitgeteilt, dass dem so sei.«

David murmelte stimmlos die Antwort, die er geben wollte, und las die Worte von seinem Implantats-Prompter ab, wobei er die Aussprache hoffnungslos verstümmelte. »Der bin ich. Meine Assistenten und ich kamen hierher, um euch in jeder erdenklichen Weise zu helfen. Ich versichere euch, dass wir so lange bleiben werden, bis ihr uns nicht mehr braucht.« *Vielleicht mögen sie ja den starken, wortkargen Typ.*

Die Königin neigte sich so dicht an ihn heran, als wolle sie sein Implantat studieren. »Und du fürchtest dich nicht vor den t'Therianerinnen und den Getesaph?«

Ich fürchte sie mehr als du ahnst. David strengte sich an, um sich seine Gemütsregung nicht anmerken zu lassen. Es kostete ihn Überwindung, nicht zurückzuweichen. Der Atem der Königin beschlug seinen Helm. »Die Welt besteht nicht nur aus den t'Therianerinnen und den Getesaph.«

»Ha!« Königin Oran rückte von ihm ab und faltete die Hände vor dem Brutbeutel. Es war eine Geste, die Davids Erfahrung nach äußerste Zufriedenheit ausdrückte. »Ein wahres Wort, findet ihr nicht auch? Eines Tages werde ich mich fragen, warum wir sie nicht rechtzeitig daran erinnert haben.« Ihre Ohren reckten sich spitz in die Höhe. »Ich glaube, wir werden gut mit dir auskommen, Dr. David Zelotes. Möchtest du uns begleiten?«

David neigte den Kopf. »Mit Vergnügen.«

Arron hockte vor der Komm-Station in seinem kärglich eingerichteten Gästequartier. Cabal wohnte drei Türen weiter auf derselben Etage. Problemlos hatte man sie untergebracht. Über eine öffentliche Komm-Station hatte Arron Lynn um zwei Kabinen gebeten. Prompt kam ihre Antwort: »Das geht in Ordnung. Du bekommst, was immer du brauchst.« Sofort danach kappte sie die Verbindung. Um alles weitere hatte sich die Künstliche Intelligenz der Basis gekümmert.

Arron hatte Cabal zu dessen Kabine begleitet. Cabal schritt den sechseckigen Raum ab und grunzte. Dann schmiss er Arrons Laptop auf den Tisch und meinte, als

Erstes müsse er recherchieren, wer da draußen mithörte. Daraufhin hatte Arron ihn allein gelassen.

Arron betrachtete den leeren Schirm seiner eigenen Komm-Station und massierte seine Unterarme. Es war ein seltsames Gefühl gewesen, durch die Korridore der Basis zu spazieren. Seit Jahren war er zum ersten Mal wieder dauernd von Menschen umgeben. Einerseits wollte er weglaufen, zum anderen drängte es ihn, jeden Menschen, dem er begegnete, zu berühren.

Es kam ihm irgendwie unnatürlich vor, dass die Menschen so pedantisch darauf achteten, sich ja nicht zu nahe zu kommen und aus schierer Höflichkeit jeden Körperkontakt vermieden. Es war anomal und verkehrt. Die Art und Weise, wie er auf diese Distanziertheit reagierte, machte ihn ganz kribbelig, und er zog es vor, in seine Kabine zu gehen und dort auf Cabal zu warten.

Bisher hatte niemand mit ihm Kontakt aufgenommen. Lynn und Bioverse waren mit wichtigeren Dingen beschäftigt als sich über Arron Hagopian Gedanken zu machen. Diese Angelegenheiten waren sogar noch relevanter als herauszufinden, was tatsächlich an Bord der *Ur* stattfand.

Er hatte versucht, Lynn auszufragen, doch sie hatte lediglich den Kopf geschüttelt und erwidert, alles hinge von Security Commander Keale ab. Sie hatte hoch und heilig geschworen, sich mit ihm in Verbindung zu setzen, sobald gewisse Vorgänge eingeleitet wären. Das war vor drei Tagen gewesen.

Was auch immer Lareet und Umat angezettelt hatten, war in der Basis nie hinterfragt worden. Niemand schien auf den Gedanken zu kommen, sich zu erkundigen, wovor die Getesaph sich so entsetzlich fürchteten. Was sie zu dieser extremen Handlungsweise getrieben hatte. Und was im Namen aller Weltenmütter hatte sie dazu bewogen, sich gegen ihn, Arron Hagopian, zu wenden?

Arron holte tief Luft. Was er vorhatte, würde vermutlich nicht funktionieren. Es konnte gar nicht klappen, und dennoch musste er es versuchen.

»Computer, stell eine Verbindung zum City-Schiff *Ur* her.«

»Befehl wird ausgeführt.«

Arron wartete auf eine Sicherheitssperre, einen Alarmton, wenigstens auf die Frage nach seinem Autorisierungscode, doch nichts kam. Die Station suchte in den Adressendateien, während er wartete und sein Herzschlag sich mit jeder Sekunde, die verstrich, ein wenig mehr beruhigte. Aber nichts Ungewöhnliches passierte. Offenbar konnte sich das Leitende Management von Bioverse nicht vorstellen, dass jemand versuchen würde, das Schiff zu kontaktieren, und ihr Security-Chief war zu beschäftigt, um das Nachdenken für sie zu übernehmen.

»Verbindung hergestellt«, meldete der Computer, obwohl der Schirm leer blieb. »Es ist nur ein akustischer Kontakt möglich.«

Arron klopfte das Herz bis zum Hals. »Wissenschaftler Arron ruft das City-Schiff *Ur*. Ich bitte um eine Unterredung mit Dayisen Rual Lareet und Dayisen Rual Umat.«

Gespannt lauschte er auf irgendeine Antwort aus dem dunklen Schirm. Stattdessen hörte er, wie sich hinter ihm die Zimmertür öffnete.

»Was tust du da!« brüllte Lynn.

»Computer, Verbindung kappen.« Arron drehte sich zu Lynn um. Ihre Verbände waren fort, doch die neue Haut glänzte ein bisschen zu rosig und ein bisschen zu frisch, wodurch ihr Gesicht zusammengeflickt wirkte. »Ich habe versucht, mit meinen Schwestern zu sprechen …«, begann er ruhig.

»Deine Schwestern!« Wut verzerrte ihre Züge.

Lynn, was ist aus dir geworden? »Dayisen Lareet und

Dayisen Umat. Zehn Jahre lang war ich bei ihrer Familie zu Gast, und ich habe sie immer als meine Schwestern betrachtet.«

Lynn fuhr sich mit der Hand über die Haarstoppeln auf ihrem Schädel. »Und hast du sie jemals gefragt, als was sie dich betrachteten?«

Zorn wallte in ihm auf. »Wenn ich das versäumt habe, dann war ich auch nicht besser als du. In Punkto Nachlässigkeit haben wir zwei uns nichts vorzuwerfen.«

Lynns Gesicht lief purpurrot an. Sie trat einen Schritt auf ihn zu.

In diesem Moment meldete der Computer: »Dr. Nussbaumer, Praeis Shin t'Theria verlangt Sie in einer dringenden Angelegenheit zu sprechen.«

Lynn klappte den Mund so fest zu, dass Arron das Aufeinanderklappern ihrer Zähne hörte. »Mit dir bin ich noch nicht fertig«, drohte sie Arron, als sie sich der Komm-Station zuwandte. Erst als sie ihm den Rücken zukehrte, fragte sich Arron, was sie überhaupt bei ihm zu suchen hatte und wie sie in sein Zimmer eingedrungen war. Sie musste seinen Ruf an die *Ur* abgefangen haben. Ließ sie das Netz nach jeder Leitung zur *Ur* scannen, oder stand er allein unter Beobachtung? Er wusste es nicht. Bis jetzt hatte er angenommen, sie hätte ihn total vergessen.

»Aktiviere die Station. Ich bin hier, Praeis.« Sie setzte sich nicht. Sie blieb stehen und verschränkte die Arme vor der Brust.

Über Lynns Schulter blickend sah Arron, wie sich flackernd ein Bild auf dem Schirm formierte. Er erkannte Praeis Shin, die über Mund und Nase eine Filtermaske trug. Ein dicker Gummianzug bedeckte ihren Körper. Er spähte an ihr vorbei in den verschatteten Hintergrund und erkannte mit gelindem Erschrecken, dass sie sich in seinem alten Außenposten befinden musste und in die letzte verbliebene Komm-Station sprach.

»Lynn. Danke, dass du den Anruf entgegennimmst. Ich kann mich nicht lange an diesem Ort aufhalten. Es wäre zu riskant.« Die Filtermaske dämpfte Praeis' Stimme, doch deutlich hörte Arron die innere Anspannung heraus. Ihre Ohren waren nach hinten geklappt und zitterten vor Stress. »Das ist die einzige Station, die ich finden konnte. Lynn, was geht hier vor? Ich weiß zu schätzen, dass deine Leute sich um uns kümmern, doch man tischt uns irgendwelche bizarren Geschichten über Lecks in Bunkern und entweichende Organismen auf, die Schmutzpartikel zu einer klebrigen Masse gerinnen lassen.«

Lynns Gesicht hatte wieder eine halbwegs normale Färbung angenommen. »Praeis, ich schwöre dir, es war ein Unfall«, antwortete sie ohne zu zögern. Arrons Magen verkrampfte sich. *Wie konntest du das tun? Lynn, ist dir eigentlich klar, was du da tust?* »Unsere Biotechniker haben das Zeug überall auf dem Planeten gelagert und nur darauf gewartet, es in die Umwelt zu entlassen. Wir wussten nicht …«

»Ihr wusstet nicht, dass ein Krieg ausbrechen würde«, beendete Praeis für sie den Satz. »Damit konntet ihr nicht rechnen. Ihr gingt davon aus, ihr hättet uns völlig unter Kontrolle, nicht wahr?« Sie wackelte mit den Ohren um anzudeuten, dass es ein Scherz war, doch in ihrer Stimme schwang ein Unterton mit, der Arron unter die Haut ging. »Ich habe in t'Aori angerufen und den Königinnen die Situation erklärt.«

»Ich kann dir Karten und Diagramme von den anderen Depots schicken«, erbot sich Lynn beflissen. »Natürlich kannst du sie dir auch jederzeit über die Komm-Station abrufen.«

»Sei bedankt.« Praeis dippte die Ohren. »Aber ich komme schon klar.«

»Habe ich jemals an deiner Kompetenz gezweifelt, Praeis?« Lynns Stimme wurde weich, und selbst Arron hätte schwören können, dass sie es ehrlich meinte.

Eine Pause trat ein, und Arron sah, wie Lynn freundlich lächelte.

»Nein, das hast du nicht«, erwiderte Praeis. »Jetzt muss ich diesen Ort verlassen, ehe ich zu viel von dem Gift einatme.«

»Ruf mich bald wieder an, Praeis. Lass mich wissen, wie es dir und Theia geht.«

»Ich verspreche es.« Praeis schloss die Leitung.

Ehe das Bild auf dem Schirm völlig erlosch, wandte sich Lynn wieder an Arron. Er starrte sie an. Er wusste, dass er Maulaffen feilhielt, doch er konnte nicht anders. Seine Hände fühlten sich an wie zu Eis erstarrt. Wer war diese Frau? Das war nicht Lynn. Sie konnte es nicht sein.

Mit einer matten Bewegung deutete er auf die Komm-Station. »Ich fasse es nicht, was du getan hast.«

Sie rieb sich die Augen. »Sieh doch, Arron, ich habe keine Lust, mich mit dir zu streiten. Ich bin ...«

Er ging ein paar Schritte auf sie zu. Nach menschlichen Maßstäben rückte er viel zu nahe an sie heran, doch die Etikette war ihm egal. Lynn wich ihm nicht aus. »Du sitzt hier oben und entscheidest über das Schicksal der Dedelphi. Du planst sämtliche ihrer Aktionen und korrigierst sie, falls sie mal einen verkehrten Zug machen. Warum setzt du dich nicht direkt auf einen Thron, klebst dir einen Bart an, erklärst dich für Gott und damit basta?«

»Ich rette Leben«, erwiderte Lynn mit gepresster Stimme. Sie behauptete ihren Platz und Arron musste ein Stück zurückweichen.

»Du führst die Dedelphi am Gängelband, beraubst sie ihrer Freiheit.« Er umkreiste den Sessel vor der Komm-Station. »Nicht mal Praeis hast du reinen Wein eingeschenkt.«

»Natürlich nicht. Ich könnte doch nicht …«

»Was könntest du nicht?« fragte Arron leise. »Bringst du es nicht übers Herz, ihr zu erzählen, wie weit das Ganze schon gediehen ist?« Mit beiden Händen umklammerte er die Rückenlehne des Sessels. »Hast du Angst, sie könnte sich wiederum ihren Schwestern anvertrauen, die dann gegen dich rebellieren?« Ihre Augen blitzten vor Wut. Arron beugte sich zu ihr herüber. *Siehst du nicht, was das bedeutet, Lynn? Hör mir gut zu, denn ich versuche gerade, es dir begreiflich zu machen.* »Sie haben dir eine Höllenangst eingejagt, Lynn. Gib's ruhig zu. Du gerietest in eine Situation, die du nicht kontrollieren konntest, und das versetzte dich in Panik. Jetzt bist du darauf aus, dem gesamten Planeten deinen Willen aufzuzwingen. Eine ganze Welt muss dir parieren, damit du sie nicht mehr zu fürchten brauchst.«

»Wenn wir nichts unternehmen, sterben sie alle«, versetzte sie, jedes Wort einzeln betonend. »Ich töte die Dedelphi nicht. Was ist denn dein Wunsch, Arron. Findest du, sie sind besser dran, wenn sie allesamt krepieren?«

»Nein, natürlich nicht.« Arron rieb sich mit beiden Händen den stoppeligen Schädel. *Wieso kannst du mich nicht verstehen?* »Ich finde nur, dass sie ihre Entscheidungen selbst treffen müssen.«

»Das haben sie bis jetzt getan, Arron!« Lynn schlug mit der Hand auf die Tastatur der Komm-Station. »Sie haben beschlossen, uns hierher zu holen.«

»Aber nicht, um entmündigt zu werden!« Er warf die Arme hoch.

Lynn fletschte die Zähne wie eine Dedelphi. »Doch, Arron, genau darauf läuft es hinaus. Sie baten uns, ihnen zu helfen, und wir werden ihnen helfen!«

Arron lehnte sich über den Sessel. »Lynn, die Firma hat kein Interesse daran, ihnen zu helfen. Die Firma will nur …«

»Verschone mich damit, Arron.« Abwehrend hob Lynn die Hände. »Denn jetzt haben sie es nicht mehr mit der Firma zu tun, sondern mit mir.«

Wie betäubt starrte Arron sie an. Sie glaubte es selbst. Lynn glaubte allen Ernstes, Bioverse hätte den Rückzug angetreten und ihr das Feld überlassen.

»Nun ja …« – er schluckte hart –, »in diesem Fall ist sicher alles in Ordnung.«

»O nein, nichts ist in Ordnung.« Sie schüttelte den Kopf. Ihre Schultern sackten herunter. Einen Moment lang ließ sie sich ihre Erschöpfung anmerken, doch dann riss sie sich zusammen und drückte den Rücken durch. »Aber ich werde dafür sorgen, dass die Ordnung wiederhergestellt wird. Versuch bitte nie wieder, sie anzurufen, Arron. Die Situation ist zu … heikel. Wir können dir keine freie Hand lassen. Man weiß nie, was alles noch passieren wird.«

Sie ging. Hinter ihr schloss sich zischend die Tür. Arron rührte sich nicht vom Fleck. Er grübelte darüber nach, was er sonst noch hätte sagen oder tun können. Hatte sich Lynn bereits so weit von ihm entfernt, dass er nicht mehr zu ihr durchdringen konnte? Saß ihre Angst so tief?

Hatte er sie jetzt endgültig verloren?

Lareet wurde durch das Geschrei ihrer Schwestern geweckt.

Bolzengerade saß sie auf ihrer Matratze. Umat stand schon am Fenster. Rings um sie her rappelten sich Dayisen, Trindt und Irat hoch und wedelten mit den Ohren, um die Quelle des Radaus auszumachen.

»Was ist das?« fragte Lareet. Ein widerlicher Gestank stieg ihr in die Nase. Es roch nach Schimmel und verfaulenden Pilzen. Ihre Nüstern klappten zu.

»Mit dem Fluss stimmt was nicht.« Umat flitzte zur Treppe.

Lareet sprang auf die Füße, schnappte sich eine Tunika aus der Kleidertruhe und hetzte ihr nach. Beim Hinunterklettern wand sie sich in den Fetzen; drunten angekommen schoss sie durch die offen stehende Tür und sauste über die Wiese, bis sie Umat eingeholt hatte.

Nackt wie eine Fischerin im Regen, grub Umat ihre Zehen in die grasbewachsene Uferböschung. In ihrer Nähe stand bereits eine Gruppe von Schwestern. Der Morgen dämmerte, und die Kuppel färbte sich zu einem lichten Blau, doch es war hell genug, um die Umgebung zu erkennen.

Der Fluss, der wunderschöne, saubere, glitzernde Fluss, hatte sich in eine braune schlammige Brühe verwandelt. Der Modder blubberte und gluckerte wie eine offene Kloake. Er verströmte den infamen Gestank, der die Luft verpestete. Auf der Oberfläche trieben tote Fische wie Spielzeugboote.

Umat stierte entsetzt auf den verdreckten Strom. Ihr Mund öffnete sich, doch es dauerte eine Weile, ehe sie ein Wort herausbrachte. »Bei der Mutter Nacht!« flüsterte sie. Dann gewann sie ihre Fassung zurück. »Ovrth Ond, Ovrth Brindt, lauft zur Kommandozentrale und sagt ihnen, man soll auf der Stelle ein Team zu den Wasser-Recyclern schicken, um festzustellen, was passiert ist. Trindt Mnat, nimm ein paar Schwestern mit und prüft nach, ob das Leitungswasser ebenfalls verschmutzt ist.«

Etwas streifte Lareets Schulter. Ärgerlich schlug sie danach. Ein gelbes Blatt trudelte nach unten und landete auf dem Gras zu ihren Füßen.

Gelb? Sie blickte hoch. Ein weiteres Blatt löste sich von dem Baum, unter dem sie stand. Im zunehmenden Morgenlicht sah sie, dass es mit krankhaft anmutenden gelben Flecken gesprenkelt war. Kleine angewehte Häuflein von totem Laub türmten sich auf der Wiese. Lareet blickte genauer hin. Auch das Gras fing an zu welken. An manchen Stellen durchbrachen bleiche, tropfenförmige Pilze den Boden.

»Umat« – sie richtete sich aus ihrer halb gebückten Stellung auf – »wir müssen auch die Gärten inspizieren.«

Die in der Kommandozentrale eingehenden Neuigkeiten verhießen nichts Gutes. Alles Wasser war verunreinigt, zu beiden Seiten des Schiffs. Kleine Mengen Trinkwasser konnte man durch den langwierigen Prozess von mehrmaligem Abkochen und Filtern gewinnen.

Niemand brauchte ausdrücklich darauf hinzuweisen, dass sämtliche medizinischen Aktivitäten ohne steriles Wasser zum Stillstand kamen, doch Lareet las in den Mienen der Irat, die ihre Berichte ablieferten. Jede von ihnen dachte daran.

Das Myzel, das die Rasenflächen erstickte und die Bäume strangulierte, hatte tatsächlich auf die Gärten übergegriffen. Nun wucherten dort leichengraue Pilze, die beim Zerplatzen Methan ausdünsteten und Wolken aus braunen Sporen in alle Richtungen verbreiteten.

Ihre Stadt. Ihre atemberaubend schöne, mit so viel Liebe konstruierte Stadt, verfaulte unter ihren Augen.

»Notfalls kommen wir auch ohne die Gärten aus«, meinte Umat, während ihre Ohrsegel vor und zurück flatterten. »Wir ernähren uns halt von den künstlichen Notrationen, die die Menschen zurückließen. Das Problem ist das Wasser.«

»Nicht nur der Wassermangel ist kritisch, Schwester«, hielt Lareet ihr ernst entgegen. »Hast du die Luft in den Citys geschnuppert? Der Gestank wird immer unerträglicher. Bald kann man überhaupt nicht mehr atmen. Wenn wir es nicht schaffen, die Filtersysteme wieder in Gang zu setzen, müssen wir Druckanzüge und Isolationsanzüge tragen.« Sie hielt inne und fand, es sei müßig, Umat daran zu erinnern, dass nicht für jede Getesaph an Bord der *Ur* entsprechende Schutzkleidung zur Verfügung stand.

»Alle, die keinen Anzug mehr bekommen, verfrachten wir in die Shuttles und schicken sie nach Hause zurück.« Die Computer in den Shuttles waren nicht sabotiert worden. Angeblich wären die Autopiloten imstande, die Shuttles zu den Hundert Inseln zurückzubringen, selbst wenn das Schiff seine Beschleunigung und Flugbahn änderte.

Schade, dass das City-Schiff nicht so kooperativ ist wie die Shuttle-Computer. Lareet schüttelte den Kopf. »Dayisen Umat, wenn wir jetzt jemanden in die Heimat entlassen, werden sie entweder von den Menschen oder dem Parlament aufgegriffen. Falls etwas schiefgeht, schickt man sie ins Exil oder lässt sie exekutieren. Wir müssen abwarten.« *Wir müssen so lange warten, bis wir sicher sein können, dass unser Plan klappt. Bis wir wissen, dass unsere Schwestern als Heldinnen heimkehren. Nur dann kann ich dir bis zuletzt zur Seite stehen, deine Seele einatmen und sie an die Töchter, die in meinem Schoß heranreifen, weitergeben, auf dass sie sich stets deiner erinnern werden.*

»Wie haben sie das bewerkstelligt?« Umat riss beide Arme in die Höhe.

Stirnrunzelnd spähte Lareet durch den Tunnel. Dort, wo einst grünes, saftiges Gras wuchs, sprossen jetzt Heerscharen von kränklichen braungrauen Pilzen. »Ein paar der *Jobber* müssen Sporen ausgesät haben. Der Angriff auf die Maschinen diente wahrscheinlich nur als Ablenkungsmanöver.«

Umat richtete Augen und Ohren auf sie. »Wir haben uns wieder einmal übertölpeln lassen. Und die Zeit läuft uns davon.«

Lareet dippte schweigend die Ohren. Umat wandte sich an die Dechiffrier-Crew. »Können wir das Schiff mittlerweile steuern?«

»Wir können es steuern«, antwortete Dayisen Ksenth.

Die Leiterin der Frühschicht inspizierte die meilenlangen breiten Papierstreifen, die sich auf dem Tisch in der Mitte des Raums ringelten. »Die Triebwerke lassen sich jederzeit aktivieren, aber …«

Mit einer für sie untypischen Gereiztheit schnitt Umat ihr das Wort ab. »Sind wir in der Lage, jedes beliebige Ziel anzusteuern?«

Dayisen Ksenths Ohren legten sich in knitterige Falten. »Theoretisch ja.«

Lareet berührte den Arm ihrer Schwester. Umats Haut riffelte sich, doch das blieb ihre einzige Reaktion auf den Kontakt. »Genügen zwei Tage, um das Schiff auch in der Praxis zu beherrschen?« fragte Umat.

»Ich glaube kaum«, gab die Dayisen zu. »Leider können wir uns den Luxus eines Testfluges nicht leisten.«

Lareet spürte die Unsicherheit, die von ihrer Schwester Besitz ergriff, und wie als Antwort darauf wellte sich ihre eigene Haut. »Wir wussten, dass wir ein Wagnis eingingen, Schwester«, sinnierte Umat, als seien sie allein. »Ich glaube, bis jetzt wollten die Menschen es uns nur ungemütlich machen. Was werden sie tun, wenn sie sich entschließen, uns ernsthaft zu attackieren?«

Lareet senkte die Augenlider und klappte die Ohren nach unten. Sie wusste bereits, was Umat als nächstes sagen würde, und ihr fiel kein Argument ein, um sie von ihrem Vorhaben abzubringen.

»Gib den Befehl an den Maschinenraum weiter, Dayisen Ksenth«, äußere Umat mit leiser, ruhiger Stimme. »Sie sollen die Triebwerke anlassen und die Steuerdüsen aktivieren. Wir setzen die *Ur* in Bewegung. Und zwar gleich.«

KAPITEL 19

Commander Keale saß zusammen mit Captain Esmaraude am Konferenztisch in seinem Büro. Auf der Videowand zwischen ihnen schwebte ein 3-D Abbild der Ur.

»Um auf Nummer Sicher zu gehen, sollte man bei den Triebwerken beginnen.« Esmo sprach jedes Wort aus, als würde sie dabei Schmerzen empfinden. Keale war davon überzeugt, dass es ihr weh tat. Die *Ur* war ihr Schiff, und sie berieten ihre Demontage.

»So sicher wäre das auch nicht«, hielt Keale ihr entgegen. »Ein Energiestoß aus den hinteren Triebwerken, und das Kranschiff verwandelt sich in einen Haufen Schrott.«

»Nicht, wenn der Kran hier hineinfliegt.« Sie tippte auf das Hangartor. »Und sofort mit der Arbeit beginnt. Die Pogos werden eine Weile brauchen um festzustellen, was los ist, und ich garantiere Ihnen, so schnell werden sie die Triebwerke nicht einschalten. Wenn wir die Crew des Kranschiffs warnen, womit sie rechnen müssen, steuern sie ihr Schiff im Nu außer Reichweite des Feuerstrahls.« Sie furchte die Stirn. »Kräne besitzen eine ungeheuer schwerfällige Lenkung, dafür beschleunigen sie viel rasanter als ein City-Schiff.«

Keale nickte. »Okay, sie fliegen also schnurstracks herein und machen sich an den Triebwerken zu schaffen. Wahrscheinlich benutzen sie einige Jobber …«

»Commander Keale«, fiel ihm die Computerstimme ins Wort. »Eine Transmission vom Satellitennetz Beta.«

Keales Mund wurde trocken. Beta war das Mini-

Netz, das sie rings um die *Ur* geknüpft hatten. »Computer, Station öffnen und das Display abspielen.«

Mit einem flüchtigen Blick streifte er Esmo, die keine Miene verzog. Der Monitor der Station leuchtete auf und zeigte das Vakuum, die *Ur* und das brennende Plasma, das aus den Zwillings-Düsen strömte. Keale bildete sich ein, die Hülle des Schiffs ächzen zu hören, als die *Ur* sich in einer ungleichmäßigen Bahn vorwärtsquälte und langsam Tempo gewann.

»Computer, stell einen Notruf an Lieutenant Ryan durch.«

Ryan musste vor einer Station gesessen haben, denn keine zehn Sekunden später erschien sein Gesicht auf Keales Schirm. »Ja, Sir?«

»Ryan, die *Ur* bewegt sich. Wir müssen zur Beobachtung ein Shuttle hinfliegen, haben Sie mich verstanden? Das Shuttle soll sich in sicherem Abstand vom City-Schiff halten, auf gar keinen Fall zu dicht heranrücken, weil sich jemand einen besseren Überblick verschaffen will. Es kommt lediglich darauf an, den mutmaßlichen Kurs festzustellen.«

Ryan wurde blass. »Jawohl, Sir«, war jedoch alles, was er sagte, ehe er die Verbindung kappte.

Keale wandte sich wieder an Esmo. »Das Satellitennetz Beta ist nicht mobil, deshalb hat es seine Funktion, die *Ur* zu beobachten, bald eingebüßt«, bedauerte er. »Selbst ich hatte nicht angenommen, dass sie das Schiff in so kurzer Zeit würden steuern können.«

Esmo stützte sich auf dem Konferenztisch ab und verschränkte die Arme. Mit den Fingern trommelte sie gegen ihre Ellbogen. »Haben Sie eine Ahnung, was sie vorhaben?«

»Ich hätte da eine Idee.« Er tippte auf drei Tasten des Keyboards, und auf dem Wandschirm erschien ein neues Bild. Nun blickten sie nicht mehr in das leere Vakuum, sondern auf die cremefarbene Sphäre von Dedelph.

Esmo erbleichte. »Kaye, Sie glauben doch nicht etwa ...«

Keale begegnete ihrem Blick. »Sie haben Feinde, die seit ewigen Zeiten Ihre Familie terrorisiert haben. Soeben sind Sie in den Besitz eines Felsbrockens gelangt, der mehrere hundert Millionen Tonnen wiegt. Was fangen Sie mit diesem Brocken an?«

»Ich lasse ihn auf meine Feinde hinunterfallen«, erwiderte Esmo in einem so grimmigen Ton, wie Keale ihn noch nie von ihr gehört hatte. »Wie sind sie nur darauf gekommen, Kaye? Sie kennen doch keine Raumfahrt.«

»Nein, aber sie haben mindestens genauso lange wie wir mit irgendwelchen Dingen nach ihren Feinden geschmissen.« Er ballte die Faust.

»Besitzen Sie Schiffe, mit denen Sie die Verfolgung aufnehmen könnten?« fragte Esmo.

»Massenhaft. Ich verfüge über mehrere hundert unbewaffneter Shuttles. Eine Flotte der technischen Abteilung könnte in vier Tagen hier sein. Mir unterstehen knapp viertausend Leute, die mit nichttödlichen Waffen ausgerüstet sind. Das alles steht mir zur Verfügung.« Er betrachtete die Sphäre. »Und alles ist nutzlos.«

»Etwas haben Sie vergessen«, wandte Esmo ein.

Keale sah sie an. »Was denn?«

Esmo biss sich auf die Lippe, dann antwortete sie: »Ein weiteres City-Schiff.«

Keale spürte, wie sich eine eigentümliche Ruhe in ihm ausbreitete. »Und mit diesem City-Schiff sollen wir die *Ur* rammen?«

Sie nickte. »So bald wie möglich. Wenn sie dem Planeten zu nahe kommen, werden die durch die Kollision entstehenden Trümmer und Partikel auf der Oberfläche einschlagen.«

Sie wirkte geistesabwesend, ihre Worte klangen irgendwie irreal, doch er sagte sich, dass dies die Realität war. Etwas Konkreteres, Effektiveres hatte er in seinem ganzen Leben noch nicht vollbracht. »Wie viele Leute sind nötig, um ein City-Schiff zu fliegen?«

Sie zuckte die Achseln. »Für eine kurze Strecke genügen zwei Personen und eine funktionierende Künstliche Intelligenz.«

Er spürte, wie sich zwischen ihnen ein Abgrund auftat, und über diese bodenlose Kluft hinweg kreuzten sich ihre Blicke. »Können Sie mir auf die Schnelle beibringen, was ich wissen muss, um das Ding zu steuern?«

Seufzend blies die den Atem aus und dachte nach. »Sie sind Shuttle-Pilot, nicht wahr?«

Keale nickte.

»Doch, ja, dann geht es.«

»Na schön. Wir nehmen die *Manhattan*. Sie ist nicht bewohnt.«

Esmo nickte. »Ich sage dem Admiral Bescheid.«

»Und ich hole mir die Vollmacht von den Vizes. Die können Sie dem Admiral unter die Nase halten.«

Hinter den Brillengläsern glitzerten ihre Augen in eisigem Vergnügen. »Vielleicht verweigern sie uns die Erlaubnis.«

Keale zuckte die Achseln. »Dann bin ich gespannt, welchen Alternativplan sie uns präsentieren.«

Beide standen auf. Er öffnete den Mund, doch sie bedeutete ihm zu schweigen. »Es ist auch mein Job, Kaye, ich bin sogar noch mehr betroffen als Sie. Sie haben meine Crew schikaniert. Sie haben Rudu ein Bein weggeschossen. Sie haben mir das Schiff unter dem Hintern weggenommen.« Ihre Züge verhärteten sich, und er sah, wie in ihren dunklen Augen die blanke Wut flackerte. »Das lasse ich mir nicht gefallen.«

»Dann treffen wir uns um fünfzehnhundert im Hangar.« Seine Station piepte zwei Mal.

Esmo zuckte leicht zusammen. »Was ist das?«

»Ein kleiner Melder, den ich installiert habe. Dieser dubiose Kerl, Cabal, der bis jetzt auf Dedelph hauste, schnüffelt im privaten Netz herum. Um den Beweis dafür zu erhalten, habe ich eine Spionagedrohne auf ihn angesetzt.« Nachdenklich schürzte er die Lippen. »Wahrscheinlich ist es der Mühe nicht Wert, aber ich schick mal jemanden zu ihm, der ihn festsetzt. Wir sehen uns dann um fünfzehnhundert, Esmo.«

»Fünfzehnhundert.« Esmo ging.

Keale setzte sich an die Komm-Station und tippte ein kurzes Kommando ein, um sich mit der Spionagedrohne in Verbindung zu setzen. *Ich muss mich um die ganz alltäglichen Routinearbeiten kümmern. Dafür sorgen, dass die Sicherheit aufrecht erhalten wird. Ich darf auf gar keinen Fall an das Selbstmordkommando denken, für das ich mich gerade freiwillig gemeldet habe.*

»Dann wollen wir mal, Mr. Cabal«, murmelte Keale, eine plötzliche Aufwallung von Dankbarkeit spürend, weil Cabal ihn von seinen Problemen ablenkte. »Was genau wolltest du ausspionieren?«

Seite an Seite betraten Theia und Praeis den Debattiersaal. Alles war noch genauso wie früher; Marmortische, Fußbodenmosaike, Porträts der Ahninnen, die herabblickten, und die Königinnen, die erwartungsvoll die Blicke hoben.

Der einzige Unterschied betraf die Atmosphäre im Raum. Sie knisterte vor Groll und Spannung. Neu war auch die Art und Weise, in der Armetrethe hinter den Sofas der Königinnen Aufstellung bezogen hatte. Fünf weitere Angehörige des Rats standen neben ihr wie Schwestern.

Armetrethes kalte Augen bestätigten, was Praeis bereits geahnt hatte. Man hatte sie nicht herzitiert, damit sie Bericht erstattete, sondern man wollte über sie richten. Und nicht nur die Königinnen waren es, die von ihr Rechenschaft forderten.

Ach, Schwester, kannst du mein Verhalten nicht länger ertragen? Schwer hingen ihre Schultern herunter. Theia drängte sich dicht an sie. Jetzt wussten sie, warum sie keine Antwort auf ihre Nachricht erhielten, in der sie Armetrethe von Senejess' und Resaimes Tod in Kenntnis setzten. Armetrethe war vollauf damit beschäftigt gewesen, dieses Treffen zu arrangieren.

Praeis schloss die Augen und hob die Hände. »Ich kam auf euren Befehl hierher, Erlauchte Schwestern. Die derzeitige strategische Situation habe ich in meinem Bericht dargelegt. Die bloße Gegenwart der Menschen reichte aus, um die Getesaph an einem Angriff zu hindern. Die Verschmutzung wurde beseitigt, und unsere Waffenschwestern sind eifrig dabei, die Ausrüstung wieder in einen kriegsfähigen Zustand zu versetzen. Nicht mehr lange, und wir sind kampfbereit.«

Sie wartete auf die Erlaubnis, die Augen öffnen zu dürfen. Vergebens.

»O ja, du hast uns regelmäßig berichtet«, entgegnete Aires Byu glattzüngig. »Vielleicht, um deine irregulären Operationen zu vertuschen.«

Praeis merkte, wie sich ihre Kehle zusammenschnürte. Zu ihrer Überraschung ergriff Theia das Wort. »Ich bitte um Vergebung, Erhabene Schwestern. Meine Mutter versteht gewiss, was ihr damit meint, ich hingegen, unwissend und kinderlos, bin mir nicht darüber im Klaren.«

»Wirklich nicht?« fragte Vaier Byu mit schwerfälligem, zögerlichem Zungenschlag. Da die Königinnen mit Theia sprachen, hob Praeis die Lider.

Vaier Byu hielt Aires' Hand umklammert. »Dann will ich es dir erläutern, da deine Mutter dich offenbar nicht eingeweiht hat.« Sie schaute Theia an, doch ihre Ohren richteten sich ausschließlich auf Praeis. »Praeis Shin t'Theria leitete eine militärische Aktion ohne Befehl der Königinnen in die Wege. Sie setzte die Leben und Ressourcen ihrer Großen Familie für ihre eigenen Zwecke ein. Danach schloss sie ein persönliches Abkommen mit den Menschen, um unser Militär zu paralysieren, damit der Konzern Bioverse seinen echten Partnerinnen auf den Hundert Inseln dienen kann.«

»Nein«, widersprach Praeis, wobei sie das Wort mehr an Armetrethe richtete als an die Königinnen. Armetrethes Ohren legten sich flach an den Schädel. Praeis konnte die Wellen des Hasses fühlen, die aus Armetrethes Seele schlugen. Ihre Haut bibberte und flatterte, als die Wogen der Verbitterung sie erreichten. *Schwester, Schwester, wir sind die Letzten aus unserer Familie. Tu mir das nicht an. Lass mich heimkehren. Ich schwöre dir, wir können wieder Frieden schließen.*

»So lange du siegtest, war alles in Ordnung, Schwester«, versetzte Armetrethe grimmig. In diesem Augenblick wusste Praeis, dass keiner ihrer Gedanken zu ihr vorgedrungen war. »In den Straßen sang man Loblieder auf dich. Aber was hast du erwartet, als den Menschen das so genannte ›Unglück‹ passierte?«

Ich höre heraus, was du mich eigentlich fragen willst, Schwester. Du willst wissen, wieso ich meine Schwester und meine Tochter sterben ließ. Du fragst dich, warum ich gegen dich rebellierte. Du und Senejess hattet beschlossen, mir meine Tochter wegzunehmen und sie in die Inselwelt unserer Feindinnen zu verschleppen. Und jetzt gibst du mir die Schuld für Senejess' und Resaimes Tod.

»Bei meinen Ahninnen.« Praeis' Muskeln fingen unkontrollierbar an zu zucken. »Nicht ich bin verrückt, du bist von Sinnen, Schwester. Armetrethe, es war kein Unfall. Man belügt uns, aber ...«

»Da hört ihr es!« beschied Armetrethe den Königinnen. Sie war so aufgeregt, dass sie vergaß, das erste Augenlid zuzuklappen. »Ihr habt es gehört! Sie gibt es zu!«

»Armetrethe Shin t'Theria, denk daran, dass wir immer noch deine Königinnen sind!« donnerte Ueani Byu.

»Und meine Erlauchten Schwestern mögen sich gefälligst daran erinnern, dass sie zu dieser Katastrophe beigetragen haben!«

Das war selbst für die Allweisen Ratsschwestern zu viel. Eine von ihnen legte eine Hand auf Armetrethes unversehrten Arm. Der Stumpf drosch wütend durch die Luft, doch sie schloss die Augen. »Vergebung, Majestätische Schwestern. Ich bin ... überreizt, weil ich meine Schwester vor mir sehe, die mir so fremd geworden ist.«

Sehr gut, Armetrethe. Perfekt. Die Haut auf Praeis' Rücken rippelte sich unentwegt. *Was kommt jetzt? Wie lautet die nächste Zeile in dieser Szene?*

»So sprich! Welche Antwort kannst du uns geben, Hochedle Schwester?« dröhnte Ueani Byu.

Welche Antwort? Ich habe der Großen Familie und euch gedient, ich habe gelebt, gewartet und bin zurückkehrt, um abermals zu dienen. Ihr dagegen habt meine Tochter im Stich gelassen, ihr nennt mich eine Verrückte, und nun soll ich vor euch in den Staub sinken, weil eure Feindinnen die Oberhand gewonnen haben. Eine eurer Gegnerinnen ist meine letzte lebende Schwester, von der ich törichterweise angenommen hatte, sie würde mich daheim mit offenen Armen und ehrlichem Herzen empfangen ...

Plötzlich merkte Praeis, dass es im Raum stank. Es roch nach Feuer, nach Angst, nach schalem Atem und blinder Wut. Sie trat einen Schritt nach vorn. Die zum Ersticken mit Dünsten geschwängerte Luft rieb sich an ihrer Haut wie Seide.

Jeden Hauch konnte sie spüren. Sie konnte alles spüren. Die hochwabernde Wärme von der Heizgrube streichelte sanft ihre linke Wange und füllte ihr Ohr mit leiser Musik.

Die Kacheln unter ihren Füßen wiesen einzigartige Formen auf. Jede einzelne war individuell gestaltet. Sie wollte sie anfassen. Sie würde sie berühren. Sie fühlten sich gut an unter ihren Händen und Knien, rauh und kühl. Mit den Handflächen wischte sie darüber hinweg, hin und her, hin und her.

Fäuste griffen nach ihr, und das war das Allerschönste, fand sie. Sie würde überall hingehen, alles tun, nur um dieses wärmende, tröstliche, hochwillkommene Gefühl zu bewahren.

Die Fäuste zerrten an ihr, und sie ließ sich davonführen.

Arron kam Keales Aufforderung nach, sich in dessen Büro zu melden, weil ihm gar nichts anderes übrig blieb. Es gab nur einen Grund, weshalb der Sicherheitschef ihn sehen wollte; sie hatten Cabal erwischt.

Keale gab ihm einen Wink, er möge sich an den Konferenztisch setzen, und Arron nahm Platz. Keale saß vor seiner Komm-Station. Arron musste sich beherrschen, um sich nicht dauernd die Unterarme zu reiben, die Schenkel zu massieren oder sich am Kopf zu kratzen.

Keale legte die Finger zu einem Dach zusammen. »Hat Dr. Nussbaumer Ihnen erzählt, was passiert ist?«

Arron schüttelte den Kopf. »Ich habe seit ein paar Tagen nicht mehr mit Lynn gesprochen.« *Oder sie nicht mit mir. Ich bin mir nicht sicher, wer hier wen meidet.*

»Die *Ur* bewegt sich. Wir haben die Kursdarstellung auf unseren Schirmen. Sie wollen das Schiff auf die t'Aori Halbinsel abstürzen lassen.«

Arron spürte, wie ihm das Blut aus den Wangen wich. »Nein.«

Keale sah ihn nur an.

Lareet? Umat? Was macht ihr da? »Können Sie sie stoppen?«

In Keales Gesicht zuckte ein Muskel. »Ja. Wenn wir uns beeilen, können wir sie mit einem anderen City-Schiff abfangen.«

Arrons Hände fühlten sich eiskalt an. Am liebsten wäre er von seinem Platz aufgesprungen und im Zimmer hin und her gelaufen. Seine Beine schmerzten von der Anstrengung, sie ruhig zu halten. »Und was dann?«

Abermals fing Keales Wangenmuskel an zu pochen. »Die Schiffe werden kollidieren, und wenn wir das richtige Timing erwischt haben, fliegen die Bruchstücke ohne Schaden anzurichten ins Weltall hinaus.«

»Sie sprechen von einem Selbstmordkommando.«

»Ja«, räumte Keale ein. Er senkte die Hände und stützte sie auf den Armlehnen seines Sessels ab. »Und von Ihnen möchte ich wissen, ob es nicht vielleicht einen Ausweg gibt.«

Einen Ausweg? Für wen? »Was genau meinen Sie damit?«

Keale beugte sich weit vor. »Ich hoffe, Sie können mit Ihren Freundinnen, den Dayisen Rual, ein vernünftiges Wort reden und sie dazu bringen, den derzeitigen Kurs der *Ur* zu ändern.«

Arron erwiderte nichts darauf, stumm saß er auf seinem Stuhl. Soeben hatte Keale ihm angeboten, was er unbedingt tun wollte, seit er von der Kaperung des City-Schiffs hörte. Hier bot sich ihm die Chance, mit Lareet und Umat zu sprechen und ihnen diesen entsetzlichen Plan auszureden.

Warum bleibe ich dann so kühl? fragte ihn eine leise innere Stimme. *Wieso greife ich nicht mit beiden Händen zu? Weil ich noch etwas anderes vorhabe?*

Er konnte Keale nicht länger anschauen. Er stand auf und wanderte um den Tisch herum. In seinem Kopf nahm eine Idee Gestalt an, die mit jedem Schritt konkreter wurde.

Schließlich wandte er sich wieder Keale zu. Er atmete tief durch. »Es gibt nur eine Möglichkeit, dass der Plan funktionieren könnte.«

»Und die wäre?« Keale fasste ihn argwöhnisch ins Auge.

»Ich muss auf dem Schiff sein.« Keale schien vor Überraschung zu erstarren. Arron fuhr fort: »Wenn ich an Bord bin, und sie machen einfach weiter, töten sie eine Schwester. Umat betrachtet mich vielleicht nicht als Anverwandte, aber ich glaube, Lareet hängt an mir. Ich werde versuchen, einen Keil zwischen die beiden zu treiben, sie zu entzweien.« Er schluckte. »Ein Streit zwischen Schwestern schwächt deren Entschlusskraft.«

Keale nickte. »Das leuchtet mir ein. Na schön, dann gewähre ich Ihnen die zweifelhafte Ehre, uns begleiten zu dürfen.« Zum ersten Mal entspannten sich seine Züge. »Ich nehme an, Sie sind sich darüber im Klaren, dass Sie zusammen mit uns sterben werden, wenn Ihr Manöver nicht gelingt.«

»Selbstverständlich.« Arron drückte die Schultern durch. Jetzt oder nie. »Deshalb verlange ich eine Gegenleistung für mein Mitkommen.«

»Sie tun *was*?« Keale sprang halb aus seinem Sessel.

»Ich möchte Zugriff auf die Krisenpläne, die das Vorgehen des Konzerns erläutern, falls die Dedelphi ihren Vertrag mit Bioverse brechen.«

Keale sackte auf den Sessel zurück und fing sehr zu Arrons Erstaunen an zu kichern. »Gegen Ihren Freund Cabal liegen bereits sechs Anklagen wegen Datenspionage und Dateiendiebstahl vor. Er sagt aus, Sie hätten ihn für seine Schnüffelei bezahlt. Haben Sie eine Ahnung, was mit Ihnen passiert, wenn ich diese Sache gegen Sie verwende?«

Arron hob die Schultern. »Das interessiert mich nicht. Es ist mir völlig egal. Mein Leben ist ohnehin vorbei.« Er wischte mit der Hand über die Tischplatte, wie wenn er etwas auf den Boden fegen wollte. »Sie wollen meine Hilfe, und das geht in Ordnung. Aber ich muss aus freien Stücken handeln. Wie wollen Sie mich zwingen? Mich fesseln, an Bord verfrachten und mich vor einen Bildschirm setzen, während Sie mir einen Stunner gegen die Schläfe drücken?«

Keales Miene blieb ausdruckslos. »Ich verhalte mich schon äußerst großzügig, indem ich Sie nicht auf der Stelle verhaften lasse.«

»Ich weiß.« Langsam richtete Arron sich auf. »Und jetzt bitte ich Sie um einen weiteren Gefallen.«

Er wird meinen Bluff durchschauen, ging es Arron durch den Kopf, während er Keales berechnendem Blick standhielt. *Es haut nicht hin. Er weiß, dass ich Lareet und Umat niemals sterben lassen würde, wenn ich ihren Tod verhindern kann.*

Doch Keale enthielt sich jeder Bemerkung. Er schwenkte lediglich seinen Sessel herum und legte den Daumen über einen Schlüsselchip der Komm-Station. Nach einer Weile erklang ein Signalton und eine Lade glitt auf. Keale zog ein Blatt Papier heraus.

Er zögerte. »Sie sollen wissen«, sagte er, ohne sich umzudrehen, »dass ich diese Pläne nie anwenden würde, wenn es nur um mich ginge. Ich habe sie ausgearbeitet, weil ich für das Leben vieler Menschen verantwortlich bin, die sich auf mich verlassen.«

»Ich glaube Ihnen«, erwiderte Arron und gestand sich zu seiner eigenen Überraschung ein, dass es wirklich so war.

Keale gab ihm das Blatt. »Tolles Zeug, dieses Papier. Ich hab's bei den Dedelphi kennengelernt. Früher benutzten die Menschen es auch. Keine Ahnung, wieso man davon abkam. Es ist ein absolut sicheres Medium für vertrauliche Informationen, kann weder angezapft noch durch das Netz sabotiert werden. Es gibt keine Sicherungskopien und keine Schattendateien.«

Arron überflog die Liste und spürte, wie sich eine Eiseskälte in ihm ausbreitete. Ein Paragraph handelte davon, die City-Schiffe in die Atmosphäre des Planeten abzusenken und die künstlich erzeugte Schwerkraft so weit zu ändern, bis sie auseinanderbrachen. Ein Artikel beschrieb den Einsatz von gentechnisch manipulierten Schimmelpilzen, die ganze Ernten vernichteten und die Dedelphi von den Lebensmittellieferungen der Menschen abhängig machten; diese Nahrungsmittel sollten aber nur bei entsprechendem Wohlverhalten der Almosenempfänger verteilt werden.

Der letzte Abschnitt erläuterte den Vorgehensmodus, falls das gesamte Sanierungskonzept aufgegeben werden musste. Die Belegschaft würde auf dem Planeten landen, an sich nehmen, was immer Bioverses beträchtliche Verluste abmildern konnte, und die PR-Abteilung einschalten. Gezielt wollte man Schauergeschichten über die unsäglichen Gräueltaten verbreiten, mit denen die barbarischen Dedelphi die tapferen, nobel gesinnten Menschen traktierten, und das System für immer verlassen.

Arron faltete das Blatt drei Mal zusammen und steckte es in die Tasche. »Cabal haben Sie bereits eingesperrt, oder?«

»Was denn sonst.« Keales Stimme klang freundlich.

»Er tat es nur, weil ich ihn dafür bezahlt habe.«

»Das dachte ich mir.« Keale erhob sich. »Wir erheben Anklage gegen Sie beide, sowie wir zurück sind.«

»Das dachte ich mir«, äffte Arron Keales lässigen Tonfall nach. »Wann brechen wir auf, Commander?«

»In einer Stunde, Dr. Hagopian. Wir wollen der *Ur* in möglichst großem Abstand von Dedelph begegnen.«

»Natürlich.« Arron stand auf. »Treffen wir uns in einer Stunde im Hangar.«

Lynn saß mit David bei einer hastig eingenommenen, aufgewärmten Fertigmahlzeit in ihrer Kabine, als sie erfuhren, was mit der *Ur* geschehen sollte. Eigentlich war David in die Basis zurückgekehrt, um Medikamente zu holen und Bericht zu erstatten, wie die Dinge an Bord der *Cairo* liefen, die von den Paeccs Tayn und den Ui Shai bewohnt wurde. Doch er nutzte die Gelegenheit, um ein paar Stunden mit Lynn zu verbringen, und dafür war sie ihm dankbar.

Sie hatte versucht sich einzureden, dass Keale eine Lösung für das ›*Ur*-Problem‹ finden würde. Dass ihm ganz bestimmt etwas einfiele. Er beriet sich mit dem Admiral und mit dem Captain der *Ur*. Gemeinsam würden sie einen Plan austüfteln, diesen in die Tat umsetzen, und alles wäre wieder in schönster Ordnung.

Doch so sehr sie sich auch bemühte, sie konnte sich selbst nicht von einem guten Ausgang der Sache überzeugen. Die Arbeit ruhte. Die Spionagesatelliten waren umprogrammiert worden, sodass sie nunmehr den Kurs der *Ur* verfolgten, die eine elliptische Flugbahn einnahm. Niemand zweifelte an Keales und Esmaraudes Vorhersage. Für alle stand fest, dass die Getesaph planten, die *Ur* auf ihre alten, angestammten Feindinnen abstürzen zu lassen.

Lynn widerstand der Versuchung, die t'Therianerinnen einzuweihen. Was würde es nützen? Wären sie überhaupt imstande, in der kurzen noch verbleibenden Zeit t'Aori wenigstens teilweise zu evakuieren? Nicht, dass dies erforderlich sein würde, tröstete sich Lynn, doch selbst, wenn sie Bescheid wüssten, wäre eine Massenevakuierung völlig unmöglich …

Sogar in Davids Beisein spürte Lynn, wie die kalte Angst nach ihr griff und sie lähmte.

Dann erschien Keales Nachricht auf dem Schirm der Komm-Station. Offenbar hatte er die Lösung des Problems gefunden, und Arron spielte eine Schlüsselrolle.

Lynn sah David hilflos an.

»Geh schon.« Mehr brauchte er nicht zu sagen.

Lynn hetzte los. Sie pfiff auf die Etikette und rannte im Galopp durch die gefällig gestalteten, holzvertäfelten, mit natürlichem Licht erhellten Korridore. Atemlos sauste sie an den in Bambuspflanzungen und Farnwäldchen versteckten Schotts vorbei. Sie flitzte durch Blumengärten, durch Steingärten und sommerliche Arboreten, bis sie die schlichte, funktionale, mit Metall und Keramik ausgelegte Halle erreichte, die zum Hangardeck führte.

Sich an einer Schottwand abstützend, blickte sie suchend durch den hellen Raum. Arron stand neben einem der Shuttles und sah sich halb erwartungsvoll, halb besorgt um. Als er sie entdeckte, glättete sich seine Miene, und er kam zu ihr gelaufen.

Lynn schaute ihn wortlos an.

Er streckte die Hand aus und ließ sie gleich wieder sinken. »Es tut mir Leid«, sagte er.

»Was tut dir Leid?« *Du stehst im Begriff, Selbstmord zu begehen; ich denke nicht daran, es dir leicht zu machen.* Sie wusste, dass dieser Gedanke irrational war. Er tat es für sich selbst, für sie, für die Dedelphi, für seine Freundinnen, für Bioverse. Sie sollte ihm dankbar sein. Sie sollte … Sie sollte sich irgendetwas einfallen lassen, nur nicht weiter herumstehen wie eine Blöde.

»Einfach alles.« Er vollführte eine verzweifelte Geste. »Dass ich nicht mit dir reden konnte. Dass ich es nicht geschafft habe, dir meinen Standpunkt zu erklären. Dass …« Arron zog sie in seine Arme und gab ihr einen langen, innigen Kuss. Sie küsste ihn auch, um ihrer vergangenen Liebe und ihrer alten Freundschaft willen, die es nun auch nicht mehr gab.

Er ließ sie los. Sie hatte ihm nichts zu sagen. Sie würde erst wieder Worte für ihn finden, wenn er zurückkam … falls er überhaupt zurückkommen sollte.

Er fasste in seine Tasche und zog ein Stück zusammengefaltetes Papier heraus. »Hier, nimm.« Er drückte es ihr in die Hand. »Diese Auflistung bekam ich von Keale im Gegenzug für meine Hilfe. Ich weiß nicht, was du damit anfangen wirst, aber …« Er hielt inne. »Aber ich finde, du solltest dir den Text genau ansehen.«

Arron machte auf dem Absatz kehrt und marschierte zum wartenden Shuttle.

Lynn blieb an ihrem Platz, die Schultern straff, die Augen trocken, bis ein Sirenenton die Luft durchschnitt und alle den Hangar verlassen mussten. Druckabfall, beginnend in drei Minuten. Zwei Minuten, dreißig Sekunden. Zwei Minuten, zwanzig Sekunden.

Lynn zwang sich dazu, gemessenen Schrittes zu ihrer Kabine zurückzugehen. Erst als David seine Hand auf ihre Schulter legte und fragte, was passiert sei, brach sie in Tränen aus. Sie weinte um Arron und um alles, was nie geschehen war.

»Es wird schon wieder.« David zog sie an seine Brust. »Es wird schon wieder. Wein dich ruhig aus. Aber gib mir bitte …« Er nahm ihr den Zettel aus der Hand.

»O Gott.« Lynn wischte sich die Augen trocken. »Ich weiß nicht einmal, was das ist. Arron gab mir das Blatt …« Sie nahm es ihm wieder ab und entfaltete es.

Unter der mit Maschine getippten Überschrift ›Krisenpläne für den Fall eines schwer wiegenden Vertragsbruchs‹ stand eine Liste. Lynn las sie und hatte das Gefühl, alles Blut wiche aus ihrem Körper.

»Was, zum Teufel, denkt er eigentlich?« fragte sie David. »Dazu wird es gar nicht erst kommen! Wir haben alles unter Kontrolle!« Sie zerknüllte das Papier in der Faust. »Und das weiß er. Wir haben die Situation fest im Griff. Wir …« Plötzlich sah sie zwei fremdartige Augen vor sich, nicht Arrons Augen, sondern die von Praeis. So hatte Praeis sie angeblickt, als sie sie anrief, um die Wahrheit zu erfahren und prompt von Lynn belogen wurde.

David versuchte, in ihrem Mienenspiel zu lesen. »Was glaubst du denn, was er denkt?« hakte er nach.

Abermals betrachtete sie das verkrumpelte Blatt Papier. »Er denkt, er müsste mir zeigen, was andere Leute den Dedelphi antun werden, wenn sie nicht kooperieren. Er denkt, er müsste mir die Augen öffnen, damit ich erkenne, was eintreten kann, wenn wir vergessen …« Sie schluckte. »Wenn ich vergesse, dass ich nicht die Einzige bin, die ihre Hand im Spiel hat.«

David seufzte. »Und was wirst du jetzt tun?«

Der gereizte Unterton in seiner Stimme ließ sie aufhorchen. »David?«

Er nahm ihre Hand. »Lynn, ich stehe hinter dir, was immer du in Angriff nimmst. Aber weißt du überhaupt noch, weshalb wir hier sind? Hast du es wirklich nicht vergessen? Wir sind nicht hier, um die Welt zu retten oder Bioverse dabei zu helfen, den großen Reibach zu machen. Wir sind hier, weil eine unabhängige Rasse von intelligenten Wesen uns hierher eingeladen hat, damit wir helfen. Doch nun schreiben du und Bioverse ihnen vor, was sie zu tun haben, Arron erklärt ihnen, was sie sein sollen, und niemand fragt *sie*, wie sie wieder Ordnung in das Chaos bringen wollen, in das sie uns alle gestürzt haben.«

Seine Stimme klang sanft, doch seine Augen blitzten wütend. Er war nicht böse auf sie, Lynn kannte ihn gut genug, um das zu wissen. Er ärgerte sich über die konfusen Probleme, die das Projekt infizierten wie ein brandneues Virus. Eine Seuche mehr, die die Dedelphi heimsuchte.

Sie schluckte noch einmal, und ihr Hals schmerzte. »Du hast Recht«, erwiderte sie gedehnt. »Aber, David, ich kann diesen Krieg nicht wieder aufflackern lassen. Niemand soll zu Tode kommen, wenn ich es verhindern kann. Wenn ich auf diese Weise Gott spiele, ist es vielleicht unmoralisch oder gar illegal, trotzdem werde ich es tun.« Sie blickte auf das zu einem Ball zerknüllte Blatt in ihrer Faust. »Doch ich kann Praeis erzählen, was hier vorgeht.« Sie ließ den Papierklumpen fallen. »Und dieses Mal erfährt sie alles.«

David ergriff ihre leere Hand und tätschelte sie. »Das wird genügen, Lynn. Es muss genügen.«

Lynn barg ihren Kopf an seiner Schulter. »Gott, hoffentlich behältst du Recht.«

KAPITEL 20

Die Hangarbucht war zum Überquellen voll mit Schwestern, doch selbst die ranzigen Ausdünstungen der vielen Körper auf engstem Raum konnten den fauligen Mief der City nicht überdecken. Sämtliche Shuttles waren bis auf den letzten Platz belegt mit Soldatinnen. Die Fluggeräte hatte man hermetisch versiegelt und das bordeigene Luftfiltersystem eingeschaltet.

Die restlichen Schwestern hatten sich freiwillig oder auf Befehl hin im Hangar eingefunden. Man hatte das Hauptfiltersystem nicht wieder aktivieren können, doch hier war der Gestank noch einigermaßen erträglich. Außerdem, so versicherten sie sich gegenseitig, verlange es die Situation, dass sie mit den anderen Schwestern Schulterschluss zeigten.

Lareet ließ den langsamen Blick über die versammelten Schwestern schweifen. Sie alle würden zusammen mit dem Schiff ihr Ende finden. Doch eine jede von ihnen war so vergnügt wie Umat, man tauschte Erinnerungen und Scherze aus, als gingen alle miteinander in eine große Schlacht – was in gewissem Sinne auch stimmte. Stolz würden sie vor die Weltenmütter treten.

Gewiss hatte Umat sie hierher geschickt, weil sie hoffte, dass sich ein wenig von der Stimmung auf sie übertragen würde, und genauso kam es. Lareet schlenderte durch die Reihen der Soldatinnen, die sie fröhlich grüßten, und fragte, ob die Langeweile ihnen nicht zu schaffen machte. Sie fühlte, wie sich das Band zwischen ihnen allen festigte. Diese innere Bindung war real, und sie war heilig; und ihre Stärke verursachte ihr beinahe ein Schwindelgefühl.

Dies alles sog sie tief in sich hinein. *Es ist für euch, meine Töchter,* sagte sie zu den Kindern in ihrem Schoß. *Mein Blut trägt es euch zu, ihr sollt fühlen und verstehen, dass dies nur euretwegen geschieht.*

»Wie kommen wir voran, Dayisen Lareet?« fragte eine Soldatin, die Lareet nicht kannte, und ohne einen Namen vermochte sie ihr keinen Rang zuzuordnen. Niemand war in Uniform an Bord dieses Schiffs gegangen.

»Wir kommen prächtig voran, meine Schwester«, antwortete Lareet so laut, dass möglichst viele, die sich für den Stand der Dinge interessierten, sie verstehen konnten. »Wir sind über dem Berg. Bald wird es Zeit für unsere Schwestern in den Shuttles, den Hundert Inseln die frohe Kunde zu überbringen, dass unsere Töchter nie mehr in Gefahr sein werden.«

Jubelrufe hallten über das Deck. Lareet fühlte sich hochgestimmt. *Eine gute Rede,* dachte sie. *Umat wird stolz auf mich sein.*

Als sei dies ein Stichwort, ertönte es knackend aus dem eingeschalteten Lautsprecher: »Dayisen Lareet wird gebeten, sich unverzüglich in der Kommandozentrale einzufinden.«

Inspiriert durch die allgemeine Ausgelassenheit, verbeugte sich Lareet vor der Lautsprecherbox und erntete beifälliges Gelächter.

»Die Pflicht ruft!« bemerkte jemand.

»Recht hast du, Schwester«, konterte Lareet.

Der lange Marsch durch die leeren, stinkenden Korridore dämpfte ihre euphorische Stimmung gewaltig. Als sie die Kommandozentrale erreichte, fühlte sie sich so weit ernüchtert, dass sie sich fragen konnte, wozu man sie herbestellte.

Die Eingangsluke öffnete sich, und sie sah Umat und die anderen Befehlshaberinnen, die sich um die einzige noch in Betrieb befindliche Komm-Station drängten. Diese Station hatte man nicht abgeschaltet, für den Fall, dass sich die Menschen mit ihnen in Verbindung setzen und ihnen etwas mitteilen wollten, das man nicht ignorieren konnte. Die unterschiedlichsten Leute hatten sie angefleht, um Verhandlungen gebeten, und Commander Keale hatte mit ruhiger, sehr höflicher Stimme verschleierte Drohungen geäußert.

Nun jedoch erklang Wissenschaftler Arrons Stimme aus der Station.

»Lareet? Lareet?« Sie stellte sich vor, sie könne ihn sehen, wie er besorgt die Stirn runzelte. »Ich weiß, dass du mich hören kannst. Wann wirst du mir endlich antworten?«

Mit wenigen langen Schritten überquerte sie das Deck. Umat spürte, wie sie sich näherte und machte ihr Platz, damit sie sich zu den Schwestern stellen konnten, die im Halbkreis vor der Komm-Station standen und das Gerät wütend anfunkelten, als sei es ein böses Omen.

»Lareet, bitte melde dich. Umat? Du musst wissen, wo sich deine Schwester aufhält. Kannst du sie rasch holen? Wir müssen … Ich muss euch etwas berichten. Es ist sehr wichtig. Bitte, gebt euch zu erkennen.«

Umat begegnete Lareets Blicken und dippte die Ohren.

Die Haut zwischen Lareets Schultern wellte sich. Sie drückte auf die Taste, von der die Dechiffrier-Crew behauptete, sie stelle die Interkommunikationsverbindung her.

»Ich bin hier, Wissenschaftler Arron«, meldete sie sich.

Aus dem Lautsprecher drang Arrons vertrautes Seufzen der Erleichterung. »Sei bedankt, Mutter Nacht. Hör zu, Lareet, gibt es auf dem Schiff noch ein paar funktionierende Kameras?«

Lareet richtete ein Ohr auf Umat, die sich wiederum an die Brücken-Kommandantin wandte. Die dippte die Ohren. »Ja«, antwortete Lareet.

»Gut.« Arrons Stimme klang sehr unsicher. *Was ist los?* Der letzte Rest der friedvollen Heiterkeit, die sie auf dem Shuttle-Hangar noch voll und ganz durchdrungen hatte, wich aus ihrem Blut, und zurück blieb eine beklemmende Kälte.

Arron fuhr fort: »Richtet eine der Kameras aus der Kommandozentrale auf ...« Er legte eine Pause ein, und aus dem Hintergrund erklang eine leise Stimme. »Die Koordinaten 16, 24, 16.«

»Tu, was er sagt«, befahl Umat der Ovrth, die für die Navigation zuständig war.

Ein Abschnitt des in der Mitte stehenden Tisches leuchtete auf. Die Befehlshaberinnen wandten sich von der Komm-Station ab und richteten ihr Augenmerk auf den Tisch. Dabei bewegten sie sich so synchron, dass es bereits komisch anmutete. Der Schirm zeigte ein Gitter, die Sterne und mittendrin eine riesige leuchtende Kugel.

»Was ist das?« hauchte Umat.

»Wahrscheinlich meinst du uns«, erwiderte Arron. »Ich befinde mich an Bord des City-Schiffs *Manhattan,* zusammen mit Commander Keale und Captain Esmaraude. Wir sind auf Kollisionskurs mit der *Ur*.«

Die Haut in Lareets Nacken fing an zu prickeln. Ihre Zehen schienen sich in das metallene Deck bohren zu wollen. »Arron, was tust du?«

Arron zögerte. »Ich helfe mit, euch zu stoppen, Lareet. Wenn ihr euer Unternehmen nicht abblast, rammen wir mit der *Manhattan* euer Schiff. Dann werdet ihr alle sterben. Und wir auch.«

In der Kommandozentrale herrschte eine solche

Stille, dass Lareet ihren eigenen Herzschlag hören konnte. Wie Donner dröhnte er in ihren Ohren. »Wissenschaftler Arron, das kann doch nicht dein Ernst sein.«

»Dayisen Lareet, es ist mein voller Ernst. Es ist vorbei. Jetzt bleibt nur noch die Frage, ob wir überleben werden oder nicht.«

Umat verließ Lareet und begab sich zu der Schwester am Navigationspult. Sie flüsterte ihr etwas ins Ohr. Lareet konnte die Antwort kaum verstehen. »Dayisen Umat, das dauert mindestens eine halbe Stunde.«

»Und wenn schon«, zischte Umat. Sie richtete sich auf und sprach mit erhobener Stimme: »Wissenschaftler Arron, ich glaube nicht, dass du uns das antun würdest.«

»Ich bin nicht derjenige, der euch das antun will, Umat.« Am Klang seiner Stimme merkte Lareet, dass er vermutlich die Hände zu Fäusten geballt hatte, ein Zeichen für seine Frustration. Die Menschen besaßen unglaublich ausdrucksstarke Hände. »Im Gegenteil, ich kam hierher, weil ich eure Leben retten will. Unsere Leben.«

Die Navigations-Schwester begann zu hecheln. Sie hielt sich die Hand vor den Mund, um das Geräusch zu unterdrücken. Umat legte ihr zur Beruhigung eine Hand auf die Schulter. »Wissenschaftler Arron, ist das deine Rache für unsere Operation im Flughafen?«

»Ihr habt mich verraten«, entgegnete er kurz und bündig. »Eure Operation hat Leben gekostet. Mein Herz blutet, wenn ich an das Vorgefallene zurückdenke.« Obwohl er ein Mensch war, hörte man den Kummer aus seiner Stimme heraus. Lareet blickte in die Runde und sah, dass sich als Reaktion darauf bei einigen Schwestern die Haut wellte. »Aber ihr seid ebenfalls verraten worden«, schloss Arron.

»Was?« platzte Lareet heraus.

Arron holte tief Luft. »Die Durch Wahl Bestimmten Anführerinnen kannten eure Pläne seit mindestens einem Jahr. Sie haben die Dinge so gedeichselt, dass Bioverse mit euch abrechnen würde und ihnen so ein Verfahren ersparte. Und wie man sieht, ist alles so gelaufen, wie eure Anführerinnen es sich wünschten.«

Stimmengemurmel und gekeuchte Ausrufe sorgten dafür, dass sich Lareets Ohren in alle Richtungen drehten. Sie spürte, wie die Hitze ihr Blut zum Kochen brachte und blickte Umat an. Ihre Schwester stand wie versteinert da, die glatten Züge straff gespannt, beinahe berstend vor Wut.

Lareet schaute wieder zum Tisch. Die leuchtende Kugel hatte die Form einer doppelten Linse angenommen, und nun ließ sich ganz deutlich der Umriss eines City-Schiffs erkennen.

»Lareet, Umat, uns bleibt nicht viel Zeit. Die Kollision findet statt in ...« Abermals hörten sie die Stimme aus dem Hintergrund. Eine Frauenstimme, wie Lareet bemerkte. »Sechsundfünfzig Minuten«, fuhr Arron fort. »Wir wissen, dass ihr jeden Steuerbefehl manuell eingeben müsst. Aber wenn ihr rasch eine Entscheidung trefft, verrät Captain Esmaraude euch ein paar Abkürzungen. Wir alle können mit heiler Haut davonkommen. Ihr braucht mich nicht zu töten, wenn ihr es nicht wollt. Es braucht überhaupt niemand zu sterben.«

Lareet starrte Umat an. Eine kalte, lähmende Furcht sickerte in ihr Herz. »Schwester ...«, ächzte sie.

»Er nutzt deine Verwundbarkeit aus, Lareet«, zischelte Umat giftig. Lareet spürte den brennenden Groll, der in ihr aufkeimte. In diesem Augenblick hasste sie alle. Sie hasste die Durch Wahl Bestimmten Anführerinnen, sie hasste Arron und seine Verbündeten, sie hasste den Captain, den Commander, und vor allem hasste sie die *Devna*, die sie erst zu dieser Verzweiflungstat getrieben hatten. Immer waren die Devna schuld. »Aber ich sorge dafür, dass dir und deinen Kindern kein Leid geschieht.«

»Ich hab's gehört, Umat!« schrie Arron. »Und jetzt gib gut Acht. Selbst wenn eure Shuttles in diesem Augenblick abflögen, kämen sie nicht weit genug, um vor den Trümmern, die beim Zusammenprall entstehen, sicher zu sein. Alle werden sterben, Umat. Alle.«

Das Hecheln und Keuchen wurde lauter. Jeder Mund stand offen. Jedes Ohr lag flach am Schädel an. Nun hüllte Angst Lareet ein, vermischte sich mit dem Zorn, bis sie alles nur noch verschwommen sah. Eine Hand legte sie auf ihren Brutbeutel, mit der anderen stützte sie sich auf der kühlen Oberfläche der Komm-Station ab. Mühsam trachtete sie danach, ihr inneres Gleichgewicht wiederzufinden.

»Was verlangt ihr eigentlich! Was ist nur los mit euch!« blaffte Arrons Stimme aus dem Lautsprecher. »Mutter Nacht! Es wird schiefgehen. Das Einzige, was überdauert, ist die Erkenntnis, dass ihr blind und dumm seid vor Hass!«

»Schaltet das Ding ab!« schnauzte Umat.

Eine der Dayisen drückte auf die Taste, die den Lautsprecher deaktivierte.

Eine Stille trat ein, die nur unterbrochen wurde vom aufgeregten Schnaufen der Schwestern, die sich bemühten, ihre Emotionen zu zügeln. Angst und Wut behielten die Oberhand.

Lareet presste ihre Hand gegen den Brutbeutel, als könne sie die mikroskopisch kleinen Töchter in ihrem Leib fühlen. Ihre Kinder, die auf Umats Drängen hin gezeugt worden waren, und die ebenso Umat gehörten wie ihr. Empfangen, um das Band zwischen ihnen zu festigen und ihren Streit zu schlichten. Ihre Töchter, Umats Töchter.

Arrons zornige Stimme hallte in ihrem Kopf nach.

Alle werden sterben. Alle.

Lareet merkte erst, dass sie den Raum durchquert hatte, als sie eine Hand auf Umats Schulter legte.

»Es ist vorbei, Schwester«, sagte sie leise. »Wir haben hoch gespielt und alles verloren.«

»Nein!« Umat griff nach ihrer Hand und drückte sie so fest, dass Lareets Haut sich protestierend wellte. Mit Augen, Ohren und ihrem Herzen versuchte sie, zu ihrer Schwester durchzudringen. »Nein. Sie bluffen nur. Sie sind Menschen. Sie sind nicht leidenschaftlich genug, um für eine Sache zu sterben!«

»Schwester, sie sind hier!« Lareet deutete mit beiden Ohren auf das Tisch-Display. »Und sie schneiden uns konsequent den Weg ab!« Sie legte ihre Hand auf die von Umat und fuhr mit versöhnlicher Stimme fort: »Sie meinen es ernst, Schwester, ganz gleich, welche Emotionen ihre kalten Herzen antreiben. Glaubst du wirklich, Wissenschaftler Arron würde uns belügen?«

Umats Ohren wedelten wie wild. »Wir haben geschworen, für die Rettung unserer Kinder zu sterben.«

Lareets Griff um Umats Hand festigte sich. Sie spürte, mit welcher Verstörtheit die anderen Schwestern auf ihre Worte reagierten. Fast konnte sie die Konfusion, die Verwirrung riechen, ein penetranter, beißender Geruch, der den aus den Tunneln hereinwehenden Gestank von Fäulnis und Tod überlagerte. »Wir schworen diesen Eid, als es einen guten Grund dafür gab, Schwester. Nun jedoch wäre unser aller Tod ein sinnloses Opfer.«

Umats Haut schlug Blasen, als wolle sie sich von den Muskeln lösen. Ihr Blick flackerte unruhig über die Brücke. Lareets Augen folgten ihr. Die Schwestern drängten sich in Gruppen zusammen, ihre Ängste und Qualen miteinander teilend, derweil sie vergebens darum kämpften, ihrer Bestürzung und Ratlosigkeit Herr zu werden. Lareet und Umat hatten sie in ihren Konflikt hineingezogen. Lareet spürte es. Dieses Bewusstsein stärkte und schwächte ihre Kräfte gleichermaßen.

»Und falls wir überleben, was dann?« fragte Umat mit hoher, schriller Stimme. »Für wie lange wäre uns das Leben geschenkt? Werden die Durch Wahl Bestimmten Anführerinnen uns am Leben lassen?«

»Du kannst mit mir in die Kolonien auswandern.« Lareet legte die Hand ihrer Schwester auf ihren Brutbeutel. »Du kannst mit uns kommen.«

»NEIN!« Mit der freien Hand packte Umat Lareets Schulter und schüttelte sie heftig. »Ich werde dir nicht nachgeben, Schwester. Wenn wir jetzt einen Rückzieher machen, haben die *Devna* und die Menschen gewonnen.«

Aus jeder Seele auf der Brücke barst die helle Empörung hervor, wie blutrote Blüten, die sich in einem sommerlichen Albtraum blitzartig entfalten. Lareet spürte, wie die Wucht der allgemeinen Rage sie niederdrückte. Sie spannte jeden Muskel ihres Körpers an, um der Woge aus Wut standzuhalten.

»Sie haben bereits gesiegt«, hielt sie Umat entgegen, wobei sie sich anstrengte, um die Worte nicht hervorzuhecheln. »Wenn wir uns beeilen, können wir dreitausend unserer Schwestern retten. Zögern wir, töten wir dreitausend von unserem Blut, und das nur, um drei der ihrigen auszulöschen. Ich verlange von dir eine ehrliche Antwort, Schwester. Wäre dies ein ganz gewöhnlicher Krieg, würdest du dieses Zahlenverhältnis akzeptieren?«

Sie standen da, mit ineinander verschlungenen Händen. Lareet fühlte Umats Gewissenskonflikt, ihre Nöte, ihren Wunsch, Lareets Kinder zu retten. Das Dilemma zerrte an ihr und peinigte sie. Lareets Herz sehnte sich danach, ihre Blutsschwester zu erlösen, doch zum ersten Mal in ihrem Leben wusste sie mit absoluter Gewissheit, dass sich Umat im Unrecht befand. Die

Hand ihrer Schwester umklammernd, behauptete sie ihren Standpunkt, ohne sich erweichen zu lassen.

Langsam wie die Ebbe, die sich nur widerstrebend vom Küstensaum zurückzieht, wich der Groll, der sie umgab. Die Verwirrung legte sich. Eine Schwester nach der anderen beruhigte sich und hörte auf zu keuchen.

Entgeistert glotzte Umat Lareet an. Ihre Muskeln erschlafften. Ihre spitzen Ohren hingen herab. Tränen stiegen ihr in die Augen.

»Schaltet das Ding wieder ein«, murmelte sie.

»Lareet? Umat?« Wissenschaftler Arrons Stimme klang gequält. »Die Zeit läuft uns davon. Vielleicht ist es bereits zu spät. Meldet euch, bitte ...«

Umat blickte Lareet an, flehte, bettelte, mit ihrem gesamten Körper. Lareet dippte die Ohren und antwortete. »Wissenschaftler Arron, garantierst du unseren Schwestern sicheres Geleit zu den Kolonien?«

»Wenn es sein muss, eskortiere ich sie persönlich dorthin«, mischte sich die Stimme eines anderen Mannes ein. »Darauf leiste ich jeden Eid.«

»Dann sagt uns, was wir tun müssen.« Erschöpft sank Umat in den Sessel des Captains. »Wir kapitulieren.«

Mutter kauerte über einem Haufen sauberer Kleidungsstücke, als der Mensch an die Hintertür kam.

Theia hatte sofort erkannt, dass die Über Alle Gebietenden Königinnen nicht wussten, was sie mit ihnen anfangen sollten. Das verrieten ihre starrten Mienen und die steifen, gespitzten Ohren.

Aber Mutter war nicht länger eine Mutter, jedenfalls würde sie schon sehr bald keine mehr sein. Die Ahninnen beanspruchten ihren Geist und ihren freien Willen. Sowie sie von beidem vollständig Besitz ergriffen hatten, würde Praeis selbst eine Ahnin sein, lediglich ihre körperliche Hülle lebte in der stofflichen Welt als Vater weiter. Wohin er auch ging, jeder seiner Schritte würde vernommen, und die Ahninnen lauschten aufmerksam und mit wachen Ohren auf alles, was in seiner Umgebung stattfand.

Tante Armetrethe besaß den Anstand, ihre Überraschung zu vertuschen, als die Königinnen ihr befahlen, ihre im Wandel befindliche Schwester mit zu sich nach Hause zu nehmen und für sie zu sorgen. Ganz offenkundig wusste Tante Armetrethe jedoch auch nichts mit ihnen anzufangen.

Sie wusste, was man von ihr erwartete, aber Mutters Metamorphose ruinierte all ihre ausgeklügelten, bösartigen Pläne, mit deren Hilfe sie ein für allemal hatte beweisen wollen, dass sie und Tante Senejess im Recht und Mutter im Unrecht waren. In ihrem Herzen nährte sie einen Hass, der die Ahninnen zum Weinen bringen musste, doch sie sah ein, dass sie dem neuen Vater gegenüber gewisse Pflichten zu erfüllen hatte.

Also räumte sie ein Hinterzimmer im Haus leer, ließ Praeis' und Theias Habseligkeiten von den Cousinen dorthin verfrachten und riet Theia, bei ihrer Mutter zu bleiben, bis die Verwandlung komplett vollzogen war. Dann sollte sie in angemessener Begleitung und ohne ungebührliches Aufsehen zu erregen in ein Haus der Väter gebracht werden.

Es fiel Theia nicht leicht, bei der Mutter zu wachen. Mitunter war sie stundenlang bei klarem Verstand, doch dann gebärdete sie sich wie eine Rasende. Sie konnte einfach nicht stillsitzen, auch wenn sie Theias Verzweiflung sah.

»Es ist eine Lebensphase, weiter nichts, Theia, aber warum ausgerechnet jetzt? Warum, warum, warum?« Mit hüpfenden kleinen Schritte wanderte sie von der Tür zum Fenster und wieder zurück. »Du musst in die Kolonien zurückkehren. Es war ein Fehler von mir, dich und deine Schwester hierher zu bringen. Flieg zurück, so schnell es geht, dort hast du Verwandte, bei denen kannst du unterkommen, sie werden dich bestimmt aufnehmen. Halte dich fern von den Königinnen, meide alles, was Hass erzeugt, verabscheue den Krieg und all die Dinge, die deine Mutter in ihrer Dummheit glaubte, bereinigen zu können. Ich muss von Sinnen gewesen sein, als ich annahm, nach meiner triumphalen Rückkehr käme alles wie von selbst ins rechte Lot.«

»Ich verspreche es, Mutter«, antwortete Theia, nur um sie zu beruhigen.

»Natürlich versprichst du es, was denn sonst.« Mutter fuhr mit den Fingerspitzen über die Fensterscheibe. »Du bist eine gute Tochter, eine schöne, kluge, starke Tochter.«

Dann versiegte der Redeschwall genauso plötzlich, wie er begonnen hatte. Mutters Blick verlor sich im Nichts, sie streichelte mit den Händen die Wände, presste ihre Nüstern gegen das Glas im Fensterschlitz oder zog planlos irgendwelche Kleidungsstücke aus den Koffern und Reisetaschen und befingerte sie, wie wenn sie entscheiden wollte, welcher Stoff sich am besten anfühlte.

Und nun stand dieser *Mann* auf der Schwelle, glotzte mit großen Augen durch das Visier seines Helms und sah zu, wie Mutter in den Kleidern wühlte und sich das Gesicht und die Arme damit rieb.

»Nun?« fragte Theia auf Englisch. »Was gibt's?«

Der Mann hüstelte höflich durch seinen Atemfilter und heftete den Blick auf seine Schuhe. »Ich bringe eine Nachricht für Praeis Shin t'Theria. Man sagte mir, ich solle diese Tür benutzen, jedenfalls hatte ich das so verstanden.« Beim näselnden Klang seiner Stimme hatte Theia am liebsten die Ohren zugeklappt.

»Ich bin Praeis Shins Tochter. Sie können mir die Nachricht geben.«

Linkisch zog der Mann einen kleinen Plastikbeutel

aus seiner Tasche. Darin steckte mehrfach zusammengefaltetes Papier. Er öffnete den Beutel und hielt ihn Theia entgegen. Theia nahm das Papier, während sie darauf achtete, den Beutel nicht zu berühren.

»Sei bedankt«, äußerte Theia mit erzwungener Freundlichkeit. *Und jetzt geh bitte weg.*

Er rührte sich nicht vom Fleck. Sein Blick ging an Theia vorbei, und sie wusste, dass er ihre Mutter anstarrte. »Ist das ein Vater?« erkundigte er sich.

Theia schlug ihm die Tür vor der Nase zu.

Mutter pusselte immer noch mit den Kleidern herum. Schwerfällig ließ sich Theia in den Sessel plumpsen und zupfte und zwirbelte an ihren eigenen Ohren.

So sollte es nicht sein. Ihre Schwester und Cousinen hätten ihr Gesellschaft leisten müssen. Normalerweise säße man jetzt im Kreis um Mutter, ermutigte sie, tröstet sie und sang an ihrer Stelle Lieder für die Ahninnen, da ihre Stimme allmählich versagte.

Abwechselnd würde man den Schrein aufsuchen. Ein paar feilschten bereits mit denjenigen, die danach trachteten, starke, kräftige Shin t'Theria-Seelen in ihre Blutsfamilien einzubringen.

Res hätte sich hierbei hervorgetan. In solchen Dingen glänzte sie. Es hätte eine freudvolle, eine segensreiche Zeit sein sollen, stattdessen hockte sie einsam und verlassen in einem Hinterzimmer. Cousinen kamen hereingehuscht, brachten Essen und legten ihr höchstens rasch eine Hand auf die Schulter, hin und her gerissen zwischen Theias Not und der Verstörtheit und Wut ihrer eigenen Mutter.

»Mutter, ich bin müde«, sagte Theia.

Mutter sah nicht hoch. Nicht einmal ihre Ohren richteten sich auf sie. Sie nahm den burgunderroten Sarong, den sie getragen hatte, als sie das Shuttle verließen, und drückte ihr Gesicht in den weichen Stoff.

»Mutter, ich vermisse dich.«

Mutter schnüffelte an dem Tuch, und Theia fühlte, wie ihr die Tränen über die Wangen perlten. Sie wischte sich die Augen, und mehr, um sich abzulenken als weil es sie interessierte, entfaltete sie den Brief.

Die gesamte Epistel war in englischer Sprache geschrieben.

Liebe Praeis,

wenn du diesen Brief erhältst, kannst du euren Königinnen und dem Rat sagen, dass die Bedrohung durch die Getesaph nicht mehr existiert. Auf eure Halbinsel wird nichts herabstürzen, aus dieser Richtung ist also nichts zu befürchten. Ihr befindet euch in Sicherheit, das kann ich nicht stark genug betonen.

Ich unterstreiche dies mit so viel Nachdruck, weil ich dich neulich belogen habe.

Theia spürte einen warmen Atemzug an ihrem Ohr und erschrak. Mutter hatte sich von ihrem Kleiderhaufen losgerissen. Ihre Finger spielten immer noch mit dem Sarong, doch nun beugte sie sich über Theias Schulter und richtete ihre Ohren auf den Brief.

Theia konzentrierte sich wieder darauf, den Text zu lesen.

Ich befahl, das Gerinnungsmittel freizusetzen, das eure Flotte lahmlegte. Ich überzeugte Bioverse, wir müssten euren Krieg ohne euer Wissen stoppen und den Frieden so lange aufrecht halten, bis der Planet evakuiert war. Denn nur so ließ sich das Jahrhundertprojekt, eure Welt zu sanieren, noch retten.

Ich glaubte, Bioverse sei darauf aus, euch zu helfen. Ich wollte nämlich in aller Aufrichtigkeit etwas Gutes bewirken, und ich weiß, das die meisten meiner Mitarbeiter keine Hintergedanken hatten. Vielleicht meinte Bioverse es ja ehrlich mit euch. Aber der Konzern trachtete auch danach, neue Bioformen zu sammeln, und für den Fall, dass euer Volk aufmüpfig würde, ließ die Firma einen Notstandsplan entwickeln.

Du musst über alles Bescheid wissen, Praeis, damit dein Volk entscheiden kann, ob es weiterhin mit uns kooperiert oder uns davonschickt. Den Notstandsplan habe ich diesem Brief beigefügt. Ich bin bereit, jedem in die Augen zu sehen und zu schwören, dass dies die Wahrheit ist.

Ich will immer noch die Welt retten, Praeis. Ich bin mir nur nicht mehr sicher, wie ich es anstellen soll.

Lynn.

Theia hob das erste Blatt an und las das zweite, wesentlich zerknittertere. Ihre Ohren legten sich flach nach hinten und ihre Haut rippelte in mächtigen Wellen vom Hals bis zu den Knien.

Bei meinen Ahninnen. Theia senkte den Brief. Am liebsten hätte sie den Kopf in den Nacken gelegt und die Zimmerdecke angeheult. *Bei meinen Ahninnen! Was soll ich damit nur anfangen?*

»Box«, platzte Mutter unvermittelt heraus.

Mit einem Ruck fuhr Theia herum. Ihre Mutter stöberte in dem Kleiderberg. »Box, Box.« Ungelenk klaubte sie in den Stoffbahnen.

Theia zerknüllte den Brief in ihrer Faust. »Ich verstehe dich nicht, Mutter.«

Mutters Ohren legten sich in feine Runzeln. »Davids Box!«

»Hier. Der Kasten ist hier.« Theia ging zu einer der wenigen nicht durchwühlten Taschen und öffnete sie. Sie holte die schwarze Box mit den Phiolen und Injektoren heraus, damit Mutter sie sehen konnte. »Mutter, du befindest dich mitten in der Metamorphose. Eine weitere Dosis wird dich nicht …«

»Alle auf einmal!« würgte Mutter mit erstickter Stimme hervor. »Spritz mir alle auf einmal.«

»Mutter, nein!« Theia packte sie bei den Schultern und hoffte, die Berührung würde ihre Erregtheit dämpfen. »Wir wissen nicht, wie eine Überdosis auf dich wirkt. Bitte, lass den Dingen ihren Lauf. Werde in Frieden ein Vater und reiche dein Blut und deine Seele an nachfolgende Generationen weiter.«

Ihre Mutter massierte sich immerzu die Arme, und Theia war sich sicher, dass ihr Geist sich wieder auf Wanderschaft befand. Doch dann blickte sie mit klaren, glänzenden Augen auf ihre Tochter hinab. »Bitte.«

Theia spürte, wie jeder Muskel in ihrem Körper erschlaffte. »Also gut, Mutter.«

Theia stellte die Box auf den kleinen Serviertisch und klappte den Deckel hoch. Die Phiolen glitzerten im Licht, das aus dem Fensterschlitz ins Zimmer fiel.

Theia nahm eine Phiole nach der anderen und steckte sie in den Injektor. Wie durch ein Wunder hielt Mutter still, während Theia vierzig Mal die Pipette an ihren Hals drückte.

Ihre Hand zitterte, als sie die letzte Spritze setzte.

Dann warf Theia den Injektor in die Box zurück und barg das Gesicht in ihren Händen.

Es tut mir Leid, entschuldigte sie sich bei der Seele ihrer Mutter, die sich auf der Reise zu den Ahninnen befand. *Ich weiß nicht, was ich sonst hätte tun können. Ich wollte dich und Res nicht umbringen. Ich vermisse euch schrecklich. Ich weiß, dass du in Wirklichkeit gar nicht mehr hier bist, Mutter, und am liebsten würde ich dich festhalten. Ich will nicht allein sein. Verzeih mir.*

Sie musste kurz eingenickt sein. Das Nächste, was sie bewusst spürte, war die vertraute, warme Hand, die sich ihr liebkosend auf den Nacken legte.

»Meine Tochter«, flüsterte ihre Mutter. »Meine tapfere Tochter.«

Mit einem Ruck hob Theia den Kopf. Vor ihr stand Mutter, mit leicht gebeugtem Rücken und ziellos wedelnden Ohren, doch ihr Blick war auf Theia geheftet.

»Mutter!« Theia warf sich an ihre Brust. Wenn es möglich gewesen wäre, hätte sie sich in ihrem Brutbeutel verkrochen, doch nun umarmte sie ihre Mutter und drückte sie fest an sich.

»Nicht so stürmisch, meine Tochter«, tadelte Mutter in nachsichtigem Ton. »Ich bin nicht mehr so stabil wie früher.«

Theia zog sich ein Stückchen zurück. Tränen brannten in ihren Augen. »Bist du wohlauf, Mutter?«

»Es geht. Im Augenblick fühle ich mich ganz passabel, aber ich weiß nicht, wie lange dieser Zustand anhalten wird.« Ihre Ohren schlenkerten so rastlos und hektisch, wie ihre Wanderungen durch das Zimmer gewesen waren. »Es überkommt mich in Wellen. Alles erscheint mir so fern, und urplötzlich ist es direkt vor mir, um gleich darauf wieder zurückzuweichen.« Sie schwankte, und Theia musste sie stützen. Vor Bangigkeit verschlug es ihr fast den Atem.

»Ich weiß nicht, wie viel Zeit mir noch bleibt, Tochter. Du musst mich in die Residenz der Königinnen bringen. Sofort, auf der Stelle. Hast du mich verstanden?« Mutter klammerte sich an sie, die Augen weit aufgerissen vor Furcht oder Ungeduld oder beidem. »Nimm den Brief mit, hast du mich gehört? Nimm den Brief mit.«

»Ja, Mutter.« Theia schnappte sich ihre Tasche und stopfte das Schreiben hinein. »Komm mit.« Theia fasste ihre Mutter unter und versuchte, das wilde Zucken ihrer Haut zu ignorieren. Seite an Seite schlüpften sie durch die Hintertür nach draußen.

Es war später Nachmittag. All die braven Cousinen befanden sich mit Ceian, deren Brutbeutel bereits anschwoll, im Haus, lernten ihre Lektionen und absorbierten, was immer Tante Armetrethe ihnen eintrichterte.

Der zerbeulte Familien-Jeep parkte auf der Zufahrt. Neuerdings nahm Tante Armetrethe den Transportdienst des Königlichen Rats in Anspruch. Theia wusste ungefähr, wie man ein Fahrzeug lenkte. Ceian und die Cousinen hatten es ihr und Res beigebracht. Die alte Kiste bockte und ließ sich nur mühsam steuern, doch die meisten Zeit über konnte sie das Vehikel auf der Fahrbahn halten. Sie packte das Lenkrad, fuhrwerkte mit den Hebeln herum, und zeigte dem Regen und dem Wind die gefletschten Zähne. Neben ihr kauerte Mutter, bibbernd, und sich gelegentlich an ihren Arm oder ihre Schulter krallend.

»Ich bin da!« schrie sie hin und wieder. »Ich bin noch da!«

»Wir beide sind da!« antwortete Theia.

Die Waffenschwestern hatten die Straßen gesperrt, die zur Residenz der Königinnen führten. Doch sie kannten Theia, und da offenbar keine entgegengesetzte Order erteilt worden war, hoben sie die Barrikaden und ließen den Jeep passieren.

Erst vor dem Tor zur Königlichen Residenz hielt eine Befehlshabende Schwester sie an.

»Wir müssen hinein«, drängte Theia die Schwester, deren Ohren in irgendeinem lange zurückliegenden Kampf zerfetzt worden waren. Theia zermarterte sich das Gehirn, um auf den Namen der Schwester zu kommen.

»Theiareth Shin t'Theria, richtig?« Die Befehlshabende sah sie aus schmalen Augenschlitzen an. »Es tut mir Leid, hochedle Schwester, aber deine Tante Armetrethe hat strikte Anweisung gegeben, dich nicht in die Residenz zu lassen.«

»Und was ist mit mir?« fragte Mutter.

Die Befehlshabende wandte langsam den Kopf, als bemerke sie Mutter zum ersten Mal.

»Praeis Shin?« staunte sie. »Ich dachte … ich hörte …«

Mutter bleckte die Zähne. »In der Armee gibt es mehr Gerüchte als Gewehre«, entgegnete sie eine Spur zu heftig. »Noch bin ich eine Repräsentantin der Über Alle Gebietenden Königinnen und gehöre dem Hochadel von t'Theria an. Du lässt meine Tochter und mich passieren. Sofort!«

Die Befehlshabende zögerte. Theia klopfte mit dem Fuß auf den Boden des Jeeps, um die Aufmerksamkeit der Ahninnen zu erregen.

»Sofort!« wiederholte Mutter mit aufgeregt flatternden Ohren.

»Jawohl, hochedle Schwester.« Die Befehlshabende trat einen Schritt zurück und gab das Zeichen zum Öffnen des Portals.

Seid bedankt, flüsterte Theia den Ahninnen zu, als sie durch das Tor fuhren.

Sie parkte den Wagen mitten auf dem mit Kopfsteinen gepflasterten Hof. Beim Aussteigen strauchelte ihre Mutter auf dem unebenen Grund. Theia griff stützend nach ihrem Arm. »Bist du wohlauf?«

Es dauerte ein Weilchen, bis Mutters Blick sich auf sie richtete. »Nein. Bring mich zu den Königinnen, Tochter. Bring mich in die Residenz! Es eilt!«

Theia zog sie näher an sich heran. »Dann lass uns gehen, Mutter.«

Mit langen Schritte marschierte Theia los, rannte beinahe die Treppen hinauf und durchquerte im Sturmschritt die Empfangssäle. Mutter stolperte und stützte sich schwer auf sie, doch sie hielt mit.

Ratgeberinnen und ihre Assistentinnen drehten den Kopf und gafften sie an. Aus den Augenwinkeln nahm Theia sie wahr, ohne das Tempo zu zügeln. Ehe jemand begriff, was vor sich ging und entsprechend eingreifen konnte, erreichte sie das Debattierzimmer.

Ueani Byu sprang auf die Füße, als Theia durch die Tür rauschte, ihre Mutter mit sich schleppend.

»Wie kannst du es wagen!« donnerte die Königin. »Was soll diese ...?«

»Störung?« fiel Mutter ein. Sie löste sich aus Theias Griff.

»Perversion wäre wohl der bessere Ausdruck«, ließ sich Aires Byu mit weicher Stimme von dem Sofa vernehmen, das sie mit Vaier Byu teilte.

»Störung, Perversion.« Mutters Ohren sackten nach unten und stellten sich wieder auf. »Gewiss, ich versinnbildliche beides. Beides. Hier und jetzt. Und dieses eine Mal werdet ihr mir zuhören, Allererhabenste Schwestern. Es ist das letzte Mal, dass ich zu euch spreche.«

»Und warum sollten wir das tun?« erkundigte sich Aires Byu.

»Wenn ihr euch weigert, werden die Menschen eure Welt übernehmen. Sie werden euch eurer Titel entheben und euch eures Volkes berauben. Dann steht ihr mit leeren Händen da, verloren, auf halbem Weg zwischen der Großen Wiege und den Ahninnen, so wie ich.« Mutter hielt sich an einer Tischkante fest. Theia wollte zu ihr eilen, blieb jedoch unschlüssig an ihrem Platz.

»Der Brief, Theia«, drängte Mutter. »Gib den Majestätischen Schwestern den Brief! Rasch!« Sie schloss die Augen, und ihr Mund fuhr fort, sich zu bewegen.

Theia zog den Brief aus ihrer Tasche und trat in den Halbkreis der Königinnen. Ohne nachzudenken reichte sie das Schreiben Aires Byu.

Aires gab es Theia zurück. »Er ist in einer Sprache der Menschen abgefasst. Bitte sei so freundlich, edle Schwester, und lies ihn uns vor.«

Theia spürte, wie sich ihre Ohren vor Verlegenheit

krümmten. »Vergebt mir, Majestätische Schwestern. Das hatte ich ganz vergessen.«

»Vergessen, vergessen«, murmelte Mutter. »Lies ihn vor, Theia!«

Theia öffnete den Brief und begann zu lesen. Die Königinnen lauschten schweigend. Keine von ihnen zuckte mit einem Ohr oder einer Hautfalte.

Als Theia schließlich das Papier senkte, kam es ihr vor, als stünde sie vor einer Gruppe aus Statuen.

»Nun ja, wenn es noch eines Beweises bedurft hätte, dass die Menschen Lügner sind, so halten wir ihn jetzt in Händen.« Ueani Byu hieb mit der Faust gegen die Wand. »Idiotinnen! Wir waren Idiotinnen!«

»Nein!« schrie Mutter.

Vaier Byu stand auf. »Praeis Shin, du befindest dich in der Metamorphose. Übergib deinen Geist den Ahninnen und lass diejenigen von uns, die nicht das Glück haben, in höhere Gefilde zu entweichen, den Zorn der Menschen ausbaden.«

Verzweifelt blickte Mutter Theia an. »Das Web! Theia, sag es ihnen! Sag ihnen, dass wir siegen werden! Wir gewinnen, weil wir im Besitz dieses Briefes sind und uns das Web zu Nutze machen können. Lynn gab uns die Waffe, die uns zum Sieg führt. Sag es ihnen!«

Theia verstand. Hitze rauschte durch ihr Blut, und beinahe hätte sie laut gelacht.

»Sie hat Recht!« Sie rannte zu ihrer Mutter und packte sie bei den Schultern. »Bei meinen Ahninnen! Wir haben sie fest in der Hand!«

»Würdest du uns freundlicherweise den Grund für deinen Jubel erklären?« forderte Airs Byu trocken.

Theia wandte sich den Königinnen zu, während ihre Hand auf der Schulter der Mutter ruhte. »Das Web, das Kommunikations-Netzwerk der Menschen, dient als Forum für Diskussionen und gibt die Möglichkeit, Informationen auszutauschen. Es ist eine Debattier-

Mauer, die sich längs der gesamten Kette von menschlichen Enklaven erstreckt. Konzerne, Firmen wie Bioverse, können zugrunde gerichtet werden, indem man ihre illegalen oder unmoralischen Aktivitäten über das Web publik macht.« Triumphierend wedelte sie mit dem Brief. »Dies hier verstößt vielleicht nicht gegen geltendes Recht, aber es gibt viele Menschen, Erlauchte Schwestern, die diese Vorgehensweise missbilligen, wenn nicht gar verabscheuen werden, weil sie sie für moralisch verwerflich halten.«

»Und was haben wir davon, wenn Bioverse zugrunde geht?« blaffte Ueani. »Dann sind wir noch viel schlimmer dran als vorher.«

»Drohungen«, äußerte sich Mutter. Sie wankte ein wenig, doch ihre Ohren waren steil nach oben gerichtet.

»Wir müssen diesen Brief nicht veröffentlichen, wir müssen Bioverse nur mit einer Publikation im Web drohen«, erläuterte Theia. »Er ist eine Trumpfkarte, mit der wir sie in Schach halten. Ein Schwert in unseren Händen. Wenn wir den Konzern unter Druck setzen, sind diese Leute gezwungen, uns als gleichberechtigte Partner zu behandeln, und sie werden sich hüten, einfach unseren Planeten auszuplündern und dann zu verschwinden.«

Sie schaute die Königinnen an, und die Königinnen starrten zurück, die Ohren nach hinten gekippt und mit glatten Gesichtern.

»Hört mir zu«, fuhr Theia fort, nach den richtigen Worten suchend. Sie stellte sich vor, wie ihre Mutter sich ausgedrückt hätte. »Von Anfang an mussten wir uns dem Willen der Menschen unterordnen und ihre Bedingungen akzeptieren. Seit dem Vertrag mit ihnen besaßen wir keinerlei Machtmittel mehr. Gewiss, wir verfügen über Ressourcen, die sie gern in ihren Besitz bringen möchten, aber unsere Leben hingen von der Technik und dem Wohlwollen der Menschen ab, und darauf spekulierten sie. Sie beherrschten uns, und wir konnten nichts dagegen setzen. Wir konnten uns nicht wehren, indem wir ihnen klar machten, dass uns diese Form der Behandlung nicht passte, dass uns ihre Forderungen zu viel wurden. Nun jedoch« – sie hielt das Papier in die Höhe – »verfügen wir über die besseren Argumente.«

»Das wäre eine feine Sache, wenn wir nur wüssten, wie man sich dieses magischen Webs bedient«, warf Aires Byu ein.

»Ich weiß es«, entgegnete Theia.

»So ist das also.« Aires Byu blickte amüsiert drein. »Jetzt müssen wir wohl mit dir verhandeln.«

»Ja.« Theia bleckte ein klein wenig die Zähne. »Jetzt müsst ihr mit mir verhandeln.« Sie steckte den Brief in ihre Tasche zurück. Als sie den Beifall und die Zufriedenheit ihrer Mutter spürte, durchrann sie ein wohliger Schauer. Sie war überglücklich. *Hast du gehört, Res? Hab gut Acht! Jetzt haben wir es allen gezeigt!* »Und mit allem gebührenden Respekt, Erlauchte Schwestern, als Erstes rate ich Euch, die Allianz wieder herzustellen.«

Ueani Byu sprang mit erhobener Faust hoch. Vaier Byu hielt ihren Arm fest. Ihre Augen und Ohren richteten sich scharf auf Theia, doch Theia zuckte nicht mit der Wimper. Vaier Byu wusste, dass die Trojka sich fügen musste, dessen war sich Theia gewiss. Immerhin war sie Praeis' Tochter. Und nicht nur das. Sie war auch Resaimes Schwester, Armetrethes Nichte und ein Kind der Kolonien.

Sie war sie selbst, hatte ihren eigenen Charakter, und jemanden wie sie hatte es auf dieser Welt noch nie gegeben. Als einzigartige Persönlichkeit vermochte sie Taten zu vollbringen, die die Große Wiege von Grund auf ändern konnten. Und dieser Wandel würde ganz im Sinne Vaier Byus sein, der das Wohl ihres Volkes und das Wohl ihrer Schwestern aufrichtig am Herzen lag.

»Nein!« warnte Vaier Byu ihre Schwester.

»Wie kann sie es wagen!« zischte Ueani durch die Zähne.

»Sie wagt es, uns einen Weg zu zeigen, der uns die Erlösung bringt«, erwiderte Vaier mit ruhiger Stimme. »Und selbst dir werde ich es nicht gestatten, Schwester, dass das Tor zur Rettung noch einmal zugeschlagen wird.«

Mutter lehnte sich schwer gegen Theia. »Genügt das? Genügt das?«

»Ja, Mutter«, entgegnete Theia sanft. »Es genügt. Du hast es geschafft.«

»Wir haben es geschafft«, flüsterte Praeis Shin. Ihr Blick verschwamm und richtete sich ins Leere. »Wir haben es geschafft. Wir. Wir.«

EPILOG

»Was ist das?Das Verfahren *Bioverse AG* vs. *Arron Hagopian* war kurz und bündig. Arron Hagopian, Sie werden beschuldigt, dafür bezahlt zu haben, dass eine gewisse Person in das private Kommunikations-Web des Konzerns Bioverse AG einbrach. Bekennen Sie sich schuldig?

Schuldig. Ich gab Bao Cabal sechstausend Aktien von der First Banking Enclave auf der Erde als Gegenleistung für seine Dienste. Diese bestanden darin, mir vertrauliche Informationen aus dem Bioverse Kommunikations-Web zu beschaffen. Mir war durchaus bewusst, dass er nicht das Recht hatte, sich Zugang zu diesen Dateien zu verschaffen, geschweige denn, deren Inhalt an Dritte weiterzugeben.

Findet sich jemand, der etwas zur Verteidigung des Angeklagten zu sagen hat?

Dr. Lynn Nussbaumer trat für ihn ein. Sie schilderte Arron Hagopians bedingungslosen Einsatz zum Wohle der Bioverse Belegschaft, und dass er sich letzten Endes bereit erklärte, dem Dedelphi-Projekt zum Erfolg zu verhelfen.

Sicherheitschef Enrique Keale bezeugte, dass das Web nicht zu Schaden gekommen war, und dass die von Arron Hagopian mit dem Einbruch betraute Person keine geheimen Firmendateien kopiert, entfernt oder verändert hatte.

Arron Hagopian, Sie werden hiermit zu einer Geldstrafe verurteilt. Die Höhe der Strafe beträgt den Wert von viertausend Bioverse Aktien, wobei der Kurs des heutigen Tages und der augenblicklichen Uhrzeit zugrunde gelegt wird. Der Betrag dient der Wiedergutmachung der Kosten, die dem Konzern durch Ihr manipulatives Vorgehen entstanden sind. In der Strafe sind die Gerichtskosten enthalten. Der Zahlungsplan kann zwischen Ihnen und/oder Ihren Rechtsvertretern und der Buchhaltung von Bioverse ausgehandelt werden. Sie dürfen den Gerichtssaal verlassen.

Nun saß Arron in seinem angemieteten hexagonalen Raum mit der nichtssagenden, praktischen Einrichtung, dem weißen, natürlichen Licht und der minutiös kontrollierten Luftmischung.

Müßig surfte er durch das Web, um sich mit den Nachrichten und der Politik des Sonnensystems vertraut zu machen und überlegte, wie er es anstellen sollte, einen Job zu kriegen, der es ihm ermöglichte, seine Schulden zu tilgen, ehe er sie seinen Erben/Abtretungsempfängern/Testamentsvollstreckern hinterließ.

Ich sollte der Familie eine Hyperlink-Message schreiben und ihr mitteilen, dass ich bis auf Rufweite zurückkomme. Er stierte auf den Schirm. *Allmächtiger, sie werden sich die Mäuler zerreißen.*

Der Computer riss ihn aus seinen Grübeleien. »Dr. Lynn Nussbaumer wartet draußen und bittet um Einlass.«

»Computer, Tür öffnen.« Dankbar für die Ablenkung, schwenkte Arron seinen Sessel herum.

Lynns Wunden waren vollständig verheilt. Das neue rechte Auge war von dem linken nicht zu unterscheiden. Nur eine leichte Steifheit der Wange verriet, dass sie jemals an dieser Stelle eine Verletzung hatte. Sie wirkte ungeheuer adrett, war frisch rasiert und trug eine weiße Bluse zu einem weiten, burgunderroten Rock.

»Hallo«, grüßte sie ein wenig unsicher. »Ich wollte nur mal nachschauen, was du so treibst.«

»Mir geht es gut. Möchtest du nicht Platz nehmen?« Er deutete auf einen der ergonomischen Sessel, die geschmackvoll im Raum verteilt standen.

»Danke.« Sie hockte sich auf die äußerste Kante, ungeachtet des ergonomischen Potenzials des Sitzmöbels. Bei diesem Anblick musste er sich ein Grinsen verkneifen.

»Und wie geht es dir?« Er ließ sich wieder in den Sessel vor der Komm-Station sinken. »Was passiert jetzt mit diesen ...« Er wusste nicht recht, wie er Lynn auf die Tatsache ansprechen sollte, dass sie die Krisenpläne an die Dedelphi weitergegeben hatte, die nicht zögerten, dieses scharfe Schwert höchst effektiv über Bioverses vielköpfigem Top-Management baumeln zu lassen. Die Wirkung dieses Druckmittels war enorm, gelinde gesprochen.

Lynn bedachte ihn mit einem halbherzigen Lächeln. »Die Recherchen, wer alles eine Kopie dieser Notstandspläne erhalten hat, gehen weiter. Commander Keale kümmert sich höchstselbst darum.«

»Aha.« Arron nickte. Dann sagte er. »Du siehst müde aus.«

Sie strich sich mit der Hand über den kahlen Schädel. »Ich komme gerade von der Planetenoberfläche, wo ich mich mit Praeis getroffen habe. Sie steckt mitten in der Metamorphose.«

»Das ist hart«, entgegnete Arron mitfühlend.

Lynn rieb ihre Handflächen gegeneinander. »Ich glaube, sie erkennt mich.«

»Manchmal erinnern sie sich an Personen, zu der sie eine starke innere Bindung hatten.«

»Das hat David auch gesagt.« Sie blickte ihn an. »Ich bin mir nur nicht sicher, ob das in diesem Fall gut für sie ist.« Sie schüttelte den Kopf. »Ich wünschte mir, ich hätte mich von ihr verabschiedet, als sie mich noch hören konnte.«

»Theia hat dich gehört, davon kannst du überzeugt sein«, erwiderte Arron mechanisch. Wenn Lynn gekommen war, um bei ihm Trost zu suchen, würde er ihr nach Kräften helfen, doch viel Energiereserven waren ihm nicht geblieben. Das musste sie doch sehen.

»Doch, sie hat mich gehört. Sie wird ihren Weg gehen. Man hat sie in den Rat des Reinen Bluts aufgenommen, und weißt du was? Ich glaube, die anderen Allweisen Schwestern fürchten sich ein wenig vor ihr.«

Arron hob die Brauen. »Das könnte ein zweischneidiges Schwert sein.«

»Ich weiß, aber sie wird es schaffen. Sie hat schon den größten Teil ihres Jahresbudgets dafür ausgegeben, Fachleute aus Crater Town hierher zu holen. Die Allianz stand Kopf, doch dann wies sie darauf hin, dass es ein untragbarer Zustand sei, wenn nur eine einzige Person vor Ort mit dem Kommunikationsnetz der Menschen umgehen könne.«

Arron nickte beifällig. Das war in der Tat ein kluger Schritt. Vielleicht lag es an seinem anhaltenden Schweigen, dass Lynn ihn schärfer ins Auge fasste.

»Deine Freundinnen ... werden sie nach Crater Town gehen?«

Arron nickte. »Ich habe keine Ahnung, was du und Theia mit dem Stadtrat oder den Bioverse-Bossen ausgehandelt habt, aber alle dürfen einreisen. Offenbar wird ein neuer Krater erschlossen, und wenn sie sich am Aufbau beteiligen, sind sie willkommen.«

»Wirst du sie begleiten?« fragte Lynn leise.

Arron spreizte die Finger. »Was sollte ich sonst tun? Sie sind meine Schwestern.«

Lynn öffnete den Mund und klappte ihn wieder zu. »Natürlich.«

Er war sich nicht sicher, ob sie es auch so meinte oder nur höflich sein wollte. Doch der Umstand, dass sie ihm nicht widersprach, hob ein wenig seine Stimmung.

»Wird Bioverse wegen dieser Vorfälle ein großes Theater anzetteln?«

Lynn schüttelte den Kopf. »Zu meiner Überraschung geben sie sich recht einlenkend. Ihr Schiff haben sie zurückbekommen, und die Schäden sind im Grunde gering. Die Unruhestifter werden von hier verschwinden. Die Durch Wahl Bestimmten Anführerinnen haben alle davon überzeugt, dass sie wirklich nicht wussten, was vor sich ging.«

An diese Stelle tauschten Arron und Lynn bedeutungsschwere Blicke, doch sie enthielten sich jeden Kommentars.

Lynn fuhr fort: »Außerdem hat die Allianz in aller Ruhe dargelegt, dass man kein Aufhebens wünscht, und neuerdings ist Bioverse bestrebt, die Vorschläge der Allianz zu berücksichtigen.«

Arron schmunzelte. »Das kann ich mir denken.«

Sie schauten einander an. Er sah, dass Lynn dunkle Ringe unter den Augen hatte und spürte an sich selbst, wie sehr ihm die Erschöpfung noch in den Knochen steckte.

Lynn musste etwas Ähnliches im Sinn gehabt haben. Sie grinste schief. »Wir haben Grund zum Jubeln, Arron. Wir beide haben gesiegt.«

»In der Tat, wir können triumphieren.« Er rieb sich die Unterarme. »Ich hoffe nur, dass auch die Dedelphi nicht leer ausgehen.«

Lynn zuckte die Achseln. »Das wird sich herausstellen.« Sie legte eine Pause ein. »Wann brichst du auf?«

»Erst morgen. Es gab eine Verzögerung, weil Keale sicher gehen will, dass alle Reisende korrekt identifiziert und unter ihren eigenen Namen registriert sind.«

Sie schlug einen zögerlichen Ton an. »Hättest du vielleicht Lust, heute mit mir und David zu Abend zu essen?«

Arron erschrak. Er schalt sich, weil er so überrascht reagierte. »Soll ich wirklich zu euch kommen?«

Lynn nickte. »Ich möchte, dass wir wieder Freunde werden, Arron.« Sie beugte sich vor. »Komm und unterhalte dich mit meinem Partner. Setz dich auf meine Couch, trink Microbrew und lass dich mit mir auf alberne Diskussionen ein. Hüll dich nicht wieder zehn Jahre lang in Schweigen.«

Er lächelte. Dieses Mal war es ein ungekünsteltes Lächeln, das die Wärme, die ihn durchströmte, widerspiegelte. »Das brauchst du nicht zu befürchten, Lynn. Dieses Mal nicht.«

Sie stand auf, und auch er erhob sich von seinem Platz. Nach Manier der Dedelphi hakt sie sich bei ihm unter. »Dann lass uns gehen, Schwester.«

NACHWORT

»Was ist das?»Wir sind des Kämpfens überdrüssig. Wir möchten nicht mehr töten. Aber die anderen sind heimtückisch, und man kann ihnen nicht trauen.«

– EDWARD O. WILSON, *On Human Nature*
Im Deutschen erschienen unter dem Titel:
Biologie als Schicksal
Die soziobiologischen Grundlagen
menschlichen Verhaltens

Wenn man in einem Science Fiction-Roman eine Zivilisation entwirft, steht der Autor oftmals vor der Frage: »Wie kam es dazu?« Als ich die Dedelphi schuf, machte ich mir viele Gedanken über das Entstehen von Gewalt.

Gewalt ist ein äußerst komplexes Thema. Sie existiert in allen Stufen einer Gesellschaft. Das Individuum kämpft gegen ein anderes Einzelwesen, eine Gruppe streitet sich mit einem gegensätzlichen Kollektiv, Nationen führen Krieg mit anderen Völkerschaften. Die Gründe für Gewalt sind eine Mischung aus genetischer Prädisposition, kulturellen und umweltbedingten Zwängen und persönlichen, bewusst getroffenen Entscheidungen.

Im Falle der Dedelphi entsprang die genetische Veranlagung zur Gewalt der Notwendigkeit, nicht nur nicht selbst und die eignen Kinder, sondern die Schwester und deren Nachkommenschaft in gleicher Weise zu schützen, ein nicht zu unterschätzender Balanceakt.

Im Wesentlichen sind die Dedelphi eine Rasse aus identischen Zwillingen. Schwestern ein und desselben ›Wurfs‹ besitzen identisches genetisches Material. Wenn die Theorie stimmt, dass Lebewesen darauf konditioniert sind, ihre eigenen Gene an ihre Nachkommen weiterzugeben, dann sind bei den Dedelphi die Kinder der Schwester in dieser Hinsicht genauso wertvoll wie die eigenen Sprösslinge, denn beide ›Würfe‹ sind vom Erbgut her nahezu gleich.

Fortpflanzungsmäßig stellt die Schwester einer Dedelphi ihr zweites (oder drittes oder viertes) Ich dar, sie verkörpert eine zusätzliche Chance, dass die eigenen Gene, die ja von ihr geteilt werden, an kommende Generationen weitergegeben werden.

Dieses andere Ich zu verteidigen und die vorhandenen Ressourcen zu seinem Nutzen zu sichern, und die Kinder dieses Alter Ego in diesen Schutz einzubeziehen, vergrößert die Aussicht auf ein Überleben der eigenen Gene. Dieser Mechanismus steigert die Beschützerinstinkte gegenüber der Blutsfamilie und schwächt zugleich den Selbsterhaltungstrieb.

Auf Dedelph führte dieser Zustand zu festgefügten Familienverbänden, wobei die geographischen Umstände die genetische Disposition zusätzlich potenzierten, da der Planet nur über wenige größere Landmassen verfügt. Die meisten Clans leben auf einer Insel oder einem Archipel, wo ausschließlich die ortsansässige Große Familie wohnt.

Während langer Phasen in ihrer Frühgeschichte nahmen die Dedelphi keine Kontakte mit anderen Gruppierungen auf. Traf man auf andere Sippen, dann nur, weil ein Clan sich auf der Suche nach neuem Lebensraum oder frischen Ressourcen befand.

Die Einheimischen trachteten danach, die verfügbaren Schätze und Reserven für die Schwestern zu bewahren, derweil die Neuankömmlinge das Wohl ihrer eigenen Familie im Auge hatten. Der Kampf um die Lebensgrundlagen führte zu Aggressionen zwischen den Gruppen, diese Gewaltbereitschaft vererbte sich von einer Generation zur nächsten, und wurde obendrein geschürt durch individuelle Händel mit nachfolgenden Rachegelüsten.

Verschärfend wirkte der Umstand, dass die männlichen Personen eines Clans gern als begehrte Beute galten. Die männlichen Dedelphi investieren all ihre verbleibende physische Kraft in die Fortpflanzung. Dabei gehen sie wahllos vor. Ein männliches Wesen paart sich genauso bereitwillig mit Angehörigen einer fremden Sippe wie mit Dedelphi aus dem eigenen Clan.

Wie es bei den ersten Menschen der Fall war, so wussten auch die frühen Dedelphi um die Notwendigkeit, Inzucht zu vermeiden. Tauchte eine Horde Fremdlinge auf einer bewohnten Insel auf, fanden sie nicht nur Nahrung und Lebensraum, sondern auch neues genetisches Material für sich und ihre Schwestern.

Schwestern und Mütter zogen die Kinder groß. Auf die Familie des Vaters konnte man verzichten, wenn es um die Sicherung der Lebensgrundlagen und Hilfe bei der Aufzucht der Nachkommen ging. Bei Primaten, die meistens jeweils nur ein einziges Kind zur Welt bringen, liegen die Dinge anders. Deshalb durfte man es sich getrost leisten, die Sippschaft eines Vaters zu verprellen.

Der evolutionäre Balanceakt wurde immer komplizierter, vor allem, wenn man bedenkt, dass lediglich eine Schwester eines gesamten Geschlechts überleben musste, um die Mehrheit der familienspezifischen Gene sowie die individuellen Traditionen weiterzugeben.

Die Neigung zur Gewalt kam die Dedelphi teuer zu stehen, sie kostete viele Leben und einen Großteil der persönlichen und gemeinschaftlichen Ressourcen. Doch die durch aggressive Akte erlittenen Verluste waren bei weitem nicht so hoch, wie sie es bei anderen Spezies gewesen wären.

Was als evolutionäre Entwicklungsmöglichkeit begann, verkam zu einer kulturellen Gewohnheit. Im Verlauf von einhunderttausend Jahren biologischer und kultureller Evolution verwandelten sich Fremde zu Feinden, und das Bedürfnis, die Schwester und deren Kinder zu schützen, gewann die Oberhand, stand immer und ausschließlich an erster Stelle.

Alle Gesellschaften, die auf Gewalt basierende Überlebensstrategien hervorbringen (zumindest alle uns bekannten Gruppierungen), schaffen gleichzeitig Regeln, die festlegen, wer unter welchen Umständen verwundet oder getötet werden darf. Wenn eine Zivilisation nicht völlig selbstmörderisch veranlagt ist, muss es ein Konzept von Frieden, Freundschaft und Vertrauen geben, das Seite an Seite mit Gewaltbereitschaft existiert.

Mit der Erlaubnis zum Töten geht ein Tötungstabu einher. Und genau diese Vorstellung, dieser allgemein verbindliche Codex, verschafft dem Individuum im täglichen Umgang mit anderen, auch mit Fremden, einen wichtigen Spielraum, bietet ihm die Chance einer freien Entscheidung.

Die ultimative Frage lautet, wohin führt der Weg, was wird sich durchsetzen? Die evolutionär bedingte Veranlagung, die kulturelle Prägung oder der freie Wille des Individuums?

Ann Arbor, 1998 *Sarah Zettel*